파이

FEEL PREMIUM EDITION

파이·II

오은정 장편 소설

# Contents

파이 7.

　방문을 나선 파이는 반짝일 정도로 깨끗한 복도 대리석 바닥 위로 조심스레 한 발을 내디뎠다. 봄의 계절임에도, 아무도 없는 복도의 대리석은 얼음처럼 차갑게 느껴졌다. 파이가 내디딘 한 발에 느껴지는 한기에 몸을 바르르 떨며 양손으로 팔을 파박 비볐다.

　추워!

　파이가 추운 대리석 바닥의 온도에 차마 나머지 발을 내딛지 못하고 있는 그때, 안개처럼 흩어져 사라졌던 개미핥기가 다시 모습을 드러냈다. 파이와 고작 20걸음도 안 될 정도의 거리에 불현듯 나타난 그는 고개를 숙여 긴 혓바닥으로 대리석 바닥을 쓸었다. 그러자 놀라운 일이 일어났다. 차가웠던 대리석 바닥이 따끈따끈하게 데워진 것이 아닌가! 파이가 눈을 휘둥그레 뜨고 깜박였다. 대리석 바닥에 닿은 한 발을 살짝 들었다 내려놓기를 한 번, 두 번 한 파이는 냉큼 방에 있던 나머지 다리도 복도 바닥에 내밀었다.

　"우와!"

　파이가 탄성을 내뱉었다. 복도에 양발이 닿자마자 그녀의 발밑의 대리석이 은하수처럼 반짝였다. 은은한 노란빛의 바닥에 자신의 별사탕처럼 색색의 별들이 반짝이는 것 같았다. 파이가 양손을 꼬옥 쥐고 위아래로 흔들며 말했다.

"벼리다, 별!"

파이가 가볍게 웃음을 터트리다 돌연 양손으로 제 입을 막았다. 앗, 모두 코 하는데 파이가 깨우면 안 돼. 파이는 지금 혼자 탐험해. 파이는 그리 생각하며 터져 나오는 웃음을 꾹 참으며 씰룩거리는 얼굴로 반짝이는 샛노란 은하수를 걸었다. 파이가 개미핥기가 있는 곳까지 아장아장 걸어가자 그가 몸을 돌려 앞장서듯 앞으로 걸어갔다.

파이는 제 앞에 질펀한 엉덩이를 씰룩이며 걸어가는 그를 쳐다보며 배시시 웃었다. 씰룩이는 질펀한 엉덩이와 그에 맞춰 춤추듯 흔들리는 그의 꼬리. 파이는 절로 웃음이 터져 나올 것 같아 작은 손으로 입을 꼭 막으며 아장아장 걸어갔다.

파이가 난생처음으로 보호자 없이 발을 내디딘 방 너머의 세상은 조용하고 잠잠해 시간이 멈춘 것처럼 기묘한 느낌이 일었다. 파이는 마치 딴 세상에 있는 느낌이었다. 아무도 없는 고요하고 평온한 이 세상에 오직 저 기묘한 짐승과 저 하나뿐인데도 파이는 이 상황이 이상하게도 두렵지 않았다. 파이와 그가 걷는 그 복도가 반짝반짝 은은하게 빛나는 샛노란 은하수 길을 만들어 둘의 행보를 밝혀 주고 있기 때문이었다. 어쩐지 정신이 몽롱하고 마음이 붕붕 뜨는 느낌이었다. 파이는 제 앞에서 앞장서서 가는 그의 질펀한 엉덩이를 빤히 쳐다봤다.

그를 따라 이대로 쭉 가다 보면, 그 끝엔 무엇이 있을까?

어쩌면 그 끝에 리파도, 여왕도 있을지 모른다. 응. 있어. 파이는 신기한 개미핥기가 그녀를 제 친구들이 있는 곳으로 안내하기 위해 온 것일지도 모른다고 생각했다. 꿈이니까, 그러니까 가능해. 그치?

파이는 속으로 뒷모습만 보여 주는 그에게 물었다. 어쩐지 그가 그렇다고 답하는 것처럼 고개를 일순간 끄덕였다. 것 보라지. 파이가 배시시 웃었다.

그때였다.

"파이?"

꿈결 같은 노란색 별이 반짝이는 은하수를 걷는 파이의 귓가로 익숙한 사람의 목소리가 들렸다. 파이가 목소리가 나는 쪽으로 고개를 드니 익숙한 붉은 눈동자가 자신을 보고 있었다. 꿈속에서도, 파이는 제 가족이 보고 싶었던 모양이다. 파이는 눈을 크게 뜨고 몇 번 깜박이더니, 눈을 가늘게 접어 호선을 그리며 미소 지었다. 배시시 웃는 파이가 입을 열어 그를 불렀다.

"어빠!"

그러고는 그에게 가기 위해 옆으로 이어진 복도의 차가운 대리석 바닥으로 발을 내밀었다.

따끈한 노란 은하수를 이탈하자마자 작은 발바닥에 느껴지는 서늘함은 등골이 오싹할 정도로 차가웠다. 파이가 한 발, 두 발 내디며 서늘하게 식은 대리석 바닥에 온전히 서자 절로 몸이 부르르 떨렸다. 그러자 어둠이 깔린 복도에 서 있던 그가 다급히 다가왔다. 그러고는 단숨에 파이의 작은 몸을 들어 올렸다. 파이의 작은 몸이 눈 깜짝할 새에 허공으로 높이 올랐다. 눈을 동그랗게 뜬 파이가 이내 까르르 웃으며 제 몸을 들어 올린 그의 옷소매를 꼬옥 쥐고 잡아당겼다.

"너, 맨발이었어?"

감기 걸리면 어쩌려고 그래? 하고 걱정이 담긴 투박한 어투로 말하는 그를 향해 파이가 배시시 웃었다. 그는 파이를 익숙하게 제 품에 안았다. 파이는 곧 따뜻한 체온을 느끼며 자연스럽게 그의 목에 제 팔을 둘렀다. 파이를 품에 안은 그가 나른한 하품을 길게 내뱉었다. 이제 보니 그의 붉은 눈도 조금은 몽롱한 게 어쩐지 자다 일어난 몰골이었다. 파이는 목에 두르고 있던 손을 움직여 이리저리 뻗친 황금색 머리카락을 대충 하나로 묶은 그의 머리카락을 잡아당기며 말했다.

"어빠야!"

"작년만 해도 빠따빠따 하더니만 이젠 오빠라고 부르는 거니?"

그가 웃음기 다분한 어조로 말했다. 파이는 깔깔 웃으며 고개를 양쪽으로 왔다 갔다 까딱거렸다. 그는 말갛게 웃는 제 누이의 얼굴을 보고 이내 가볍게 웃음을 터트리며 도톰하게 살이 오른 파이의 뺨을 여유 있는 반대쪽 손의 검지로 톡톡 건드렸다. 파이가 제 뺨을 툭툭 건드리는 그의 투박한 검지를 양손으로 꼬옥 쥐고 풍한 표정을 지으며 말했다.

"빠따야."

하지 마, 쿡쿡. 파이 얼굴 소중해. 전혀 아프지도 않게 찌른 것인데도 파이는 칭얼거리듯 속으로 투덜거렸다. 파이가 정색하듯 그의 이름을 부르자 파샤가 얼굴을 기묘하게 일그러트렸다.

"······그냥 오빠로 불러 다오."

파샤가 낮은 한숨을 내쉬며 말했다. 뭔가 어감이 좋지가 않아서였다. 그가 속으로 투덜거리며 제 팔에 엉덩이를 걸치고 있는 파이의 작은 몸을 고쳐 안으며 말했다.

"파이. 너 혼자 여기 왜 이러고 있었어?"

파샤의 질문에 파이가 고개를 갸웃 기울였다. 말갛게 빛나는 누이의 파란색 눈동자는 어두운 밤의 복도에서도 선명하게 반짝였다. 잔잔한 반딧불이의 빛을 받아 반짝이는 신비한 분위기의 깊고 고요한 호수가 일순간 파동을 일으키듯 일렁거렸다.

그는 파이의 눈을 빤히 쳐다보며 아이를 만나기 바로 전에 있었던 괴상한 일을 떠올렸다.

사실, 파샤는 방금 전까지만 해도 세상모르게 깊이 잠들어 있었다. 평상시라면 이 시간대에 절대 일어날 리 없는 파샤였지만 오늘따라, 이상하게 잘 자다가 갑자기 깼다. 말 그대로 갑자기 일순 눈이 떠진 것이다. 이런 기분은 처음이었다. 한 번 자면 다음 날 새벽 5시까지 절대로 깨지 않는, 설령 자는 사이에 전쟁이 일어나도 모를 정도로 깊은 수면에 빠지는 파샤가 이 어중간한 시간대에 깨다니. 번쩍 잠에서 깨어 버린 그는 뭐 이런 경우가 다 있담, 하고 속으로 중얼거리며 다시 잠을 청했다.

그런데, 이 잠이라는 녀석이, 제대로 달아났는지 도통 돌아올 기미가 없었다. 그는 침대에서 몇 번을 뒤척이면서 끈질기게 잠을 청하였으나 점차 맑아지는 정신에 신경질적으로 상체를 일으키며 한 손으로 잔뜩 뻗쳐 얼굴의 반쯤을 가리는 긴 금색 머리카락을 쓸어 올렸다.

분명 눈은 피곤하고 졸린 것 같은데, 정신이 완전히 깬 것처럼 뚜렷하게 느껴졌다. 그가 느리게 눈을 깜박이며 어둠으로 둘러싸인 제 방을 둘러보다 다시 침대에 몸을 누였다.

양을 세자.

양이라도 세면 다시 잠이 올지도 몰라. 그는 속으로 양을 세기 시작했다. 양 한 마리, 양 두 마리, 양 세 마리…… 양 백여든한 마리…… 양 이백서른 마리……. 그의 머릿속에 양의 개수가 많아질수록 잠은 커녕 오히려 정신만 또렷해져 버렸다. 그가 짜증스럽게 이불을 휙! 하고 머리끝까지 덮어 버렸다.

제길!

그가 속으로 욕설을 내뱉으며 다시 양을 셌다. 그때였다. 이상하게도 그의 귓가로 파이의 청아한 웃음소리가 흐릿하게 들렸다 사라졌다. 그의 방은 파이의 방과 제법 거리가 있어 쉽게 들리지 않을 터인데도, 아니 애초에 이 야심한 시각에 누이의 웃음소리라니? 그가 의문을 표하는 사이 또 짧은 누이의 웃음소리가 났다 사라졌다.

파샤가 까만 어둠을 담은 이불 속에서 제 붉은 눈동자를 데굴데굴 굴리다 이내 벌떡 일어났다. 그러고는 침대에서 빠져나와 옷걸이에서 두툼한 외투를 빼내어 입고, 맨발에 두툼한 갈색 곰의 털로 만든 슬리퍼를 신고 방을 나섰다.

'아무래도 걸린단 말이야.'

이 시간에 불현듯이 깨어난 것도 이상하고, 눈은 피곤해 죽겠는데 잠도 안 오고, 심란해 죽겠는데 때마침 괴이하게 누이의 웃음소리라니. 이상하잖아. 온통 이상해! 그가 속으로 투덜거리며 복도를 걸어갔다. 그가 터벅터벅 복도를 걷다 갈림길이 나오는 복도를 무심코 쳐다보는데 그 가운데 조그만 인영이 눈에 들어왔다. 저게 뭐지? 하고 눈에 힘을 주며 빤히 쳐다보니,

'맙소사! 파이잖아!'

그는 놀란 기색으로 파이를 불렀다. 그러자 파이가 고개를 돌려 저를 쳐다보고 말갛게 웃었다. 그리고 아장아장 저에게 다가오는 것을 보며 파샤는 도대체 이게 무슨 일인지 많은 의문을 떠올리며 바르르 떠는 아이에게 다급히 다가갔다. 그리고 그 작은 몸을 안자마자 그는 혹시나 꿈이나 환상 같은 것이 아닐까 하는 의구심을 단숨에 지워 버려야 했다. 기분 좋은 체온과, 가벼운 누이의 무게를 느끼며 파샤가 확신했다. 이거 환상 아니구나. 진짜 파이잖아! 맙소사, 이 꼬맹이가 왜 이 시간에 홀로 복도에 서 있는 거람? 그가 다시 단순한 머릿속에 무수히 많은 의문들을 늘어트렸다. 파이는 파샤의 혼란한 빛을 띤 그의 붉은 눈을 빤히 쳐다보며 양손을 꼬물거리며 말했다.

"어, 이거 꾸먀!"

"……꾸먀?"

파샤가 무슨 소린가 싶어 끝말을 따라 읊자 파이가 볼을 크게 부풀리며 제 상체를 크게 들썩이고 양팔을 뻗어 파샤의 볼을 집게손으로 꼬집으며 말했다.

"꾸움!"

아이 참, 오빠는 왜 이렇게 파이 말을 못 알아들어?!

파이가 답답하다는 듯 조금은 제대로 된 발음으로 강조하듯 말했다. 2살짜리 아이의 손가락 힘이 있어 봤자 얼마나 있다고, 전혀 아프

지 않은 꼬집힘이지만 뿔이 난 누이의 기분에 맞춰 주기 위해 아야야 하고 파샤가 엄살을 부렸다. 그러자 파이가 보기 좋게 눈을 가늘게 접고 새끼 여우처럼 가르릉 웃었다.

그는 파이에게 잡혔던 뺨을 매만지며 얼굴을 괴상하게 일그러트렸다. 파이가 까르르 웃음을 터트리며 그의 뺨을 톡톡 두드리더니 이내 도톰한 제 입술로 쪽 하고 뽀뽀했다. 파샤가 기분 좋게 웃으며 파이의 볼에 쪽 하고 가볍게 키스해 주었다.

"꿈이라니, 파이야. 너 눈 뜬 채로 선잠 자니?"

그가 조금은 장난스러운 어조로 말했다. 분명 현실이 확실하다고 확신하는 파샤는 파이가 꿈이라고 말하는 것에 웃음을 가볍게 터트렸다. 그러자 파이가 부 하고 볼을 크게 부풀리더니 그의 귀를 한 손으로 야무지게 잡아당기며 말했다.

"아냐!"

바바, 저기 있자나, 하고 덧붙이며 파이는 파샤의 귀를 잡아당기는 손의 반대쪽 손을 들어 샛노란 빛이 은은하게 감도는 은하수 길에 멀뚱히 서 있는 개미핥기를 가리켰다. 그는 어느새 우스꽝스러운 뒤태를 돌려 파샤, 파이 남매를 향해 정면으로 서 있었다. 그제야 파샤는 새까매야 할 복도가 노란 빛으로 잔잔히 빛난다는 것을 깨달았다.

분명, 방금 전까지만 해도 새까맸는데.

그 새까만 어둠 속에서 꼬물거리는 파이를 발견하기 전까진 파샤의 눈에는 노란색 은하수의 길이 보이지 않았다. 저 신비한 개미핥기 역시.

어째서일까?

그는 파이의 말을 듣자마자 자각한 것처럼 그가 보였다. 그가 경계심 어린 눈초리로 개미핥기를 보며 노란 은하수의 길에 조심스럽게 한 발을 내디뎠다. 그러자 좁쌀만 한 개미핥기의 눈이 가늘게 떠지며 내디뎌진 파샤의 발을 빤히 쳐다봤다.

파샤 역시 자신을, 정확히는 자신의 발을 빤히 쳐다보는 괴상하게 생긴 동물을 쳐다봤다. 저게 도대체 무슨 동물이지? 기본 소양이 간당간당한 파샤는 기본적인 동물의 종류는 알았으나, 두꺼운 백과사전 같은 책에서나 볼 법한 괴상한 개미핥기의 모습에 당최 이것이 무슨 동물인지 생각이 도통 나지 않는지 미간을 찌푸렸다. 파이가 인상을 찌푸리는 제 오빠의 귀를 다시 잡아당겼다.

"아야."

파샤가 가벼운 엄살을 부리며 찌푸렸던 인상을 지웠다. 그리고 그는 개미핥기에서 파이에게로 시선을 옮겼다.

"아프잖아."

감히 오빠의 귀를 멋대로 잡아당기다니! 하고 조금은 높고 유쾌한 어조로 말하며 파이의 조그만 코를 가볍게 앞니와 아랫니로 물었다. 파이가 아코 하고 미간과 콧등을 찡그렸다. 파샤가 귀의 복수를 했다며 유쾌하게 웃었다. 파샤는 투박한 손을 들어 파이의 이마를 가리는 어지럽게 뻗친 금색 머리카락을 쓸어 올리고 드러난 단아한 이마에 입술을 대며 웃었다. 파이가 조막만 한 손으로 야무지게 그의 어깨를 팡팡 쳤다.

그때였다.

파샤의 발만 빤히 쳐다보던 개미핥기가 길게 혀를 내밀었다. 그의 채찍 같은 혓바닥이 유려한 곡선을 선보이며 순식간에 파샤의 발을 노렸다. 천성이 무사인 파샤가 그 기척을 눈치채서 한걸음 뒤로 물러났지만 이미 그의 사정권이어서 눈 깜짝할 새에 발 부분을 기습당하고 말았다.

"윽!"

명색이 무사 체면이 말이 아니다. 그는 개미핥기의 혓바닥 채찍에 순식간에 당해 꼴사납게 복도 바닥에 엉덩방아를 찧고 말았다. 심하게 부딪쳐 진심으로 신음을 뱉으면서도 본능적으로 파이는 단단히 감싸 안은 채였다. 아무래도 꼬리뼈가 부딪친 모양이다. 순간적으로 당했지만 그대로 된통 당할 정도로 미련하진 않았다. 놀란 건 부정할 수 없었지만.

놀란 건 파샤뿐만 아니었다.

파이 역시 파샤가 갑작스럽게 주저앉자 갑자기 추락하는 느낌에 놀라 반사적으로 그의 목을 꼭 껴안고 눈을 감았다. 찰나의 그 순간, 곧바로 이어지는 그의 신음에 번쩍 눈을 뜨고 보니 잔뜩 인상을 찡그리는 파샤의 얼굴이 보였다.

파샤는 저릿한 발끝을 풀기 위해 맨발의 발가락을 꼼지락거리고 있었다.

'……맨발?'

파샤가 인상을 찡그리는 가운데 훤히 보이는 자신의 맨발을 쳐다보더니 멍청히 눈을 깜박였다. 어라? 분명 방을 나설 때 털 슬리퍼를 신고 나왔는데? 그 슬리퍼는 어디 가고? 그가 멍청히 눈을 깜박이고 있는데 그 귓가로 말로 표현할 수 없는 짐승의 울음소리가 들렸다.

소리가 나는 쪽을 쳐다보자 그 문제의 개미핥기가 기다란 혀로 파샤의 슬리퍼를 둘둘 감싸고는 머리 위로 들어 올려 흔들었다. 그의 울음소리는 마치 파샤를 비웃는 듯했다. 파샤가 인상을 썼다. 파이는 그 사이에 조금 느슨해진 파샤의 품을 버둥거리면서 빠져나와 아장아장 걸어 개미핥기에게 다가갔다. 파샤가 아차 하는 사이 파이는 제 손을 하늘 높이 번쩍 들어 개미핥기에게 휘둘렀다.

"앙대! 나빠! 때찌!"

우리 오빠 괴롭히지 마!

파이가 야무지게 높이 든 손을 개미핥기의 긴 코를 향해 휘두르며 굉장히 단호한 어조로 말했다. 마치 제가 잘못하면 훈계하는 아사벨처럼 제법 매서운 어조였으나, 아직은 발음이 정확하지 않아 파샤의 눈에는 그저 장난치는 걸로만 보였다. 개미핥기 역시 그렇게 느껴졌

15

는지 좁쌀만 한 눈을 가늘게 접고 웃었다. 마치 켈켈켈 하고 우스꽝스럽게 웃는 느낌이라 파샤는 점점 저것의 정체에 의문이 들었다.

개미핥기는 저의 코에 달라붙어 파샤의 슬리퍼를 향해 손을 뻗는 파이를 보며 약 올리듯 그것을 흔들더니 파샤가 걸어왔던 새까만 어둠 속 복도를 향해 힘차게 던져 버렸다. 파이가 눈을 동그랗게 뜨고 깜박이더니 이내 히잉 하고 울음을 내뱉었다. 그 모습에 파샤가 고개를 절레절레 흔들며 주저앉은 몸을 일으켜 파이에게 다가갔다.

파샤가 다가오자 파이는 냉큼 그의 긴 다리에 철썩 달라붙었다. 파샤는 아직도 얼얼한 엉덩이를 한 손으로 매만지며 말했다.

"뭔지 모르겠지만, 내가 슬리퍼를 신고 이 복도에 서 있는 게 마음에 안 드는 건가."

천하의 둔치지만 집요할 정도로 제 발만 뚫어져라 쳐다보던 개미핥기의 시선은 눈치 못 챌 수가 없었다. 그가 중얼거리듯 말하자 작은 머리통이 고개를 끄덕였다. 긍정하는 것이 신기해 파샤가 눈을 동그랗게 뜨고 깜박였다.

'뭐야, 이거 사람 말을 알아듣기라도 하는 건가?'

파샤가 놀란 표정으로 그를 쳐다보는데도 개미핥기는 새초롬하게 제 몸을 돌려 가던 길을 마저 걸어갔다. 파샤가 아무 말도 없이 걸어가는 씰룩거리는 엉덩이를 빤히 쳐다봤다.

"어빠, 어빠."

파이가 다급하게 그의 잠옷 바짓단을 잡아당겼다. 파샤가 응? 하고 고개를 숙여 누이를 내려다보자 파이가 눈을 반짝이며 한 손으로 저만치 가 버리는 개미핥기의 뒷모습을 가리켰다. 방금 전까지만 해도 때찌, 때찌 하며 혼을 내고 울상을 짓던 표정은 어디 가고 금세 호기심 가득한 표정으로 파이가 파샤를 올려다보았다.

"가쟈."

"……."

16

"가쟈."

"어, 파이야. 지금 시간이…….."

"가쟈."

"그러니까…….."

"가쟈, 가쟈, 가쟈, 가쟈."

파샤가 말끝을 흐리며 대답을 회피하자 파이가 제 할 말만 몇 번이고 반복하며 방긋방긋 웃었다. 응? 응? 하고 새파란 눈을 눈이 부실 정도로 반짝이며 제 다리를 붙잡고 흔드는 파이를 보자니 파샤는 어째야 할지 몰라 난감할 지경이다. 이렇게 눈을 빛내며 졸라 대니 안 가 줄 수도 없고. 그가 신음을 속으로 삼키며 저만치 가 버린 개미핥기를 쳐다봤다. 그는 언제 걸음을 멈췄는지 뒤태를 보이는 상태에서 얼굴만 살짝 돌려 파샤와 파이를 쳐다봤다.

안 따라오고 뭐해?

마치 그렇게 말하는 듯한 모습이었다. 파샤가 미간을 가볍게 찌푸리며 입맛을 다셨다. 도대체 이게 뭐야. 아무리 생각해도 상식적으로 이해할 수 없는 일 천지라 머릿속이 복잡한 파샤는 어쩌면, 파이의 말대로 지금 자신은 꿈을 꾸고 있는 게 아닐까라는 생각까지 했다. 그가 파이와 개미핥기를 번갈아 쳐다보더니 느리게 낮은 한숨을 푹 내쉬었다.

"그래, 갈게. 가면 되잖아."

파샤가 기어코 원하는 대답을 해 주자 파이가 냉큼 양팔을 위로 뻗어 만세를 하며 와앙! 하고 즐거운 비명을 내뱉다 에취, 하고 재채기를 했다. 노란 바닥은 따뜻해도, 그 위에 흐르는 서늘한 공기는 쉽사리 데워지지 않는 모양이다.

파이가 몸을 바르르 떨자 파샤가 놀라 제가 입고 있던 청보라색 두툼한 카디건을 벗었다. 그러고는 파이의 작은 몸에 돌돌 말아 입혀 주었다. 그의 긴팔 소매가 남아서 한 번 휘감아 끝에 매듭을 짓자 파이는 마치 청보라색 누에고치가 돼서 하얀 얼굴과 팔다리만 쑥 내민 꼴이 되었다. 파샤는 우스꽝스러운 누이의 모습에도 귀여워 죽겠다는 웃음을 터트리며 작은 몸을 달랑 안아 들었다.

파샤는 그렇게, 꿈일지도 모르는 이상한 상황에서 제 사랑스러운 누이를 품에 안고 괴상한 안내인을 쫓아 끝없는 노란 은하수를 걸었다. 얼마쯤 걸었을까, 한참 걸어도 끝이 보이지 않은 복도를 보며 파샤는 우리 저택의 복도가 이렇게 길었나 하고 의문을 가졌다. 그러나 곧 파이의 말대로 이게 꿈이라면 이상할 것이 없지, 하고 단순하게 넘겨 버렸다.

그때였다.

끝도 없던 노란 은하수의 길을 개미핥기를 따라 걷던 그의 눈앞에 돌연 문 하나가 떡하니 나타나는 것을 보고 눈을 휘둥그레 떴다. 파이 역시 놀라기는 마찬가지인지 파란 눈을 깜박였다. 개미핥기가 조그만 머리통으로 그 문을 툭툭 두들겼다. 마치 노크를 하는 것 같았다. 그러자 신기하게도 문 안쪽에서 낮은 사내의 목소리가 들렸다. 어디서도 들어 본 적이 없는 매우 생소하고 낯선 이의 목소리였다.

[들어와.]

그의 허락이 떨어지자 개미핥기가 고개를 들어 파샤와 파이를 쳐다봤다. 마치 그가 어서 들어가, 하고 말하는 것 같았다. 파샤가 영문을 알 수 없다는 듯 눈을 깜박이다 천천히 손을 뻗어 고동색 문의 유독 샛노란 손잡이를 잡았다. 문고리는 발바닥에 닿은 노란색 은하수의 길처럼 적당히 따뜻한 온도를 유지하는 것 같았다.

'이것도 참 신기해.'

그가 속으로 중얼거리다 쓰게 웃으며 문고리를 돌렸다. 애초에 꿈이니 이상할 것도 없다. 이제는 완전히 꿈이라고 확신했는지 파샤는 조금은 체념한 마음으로 문고리를 잡고 살짝 열리는 문을 잡아당겼다. 그러자 문 너머에서 눈이 부시도록 강렬한 빛이 파샤와 파이에게 쏟아졌다. 파샤가 저도 모르게 눈을 왈칵 감아 버렸다. 파이는 그 강렬한 빛이 아프지도 않은지 멀뚱히 눈을 뜨고 그 안을 보았다.

파이의 새파란 눈동자가 빛에 반사되어 투명하게 일렁거렸고 그 안에서 무언가를 보았는지 아이의 하얀 얼굴에 어여쁜 미소가 번졌다. 홍수처럼 쏟아져 내린 빛은 단숨에 사그라졌다. 파샤는 눈을 감았는데도 느껴지는 빛의 강도에 눈썹을 찌푸리며 슬그머니 눈을 떴다.

"어빠야! 저거 바바!"

슬쩍 눈을 뜨는 그의 귓가로 파이가 소리쳤다. 그가 온전히 눈을 뜨고 문 너머의 세상을 보았다. 문을 경계로 두고 전혀 어울리지 않는 광경이 펼쳐졌다.

문 너머의 세상은 봄이 가득해 연분홍과 짙은 분홍, 노란색, 초록색이 뒤섞인 벚꽃이 만개한 나무들이 잔뜩 모여 숲을 이루고 있었다. 숲의 하늘은 무지개색으로 아름답게 물들어 간간이 하얗고 노랗고 파란 오로라가 물결치듯 일렁거렸다.

거대한 나무들은 제 영역에 터를 잡고 뿌리를 내려 아름다운 벚꽃이 피어난 가지들을 뽐내고 있었다. 그리고 그 나뭇가지에 작은 다람쥐나 청설모와 같은 동물들이 쪼르르 올라 투덕거렸고 그 아래에는 고동색에 황금색 호랑이 무늬가 나 있는 거대한 호랑이가 나른하게 엎어져 쿨쿨 자고 있었다.

그 곁에 빨강, 주황, 노란색이 뒤섞인 불꽃같은 털이 돋보이는 큰 여우가 있었다. 10개의 꼬리를 나른하게 흔드는 여우는 영악한 느낌의 미소를 짓고 있었다. 거대한 맹수들 가까이에는 두더지 같은 것과 깡충깡충 뛰는 토끼, 귀가 쫑긋 선 새끼 여우나 도마뱀, 커다란 고동색 곰 등 여러 동물들이 옹기종기 앉거나 나른하게 엎어져 있었다.

무지개색 하늘에는 청록색의 흰꼬리수리가 넓게 날개를 펴고 유유자적 날아다녔고, 그 주변에 푸른색 옷을 입은 하얀 배를 가진 범고래가 느릿느릿 헤엄치며 배회했다. 그들의 주변에는 작은 열대어들과 작은 종달새들이 무리를 지으며 따라다니거나, 한두 마리씩 따로 떨어져 제멋대로 하늘을 누볐다.

"허."

파샤가 허탈함이 느껴지는 바람 빠지는 신음을 내뱉었다. 파이는 파샤의 옷깃을 잡아당겼다. 오빠야, 오빠야 얼른 들어가자! 리파랑 빨간 거 있어! 저기, 하늘에는 파란 거랑, 초록이 있다! 얼른 가자! 파이 친구들 만나러! 파이가 그의 옷깃을 잡아당기며 재촉하고 개미핥기마저도 그의 다리에 머리를 대고 툭툭 밀어내자 파샤가 마지못해서 그 안으로 한 발 한 발 내디뎠다.

세상은 온통 제가 생각할 수 없을 정도로 기묘하고 신기한 모습이었다.

이게 정말 꿈이구나. 파샤는 다시 한 번 제가 꿈을 꾸고 있다는 것을 깨달았다. 어째 아기자기하고, 귀여운 것과는 거리가 먼 파샤인데 꾸는 꿈이 이런 메르헨적인 요소가 가득한 꿈이라니. 파샤는 믿을 수가 없어! 하고 경악 어린 비명을 속으로 내지르며 완전 딴 세상인 숲을 걸어갔다. 그가 성큼성큼 여러 색의 벚꽃이 떨어지는 숲을 걸어오자 나른하게 엎어져 있던 거대한 형상의 호랑이가 꾹 감고 있던 눈 한쪽을 뜨더니 이내 상체를 들어 올리며 말했다.

[맙소사! 파이?]

그의 놀라움이 가득 담긴 목소리에 파이가 반갑다는 듯 손을 크게 흔들었고, 파샤가 기겁했다. 저 커다랗고 괴상한 호랑이 놈이 말을 했다! 파샤가 놀라 저도 모르게 빈손을 뻗어 그를 가리키며 더듬더듬 말을 내뱉었다.

"어, 어, 호, 호랑이가 마 말을?!"

"어빠야! 니파야, 니파!"

파이가 방긋방긋 웃으며 그가 가리키는 호랑이를 항해 리파라 말했다. 파샤는 너무 놀라 누이의 말을 제대로 인지하지 못했다. 리파는 커다란 덩치를 일으켜 어슬렁어슬렁 그들에게 다가갔다. 파샤가 기겁하며 뒤로 한 걸음 물러났다. 그의 풍채는 이미 파샤를 훌쩍 넘겨 올려다볼 정도로 컸다. 그가 순식간에 파샤와 파이의 앞에 당도했다. 커다란 얼굴을 쑥 내밀며 파이의 얼굴 옆에서 코끝을 찡그리며 킁킁거렸다. 파샤가 놀라 파이를 품에 감싸 안으며 뒤로 물러났다.

"뭐, 뭐야!"

[뭐긴 뭐야. 리파다. 이놈아.]

잔뜩 경계하는 파샤를 보며 리파가 왠지 유쾌한 어조로 말했다. 그러고는 두툼한 혀를 날름 내밀어 파샤와 파이의 얼굴을 한 번에 핥았다. 파샤가 소리 없는 비명을 내지르며 버둥거리다 꼴사납게 뒤로 발라당 넘어졌다. 아까와 똑같이 꼬리뼈로 엉덩방아를 찧었지만 숲의 바닥은 대리석 바닥처럼 딱딱하지 않고 의외로 폭신했다. 파이는 처음 보는 오빠의 당황하는 모습에 웃음이 터져 나와 까르르 웃어 버렸다.

[세상에! 파이, 네가 오다니!]

놀라 자빠질 것 같은 파샤의 귓가로 고운 여성의 목소리가 들렸다. 파샤는 놀라운 일이 연속으로 벌어지자 조금 지친 기색으로 소리가 나는 쪽을 쳐다보았다. 아름다운 핑크색 머리카락을 물결치듯 휘날리며 날아오는 작은 여인이 보였다. 그녀는 상앗빛 피부에 하얀 드레스를 입고 있었다. 황금색 실로 고귀한 문양이 수놓여 있는 드레스 자락이 우아하게 살랑거렸다.

입이 쩍 벌어질 만큼 경이롭고 아름다운 외모를 가진 그녀는 너무나도 작았다. 파샤의 손바닥 위에 얹어질 만큼 작은 그녀의 등 뒤로 무려 12장의 날개가 영롱한 빛깔로 반짝이고 있었다. 그녀는 페어리들의 여왕이었다.

파샤는 더 이상은 놀랄 수 없다는 듯 입을 쩍 벌리고 그녀를 쳐다봤다. 그리고 점차 자신의 정신 상태를 의심하는 지경에 이르렀다.

그가 너무 놀라 눈을 휘둥그레 뜨고 여왕을 쳐다보는데 그녀는 냉큼 파이에게 날아가 도톰히 살이 오른 뺨에 철썩 달라붙어 얼굴을 비볐다.

[정말, 신이 데려와 줬어!]

"시인."

여왕은 너무나 기쁜 기색을 띠며 말했다. 파이는 처음 들어 보는 단어를 중얼거렸다.

신? 그게 뭐야? 먹는 거?

"먹는 거 아냐. 신이야. 신."

그때였다. 처음 듣는 목소리가 파이의 속을 들여다보고 대답을 해왔다. 그 목소리는 개미핥기가 문을 두드렸을 때 대답했던 어떤 정체 모를 사내의 목소리와 같았다. 깜짝 놀라 눈을 깜박이는 파이와 조금은 질린 표정을 짓고 있는 파샤가 소리가 나는 쪽으로 고개를 돌렸다.

오! 신이시여.

파샤는 신실한 신자도 아니면서 이 순간 신을 찾아 속으로 울부짖었다. 그러자 눈앞에 보이는 이가 꼴사납게 주저앉은 파샤를 따라 쪼그려 앉아 고개를 갸웃 기울이며 말했다.

"왜 불러?"

그가 고개를 기울이자 제 얼굴만 한 커다란 귀도 따라 팔랑거렸다. 짙은 회색의 건조한 피부와 넓적한 얼굴, 그의 눈동자는 황금색과 주황색이 뒤섞인 기묘한 빛을 띠었고 눈가엔 자글자글한 주름이 져 있었다. 코는 사람의 팔뚝보다 훨씬 두툼하고 길었다. 그의 입은 코에 가려져 보일랑 말랑 할 정도였으나, 말을 할 때마다 씰룩거리는 게 슬쩍 보였다.

괴상하게도, 그의 머리가 코끼리의 형태를 이루고 있었다.

그러나 여기서 더 괴상하다 여긴 것은, 그 머리 아래로 하얀색 나풀 거리는 천 자락을 온몸에 휘두른 몸이 인간의 몸이라는 것이다. 그는 마치 코끼리의 탈을 쓴 인간 같았다. 그러나 선명하게 보이는 회색 코끼리 머리와 인간의 쇄골 부분이 절묘할 정도로 어우러져 있어, 탈을 쓰고 있는 것이 아니라 온전히 그의 머리임을 알 수 있었다. 언뜻 고대의 산물인 키메라 같은 모습이었으나, 어째서인지 온몸에서 뿜어져 나오는 기운이 범상치 않았다.

그가 커다란 귀를 팔랑거리며 말했다.

"왜 부르냐니까? 신, 여기 있어."

파샤는 더 이상 빠질 턱이 없다는 듯 입을 크게 벌리고 천하에 없을 멍청한 표정을 지으며 자칭 신이라 하는 그를 쳐다봤다. 그는 황금빛이이기는 하지만 언뜻 주황색이 비치기도 하고 푸른색이 비치기도 하며 초록색이 비치기도 하는 기묘한 눈동자를 깜박이며 그를 빤히 보더니 파샤의 품에 안겨 있는 청보라색 아기 누에고치를 내려다보며 말했다.

"안녕, 아기야."

"파이, 어, 아기 아닌데……."

그를 신기한 듯 빤히 쳐다보던 파이가 화들짝 놀라 양손을 꼬물꼬물 만지작거리며 말했다. 그러자 그가 유쾌한 웃음을 터트리고 제 기다란 코로 이마쯤 되는 넓은 머리통을 통통 두드리며 말했다.

"이런! 그래, 미안하구나. 아이야, 네 이름이 파이니?"

"어, 음. 어, 파이."

"그렇구나. 네가 파이구나."

그가 기묘한 색을 담은 눈동자를 반짝이며 진하게 미소 지었다. 그때까지도 파이의 뺨에 철썩 달라붙어 있던 여왕이 신이라 불리는 코끼리 인간에게 고개를 돌려 말했다.

[신, 정말로 고마워!]

"뭘, 이 정도야. 매년 봄의 시작을 위해 고생이 많잖아? 그리고, 나도 보고 싶었거든. 이 아이를."

신이 의미심장하게 운을 떼며 말했다. 여왕은 제가 종종 이야기하던 어여쁜 아이의 이야기를 듣고 궁금했던 모양이구나 싶어 활짝 웃으며 아름다운 12장의 날개를 팔락이며 그의 정수리로 날아가 철썩 달라붙어 뺨을 비비며 말했다.

[어때, 완전 귀엽지? 완전 사랑스럽지?! 응? 응?!]

여왕이 호들갑을 떨며 말하자 신이 유쾌한 웃음을 터트리며 긴 코로 여왕의 작은 머리통을 툭툭 두들겼다. 그가 수긍하는 듯해 여왕이 해맑게 웃었다.

"자, 그만 정신 챙기고 이리 오라고. 손님이 오셨으니 대접을 해 드려야지."

신은 쭈그려 앉은 몸을 벌떡 일으키며 멍청히 자신을 쳐다보는 파샤에게 말했다. 파이는 어느새 파샤의 품에서 빠져나와, 그의 팔을 흔들었다.

"가쟈!"

파샤는 왠지 저만 훌쩍 다른 세계에 떨어진 느낌이었다. 뭐랄까 말로 표현할 수 없는, 그런 한계의 도달한 느낌이었다. 이거 정말 내 꿈 맞아? 파샤는 이것이 자신의 꿈이라고 믿을 수가 없었다. 그가 멍청히 눈을 깜박이며 신을 올려다보자 그가 제 손을 들어 정수리쯤 되는 부분을 박박 긁으며 말했다.

"꿈이니까, 그럴 수도 있지 않을까?"

그가 혼란스러운 파샤의 마음에 답을 주듯 말했다. 무슨 꿈이 이런데! 하고 항변하려던 파샤는 왠지 그의 말대로 꿈이니까 가능할지도, 라는 생각이 불현듯 들었다. 정말 이상하다. 그렇게 생각하자마자 혼란스러운 마음이 금세 침착해져 버렸다. 그가 눈을 한 번 더 깜박이고 난 후에는 아무렴 어떠랴 하는 표정으로 주저앉은 몸을 일으키고 있었다. 파이는 제 오빠의 다리에 철썩 붙어 그를 올려다보았다. 파샤가 제 순진무구한 누이의 얼굴을 내려다보다 피식 웃었다.

"그래, 꿈이니까."

그가 수긍하자 신이 어깨를 으쓱하며 볕 좋고 벚꽃이 아름답게 떨어져 절경을 이루는 숲의 공터 한쪽 명당자리를 가리키며 말했다.

"저쪽 가서 차나 한 잔 해."

그의 말에 파샤가 다리에 달라붙은 파이를 달랑 안아들고 고개를 끄덕였다. 신이 앞장서서 걸어갔다. 그의 곁엔 어느새 개미핥기가 졸졸 쫓아가고 있었다. 신이 가리킨 명당자리에 당도하자 그는 폭신하게 쌓인 벚꽃잎 위에 앉아 그 가까이를 툭툭 두들기며 말했다.

"여기 앉아."

그의 말대로 파샤는 조심스레 그 바닥에 앉았다. 신기하게도 여러 색의 벚꽃이 쌓인 바닥은 폭신폭신해서 어떤 고급 재질의 방석보다 편하고 좋았다. 파샤는 가부좌를 틀어 앉았고, 그 다리 위에 파이를 내려놓았다.

파이는 제 오빠의 든든한 상체에 몸을 기대며 하얗고 짧은 다리를 팔랑팔랑 흔들었다. 신과 파샤, 그리고 파이 주변에 커다란 리파가 어슬렁어슬렁 다가가 엎어져 누웠고, 그 곁에 다리가 6개 달린 여우가 따라 앉았다. 그리고 여우의 머리통 위로 청록색 흰꼬리수리가 사뿐히 내려앉았다. 여왕은 여전히 신의 머리 위에 엎드려 팔랑팔랑 파이를 따라 다리를 움직였다. 우아하게 떨어지는 그녀의 아름다운 흰색 드레스가 반동으로 살랑살랑 춤을 췄다.

커다란 범고래는 그 주변을 가볍게 배회하더니 뽕! 하는 소리와 함께 작은 새끼 범고래가 되어 나른하게 널브러진 리파의 털 속으로 숨었다 나타났다 하며 주변을 들썩였다. 그들의 주변에는 크고 작은 동물들이 크게 원을 그리며 앉았다. 작은 새들은 그 주변을 날다 가까운 나뭇가지에 앉았고, 열대어들은 벚꽃 사이로 춤을 추며 헤엄쳤다. 그들과 어울려 작은 페어리들이 따라 춤추듯 날며 재잘거렸다. 파샤는 눈 깜짝할 새 제 주변에 모여든 수많은, 조금은 현실성 없는 동물들을 빤히 쳐다보며 허탈하게 웃었다.

"좀 정신없어도 이해해. 애들 한창 축제 중이었거든."

신이 한 손으로 제 머리통을 박박 긁으며 말했다. 지금은 포근한 봄을 알리는 진귀한 자들과 순수한 자들의 봄의 축제 '라라'가 진행되고 있었다. 요정계에만 피는 여러 색의 벚꽃 나무와 무지개색 하늘은 이 시기, 딱 이 순간에만 인간계 어딘가의 일부분에도 나타난다. 그것을 시작으로 온 대지에 봄의 생명이 원활히 움직이고 봄비가 내려 천천히 새싹이 트는 것이다.

봄을 알리는 서장.

봄의 축제 '라라'는 그것을 의미했다. 이때만은, 모든 진귀한 자들이 한곳에 모여들었다. 종종 진귀한 자들 중 용족도 참석하기도 하나 안타깝게도 올해에는 그들이 오지 않았다. 천성이 게으르기 때문에 100년에 한 번 참석할까 말까 했으니 딱히 여왕은 그들이 올 거라고 기대하진 않았다. 그것은 사실 신 역시 마찬가지였으나, 올해는 웬일로 이리 참석해서 자리를 빛내 주었다. 덕분에 여왕의 아름다운 얼굴에 화사한 미소가 만개하듯 피어났다.

신은 방실방실 웃는 여왕의 작은 머리통을 톡톡 두들기며 말했다.

"오늘은 특별히, 차가 아니라 술을 주도록 하지."

"술?"

"그래 아주 진귀한 술이지."

그는 빙글 웃으며 말했다. 파샤가 고개를 갸웃 기울이다 입술을 들썩였다. 아직 미성년인 파샤가 거절을 말하기도 전에 신은 제 몸을 감싸고 있는 흰 옷자락 안에 손을 집어넣고 더듬더듬거리더니 그 안에서 고동색 흙으로 빚어낸 잔 하나를 꺼냈다. 그리고 남은 손으로 바닥을 퉁퉁 치자 그 옆에 앉은 개미핥기가 제 긴 코를 바닥에 박박 긁었다. 그러자 그 자리에서 쑥 하고 옥색 호리병이 올라왔다. 파샤와 파이가 눈을 휘둥그레 떴다.

"저, 정말 신인가."

눈으로 봐도 신기한 모습이었다. 얼굴만 코끼리라는 것만으로도 신기해 죽겠는데, 그의 몸에서 자연스럽게 뿜어져 나오는 기운은 정말로 말로 표현할 수 없을 정도로 신성하고 고귀해 보였다. 하지만 파샤는 의문이 생겼다. 파샤가 알기론 대륙 내에 동물의 모습을 한 신은 없었다. 모두가 다 아름답다 칭송하는 미남 미녀였고 이렇게 신기하게 생긴 신은 없었…….

"없긴 왜 없어?"

여기 있잖아. 그가 쌜룩거리며 말했다. 그러고는 흙색 잔에 옥색 술병을 기울여 술을 따랐다. 옥색 술병 안에서 청록색 투명한 액체가 주르륵 쏟아졌다. 술잔을 가득 채운 그가 파샤에게 대뜸 내밀었다.

파샤는 제게 내밀어진 술잔을 받을 생각도 않고 자신의 생각을 읽은 그가 몹시도 신기하다고 느꼈다. 의문 어린 표정으로 그를 보자 신이 씩 웃었다. 어쩐지 기묘한 인상이 되었다. 코끼리가 웃다니. 어쩐지 그는 손을 들어 이마를 짚고 싶어졌다. 그 모습에 신이 다시 유쾌하게 웃으며 어깨를 으쓱거렸다.

"너희가 아는 신이라는 형상, 그거 말이야. 너희 좋을 대로 포장한 모습이거든? 인간이란 참 대단해. 저 좋은 대로 상상해서 그 겉모습을 나한테 덧씌우다니 말이야."

그거 알아? 이 세상에, 이 차원에 신은 오직 나 하나뿐이야. 근데 너희는 아주 다양하고 많은 신을 섬기지. 그가 조금 더 긴 뒷말을 이었다. 파샤가 얼떨결에 제 앞에 내밀어진 술잔과 그를 번갈아 쳐다보더니 이내 조심스레 양손으로 그것을 받았다. 파이는 오빠가 무언가를 받자 눈을 동그랗게 뜨고 그것을 올려다보았다. 아주 고운 색으로 물들인 잔의 밑바닥이 보일 정도로 청록색 반투명한 액체가 가볍게 파동을 일으키며 일렁거렸다.

"하지만, 신의 얼굴이 코끼리라니……."

너무 위엄 없는걸? 하고 파샤가 조금은 허탈한 어조로 말했다. 꿈이
니까 눈앞의 신이 하는 말도 어쩌면 제 속에 상상이 만들어 낸 것일지
도 모른다는 생각이 들었다. 그러자 신이 눈을 씰룩거렸다.

"뭐어, 위엄?"

그가 말끝을 끌며 반문했다. 파샤가 저도 모르게 어색하게 웃으며
어깨를 으쓱했다. 그러자 신이 단숨에 머리를 다른 형태로 바꾸어 커
다란 아가리를 벌렸다. 크게 쩍 벌린 그의 아가리 안에 날이 바짝 선
뾰족하고 위협적인 이빨들이 촘촘히 박혀 있었다.

그는 놀랍게도 순식간에 커다란 입을 가진 악어의 머리로 변해 그
커다란 아가리를 벌려 파샤의 머리통을 단숨에 집어삼켜 씹을 것 같
은 기세를 내뿜었다. 파샤가 놀라 저도 모르게 들고 있던 잔을 크게
들썩였다. 술잔에 가득 담긴 청록색 술이 그의 입 주변에 쏟아졌다.
파샤는 인상을 찡그렸다. 악어의 얼굴을 한 신이 금색 파충류의 눈을
가늘게 접으며 켈켈 웃었다. 그의 돌변한 모습을 빤히 지켜보던 파이
가 까르르 웃으며 손뼉을 쳤다.

대단하다! 신기해! 신은 대단하구나!

파이가 놀랍도록 신기한 그의 모습에 순수하게 감탄하자 쌜룩하게
웃던 그가 눈빛으로 빙긋 웃으며 쩍 벌린 아가리를 회수하며 말했다.

"어때, 이 정도면."

위엄 있어 보이지? 코끼리의 얼굴로 말하는 것도 놀라울 정도로 기
묘했지만, 악어의 얼굴로 말을 하는 모습은 그 이상으로 괴이했다. 파
샤가 여전히 술이 뚝뚝 떨어지는 제 입 주변을 잠옷 소매로 닦아 냈
다.

"그, 뭐, 대단하군."

그가 신이 파충류의 매서운 눈빛으로 쏘아보자 떨떠름한 어조로 말
했다. 위엄은 그런 의미로 말한 것이 아닌데, 아무래도 신이라는 양반
은 뭔가 착각을 하고 있는 모양이다. 또다시 파샤의 마음속 중얼거림

을 들은 신이 어깨를 으쓱하며 말했다.

"위엄이라는 게 뭔데? 어차피 그것 또한 인간의 잣대로 잰 것 아냐? 이봐, 이봐. 너희 멋대로 나한테 그런 겉모습을 씌워 놓고 위엄을 찾으면 어쩌자는 거야? 잘생기고, 예쁘고, 아름다우면 위엄이 생기나? 멋대로 정해 놓고, 멋대로 수긍하는 게 너희 인간들의 특성 아니야? 그리고 말이야, 난 가만히만 있어도 위엄이 넘치는 위대한 신이거든? 위엄이 뭐 눈에 보이는 건 줄 아나."

긴 말을 내뱉은 그는 가볍게 숨을 내쉬는 사이 어느새 순록의 모습으로 돌변한 상태였다. 위험천만하게 솟은 두껍고 높은 두 뿔이 그의 이마 위에 솟아 위용을 뽐냈다. 파샤는 그의 말에 할 말을 잃고 입술을 들썩였다. 신은 약간의 혼란을 겪고 겨우 정신을 다잡는 파샤를 지켜보았다. 그리고 파샤가 술을 제 얼굴에 쏟아 빈 잔이 된 흙색 잔을 내려놓자마자 그것을 빤히 쳐다보다 만지작거리는 파이를 흘깃 보았다.

신은 잔을 받아 든 파샤를 올려다보는 파이를 지그시 바라보았다. 한낱 2살짜리 아이 덕에, 신은 인간들이 만들어 낸 신의 형상을 믿고 있던 파샤에게도 온전한 본 모습을 보일 수 있었다. 파이가 그를 있는 그대로 보고 있기 때문에 파샤조차도 신의 본연의 모습을 함께 보는 것이다.

아이의 순수한 시선이 신을 무겁고 진득한 인간들의 욕망의 형상에서 벗어나게 했다. 그는 가볍게 웃으며 순수함이란 정말 대단한 것이구나 하고 속으로 중얼거렸다. 틀에 박힌 인식 따위 없는 파이의 파란 눈을 통해야만 파샤가 신을 볼 수 있다는 것을, 그는 알까? 아마 모를 것이다. 신은 빙글빙글 웃으며 파이에게 얼굴을 쑥 내밀며 말했다.

"너도 먹을 테냐?"

파샤와 대화를 나누는 신 사이에서 몰래 술잔을 만지작거리던 파이가 놀라 몸을 흠칫 떨고는 고개를 돌려 그를 쳐다봤다. 그가 인간의 손을 들어 파이의 조금은 헝클어진 금색 머리카락을 쓰다듬으며 말했다.

"너도 먹는 게 좋겠다."

이거 먹으면 평생 동안 악운이 달라붙지 않거든. 뭐, 조금 늦기는 했지만. 그가 뒷말을 삼키며 파이의 손에서 술잔을 넘겨받았다. 파샤가 앗 하는 사이 그가 빈 술잔에 새 술을 채우며 파이의 작은 손에 쥐여 주었다. 그러고는 막 떨어지는 노란색 꽃잎을 술잔 위에 띄워 주며 말했다.

"이건 보통 술이 아니니까, 마셔도 돼."

아주 특별한 거라 해롭지 않단다. 그의 말에 파이는 제 손에 들려진 커다란 잔을 빤히 내려 봤다. 파샤가 기겁하며 격분하여 따졌다. 그러고는 황급히 파이의 양손에 들려진 잔을 빼앗으려 했다. 신이 얼른 그의 손을 잡으며 말했다.

"어허, 괜찮아. 괜찮아. 어른이 있는 데선 먹어도 된다고."

"잠깐! 이봐 신! 아무리 그래도, 고작 2살짜리에게 술을 먹이고 싶어?"

파샤가 기가 막힌 듯 말했다. 신은 싱글벙글 웃었다.

"보통 술이 아니라니까."

파이는 제 머리 위에서 아웅다웅 다투는 파샤와 신을 내버려 두고 제가 들고 있는 잔에 담긴 청록색 반투명한 액체를 빤히 쳐다보았다. 뽀글뽀글 작은 기포들이 아래에서 위로 끊임없이 올라왔다. 잔잔히 흔들리는 파이의 작은 몸에 따라 술잔의 수면이 잔잔히 흔들려 그 위에 띄워진 노란색 꽃잎이 파르르 떨리더니 신기하게 그 속에 녹아들었다. 꽃잎이 녹아든 술잔의 수면이 전보다 더 반짝반짝거려 마치 파이에게 어서 날 마셔 줘, 하고 재잘거리는 것 같았다.

파이는 그것을 빤히 보더니 제 도톰하고 조막만 한 입술에 술잔을 대고 쭉 들이켜 마셨다. 파이의 작은 몸이 파샤의 상체에 온전히 기댈 정도로 몸을 뒤로 젖혀 단숨에 마셔 버렸다. 파이의 입을 타고 들어간 신기한 신의 술은 곧 그 작은 목구멍으로 넘어가 몸속 구석구석에 녹아들었다.

굉장히, 말로 표현할 수 없을 정도로 달콤한 맛이었다. 생크림 잔뜩 얹어진 딸기보다도 맛있다고 느꼈다. 파이가 다 비운 술잔을 무릎 위에 내려놓으며 혀를 날름 내밀어 입술을 핥았다.

"오! 너 좀 먹을 줄 아는구나!"

신이 유쾌한 어조로 말했다. 파샤가 소리 없이 비명을 내뱉었다. 맙소사! 그가 신에게 잡힌 양손을 거칠게 뿌리치며 파이의 작은 몸을 들어 올렸다. 갑자기 덜렁 들어 올려진 파이가 조금은 상기된 얼굴로 눈을 동그랗게 뜨고 파샤를 돌아봤다. 양 뺨이 조금 붉어지긴 했으나 겉으로는 멀쩡해 보이는 파이의 말간 얼굴에 파샤가 긴가민가한 표정으로 눈을 깜박이며 누이를 쳐다봤다. 파이는 고개를 갸웃 기울이며 말했다.

"어빠야?"

확실히 아무 이상이 없어 보였다. 파샤가 가볍게 한숨을 내쉬며 파이를 제 다리 위에 앉혔다. 신은 어깨를 으쓱하며 너무 과보호 아냐, 하고 말하며 통쾌한 웃음을 가볍게 내뱉었다.

"자, 너도 마셔."

그가 어느새 바닥에 떨어져 나뒹구는 술잔을 들어 털털 털어 내고 새 술을 채워 내밀며 말했다. 파샤가 제 배에 나른하게 몸을 기대는 파이의 머리를 한 손으로 쓰다듬다 의심쩍은 표정을 지으며 말했다.

"왜 자꾸 마시라는 거야?"

"다 너 좋으라고 그러는 거야."

신이 조금은 단호한 어조로 말하며 그에게 술잔을 더 가까이 내밀었다. 파샤가 가볍게 한숨을 내쉬며 술잔을 받아 코에 가까이 대고 킁킁 냄새를 맡았다. 뭔가 향기로운 과실주 같은 냄새가 났다. 정말 괜찮을까 싶어 고민했지만 어차피 꿈이니까 괜찮지 않을까 하는 생각이 일순간 들었다.

"쭉 들이켜. 네 누이처럼."

"아, 재촉하지 마."

안 그래도 마실 거라고. 하고 말을 내뱉는 파샤는 제 손에 들려진 잔을 입에 대고 단숨에 삼켰다. 그 모습에 신이 의미심장하게 웃었다. 잔을 말끔히 비운 파샤가 술잔을 내려놓고 후 하고 낮은 한숨을 내쉬었다. 신의 술은 굉장히 맛있었다. 술이라는 게 이렇게 맛있는 줄 알았다면 진즉에 먹어 볼걸 하는 엉뚱한 생각을 했다. 그런데 그 순간 파샤는 왠지 시야가 흔들리고 몸도 나른한 것이 졸음이 밀려옴을 느꼈다.

방금 전까지만 해도 멀쩡한 정신이 흐릿하게 흔들리자 파샤는 어라, 어라, 하고 조금 기운 빠진 어투로 중얼거렸다. 점차 무거워지는 몸이 옆으로 기우는가 싶더니 눈을 감고 기어코 벚꽃이 쌓인 바닥에 폭! 쓰러졌다.

그의 품에 새근새근 잠들었던 파이도 함께 떨어졌으나 바닥이 폭신해 그녀의 잠을 깨울 만한 충격은 없었다.

신은 나란히 잠이 든 남매를 짙게 내려앉은 금색 눈으로 내려다보았다. 까무룩 잠이 든 파샤의 손에 들려진 잔을 회수하고 신이 곤히 잠든 그의 뺨을 가볍게 매만지며 말했다.

"이로써 너는 죽음을 비껴가겠지?"

힘 내거라, 무사(巫使)의 아들아.

그는 조금은 씁쓸한 한편 굉장히 다정하게 읊조리고는 시선을 돌렸다. 그의 시선에 닿은 파이의 둥근 금색 정수리를 빤히 쳐다보더니 이내 파샤의 뺨을 쓰다듬던 손을 옮겨 그 금색 실타래 같은 머리카락을 쓰다듬으며 말했다.

"미안하다. 기도를 못 들어줘서. 그래도…… 괜찮지?"

사랑하는 가족들이 있으니까. 신이 조금은 기쁜 어조로 말했다. 잠결에 파이가 배시시 웃는 것이 언뜻 보여서 신이 안도한 듯 말갛게 웃었다.

괜찮을 거야. 더 이상의 슬픔은, 비극은 없단다. 두 번 다시 네가 슬퍼할 일은 없단다.

신이 조용히 노래하듯 읊은 말이 꿈결 같은 무지개 세상에 쏟아져 금세 아스라이 흩어져 사라졌다. 여러 색이 뒤섞인 벚꽃 나무에서 꽃잎이 춤을 추며 그들 아래로 떨어졌다.


드디어 만연한 봄이 다시 찾아왔다.

봄의 축제를 마무리 짓고 난 다음 날, 파샤가 눈을 떴을 때는 온전히 제 방의 침대에 떡하니 누워 있었다. 그는 어쩐지 멍한 표정으로 눈을 깜박이며 천장을 쳐다봤다.

"……뭔가 굉장히 대단한 꿈."

그가 몹시도 기운 빠진 어조로 중얼거렸다. 파샤가 비적비적 상체를 들어 올렸다. 가슴까지 가지런히 덮인 이불이 스르륵 부드럽게 떨어져 내렸다. 그가 양팔을 하늘 높이 들어 올리며 시원하게 기지개를 켰다. 어쩐지 대단한 꿈을 꾼 것 같은데 기억이 나지 않는다. 그런데 왠지 머릿속이 개운하고 가슴 가득 무언가가 샘솟는 느낌이었다.

평상시보다 컨디션이 훨씬 좋은 느낌에 파샤는 고개를 기울이며 떨어져 내린 이불을 만지작거렸다. 파샤가 이불보를 멍하니 매만지다 소매 부분이 청록색으로 희미하게 물든 것을 보았다. 파샤는 눈을 동그랗게 뜨고 무언가 묻은 흔적이 남은 소매를 들여다보았다.

"……이게 뭐야?"

희미하게 남은 청록색 얼룩에 파샤가 미간을 찌푸렸다. 언제 이런 게 묻었지. 털털한 성격이지만 어릴 적부터 집사에게 세뇌당하듯 청결을 몸으로 배워 온 그로서는 자신도 모르는 새 이런 얼룩이 묻었다는 데에 의문이 들었다. 하지만 곧 자신의 기상 시간을 알리는 노크 소리에 그 생각을 말끔히 지워 버리고 말았다.

파샤가 '들어와.' 하고 말하고는 침대에서 비적비적 빠져나왔다.

"도련님 세숫물 올릴까요."

전속 하녀가 들어오자마자 고개를 깊이 숙여 인사하며 말했다. 그에 파샤가 고개를 끄덕이며 제가 입고 있던 잠옷 상의를 벗으며 말했다.

"이거 소매에 얼룩이 묻었는데."

하녀는 그가 내미는 옷을 받아 들고 이리저리 양쪽 소매를 훑어보더니 이내 고개를 갸웃 기울이며 물었다.

"도련님, 얼룩이 어디에 있는 건가요?"

전속 하녀의 말에 파샤가 손을 뻗어 오른팔 소매를 집으며 말했다.

"여기 있잖…… 어?"

분명 희미하긴 하지만 청록색으로 물들었던 얼룩이 감쪽같이 사라졌다. 파샤는 제가 들어 올린 소매를 눈을 동그랗게 뜨고 깜박이며 쳐다보더니 자세히 보기 위해 얼굴까지 숙여 빤히 쳐다봤다. 그러나 얼룩은 거짓말처럼 온데간데없이 사라져 있었다. 파샤가 멍청히 눈을 깜박였다.

"착각, 했나."

전속 하녀가 고개를 갸웃 기울이며 '도련님?' 하고 부르자 파샤가 고개를 가볍게 절레절레 흔들며 세숫물을 부탁했다. 하녀가 조심스레 뒷걸음치며 방을 나섰다. 파샤는 한 손으로 제 턱 주변을 매만지며 방 안을 서성이며 중얼거렸다.

"분명 봤는데, 그거. 분명 얼굴에 쏟은 술을 닦은 자국인…… 어?"

그는 자연스럽게 중얼거리다 문득 기묘한 위화감에 고개를 갸웃 기울였다. 술이라니? 제가 언제 술을 마셨단 말인가. 분명 어제는 언제나 정해 놓은 취침 시간에 물 한 잔 마시고 바로 침대에 들어왔는데.

어젯밤을 회상하던 파샤의 미간이 가볍게 찌푸려졌다. 왜 갑자기 코끼리 얼굴이 떠오른 거지. 그가 고개를 갸웃 기울이며 톡톡 검지로 제 턱 주변을 두드렸다. 그가 짧은 생각에 잠겨 있는 사이 행동이 재빠른 전속 하녀가 노크를 하는 소리가 들렸다.

'아, 모르겠다. 꿨던 꿈도 이상하게 기억도 잘 안 나고.'

파샤가 턱을 톡톡 건드리던 손을 들어 뒤통수를 긁적이며 체념한 듯 가볍게 한숨을 내쉬고 입을 열었다. 들어와, 하고 허락의 말을 내뱉자마자 무언가 희미하게 데자뷰같은 것을 경험하는 느낌이었다. 파샤는 곧 열리는 방문을 빤히 쳐다보며 속으로 중얼거렸다.

'저것보다 더 짙은 고동색, 문이었는데.'

그 문 안에서 들려왔던 낯선 사내의 목소리. 파샤는 그것을 떠올리다 고개를 절레절레 흔들었다. 어째 오늘은 조금 정신을 못 차리는 것 같다. 오늘따라 기묘한 기시감을 느끼는 파샤가 고개를 붕붕 저으며 잡생각을 지우며 말끔히 씻고 가벼운 수련복으로 갈아입고, 편한 가죽부츠를 신고 방을 나섰다. 그의 뒤로 하녀가 조심스레 따랐다. 파샤가 방을 나와 복도를 쭉 걷다가 두 갈래로 갈라진 복도를 보며 다시 고개를 갸웃 기울였다. 새까만 밤의 복도에, 저 중간에 작은 인영이 서 있었다.

그건, 내 누이 파이.

파샤가 드문드문 피어오르는 전날 밤의 기억 조각을 주우며 인상을 가볍게 찡그렸다 폈다. 성큼성큼 걷던 그의 걸음이 점차 느려져, 그 뒤를 따르던 하녀의 얼굴에 의아한 기색이 비쳤다. 그녀가 조심스레 자신의 도련님을 부르려 하다, 문득 복도 왼쪽 벽에 배치되어 있는 고풍스럽고 커다란 조각상 안쪽에 익숙한 갈색 물건이 있는 것이 보였다. 그녀가 조각상이 있는 곳으로 걸어가며 말했다.

"어머! 저건……."

파샤는 무언가 애매모한 생각의 바다에 발을 담갔던 정신을 빼내며 뒤를 돌아보았다.

"뭐야?"

하녀는 조각상 구석에서 갈색 무언가를 집어 와 가지런히 들고 그의 앞에 살짝 내밀며 말했다.

"도련님 털 슬리퍼가, 여기……."

하녀는 의아한 기색으로 갈색 곰 털로 만든 슬리퍼를 그에게 보였다. 파샤의 눈이 조금 커졌다. 그는 빠르게 눈을 깜박였다. 그의 머릿속에 괴상하게 생긴 코가 긴 네 발 달린 동물이 채찍 같은 혀로 제 슬리퍼를 빼앗아 이 복도로 던지는 기억이 불현듯 떠올랐다. 그리고 그 기억을 따라 어젯밤 꾸었던 꿈도 얼핏 생각이 났다. 파샤가 하녀의 손에 들린 슬리퍼 한 짝을 집으며 어쩐지 허탈하고, 의심스럽게 중얼거렸다.

"설마……."

꿈이 아니었나? 그가 뒷말을 삼키며 다급하게 고개를 저었다. 맙소사, 파샤! 그 괴상한 세계가 정말로 존재한다고? 그런 말도 안 되는 생각을 하는 거냐? 그는 점차 선명해져 가는 꿈의 일부분을 떠올렸다.

노란빛이 감도는 별 같은 것이 반짝이는 대리석 복도 바닥.

코가 길고, 혀도 채찍처럼 날름거리던 기묘한 짐승.

그리고 그 짐승의 뒤를 쫄래쫄래 쫓아가고 있던 누이.

그 누이를 발견한 나.

그리고…….

"도련님?"

흐릿하게 잔상처럼 남아서 언뜻언뜻 기억나는 꿈이 순식간에 도미노처럼 줄줄이 쏟아져 이어졌다. 파샤가 홍수처럼 쏟아져 휩쓸릴 것 같은 꿈의 기억에 멍청히 눈을 깜박이고 있자 전속 하녀가 고개를 기울이며 조심스레 그를 불렀다. 파샤가 그녀의 목소리를 듣고 화들짝 놀라며 어깨를 들썩였다. 덩달아 놀란 하녀가 저도 모르게 눈을 동그랗게 떴다. 파샤가 빈손으로 잘 정리되어 있는 제 앞머리를 거칠게 쓸어 올리며 가벼운 신음을 내뱉었다.

"맙소사, 설마 그게…… 진짜였어?"

✳✳✳

시간은 아쉬울 정도로 빠르게 흘러 다시 1년이 지났다.

파이는 그사이에 말도 많이 늘고, 키도 자라고, 곧잘 걷는 것은 물론이요, 도도도 뛰기까지 했다.

파이는 이제 색의 이름도 알아서 제 눈 색이 파란색이라는 것을 알았고, 아빠와 오빠들의 눈 색이 빨간색이라는 것, 아사벨의 머리색이 파란색이라는 것도 알았다. 그뿐만 아니라 파이는 자신이 살고 있는 곳이 집이라는 것을 알았고 그 집에 사는 사람들 모두가 갖가지 다른 색을 가졌다는 것을 알았다. 색뿐만 아니었다. 모두가 달랐다. 생김새도, 크기도.

그것 말고도 파이는 동물에도 종류가 있다는 것을 알았다. 아이는 이제 동물의 종류를 10개나 알아 리파가 호랑이라는 야수라는 걸 알았다. 또한 붉은 것이 여우이고, 청록색에서 붉은색, 은색 등등의 여러 색으로 바꾸며 높은 하늘을 날아다니는 커다란 것이 새라는 것을 알았다. 또한 종종 하늘에 헤엄치듯 돌아다니는 검은색과 하얀색, 물색을 두른 것이 물고기라는 것을 알았다.

세상이 추워졌다 따뜻해졌다 더워졌다 시원해졌다 하며 계절이 바뀌는 것까지 안 파이는 이제 제 이름도 어설프게나마 쓸 수 있게 되었다. 엄청 꼬부랑거리는 글씨지만.

파이는 그렇게 훌쩍 지나간 1년 사이 많은 걸 보고 깨닫고 이해하고 터득했다.

그러나 파이는 그 1년 동안 알아온 것보다 여전히 더 많은 걸 알아야 했다. 많은 걸 보고, 느끼고 이해하고 터득해야 했다. 가장 중요한 것은, 대공작가의 금지옥엽 유일무이 고귀한 신분의 공녀로서 예의와 기본소양이었다. 그러나 당사자인 파이는 물론 그녀의 가족들은 어쩐지 느긋하기만 하다.

카이저는 파이가 칼레이저가의 공녀로서, 또한 고위귀족으로서 마땅히 배워야 할 예의와 기본소양을 하루 빨리 배우길 원치 않았다. 아이는 지금 있는 모습 그대로 충분했다. 그는 딸아이가 지금 있는 그대로, 순수하고 천진난만한 모습으로 있는 것이 보기 좋았고, 그것만으로도 충분히 수미(粹美)하다고 생각했다.

조금만, 조금만 더 아이가 스스로 보고, 느끼고 터득하고 이해하며 많은 것을 자연스럽게 알아 가길 바랐다. 아직 너무 이르지 않은가, 이 세상의 틀에 박힌 상식을 배우기엔. 이 작은 아이가 좀 더 자라 4살이 되고 5살이 되어 어린 소녀가 되어서 배워도 늦지 않을 것이다. 카이저는 조금만 더, 조금만 더 아이가 자유롭게 뛰어놀길 바라서 부러 조급하게 귀족으로서의 교육을 강요하고 싶지 않았다.

그리 생각한 카이저는 작년보다 머리 하나 정도 커진 딸아이가 엉덩이만 내민 뒷모습을 흘깃 쳐다보고는 소리 없이 웃었다. 파이는 자신이 가장 좋아하는 정원의 안쪽 커다란 나무가 있는 쪽에 상체만 겨우 숨기고 무릎을 꿇고 몸을 동글게 말아서 바닥에 엎어져 있었다. 상체만 어설프게 숨긴 파이가 나무에 숨긴 얼굴을 쏙 내밀었다, 금세 그 속에 모습을 감췄다. 그 찰나에 보이는 아이의 황금색 머리카락은 이제 날개 뼈까지 자라나 제법 여아다운 티가 났다.

반짝이는 금색 머리카락을 반만 묶은, 연한 노란 바탕에 초록 세로 줄무늬가 들어간 리본이 팔랑 춤추듯 떨어졌다. 파이는 어쩐지 수수한 느낌의 카키색 페전트 드레스를 입고 있었다. 서민 아이들이나 입을 법한 페전트 드레스는 공녀인 파이가 입기에는 많이 수수했다.

그러나 파이가 현재 입고 있는 옷은 그녀가 가장 좋아하는 옷이다.

왜냐면 굉장히 편하거든. 파이는 페전트 드레스에서 팔을 자유자재로 움직일 수 있는 퍼프 슬리브를 가장 좋아했다.

꼼지락거리면서 상체만 겨우 숨긴 아이는 자신이 온전히 숨은 줄 알고 숨 죽여 킥킥 웃음을 내뱉었다. 그에 따라 카이저 역시 모른 척 그 주변만 배회하고 어슬렁거리면서 떡하니 엉덩이를 내보이는 파이를 냉큼 잡지 않았다.

"파이- 내 딸 어디 갔을까?"

그가 몹시도 궁금하다는 어조로 그 주변을 빙글빙글 돌며 이리저리 둘러보는 척했다. 그가 한 손을 들어 입가에 대고 파이를 불렀다. 어디 갔니? 어디 숨었을까?

그는 올해 3살이 되고 반년이 지난 사랑스러운 딸아이와 다정하게 숨바꼭질 중이다. 파이는 아빠의 부름에도 몸을 둥글게 말고 커다란 나무 가까이에 있는 아주 작고 낮은 관목인 단 나무의 풍성한 이파리에 제 상체를 꼭꼭 숨겼다. 그녀의 호박바지를 입은 빵빵하고 조그만 엉덩이가 한차례 씰룩거렸다.

단나무 안을 파고 들어간 파이는 그 속에 납작 엎드려 있는 고동색 짐승의 금색 눈을 보며 눈을 가늘게 접고 씩 웃었다. 파이의 눈웃음에 1년 사이 제법 자라난 그가 따라 눈웃음을 지었다. 가볍게 가르릉 하고 울자 파이가 냉큼 그의 폭신한 양 앞발을 양손으로 잡으며 만지작거리고 손장난을 쳤다. 그때였다.

"여기, 있구나!"

파이의 주변을 아슬아슬 배회하며 못 찾는 척하던 카이저가 냉큼 파이의 작은 몸을 향해 손을 뻗으며 외쳤다. 그가 순식간에 파이의 양 겨드랑이에 손을 끼고 들어 올리자 아이가 즐거운 비명을 지르며 까르르 웃었다. 장신인 아빠의 양손에 의해 높이 들려진 파이가 잔뜩 상기된 얼굴로 깔깔 웃으며 버둥거렸다. 카이저는 옥구슬 구르듯 청명하게 터져 나오는 고운 아이의 웃음소리를 들으며 진하게 미소 지었다. 그는 하늘 높이 파이를 들어 올렸다 내리고 제 품에 바르게 안으며 말했다.

"꼭꼭 숨어서 아빠가 못 찾을 뻔했잖니?"

그가 아이를 위해 작은 거짓말을 했다. 파이가 조금 가빠진 숨소리를 내며 방긋방긋 웃고는 그의 유려한 목에 팔을 걸고 그 어깨에 익숙하게 얼굴을 기대며 비볐다.

"우리 딸은 숨바꼭질 천재네? 응?"

그가 고개를 숙여 파이의 복숭앗빛 도톰한 뺨에 입술을 비볐다. 파이가 간지럽다는 듯 그의 턱 주변을 작은 손으로 톡톡 치며 밀어냈다. 카이저가 아쉽다는 듯 입술을 떼자 파이가 그를 따라 아름답게 웃는 아빠의 뺨에 쪽 하고 뽀뽀했다. 그가 기분 좋은 웃음소리를 터트렸다.

칼레이저가의 가장 아름다운 정원에서 막 여름의 경계에 나무들이 가지에 양껏 매달아 놓은 푸른 이파리들이 저만치서 날아오는 기분 좋은 바람결에 살랑살랑 흔들렸다. 청록색으로 영롱하게 빛나는 작은 종달새들이 짝을 지어 그 이파리 사이들을 헤집고 다니며 유쾌하게 터져 나오는 카이저의 웃음소리를 실어 흘려 보냈다.

하나뿐인 딸이 건강을 되찾은 이후 칼레이저가는 아리스타의 저주를 받은 가문답지 않게 매일매일이 평화로웠다. 아마도 앞으로도 쭉 이렇게 행복하게 하루하루 사랑스러운 추억을 만들어 갈 테지. 카이저는 아이를 품은 상태로 그렇게 소원했다.

카이저는 매일매일이 너무나 행복하고 너무나 평화롭고 너무나 따뜻해서, 불현듯 손에 잡히지 않는 꿈결처럼 아스라이 사라져 버릴까 봐 때때로 두려워졌다. 행복과 기쁨으로 가득한 그의 가슴속에 일말의 불안이 조그맣게 하나둘씩 싹을 피웠다.

그러나 그것도 잠시. 그의 귓가로 들려오는 청아한 딸아이의 웃음소리에 그는 가슴속에 슬쩍 머리를 내민 불안의 싹을 묻고 외면했다.

너무 행복해서, 너무나도 기뻐서, 그래서 불안한 걸 테지.

하지만, 괜찮다. 분명 괜찮을 거야.

카이저는 속으로 중얼거리며 말갛게 웃는 딸아이를 마주 봤다.

✳✳✳

다시 이른 봄이 찾아왔다. 파이에게는 4번째 맞이하는 봄이었다. 아직은 서늘한 기온이 감도는 새치름한 새싹공주의 계절인 첫 달, 새로운 새해를 맞이하는 칼레이저가는 꽤나 떠들썩했다. 칼레이저가의 가족들이 본격적으로 수도로 상경할 준비를 하고 있었기 때문이다. 파이는 어쩐지 들썩이는 저택 내를 이리저리 돌아다니며 작년처럼 탱자탱자 놀다 아빠의 다리에 철썩 달라붙어 어리광을 부리곤 했다. 때때로 과묵한 고목나무 같은 휜의 다리에, 어떨 때는 존의 다리에.

어여쁜 4살짜리 공녀가 저보다 큰 어른들의 다리에 철썩 붙어 애교를 부리니 저택 내의 휜을 포함한 식솔들의 얼굴에 아쉬움과 섭섭함이 어렸다.

이 사랑스러운 공녀님을 수도로 떠나보내야 한다니.

차마 떨어지지 않는 입술을 들썩이는 고용인들을 이상하게 쳐다보며 고개를 갸웃 기울인 파이는 방긋방긋 웃으며 재롱을 피웠다. 그녀의 주변엔 제가 들기엔 조금 버거울 정도로 커 버린 리파가 어슬렁어슬렁 배회하며 금색 눈을 반짝였다. 여왕은 파이의 둥근 정수리 위에 누워 팔랑팔랑 발을 흔들며 재잘거렸다. 파이는 자신과 리파, 여왕을 뺀 모두가 분주하게 움직이는 것이 신기한지 까르르 웃으며 이리저리 뛰어다녔다.

그리고 대망의 날이 밝았다. 아사벨과 헤어지고, 제논과 헤어지고, 아벨과 헤어지고, 휜, 존과 헤어지고, 또 본가와 헤어지는 날이. 파이는 평상시와 조금 다른 분위기에 고개를 갸웃 기울였다. 모두가 죽상이었다.

카이저와 파람, 파샤, 파엔을 빼고.

파이가 영문을 몰라 제가 물고 있던 수저를 자글자글 씹다 아사벨의 매서운 눈초리에 히 하고 웃다 말았다. 아사벨은 아이의 웃음에 실없이 웃으며 그 둥근 정수리를 쓰다듬어 주었다. 이 어여쁜 아이와 당분간 안녕이다 생각하니 아쉬움이 절로 들었으나 그녀는 고상한 귀부인답게 제 감정을 노련하게 갈무리했다.

파이는 오늘따라 조금은 이상하지만 늘 그랬듯 즐거운 아침식사를 만족스럽게 마쳤다. 기분 좋은 포만감에 배시시 웃던 아이의 표정은 곧 제가 왜 마차에 타고 있는지 모르겠다는 영문을 모르는 표정으로 바뀌었다.

고개를 돌려 보니 마차의 창문 너머로 익숙한 이들이 하나같이 하얀 손수건을 흔드는 모습이 보였다. 그들은 아쉬운 마음을 담아 손을 팔랑팔랑 흔들며 파이와 카이저, 파람 형제를 태운 마차를 배웅했다. 파이는 그제야 자신이 어디론가 간다는 것을 깨달았다.

"어, 어- 아빠, 할머니는? 할아버지는?"

파이는 제가 탄 마차에 아사벨과 제논, 아벨이 타지 않았다 말했으나 카이저는 쓰게 웃으며 파이의 머리통을 통통 쓰다듬어 주었다. 파이는 그제야, 그네들과 헤어지게 됐다는 것을 깨달았다.

깨닫자마자 파이가 얼굴을 왈칵 일그러트리며 엉엉 울고 버둥거리기 시작했다. 마차의 안쪽 손잡이를 잡아 흔들며 내릴 거야, 내릴 거야! 하고 소리쳤다. 아이가 버둥거리자 그 발길질을 바닥에 누워 있던 리파가 고스란히 맞았다. 리파는 끙끙거리면서도 서럽게 우는 아이의 모습에 걱정 어린 눈길을 주었다. 놀란 카이저가 다급하게 우는 아이를 안아 들어 달래며 말했다.

"여름에, 다시 오자. 응? 파이야. 울면 안 돼. 울면 할머니 안 오신다."

그가 다급히 어르고 달래자 파이가 엉엉 울던 울음을 멈췄다. 얼굴은 시뻘게졌고 눈물을 대롱대롱 단 눈동자로 그를 올려다보았다. 카이저는 진지한 표정으로 아이를 마주 봤다. 그의 말이 진심임을 깨달은 파이가 뒤늦게 터져 나오려는 울음을 삼키려 안간힘을 썼다.

안 돼. 할머니 와야 해. 큰 울음을 삼킨 파이가 눈물만 뚝뚝 떨어트리며 카이저를 올려다보았다. 우는 파이를 무릎에 앉히고 한 손으로 눈물을 뚝뚝 떨어트리는 아이의 눈가를 쓰다듬고 남은 손으로 그 작은 등을 토닥이는 카이저가 낮은 한숨을 내쉬며 말했다.

"나중에 할머니 영지에 놀러 가자. 아빠랑 못 가도 오빠들이랑이라도 가자. 응? 약속할게. 울지 마라. 아가."

그가 새끼손가락을 내밀며 말했다. 파이가 뚝뚝 눈물을 흘리는 얼굴로 그를 빤히 올려다보다 작은 새끼손가락을 걸었다.

"약속이야."

파이가 울음 가득한 목소리로 말했다. 카이저가 난처한 미소를 지으며 고개를 끄덕였다. 파이는 그렇게 사랑하는 할머니, 할아버지와 이별했다.


수도에 안전하게 도착한 파이는 매일같이 아빠를, 또는 오빠들을 못살게 굴기 시작했다. 파이는 아침마다 만나는 카이저와 파람들을 마주 보며 이제 할머니 만나러 가? 하고 물었다. 그럴 때마다 그들은 난감한 표정으로 고개를 저으며 조금만 더 있다, 열 밤만 자고 가자, 하고 아이를 살살 달랬다. 파이는 사랑하는 아빠와 오빠들의 말을 철석같이 믿으며 고개를 끄덕였다. 그러나 그것도 몇 번, 파이의 인내심은 점차 동이 나기 시작했다.

파이는 여느 때와 마찬가지로 아침 식사를 함께 하고 있는 카이저를 보며 물었다.

"아빠, 아빠, 오늘은 할머니 만나러 가?"

제법 또박또박하게 말하는 딸을 사랑스럽게 바라보던 카이저는 그 물음에 곤욕스러운 표정을 지었다. 그가 아이를 다정하게 부르며 말했다.

"음…… 파이야? 파이는 아빠랑 있는 게 싫으니?"

그의 물음에 파이가 고개를 절레절레 흔들며 말했다.

"아니."

"그럼 왜 파이는 할머니만 찾을까? 아빠랑 오빠들 모두 여기 있는데."

그가 사뭇 섭섭하다는 투로 물었다. 그의 물음에 파이가 오히려 이상하다는 듯 고개를 갸웃 기울이며 말했다.

"긍데, 긍데, 어, 할머니랑, 할아버지랑, 어, 같이 있었어. 어, 파이랑 같이, 어, 매일 있었어. 긍데, 긍데 없잖아."

파이는 매일같이 함께 있었던 할머니의 빈자리를 절실히 느꼈다. 아이에겐 아직도 엄마의 빈자리가 컸다. 그 빈자리를 채워 준 것은 다름 아닌 아사벨이었다. 그런 그녀마저 이제는 없다. 파이는 모든 것이 혼란스러웠다. 할머니와 함께한 매일이 벌써부터 까마득해진 느낌이었다. 불안한 그녀의 속을 조금도 눈치채지 못한 카이저가 안색을 흐렸다. 파이는 잘 먹고 있던 음식을 찍은 포크를 내려놓고 한숨을 푹 내쉬었다.

"할머니 보고 싶어."

살짝 내리깐 파이의 파란 눈에 슬쩍 이슬이 맺혔다. 그녀의 슬픔 어린 중얼거림에 카이저가 한숨을 내쉬었다. 어째서 아이는 아빠인 자신도 있고 오빠들도 있는데 아사벨만 찾는 것일까? 그는 정말로 서운해졌다. 그가 조금은 가라앉은 어투로 입을 열었다.

"파이야, 할머니는…… 음…… 열 밤 자고서 만나러 갈까? 응? 지금은 어려우니까, 파이가 열 밤 자고 만나러 가는 거야. 어때?"

그의 조곤조곤한 말에 파이가 대뜸 고개를 들었다. 아이의 말간 얼굴이 평소와 달리 일그러져 있었다. 아이는 어쩐지 몹시도 화가 난 표정을 짓고 있었다. 파이의 평소와 다른 모습에 카이저가 멍청히 눈을 깜박였다.

"거짓말!"

파이가 버럭 소리쳤다. 대뜸 큰 소리로 아이가 외치자 카이저가 눈을 동그랗게 떴다.

"어제도 그랬자나! 열 밤이 왜 자꾸 열 밤이야? 계속 열 밤이래!"

파이는 더 이상 참을 수 없다는 듯 크게 소리쳤다. 파이는 더 이상 그의 말을 믿지 못했다. 신뢰할 수가 없었다. 하루가 지나고 그다음 날이 지나도 카이저의 입에선 여전히 열 밤이었다. 숫자를 다 알지 못하는 파이지만 그것이 몹시도 이상하다 여겼다. 아이는 이제야 카이저가 저에게 거짓말을 했다는 것을 알았다. 사랑하는 아빠에게 배신감을 느낀 아이가 잔뜩 얼굴을 일그러트리더니 이내 울음을 토해 냈다.

"아빠 바보! 멍충이!"

아이가 잔뜩 성이 난 어투로 그를 향해 화를 토해 내며 엉엉 울었다. 카이저는 난생처음으로 아이에게 바보 멍청이라는 소리를 듣자 충격을 받았는지 그 상태로 굳어 버린 것 같았다.

그가 굳은 상태로 멈춰 있자 그녀의 오빠들이 다급히 다가가서 파이를 어르고 달랬으나 성에 차지 않는지 버둥거리며 그들을 밀쳐 냈다. 파람이 창백해진 얼굴로 아이를 안아 들었다. 파이는 격렬하게 버둥거리며 그의 가슴을 밀쳐 냈다. 그럼에도 파람은 아이를 놓아주지 않고 살살 달래며 그 등을 토닥였다. 파이는 상냥한 오빠의 토닥임에도 진정하지 않고 빽빽 울며 끊임없이 반항했다.

저택 내의 식당에서 아이의 울음소리가 그칠 줄 모르고 처절하게 울려 퍼졌다. 그녀의 유모가 난감한 표정을 지으며 파람 주변에 안절부절못하고 서 있었다. 파이가 지치지도 않고 그를 밀치고 버둥거리며 기어코 그 품을 빠져나왔다.

"모두 미워! 다 미워! 다 거짓말해!"

파이는 몹시도 배신감을 느꼈는지 엉엉 우는 목소리로 크게 소리쳤다. 아이의 울음 섞인 말에 그녀의 오빠들 역시 큰 충격에 굳어 버렸다. 파이는 엉엉 울며 제 짧은 다리로 종종종 뛰어 식당을 나갔다.

놀라기는 리파 역시 마찬가지인지 파이의 발밑에서 얌전히 생닭을 뜯다 말고 눈을 동그랗게 뜨고 그 뒤를 쫓았다. 파이는 벌게진 얼굴로 복도를 가로질러 뛰어갔다. 아이가 쉬지도 않고 달려가다 발이 꼬여 철푸덕 넘어졌다. 크게 넘어진 아이는 그 상태로 빽 하고 울음을 토해 냈다. 그 뒤를 쫓은 리파가 다급히 아이에게 다가가 콧등으로 파이의 머리통을 꾹꾹 밀었다. 파이는 건드리지 말라며 팔을 휘저었다.

"다 미워! 다 피료 업써!"

파이가 엉엉 울며 리파마저 밀어내자 그가 한숨을 푹 내쉬었다.

[울지 마, 파이. 난 네가 울면 어쩔 바를 모르겠어.]

그는 몹시도 당황스러운 목소리로 말하며 파이에게 끈질기게 달라붙어 톡톡 건드렸다. 파이는 엉엉 울며 그의 말에 대꾸조차 하지 않았다. 뒤늦게 따라온 유모가 가벼운 비명을 내뱉으며 복도에 대자로 넘어진 아이를 들어 올렸다.

파이는 하도 울어서 지친 몸으로 그녀의 품에 안겨 훌쩍였다. 유모는 몹시도 안타까운 표정으로 파이의 작은 몸을 토닥여 주었다. 역시 파이에겐 엄마가 필요했다. 아사벨이 절실했다. 유모는 아사벨을, 엄마의 빈자리를 강렬하게 느끼는 파이를 보며 낮은 탄식을 내뱉었다. 너무나도 빠른 이별이 아이의 작은 가슴을 아프게 한 것 같았다.

파이는 그날 내내 저기압을 보이며 미소 하나 없이 뚱한 표정을 지었다. 카이저를 비롯한 그녀의 오빠들 역시 표정이 몹시도 좋지 못했다. 네 남자가 나란히 아이의 눈치를 살피는 것이 우스워 보였으나 저택의 모든 사람들이 그 넷과 다를 바가 없었다.

파이는 하루 종일 화가 나 있었고 다음 날도 마찬가지였다. 카이저는 사랑하는 딸의 미소를 보지 못해서 몹시도 불안했다. 그는 매일같이 황궁에 출근할 때 딸아이의 뽀뽀를 받았으나 어제는 물론이요, 오늘마저 받지 못했다. 파이는 자신을 향해 절실한 표정을 지으며 쳐다보는 카이저의 시선을 외면하며 제 방으로 도망치듯 휙 가 버렸다. 황궁으로 떠나는 카이저의 어깨가 어느 때보다도 축 내려가 처량하기 그지없으나 아이에게 제대로 설명해 주지 못한 그의 자업자득이었다.

그가 출근하고 자리를 비우자 파이의 오빠들이 앞다투어 아이에게 다가갔지만 모두 외면당했다. 파이는 아예 몸을 돌려 버렸다. 모두가 똑같은 한통속이었다. 똑같은 거짓말에 몇 번이고 속은 파이는 그들이 몹시도 미웠다.

파이가 제 오빠들을 외면하자 세 남자의 얼굴이 창백해졌다. 그들이 마지못해서 돌아서면서도 힐끗힐끗 철벽처럼 굳건히 뒤돌아 앉은 파이의 작은 등을 쳐다봤다. 혀를 내두를 정도로 진득한 옹고집이었다.

그리고 정오가 될 무렵, 파이는 방에서 리파를 끌어안으며 말했다.

"모두 거짓말해. 리파야, 모두 나쁘지?"

파이는 동조를 얻겠다는 듯 그에게 물었다. 그에 리파가 난감한 표정을 지으며 금색 눈을 깜박였다. 어느새 나타난 여왕이 리파를 대신해서 크게 동조하듯 말했다.

[그래! 거짓말은 나쁜 거야!]

그들의 거짓말에 속아 파이가 그날 내내 엉엉 울었다는 것을 안 여왕은 몹시도 흥분한 얼굴이었다. 리파가 눈짓으로 그녀를 제지했으나 여왕은 눈치 없이 파이에게 쪼르르 날아가 크게 동조하며 말했다.

[정말, 정말 나빠!]

"그치? 그치?!"

파이가 여왕의 동조에 신난 듯 말했다. 정말 나쁘지?! 파이의 말에 여왕이 고개를 크게 끄덕였다. 파이가 상기된 표정으로 말했다.

"그러니까, 어! 파이는 할머니 만나러 갈 거야!"

[그래! 파이 할머니 만나러…… 어?]

여왕이 따라 말하다 눈을 동그랗게 떴다. 리파가 머리 아프다는 듯 제 두툼한 앞발로 이마를 짚으며 한숨을 내쉬었다.

"어, 할머니 만나러 가자."

[……어?]

여왕이 멍청히 눈을 깜박였다. 하지만 파이는 제 말만 쏙 하고 벌떡 일어섰다. 리파가 다급히 아이의 치맛자락을 물었다.

[오! 안 돼! 파이.]

"아냐, 돼."

파이는 몹시도 단호했다. 아이의 푸른 눈동자는 결의에 차서 이미 상상 속에서는 아사벨을 만나고 있었다. 파이는 리파의 머리통을 밀어내며 아장아장 걸어갔다. 리파는 질기게 아이의 치맛자락을 물고 늘어졌다. 여왕도 놀라 파이의 앞을 가로막았다.

[오! 안 돼! 파이. 바깥은 혼자 다니기 위험해!]

"어, 어, 그럼 여왕이랑 리파도 가."

그럼 혼자 아니지? 파이는 막힘없이 냉큼 말을 내뱉었다. 그에 여왕이 다시 멍한 표정을 지었다. 맙소사 파이! 여왕은 뒤늦게 소리 없이 비명을 내질렀다. 리파가 그녀를 나무라듯 째려봤다. 그러기에 눈치 없이 아이의 말에 동조하고 난리야. 그녀의 잘못이다. 리파의 날카로운 시선에 여왕이 얼굴을 왈칵 일그러뜨렸다.

난 몰라!

여왕이 다시 파이의 앞을 가로막았다.

[그, 그래도 안 돼!]

여왕이 다짜고짜 그리 말하자 파이가 잔뜩 상기된 표정을 일그러뜨리며 말했다. 할머니를 만나고 싶은 절실한 자신의 마음을 왜 이리 몰라주는 건지 파이는 그녀가 야속해졌다.

"왜?"

[어…… 어, 그러니까! 넌 아이잖아. 혼자는 위험해.]

"왜? 여왕도 가고 리파도 가. 혼자 아냐."

파이가 몹시도 이해할 수 없다는 표정으로 그녀에게 대꾸했다. 여왕이 고개를 절레절레 흔들었다.

[우리는 인간의 눈에 보이지 않아, 파이. 사람들 눈엔 너 혼자로 보일 거야.]

"왜? 왜 안 보여?"

한창 '왜병'에 걸린 아이의 물음에 여왕이 말문이 막힌 듯 쉽사리 말을 내뱉지 못했다. 그걸 설명하려면 매우 길고 긴 머나먼 이야기까지 하지 않으면 안 됐다. 머나먼 신화 속 이야기를, 인간이 내저지른 죄악을 설명하기엔 아직 파이는 너무나도 작고 어렸다. 여왕이 망설이며 입술을 꾹 다물자 파이는 그녀를 외면하고 지나쳐 갔다. 파이가 그녀를 지나쳐 한구석에 고이 모셔 놓은 작은 노란색 가방을 집었다. 리파가 다급히 말했다.

[파이! 난 허락할 수 없어! 밖엔 나가면 안 돼.]

여왕에 이어 그마저 그리 말하자 파이는 꾹꾹 참아왔던 울분을 토해 내며 말했다.

"그럼 오지 마! 나 혼자 갈 거야! 너네 다 미워!"

고작 4살짜리 아이가 내뱉는 말은 몹시도 격렬했다. 직설적이었다. 파이가 리파와 여왕에게 크게 소리쳤고 그에 놀란 리파가 물고 있던 치맛자락을 놓치고 말았다. 그에 파이는 기다렸다는 듯이 제가 집은 노란색 가방을 가슴에 품고 도도도 뛰어갔다. 파이는 침대 가까이에 있는 별사탕이 가득 든 유리병을 어렵지 않게 집어 들어 노란색 가방에 넣고는 잘 봉하고 어깨에 멨다. 그러고는 벙쪄 있는 제 친구들을 돌아보며 말했다.

"나쁜 친구! 너네도 나빠써!"

파이는 끝까지 제 친구들에게 비수 같은 말을 내뱉으며 도도도 뛰어서 제 방을 나섰다. 가장 사랑하는 아이에게 한 번도 아니고 두 번이나 부정의 말을 듣자 여왕과 리파는 정신을 차릴 수 없었다. 일순간 석화마법에 걸린 것마냥 굳어 버린 여왕과 리파는 얼른 정신을 차렸다. 그들이 정신을 차릴 즈음 파이는 이미 방에서 나가고 없었다. 여왕이 비명같이 말을 내뱉으며 양손으로 제 뺨을 감싸 쥐었다.

[맙소사! 파이!]

여왕의 비명이 끝나기도 전에 리파는 전광석화 같은 속도로 파이의 뒤를 쫓았다. 그가 파이를 발견했을 땐 이미 아이는 복도를 쭉쭉 가로질러 도도도 뛰어가고 있었다. 리파가 파이의 곁으로 달려갔다.

[파이!]

"따라오지 마!"

파이는 몹시도 화가 난 표정으로 그에게 눈길도 주지 않고 뛰어갔다. 리파는 파이의 옆얼굴을 빤히 보며 그와 나란히 뛰었다. 아이의 보폭에 맞춰 말없이 뛰던 그는 한숨 같은 말을 내뱉으며 말했다.

[나도 같이 갈게. 같이 가게 해 줘, 파이.]

혼자 보내느니 차라리 함께 가는 게 낫다. 리파의 항복의 말에 파이가 도도도 뛰는 걸음을 멈췄다. 아이는 조금 숨이 찬지 거친 숨을 내쉬며 말했다.

"같이?"

[그래, 같이 가.]

"왜?"

아깐 싫다며. 파이가 뚱한 표정으로 버릇처럼 물었다. 익숙한 아이의 '왜' 물음에 리파가 크게 콧김을 내뱉으며 말했다.

[혼자 보내느니, 함께 가는 게 안심이 되니까.]

"……."

[같이 가게 해 줘. 파이.]

파이가 말없이 그를 빤히 쳐다봤다. 선명하게 파란 눈동자에 리파가 제 작은 머리통을 파이의 작은 몸에 비비며 애교를 부렸다. 아이에게 머리통을 비비는 리파에 파이가 드디어 고개를 끄덕였다.

"응."

그럼 같이 가. 아이가 허락하자 리파가 안심하며 나지막이 탄식을 내뱉었다. 그 뒤로 쌩하니 달려온 여왕이 파이의 뺨에 달라붙어 다짜고짜 말했다.

[나도! 나도 갈래! 나도 갈래!]

마치 떼를 쓰는 파이처럼 내뱉은 여왕에 아이가 눈을 동그랗게 뜨더니 까르르 웃으며 고개를 크게 끄덕였다. 결국 아이를 따라가기로 한 여왕과 리파는 파이의 왼쪽 팔에 딸랑딸랑 울리는 방울 달린 실팔찌를 힐끗 쳐다보며 속으로 생각했다.

부디 카이저가 추적마법을 건 실팔찌를 보고 아이를 찾을 수 있길.

아이가 수도를 떠나기 전에 그가 눈치채 주길.

부디 아이가 그에게 빨리 잡히길 바라는 여왕과 리파를 달고 파이는 복도를 계속 걸어갔다. 얼마쯤 걸었을까? 끝도 없이 펼쳐진 복도의 끝이 마침내 보였다. 바깥의 빛이 선명하게 쏟아지는 것을 두 눈으로 본 파이의 발걸음은 묘하게 경쾌했다. 그에 비례해 두 존재의 표정은 어두워졌다. 저택의 복도를 빠져나오자 보이는 선명한 바깥의 풍경에 둘은 좌절했다. 파이는 용케도 저택의 입구로 향하는 길을 잃지 않고 찾은 것이다. 매일같이 출근하는 아빠를 배웅하면서 걸었던 복도를 아이는 쉽게 잊어버리지 않았다.

파이는 저택의 바깥으로 나와 고개를 이리저리 흔들며 두리번거렸다. 여왕과 리파 역시 따라 두리번거리며 인기척을 찾았다. 부디, 부디 누구라도 좋으니 저택 내의 고용인들이 파이를 발견해 주길 바랐다. 그러나 안타깝게도 그 주변엔 사람은 코빼기도 보이지 않았다. 그들은 절망했다. 그러는 사이 파이는 저택 입구에서 조금 많이 떨어진 곳에 짐마차 몇 대가 세워진 것을 보았다. 파이의 얼굴이 금세 밝아졌다.

어! 나 저거 알아.

파이는 자주 보았던 가문의 짐마차와 비슷한 생김새를 한 것을 보며 도도도 달려갔다. 그 모습에 리파가 따라 쫓으며 제발 누구라도 좋으니 파이의 모습을 발견해 줘, 하고 속으로 소리치며 겉으론 카앙카앙 울었다. 날카로운 새끼 짐승의 울음소리가 저택 바깥 공터에서 울렸지만, 공작가의 커다란 저택 내에 온전히 울려 퍼지기엔 아쉽게도 터무니없을 정도로 작은 울음소리였다.

그의 절실한 SOS를 저택 내의 모든 고용인들이 듣질 못했고, 기어코 짐마차에 도달한 파이가 제법 상기된 표정으로 그것을 향해 손을 뻗었다. 까치발을 든 아이는 깡충깡충 점프를 하며 짐마차 안을 둘러보았다. 안에는 몇 개의 나무박스가 쌓여 있었고 아주 어두웠다.

이거 타면 할머니한테 갈지도 몰라.

파이는 어두운 짐마차 안을 깡충깡충 뛰어 보더니 결심했는지 리파를 돌아보았다. 리파가 저도 모르게 움찔하며 한 발 뒤로 물러났다. 그러나 이미 파이의 시야에 걸려 리파는 이러지도 저러지도 못하고 그 자리에서 멈춰 섰을 뿐이었다.

"리파야, 어, 여기 누워 봐."

파이는 가만히 네 발로 서 있는 리파를 빤히 보다 제 발밑을 검지로 가리키며 말했다. 파이의 말에 리파가 눈을 동그랗게 뜨고 아이를 쳐다봤다. 파이는 굉장히 진지한 표정으로 다시 말했다. 그녀가 계속 재촉하자 리파가 마지못해서 파이 발밑에 누웠다.

파이는 리파가 눕자마자 그의 등을 밟았다. 리파가 놀라 깨갱 소리쳤다. 사실 리파는 파이가 자신의 등을 밟고 올라선 것에 놀랐기도 했지만 이 타이밍에 크게 비명이라도 지르면 누군가라도 듣고 튀어나오지 않을까 하는 일말의 기대를 품었다. 하지만 아쉽게도 그 어느 누구도 나타나지 않았다. 대단한 청각을 자랑하는 파람 형제들과 가문의 기사단을 이끄는 휴와 렘이라면 들었을 법도 하나 안타깝게도 그들은 온통 어떻게 파이의 마음을 달래줄까, 하는 고민들이 가득 차서 어떠한 소리도 들을 수 없었다.

파이는 몹시도 아파하며 버둥거리는 리파에 굉장히 미안한 마음이 들었지만 자신이 짐마차에 올라타려면 이 방법밖에 없다고 생각했다. 파이는 버둥거리는 리파의 등에 올라타 용케 균형을 잡으며 다시 입을 열었다.

"미안해, 리파야. 일어나."

아이의 행동에 황당한 마음이 들었지만 리파는 파이의 말대로 서서히 몸을 일으켰다. 파이는 점차 마차 안으로 들어갈 만큼 제 시야가 높아지자 얼른 짐마차의 난간에 매달려서 그 안으로 들어가기 위해 버둥거렸다. 그러다 저도 모르게 리파의 등을 몇 번 치고 말았다. 파이는 신발 바닥에 닿는 리파의 등을 느끼며 미안해, 미안해! 하고 소리치며 기다시피 해서 기어코 짐마차에 탑승했다. 리파는 그다지 아프지 않은 파이의 발길질에 허허 메마른 웃음을 속으로 내뱉었다.

기어코 마차를 타려는 파이의 옹고집에 이젠 지쳐 버렸다고 해야하나, 두 손 두 발 들었다고 해야 하나 완전히 체념한 리파가 한숨을 폭 내쉬며 밟힌 제 등의 발자국을 없애고자 몸을 부르르 가볍게 털었다. 그러고는 냉큼 껑충 뛰어 막 마차에 올라탄 파이에게 다가갔다.

[너 정말 갈 거니?]

리파가 그새 짐마차 구석에 쪼르르 달려가 풀썩 앉은 파이를 향해 고개를 숙여 그 파란 눈을 마주 보며 나지막이 물었다. 그의 호박색 눈동자가 선명한 금색으로 변해 반질거렸다. 파이는 냉큼 고개를 끄덕이며 응 하고 답했다. 너무나도 명확하고 확고한 답이라서, 리파는 더 이상 아이를 말릴 수가 없었다. 파이의 가슴속에는 온전히 할머니를 만나고 싶은 순수한 갈망밖에 존재하지 않았다. 리파가 탄식처럼 말을 내뱉었다.

[그럼, 절대 내 곁에서 떨어지지 마.]

그의 말에 파이가 해사하게 웃으며 크게 고개를 끄덕였다. 웅! 파이는 리파랑 안 떨어져! 하고 확신 어린 어조로 대답하는 파이에 리파가 가볍게 웃으며 제 혀를 날름 내밀어 그녀의 고운 이마와 이마를 가리는 금색 머리카락을 쓸어 내듯 핥았다. 여왕도 얼른 날아가 파이의 뺨에 달라붙었다.

[나한테서도.]

여왕의 말에 파이가 까르르 웃으며 고개를 크게 끄덕였다. 웅, 파이는 여왕하고 안 떨어져. 파이의 말에 여왕이 다소 안심 어린 표정을 지으며 마주 웃었다.

그리고 시간이 얼마 지나지 않아 영원히 멈춰 있을 것 같던 마차 주변이 소란스러워지더니 천천히 움직이기 시작했다. 리파는 이 마차가 사실 칼레이저가의 짐마차여서 하루 종일 움직이지 않길 바랐으나, 안타깝게도 그의 바람은 이루어지지 않았다. 칼레이저 가문의 마크도 없고 허름한 마차는 외부의 짐마차였기 때문이다. 파이를 태운 짐마차는 천천히 움직이다, 금세 속력을 내며 빠르게 내달렸다.

꽤나 오래도록 달린 짐마차 안, 나무박스들 사이에 몸을 웅크리며 리파의 목을 껴안은 파이는 저도 모르게 까무룩 잠이 들었다. 리파가 자지 말라고 말하는데도 파이는 밀려오는 잠을 이겨 내지 못하고 기어코 잠이 들고 말았다. 평소 시간대로 보면 파이가 낮잠을 자는 시간이었기 때문이다. 결국 마차가 어디로 향하는지도 모르는 가운데 파이가 짧은 낮잠을 청하자, 그녀를 못 말린다는 듯 쳐다보며 리파가 낮은 한숨을 토해 냈다.

[내가, 정말 너 때문에 못 살겠다.]

리파가 어처구니없다는 듯 중얼거리자 파이의 머리통에 달라붙은 여왕이 난감한 듯 웃었다. 그런데 어쩌겠어, 이미 아이가 바라는 대로

54

해 주고 있잖아. 여왕이 어색하게 웃으며 그를 위로했다. 리파의 금색 눈동자가 어쩐지 처연한 느낌이었다. 여왕은 파르르 날아 그의 정수리에 사뿐히 앉아 그 머리통을 통통 두들기며 쓰다듬었다.

[우리가 잘 데려가 주자.]

리파가 낮은 한숨을 내뱉으며 짧은 낮잠을 청하는 파이의 고운 얼굴을 쳐다봤다. 그러다 아이의 손목에 익숙한 실팔찌를 보며 눈을 가늘게 떴다.

[제발 부탁이니 빨리 눈치채 줘라.]

부디 카이저가, 파이의 오빠들이 아이의 부재를 한시라도 빨리 눈치채고 아이를 찾아 주길 바라며 리파가 슬그머니 눈을 감았다. 그렇게 빠른 속도를 내며 달리던 마차는 1시간 조금 지나서 겨우 멈췄다. 까무룩 잠든 파이를 따라 눈을 감았던 리파는 멈추려는 마차의 움직임에 얼른 파이의 머리통을 제 코로 꾹꾹 밀며 깨웠다.

[일어나! 파이.]

그의 다급한 어조의 목소리에 파이가 바르작거리면서 몸을 움직였다. 파이가 조금은 덜 깬 얼굴로 조금은 몽롱한 파란 눈을 깜박이며 말했다.

"다 와써?"

[아니, 일단 여기서 내려야 해.]

리파가 그리 말하며 파이의 소매를 물고 잡아당겼다. 파이가 나른하게 하품을 하며 제 손으로 반사적으로 눈가를 비비며 고개를 끄덕였다. 뭔지 모르겠지만 일단 내리라니까 내려야 할 것 같았다. 리파가 여전히 잠이 덜 깬 파이를 보며 쭛! 하고 혀를 찼다. 그가 파이의 손을 핥으며 말했다.

[일단, 내 등 뒤로 가서 내 목 잡아.]

그가 그리 말하자 파이는 리파의 말대로 익숙하게 그의 등에 엎히듯 누워 목을 와락 껴안았다. 리파가 가볍게 몸을 파르르 떨었다. 파이는 리파의 잔떨림을 느끼며 꼬옥 그의 목을 껴안았다. 그가 몸을 파르르 떨자 어쩐지 파이의 두 배 정도 커진 느낌이었다.

실제로 리파는 파이가 느낀 것처럼 커졌다. 순식간에 일어난 일이라 파이가 놀라 눈을 깜박이기도 전에 그는 날렵한 몸놀림으로 짐마차가 온전히 멈춤과 동시에 그 안에서 빠져나왔다. 굉장히 순식간에 일어난 일이었다. 그가 짐마차에서 전광석화처럼 빠져나와 날렵하게 뛰어 그 거리를 빠져나갔다. 파이는 너무나도 놀라운 속도로 빠르게 지나가는 거리를 눈을 가늘게 뜨고 쳐다봤다. 그리고 너무나도 생소한 거리의 풍경에 저도 모르게 덜컥 겁이 났다. 파이가 지레 겁을 먹으며 리파의 목을 꼬옥 껴안았다. 파르르 흐릿하게 떠는 파이의 작은 몸에 리파가 낮은 한숨을 내쉬었다.

그러기에, 나가지 말라니까.

그렇게 붙잡았는데도 기어코 나가더니 덜컥 겁을 먹는 모양새에 리파는 조금 난감한 듯 웃었다.

미안하지만 파이야. 할머니는 나중에 봐야겠다.

그는 카이저가 아이를 찾을 때까지 수도 안을 빙빙 돌아야겠다, 다짐하며 파이를 달고 생소한 수도의 시내 어딘가의 골목을 빠르게 지나갔다. 그 끝에 그들은 수도에서 황궁 다음으로 번화한 도시의 가장 커다랗고 유명한 분수대가 놓인 광장에 도착했다.

파이는 제 키만큼 커진 리파에게서 슬그머니 내려왔다. 제 시야 가득 비치는 수많은 사람들의 인파에 지레 겁먹고 파이가 반사적으로 리파의 목을 껴안으며 그의 털에 얼굴을 묻었다.

커다란 광장에 사람들이 지나가면서 파이와 리파를 흘깃흘깃 쳐다보는 것이 느껴졌다. 갑작스럽게 나타난 야생동물과 어린아이의 모습은 그들이 보기에도 몹시도 신기하고 생소했기 때문이다. 파이는 수많은 사람들의 시선이 자신에게 쏟아지자 어깨를 잔뜩 움츠렸다. 리파가 안심하라는 듯 파이의 뺨에 제 얼굴을 비볐다. 색색 숨을 내쉬는 아이의 숨소리가 조금은 안정이 되는 것이 느껴졌다.

지나가는 사람들은 갑자기 나타난 새끼짐승치곤 커다란 호랑이와 그에게 매달린 금색 머리카락의 아이를 한 번씩 쳐다봤다. 굉장히 작고 왜소한 아이의 반짝이는 금발과 페전트 드레스이지만 그 재질이 매우 고급인 옷을 보고, 그런 아이의 옆에 있는 커다란 짐승을 보고 이상한 듯 고개를 갸웃거리며 지나갔다. 새끼 짐승을 꼭 안고 있는 사랑스런 아이의 모습에 사람들이 이따금 소리 없이 한숨을 내쉬며 쳐다보고 지나쳤다. 도대체 아이의 보호자는 어디 있는가 싶어 주변을 두리번거리기도 했다. 파이는 가끔 내뱉는 사람들의 숨소리에 저도 모르게 어깨를 잔뜩 움츠렸다.

그때였다.

"애, 꼬마야, 길을 잃었니?"

그때 셋째 오빠 또래쯤 되는 것 같은 소년의 목소리가 부드러운 어조로 물었다. 파이는 가까이 들려오는 목소리에 화들짝 놀라 반사적으로 고개를 살짝 내밀며 소리가 나는 쪽을 쳐다봤다. 그는 굉장히 짙은 남색 후드가 달린 망토를 입고 있었다. 후드는 굉장히 커다랗고 깊어 얼굴의 반절 이상이 가려졌다. 언뜻 보이는 코밑부터 턱 라인이 목소리와 마찬가지로 앳돼 보였다. 파이는 눈을 깜박이며 고개를 들어 그를 쳐다봤다.

그의 얼굴을 반 이상 가리는 후드 속에서 위협적이고, 굉장히 불길한 핏빛이 언뜻 비쳤다 사라졌다. 파이는 그것을 멍청히 쳐다보다 말고 갑자기 으르렁거리는 리파에 놀라 눈을 동그랗게 뜨고 그와 자신에게 말을 건 낯선 이를 번갈아 봤다. 파이의 머리 위에 누워 있다시피 한 여왕조차 굉장히 날카로운 기운을 내뿜으며 그를 노려봤다.

어쩐지 파이는 자신을 내려다보는 그의 시선이 조금 춥다고 느껴졌다. 저도 모르게 자신의 몸을 껴안았다. 부드러운 어조와 달리 파이를 내려다보는 그의 서늘한 시선에 아이가 대답 없이 빤히 쳐다보다 이

내 고개를 돌려 버리자 그가 의아한 듯 고개를 갸웃 기울이며 다시 입술을 벌렸다.

"엄마랑 아빠는 어디 갔니?"

그나마 보이는 새빨갛다 못해 짙은 핏빛을 자랑하는 입술을 오물거렸다. 파이는 그의 입술을 보고 있자니 어쩐지, 굉장히 무섭다고 느껴졌다. 오슬오슬 몸이 추운지 바르르 떨렸다. 아이는 처음으로 소름이 돋는다는 것을 경험했다.

낯선 이의 물음에 끝까지 대답하지 않은 파이는 리파에게 달라붙어 그를 흘깃흘깃 쳐다만 봤다. 무지한 아이더라도, 눈앞의 시커먼 후드를 뒤집어쓴 이는 매우 이상하고, 묘하게 두려움이 들게 했다. 저도 모르게 경계하며 입을 꾹 다물고 흘깃 보기만 하는 아이에 그가 고개를 갸웃 기울이며 여전히 나긋한 어조로 말했다.

"왜 말이 없어? 나랑 얘기하기 싫으니?"

상냥하나 묘하게 위화감이 느껴지는 괴상한 목소리에 파이는 요지부동 입을 열지 못하고 고개를 푹 숙였다. 아이는 그저 자신이 곁에 있는 리파의 목을 껴안을 뿐 낯선 이의 질문에 어떠한 대답도 하지 않고 침묵을 지켰다. 그러다 그녀의 머리 위로 그의 낮은 한숨 소리가 흩어져 내렸다. 파이의 작은 어깨가 크게 움찔거렸다. 어쩐지 고개를 숙이고 나자 들기가 무서워졌다. 그 곁에서 잔뜩 경계를 하고 있던 리파가 반사적으로 제 파충류 같은 꼬리를 휙휙 휘저으며 파이의 등을 토닥였다. 파이는 그의 토닥임에 꾹 참고 있던 숨을 토해 내듯 내뱉었다.

"흐음, 벙어린가."

그가 조금은 서늘한 어조로 중얼거렸다. 파이는 그의 목소리를 듣자마자 다시 몸을 굳어 버렸다. 작은 두려움과 무서움은 점차 커져만 갔다. 왜? 어째서야? 파이는 속으로 끊임없이 그에게 두려움을 느끼는 자신에게 반문했으나 답은 없었다. 몰라. 그냥 싫어. 무서워. 파이는 그냥 그가 무서워졌다. 작은 무서움은 다른 무서움을 먹고 점차 부풀어 커졌다. 그때였다.

"여기서 뭐합니까?"

또 다른 낯선 이의 목소리가 들려온 것은. 두 사람의 낯선 저음의 목소리는 마치 거대한 화음이 되어 거대한 공포로 돌아왔다.

파이는 어떤 생각도 어떤 행동도 할 수 없었다. 숨을 쉬는 것조차 잊을 정도였다. 아이가 돌연 발작하듯 벌벌 떨자 파이의 등을 지탱해 주듯 제 꼬리로 토닥여 주던 리파가 경계를 하다 말고 시선을 돌렸다. 그의 눈동자에 비친 파이의 얼굴을 하얗다 못해 새파랗게 질려 있었다. 크나큰 두려움에 리파의 목을 구명줄인 것마냥 끌어안은 파이는 왈칵 울음이나 비명을 지르고 싶으나 필사적으로 참는 듯 제 작은 입술을 앞니로 깨물었다.

무서워. 무서워. 무서워.

파이의 머릿속에 온통 무섭다는 말과 그 감정이 가득 찼다. 파이의 생각을 읽은 여왕이 새파랗게 질려서 그녀의 머리맡에서 내려와 하얗게 질린 뺨을 왈칵 껴안았다.

죽을 거야. '또' 죽임을 당할 거야.

또!

또?

……또??

오래도록 밑바닥에 깔려 있던 봉인된 기억 속 누군가가 속삭이듯 말했다. 그 속삭임에 지레 겁을 먹은 파이는 잠깐이지만 의문이 들었다. 또? 또? 그러나 그 작은 의문은 거대한 파도처럼 밀려오는 공포에 휩쓸려 사라졌다. 오직 본능적 공포만이 남아 파이의 여린 정신을 괴롭혔다. 그 비명 같은 속삭임에 정신을 잃을 것만 같았다. 저자가 '나를 죽인다.'라고 인지한 아이는 새로운 이에게 끝없는 공포를 느꼈다. 여왕은 금방이라도 기절할 것 같은 깊은 패닉에 빠진 아이에게 비명

같이 높은 목소리로 소리쳤다.

[파이!]

그녀의 높은 목소리에도 파이는 제 몸의 떨림을 멈추지 못했다.

"뭐야, 갑자기 왜 이러지?"

그녀의 머리 위로 젊은 남자가 의아한 듯 말했다. 그 뒤로, 걷잡을 수 없는 공포를 일으키는 이가 터벅터벅 걸어오며 다시 입을 열었다. 그가 내뱉는 목소리에는 지독한 사기가 어린 것 같았다. 그는 마치 죽음을 온몸에 두른 듯 이 세상에 존재할 수 없는 괴기스러운 기운을 만면에 드러내고 있었다. 리파는 그것이 몹시도 이상한 동시에 눈앞의 그가 굉장히 위험한 인물임을 본능적으로 느꼈다.

"스플린, 제 말을 무시하는 겁니까?"

제가 묻지 않았습니까? 하고 덧붙이는 그의 목소리는 명백한 불쾌감이 어렸다. 그의 가시 돋친 말에도 스플린이라 불린 소년 같은 남자는 파이의 앞에 얼쩡거리며 가볍게 웃는 어조로 말했다.

"음, 보다시피 헌팅 중이랄까?"

"하아?"

얼추 봐도 고작 3살이 될까 말까 한 작은 아이를 상대로 헌팅이라니. 7, 8세의 아이만 좋아하는 줄 알았는데 그새 취향이 바뀌었나. 그의 취향을 너무나도 잘 아는 공포의 사내가 메마른 한숨 같은 탄식을 내뱉으며 스플린에게 가까이 다가갔다. 고개를 푹 숙인 파이의 시선에 짜 맞춰진 돌로 이루어진 광장 바닥에 두 사내의 칙칙한 부츠가 두 쌍 보였다. 어쩐지 파이의 눈에 그들의 검은색 칙칙한 부츠가 새빨간 피에 물든 것 같이 괴기스러워 보였다.

"당신이 상대하기엔 대상이 너무나…… 어리군요."

젖비린내 납니다, 하고 덧붙이는 그의 서슬 퍼런 말에 파이는 여전히 고개를 들지 못하고 덜덜덜 떨어야 했다. 그가 한 마디, 한 마디 내뱉을 때마다 심장이 오그라들 것만 같았다. 그의 목소리가 지독한 사기를 내뿜어 파이에게 날카로운 송곳처럼 쏟아져 내리는 기분이었다. 파이는 끝없는 나락이 있는 절벽 끝에 서 있듯 아찔하고 까마득한 공포를 몸소 느끼고 있었다. 파이의 푸른 눈에 금세 눈물이 맺혔다. 할 수만 있다만 당장이라도 도망치고 싶었다. 그러나 안타깝게도 파이의 작은 발은 광장 바닥에 묶인 것마냥 꿈쩍도 할 수 없을 정도로 굳어 버렸다. 마치 발만 석화마법에 걸린 것처럼.

"헤에, 하지만 '이거' 크면 아주…… 엇?"

스스로 제어할 수 없을 정도로 커다란 공포와 위기를 느낀 파이가 고작 할 수 있는 것은 고위 귀족가의 여식의 체면도 버리고 제 하얀 호박바지를 노랗게 물들이는 것밖에 없었다. 그렇다. 파이는 통제할 수 없는 공포감에 그만 오줌을 지리고 만 것이다. 줄줄 떨어지는 노란색 물줄기는 파이의 하얀 다리를 타고 떨어져 제 양말과 신발, 그리고 서 있던 자리를 적셨다.

유들거리며 재잘거리던 스플린은 아이에게서 나는 시큼한 소변 특유의 냄새를 맡고 조금은 놀란 듯 외마디를 내뱉었다. 놀라기는 리파도, 여왕도 마찬가지였다. 리파는 파이의 새파랗게 질린 얼굴 가까이 얼굴을 들이밀어 콧등으로 그 도톰한 뺨을 툭툭 눌러 매만졌다. 여왕 역시 파이의 한쪽 뺨에 찰싹 달라붙어 계속해서 말을 걸고 이름을 불렀다. 그러나 파이는 어떠한 말도 어떠한 것도 느껴지지 않았다.

그녀에겐 오직.

몸서리칠 정도로 차갑고 까마득할 정도로 깊은 공포감만 가득 찰 뿐이었다. 새까만 바다. 찰랑거리면서 철썩이는 새까만 바다 속에 파이의 작고 여린 정신이 깊숙이 잠겼다.

"하아? 꼬마 아가씨, 부끄러운 줄도 모르고 실례를 해 버렸네?"

그런 그녀에게 스플린은 마치 조롱하듯 냉소적인 말을 내뱉었다. 그의 곁에 공포의 정점을 찍어 준 남자가 나지막이 낮은 한숨을 내쉬고 한 손을 들어 제 눈가를 가리며 고개를 숙였다.

정말 이 남자, 통제가 안 된다. 잠깐 한눈판 사이에 의심스럽기 그지없는 칙칙한 후드 달린 망토를 뒤집어쓴 상태로 수많은 인파들이 활보하는 곳의 광장을 떡하니 돌아다니질 않나, 그저 돌아만 다니면 그나마 괜찮지, 어디서 제 나이의 반도 차지 않을 정도로 젖비린내 나는 작은 아이에게 부끄럽지도 않게 추파를 던지고 있는 것이다. 어디로 튈지 모를 변화무쌍한 그의 행동에 사내는 두개골이 뻐근할 지경이었다.

광장에 활보하는 수많은 인파들의 시선이 쏟아져 온몸이 따가울 지경인데도 스플린은 아이의 앞에서 움직일 줄 몰랐다. 덕분에 그는 원치도 않은 아이의 소변 냄새까지 맡아야 했다. 그의 예민한 코가 비명을 지르는 것 같아 그는 눈가를 가리던 손을 슬쩍 내려 코를 검지로 집으며 말했다.

"장난은 이제 그만하시고, 갈 길 가시죠."

"에? 왜? 하지만 엔트, 이 가여운 꼬마 아가씨를 보라고."

창피한 줄 모르고 오줌을 지렸잖아? 하고 굉장히 익살스럽게 말했다. 비웃는 것이 역력해 보였다. 검은 후드 너머로 번뜩이는 은색 눈동자가 차가운 한기를 담아 무겁게 내려앉았다. 하얀 피부와 대비되는 그의 새빨간 입술이 보기 좋게 호선을 그렸다. 그의 은색 눈동자에 비치는 잔혹한 가학성에 엔트가 미간을 찌푸렸다.

그가 인상을 찌푸리는 엔트를 슬쩍 보더니 시선을 돌려 가여운 아이를 내려다보며 붉은 혀를 날름 내밀어 새빨간 입술을 핥았다. 샛노란 정수리가 빛에 반짝거리는 것이 굉장히 탐스러운 식욕을 불러일으켰다. 왠지 이 조그만 아이에게 아주 맛있는 냄새가 났다. 그 속에 자리한 잔혹한 악마가 속삭였다. 저것을 먹어 치우라고. 그의 은색 눈동자가 점차 붉게 번져 갔다. 참을 수 없는 식욕에 그가 기어코 망토 속에 숨겨 놓은 팔을 드러내며 손을 뻗었다. 그의 하얀 손에 대비되게 그 손톱은 몹시도 검었다.

오래돼 썩어 문드러진 것처럼.

스플린에게서 참을 수 없는 짙은 썩은 내와 사기를 느낀 리파가 으르렁거리며 대놓고 그를 경계했으나, 아랑곳하지 않고 파이에게 손을 뻗었다. 그 안에 피어오르는 잔혹한 가학성이 들끓는 느낌이었다.

엔트는 더 이상 그를 멋대로 행동하게 할 수 없어 황급히 그의 팔을 붙잡으려 했다. 그러나 엔트보다 빠른 누군가가 스플린의 손을 가볍게 쳐 냈다. 스플린는 뜻하지 않은 방해를 받아 인상을 찡그리며 야무지게 맞은 손등을 감싸 쥐고 어느새 나타난 낯선 이를 쳐다봤다.

"실례하겠습니다."

몹시 조용하고 잔잔한 저음으로 말하며 스플린의 손등을 친 이가 파이와 그 사이에 끼어들었다. 스플린은 하아? 하고 어이없는 탄식을 내뱉었다.

"뭐야? 당신."

스플린이 몹시도 불쾌하다는 듯 말했다. 그와 반대로 엔트는 어느새 나타난 낯선 사내에게 몹시도 경계 어린 시선을 보냈다. 인기척도 없이 갑작스럽게 나타난 그는 자신들과 같은 어두운 색 후드 망토를 뒤집어쓰고 있었다. 그가 가볍게 고개를 주억거리며 말했다.

"이 아이 보호자입니다만."

"뭐?"

"이 아이 보호자라고 말했습니다."

"……."

갑작스럽게 등장한 이가 대뜸 하는 말이 광장 한복판에 오줌을 지린 조그마한 아이의 보호자란다. 그의 말에 스플린이 고개를 갸웃 기울였다. 그러거나 말거나 아이의 보호자라 자처한 이가 몸을 돌려 리파에게 감싸여 애처롭게 떨고 있는 파이의 작은 몸을 달랑 들어 올렸다.

리파가 기겁하며 캬, 하고 날카로운 울음소리를 내뱉었으나 금세 사그라지더니 그의 망토 끝을 앙 물고 늘어졌다. 여왕 역시 몹시도 불쾌한 표정이나 별다른 반항 없이 그의 행동을 제지하지 않았다. 그는 축축이 젖은 아이의 치맛단도 아랑곳하지 않고 품에 안았다. 파이는 갑작스럽게 낯선 이가 자신을 달랑 안아 들자 반사적으로 버둥거렸으나 그가 조곤조곤 낮은 저음으로 중얼거리듯 말하자 버둥거림을 멈추고 천천히 고개를 들었다.

"괜찮아. 두려워 마."

눈물 자국이 선명히 남은 아이의 불안하게 흔들리는 파란 눈동자 안에 비친 그는 몹시도 아름다운 마나에 휩싸여 있었다. 그는 황태자 시드니보다 더 많은 양의 마나를 몸에 두르고 하늘하늘 춤추게 하고 반짝반짝 빛나게 했다. 어쩐지 그의 주변에 춤추듯 반짝이는 마나들이 기쁜 듯 까르르 웃는 것 같았다. 파이가 멍청히 그를 쳐다보자 날카로운 콧대와 입술, 날렵한 턱 라인을 가진 사내가 부드럽게 입 꼬리를 끌어 올리며 웃는 것 같았다.

"괜찮아. 난 널 해치지 않아."

그가 다시 조곤한 목소리로 속삭이듯 말했다. 파이는 그의 말을 듣는 즉시 안도했다. 이상하게도, 그의 말을 듣는 순간 발작을 일으키듯 덜덜덜 떨리던 떨림이 멈추고 까마득하게 깊은 곳에서 올라오던 공포감도 서서히 물러가는 느낌이었다. 마치 누군가가 괜찮아, 그를 믿어, 하고 상냥하게 속삭이는 것 같았다.

걷잡을 수 없는 공포에 휩싸인 파이는 그제야 비로소 안도했다.

그의 곁에 있는 것만으로도, 그의 품에 안긴 것만으로도, 그 목소리를 듣는 것만으로도 파이는 안도하고 안심했다. 긴장과 공포로 딱딱하게 굳은 몸이 슬슬 풀리며 저도 모르게 그에게 폭 안겼다. 파이는 본능적으로 그의 어깨에 얼굴을 얹고 비볐다. 제 속옷이 축축해서 찝찝하기 그지없었으나, 긴장으로 굳은 몸이 풀려 아무래도 상관없다는 마음이 들었다.

"하아? 정말 보호자야?"

그런 파이의 귓가로 서늘한 목소리가 꿰뚫듯 꽂혔다. 파이의 나른해진 몸이 다시금 굳어 버렸다. 그에 사내는 파이의 작은 등을 요령 있게 토닥이며 몸을 돌려 스플린을 마주 보며 말했다.

"보다시피, 그렇습니다만."

떡하니 아이를 품에 안고 토닥이는 모양새가 썩 그럴듯해 보여 스플린이 심술궂은 표정을 지었다. 후드의 음영에 가려져 일그러지듯 닫힌 새빨간 입술만 보이지만, 그것만으로도 스플린의 기분이 매우 저조하다는 것을 누구라도 알 수 있었다.

"그렇지만 말이야, 그쪽, 굉장히 칙칙한 망토를 머리부터 발끝까지 두른 꼴이 꽤나 의심스러운걸?"

사실 유괴범 아냐? 하고 덧붙이는 스플린의 말에 그의 곁에 있는 엔트가 기막히다는 듯 마른 웃음을 내뱉었다. 태클을 걸고 싶었으나 워낙에 날이 선 반응을 보이는 스플린에 엔트는 그저 입을 다물 뿐이었다. 그러기는 상대방도 마찬가지였는지 그가 피식 웃으며 말했다.

"그쪽도 마찬가지 아닌가?"

어쩐지 말끝이 짧다. 스플린이 가볍게 몸을 움찔 떨었다. 그러는 사이 파이를 안고 있던 그가 여유 있는 손을 들어 제 머리에 쓰고 있던 후드를 벗었다. 그러자 후드의 칙칙한 색보다 더 새까만 칠흑 같은 머리카락이 가볍게 휘날리며 모습을 드러냈다. 새까만 머리카락은 그의 목을 살짝 감쌀 정도로 짧았다. 그는 새까만 머리카락에 어울릴 정도로 제법 하얗고 매끄러운 피부를 가졌으나 놀라운 것은 광장의 수많은 인파들의 시선을 한눈에 끌 정도로 굉장한 미남이라는 것이었다.

"내가 후드를 쓴 것은 이런 불편한 시선을 피하고자 한 것이다. 그쪽은 어떤 연유 때문이지?"

조금은 차가운 웃음기가 깃든 그의 물음에 스플린이 발끈해서 손을 들어 제 후드를 잡았다. 그 순간 엔트가 그의 손목을 꽉 잡으며 말했다.

"그만두시지요."

사람들 시선이 너무 많습니다. 그가 조금은 경고 어린 어조로 말했다. 그에 스플린이 신경질적으로 잡힌 손을 흔들어 엔트의 손을 떨쳤다. 새까만 어둠의 색을 가진 굉장한 미남이 그와 같은 검은색 눈으로 무미건조하게 그 둘을 쳐다봤다.

파이는 그의 어깨에 얼굴을 묻고 꼼짝도 하지 않았다. 공포를 느끼게 해 준 남자, 엔트의 목소리가 파이를 꽝꽝 얼게 만든 것 같았다. 파이를 안은 사내가 아이의 몸을 꼬옥 껴안으며 말했다.

"떳떳하지 못한 분들인 것 같은데, 그만 갈 길 가 주셨으면 좋겠군요."

사내가 매우 불쾌하다는 듯 말했다. 그에 스플린이 으르렁거리며 말했다.

"말 안 해도 갈 거야!"

그가 신경질적으로 몸을 휙 돌려 성큼성큼 걸어갔다. 엔트가 가볍게 한숨을 푹 내쉬며 그의 뒤를 따랐다. 사람들의 시선이 그들에게 쏟아졌으나 인파들 사이로 순식간에 사라져 버리자 그 시선은 다시 광장의 미남자에게 쏟아졌다. 사내는 과도한 사람들의 관심에 한숨을 내쉬며 품에 안은 아이를 고쳐 안았다. 파이는 그의 품에 깊은 안도의 한숨을 내쉬며 그의 목을 더욱 껴안았다. 사내는 아이를 안은 채로 저벅저벅 걸어가 광장의 분수대에서 멀어졌다. 그가 걷는 동안에도 사람들의 시선은 집요할 정도로 그에게 꽂혔다. 사내는 집요한 사람들의 시선을 피해 건물 사이로 들어가면서 낮은 한숨을 다시 내쉬었다. 호기심 가득한 인간들의 수많은 시선은 위대한 종족인 그조차 피곤하게 만들었다. 그가 가벼운 탄식과 함께 말을 내뱉었다.

"정말이지, 인간이라는 종족들은."

귀찮기 그지없어. 그가 속으로 뒷말을 삼키며 한 손을 들어 벗은 후드를 다시 뒤집어썼다. 그의 망토 자락을 물고 늘어지며 졸졸 쫓아오는 리파가 그르렁거리며 말했다.

[네놈이 여긴 어쩐 일이지?]

"너무하군, 모처럼 도움을 준 지인에게."

쌀쌀맞잖아. 그가 조금은 장난기 어린 어조로 말했다. 그가 그리 말하며 고개를 숙여 리파를 내려다보았다. 칙칙한 후드의 그림자 안에서 그 검은 눈동자가 어쩐지 금색 빛을 발하고 있었다. 그의 말에 리파가 가르릉 웃으며 말했다.

[방랑벽이 심해서 소식 하나 없이 신출귀몰하는 지인 따위 둔 기억이 없는데?]

"하하, 우리 사이에 따로 소식을 주고받을 필요 있겠어? 내가 서 있는 이 땅이 그대의 영토인 것을. 내가 어딜 가든 그대는 다 알 터인데?"

그렇지 않은가, 여왕? 그가 금색 눈동자를 반짝이며 미소 짓고는 파이의 어깨에 앉은 여왕에게 말을 걸었다. 여왕이 흥 하고 새침하게 고개를 휙 돌려 버렸다. 그가 가볍게 웃음을 내뱉더니 자신을 빤히 쳐다보는 파란 눈의 금발 아이를 내려다보며 말했다.

"반갑구나, 칼레이저가의 어린 공녀여."

그리고 나의 사랑스러운 친우의 후손이여.

그가 해사하게 웃으며 중얼거리자 파이는 그의 뒤로 고고한 몸짓과 아름답고 유려한 곡선을 자랑하는 위대한 용의 잔영을 보았다. 드높은 하늘을 제 영토마냥 유려하고 웅장하게 날아다니는, 검은색 윤기나는 우아하기 그지없는 위대한 종족의 모습이.

파이는 그 환영과도 같은 모습을 눈앞의 사내가 일부러 보여 주는 것이라 느꼈다. 사내의 유려한 미소에 파이가 따라 희미하게 웃었다. 흰자가 붉어질 정도로 물기를 그렁그렁 담고 있던 푸른 눈이 희미하게 반짝거렸다. 사내는 아이의 미소에 기억 속 사랑하는 친우의 말간 미소가 떠올랐다.

'분명, 당신은 알아볼 거야.'

그녀가 의미심장하게 내뱉었던 말이 떠올라 그가 나지막이 가벼운 웃음을 터트렸다. 그래, 네 말이 맞았어. 한눈에 알 수 있었다. 이 작고 조그마한 아이가 바로 아즈라엘이 말한 그녀임을. 이토록 찬란하리만치 상냥하고 다정한 빛을 가진 인간은 흔치 않으니까 말이다. 그의 팔에 안긴 이 조그마한 소녀에겐 말로 표현할 수 없을 정도로 가슴 언저리가 간질간질하게 만드는 무언가가 있었다.

조용히 지켜보기만 하려 했던 그를 움직이게 하는 무언가가.

물론 그 상황이 위험해 보였기 때문에 움직인 것도 있지만 말이다. 그러나 그와 별개로 그에게 파이는 어떤 감정을 일깨워 주는 마법의 향수와도 같았다. 그래, 오래도록 잊고 있던 무언가를 일깨워 주는 그 무언가. 그는 어쩐지 기분이 좋아졌다. 사랑하는 친우의 농간에 놀아나는 것도 나쁘지 않다는 기분이 들었다.

파이는 그가 가벼운 웃음을 토해 내자 고개를 갸웃 기울이다 축축한 제 하의를 느꼈는지 얼굴을 벌겋게 붉혔다. 그러고는 몸을 격렬히 버둥거렸다.

부, 부끄러워.

파이는 사실 대소변을 얼추 가릴 줄 아는 아이다. 자신이 화장실도 아닌 곳에서, 그것도 길거리에서 소변을 지렸다는 것을 뒤늦게 깨달았는지 큰 창피함을 느꼈다. 축축하게 젖은 치맛단과 그 속에 찝찝하게 달라붙은 속옷과 속바지가 적나라하게 느껴졌다. 그와 동시에 소변 특유의 냄새도. 얼굴이 새빨개진 아이가 갑자기 몸을 크게 버둥거리자 사내가 의아해하면서 눈을 깜박였다. 아이가 갑자기 격렬하게 버둥거렸지만 단단히 안고 있었던지라 놓치지 않았다. 그가 의아한 어조로 물었다.

"왜 그러니?"

어디가 불편해? 그의 상냥한 어조에 파이가 몸을 크게 떨었다. 새빨개진 얼굴을 푹 숙이며 양손으로 축축하게 젖은 치맛자락을 만지작거렸다. 아이가 말을 쉽사리 내뱉지 못하자 리파가 눈치 없는 사내를 나무라는 듯 그의 다리를 머리통으로 거칠게 치며 말했다.

[그만 내려 줘. 아이가 부끄러워하잖아.]

"음? 부끄럽다니…… 아!"

리파의 말에 사내가 고개를 갸웃 기울이며 말끝을 흐리다 이제 알았다는 듯 탄성을 내뱉었다. 창피함에 떨군 금색 머리통 사이로 살짝 보이는 귀마저 빨개진 모습에 사내가 웃음을 삼키며 여유 있는 한 손을 가볍게 허공에 휘저었다. 그러자 신기하게도 그의 몸에 두른 빛나며 춤추는 마나가 크게 일렁거리더니 푸른색으로 눈 깜짝할 새 물들었다. 새파란 물색으로 변한 그의 마나는 청량한 물 특유 향을 품고 마치 바람처럼 휘몰아쳐 파이에게 날아갔다.

고개를 푹 숙인 파이는 갑자기 느껴지는 마나의 파동에 눈을 동그랗게 뜨고 고개를 들었다. 그땐 이미 파란 물색 마나가 파이의 작은 몸을 감싸 안은 상태였다. 파이가 놀라 반사적으로 사내의 목을 껴안았다. 사내는 가벼운 웃음을 터트리며 아이의 작은 등을 토닥였다.

"괜찮아. 해롭지 않은 거다."

그의 말대로 푸른 마나는 해롭지 않은 것이었다. 그가 허공을 흔들며 만든 푸른 마나는 가벼운 물의 마법이었다. 그의 마법은 파이가 소변을 지려 누렇게 물들인 치맛자락과 호박바지, 그 속의 속옷을 말끔히 씻어 내고 그 수분을 빨아들여 보송보송하게 말려 주었다. 파이는 축축했던 자신의 하의가 금세 보송보송해지자 휘둥그레진 눈을 깜박였다. 아이는 자신을 껴안고 있는 남자와 자신의 치맛자락을 번갈아 쳐다보았다.

"……와!"

아이의 작은 입에서 기어코 작은 탄성이 터져 나왔다. 그 모습에 사내가 웃음을 터트렸다. 기분 좋을 정도로 순수하게 놀라워하고 신기해하는 아이의 감정이 눈에 드러날 정도로 느껴졌기 때문이다.

"대단하다."

마치 신 같아. 파이는 마법이라는 것을 직접 보니 너무나도 신기하고 놀라웠다. 마치 신이 얼굴을 바꾸던 것만큼이나 놀랍고 너무나도 멋있었다. 파이가 금세 파란 눈을 반짝이며 그를 올려다보았다. 그가 후드에 가려진 검은색 눈을 가늘게 접으며 웃었다. 언뜻 금빛이 비치는 그의 눈동자에 파이가 눈을 동그랗게 뜨고 깜박이더니 이내 그를 따라 웃었다.

"어, 어, 아저씨, 어, 어, 신이야?"

파이는 몹시도 신기해하는 어조로 더듬으며 물었다. 아이의 물음에 그가 큰 웃음을 내뱉었다. 신이라니, 나는 그런 대단한 존재가 아니란다. 그는 웃음기 가득한 어조로 파이의 물음에 답했다. 파이는 의아한 듯 고개를 갸웃 기울였다.

"어, 어, 그럼 어떻게……."

"파이!"

파이가 궁금한 어조로 그에게 물으려던 찰나, 누군가 그녀를 크게 불렀다. 너무나도 익숙한 목소리였다. 파이가 놀라 소리가 나는 쪽을 쳐다보자 저 멀리서 익숙한 모습이 눈에 들어왔다.

그는 빛나는 황금 머리카락을 휘날리며 저만치서 말을 타고 달려오고 있었다. 그 뒤로 몇 명의 기사들이 뒤따랐다. 무서운 속도로 말을 타고 달려오는 아빠 카이저와 빛나는 은색 투구를 쓴 그들의 모습에 파이가 몸을 크게 버둥거렸다. 사내는 파이의 버둥거림에 이번엔 쉽게 아이를 바닥에 내려 주었다. 파이는 바닥에 발이 닿자마자 사내의 다리를 껴안고 몸을 뒤로 숨겼다.

본능적으로 자신이 한 행동이 잘못된 것이라는 걸 알아챈 것이다. 점차 가까워져 오는 카이저의 모습에 파이는 저도 모르게 마른침을 삼키며 사내의 다리 뒤로 바싹 몸을 숨겼다. 덕분에 이쯤에서 빠지려 했던 사내는 난감한 표정을 지었다. 리파와 여왕은 다행히 늦지 않았다며 속으로 안도의 한숨을 내쉬었다.

파이만이 죽상이 되었다.

순식간에 다가온 카이저는 날렵하게 말에서 뛰어내려 제 허리춤에 매단 칼을 칼집에서 꺼내 사내를 향해 휘둘렀다. 그의 서슬 퍼런 칼이 사내의 목젖 가까이 멈춰 섰다. 카이저는 지극히 낮은 저음으로 으르렁거리듯 말했다.

"그대는 누구이기에 내 딸을 데리고 있는가!"

그의 목소리에 놀라움과 분노가 뒤섞였다. 파이의 작은 몸이 크게 움찔 떨었다. 지레 겁먹어 바르르 떠는 아이와 달리 사내는 눈 하나 깜짝 안 하고 그의 물음에 답했다.

"수도 광장에서 헤매는 것을 발견하고 보호자를 찾아 주는 중이었습니다만."

그의 대답에 카이저의 미간이 크게 움찔 떨었다. 광장? 하고 중얼거리는 어조에 선명히 노기가 서렸다. 그가 붉은 눈동자를 내리깔며 사내의 다리를 껴안고 숨은 파이를 내려다보았다. 이제까지 느껴 보지 못했던 책망 어린 차가운 아빠의 시선에 파이의 작은 몸이 한차례 크게 떨렸다. 도둑이 제 발 저리듯 지레 겁먹은 파이는 제 아빠의 시선을 마주 보지 못하고 고개를 떨궜다. 카이저는 제 시선도 마주치지 않으며 낯선 이에게 몸을 숨기는 파이의 모습에 몹시도 화가 났다.

자신이 얼마나 놀랐는지 저 아이는 알까?

아이를 무섭게 내려다본 카이저는 황궁 내의 집무실에서 엄청난 속도로 일하던 때를 떠올렸다.


그는 아무리 생각해도 자신이 너무했던 것 같다고 자책하고 있었다. 처음부터 거짓말하지 않고 아이에게 솔직하게 말했더라면 파이는 그렇게 크게 화를 내며 울지 않았을 터인데. 파이를 배려해서 했던 거짓말이 오히려 독이 되었다. 그는 빠르게 양손을 움직이면서 끊임없이 자신의 실책에 자책했다.

그의 책상 위에는 끝을 알 수 없는 서류들이 산을 쌓았지만 카이저는 반드시 정시에 퇴근해서 파이를 만나야겠다는 생각만 가득했다. 파이에게 거짓말을 해 미안하다고 용서를 구할 것이다. 퇴근하는 길에 유리안이 일전에 알려 준 괜찮은 디저트 카페에 들러서 파이가 좋아할 만한 케이크도 사 들고 가야겠다 생각하면서 머리와 팔을 따로 움직이는 경이로운 신기술을 펼쳤다.

그때였다.

서류에 파묻혀 있던 통신용 수정구가 크게 빛을 발한 것이. 정신없이 서류를 처리 중이던 카이저는 재빠르게 움직이는 팔을 멈추고 의아한 기색으로 번쩍이는 수정구를 쳐다봤다.

누구지, 이 시간에?

황제일 리는 없고, 그렇다고 돌머리 소올이나 짠돌이 메시일 리는 없다. 요즘 통 바빠서 어쩌다 마주치는 유리안은 더더욱 아닐 것이며, 친하지만 평소 수정구로 연락하는 일은 별로 없는 락샤는 더더더욱 아닐 것이다.

카이저가 고개를 갸웃 기울이고 누가 제게 연락을 취하는지 궁금한 표정을 지으며 번쩍이는 수정구로 손을 뻗었다. 그로 인해 산처럼 쌓인 서류가 휘청거렸으나 그는 요령 좋게 무너트리지 않고 수정구를 구출해 냈다. 카이저가 수정구를 손에 얹고 마나를 주입하자 그것이 살짝 두둥실 떠올랐다. 그와 동시에 검은 수정구 너머로 영상이 비쳤다. 카이저는 수정구 너머로 비치는 이의, 너무나도 의외의 모습에 의아한 표정을 지었다.

– 아버지!

그 모습은 평소와 달리 크게 얼굴을 일그러트리고 있는 파람이었다. 이제까지 이렇게 두드러지게 표정을 지은 적이 없던 파람이 굉장히 초조하고 다급한 표정과 어투로 그를 불렀다. 카이저는 속으로 놀라워하며 말했다.

"응? 파람, 어쩐 일이냐."

카이저가 의아한 기색으로 물었다. 그에 파람이 그답지 않게 말까지 더듬으며 다급히 말했다.

– 파, 파이가……!

비명과도 같은 그의 다급한 음색에 카이저는 뭔가 예사롭지 않은 일이 일어났다는 것을 직감적으로 느꼈다. 그가 얼굴을 굳히며 파이가 왜? 하고 다급히 묻자 파람이 창백하게 굳어 버린 얼굴로 말했다.

– 파이가 없어졌습니다!

그의 비명과도 같은 말에 카이저의 붉은 눈동자가 휘둥그레졌다. 뭐……뭐라? 하고 멍청히 되묻자 파람이 답답하다는 듯 말했다.

– 어디에도 없습니다. 저택 내에도, 정원에도, 식당에도, 화장실에도…… 어디에도, 어디에도 파이가 없습니다. 아버지!

그는 저택 내를 이 잡듯 뒤져 봤는지 굉장히 빠른 어투로 쏟아 내듯 말했다. 그의 말에 카이저는 순간 아찔해졌다. 그가 한 손으로 이마를 짚었다. 그의 머릿속이 순식간에 혼란으로 뒤섞였다.

맙소사!

그는 속으로 소리 없이 비명을 내뱉었다. 그가 왈칵 얼굴을 일그러뜨리며 크게 소리쳤다.

"아이가 없어질 때까지 너희는 뭐하고 있었느냐! 그 곁을 지켰어야지! 유모는, 유모는 어디 있었고!"

그의 노한 음성에 파람이 죄스럽다는 듯 시선을 내리깔았다. 어쩐지 수정구 너머로 유모의 울음소리가 들리는 것 같았다. 죄송합니다, 죄송합니다, 빌며 울음을 토해 내는 유모의 목소리와 화가 잔뜩 난 파샤의 목소리, 그를 진정시키면서 차분하게 말하는 파엔의 목소리까지. 파람 주변에서 여러 목소리가 시끄럽게 뒤섞여 들렸다. 카이저는 머릿속이 멍해진 느낌이었다. 이제야 아이가 사라졌다는 것을 실감했다. 갑작스럽게 정신공격을 당한 것마냥 아무 생각이 떠오르지 않았다.

잠시 한눈판 사이에 아이가 사라졌다. 어디에도 존재하지 않는다는 사실이 카이저를 혼란에 빠지게 했다. 그의 심장이 크게 뛰며 바닥으로 곤두박질쳤고 등골이 서늘해져 숨을 제대로 쉴 수 없는 기분이었다. 까마득한 나락으로 빠지는 느낌. 그가 숨도 쉬지 못하고 창백하게 굳어 있자 파람이 크게 소리쳤다.

– 아버지, 정신 차리십시오!

장남의 큰 소리에 카이저의 붉은 눈이 불똥 튀듯 번쩍였다. 그가 정신을 차리자 파람이 나지막이 한숨을 내쉬었다. 카이저는 낮은 한숨을 내쉬며 눈을 천천히 감았다 떴다.

아이가 없다. 없다.

반복적인 생각을 하던 중 그가 불현듯 어떤 생각이 툭 떠올랐다. 감았던 눈을 번쩍 뜨며 말했다.

"파람아, 물을 것이 있다."

그의 말에 파람이 눈을 조금 크게 뜨며 되물었다.

– 예?

"오늘 아이가 실팔찌를 차고 있었느냐?"

그의 물음에 파람이 눈동자를 데굴데굴 굴리며 회상하는 듯했다. 그러더니 고개를 돌려 유모에게 질문을 던지더니 다시 고개를 돌렸다. 카이저는 파람의 답이 떨어질 때까지 조마조마한 심정으로 기다렸다. 혹시 아이가 실팔찌를 차고 있다면 찾을 수 있을 것이다.

– 예, 차고 있었습니다.

그의 대답에 카이저는 일순간 참았던 숨을 몰아쉬며 말했다.

"그럼 찾을 수 있다. 내가 파이를 찾아 갈 것이니 걱정 말고 기다려라."

카이저가 조금은 안도한 어조로 말했다. 그의 말에 파람은 느리게 눈을 깜박이더니 천천히 고개를 끄덕였다. 파람은 자신의 아버지를 믿는다. 그가 그리 말했다면 반드시 파이를 찾아낼 것이다. 파람이 수긍하며 기다리겠다 답하며 통신을 끊자 카이저는 순간 철컹한 심장을 진정시키며 숨을 느리게 몰아쉬었다.

천천히 눈을 깜박이며 자신이 걸어 놓았던 추적의 마법이 걸린 실팔찌의 위치를 파악했다. 멍하니 집무실의 어지러운 풍경을 둘러보던 사이 선명히 느껴지는 붉은 마나의 궤적을 캐치한 그는 지체하지 않고 자리를 박차고 일어섰다. 그가 빠르게 집무실을 나서자 그 바깥에서 업무를 보고 있던 부하들이 휘둥그레진 눈으로 카이저를 쳐다봤다.

카이저는 그들을 빠르게 지나쳐 황궁 내에 위치한 마구간으로 향했다. 그는 가장 빠른 말 하나를 잡아 타고 내달렸다. 마구간에서 얼마 떨어지지 않은 연무장을 지나치던 중 여유 있어 뵈는 기사 몇 명을 무단으로 빼낸 그는 굳은 표정으로 마치 황명으로 범죄자를 쫓는 기사단장처럼 매서운 기세로 황궁을 나섰다.

그가 걸어 놓은 붉은 마나의 궤적을 쫓아 빠르게 내달렸다. 영문을 모르고 따르는 기사들은 평소와 달리 예사롭지 않게 고요히 불길을 내뿜는 재상의 모습에 입을 굳게 다물고 바싹 따랐다.

그리고 그 끝에, 카이저는 아이를 만났다.

카이저는 저만치 아이가 보이자마자 안도의 한숨을 내쉬었으나, 금세 표정을 굳혔다. 아이가 낯선 누군가에게 안겨 있었기 때문이다. 그는 설마 저것이 납치범인가 싶어 매섭게 얼굴을 일그러뜨렸다. 그사이 그의 놀라운 동체시력에 파이가 낯선 이에게서 버둥거려 그 품에서 내려오더니 그에게 착 달라붙는 모습이 포착되었다.

카이저는 다른 의미로 다시 화가 나기 시작했다.

아이가 낯선 이를 신뢰하는 모습에 그는 몹시도 노했다. 그 모습을 보자마자 카이저는 순간 깨달았다. 파이가 스스로 저택을 나갔다는 것을. 그것을 깨닫자 걷잡을 수 없는 분노가 일었다. 어찌 저 아이는 이다지도 무모한 행동을 저질렀느냐 말인가. 그는 그리 생각하며 아이를 내려다보았다. 아이가 살짝 자신을 훔쳐보다 슬쩍 시선을 피했다. 그에 카이저는 기가 차서 헛웃음을 내뱉었다. 허! 하고 가볍게 탄식하듯 내뱉자 아이의 작은 몸이 처연하게 바르르 떨렸다. 자신이 잘못했다는 걸 인지하는 듯했다.

남자는 미심쩍기는 했지만 나쁜 기운이 느껴지지는 않았다. 무사히 파이를 발견한 데에는 감사했지만 카이저의 마음은 편하지 않았다.

카이저는 입을 굳게 다물었다. 오냐오냐해 주었더니 어리광만 늘고 이렇게 철없이 행동한 것은 파이의 잘못이었고 그것을 받아 준 자신의 잘못이기도 했다. 카이저는 이 기회에 아이를 호되게 혼을 내서 버릇을 고쳐야겠다, 다짐했다.

"파이!"

그가 지극히 낮은 저음으로 아이를 크게 불렀다. 파이가 아빠의 노기 어린 음성에 크게 움찔 떨었다. 아이는 낯선 사내에게서 여전히 떨어지지 않고 불안한 눈빛으로 카이저를 올려다보았다.

"이게 무슨 행동이냐. 파이!"

카이저는 몹시도 화가 난 어조로 물었다. 그에 파이가 차마 대답을 하지 못하고 자신이 잡고 있는 사내의 바지 자락을 만지작거렸다. 그에 카이저의 한쪽 눈썹이 움찔거렸다.

"왜 대답이 없느냐, 파이! 아니, 대답할 것 없다. 어서 이리로 오너라."

카이저는 불같이 활활 타오르는 눈빛으로 파이를 내려다보며 말했다. 파이는 여전히 쉽게 말을 내뱉지 못하고 아빠의 시선을 마주 보지 못했다. 카이저는 어물어물거리는 아이의 모습에 크게 답답함과 노기를 느끼며 성큼성큼 다가가 아이의 작은 팔을 잡아당겼다. 파이는 순식간에 그에게 끌려 사내에게서 멀어졌다. 카이저는 아이의 작은 몸을 들어 올려 품에 안았다. 파이의 작은 몸이 잔뜩 굳어 눈동자만 데굴데굴 굴려 시선을 내리깔았다. 딱 봐도 매우 놀란 모습이라 어쩐지 딱하고 안쓰러운 마음이 들어 사내가 조심스레 입을 열었다.

"너무 거친 것 아닙니까?"

아이가 많이 놀란 것 같군요, 하고 덧붙이며 말하는 사내에 카이저가 미간을 찌푸렸다. 가련한 한 떨기 꽃봉오리처럼 바르르 떠는 것이 절로 동정심을 일게 했다. 평소라면 가만히 지켜보는 것이 그의 성격임에도 이렇게까지 끼어들게끔 만들 정도로 파이는 몹시도 의기소침하고 겁에 질려 있는 듯했다.

"상관 마시오. 저와 제 딸의 일입니다."

카이저는 눈앞의 사내의 말을 전부 다 믿지 않지만 어쩐지 낮익고 익숙한 모습에 쉽사리 뿌리치지 못하고 퉁한 어조로 답했다. 왠지 모르겠으나 눈앞의 사내에게는 함부로 대할 수 없는 기운이 느껴졌다. 그와 동시에 친숙한 기운도. 난생처음 보는 자인데도 어쩐지 친밀감이 느껴졌다. '그녀'의 후손은 피가 많이 옅어졌음에도 가장 믿고 사랑하고 신뢰했던 친우의 정을 기억했다. 그것이 본능적으로 흘러나와 카이저는 그를 마냥 밀어낼 수 없었다. 사내는 그의 말에 어깨를 으쓱했다.

"하지만 너무 무서워하는 게 보여 안쓰럽습니다."

사내의 말에 카이저는 시선을 내려 바르르 떨며 굳은 파이를 쳐다봤다. 그의 말대로 파이는 몹시도 겁을 먹은 모습이었다. 그 모습에 카이저가 가벼운 한숨을 내쉬었다. 그러자 아이가 다시 한차례 몸을 떨었다.

품에 파이의 작은 몸을 안은 카이저는 그 떨림을 느끼며 너무 강압적인 자신을 뒤늦게 자책했다. 너무 화가 나서 막무가내로 대한 것에 뒤늦게 후회가 밀려왔다. 그는 파이의 작은 등을 가볍게 토닥였다. 그러자 파이가 파란 눈을 동그랗게 뜨고 그를 흘긋 훔쳐보았다. 몇 번의 다정한 토닥임에 파이가 슬그머니 그의 목깃을 잡고 만지작거렸다. 카이저는 탄식 같은 말을 내뱉었다.

"내, 너 때문에 어찌나 놀랐는지 모를 것이다."

카이저의 목소리가 어쩐지 처연한 느낌이었다. 그의 음색에 파이가 말없이 고개를 푹 숙이며 애꿎은 그의 목깃만 만지작거렸다. 카이저는 긴장감이 풀어지면서 몰아치는 피곤함에 느릿하게 눈을 깜박였다. 어느 정도 감정을 갈무리한 그는 눈앞의 사내에게 말을 걸었다.

"실례가 많았소. 괜찮다면 아이를 봐준 보답으로 저택에 초대하고 싶소만."

카이저는 수상한 기운이 물씬 나는 망토를 두른 눈앞의 사내에게 묘한 신뢰와 친밀감을 느끼는 자신을 이상하게 생각하며 말했다. 그를 이대로 보내면 안 된다고 그의 직감이 끊임없이 속삭였다. 카이저는 자신의 직감을 믿는다. 그는 분명 중요한 인물일 것이다. 그의 피가 그렇게 말하고 있었다. 그를 놓치지 말라고. 카이저의 눈빛이 묘한 빛을 발하며 그를 마주하자 사내가 언뜻 입꼬리를 끌어올리며 웃었다.

결국 네 뜻대로 되는구나.

그는 속으로 중얼거리며 고개를 끄덕였다.

그는 그녀와 계약과도 같은 약속을 한 것이 끊어지지 않는 사슬이 되어 자신을 얽매고 있다는 것을 깨달았다. '이름'을 걸고 '언령'으로 이루어진 그녀와의 약속은 반드시 지켜야만 하는 저주보다도 독한 계약이었다. 반드시, 반드시 이루어 줘야만 하는 최악의, 극악의, 강렬한 약속. 그가 쓸쓸하게 웃었다.

그가 고개를 끄덕이며 받아들이자 카이저가 낮은 한숨을 내쉬며 아이를 안고 있지 않은 손으로 옷깃에 매달린 금장 단추를 뜯어서 그에게 내밀었다. 칼레이저가의 고유 문장이 새겨진 것이었다. 그것을 내밀자 사내는 어쩐지 아련한 눈빛으로 빤히 쳐다보더니 손을 뻗어 건네받았다.

"당장 초대하고 싶으나, 마땅한 이동 수단이 없어 함께 갈 수 없겠소. 괜찮다면 오늘 중으로 수도 RHBB-51번가의 저택으로 와 주시겠소? 기다리겠소."

그는 그리 말하며 사내를 마주 봤다. 사내는 금장 단추를 받은 손을 꼭 쥐며 흔쾌히 고개를 끄덕였다.

"알겠습니다. 꼭 찾아뵙도록 하지요."

그의 대답에 카이저는 안도한 듯 숨을 내쉬었다. 그는 아이를 품에 안은 상태에서 요령 좋게 제가 타고 온 말 위에 올라탔다. 파이는 순식간에 높아진 시야에 놀라 다급히 제 아빠의 목을 껴안았다. 카이저는 아이가 두려워하지 않게 작은 몸을 단단히 안으며 사내에게 다시 말을 걸었다.

"미안하지만, 저택에 방문할 때 그대 발밑의 새끼 짐승도 데려와 주겠소? 보다시피 데려갈 여건이 마땅치 않아서."

"네, 그리하지요."

사내는 유려하게 입꼬리를 말아 올리며 흔쾌히 승낙했다. 그의 발밑에 있는 리파가 탐탁지 않은 듯 울었다. 카이저는 그를 향해 미안한 표정을 지었다.

"미안하구나. 리파야. 이따가 보자꾸나."

그는 리파를 맡기면서까지 사내를 집요하게 저택으로 끌어들이려 했다. 사내는 그의 속을 눈치챘는지 가볍게 웃음을 내뱉었다. 그리하지 않아도 갈 것이나, 혹여 자신이 가지 않을까 몹시도 불안해하는 눈길이라 웃음이 났기 때문이다. 사내는 빙글 웃으며 말했다.

"반드시 데려다 드리겠습니다. 걱정 마시지요."

확신을 주는 말에 카이저가 마침내 얼굴을 펴며 고개를 끄덕였다. 그는 아이를 자신의 앞에 내려놓았다. 말안장에 난생처음 앉아 본 파이는 급히 양팔로 제 아빠의 허리를 꼬옥 잡았다. 높은 시야가 마른침을 삼키게 했다. 카이저는 그 모습이 몹시도 우스웠지만 웃음을 꾹 참으며 여전히 화가 난 듯 표정을 굳히며 말고삐를 잡았다.

그가 말고삐를 가볍게 당기고 양쪽 장딴지로 말의 허리를 차자 말이 히힝 하고 가벼운 울음소리를 내며 몸을 움직였다. 그는 말의 머리를 돌려 제 뒤를 바싹 쫓아온 황궁의 기사단들에게 말했다.

"수고 했다. 그만 가 보라."

그들이 한 건 아무것도 없었다. 영문도 없이 카이저의 명에 따라 쫓은 것뿐. 그들이 휘둥그레진 눈을 몇 번 깜박이더니 금세 고개를 주억거리고 말 머리를 돌려 황궁으로 돌아갔다. 카이저는 제 시야보다 아래에 있는 사내를 한 번 더 보고는 지체 없이 말고삐를 잡아당겨 저택을 향해 내달렸다.

파이는 빠르게 내달리는 말의 안장에서 떨어지지 않기 위해 아빠의 배에 찰떡같이 착 달라붙었다. 양팔과 양다리를 이용해 착 달라붙은 모습은 흡사 고목나무에 매달린 매미 같기도 했고, 부모에게 매달린 새끼 코알라 같기도 했다. 카이저는 필사적으로 자신에게 달라붙은 아이의 모습에 웃음이 새어 나올 것 같았지만 필사적으로 참으며 표정을 풀지 않았다.

오래지 않아 두 사람이 탄 말을 칼레이저가의 저택에 당도했다.

카이저는 아이를 달고서 저택 안에 들어서자 마른 숨을 내쉬었다. 파이는 그의 숨소리에 크게 몸을 떨었다. 거짓말을 한 카이저 탓을 하면서도 은연중에 자신의 잘못을 알고 있는 본능적인 행동이었다. 카이저는 모른 척 아이를 품에 달고 저택 입구로 말 머리를 돌렸다.

저택 안에서 말이 뛰어오는 소리를 듣고 달려온 파람과 파샤, 파엔은 카이저가 파이를 달고 오는 모습에 깊은 안도의 숨을 내쉬었다. 그 뒤로 바싹 쫓아온 아톰과 휴, 렘, 라반이 환하게 웃고 있었다. 헐레벌떡 뛰어온 유모는 얼굴에 눈물 자국이 여실히 보였으나 아이를 보자마자 양손을 잡고 주저앉으며 또 오열했다. 라반은 주저앉아 우는 유모의 어깨를 다독여 주며 달래 주었다. 파이는 아빠의 배를 껴안고 있다가 귓가에 들리는 유모의 울음소리에 고개를 돌렸다.

인자하고 웃음이 많은 유모가 주저앉아 눈물을 쏟아 내는 모습에 파이는 심장이 철렁 내려앉았다. 그제야 아이는 외면했던 자신의 잘못을 깨달았다. 할머니 만나러 간다며 가족들 몰래 집을 나선 결과가 이것이었다. 파이가 입을 떡하니 벌리고 주저앉은 유모를 쳐다봤다. 카이저는 충격을 받은 듯한 아이의 표정을 빤히 내려다보며 말했다.

"보이느냐, 너의 생각 없는 행동 하나로 온 가족이 이렇게 난리가 났었다."

그의 목소리에는 명백하게 책망하는 기운이 어렸다. 파이가 몸을 크게 떨며 천천히 아빠를 올려다보았다. 카이저는 지극히 담담한 눈빛으로 아이를 내려다보았다. 파이의 파란 눈은 겁에 질려 있었다. 난생처음으로 받는 카이저의 훈계였고, 질책이었다. 카이저는 아이를 지그시 쳐다보더니 배에 매달린 아이를 한 팔로 껴안고 말에서 뛰어내렸다. 파이는 반사적으로 그의 옷깃을 잡고 그 가슴에 얼굴을 묻었다.

"파이!"

카이저가 말에서 내려오자마자 기다렸다는 듯 파람이 달려와 아이를 불렀다. 파이는 벙찐 상태로 카이저의 품에 얼굴을 묻고 굳어 있었다. 카이저는 아이를 제 품에서 떼어 바닥에 내려놓았다. 파이는 자신을 내려놓으려는 카이저에 다급히 그의 양팔을 잡았다.

"아……."

파이가 다급히 입을 뗐으나 마주 보는 카이저의 눈빛이 지극히 가라앉아 있어 차마 어떠한 말도 내뱉을 수 없었다. 그의 붉은 눈은 이제까지 보지 못했던 노기가 담담히 서려 있었다. 그는 파이를 끝내 바닥에 내려놓고 말했다.

"네 잘못은 잘 알 테지, 파이."

그가 새삼 낯설어 보였다. 파이가 자신에게서 멀어지는 카이저의 손을 잡기 위해 뻗었으나 그는 그 틈도 주지 않고 아이를 내려놓기 위해 숙였던 몸을 세웠다. 파이가 허공을 향해 헛손질을 했다. 카이저는 파이를 한 번 내려다보고 한 손으로 입을 가리며 오열하는 유모를 향해 고개를 돌려 말했다.

"내 잘못도 있으나 아이를 돌봐야 하는 유모가 한눈을 판 잘못도 있다."

그의 말 속에 어쩐지 불길한 기운이 엄습했다. 파이가 다급히 그에게 다가갔다. 파이가 어, 어 하고 말을 차마 내뱉지 못하고 끝을 흐리는 사이 그가 다시 입을 열었다.

"따라서, 유모를 지금 이 자리에서 해고하겠다."

"……어!"

파이가 멍청히 외마디를 내뱉었다. 해고? 해고가 뭐야? 하고 멍청히 생각하는데 카이저가 뒷말을 이었다.

"유모가 이곳에서 떠난다는 뜻이다. 다신 그녀를 볼 수 없다는 거야."

그의 말에 파이의 파란 눈이 동그랗게 변했다. 파이는 파란 눈을 크게 뜨고 그를 올려다봤다.

어쩐지 그가 멀게, 까마득하게 보였다.

그의 말을 들은 저택의 모든 이들도 놀란 표정을 지었다. 단지 유모만이 울음을 삼키며 담담히 고개를 끄덕였다. 그녀는 자신의 잘못을 쉽게 수긍하고 받아들였다. 그녀가 고개를 끄덕이며 주저앉은 몸을 추슬러 일어섰다. 손등으로 눈가를 훔치고는 허리를 숙여 말했다.

"지당하신 말씀입니다. 이 모든 것이 저의 잘못이니 각하의 뜻대로 하겠나이다."

그녀는 오히려 어떠한 벌도 받지 않고 해고만 당한 것에 감사해야 한다고 생각했다. 고위 귀족가의 영애를 돌보는 유모가 소임을 다하지 못해 하마터면 아이를 영영 보지 못할 수도 있을 정도의 최악의 상황을 만들었다. 그러한 죄를 저질렀음에도 해고하는 것에 그친 것이니 그녀는 불만이 없었다. 다만 저 사랑스러운 아이를 다신 보지 못하게 되었다는 것이 조금은 슬픈 뿐이었다.

그녀가 순순히 수긍하자 카이저는 속으로 웃었다. 그는 실상 유모를 자를 생각이 없었다. 하지만 너무나도 오냐오냐하며 키운 딸아이의 옹고집을 고치고 자신의 처지와 상황을 직시하게 하고자 강력한 수를 놓은 것이다.

파이의 생각 없는 행동 하나로 많은 이가 이렇게 손해를 보고, 그로 인해 신뢰하는 이에게 큰 슬픔을 안겨 주었다는 것을, 자신의 작은 행동 하나가 가문 내의 사람들에게 어떠한 영향을 끼칠 수 있음을 몸소 체험하는 것이다.

파이는 너무 놀라 입을 쩍 벌리고 그와 그녀를 번갈아 봤다. 그러더니 그의 바짓단을 양손으로 잡으며 말했다.

"아……아, 앙대요. 앙대요."

파이의 목소리가 가련하게 떨렸다. 안 돼. 유모 보내지 마. 파이의 파란 눈에 금세 눈물이 차올랐다. 파이가 고개를 크게 저으며 말했다.

"앙대 앙대요! 유모 보내지 마. 보내지 마요. 아빠."

파이가 기어코 닭똥 같은 눈물을 흘리며 호소했다. 아사벨이 없는 마당에 그녀마저 자신을 떠난다니 파이는 절망을 느꼈다. 파이는 투둑투둑 눈물을 떨어트리며 가련하게 울었다. 아이가 바르르 떨며 그의 바짓단을 잡아당기며 한사코 안 된다고 고개를 절레절레 저었다. 카이저는 아이의 절절한 하소연에도 눈 하나 깜짝하지 않고 외면하며 말했다.

"너의 잘못이고, 유모의 잘못이다. 네가 말도 없이 집을 나서서 이리되었고, 유모가 너를 제대로 돌보지 않아 이리된 것이다."

그의 단호한 어조에 파이가 멈칫하더니 눈물을 뚝뚝 흘리는 눈을 깜박였다. 모두, 모두 파이가 잘못한 거야? 파이는 눈물을 흘리며 생각했다. 파이가 말없이 나가서 유모 보내는 거야? 파이가 말 안 들어서? 파이가, 파이가, 파이가 고집부려서?

다, 파이가 잘못해서 그런 거야?

파이는 끝내 얼굴을 일그러트리더니 엉엉 울었다. 아이가 그의 바짓단을 계속 잡아당기며 꺼이꺼이 울며 말했다.

"파이가, 파이가아아아 잘모해써여. 파이가아아아, 파이가아아 나쁜 애야."

파이가 대성통곡을 하며 그제야 제 잘못을 고했다. 쉴 새 없이 흐르는 눈물이 뚝뚝 떨어져 아이의 발밑을 적셨다.

"파이가 나쁜 애야아아! 유모가 안 잘멋해써어어! 유모 보내지 마여, 아빠아아…… 파이가 이제 착할게에에! 으엉엉엉. 아빠아아, 엉엉엉!"

파이는 그의 바짓단이 구명줄이라도 된 듯 잡아당기고 서럽게 울며 말했다. 다 자기 잘못이라고 유모 보내지 말라고 애걸복걸했다. 아이가 엉엉 울며 카이저에게 매달리자 파람을 비롯한 모든 이들이 안절부절못하며 이러지도 저러지도 못하고 마냥 지켜봐야 했다. 카이저는 엉엉 울며 말하는 아이를 말없이 내려다보았다. 파이는 그의 다리에 달라붙어 끊임없이 말했다.

"파이가 나빠써여. 어으엉엉! 막 나가써, 어어 허엉엉엉 할, 머니 어엉엉, 보고 시퍼, 어어엉…… 으헝엉엉. 그, 래, 서, 어어 막, 가써여어어. 어어, 잘, 멋, 해, 써, 여어어."

파이가 그의 다리에 얼굴을 묻고 비비며 말했다. 카이저는 자신의 바짓단이 조금 축축해짐을 느꼈다. 그가 말없이 아이를 빤히 내려다보더니 드디어, 나지막이 낮은 숨을 내쉬며 말했다.

"파이야, 이제 말없이 혼자 나갈 거야?"

그의 물음에 파이가 기다렸다는 듯 고개를 크게 저었다. 아, 안 나 가여, 하고 울음과 뒤섞여 띄엄띄엄, 어렵사리 답했다. 꺽꺽거리면서 숨을 토해 내는 아이는 금방이라도 숨이 넘어갈 것 같았다. 카이저는 아이를 향해 다시 물었다.

"또 고집부릴 거야?"

"아, 안 부려여어……."

아이가 흑흑 울면서 지체하지 않고 답했다. 시근거리는 숨소리가 가엽게 느껴질 정도였다. 그는 아이의 둥근 정수리를 빤히 내려다보 더니 한숨을 깊이 내쉬었다. 아이가 절대 그의 다리를 놓아줄 수 없다 는 듯 부둥켜안고 흑흑흑 남은 울음을 토해 냈다.

"잘, 멋해써여."

그는 아이의 나지막한 울음 섞인 반성에 상체를 숙여 한 손으로 그 조그만 정수리를 쓰다듬었다. 파이는 부동의 자세로 일체 움직이지 않고 빤히 내려다보기만 하던 그가 제 머리를 쓰다듬자 훌쩍임을 멈 추고 천천히 고개를 들었다. 그는 엉망진창으로 우는 아이를 어느새 잔잔해진 적색 눈동자로 빤히 내려다보다 안쓰럽게 미소 지었다.

"아빠도 잘못했다."

그가 나지막이 말을 내뱉었다. 잔잔하고 부드러운 어조로 그는 아 이에게 이제까지의 거짓말을 한 것을 사과했다. 따지고 보면 아이가 가출하게 만든 계기를 만든 건 다름 아닌 자신이었다.

그는 아이를 품에 안고 저택으로 돌아오면서 생각했다. 아이가 그 토록 보고 싶어 했던 것은 할머니이긴 하나 정확히는 엄마의 빈자리 라고. 아이에게 그 빈자리는 너무나도 컸던 것이다. 그 자리를 채워 준 것은 다름 아닌 아사벨이었다. 그러니 그녀와의 헤어짐은 그 누구 보다도 파이에게 큰 슬픔을 줬을 것이다. 카이저는 아이가 겪은 이별 의 슬픔을 너무 가볍게 생각했다. 아이가 자라면서 몇 번 자잘한 이별을 경험해 괜찮을 거라 안일하게 생각했던 자신이 한심하게 느껴졌다.

아이에게 그녀와의 이별은 어떠한 이별보다도 컸고 무거웠을 터인데.

그는 쓰린 속을 감추며 빙긋 웃었다. 파이는 그제야 자신을 내려다보는 시선이 다시 따뜻해짐을 느꼈다.

평소의 아빠의 표정이다.

파이는 그의 얼굴을 멍청히 쳐다보더니 다시 왈칵 얼굴을 일그러트리며 크게 울었다. 그전까지도 계속 울더니, 지치지도 않고 더 크게 울었다. 안도의 울음이었다. 파이가 엉엉 울며 그의 바짓단에 얼굴을 마구잡이로 비볐다. 카이저는 가볍게 웃으며 아이의 작은 몸을 달랑 안아 들었다. 파이가 기다렸다는 그의 목을 껴안으며 흑흑흑 잔울음을 토해 냈다.

"인제, 인제 어, 어, 착할게여. 어, 어 파이는 할머니 안 바도 데여. 이제 안 그럴게여. 어어, 그니까, 어……."

파이는 콧등을 찡그리고 시근거리며 말했다. 카이저는 닭똥 같은 눈물이 흐르는 눈가를 엄지로 쓱쓱 닦아 내며 말했다.

"유모 안 보낼게, 파이야. 파이가 말 잘 듣는다고 했으니까, 착한 파이 된다고 했으니까. 아빠도 거짓말 안 할게."

정말로 열 밤 뒤에 할머니 만나러 가자. 응? 아빠가 꼭 보내 줄게. 카이저는 뒷말을 이어 말하며 아이의 퉁퉁 부은 눈가에 키스했다. 파이는 반사적으로 눈을 감으며 킁킁거렸다.

"……저, 정말?"

파이가 그의 뒷말에 훌쩍이며 되물었다. 카이저는 가볍게 웃음을 터트리며 고개를 크게 끄덕였다. 파이가 잔뜩 울어 상기된 얼굴로 말갛게 웃으며 그의 목에 얼굴을 비볐다. 파이가 대성통곡을 하며 울다 웃으니 그는 아이의 귓가에 속삭이며 말했다. 울다 웃으면…….

"어, 어, 드레건이 뿔 다라 주러 와여!"

파이가 그의 말을 이어 내뱉었다. 카이저는 참지 못하고 크게 웃었다. 파람과 그의 가족들은 살얼음 같은 분위기가 서서히 녹자 그때까지 참고 있던 숨을 몰아쉬었다. 그 가운데 유모가 조심스레 다가가 말했다.

"그러나 각하……."

차마 가까이 다가가지도 못하고 송구한 마음에 고개를 숙이며 입을 여는 유모에 카이저는 빙그레 웃으며 말했다.

"굳이 그대의 잘못만 있는 것은 아니네, 따지고 보면 내 잘못이 크지."

"하지만……."

"그만, 난 그대를 잃고 싶지 않아. 그리고 이 아이 역시."

카이저가 단호한 표정을 지으며 고개를 저었다. 그는 그녀가 제 자식들을 얼마나 사랑으로 보살폈는지 알고 있다. 특히 파이를 어떤 마음으로 보살피고 키웠는지 누구보다도 잘 안다. 파이는 기다렸다는 듯 크게 소리쳤다.

"어어! 유모 가지 마아, 가지 마아아아. 파이가 착할게, 어어……어엉."

당장 그녀마저 떠나면 파이는 졸도할 만큼 울 것이다. 겨우 그친 눈물이 다시 맺히려 하자 유모가 얼른 고개를 저었다. 가슴이 철렁한 그녀가 다급히 입을 열었다.

"네, 네, 파이님. 유모는 안 가요. 안 갈게요."

그녀의 대답에 파이가 다소 안심한 표정을 지었다. 이렇게 파이의 짧은 가출 사건은 막을 내렸다. 아이는 이로 인해 자신의 작은 행동이 어떤 여파를 불러오는지 몸소 체험하고 이해했다. 파이는 이 계기로 한 단계 성장했다. 그게 어떤 의미로든. 아이의 작은 가슴에 새겨졌다. 그녀가 메고 있던 가방에 얌전히 잠들어 있는 별사탕이 그에 맞춰 반짝거렸다.

드디어 어느 때보다도 다사다난했던 하루를 마친 칼레이저가의 저택은 평화를 되찾았다.

카이저는 정신적 피곤함을 느끼며 저택 집무실 의자에 나른하게 앉아 있었다. 등받이에 기대어 지그시 눈을 감으며 느리게 숨을 몰아 내쉬었다. 그때였다. 활짝 열어 놓은 창가 너머에서 서늘한 밤바람이 살랑 불어왔다. 카이저는 눈을 감은 상태에서 숨을 느릿느릿 쉬며 말했다.

"안 올 줄 알았소."

눈을 감은 카이저의 입가가 살짝 올라갔다. 그는 감았던 눈을 천천히 뜨고는 밤바람에 살랑살랑 흔들리는 서류의 끄트머리를 내려다보았다. 그의 넓은 책상에 긴 그림자가 졌다. 그 그림자는 카이저의 그림자가 아닌 창문으로 방문한 이의 그림자였다. 카이저의 말에 그림자의 어깨라 추측되는 부분이 가볍게 으쓱거렸다.

"약속은 지켜야 하지요."

익숙한 목소리에 카이저는 가볍게 웃으며 의자에서 일어서 몸을 돌렸다. 그가 활짝 열어 놓은 집무실 창가에 오전에 보았던 낯선 사내가 앉아 있었다. 그의 품에는 고동색 호랑이가 얌전히 안겨 입을 쩍 벌리며 나른하게 하품을 내뱉었다.

"부탁을 들어주어 고맙소."

카이저가 그를 향해 말갛게 웃으며 말했다. 사내는 그를 빤히 쳐다보더니 입꼬리를 끌어올리며 웃었다. 구름 한 점 없는 새카만 밤. 환하게 빛나는 달과 별의 빛을 등진 그는 음영이 짙게 져서 몹시도 어두워 보였으나 카이저는 어쩐지 그가 낯설지 않다고 느꼈다.

사내는 품에 안은 리파를 조심스레 내려놓았다. 리파는 자신을 바닥에 내려놓는 그의 손길에 코웃음을 치며 냉큼 유려한 곡선을 그리며 날렵하게 빠져나와 착지했다. 사내는 제 친우의 행동에 가볍게 웃으며 빈손이 된 손 중 하나를 들어 깊게 쓰고 있던 후드를 벗고, 남은 손을 그에게 내밀며 속삭이듯 말했다.

"초대해 줘서 고맙소. 친우의 머나먼 후손이여."

역광으로 어둡게 보이는 그의 모습 가운데 유독 새까만 그의 눈동자가 일순간 금빛으로 반짝거렸다. 유려하게 웃는 그의 미소만이 요상하게도 선명히 보이는 것이 신기했다. 카이저는 그를 마주하며 눈을 천천히 깜박거리다 이내 그를 따라 씩 미소 지었다. 의미심장한 그의 인사와 그 미소에 어쩐지 저도 모르게 그냥 웃음이 났다. 그는 마주 웃는 카이저를 지그시 쳐다보았다. 카이저는 자신에게로 내미는 그 손을 마주 잡으며 말했다.

"당신이군요."

그녀의 가장 사랑하는 친우가.

"……나를 알고 있군."

카이저의 적색 눈동자 가득 호의가 넘쳐나는 것을 마주한 그가 눈을 느리게 깜박이다 비식 웃으며 말했다. 그의 말에 카이저가 어깨를 으쓱하더니 마주 잡은 손을 놓고 몸을 돌려 집무실의 책상 위에 가지런히 놓인 고급 재질의 가죽 양장의 책을 집어 들었다. 짙은 고동색의 고급 양장 책은 투박하기 그지없었으나, 그 책의 주인이 여성이었는지 표지에는 정갈하고 단아한 붉은색 꽃이 수놓이듯 그려져 여성스러움과 고풍스러움이 자연스럽게 담겨 있었다. 그는 카이저가 손에 든 책을 빤히 쳐다보더니 아련한 표정으로 웃었다.

익히 알고 있는 것이다.

저것은 사랑하는 친우가 품에 달고 다니며 하루하루 그녀의 일생을 적어 왔던 일기장.

"500년 전부터, 언제나 서고 한곳에 꽂혀 있던 누군가의 일기장입니다."

카이저는 제 손에 들린 책을 아련한 눈빛으로 바라보는 그에게 내밀며 말했다. 누구의 것인지 알 수 없으나 추측으로는 그 당시 그 시기에 존재했던 칼레이저가의 유일무이한 무남독녀이자 강철의 여인이었던 공녀의 일기장일 것이다. 오래도록 가주 전용 서고 한쪽에 꽂혀 있던 신비한 그녀의 일기장. 그 후로 시간이 흘러 가주가 몇 번이고 바뀌었으나 그녀의 일기장은 언제나 늘 같은 위치에 꽂혀 있었다. 그 일기장의 존재는 아는 가주도 있고 모르고 지나간 가주도 있었다. 카이저는 그중 전자에 속한 가주였다.

사실 그 일기장을 발견한 것은 카이저 본인이 아니라 그의 아내인 앨리스였다. 그의 서고를 구경하던 중 발견한 투박하나 묘하게 눈길이 가던 일기장.

그 시기는 앨리스가 파이를 임신하고 만삭이 되어 예정일이 얼마 남지 않았던 때였다. 무거운 몸으로 그날따라 그의 서재에 가고 싶었던 그녀는 신기하게도 그 일기장에 눈이 갔다. 몹시도 신기하고 생소한 느낌. 앨리스는 무언가에 홀리듯 의아한 기색으로 짙은 고동색 양장본을 뽑아 들었다. 그녀는 그 책을 뽑아 펼쳐보 았으나 아쉽게도 그 안의 내용을 읽을 수 없었다.

책의 안쪽은 전부 새하얀 백지였다.

앨리스는 의아함에 고개를 갸웃 기울였다. 그때였다. 그 시간 때면 늘 얌전히 그녀의 배 속에서 잠이 들던 아가가 크게 몸을 떨었다. 배 속의 태아가 갑자기 원활히 움직이며 태동을 하자 앨리스가 눈을 휘둥그레 떴다. 무슨 일이니, 아가? 하고 상냥하게 물으며 만삭이 된 배를 둥글게 쓰다듬었다.

그 순간 신기하게 새하얀 백지였던 페이지에 붉은 꽃잎 같은 불꽃이 통통 튀더니 곧 유려한 선을 그리며 글자를 새겨 갔다. 순식간에 페이지에 가득 글씨가 새겨져 넘쳤다. 앨리스의 파란 눈동자에 붉은

색의 선명하고 아름답게 유려한 곡선을 그려낸 글씨가 가득 채워졌다.

세상에!

앨리스는 놀라움을 감추지 못하고 책의 페이지를 스르륵 넘겨 맨 첫 장으로 돌아갔다. 맨 첫 장에는 처음 그녀가 펼쳤던 페이지의 글씨체와 확연히 다른 아주 어린아이의 것처럼 삐뚤빼뚤한 글자가 채워져 있었다. 앨리스는 저도 모르게 웃음이 났다. 웃음기 가득 머금은 앨리스는 첫 장을 매만지며 얼굴조차 알지 못하는 그 어딘가의 아이가 어색하게 깃펜을 쥐고 힘을 주며 한 자, 한 자 집중해서 썼을 것이라 상상하며 그 내용을 천천히 읽어 나갔다.

신비한 책의 내용은 어느 한 여자아이의 일상이 담긴 평범한 일기장이었다. 그것도 몹시도 사랑스럽고 어여쁜 아이의 일기장임이 확실했다.

앨리스는 어떤 소녀의 일기장을 발견한 그날부터 쭉 책을 읽어 내려갔다. 한 페이지, 한 페이지 넘길 때마다 아주 어렸던 소녀는 점차 나이를 먹어 가며 어여쁜 소녀가 되고 곧 성숙하고 우아하며 심성 고운 아리따운 숙녀가 되어 갔다.

소녀의 하루하루는 넘길 때마다 평화롭고 사랑스러운 일상이 가득했지만 때때로는 몹시도 서글프고 안타까운 슬픔이 배어 있기도 했다. 앨리스는 마치 일기장의 주인이 된 것처럼 그녀의 감정에 동화되어 갔다.

앨리스뿐만 아니라 그녀가 슬픔을 느낄 때마다 배 속의 태아 역시 동조하며 작게 태동을 일으켰다. 앨리스는 자신의 슬픔을 동조하며 반응하는 제 사랑스러운 아가를 타이르며 페이지를 넘겼다. 시간이 흘러 끝끝내 일기장의 끝을 맞이한 앨리스는 두꺼운 양장 표지를 덮으며 깊은 한숨을 내쉬었다. 그녀는 일기장을 고이 옆에 내려놓고 새파란 눈을 살짝 내리깔아 만삭인 제 배를 쓰다듬었다. 어미의 손길에 배 속 태아가 반응하듯 통통 튀었다.

앨리스는 제 아가의 반응에 빙그레 웃었다. 그녀는 옆에 놓은 일기장을 양손으로 들어 가슴에 감싸 안으며 자애롭게 웃었다. 정성스레 그 일기장의 테두리를 쓰다듬던 앨리스는 마침 그의 곁에 다가온 카이저에게 그것을 내밀었다.

"당신이 이 책을 읽어 줬으면 좋겠어요."

카이저는 사랑하는 아내가 내미는 책을 받으며 고개를 갸웃 기울이며 의아함을 표했으나 어떠한 의문도 입 밖으로 내뱉지 않았다. 그는 그저 세상에서 가장 사랑하는 부인의 부탁대로 그날부터 군말 없이 그 책을 읽기 시작했다. 카이저가 꾸준히 페이지를 넘겨 일기장 절반쯤 읽었을 무렵엔 앨리스의 산통이 시작되었다. 그리고 그는 사랑하는 그녀를 잃고, 소중한 딸아이를 얻었다.

그리고 일기장은 반절 정도 읽혀진 채 버려지듯 잊혀졌다.

그 일기장의 존재를 다시 깨닫게 된 것은 파이의 첫돌을 맞이하던 때, 파람에게 변화가 나타났던 시기였다. 카이저는 불현듯 그 일기장이 떠올랐다. 어째서인지 알 수 없으나, 이상하게도 그 일기장이 갑작스럽게 불쑥 떠올랐다. 카이저는 자신이 읽다 만 일기장을 찾기 시작했다.

분명 어딘가 있을 터인데…….

그가 다급히 제 집무실을 뒤졌으나 어디에도 없었다. 그러던 중 혹시나 하는 마음에 가주의 서재로 향했다. 앨리스가 그 책을 가주의 서재에서 발견했다는 말이 떠올랐기 때문이다. 그것을 상기하며 서재를 둘러보던 그는 평소에는 보지도 않는 서재 한쪽을 쳐다보았다.

놀랍게도 그토록 찾아 헤매던 책이 그곳에 꽂혀 있었다. 언제나 어디서나 늘 그 자리에 있었던 것마냥. 카이저는 앨리스가 그랬던 것처럼 홀리듯 그 책을 향해 손을 뻗었다. 그는 그 자리에서 책을 펼쳐 페이지를 천천히 넘기며 읽어 갔다. 처음에 아무 생각 없이 읽었던 책의 내용을 다시 읽어 보게 된 카이저는 페이지를 넘기다가 놀라운 사실들이 숨겨져 있었다는 것을 뒤늦게 깨달았다. 카이저는 앨리스가 왜 자신에게 이 책을 읽어 보라고 했는지 그제야 이해가 되었다.

그녀의 뜻을 깨달은 카이저는 밤이 되고 다음 날의 동이 터서 밝아지고, 다시 해가 질 때까지 서재에서 나오지 않고 끊임없이 페이지를 넘겨 그 속에 자리한 내용을 읽어 갔다. 물론 틈틈이 제 사랑스러운 딸아이를 보러 가는 것은 잊지 않았다.

그가 그 일기장의 페이지를 모조리 넘겨 마지막 장을 읽을 무렵에는 그 후로 일주일이 지나간 상태였다. 신기하게도 책은 책등의 두께보다도 굉장히 많은 페이지 수를 자랑했다. 카이저가 몹시도 신기한 표정으로 마지막 장을 덮으며 그 책의 테두리를 쓰다듬었다. 그의 적적하게 가라앉은 차분한 적색 눈동자에 선명히 느껴지는 금색의 마나의 기운이 아지랑이가 피어오르듯 하늘하늘 올라 사라지는 것이 보였다.

누군가의 강력한 마나로 이루어진 마법의 책.

그 마법의 책의 내용은 한 아이의 일생이 담겼다. 그 아이는 다름 아닌 칼레이저가의 유일무이한 무남독녀였던 공녀이자 500년 전 처음으로 타국의 귀족을, 그것도 반란을 일으켰다는 대역죄를 뒤집어쓰고 억울하게 몰락한 볼품없는 귀족을 남편으로 맞이한 강철의 여공이었다.

아즈라엘. SS. 칼레이저.

20살이 될 때까지 여인의 몸으로 칼레이저 공작가를 지켜 온 강철의 여인. 18세를 넘기지 않고 혼인을 해야 했던 사회 속에서 그녀는 제 나이 20살이 되기 전까지 자신에게 쏟아지는 수많은 청혼들을 빵빵 차 내며 미혼녀의 자리를 지켰다. 그런 그녀가 불현듯 20살이 되던 해에 어디서 듣도 보도 못한 비렁뱅이와도 같은 더럽고 초췌한 몰골의 사내와 혼인했다.

세간엔 그 혼인을 두고 강철의 공녀가 미쳤다 손가락질하기도 했다. 고위 귀족이며 아이다 제국 중점에 있는 5대 귀족가 중 하나인 칼레이저 공작가의 고귀한 공녀가 비렁뱅이와 혼인하다니 있을 수 없는 일이었다. 그러나 놀람은 거기서 끝나지 않았다. 알고 보니 그 비렁뱅이가 타국, 정확히는 적국의 몰락한 귀족이었다는 것.

그것도 반역죄를 저지른 대역죄인의 혈육.

제국 내의 모든 이들이 그 사실을 안 순간 경악했다. 맙소사! 정말로 공녀가 미친 것이 아닐까? 제국민은 물론 휘하의 귀족들마저 그녀를 비난하고 손가락질하기 시작했다. 적대국인 아칼리템에 비하면 유연한 사고를 가진 귀족사회를 이룬 아이다라 할지라도 그녀의 행동과 선택만은 옹호해 줄 수가 없었다. 그녀는 분명 단단히 미친 것이 확실했다.

그런 그녀를 유일하게 감싸고 밀어 주는 이는 그녀의 가문을 제외한 4대 공작가와 아이다의 황제뿐이었다. 황제는 무슨 생각인지, 그녀와 그의 혼인을 환영하고 축하했다. 그것도 열렬히. 당시 황제는 그녀의 혼인식에 참석하기까지 했으며 그녀의 배우자가 된 비렁뱅이에게 친히 성까지 하사하는 파격적인 행동을 선보였다. 이쯤 되자 제국민을 비롯한 귀족들은 그 비렁뱅이가 암흑술을 사용하는 사악한 마법사가 아닐까 하는 의문을 표하기 시작했다. 그러나 그녀의 배우자는 모순되게도 마법의 마자도 모르는 천생 검사였다.

그것도 몹시도 훌륭한.

그렇게 그녀 아즈라엘은 모두의 비난 속에서 타국의 대역죄를 뒤집어쓴 죄인 애쉬 안단테 올 파르네세와 혼인했다. 그녀와의 혼인으로 애쉬는 타락하고 더럽혀진 치욕스럽기까지 변모해 버린 오래된 자신의 성을 버리고 애쉬. RK. 칼레이저가 되어 그 가문의 데릴사위가 되었다.

카이저는 그 사실을 다시 상기시키며 한 손으로 이마를 쓸었다. 자신이 알고 있던, 전해 들은 사실과 조금, 아니 많이 달랐다. 그 대단한 영웅 애쉬. RK. 칼레이저가 사실은 반역죄를 뒤집어쓴 가문의 자제일 줄이야. 그저 볼품없는 타국의 하급 귀족인 줄만 알았다.

카이저가 나지막이 한숨을 내쉬었다. 그는 자신의 선조에 대한 거짓된 기록에 몹시도 놀랐고 한편으론 자그마한 배신을 느꼈다. 아즈라엘은 어찌하여 타국의, 그것도 적국의 범죄자를 자신의 가문에 받아들인 것일까? 그녀는 어째서 자신의 아이들에게 그 피를 물려준 것일까. 수많은 의문들이 그의 머릿속에 맴돌았다.

그러나 그의 놀람은 거기서 끝나지 않았다. 카이저는 자신의 손아귀에 잡힌 그녀의 일기장 뒷면을 손가락으로 매만지며 마지막 장 끄트머리에 남겨진 하나의 문장을 떠올리며 중얼거렸다.

「아리스타가 당신의 딸을 노리고 있다면 한시라도 빨리 나의 사랑하는 친우를 찾으세요.」

"아리스타가 당신의 딸을 노리고 있다면 한시라도 빨리 나의 사랑하는 친우를 찾으세요."

마치 500년 전 아즈라엘은 지금 이 상황을 예언이라도 했듯이 기묘한 뜻이 담긴 마지막 문장을 남겼다. 카이저는 몇 번이고 그 문장을 중얼거렸다.

그녀의 친우. 그녀의 친우…….

그녀가 언급한 친우에 대한 것은 일기장 안에 종종 등장하지만 그를 뜻하는 문장들은 마치 허무맹랑한 수수께끼와 같았다. 카이저는 그것만으론 아즈라엘의 친우라는 자를 찾을 수 없었다. 이 넓은 대륙에서 이름조차 알지 못하는 이를 찾기란 몹시도 어렵고 힘든 일이다. 하물며 제대로 그의 모습을 묘사한 문장조차 없었다. 저도 모르게 까마득함을 느끼며 카이저가 무거운 숨을 내쉬었다.

"당신의 친우를 어찌 찾으란 말입니까……."

그가 탄식에 가까운 숨을 내쉬며 절망적인 어조로 중얼거렸다. 도저히 갈피를 잡을 수조차 없었다. 어디서부터 찾아야 할지 막막했다. 그런 그의 귓가로 생전 처음 듣는 아름다운 여성의 목소리가 속삭이듯 들려왔다.

[걱정하지 마세요. 그를 마주한다면 당신은 분명 알 수 있을 거예요. 기다려요.]

옥구슬 흘러가듯 까르르 웃는 웃음기 가득한 청아한 여성의 목소리가 환청처럼 카이저의 귓가에 맴돌듯 스쳐 지나갔다. 카이저는 그 소리에 깜짝 놀라 들고 있던 책을 떨어트렸다. 그의 손에서 벗어나 아래로 추락한 책은 보드라운 카펫 위에 작게 반동을 일으키며 털썩 떨어졌다.

그는 휘둥그레진 눈으로 그녀의 일기장을 내려다보았다. 짙은 고동색 일기장을 감싸는 잔잔하고 보드라운 금색의 마나가 환영처럼 아스라이 피어올라 사라졌다. 마치 한 줌의 모래알처럼 반짝반짝 빛을 발하더니 순식간에 사라져 평범한 책이 되었다. 카이저가 상체를 숙여 책을 집어 들었다. 이제는 아무것도 느껴지지 않는 평범한 그녀의 일기장.

방금 전 들었던 그 목소리는 그녀, 아즈라엘일까?

그녀가 마지막으로 남긴 메시지일까? 아니면……

그녀의 사념이 남긴 기적적인 현상일까?

카이저는 저도 모르게 책의 테두리를 미련이 가득한 손길로 쓰다듬으며 중얼거렸다. 기다리겠습니다. 당신의 말대로. 나는 당신의 친우를 알아볼 수 있겠죠. 제 안의 흐르는 피가, 당신에게 이어져 있다면 분명.

분명 저는 그를 알아볼 것입니다.

그의 가라앉은 적색 눈동자가 선명하게 빛을 발했다. 그는 그 속에서 작은 희망을 엿보았다. 그녀의 말대로 그를 찾게 된다면 파이는 분명 무사히 자라날 것이다. 카이저는 품에 그녀의 책을 꼬옥 껴안으며 천천히 눈을 감았다. 아직도 저는 당신의 심중을 알 수 없습니다. 아즈라엘. 하지만, 하지만 이것 하나만은 믿을 수 있어요.

당신은 분명, 제 딸을 구해 줄 안배를 준비해 놨을 것이라고.


그리고 세월이 흘러, 카이저는 정말로 그녀의 예언처럼 그를 알아볼 수 있었다. 몹시 신기하게도, 마치 이 순간만을 기다렸다는 듯. 그를 보는 순간 자신의 몸에 흐르는 피가 외쳤다.

그다. 그가 그녀의 친우야!

카이저는 전율했다. 오! 맙소사 아즈라엘. 당신은 정말로, 미래를 예언한 것이군요! 심장이 빠르게 뛰었다. 카이저는 느리게 눈을 깜박이며 마른침을 삼켰다. 그리고 마주 선 남자를 쳐다봤다. 그는 고개를 숙여 카이저의 손에 들린 그녀의 일기장을 빤히 쳐다보더니 손을 뻗었다. 카이저는 당연한 듯 그 책을 그에게 넘겼다. 카이저에게 책을 넘겨받은 그는 몹시도 서글프게 웃으며 책을 품에 껴안고 속삭이듯 중얼거렸다.

"······아즈."

가련하고 사랑스러운 나의 친우여. 그는 속으로 중얼거리며 책 표지를 쓰다듬었다. 카이저는 그의 행동을 말없이 쳐다보며 희미하게 웃었다. 일기장 속에 등장한 그의 상냥하고 다정한 모습이 지금 보인 것 같았다. 사랑하는 친우를 위해 이름과 마나를 걸고 약속을 한 그다웠다. 말없이 짧은 침묵이 오갔다. 몇 번이고 책 표지를 쓰다듬던 그는 고개를 들어 카이저를 보며 인자하게 웃었다.

"정말 못 말려."

그가 졌다는 듯 조금 투덜거리는 어조로 말했다. 카이저는 어깨를 으쓱거렸다. 그러게 말입니다. 일기장의 내용을 모조리 읽은 카이저가 멋쩍은 듯 웃었다. 막무가내로 그에게 약속을 요구한 그녀가 몹시도 대단하지만 어찌 보면 낯이 두꺼운 여인이 아닐 수 없었다. 카이저는 난감한 표정으로 적색 눈동자를 깜박이며 애달프게 웃는 그를 쳐다봤다. 이름과 연령, 마나를 건 약속을 한 눈앞의 사내는 분명히 위대한 존재일 것이다.

그런 그를 상대로 그런 터무니없는 약속을 부탁하다니. 자신의 조상이 새삼 대단하다 느꼈다. 카이저가 오묘한 눈빛으로 그를 빤히 쳐다보자 그는 나지막이 웃음을 터트렸다. 그에 놀라 저도 모르게 멋쩍은 듯 웃는 카이저를 보자니 희미하게 그녀의 모습이 투영되는 것 같았다. 늘 당당했던 그녀지만 그때만은 너무나도 가련하고 서글퍼서, 또한 너무나도 미안해서, 그는 아즈라엘의 부탁을 들어주지 않을 수가 없었다.

그는 일생에서 가장 사랑하는 친우인 아즈라엘에게 몹시도 약했으니까.

✽✽✽

전날 한참을 울었던 파이의 하얗고 작은 얼굴, 동그란 아이의 눈두덩이 부어올라 있었다. 유모가 잠들기 직전까지도 차가운 물수건으로 눈 주위를 찜질하듯 매만져 주었는데도 결국 이렇게 되고 말았다.

그 모습을 보자 유모는 울듯 웃었다. 파이는 그런 유모를 위로하듯 그녀의 치맛자락을 잡아당기며 부은 눈을 가늘게 접으며 웃었다. 유모는 아이를 향해 상체를 숙여 손을 내밀어 그 눈가를 쓰다듬었다. 파이는 가느다랗지만 굳은살이 박인 그녀의 손길을 느끼며 눈을 감았다. 다정한 그녀의 손길이 썩 좋은지 배시시 웃었다.

파이는 아빠에게 된통 혼이 난 후로 어쩐지 한풀 꺾인 느낌이었다. 아침 식사를 하는 동안에도 어쩐지 카이저의 눈치를 살살 살피는 것이 눈에 보일 정도였기에 그를 비롯한 모든 가족들의 마음 한구석이 조금 가라앉았다.

평소보다 조금 더 조용한 아침 식사를 마치고 파이가 얌전히 의자에서 내려왔다. 아직 저보다 큰 의자라서 거의 기어 내려오다시피 하는 모양새에 자연스럽게 조금 분위기가 느슨해졌다. 그러나 그것도 잠시, 파이가 바닥에 온전히 착지한 파이가 쪼르르 카이저에게 다가가 상체를 폭 숙이고 인사했다. 그것마저도 어쩐지 눈치를 살피더니 이내 제 유모에게 쪼르르 달려가 버리자 분위기는 다시 묵직해졌다.

유모의 치맛자락을 움켜쥐고 몸을 숨기며 아빠를 힐끗힐끗 훔쳐보자 파람의 눈초리가 날카로워졌다. 파람이 카이저를 꿰뚫을 듯 노려보자 그가 나지막이 한숨을 내쉬었다.

그의 한숨이 식당에 조용히 울려 퍼지자 파이의 작은 몸이 크게 들썩였다. 눈에 띄게 아이가 겁을 내는 모습에 카이저는 전날 느꼈던 것보다 더 많이, 자신의 교육방식이 잘못됐다는 것을 깨달았다. 그의 어깨가 처량할 정도로 푹 내려앉았다.

그에게 꽂히는 시선들이 몹시도 날카롭고 좋지도 못해서 카이저는 순식간에 저택 내에서 세상에 없을 악당이 되어 버렸다. 그러나 그것보다도 그를 괴롭게 하는 것은 아이가 자신에게 겁을 내고 있다는 것이었다. 그게 몹시도 충격적이었다.

그날은 카이저 일생에 가장 묵직한 아침 식사가 아닐 수 없었다. 그는 의무적으로 포크와 나이프를 이용해 음식을 분해하듯 찢어서 입에 넣었지만 도무지 씹을 엄두가 나지 않았다. 자꾸만 아이의 겁먹은 얼굴이 떠올랐기 때문이다. 그는 고개를 돌려 파이가 식당을 나서고 없는 빈자리를 미련 가득한 눈빛으로 쳐다봤다.

"너무 심하셨습니다."

장남인 파람의 나무라는 목소리가 들렸다. 그의 말에 카이저는 미간을 찌푸리며 시선을 돌려 파람을 마주 봤다. 파람의 적색 눈동자가 조금은 가라앉은 채 그를 보고 있었다.

"알고 있으니, 제발 그만하여라."

네가 굳이 내게 강조하듯 말하지 않아도 다 안다. 그가 그런 이글거리는 눈빛으로 쳐다보며 말하자 파람이 조용히 시선을 내리깔았다. 카이저는 식기들을 조용히 내려놓으며 나지막이 한숨을 내쉬었다. 그는 한 손을 들어 이마를 짚으며 말했다.

"내가 드센 아들놈들만 키워 봐서 딸아이를 어찌 봐야 할지 모르겠구나."

그가 진심으로 후회하며 중얼거렸다. 그의 처량한 어조에 한껏 뭐라 나무라려고 했던 파샤와 파엔의 입술이 꾹 닫혔다.

카이저는 저조한 이 기분에서 도저히 황궁으로 출근할 마음이 생기지 않았다. 그는 결국 일생에, 아니 정확히는 재상직에 취임한 이래 한 번도 저지르지 않았던 무단결근을 감행했다. 하루 정도는 날 내버려 둬라. 제발. 그는 그렇게 중얼거리며 집무실에 앉아 양손에 깍지를 끼고 이마를 댔다. 그의 머릿속에는 아이의 말간 얼굴에, 반짝이는 푸른 눈동자에 겁을 가득 담고 자신을 차마 쳐다보지도 못하는 것이 계속해서 반복되고 있었다.

이대론, 이대론 안 된다.

그의 머릿속에는 최악의 시나리오가 펼쳐지고 있었다. 이대로 아이와의 관계가 나아지지 않고 멀어진다면 훗날 그는 미움까지 받을지도 모른다.

'아빠 따위 정말 싫어!'

상상 속에, 지금보다 훨씬 많이 자란 파이가 경멸 어린 표정을 지으며 그를 바라보고 아무렇지 않게 비수를 꽂았다. 카이저는 상상만 해도 식은땀이 나고 적색 눈에서 눈물이 또르르 떨어져 내릴 것 같았다. 결국 그가 몸을 벌떡 일으키며 양손으로 제 머리통을 부여잡으며 좌절 어린 비명을 내뱉었다.

"아빠 따위라니! 아빠 따위라니!! 우리 파이가 아빠를 싫어한다니!!"

"……죄책감은 적당히 느끼고 뒷수습을 하는 게 좋을 것 같은데."

그가 절망 섞인 비명을 지르자 어느새 나타났는지 집무실 창가에 유유자적 앉아 있는 그가 조금은 떨떠름한 어조로 조용히 말을 건넸다. 그의 잔잔하고 조금은 한심해하는 목소리가 절망적인 상상에 빠진 카이저를 현실로 인도했다.

"오, 오셨습니까……."

카이저가 머리통을 부여잡던 양손을 뗐다. 그새 새집이 된 그의 머리 모양이 우스웠다. 그는 잔뜩 헝클어진 카이저의 머리통을 보며 가벼운 웃음을 내뱉었다. 딸을 가진 아비는 언제나 곤욕을 치르는 것 같다. 아즈의 아비였던 남자도 늘 그녀에게 이리저리 휘둘렸지. 가여운 딸 바보인 그는 애쉬와의 혼인을 결사반대했으나, 결국 아즈의 바람대로, 그녀가 원하는 대로 모조리 이루어 주었다. 그의 보기 좋게 반짝이는 검은색 눈동자에 비치는 카이저는 아즈의 아비와 같은 모습을 하고 있었다.

"아무래도 칼레이저가는 대대로 딸 바보인 모양이야."

"……예?"

그의 중얼거림을 카이저가 제대로 듣지 못했는지 고개를 갸웃 기울이며 반문했다. 그에 그는 고개를 절레절레 흔들며 혼잣말이라 말했다. 카이저는 천천히 고개를 끄덕이다 한 손을 들어 잔뜩 헝클어진 머리카락을 대충 쓱쓱 매만지며 나지막이 탄식을 내뱉었다.

"그렇게 죽을상 하지 말고, 뭐라도 해서 아이를 달래는 게 어때?"

아즈의 아비였던 그라면 이미 이 서재에 없었을 것이다. 분명 한걸음에 달려가 딸아이 방에 찾아가 어르고 달랬을 것이다.

그는 옳고 그름을 아는 충직한 사내지만 카이저처럼 난생처음으로 딸아이를 맞이하는 초보 아빠였기에 이래저래 실수도 많았다. 하지만 그럼에도 아즈가 올바르고 곧게 자랄 수 있었던 것은 그가 뭐든 숨김없이 솔직한 마음으로, 넘쳐 나는 애정으로 대했기 때문이었다. 아이의 말에 기울여 주고, 이해하려고 애썼다. 아즈는 늘 말했다. 그래서 아버지를 존경하고 사랑한다고. 그는 그때 해사하게 웃으며 말하던 아즈라엘을 떠올리며 카이저를 쳐다봤다.

"하지만, 아이가 저를 너무 무서워합니다."

"자업자득이지."

카이저가 한풀 꺾인 어조로 중얼거리듯 말했다. 그는 처음 카이저가 아이에게 강경한 태도를 보인 것이 떠올라 픽 웃으며 시니컬하게 말했다. 딱 부러지는 그의 태도에 카이저가 어깨를 들썩였다.

"윽."

"그렇다고 이대로 질질 끌면 그대나 그 아이나 좋을 것 없지 않은가?"

그의 말에 카이저는 머쓱한지 뒤통수를 긁적이더니 이내 고개를 끄덕였다. 그의 침울한 얼굴이 조금은 맑아진 느낌이었다. 카이저가 눈을 천천히 감았다 떴다. 몇 번 깜박이는 새에 음운이 가득했던 눈빛이 선명한 진홍색을 되찾았다.

"당장 아이에게 가 봐야겠습니다."

매 맞기 싫어 잔뜩 뒤로 물러났던 아이처럼 집무실에 박혀 있던 카이저가 이내 마음을 추스르며 말했다. 그는 카이저를 빤히 보더니 씩 웃었다. 카이저는 그의 미소에 마주 웃으며 집무실을 나섰다. 집무실의 주인이 자리를 비우고 오직 위대한 존재만 홀로 남았다. 정오의 햇살이 집무실 창문을 통해 쏟아졌다. 커다란 창에 나른하게 기대 앉아 있던 그는 그 햇살을 받으며 눈을 감았다.

이러고 있자니 아즈와 함께했던 때가 떠올랐다. 먹먹한 마음에 그는 오래도록 눈을 뜨지 못하고 가만히 그 자리를 지키고 있었다.

그를 뒤로하고 집무실을 나온 카이저는 곧장 아이의 방으로 향했다. 카이저는 아이의 방문 앞에 당도하자 몇 걸음 남겨 두고 서서 숨을 몇 번 내쉬었다. 한 번, 두 번, 세 번. 숨을 내쉬고 마시고 나서야 멈췄던 걸음을 다시 옮겼다.

언제나처럼 활짝 열려 있는 아이의 방은 평소와 달리 옥구슬 흘러 가듯 울리던 청명한 웃음소리 하나 없이 조용했다. 카이저는 조심스레 아이의 방문에 고개를 슬쩍 내밀어 그 안의 동태를 살폈다. 아기자기하고 소녀다운 공녀의 방에 보드라운 하얀 곰 털 카펫이 깔려 있는 바닥에 파이는 덩그러니 앉아 있었다. 다행히도 아이는 문을 등지고 앉아 있었다. 폭 주저앉아 있는 아이의 곁에 언제나처럼 리파가 착 달라붙어 나른하게 엎어져 있었다. 파이는 그런 리파의 유려한 곡선을 그리는 등을 톡톡 매만지고 있었다.

카이저는 말없이 아이의 작은 등을 쳐다봤다. 언제나처럼 사랑스러움이 묻어나는 금색 머리카락이 햇살에 비쳐 바스러질 정도로 반짝였다. 살짝 내비치는 아이의 작은 발이 꼼지락거렸다. 대공작가의 유일무이 공녀답지 않게 제 둘째 오빠인 파샤처럼 얽매이고 답답한 것을 싫어해 제 방에서는 항상 맨발로 다니는 조금은 말괄량이 같은 제 딸 파이.

그는 파이의 뒷모습에 시선을 떼지 못하고 작은 웃음기가 담긴 표정으로 쳐다봤다. 그때였다. 그 작은 아이가 어깨를 들썩일 정도로 큰 한숨을 토해 낸 것이.

"후우……."

힘없이 끝을 흐리는 아이의 큰 한숨에는 커다란 슬픔이 담겨 있었다. 아이의 한숨에 카이저가 저도 모르게 움찔하고 몸을 떨었다.

"아빠는……."

살짝 보이는 통통한 볼이 오물오물거렸다. 파이가 내뱉는 말 하나라도 절대 놓치지 않겠다는 듯 카이저가 청각에 집중했다. 그의 노력으로 아이의 작은 중얼거림조차 가까이에서 들리는 것처럼 제법 명확하게 들렸다.

파이는 아빠는, 하고 말을 내뱉고 그 끝을 흐렸다. 잠시 동안 아이가 말이 없자 그녀의 손길을 느끼던 리파가 의아한 기색으로 고개를 들어 파이를 올려다보았다. 리파의 호박색 눈동자에 풀이 잔뜩 죽은 파이의 얼굴이 비쳤다. 차마 말을 내뱉지 못하고 우물우물거리는 파이의 모습에 리파가 물었다.

[왜 그러니 파이? 아빠는 뭐라고?]

그가 의아한 듯 뒷말을 잇지 못하는 파이에게 묻자 아이가 입술을 깨물더니 이내 천천히 울음기 가득한 어조로 말을 내뱉었다.

"아빠는, 아빠는 이제 파이를 안 사랑하겠지……?"

[뭐?]

너무나도 작은 중얼거림에 가까이에 있는 리파는 물론, 잔뜩 청각에 집중하고 있던 카이저마저 제대로 듣지 못했다. 리파가 고개를 갸웃 기울이며 되물었다. 뭐? 방금 뭐라고 했니? 하고 묻는 그의 호박색 눈동자에 파이가 나지막이 한숨을 내뱉으며 다시금 말을 내뱉었다.

"아빠는, 이제 파이를 안 좋아할 거라고. 파이가 나쁜 아……."

[그렇지 않아, 파이!]

"그렇지 않단다, 파이!"

파이는 당장이라도 눈물을 쏟아 낼 것처럼 말했다. 그에 리파가 놀라 몸을 벌떡 일으키며 소리쳤다. 그리고 카이저도 방문에 숨겼던 몸을 내보이며 다급히 소리쳤다. 새끼 호랑이 하나와 성인 남성 하나가 사이좋게 똑같이, 같은 뜻을 담아 소리쳤다.

파이는 푹 숙였던 고개를 들어 소리가 나는 쪽을 쳐다봤다. 제 아빠의 목소리가 나는 쪽으로. 물기 가득한 파이의 파란 눈동자 가득 다급하게 다가오는 카이저의 모습이 비쳤다. 파이는 얼른 손을 들어 눈가를 거칠게 닦아 내며 그에게 도도도 달려갔다. 그의 다리에 착 달라붙어 얼굴을 비볐다.

"오! 파이야."

카이저가 애정 가득한 목소리로 아이를 불렀다. 파이는 그의 다리에 제 얼굴을 몇 번 비비다 그의 부름에 얼른 고개를 들어 재잘거렸다.

"아, 아빠! 파이 오늘은 얌전히 있었어! 차카지? 파이 그리고, 그리고 어! 어! 막 안 어질렀어! 막! 어! 어! 바바! 파이 막 막 깨끄테!"

파이는 아침에 지레 겁먹고 유모에게 제 몸을 숨기며 힐끗 아빠를 훔쳐보던 때와 달리 막상 다가온 카이저에게 예쁘게 웃으며 말했다. 재잘거리는 아이의 말끝마다 차카지? 응? 파이 차카게 있었어, 라는 말이 붙었다.

파이는 그가 말한 착한 아이가 되기 위해 노력하기로 했다. 평소와 달리 여기저기 뛰어놀지도 않고 얌전히 방에서 지냈다. 매일같이 입고 있는 드레스를 더럽힐 정도로 정원에서 뛰놀던 것도 오늘부터 하지 않기로 했다. 언제나 어여쁜 모습 그대로 있기 위해 그토록 좋아하는 생크림 가득한 디저트도 마다했다. 먹다 흘려서 드레스를 더럽히면 어떡해? 그럼 아빠가 실망할 거야. 파이는 평소 자신이 했던 모든 행동을 참기로 했다.

아빠가 파이를 싫어하지 않게. 파이가 착한 아이로 있을 거야. 언제나, 언제나. 그럼 아빠가 날 계속 사랑해 줄 거야. 그렇지? 파이가 간절한 바람을 담아 눈을 반짝이며 자신이 오늘 오전 내내 얼마나 착한 아이로 있었는지 하나하나 내뱉으며 재잘거렸다.

그에 카이저의 얼굴빛이 점점 좋지 않게 굳어져 갔다. 그를 올려다보며 재잘거리던 파이의 표정이 조금씩 일그러졌다.

언제나 웃는 얼굴인 카이저가 얼굴을 일그러트리며 자신을 내려다보고 있었다. 파이의 작은 심장이 철렁 내려앉았다. 파이가 다급하게 그의 바짓단을 잡아당기며 말했다.

"아, 아빠, 파, 파이가 떠 머 잘멋해써?"

파르르 떨리는 파이의 눈꼬리와 입꼬리. 아이가 절박함을 더해 그의 바짓단을 잡아당겼다. 카이저는 가련한 아이의 표정과 행동에 봇

물 터지듯 눈물이 왈칵 쏟아질 것 같았다. 그가 참지 못하고 한 손으로 제 얼굴을 감싸 가렸다. 그 너머로 아이의 울음이 섞인 목소리가 들렸다. 아빠아, 하고 아이가 훌쩍였다. 제 바짓단을 잡아당기더니 이내 양손으로 그의 장딴지를 껴안으며 얼굴을 비볐다. 카이저는 자신의 행동에 부끄러움을 느꼈다. 자신이 아이에게 대체 무슨 짓을 한 것이란 말인가.

그는 단지 아이가 제 잘못을 알길 바랐을 뿐. 자신을 자책하거나, 자신을 미워하지 않길 바랐다. 자신을 억압하길 바란 것이 아니었다. 자신을 사랑하고 모두를 사랑하며 언제나처럼 사랑스럽게, 자유롭게, 순수하게 웃길 바랐다. 슬픔을 알지 않길 바랐다. 얽매임을 느끼지 않길 바랐다. 하지만 그 의도와 다르게 아이에게 슬픔과 두려움을 알려준 꼴이 되어 버렸다.

카이저는 제 다리에 달라붙어 울먹이며 자신을 부르는 사랑스럽고 가련한 딸아이에게 손을 뻗었다. 카이저는 여전히 작고 왜소한 제 딸아이를 달랑 들어 품에 가득 안았다. 파이는 훌쩍이면서 얌전히 그의 품에 안겼다. 작고 얇은 양팔로 그의 몸을 마주 껴안으며 그 어깨에 얼굴을 비볐다. 그의 귓가에 울음 가득한 아이의 목소리가 여전히 그를 불렀다.

"아빠아……. 파이가 잘멋해써여? 파이가 떠 나쁜 아이 대써여?"

카이저는 고개를 크게 저었다. 아니야, 내가 바라는 건 이런 게 아니야. 널 이렇게 힘들게 하려는 것이 아니었다. 그는 그렇게 속으로 중얼거리며 들썩이는 입술을 움직였다.

"그렇지 않단다. 파이는 사실, 사실, 언제나 착하고 예쁜 내 딸이야."

"흑, 흑 그러믄 에…… 왜……."

왜 울어요? 파이는 마주하는 카이저의 뺨을 고사리손으로 매만지며 물었다. 카이저는 울고 있었다. 카이저의 눈가에 눈물이 맺혀 볼을 타고 떨어져 내렸다. 파이가 그 작은 손으로 눈물을 닦아 내듯 매만졌다. 카이저는 아이의 어설프고 어색한 손짓에 그렁그렁 눈물이 맺힌 눈을 가늘게 접으며 말했다.

"우리 아이가, 우리 파이가 너무 예뻐서. 그리고……."

아빠가, 너무 미안해서. 그는 그렇게 말을 내뱉으며 파이의 둥근 머리통을 감싸 안으며 꼬옥 껴안았다. 카이저의 눈물을 처음 보는 파이는 철렁 가슴이 내려앉았으나, 그가 내뱉는 목소리에서 가득 차다 못해 쏟아져 내리는 애정을 느끼며 훌쩍이며 웃었다.

"파이…… 예뻐?"

"응, 이 세상에서 제일. 제일 사랑스럽고 예쁘단다."

그러니까 일부러 무리해서 얌전히 안 지내도 돼. 언제나처럼 활발히 천방지축 뛰어다녀도 돼. 아빠는 그래도 파이를 사랑할 거야. 그래도 사랑해. 언제나 사랑해. 그는 그렇게 말하며 훌쩍이느라 잔뜩 상기된 파이의 뺨에 쪽 하고 키스했다. 파이는 아빠의 키스를 받으며 배시시 웃었다. 아이의 파란 눈동자가 다시 선명한 색을 되찾아 반짝거렸다. 파이는 카이저의 키스를 받아 보답하듯 물기 어린 그의 뺨에 쪽 하고 키스했다. 입술에 어쩐지 짠맛이 나는 것 같았다.

이게 바로, 눈물의 맛이었다. 파이는 그날 처음으로 부모의 눈물을 맛봤다.

카이저는 아이가 너무나도 사랑스럽고 사랑스러워서, 행복했다. 그는 아이의 작은 얼굴에 쪽쪽 키스 세례를 내리며 몇 번이고 사랑을 쏟아 냈다. 아이의 말간 얼굴에 미소가 번졌다. 조용했던 아이의 방에 드디어 옥구슬 흘러가듯 청명한 웃음소리가 잔잔히 울려 퍼졌다.

"잘됐다, 파이."

바깥 복도에 서 있던 파람이 희미하게 웃으며 말했다. 누이가 웃음을 되찾았다. 그는 오른손으로 제 심장이 있는 왼쪽 가슴 부분을 움켜쥐었다. 누이의 행복은 내가 지켜 줘야 해. 앞으로도, 미래에도.

"너는……."

그런 파람의 귓가로 잔잔한 저음의 목소리가 들렸다. 파람이 천천히 고개를 돌려 소리가 나는 쪽을 쳐다봤다. 그곳에는 복도 창가에서 쏟아지는 정오의 햇살을 받아 유난히 반짝이는 흑발의 미남이 서 있었다. 그였다. 위대한 존재. 그가 눈가를 찌푸리며 말끝을 흐렸다. 파람은 낯선 인물의 등장에도 놀라워하지 않고 빙긋 웃었다.

"당신이군요. 그녀의 친우가."

카이저와 같은 말을 내뱉었으나 묘하게 위화감이 들었다. 기시감이 들었다. 일전에도 저런 어조 저런 억양의 말을 들었던 적이 있었다. 그는 자신의 입장에선 그리 오래되지 않았던 과거를 돌아보며 파람을 쳐다봤다. 그가 말문이 막힌 듯 차마 어떠한 말도 내뱉지 못하고 침묵한 채로 쳐다만 보자 파람이 그답지 않게 해사하게 웃었다. 그리고 천천히 걸음을 옮겨 그에게 다가가 속삭이며 말했다.

"아즈라엘의 친우가."

파람은 그렇게 말하고는 그를 지나쳐 걸어갔다. 그는 석상처럼 굳어 그 자리에 서 있었다. 그제야 떠올랐다. 낯익은 어투, 그 억양, 그 느낌. 그였다. 사랑하는 친우의 배우자였던 그. 칼레이저가의 수치였으나 일순간 동전의 앞면과 뒷면이 바뀌듯 영웅으로 떠오른 그. 이제는 칼레이저가의 없어서는 안 될 위대한 아이다의 영웅.

애쉬.

분명 그였다. 그는 혼란스러운 눈빛으로 멍하니 그 자리에 서 있었다. 파람의 걸음 소리가 점차 작아질 때까지 그는 그렇게 그 자리에 못 박힌 듯 서 있었다. 파람의 기척이 온전히 다 사라지고 나서야 그는 한 손으로 제 얼굴을 쓸어 올리며 중얼거리듯 말했다.

"아즈, 대체 넌……."

그의 중얼거리는 음색에는 여러 의문이 뒤섞여 있었다. 그가 오래도록 굳은 몸을 돌려 파람이 걸어간 방향을 쳐다봤다. 이제는 보이지 않는 그의 뒷모습을 찾듯이.

갈색 머리카락에, 절망에 빠져 텅 비어 있던 위태로운 적색의 눈동자를 가진 청년이 떠올랐다. 500년 전 아즈의 소개로 만났던 그는 어딘가 몹시도 위태롭고 금방이라도 쓰러져 버릴 것 같은 모습을 하고 있었다. 그럼에도 그는 굳건히 그 자리에 서 있었다. 다쳤었는지 딱지가 진 입술을 깨물며 후들거리는 다리를 필사적으로 고정시키고 서서, 그 삶을 걸어가고 있었다. 그는 그 당시 애쉬의 처절하기까지 한 모습이 너무나도 인상이 깊어서 오래도록 뇌리에 박혔다.

그의 메마르고 까마득한 어둠에 가라앉은 적색 눈동자는 아주 작은 희망을 찾아 갈구하고 있었다. 그리고 그의 그 절박한 시선 끝에 아즈라엘이 있었다.

그는 텅 비어 버린 햇살이 쏟아지는 복도를 한없이 쳐다보다 눈길을 돌려 지그시 눈을 감았다. 아즈, 난 도대체 네가 왜 그런 건지 모르겠어. 이렇게까지 해서, 너는 무엇을 얻으려고 하는 거야? 그는 이미 이 세상에 없는 자신의 사랑스러운 친우를 향해 의문을 내뱉었으나 답은 당연히도 없었다.

오직 침묵뿐.

그는 그 사실이 못내 서글프다고 느꼈다.


"그렇지. 파이야, 아빠가 파이에게 소개해 줄 사람이 있단다."

"웅?"

그는 아이를 품에 안은 상태에서 침대맡에 엉덩이를 걸쳐 앉고서 말했다. 그에 파이가 고개를 갸웃 기울이며 반문했다. 그는 제 큰 손을 들어 아이의 둥근 이마부터 도톰한 뺨까지 쓸어 내듯 쓰다듬으며 말했다.

"네게 아주 중요한 사람이란다."

"듕요?"

"그래, 아주 중요한 사람. 어쩌면 네게 좋은 친구이자 스승이 되어 줄지도 모르겠구나."

"팅구? 슈쫑?"

파이는 제 아빠의 말에 귀를 기울여 들으며 반문했다. 친구는 알아! 리파랑 여왕이잖아! 근데 슈쫑이 뭐야? 슈쫑? 슈? 슈쫑? 파이는 카이저가 내뱉은 말의 단어를 몇 번이고 속으로 반복하며 의문을 표했다.

그는 아이의 둥근 이마에 키스를 하고 고개를 들어 문 쪽으로 시선을 돌렸다. 얌전히 그의 발밑에 엎어져 있던 리파는 그보다도 먼저 고개를 들어 제 둥근 귀를 쫑긋거리면서 카이저와 같은 방향으로 고개를 돌리고 있었다. 파이가 의아한 기색으로 카이저의 품에서 고개만 살짝 내밀어 아빠가 시선을 옮긴 쪽을 따라 쳐다봤다.

"들어오시지요."

카이저가 지극히 정중하고 부드러운 어조로 말했다. 그의 말이 끝나기 무섭게 누군가가 문 너머에서 걸어왔다. 파이는 그가 너무도 반짝거린다고 생각했다. 너무나도 반짝거려서, 눈이 부실 지경이라 제대로 보이지 않을 정도라고 생각했다. 저렇게 찬란한 이가 어디 또 있을 수 있을까? 그 반짝거리는 찬란한 이라는 자가 말을 내뱉었다.

"안녕하십니까. 구면이죠? 꼬마 아가씨?"

호감이 가득한 잔잔하고 부드럽게 낮은 어조의 목소리였다. 파이는 그 목소리를 듣자마자 낯익다 느꼈다. 어디서 들어 본 목소리다. 어디서 들었더라. 어디서? 어디서? 파이가 고개를 갸웃 기울이다 이내 제 기억 속에 가장 뇌리에 박혔던 장면이 불현듯 떠올랐다.

드높은 파란 하늘을 고고히 날아다니던 아름다운 칠흑의 색을 몸에 두른 거대하고 웅장한 위엄의 용.

파이가 저도 모르게 눈을 깜박였다. 느릿느릿 깜박이는 눈꺼풀 사이로 찬란하게 빛나는 이의 형상이 점차 선명히 보였다. 그는 반짝이는 금색의 마나를 두르고 있었으나 그와 대비되게도 칠흑의 색을 가졌다. 새까만 어둠의 색에 물든 머리카락이 그의 움직임에 따라 살랑 살랑 흔들렸다. 하얀 얼굴에 아름다운 이목구비를 가진 그가 빙긋 웃었다. 그의 얼굴에 순수한 호의가 가득 담겨 아이를 마주했다.

"와……."

파이가 저도 모르게 작은 입술을 우물거리며 탄성을 내뱉었다. 파이는 작은 고사리손으로 카이저의 옷깃을 꼬옥 잡은 상태에서 천천히 다가오는 그에게 시선을 고정한 채 입을 벌려 멍한 표정을 지었다. 카이저는 그에게 눈인사를 하고는 몸을 일으켜 다가오는 그에게 걸어갔다.

"이분이란다. 기억나니?"

"와…… 와! 아빠! 아빠! 저, 저거여!"

그에게 다가가자 파이의 멍한 표정은 금세 상기되어 카이저에게 안긴 상태에서 엉덩이를 들썩이며 흥분한 어조로 말했다. 카이저는 웃음기 가득한 어조로 아이의 들썩이는 몸을 토닥이며 말했다.

"저거요가 아니라, 저 사람…… 음, 일단 사람의 형상이시니까, 사람이라고 해야 하나……."

카이저는 아이의 말에서 어떤 단어를 정정해 주다 고개를 갸웃 기울이며 중얼거렸다. 그에 그가 가볍게 소리를 내며 웃었다. 그의 웃음에 카이저가 저도 모르게 머쓱한 마음에 여유 있는 한 손을 들어 뒤통수를 긁적이며 말했다.

"어쨌든, 저거가 아니라, 이분은 음…… 음…… 그러니까."

그에 대한 호칭이 마땅히 없는 마당이라, 카이저가 저도 모르게 말끝을 질질 끌었다. 그에 그는 처음으로 자신의 이름을 내뱉었다.

"모클루모로스. 모로라고……."

그는 놀랍게도 자신의 진명을 말했다. 자신의 진실 된 진짜 이름을. 카이저와 파이는 모를 테지만, 용족이 가명이 아닌 진명을 알린다는 것 자체가 굉장히 이례적인 일이다. 그걸 누구보다도 잘 알고 있는 리파가 호박색 눈을 부릅뜨고 그를 올려다보았다. 도대체 어쩔 작정인 것인가, 친우여. 진명을 내뱉는 즉시 그는 칼레이저가와 엮이게 된다. 위대한 용족인 그가 인간사에 관여하게 된다는 것이 어떤 의미에서는 진귀한 자들을 배반하는 행동일 수 있다. 누구보다도 진귀한 자들과 인간 사이의 관계를 잘 아는 그가 이다지도 쉽게 본명을 내뱉다니!

그때였다.

모클루모로스가 자신의 이름을 모로라고 불러 달라 말을 끝내기도 전에 작고 종달새 같은 청아한 아이의 목소리가 끼어든 것은.

"모모!"

"……?"

"파이야?"

파이가 끼어들어 자신만의 호칭을 순식간에 만들어 내뱉었다. 모클루모로스와 카이저가 당황하여 파이를 내려다보았다. 파이는 자신에게 쏟아지는 두 사내의 눈빛에도 아랑곳하지 않고 파란 눈을 반짝이며 다시 외쳤다.

"모모!"

"……."

"아……."

"모모가 됴아!"

딱이다. 딱 좋아. 모모! 파이는 쉽게 내뱉을 수 있는 이름을 쐐기를 박듯 다시 언급했다. 그에 두 사내가 할 말을 잃고 아이를 내려다봤다. 발밑의 리파 역시 할 말을 잃고 멍하니 아이를 올려다보다 이내 제 몸을 폭 숙이고는 두툼한 양 앞발을 들어 콧등을 꾹 눌러 입가를 가리며 끼잉끼잉 하며 웃었다. 필사적으로 웃음을 참으려는 모습이 역력했다. 모클루모로스가 힐끗 시선을 내려 제 친우인 리파를 내려다보다 한숨을 내뱉었다. 그에 당황한 카이저가 파이를 내려다보며 말했다.

"파이? 모모는 너무 귀여운…… 음, 저분에겐 어울리지 않은 이름이지 않니?"

그의 말에 파이가 고개를 갸웃 기울이며 영문을 알 수 없다는 듯 눈을 깜박였다. 파이가 양손을 꼼지락거리면서 말했다.

"모모…… 시져……?"

"에, 음…… 그게 말이지."

반나절 만에 겨우 활기를 되찾은 터라 카이저는 계속해서 말끝을 흐렸다. 그가 난감한 듯 웃으며 아이와 모클루모로스를 번갈아 보았다. 파이는 순진무구한 파란 눈을 깜박이며 모클루모로스를 빤히 쳐다봤다. 잔뜩 상기된 뺨은 복숭아색으로 물들어 탐스러웠고 그와 대비되도록 빛을 발하는 파란 눈동자가 오롯이 그를 담자 모클루모로스가 마지못해 가벼운 탄식을 내뱉으며 무겁게 고개를 끄덕였다.

"……원하시는 대로."

"히히. 모모! 모모! 반딱반딱!"

그가 수긍하듯 응답하자 파이의 작은 얼굴에 웃음꽃이 가득 피었다. 아이는 제 아빠의 목에 한 팔을 걸치고 엉덩이를 들썩이며 그를 반겼다. 파란 눈동자에 반짝거리는 금색의 알갱이가 가득 꽂혔다. 너무나도 아름답고 매혹적인 금의 마나를 두른 그는 눈을 뗄 수 없을 정도로 찬란했다.

비록 그의 아름다운 얼굴에는 난감한 기색이 역력할지라도.

파이 나이 4세. 그해 봄에 아이는 위대한 종족인 용족을 놀이 보모이자 스승으로 맞이했다. 그리고 올해, 만으로 3569살을 맞이하는 성룡의 나이를 훌쩍 넘긴 모클루모로스는 그 위대한 종족과 연세에 걸맞지 않게 모모라는 귀여운 애칭을 받고 말았다.


그렇게, 아이는 점차 하나하나 경험을 겪고 느끼고, 이해하며 조금씩, 조금씩 커 가고 있었다. 그와 동시에, 파엔의 그림자 속에서 기회를 노리고 있던 아리스타가 점차 그의 다리를 타고 올라가 그 몸을 점령하기 시작했다.

언젠가 파이의 별사탕이 그를 파엔의 발 밑바닥 그림자로 쫓아냈던 적이 있었다. 그 후로 조금은 잠잠했던 그가 다시 활기를 띠며 영역을 넓혀 갔다. 가엽게도 파엔은 그의 존재를 눈치채지도, 느끼지도 못하고 그에게 홀려 끌려 다니게 되었다.

양지에 위치해 항상 밝았던 파엔의 방에 새까만 어둠이 무겁게 내려앉았다. 그의 방에 있는 커다란 창문에는 모조리 두꺼운 겨울 커튼이 쳐서 빛이 새어 들어오는 것을 막아 더욱 갑갑하고 어둡게 만들었다. 너무나도 어둡고 새까만 그의 방은 불길할 정도로 음산하고 음험했다. 그 새까만 방에서 빛이라고 할 만한 것은 오직 파엔의 몸에 갑주처럼 두르고 있는 불길한 핏빛 마나였다. 핏빛 마나가 넘실넘실 춤을 추며 일렁거렸다.

파엔은 새까만 방 한가운데 가만히, 석상처럼 혹은 잘 만들어진 인형처럼 서서 눈을 감고 있었다.

간간이 씰룩이는 입꼬리며 파르르 떨리는 눈꼬리로 보아 그가 인형이 아닌 살아 있는 이라는 것을 알 수 있었다. 꼭 감겨 있는 눈꺼풀 너머로 눈동자가 데굴데굴 굴러가는 모양새도 보였다.

새까만 어둠과 동시에 묵직한 침묵이 오갔다. 짧지도 길지도 않은 시간이 흐르고 영원히 감겨 있을 것 같던 그의 눈꺼풀이 점차 천천히 들어 올려졌다. 그와 동시에 서서히 드러나는 핏빛 눈동자가 섬뜩할 정도로 오싹했다. 온전히 눈을 뜬 그는 양손을 바닥이 보이는 상태로 펼쳤다 손가락을 살짝 오므렸다. 그가 손가락을 오므림과 동시에 그 손바닥에 생명의 불꽃과도 같은 것이 크게 일렁거리면서 피어올랐다. 그는 그것을 살짝 내리깐 눈동자로 한없이 바라보았다. 그 불꽃은 점차 어떠한 형상을 띠었다.

심장이었다. 아주 작은.

불꽃으로 이루어진 아주 작은 심장이 마치 살아 있는 것처럼 크게 뛰었다. 한 번, 두 번, 세 번……. 그는 아이 심장처럼 작게 콩닥콩닥 뛰는 불꽃을 양손으로 꼬옥 감싸 쥐며 중얼거렸다.

"조금만, 조금만 더 기다려 다오."

조금만, 조금만 더 아이가 자라면, 그때는.

그가 양 손바닥을 오므려 불꽃으로 이루어진 심장을 감싸 품에 안 았다. 이 세상에 다시 없을 정도로 소중하고 값진 유일한 보물처럼. 그 누구에게도 절대 빼앗기지 않겠다는 의지를 내비치며 그는 오래도록 일렁거리는 환영 같은 누군가의 작은 심장을 가슴에 안고 그 새까만 어둠 속에 홀로 외로이 서 있었다.

파이 8.

 

파엔은 꿈을 꿨다. 언제가 꾸었던 꿈이었다. 아주 오래전부터 바라
왔던 누군가의 간절한 바람이 담긴, 찬란한 빛이 넘실거리는 환상 같
은 꿈.

'내' 가 그토록 간절히 염원했던 미래.

꿈속에서 그는 구릿빛 피부를 가진 건실한 사내였다. 보드라운 바
람결에 흔들리는 검은 머리카락이 그의 시야에서 살랑살랑 흔들렸다.
눈을 깜박이는 사이 청명하고 푸른 녹음이 반짝이는 정원이 보였다.

어쩐지 낯익은 정원.

곧기도 하고 몇몇은 유려한 곡선을 그리는 드높은 나무들이 그 푸
름이 넘쳐 나는 정원에 뿌리를 내렸다. 그들의 가지에 푸른 잎사귀들
이 가득 달려 뺨을 간지럽힐 듯 부드러운 바람결에 살랑살랑 손짓하
듯 흔들렸다.

따스한 햇살이 새파란 하늘에서 쏟아져 내려 푸른 녹색을 더욱더
생기 넘치게 돋보이게 했다 살짝살짝 맺힌 이슬들이 잎사귀의 호선을
따라 떨어지기도 했다. 그는 햇살에 반사되어 반짝이는 이슬이 떨어

져 내리는 동선을 따라 시선을 옮기며 멍하니 눈을 깜박였다.

아, 아침인가 보다.

파엔은 그제야 꿈속의 세상이 아침을 맞이했다는 것을 깨달았다. 따뜻한 봄날의 포근함과 상쾌함이 느껴지는 아침. 파엔의 마음 한구석에 잔잔하게 파동을 일으키는 느낌이었다.

멍청히 제 시야에 들어오는 그 정원을 쭉 둘러보는데 누군가 그를 부르는 소리가 들렸다. 파엔은 소리가 나는 쪽으로 고개를 돌렸다. 그가 바라보는 정원 한쪽에서 반짝이는 금색의 머리카락을 가진 아름다운 여인이 한 손을 높이 들고 크게 호선을 그리며 흔들었다.

멀리서도 보이는 새하얀 피부에 영롱하게 빛나는 녹색 눈동자가 말갛게 미소 짓고 있었다. 그녀의 다른 한 팔에는 고급 비단 포대기에 감싸인 자그마한 무언가가 안겨 있었다. 파엔은 잘 보이지 않을 만큼 멀리에서도 그것이 아기라는 것을 직감적으로 알 수 있었다.

사랑스러운 아기. 내 아기.

그가 속으로 중얼거리며 희게 웃었다. 그녀가 다시 그를 불렀다. 그리고 또 다른 목소리도 섞여 들렸다. 아주 어리고 청아한 아이의 목소리. 낯익은 목소리.

그가 살짝 시선을 옮겨 보니 새까만 흑발을 한 9, 10살 정도 될 법한 여자아이가 그녀의 곁에서 해사하게 웃고 있었다. 구름 한 점 없이 말갛고 청명한 미소다.

갓난쟁이 시절 헤어져 이제까지 만나지 못해 볼 수 없었던 누이의 모습이었다. 이따금 머릿속으로 이만큼, 이렇게 자라났겠지 상상했던 그런 누이의 모습. 그는 어여쁘고 사랑스럽게 자라난 누이를 보며 눈을 가늘게 접고 웃었다.

그 뒤로 낯익은 인물들의 모습이 차례대로 보였다. 사랑하는 이들의 모습이었다. 자신의 왕이자 가장 신뢰하는 다정한 친우와 신의와 우애로 똘똘 뭉친 전우들이자 친우들, 머나먼 고국에 평화로이 살아

가고 있을 가족들,

그들 모두가 한결같이 활짝 미소 꽃이 핀 얼굴로 그에게 한 손을 들어 크게 흔들며 어서 오라고 손짓했다. 그 광경을 보고 있자니 어쩐지 가슴이 먹먹하고 짠해져 절로 눈물이 날 것 같았다.

그리도, 꿈에도 바라던 풍경이다. 그토록 바랐던 미래였다.

파엔의 시야가 점차 뿌옇게 번지듯 흐릿하게 변해 갔다. 아마 저도 모르게 울고 있는 모양이다. 파엔은 가슴이 먹먹해지고 울컥해졌다. 크게 밀려오는 슬픔에 그는 몹시도 괴로웠다.

파엔은 그가 느꼈던 감정, 그 슬픔, 그 허무함을 공유하며 동화되어 갔다. 꿈속의 파엔은 이미 그였다. 그가 입술을 벌려 크게 뻐끔거리며 소리쳤다.

내 그리운 사람들, 내 사랑하는 이들.

그들을 불렀다. 부디 내 목소리가 그들에게 전해지길 바라며. 몇 번이고, 몇 번이고 외쳤다.

시야가 너무나도 뿌옇게 변해 그 너머가 보이지 않을 정도가 되자 반사적으로 눈을 깜박였다. 눈을 몇 번이고 깜박이며 뿌옇게 변한 시야를 선명하게 만들려 부단히도 애를 썼다.

이대로, 이대로 그들을 영영 보지 못하게 될까 봐 두려웠다. 한낱 백일몽 같아서, 이제까지 보았던 그 모든 게 부질없어질 것 같아서. 그는 이대로 외면했던 참혹하고 비참한 현실을 인지하게 되는 것이 무서웠다.

하지만 그의 필사적인 노력에도 불구하고 꿈은 깨고 말았다.

"헉!"

파엔이 저도 모르게 감았던 눈을 떴다. 꿈에서 깼다. 깨고 말았다. 파엔은 제 시야가 어쩐지 뿌옇다고 느꼈다. 한 손을 들어 손등으로 눈가를 비비자 축축함이 느껴졌다.

천천히 상체를 들어 올렸다. 그러자 채 닦지 못한 반대쪽 눈가에서 눈물이 후두둑 떨어졌다. 그가 덮고 있던 이불 위로 눈물이 뚝뚝 떨어져 여러 크기의 둥근 눈물 자국을 만들어 냈다.

파엔은 그것을 멍청히 내려다보며 침묵했다. 반사적으로 깜박이는 눈꺼풀에 속눈썹이 바르르 떨었다. 한동안 말없이 그렇게 앉아 고개를 숙여 눈물 자국이 남은 제 이불을 멍하니 내려다보았다.

아직도 진정되지 못한 이루 말할 수 없는 먹먹하고 절절한 감정이 그의 전신에 잔향처럼 남아서 파엔은 쉽사리 입을 열 수 없었다. 그 짧은 침묵 끝에 그가 나지막이 깊은 숨을 내쉬었다.

"또⋯⋯."

또 꿨다. 깨어나면 기억나지 않는 이상한 꿈. 그런 주제에 깨어나면 한쪽 가슴이 자꾸만 묵직해지고 먹먹해져서 한없이 서글프고 괴로워지는, 몹시도 슬픈 꿈. 파엔이 뒤늦게 한 손을 들어 제 얼굴을 쓸어 내며 마른세수를 했다.

벌써 올해만 해도 30번도 넘게 꾼 꿈이다. 작년까지만 해도 어쩌다 한 번 꿨던 것이 올해 들어 잦아졌다. 그 괴상한 꿈은 삼 일에 한 번, 어떨 때는 꿈을 꾼 바로 다음 날 연달아 꾸기도 했다.

처음에는 별거 아니라 생각했는데 점차 횟수를 늘리며 반복되자 파엔은 알 수 없는 불안과 두려움을 느껴야 했다. 그와 동시에 더할 나위 없이 커다란 슬픔과 공허함도. 점차 그 감정은 데굴데굴 굴러 몸집을 불려 가는 눈덩이처럼 커져 가 그가 제어하지 못할 정도가 지경에 이르렀다.

이렇게 그 꿈을 꾸고 나면 자동적으로 눈물이 쏟아져 내리듯.

파엔은 왠지 평소보다 진이 빠져 조금 나른하고 무거운 몸을 움직여 침대에서 빠져나왔다. 그는 자신의 침대의 가까이에 있는 옷걸이에서 가운을 빼내 입고서 터덜터덜 걸어갔다.

그가 향한 곳은 장막을 두른 듯 두꺼운 커튼이 쳐진 자신의 방 창가. 그는 양손으로 굳게 닫혀 있던 커튼을 시원하게 쳐 냈다. 그러자 기다렸다는 듯 새벽과 아침의 경계에 선 햇살이 쏟아져 내렸다. 파엔은 반사적으로 미간을 찡그리며 눈을 빠르게 깜박였다.

찬란할 정도로 빛나는 세상에 일순간 시력을 잃을 것 같다는 시답지 않은 생각이 절로 나서 저도 모르게 실소를 내뱉었다. 그새 익숙해져 보이는 바깥세상의 광경에 희미하게 웃었다. 그는 닫혀 있던 창가의 문을 활짝 열었다. 만연한 늦봄의 기운이 그의 코끝으로, 그의 폐 속으로 흡수되듯 쏟아져 내렸다.

파엔은 그제야 새 아침이 밝았다는 것을 실감했다.

잠시 동안 테라스에서 봄의 햇살을 만끽하던 파엔은 몸을 돌려 안으로 들어갔다. 커튼이 활짝 걷혀 환해진 방 내부를 보며 파엔은 시선을 옮겨 한쪽에 배치되어 있는 긴 거울로 향했다.

그의 방을 비추고 있던 거울 속에서 작은 파엔이 그가 가까워짐에 따라 커졌다. 거울을 코앞에 두고 선 파엔은 그사이 몰라보게 자라 있었다.

형제 중 두 번째로 큰 파람의 키만큼 자라나고 그만큼 탄탄한 몸매로 탈바꿈해 있었다. 삼형제 중 유일하게 미려한 이목구비를 가진 그였다. 마냥 소년 같았던 이는 어디 가고 거울 속에 아름다운 금발의 청년이 서 있었다.

6년 전, 파이가 막 태어난 그 시기에 14살이었던 파엔은 올해 20살이 되어 칼레이저가의 든든한 삼남이자 제국의 인재로 거듭났다.

그는 거울 속에 비치는 자신의 모습을 보며 눈가를 가늘게 접고 웃었다. 거울 속 금발의 미남이 그를 따라 선명한 진홍색 눈동자를 빛내며 마주 웃었다. 그때였다.

"어머나, 우리 거울 공자님. 오늘도 거울 속에 푹 빠져 계시네요?"

조금은 장난기가 어린 여성의 목소리가 들렸다. 파엔이 반사적으로 소리가 나는 쪽으로 고개를 돌리자 자신의 전속 하녀인 하이리가 빙긋 웃으면서 서 있었다. 아마도 그의 아침을 깨우고자 온 것일 테지.

이제까지 그녀가 오기도 전에 게으름을 피우며 침대에 엎어져 있던 적이 없던 부지런한 파엔이 씩 웃으며 어깨를 으쓱거렸다.

"너무 잘생겼잖아. 하이리도 사실 매일 볼 때마다 반하지? 응?"

파엔이 유들거리며 말하자 하이리가 가벼운 웃음을 내뱉었다. 올해로 마흔한 살인 그녀는 이미 든든한 남편과 자녀 둘을 둔 유부녀였다. 그런 그녀에게 자연스럽게 작업을 걸듯 장난치는 파엔의 모습에 하이리가 고개를 절레절레 저으며 못 말린다는 듯 웃었다.

그녀는 하녀로서의 연륜이 묻어나는 걸음걸이로 파엔에게 다가가 등을 토닥여 주었다. 파엔을 5살 때부터 모신 그녀이기에 가능한 행동이었다.

자랑스러운 나의 도련님.

그녀는 눈가의 주름을 접으며 눈웃음을 지었다. 그녀의 갈색 눈동자에 눈부시게 아름다운 빛을 머금은 파엔이 자리했다. 파엔은 씩 웃으며 어깨를 으쓱거렸다.

"자, 어서 씻어야죠? 아침 훈련 가셔야 하잖아요."

"아, 맞아. 오늘 형이랑 아침부터 대련이야."

하이리의 재촉에 파엔이 그제야 생각난듯 말을 내뱉었다. 그러고는 곧 침울한 표정으로 입술을 쭉 내밀며 투덜거렸다. 성난 야생마 같은 파샤 형이 또 날 몰아붙일 거야. 이렇게 연약한 나한테! 그가 엄살을 부렸다.

"엄살 부리지 마세요. 우리 도련님, 그래도 강하시잖아요."

"당연하지! 난 파이의 오빠인걸?"

파엔은 가슴을 자신 있게 내밀며 말했다.

파엔은 언젠가부터 책 대신 검을 들었다. 넘치는 마법적 재능으로 마법사의 길을 걸으려 했던 파엔이 뜬금없이 검을 든 것은 그 안에 깃든 아리스타의 영향이 컸다. 하지만 그 안에 본능적으로 제 누이를 지키고자 하는 보호본능도 없지 않아 있었다.

때때로 파엔은 의문을 느끼곤 한다. 어째서 자신이 검을 들고자 했을까 하는 의문. 이제는 제법 익숙해진 검 자루를 감싸 쥐는 손바닥에 굳은살이 생겨났다. 말랑말랑하고 보드라웠던 그의 손바닥은 제 형들의 손처럼 거칠어졌다.

그런데 어째서일까. 그는 점점 못나지는 제 손을 보고도 그다지 기분이 나쁘지 않았다. 파샤가 검술에 목숨을 거는 이유를 조금은 알 것 같았다.

검은 노력한 만큼의 대가를 준다. 파엔은 그렇게 생각했다. 타고나지 않아도, 비실거리는 자신이라도 이를 악물고 노력하면 반드시 전진은 있으리라고.

그는 속으로 그리 생각하며 하이리를 향해 해사하게 미소 지었다. 그녀는 못 말린다는 듯 웃으며 네에, 네에 하고 가볍게 호응하고 그의 등을 밀어 욕실로 인도했다. 파엔은 빙글빙글 웃으며 그녀에게 등을 떠밀려 순순히 욕실로 들어갔다.

하이리의 시중을 받아 말끔해진 얼굴로 언제나 입던 평상복을 입은 파엔이 연무장으로 향했다. 칼레이저가의 연무장엔 이미 직속 기사단의 기사들과 병사들이 열에 맞춰 열기를 띠며 수련에 임하고 있었다. 파엔은 피부에 느껴질 정도로 뜨거운 열기가 넘쳐 나는 연무장을 빤히 둘러보았다. 그는 저도 모르게 끓어오르는 열기와 열정에 코끝을 오른손 검지로 쓱 비볐다.

오묘한 느낌에 그가 콧등을 찡그리는데 누군가가 다가와 그의 등을 팡 쳤다. 파엔은 등의 알싸한 아픔을 느끼며 앞으로 한 걸음 밀려났다.

"으악! 형!"

파엔이 왈칵 인상을 찡그리며 맞았던 등을 매만지고 고개를 돌렸다. 자신의 등을 사정없이 내려친 이가 유쾌한 미소를 달고 서 있었다. 몇 년 사이에 건강한 구릿빛 피부가 된 파샤가 씩 입꼬리를 끌어

올리며 제 남동생을 내려다보고 있었다. 파엔은 언제나처럼 그에게 등짝을 내주는 빈틈을 허용하는 자신을 반성하며 투덜거렸다.

"왜 자꾸 기습해?"

"어허? 이것 봐라? 파엔, 기습 또한 수련의 하나다. 언제나 빈틈을 보이지 말고 경계해야지."

파샤는 파엔의 투덜거림에도 유들거리며 웃어넘겼다. 언젠가 파샤가 휴 단장에게 내뱉었던 투덜거림을 파엔이 따라 한다. 파샤는 그에 휴가 그러했듯 응답하며 웃었다. 몇 년이 지나 파엔보다 2살 많은 파샤는 올해로 22세로 무관 가문의 이름과 명성을 드높이는 제국의 인재 중 하나로 거듭 성장했다.

22세의 그는 제 할아버지인 아벨을 닮아 장신과 넓적한 어깨, 보기 좋게 부푼 근육으로 더할 나위 없이 강인한 검사의 모습을 완벽하게 갖추고 있었다.

보기만 해도 오금이 저릴 정도로 카리스마 넘치는 그의 매서우면서도 강인함이 느껴지는 짙은 눈매와 갈색 피부, 야생마의 갈기처럼 휘날리는 반짝이는 황금색 머리카락이 돋보였다. 파샤가 콧등을 찡긋하고 찡그리며 씩 웃었다.

"그래도 많이 나아졌네."

평생 비실비실하게 살 줄 알았는데 말이야. 그가 뒷말을 덧붙이며 말했다. 파엔이 그의 말에 머쓱한 듯 뒤통수를 긁적였다. 하긴 삼 년 전만 해도 비실비실거려서 파샤의 등짝 스매시 한 방이면 나가떨어져 징징거리긴 했다.

검도 제대로 들지 못해서 바들바들 떨었던 그의 볼품없었던 양팔도 이제는 보기 좋게 근육이 잡혀 웬만한 훈련이 아니고서야 쉽게 지치지도 않았다.

파엔은 자신의 몸이 한층 더 성장한 기분에 조금 쑥스러워졌다. 그를 인정해 주는 파샤에 조금 낯간지러워지기도 했다. 파샤는 그런 동생의 머리통에 손을 얹고 거칠게 비비며 말했다.

"몸도 데울 겸, 가볍게 연무장 5바퀴 뛰고 와."

"옙."

파샤의 말에 파엔이 씩 웃으며 한 손을 치켜 올려 날을 세워 이마에 대고 경례하고는 날렵하게 뛰어가 연무장을 익숙하게 돌기 시작했다. 제 둘째 형의 말에 군말 없이 따르는 모습에 파샤의 적색 눈동자가 오묘한 빛을 발하다 사라졌다. 파샤는 제 뒷목을 한 손으로 어루만지며 중얼거렸다.

"천생이 문관? 하하. 비실비실해도 무관의 피가 흐른다 이거지."

조금은 유쾌한 어조로 중얼거리던 파샤는 눈을 깜박이며 불현듯 3년 전 일을 떠올렸다.


그날도 역시 파샤는 연무장에서 기사들과 어울려 구슬땀을 흘리며 정열적으로 수련에 임하고 있었다. 그런 그에게 불쑥 파엔이 찾아왔다. 파엔은 뭔가 고민하는 티가 역력한 얼굴로 망설이더니 이내 자신에게 검술을 가르쳐 달라고 말했다.

파샤는 처음 그 소리를 듣고 어안이 벙벙했다. 천하의 파엔이 자신에게 검술을 가르쳐 달란다. 파람 형도 아닌 자신에게. 파샤는 처음에 파엔이 자신을 놀리는 줄 알았다. 가족 중 유일하게 마법적 능력이 전무한 그에게 마법적 능력이 가장 뛰어난 파엔이 가르침을 달라니.

그것도 그가 극도로 꺼려하던 육체적인 가르침을.

파샤는 너 지금 나 가지고 노냐? 하고 버럭 소리치며 파엔에게 화를 냈으나 마주한 그의 적색 눈동자는 지극히도 진지했다. 어찌 보면 초조하고 절실해 보이기도 했다.

지금에서야 뒤돌아보면 평상시와는 조금 다른 느낌이었다. 그날의 파엔은. 파샤는 어쩐지 낯선 모습을 하고 있는 파엔을 빤히 마주 봤다. 선명한 붉은 눈동자가 서로 부딪혔다.

파샤에겐 검술이 전부였다. 마법적 능력이 없는 그에게 유일한 길은 검술이었다. 필사적으로 매달려 드디어 순수하게 검술 하나만으로 형인 파람과 동등하게 설 수 있었다.

그의 피나는 노력 끝에 파샤는 희열을 느꼈다. 뿌듯함과 자부심을 느꼈다. 그제야 자신이 이 칼레이저가의, 무사의 가문의 한 일원이 된 느낌이었다. 그래서 더욱더 수련에 임했다. 자신의 검을 갈고닦았다.

좀 더, 좀 더 강해지기 위해.

그런데, 검술에 요만큼도 관심이 없었던 파엔이 돌연 자신에게 검술을 가르쳐 달라고 한다.

파샤는 부글거리는 심정으로 동생을 뿌리치고 형에게 달려가 그 사실을 고했다. 자신에겐 오직 검술뿐이었다. 오직. 그것 하나뿐이었다. 파샤는 그 순간 자신의 영역에 누군가 침범한 느낌이었다.

생각할수록 기분이 저조해지고 분노의 마음이 커진 파샤는 내심 파람이 파엔을 막아 주길 바랐다. 그러나 파샤의 바람을 파람은 들어주지 못했다. 그는 몹시도 뜻밖의 말을 내뱉었다.

"가르쳐 줘라."

파람은 득달같이 따라와 달라붙어 칭얼거리는 파엔을 빤히 쳐다보더니 이내 너무나도 쉽게 말을 내뱉었다. 납득하지 못한 파샤가 성난 야생마처럼 달려들어 그에게 반발했다. 파람은 이글이글 타오르는 파샤를 진정시키기는커녕 다시 한 번 그 속을 뒤집듯 말했다.

"가르쳐 줘."

그 특유의 과묵하고 말간 눈빛으로 파샤를 똑바로 마주 보며 말했다. 파샤는 순간 울컥하다 그의 눈을 마주하자 어쩐지 힘이 쭉 빠지고 허무한 느낌이 들었다. 자신의 편이라고 생각했던 형마저 파엔의 의견을 존중해 줬다.

파엔은 그에게 짐이고, 어찌 보면 콤플렉스 같은 였다. 파샤가 갈구해도 얻을 수 없었던 마법적 재능을 가진 파엔. 그에게 검술을 가르쳐 주기란 솔직히 내키지 않았다. 그것도 몹시. 파샤는 입술을 꾹 다물고 성난 얼굴로 그 둘에게서 멀어졌다.

도무지 이해할 수가 없어!

형도, 파엔도! 갑자기 왜 갑자기 검술 타령이냐고! 왜 하필 나한테 그러냔 말이야! 파샤는 그렇게 속으로 소리치며 제 방으로 돌아가 부글부글 끓어 금방이라도 터져 버릴 것 같은 심정을 억지로 누르려 애썼다.

그때, 파람이 파샤의 방에 방문했다. 파샤는 핏발이 선 눈으로 제 형을 노려봤다. 파람은 당장 폭발해도 이상할 것이 없는 파샤를 잔잔한 눈빛으로 빤히 보더니 천천히 입을 열었다.

"네 마음을 모르는 것은 아니다. 하지만…… 셋째의 부탁을 들어줘. 네가 거절한다 하여도 그 아이는 포기하지 않고 다른 이에게서라도 검술을 배울 거야. 그건 좀 위험해. 어떤 변수가 일어나도 이상할 게 없는 상황이다. 더 이상 예측하지 못할 상황을 만들고 싶지 않다. 그럴 바엔 네가 가르치는 게 나아. 파샤. 파엔을 감시해. 검술을 가르쳐 주면서 버릇이나 허점을 잘 지켜보고 모조리 파악해."

평소와 달리 장문의 말을 쉬지 않고 조곤조곤 내뱉은 파람이 파샤를 지그시 쳐다보았다. 그의 말이 끝나자 파샤의 표정이 오묘하게 변했다. 방금, 형이 무슨 말을 한 걸까.

파샤의 혼란스러운 눈빛에 파람은 지극히 가라앉아 어두운 빛을 발하는 붉은색 눈동자로 안쓰러운 듯 웃었다. 그는 이제 저보다 조금 더 큰 둘째의 머리통을 향해 손을 뻗었다. 파샤는 저도 모르게 움찔 몸을 떨었으나 곧 그의 손이 머리통에 떨어져 부드럽게 쓰다듬자 눈을 휘둥그레 떴다.

"파엔을 잘 보살펴 다오."

파람의 목소리가 어쩐지 몹시도 서글퍼서, 파샤는 속에서 쏟아져 나올 것 같은 수만은 의문들을 삼키고 눈만 깜박이다 이내 천천히 고개를 끄덕였다. 거절하려면 거절할 수도 있었다. 하지만 형이, 늘 강인하고 우직한 모습을 하던 제 우상과도 같은 형이 서글픈 표정으로 애원과도 같은 부탁을 하자 차마 매몰차게 거절할 수가 없었다.

파샤는 결국 그다음 날부터 파엔의 검술 교육을 담당하게 되었다.

"파엔을 감시하라, 버릇부터 허점까지 모조리 파악해."

뭐야 그게. 마치, 하나부터 열까지 파엔의 모든 걸 파악해 대비하라는 말 같았다. 형은 어째서 그런 말을 한 것일까. 파샤는 속으로 뒷말을 삼키며 막 5바퀴를 뛰고 잔뜩 상기되어 돌아오는 남동생을 쳐다보며 뒷머리를 긁적였다.

파엔도 평상시와 달랐지만 파샤의 머릿속엔 그날의 파람만이 뚜렷하게 박히듯 남았다. 그리고 그와의 대화 끝에 중얼거리던 마지막 말도.

'신을 믿어. 넌 반드시……'

그 끝의 말을 결국 듣지 못했지만 아무리 둔한 파샤라도 조금은 감지할 수 있었다. 제 누이 파이가 아주 어렸던 시절 꿈같은 환상 속에서 만났던 신과의 대화. 그리고 형의 말. 파샤는 어쩌면 이 모든 게, 자신에게 벌어질 '어떠한 일'을 막기 위해, 그 준비를 위한 어떤 배려가 아닐까 하는 생각이 들었다.

'혹 내게 벌어질 어떠한 일이 나의 '죽음'이라면 이 모든 것이 그것을 비켜 가기 위한 안배일까? 헌데, 대체 누가 내 목숨을 노리고 있는 거지?'

의문이 가득한 그의 적색 눈동자에 비치는 파엔을 보며 파샤는 눈가를 찌푸렸다.

'……설마?'


칼레이저가의 저택은 언제나처럼 평화로웠다. 때때로 가문의 막내이자 유일무이한 공녀인 파이에 의해 덜컹 뒤집힐 때가 있기도 하지만 아이를 키우다 보면 으레 생겨나는 정도의 사건들이었다. 1년에 한 번꼴로 사고를 치는 말괄량이 공녀님이지만 또래 아이들과 비교한다면 제법 얌전한 축에 속했다.

아이는 몹시도 사랑스럽고 심성이 고왔다. 남을 배려하는 마음이나 생각의 깊이도 또래 6살 난 아이들보다 깊었다. 파이는 조금 조숙한 면도 있지만 제 나이답게 천진난만한 소녀로 자라났다.

"헥, 헥!"

"다 숨었어?"

그런 사랑스러움이 넘쳐 나는 파이 공녀가 칼레이저가의 저택이 아닌 낯선 곳의 정원을 익숙하게 헤집으며 뛰어다니고 있었다. 파이는 2년 새 몰라보게 성장해 머리 하나 반 정도 더 자라났다.

아장아장 걸어 다니던 짧은 다리도 또래 아이들에 비해 길게 자랐다. 뛰느라 거추장스럽게 펄럭이는 스커트를 양손으로 들어 올리자 그 긴 다리가 도드라지게 드러났다.

반짝이는 황금색 머리카락을 하나로 높이 묶어 땋아 내린 말총머리가 뛰는 몸의 반동에 맞춰 깡충깡충 뛰었다. 하얗고 조막만 한 얼굴에 볼살은 여전하지만 그 이목구비는 전보다 훨씬 뚜렷해져 더욱 여성스럽고 어여뻤다.

아이는 점점 그녀의 어머니인 앨리스를 닮아 갔다. 성격도, 이목구비도.

파이는 작은 입술을 들썩이며 헐레벌떡 정원을 뛰어다녔다. 한참 뛰었는지 도톰한 뺨에 복숭앗빛이 보기 좋게 물들었다. 씩씩거리는 숨소리가 거칠기 그지없었으나 파이는 쉬지 않고 내달렸다. 파이의 뒤로 낯선 소년의 목소리가 다시 한 번 들렸다. 대충 13세 정도 될 법한 목소리였다.

"이제, 다 숨었어?"

저 멀리서 들려오는 소년의 목소리에 파이가 화들짝 놀라 뛰는 와
중에도 고개를 돌려 뒤를 보며 크게 소리쳤다.

"아~니~!"

"빨리 숨어! 10까지 세고 찾는다?"

정말 열 번 세고 찾을 거야! 꼭꼭 숨어! 나 금방 찾아! 하고 자신감
에 찬 목소리로 다시 외쳤다. 소년의 당찬 목소리에 파이가 까르르 웃
으며 드넓은 정원을 내달려 자신이 숨을 곳을 찾았다. 그런 파이의 어
깨에 아름다운 페어리 여왕이 척하니 달라붙어 재잘거렸다.

[저 은발이 막내는 매번 잘 찾지도 못하면서 저렇게 허세를 부린다
니까? 그치, 파이?]

"히히."

파이는 여왕의 재잘거림에 고개를 크게 끄덕였다. 아이다의 황제의
막내아들이자 네 번째 황자 클라나우스 GE. 누비아 아이다는 여왕의
말대로 파이와의 숨바꼭질에서 매번 지는 재미없는 소년이었다.

그는 파이가 있는 곳을 단번에 찾아 낸 적이 없었다. 어떨 때는 아
무리 찾아도 보이지 않아 그가 항복 선언을 했을 때 바로 근처에서 파
이가 불쑥 나타나기도 했다. 그때 그 클라나우스의 표정이란, 정말 볼
만했는데. 파이는 개구지게 웃으며 이번엔 또 어디에 숨어서 그를 놀
라게 할까 고민이 역력한 표정으로 이리저리 주변을 둘러보며 걸었
다.

자칭 숨바꼭질의 천재 파이, 그녀는 오늘도 허당 클라나우스를 놀
라게 수 있을 것인가?!

파이는 푸름이 넘쳐나는 나무들 사이를 요리조리 돌아다니며 가장
숨기 좋은 장소를 물색하기 시작했다. 며칠 전에는 커다란 나무의 두
꺼운 뿌리의 빈틈을 발견하여 여왕과 리파의 도움으로 얕게 땅굴을
파고 그 속에 웅크리고 숨었다.

여왕에게 흙바닥에 떨어져 있는 나뭇잎들을 몇 개 주워 오도록 해

그 주변을 가볍게 덮고 가리는 등의 수준 높은 은폐 스킬을 내보였다. 그리고 고사리손으로 입가를 막고 되도록 숨을 참았다. 그 덕에 파이는 머리부터 발끝까지 흙을 뒤집어썼으나 그야말로 성공적인 숨바꼭질이었다.

파이는 그 상태에서 그녀의 보모이자 스승인 모모가 직접 찾으러 나와 클라나우스가 못 찾겠다, 꾀꼬리라며 패배를 선언할 때까지 꼭꼭 숨어 있었다.

클라나우스의 패배 선언이 끝나기도 전에 파이가 나무뿌리 사이 흙더미에서 쏙하고 튀어 나오자 클라나우스는 기절할 듯 놀랐고 모모는 어이없는 얼굴로 그녀를 바라보았다.

그러나 이번에는 뿌리 가까이에 땅굴을 파서 숨을 수는 없었다. 여왕의 도움을 받아 나무를 타고 올라가 그 위에 나뭇가지에 오른 고양이처럼 자세를 낮추고 있을 수도 없었다.

매번 드레스는 더럽히는 파이 때문에 유모가 단단히 뿔이 났다. 결국 그녀는 다시 한 번 드레스를 더럽혔다가는 파이가 그토록 좋아하는 디저트를 일주일 동안 금지시킬 것이라며 협박하듯 겁을 주었기 때문이다.

그에 파이는 입을 삐쭉 내밀었지만 딱히 반항하진 않았다. 그녀가 하지 말라고 한 것은 자신이 고쳐야 할 행동이라는 것을 알기 때문이다.

파이는 결국 깨끗한 차림을 유지하고 숨을 수 있는 공간을 찾기로 했다. 그 끝에 아이는 결국 정원의 입구에까지 도달하고 말았다. 숲은 울창하고 나무나 풀도 많지만 말끔한 상태를 유지하면서 꼭꼭 숨을 공간으로는 적합하지 않았다. 파이는 기존의 방식을 과감히 포기하기로 했다.

그렇다고 황궁 안으로 무작정 들어갈 수도 없었던 파이는 정원의 입구에서 서성거렸다. 숨바꼭질의 영역은 암묵적으로 정원 내에서다.

이 밖을 나가면 규칙을 어긴 셈이 되고, 클라나우스가 찾아야 할 영역이 터무니없이 넓어져 버린다. 그만큼 황궁은 몹시도 넓으니까. 여왕은 파이의 어깨에 달라붙어 방긋방긋 웃으며 말했다.

[파이 황궁에서 숨자! 여기보다 숨을 곳이 많을 거야!]

그녀의 말에 파이는 고개를 가로저으며 말했다. 안 돼. 라나가 못 찾을지도 몰라. 라나는 클라나우스의 애칭이다. 파이가 그의 이름을 쉽게 따라 부르지 못해 부르기 시작한 것이었다. 클라나우스는 사실 라나라는 애칭을 몹시도 싫어하지만 파이의 고집에 두 손 두 발 들고 말았다. 파이의 말에 여왕이 까르르 웃으며 개구지게 말했다.

[그러니까 황궁에서 숨자는 거야! 그래야 네가 이기지!]

파이가 양손으로 입가를 가리고 웃으며 수긍했다. 그러면 당연히 이길 거야. 여왕의 말대로 황궁 안은 정원보다 숨을 곳이 더 많을 테니까!

하지만 파이는 구태여 여왕의 의견을 따르지 않았다. 정원에 숨어도 못 찾는 클라나우스를 위해서다. 자신과 종종 놀아 주는 클라나우스를 그다지 싫어하지 않는 파이로서는 그렇게까지 그를 곤란하게 하고 싶지 않았다.

혹시 그러다 나중에 또 안 놀아 주면 어떡해?

종종 카이저를 따라 황궁에 놀러오는 것이 색다른 일상 중 하나인 파이로서는 그때마다 유일하게 자신과 놀아 주는 그에게 미움받고 싶진 않았다.

그녀의 속을 읽은 여왕이 바람 빠진 소리를 내 입을 삐쭉 내밀었다. 아무래도 여왕은 클라나우스를 골탕 먹이는 것이 무척이나 즐거운 모양이다. 파이는 여왕이 내는 바람 빠진 소리에 까르르 웃으며 으쓱거렸다. 그때였다. 적당히 낮은 저음에 어쩐지 경쾌함이 묻어나는 목소리가 들린 것은.

"안녕, 꼬마 아가씨?"

파이는 자신의 등 뒤에서 들려오는 낯선 이의 목소리에 화들짝 놀라 양손으로 입을 가리고 키득거리던 것을 멈추고 고개를 돌렸다. 아이의 시선에 굉장히 고급스러운 재질의 짙은 남색의 제복이 보였다. 밤하늘색의 고급스러운 제복에 반짝이는 금색 테두리가 둘러져 있다. 심플하면서도 기품 있어 보이는 의상이었다.

파이는 그 금색 라인을 따라 시선을 올려 그 옷을 입은 주인을 올려다봤다. 목이 아플 정도로 고개를 들어 올리고 나서야 그의 얼굴이 선명히 보였다.

그는 짙은 붉은색의 머리카락을 가진 몹시도 아름다운 외모를 가진 남자였다. 붉게 타오를 것 같은 머리카락은 마치 사자의 갈기처럼 넘실거렸고 불의 주인인 붉은 여우보다도 짙은 색이었다. 하얀 얼굴에 비율 좋은 이목구비는 감탄이 절로 날 정도로 조화로웠다.

그는 아이다의 황태자 시드니에 버금갈 정도로 아름다운 남자였다.

날카로운 턱 선과 우아한 호선을 그리며 올라간 붉은 입술이 매력적인 사내는 고개를 숙여 파이를 내려다보고 있었다. 그는 화려한 적발과 어울리지 않게 반짝이는 은의 눈을 가졌다.

그의 눈동자는 마치 클라나우스나 시드니의 반짝이는 은발처럼 찬란하였으나 어쩐지 시린 느낌이 들 정도로 서늘해 보였다. 그토록 아름다운 사내는 그 시린 눈으로 유려한 미소를 짓고 있었다.

파이는 그 미소를 마주하였다. 몹시도 찬란한데 전혀 진실성이 느껴지지 않은 요상한 미소였다. 미소는 언제나 따뜻한 것으로만 알고 있었던 파이는 이렇게 이상한 미소는 처음이라고 속으로 생각했다.

파이가 고개를 갸웃 기울이며 눈만 깜박이자 그는 살짝 상체를 숙여 말했다.

"이름이 뭐니?"

그의 물음에 파이는 말없이 눈을 깜박이다 몹시도 작은 목소리로 '파이.' 하고 답했다. 그러자 아름다운 남자가 작은 아이의 소리를 용케 들었는지 이번엔 대답을 해 주네, 하고 의미 모를 말을 중얼거렸다. 그와 마주하고 있는데 갑자기 여왕이 파이의 목을 와락 껴안으며 말했다.

[파이! 모르는 사람하고 함부로 대화하는 거 아니랬지!]

여왕이 마치 유모라도 된 것마냥 진지하고 호된 어조로 말했다. 그에 파이가 양손으로 입술을 가리며 속으로 중얼거렸다. 앗! 실수! 그에 여왕이 혀를 차며 얼른 정원으로 돌아가자고 조금은 재촉하는 어조로 말했다. 여왕답지 않게 몹시도 엄한 어투여서 파이는 작은 반항도 하지 않고 작게 고개를 끄덕였다.

그에 남자가 고개를 갸웃 기울이며 말했다. 여왕이 보이지 않는 남자의 시선에는 그저 파이가 갑자기 양손으로 입가를 막고 작게 중얼거리다 이내 고개를 끄덕이는 걸로밖에 보이지 않았기 때문이다.

"왜 그러니, 파이?"

그가 의아한 듯 쳐다보며 아름다운 입술을 움직여 파이의 이름을 불렀다. 파이는 순간 온몸이 부르르 떨리며 소름이 돋는 것을 느꼈다. 몹시도 오싹하고 괴상하며 생소한 느낌이었다.

아니 언젠가 느꼈던 이상한 느낌이었다. 파이는 양손으로 입가를 막은 상태에서 눈동자만 데굴데굴 굴렸다. 그러자 남자가 더욱 상체를 숙여 아이의 가까이 시선을 내리며 말했다.

"있잖니, 파이. 내가 길을 잃은 것 같은데, 혹시 괜찮다면 길을 안내해 주지 않을래?"

도무지 여기가 어디인지 알 수가 없구나. 조곤조곤하고 상냥하고 배려 깊은 어조였으나 파이의 귀에는 여전히 서늘하고 괴상한 음절로 느껴졌다. 파이는 눈동자만 데굴데굴 굴려 그를 쳐다보다 시선을 옮기기를 반복했다.

그의 얼굴이 점차 가까워지자 미소를 짓는 아름다운 얼굴이 선명히 보였다. 분명히 아름답기 그지없는 얼굴이거늘 왜 보면 볼수록 이다

지도 소름이 돋을 정도로 께름칙하고 오싹한 느낌이 들까. 살짝 눈썹
을 휘며 난색을 표했지만 그마저도 인위적인 느낌이었다.

진실성이라곤 눈곱만큼도 없는 인위적인 미소.

아이의 순진무구한 두 눈엔 그게 너무나도 확연히 보였다. 그가 점
차 가까이 다가오자 파이가 저도 모르게 한 걸음 뒤로 물러났다. 여왕
도 쫏 소리를 내며 파이의 가녀린 목을 바싹 껴안으며 속삭였다.

[무시하고 얼른 가자.]

파이는 그녀의 말에 작게 고개를 끄덕였다. 무시는 나쁜 행동이지
만 어쩐지 저 남자에겐 그래야만 할 것 같았다. 파이가 뒷걸음치다 몸
을 돌려 정원 안으로 들어가려 하자 그가 하얀 실크 장갑을 낀 손을 뻗
었다.

파이의 얇은 손목이 그의 손에 쉽게 잡혔다. 붙잡힌 팔에서 보드라
운 실크의 감촉과 함께 몸서리칠 정도로 차가운 기운이 닿았다. 그것
은 이제까지 느껴 보지 못했던 몹시도 차가운, 말로 표현할 수 없을
정도로 낮은 온도의 소름 끼치는 기운이었다.

파이가 소스라치게 놀라며 그의 손이 닿은 팔을 거세게 흔들어 뿌
리쳤다. 그리고 거센 반항으로 인해 튕겨 나가듯 그에게서 몇 발자국
멀어졌다.

파이가 놀란 상태로 몸을 돌려 그를 다시 보았다. 그 역시 놀라기는
마찬가지인지 은색 눈동자를 동그랗게 떴지만 이내 살짝 접으며 웃었
다. 그러고는 처음 내뱉었던 목소리와 상반되게 지극히 낮은 저음으
로 '이런.' 하고 난감한 기색을 표하는 외마디를 내뱉었다.

"깜짝 놀랐네."

그가 인위적으로 만들어 낸 상반되게 몹시도 담담한 어조로 말했
다. 파이는 그 괴상한 조합에 절로 어깨가 움츠러들어 반사적으로 그
에게서 한 걸음 더 뒤로 물러났다. 시드니와 버금갈 정도로 아름다운
외모를 가진 사람이지만 그는 몹시도 이상한 사람이었다.

파이는 쿵쾅거리는 심정을 진정시키며 경계 어린 시선으로 그를 쳐다보고 다시 한 걸음 뒤로 물러났다. 그는 그렇게 점차 자신에게서 멀어지려는 파이의 모습에 고개를 갸웃 기울이며 말했다.

"왜 그렇게 경계하니? 내가 나쁜 사람으로 보이니?"

그의 물음에 파이는 입술을 깨물며 데굴데굴 눈을 굴리다 마지못해 고개를 천천히 끄덕였다. 그러고는 몹시도 작은 목소리로 말했다.

"웃는 거 이상해."

"하하, 그래? 어디가 이상한 걸까나."

아이의 말에 그가 경쾌한 웃음을 터트리며 말했다. 그러고는 한 걸음 다가왔다. 아이의 한 걸음에 비해 훨씬 넓고 커다란 한 걸음이었다. 순식간에 거리가 좁혀졌다. 그는 여유로운 걸음을 옮기며 중얼거렸다.

"역시 어린아이 눈은 못 속이겠네."

다른 인간들은 깜박 속아 넘어가는데 말이야, 하고 키득거리면서 웃었다. 아이의 눈은 참 정직해, 하고 또다시 중얼거리는 그는 마치 수다쟁이 같았다. 그러나 그가 내뱉는 목소리의 기운은 여전히 서늘하고 무미건조했다. 그의 모든 것이 모순되고 이상하고 괴기했다. 파이는 그를 제대로 쳐다보지도 못하고 시선을 내리깔며 웅얼거리듯 말했다.

"어, 어, 파이는 라나한테 가야 해."

"라나? 라나가 누구니? 네 친구야?"

파이의 말에 그가 고개를 갸웃 기울이며 물었다. 파이는 점차 두려움이 몰려왔다. 이런 기분, 일전에도 느낀 적이 있었다. 과거의 흐릿하게 잊혀진 경험이 점점 두각을 드러내며 선명해졌다.

파이는 점차 말을 내뱉기가 두려워졌다. 그와 말을 섞음으로 인해 더욱더 소름이 돋고 진득한 공포가 밀려왔다. 언젠가 느껴 본 그 께름칙한 느낌이 아이의 작은 전신을 훑고 지나갔다.

"어, 어…… 라나는……."

"파이?!"

두려움이 몸을 불리듯 커져 갈 무렵 그녀를 구해 준 것은 다름 아닌 모모였다. 가끔 카이저의 업무를 도와주거나 일정 시간이 되면 정원에서 놀고 있는 파이를 데려오는 것이 황궁에 있을 때의 모모의 주 업무였다.

오늘도 모모는 아이를 데려오기 위해 황궁의 정원으로 향했다. 그녀는 평소와 달리 정원 안이 아닌 그 입구에 서 있었다.

낯선 남자와 함께.

파이가 낯선 남자와 대치하듯 좀 떨어진 거리에서 마주 보고 서 있는 것을 목격한 모모가 의아함을 느꼈다. 정원에서는 늘 아이다의 4황자 클라나우스와 함께 있었다. 그 외의 낯선 이하고 있는 것은 목격한 적도, 또한 허락한 적도 없었다. 모모는 어쩐지 찝찝함을 느꼈다.

그러던 중 그의 놀라운 시력으로 파이의 얼굴빛이 몹시도 안 좋다는 것을 보았다. 딱 봐도 아이는 상당히 겁에 질려 있는 듯했다. 모모가 망설임 없이 파이에게 달려갔다.

그녀는 자신을 부르며 달려온 그의 종아리를 망설임 없이 와락 껴안았다. 모모는 생각 이상으로 겁에 질려 있는 파이의 작은 몸을 달랑 들어 올려 품에 안았다. 그때 파이의 앞에 서 있었던 남자가 중얼거렸다.

"어째 이거, 전에도 있었던 상황인데."

목소리에 희미한 불쾌감이 서렸다. 모모는 그 작은 중얼거림을 확실하게 들었다. 그가 시선을 옮겨 남자를 쳐다봤다.

붉은 머리카락의 아름다운 용모를 가진 남자가 모모의 시선에 빙긋이 웃었다. 몹시도 반가워하는 기색이었다. 모모의 검은색 눈동자를 담은 눈이 동그랗게 커졌다. 그에 파이는 모모와 그를 번갈아 보며 고개를 갸웃 기울였다. 모모, 아는 사람?

"구면이네."

".......당신."

당신이 어떻게 여기에? 모모는 그 말을 삼키며 의심스러운 시선으로 그를 쳐다봤다. 얼굴을 본 것은 처음이었으나 그에게서 느껴지는 괴기한 기운은 언젠가 한 번 경험한 것이었다.

2년 전 그때. 모모는 분수대 앞에서 만났던 의문의 사내 두 명 중 하나가 이 적발의 사내임을 금세 눈치챘다. 그에 사내가 익살스럽게 웃으며 모모가 삼킨 질문의 답을 해 주려는 듯 말했다.

"글쎄, 내가 왜 여기 있을까?"

기분 나쁠 정도로 여유로운 모습에 모모는 미간을 찌푸렸다. 품에 안긴 파이가 그의 목을 바싹 껴안으며 저 사람 이상해, 하고 작은 목소리로 속삭였다.

모모는 파이의 중얼거림에 그녀가 저 사내를 기억하지 못하고 있다는 것을 깨달았다. 그래도 아이의 감은 제법 날카로운 것인지 아니면 본능적으로 그때의 두려움을 떠올렸는지 그를 몹시도 경계하는 것 같았다. 모모는 아이의 작은 등을 토닥이며 말했다.

"예상치 못한 만남, 이군요."

"그러게, 정말 예상치 못한 수확이야."

모모의 날 선 말에 그는 빙글빙글 웃으며 말했다. 그의 목소리와 어투는 마치 독사의 혀가 날름거리는 것마냥 서늘하고 괴기했다. 그의 은색 눈동자는 먹이를 집어삼킬 듯 서슬 퍼렇게 빛을 발하며 파이에게 향했다. 조금이라도 방심하면 파이의 가녀린 목을 물어뜯을 것 같은 낌새였다.

모모는 파이를 제 품에 바싹 안으며 그를 노려봤다. 남자는 유들거리며 비식 웃었다. 잠시의 침묵 끝에 낯익은 목소리가 끼어들었다.

"어라? 파이, 너 여기 있었, 아니 모모 경? ……엇? 당신은……!"

정원 안쪽에서 클라나우스가 걸어왔다. 끝내 찾지 못한 파이 때문에 돌아가려던 길인 모양이었다. 파이뿐 아니라 모모와 남자까지 발견하자 클라나우스는 몹시도 당혹한 표정을 지으며 다급히 그 중간에 끼어들어 말했다.

"스플린프로츠도비쉐 황태자께서 여긴 어쩐 일로……?"

"이런, 클라나우스 황자! 여기서 이리 뵙다니 다행입니다! 실은 제가 호기심에 그만 시종 없이 멋대로 돌아다니다 길을 잃었지 무업니까?"

떨떠름한 클라나우스의 물음에 적발의 남자가 파이에게서 시선을 옮겨 그를 쳐다보며 가볍게 웃음을 터트렸다. 그의 말에 클라나우스가 마지못해 고개를 주억거리며 속으로는 이성적으로 머리를 굴렸다.

적대국에 방문한 황태자가 시종도 없이 혼자 돌아다니다 길을 잃었다 한다. 그것도 호기심에. 그가 이 아이다에 방문한 목적을 조금이라도 상기하고 있다면 이다지도 충동에 가까운 행동을 하기 어려울 것이다. 대체 무슨 꿍꿍이를 가진 것이냐. 아칼리템의 황태자.

클라나우스는 툭 내뱉어질 것 같은 진심을 삼키며 그 말을 곧이곧대로 믿어야 하나 말아야 하나 고민하면서도 겉으로는 마주 웃었다.

"이런, 당황하셨겠군요. 시종을 불러 드릴까요? 아니, 일단 제가 안내를 해 드리지요."

"죄송합니다, 황자. 폐를 끼치는군요."

클라나우스는 아이다의 황자답게 지극히 예의 바르고 사무적인 태도로 말끔하게 웃어 보였다. 그에 스플린프로츠도비쉐는 몹시도 미안한 표정을 지으며 말했다.

"아닙니다. 따라오시지요."

"아, 그리고 그쪽의 꼬마 아가씨. 본의 아니게 제가 놀라게 한 것 같군요. 사죄드리지요."

클라나우스가 몸을 돌려 안내를 하려고 걸음을 옮기자 스플린프로츠도비쉐가 고개를 끄덕이며 그 뒤를 따르다 몸을 살짝 돌려 모모의 품에 안긴 파이를 쳐다보며 말했다. 그에 파이의 작은 몸이 움찔 떨렸고 모모의 시선이 곱지 않고 날카롭게 변해 그를 경계했다.

클라나우스는 걸음을 옮기다 말고 스플린프로츠도비쉐를 쳐다보다 모모의 품에 안긴 파이를 쳐다봤다. 순간 살짝 돌린 파이의 얼굴이 보였다. 어쩐지 아이는 겁을 먹고 있는 듯했다.

클라나우스는 인상을 쓰며 스플린프로츠도비쉐를 다시금 불러 그의 걸음을 재촉했다. 아무래도 파이가 저렇게 겁을 먹고 있는 것이 이 남자 때문인 것 같다. 그게 맞는다면 한시라도 빨리 아이에게서 이 사내를 멀리 떨어트려 놓는 것이 옳다고 생각했다.

클라나우스가 그를 재촉하듯 부르며 걸음을 옮기자 스플린프로츠도비쉐가 아쉽다는 듯 파이에게서 시선을 떼고 몸을 돌려 그 뒤를 따랐다.

집요하기까지 한 은색 눈의 시선이 드디어 떨어지자 파이가 안도의 숨을 내쉬며 모모의 어깨에 얼굴을 묻었다. 모모는 파이를 품에 안고 등을 토닥이며 중얼거렸다.

"사기가 너무 짙어."

스플린프로츠도비쉐는 마치 망자와도 같이 짙은 사기를 온몸에 두르고 있었다. 그는 이 세상 사람이 아니라고 해도 이상할 것이 없을 정도로 죽은 이의 기운을 가진 몹시도 이상한 이였다. 2년 전 보았던 그때보다도 더 심해진 느낌이었다.

짙은 사기와 코끝을 찌르는 천연 방부제 특유의 향과 고급 향수의 냄새가 뒤섞여 몽롱한 느낌을 일게 하는 그는 무언가, 아주 사악하고 불길한 것을 숨기고 있는 망자의 상자 같았다.

잠시 동안 마주하고 있었음에도 그 기운이 강렬하게 느껴진 모모는 그가 몹시도 께름칙하고 불길했다. 그것은 파이의 어깨에 붙어 있던 여왕 역시 동감하는지 모모와 시선을 마주하며 작게 고개를 끄덕였다.

[저 인간, 죽은 자야.]

확신 어린 여왕의 말이 모모의 머릿속에 울렸다. 모모에게만 들리게 직접적으로 말하는 여왕의 진지한 목소리에 모모가 파이의 작은 몸을 단단히 안으며 속으로 중얼거렸다.

아무래도, 파이는 대단히 위험한 인물의 그물망에 걸린 것 같다고.

모모는 집요할 정도로 탐욕 어린, 굶주린 시선으로 파이를 쳐다보는 아칼리템의 황태자 스플린프로츠도비쉐의 시선이 지워지지 않았다. 명백하게 그가 파이를 노리고 있다는 것을 단숨에 알았다.

어째서, 왜, 라는 의문이 꼬리에 꼬리를 물고 갔지만 당장은 명확한 답을 찾을 수 없었다. 모모는 그저 파이가 그의 시선에 다시는 걸리지 않길 바라며, 그가 되도록 아이다에 오래 머물지 않길 바랄 뿐이었다.

모모가 파이를 품에 안고 카이저의 집무실에 돌아오고 잠시의 시간이 지나자 스플린프로츠도비쉐를 황궁으로 안내한 클라나우스가 방문했다. 그는 어느새 안정을 되찾아 카이저의 품에 안겨서 포도를 받아먹는 파이를 보며 가볍게 웃었다. 단 포도에 정신이 팔린 파이를 마주하고 집무실 소파에 앉자마자 모모가 클라나우스에게 다가가 넌지시 물었다.

"그는 누구입니까? 아까 언뜻 들어 보니 황태자라 하던데……."

"아, 그게…… 아칼리템의 황태자입니다."

"아칼리템?!"

굉장히 의외의 대답이라 파이에게 포도를 한 알, 한 알 쥐여 주던 카이저가 아이에게서 시선을 돌려 그를 쳐다보며 조금 높은 톤으로 되물었다. 파이가 아빠의 목소리에 놀라 눈을 동그랗게 뜨고 입에 넣은 포도를 혀로 데굴데굴 굴리며 그를 올려다봤다. 카이저가 자신을 올려다보는 파이의 머리통을 쓰다듬으며 아무것도 아니라는 듯 마주 웃자 그제야 입안의 포도를 씹었다. 카이저와 파이의 모습을 보며 가볍게 웃음을 터트리던 클라나우스가 제법 진지한 표정을 지으며 고개를 끄덕이곤 말했다.

"재상께서도 아실 터이지만, 요즘 아칼리템이 이상한 낌새를 보이고 있지 않습니까? 갑자기 대량의 무기를 구입하질 않나, 성문을 봉쇄하고 외부인 출입을 막지 않나. 마치 큰 전쟁을 준비하는 것처럼 말입니다. 그것 때문에 로템 공이 한동안 바쁘셨잖아요."

"네. 알고 있습니다. 저하. 덕분에 유리안 로템 공이 오질나게 욕을…… 아, 음, 그러니까 불만은 좀 내비쳤죠. 그 일로 폐하께서 아칼리템에 서신을 보내신 걸로 알고 있습니다만, 그 서신의 답장을 가지고 온 사절단에 설마 황태자가 끼어 있을 줄은……."

"저도 오늘 낮에 처음 알았습니다. 듣기로는 입궁하고 나서야 알려진 모양이에요."

"허…… 답을 보내는 사절단에 황태자가 직접 나서다니, 이건 대체……!"

아칼리템은 대체 무슨 생각을 하고 있는 건지…… 하고 말끝을 흐리는 카이저에 클라나우스도 동조하듯 무겁게 고개를 끄덕였다. 최근의 아칼리템은 클라나우스의 말대로 마치 큰 전쟁이라도 준비하는 것마냥 공방의 나라 안티고네에서 대량의 무기를 매입하고, 외부와의 연결을 철저히 단절시켰다.

그뿐만 아니라 각 나라에서 실력 있는 용병을 대량으로 고용하고 있다고 전해졌다. 그로 인해 그 주변 분위기가 흉흉해져 최근 황제와 외무대신인 유리안이 골머리를 앓고 있다는 것을 누구보다도 잘 아는 카이저의 얼굴빛이 과히 좋지 못했다.

아칼리템과 아이다.

오랜 세월에 걸쳐서도 변하지 않는 절대적, 숙명의 천적이자 앙숙.

혹여 전쟁이라도 일어난다면 아이다는 절대로 지지 않을 것이다.

자신들의 왕은 그 어떤 누구보다 강인하고 위대하며 그를 보필하는 5대 공작가는 그 어떤 철의 벽보다 견고했다.

단지 그가 걱정하는 것은 그로 인해 자신을 비롯한 제 자식들이 전장에 나가야 할지도 모른다는 것과 그사이에 홀로 남게 될 딸아이였다.

분명 아이의 안전은 아즈라엘과의 약속으로 엮여 있는 모모가 지켜줄 터이지만 그것은 8살이 될 때까지만이라는 제한이 있다.

굳이 그가 아니어도 가문의 기사들이 아이를 지켜줄 것이다. 하지만 카이저가 걱정하는 것은 그뿐만 아니었다. 제국 간의 전쟁이라는 것은 짧은 기간 내에 결정이 나는 것이 아니다. 1, 2년, 어쩌면 그보다도 더 오래 걸릴 수도 있는 예측할 수 없는 변수가 난무하는 것이 전쟁이다.

카이저는 부디 아칼리템이 전쟁을 일으키지 않길 바랐다. 카이저의 가슴에 불길한 예감이 아지랑이처럼 피어올랐으나 애써 무시하며 입을 열었다.

"그런데, 그 황태자가 왜……?"

"아, 그게 아까 전에 정원 입구 쪽에서 헤매는 걸 발견했거든요."

"네에? 시녀는 뭐하고 있었답니까?"

"그게 말이죠. 좀 이상합니다. 오는 길에 그를 보필하라 명했던 시녀를 잠깐 만나고 왔는데 분명 방금 전까지만 시야에 있던 황태자가 눈 깜짝할 사이에 사라졌답니다."

물론 믿어도 될지는 모르겠으나, 저는 적국의 황태자보다 황궁의 시녀를 더 믿고 싶습니다, 하고 덧붙이며 말하는 클라나우스에 카이저는 굳은 표정을 풀고 피식 웃었다.

아이다의 사람들, 특히 오래도록 부딪쳐 온 5대 공작가와 황족은 아칼리템의 황족을 절대로 믿지 않는다. 앙숙이자 천적인 아칼라템은 기본적으로 비열하기 짝이 없고 배신과 계략이 난무하는 곳이다. 거기다 신분이 높을수록 오만했고 잔혹했다. 제 백성을 천하게 여기는 그들과 달리 제국민들을 몹시도 사랑하는 아이다의 황제가 그와 상반되는 아칼리템을 믿지 않고 멀리하며 질색하는 것은 어찌 보면 당연한 것일지도 모른다.

그 둘은 물과 기름. 서로 섞일 수도, 공존할 수도 없는 사이였다.

"혹여 일부러, 그녀를 따돌리고 홀로 움직인 건……?"

카이저가 조심스럽게 중얼거리며 말했다. 대체 무슨 꿍꿍이지. 그의 중얼거림에 클라나우스도 동조하며 입을 잠시 다물었다 혹시 모르니 형님께 따로 언급은 할 생각입니다, 하고 말하자 카이저가 고개를 끄덕였다.

모모는 그 둘의 대화를 들으며 속으로 생각했다. 짙은 사기를 내뿜은 이가 일국의, 그것도 제국의 황태자이다. 그런 그가 2년 전 아무도 모르게 아이다에 숨어 들어왔다. 대체 무슨 목적으로? 분명히 자신의 정체를 숨기고 조심스럽게 행동했어야 할 그는 완전히 개방되어 있고 인파가 몰려드는 커다란 광장에서 파이를 마주했다.

하필이면, 그 수많은 사람들 중에서.

뿐만 아니라 그는 자칫 잘못했다간 소동이 일어날지도 모르는 상황을 연출하면서까지 파이에게 지대한 관심을 가졌다. 아칼리템의 황태자 스플린프로츠도비쉐, 그는 대체 무슨 생각으로 그 당시 고작 4살짜리 아이였던 파이에게 그렇게 집요하고도 끈질긴 관심을 가진 걸까. 그리고 2년이 지난 오늘도 그는 여전히 파이에게 관심을 내비쳤다.

이것은 우연일까, 아니면…….

모모는 검은색 눈을 차분히 가라앉히며 속으로 중얼거렸다. 아칼리템의 황태자 스플린프로츠도비쉐는 위험인물이다. 위기와 사기, 불균형함에 민감한 용족의 전신의 세포가 그를 경계하고 경고하고 있다. 모모는 어쩌면 파이를 노리는 인물이 아리스타만 있는 것이 아닐지도 모른다고 생각했다.

모모의 입장에서 볼 때는 아리스타보다도, 스플린프로츠도비쉐가 더 위험인물이었다.

그는 이 세상에 존재하지 않는 망자의 황태자. 그가 새빨간 아가리를 벌려 가련하고 어린 양을 단숨에 집어삼킬지도 모른다. 그는 자신의 추측이 부디 빗나가길 바라며 시선을 옮겨 천진난만하게 포도를 한 움큼씩 쥐어 입에 넣고 있는 파이를 내려다보다 카이저를 쳐다봤다. 스플린프로츠도비쉐가 파이에게 관심을 가지고 있다는 것을 카이저에게 말하는 것이 좋을까? 사실 그가 2년 전 파이를 공포에 떨게 했던 이라는 것을 말 하는 것이 좋을까? 그는 잠시 동안 고민하다 고개를 가볍게 저었다.

지금 카이저에게는 가문의 망령인 아리스타만으로도 벅찰 것이다.

당장 아리스타의 망령에 사로잡혀 있는 제 아들의 처지만으로도 머릿속이 복잡할 터인데 적대국의 황태자가 제 딸아이를 노린다는 이야기를 듣는다면 필히 카이저는 혼란에 빠질 것이다. 모모는 그리 생각하며 입을 닫기로 했다. 여차할 경우에는 자신과 여왕, 리파와 그의 형제들이 아이를 보호하면 될 것이라는 안일한 생각을 하며.

그러나 모모는 카이저와 파이를 배려해 입을 닫은 이 날의 일을 그리 머지않은 미래에 후회하고 말았다.

❅❅❅

그 후 며칠이 지났다. 그날은 조금 이상한 날이었다. 매일같이 황궁에 출궁하는 카이저를 제외하고 드물게 파람도 모모도 자리를 비웠다. 하물며 늘 곁에 있었던 리파와 여왕마저도.

그럼에도 칼레이저가는 언제나처럼 평온하고 잔잔한 일상을 유지하고 있었다. 그 속에서 파엔만이 아슬아슬한 외줄 타기를 하는 광대처럼 그 자리에 위태롭게 서 있었다.

파엔의 몸에 기생하듯 살아가는 아리스타의 망령은 시시때때로 그를 온전히 점령하기 위해 검은 독니를 드러냈다. 까만 어둠의 시간, 밤에만 온전히 그 몸을 점령했던 아리스타는 점차 낮에도 그의 몸을 멋대로 점령하고 그 정신을 갉아먹었다. 파엔은 점점 낮에도 정신을 잃을 때가 많았다. 그러나 아쉽게도 그 어떤 누구도 그의 변화를 눈치채지 못했다. 영악한 아리스타의 연기에 모두가 깜박 속아 넘어간 것이다.

그가 아리스타에게 홀렸다는 사실을 알고 있는 파람을 제외하고.

그는 점점 아리스타의 망령에 물들어 가는 파엔을 보며 때때로 알 수 없는, 혼란스러운 표정을 지었다. 안쓰러운 눈길로 파엔을 바라봤다. 파람의 적색 눈동자는 수많은 고민과 고뇌로 뒤섞여 소용돌이치는 혼돈의 붉은 바다와 같았다. 이따금 입술을 깨물고 바싹바싹 목이 타들어 가는지 마른침을 삼키며 위태롭게 서 있는 제 막내 남동생을 가련하게 쳐다봤다.

그럼에도 그가 눈치챌 위험 때문에 섣불리 움직이지 못했다. 잘못했다간 파이뿐 아니라 파엔까지 다칠 수 있다. 애쉬로서의 자신과 파람으로서의 자신. 그는 언제나 선택의 갈래에 서 있었다.

매일 밤 악몽에 시달리기라도 하는지 파엔은 점점 초췌해져 갔다. 이따금 멍한 모습도 보였다. 얼이 빠져 있다가도 눈빛이 기묘하게 변해 평소와 달리 묘한 기색을 띠었다. 그에게 검술을 가르치며 매일 붙어 지내는 파샤마저도 눈치채기 시작하자 파람은 그에게 좀 더 파엔을 주시하라고 말했다. 파엔은 이미 많은 부분을 아리스타에게 점령당했다. 일촉즉발의 상황이 되어 버렸다.

잠시 시선을 돌린 순간 그는 파이를 집어삼킬 것이다.

"흠흠흠~"

그들이 예의 주시하는 아리스타가 흥에 겨운 콧노래를 불렀다. 그는 아주 오래전부터 정신이 불안정하여 유독 도드라지게 즐거움과 노여움만을 표출했다. 이렇게 즐겁다가도 일순간 불같이 화를 내며 모든 것을 집어삼켰다. 그는 몹시도 경쾌한 걸음걸이로 저택의 복도를 깡충깡충 토끼가 뛰듯 걸어가고 있었다. 복도에서 가문의 하녀와 마주쳤다. 어디선가 보았던 익숙한 안면이었다. 그녀는 눈을 동그랗게 뜨더니 이내 빙긋 웃으며 넌지시 그에게 말을 걸었다.

"도련님 기분이 좋으신가 봐요?"

"응! 오늘은 날씨도 아주 좋고."

파엔이 방긋이 웃으며 답했다. 날씨가 좋다는 말에 하녀가 저도 모르게 복도의 커다란 창으로 고개를 돌려 쳐다봤다. 비가 오려는지 하늘에 먹구름 가득이었다. 정오를 지난 오후지만 햇빛 한 점 쏟아지지 않아 우중충한 느낌이 들었다. 하녀는 이게 날씨가 좋은 건가요? 하고 물으려다 속으로 삼키고 어색하게 웃으며 그를 쳐다봤다. 그럴수록 파엔이 눈을 가늘게 접으며 호선을 그렸다.

"아주 조용하고 고요해~"

그는 음률이 들어간 말을 노래하듯 내뱉었다. 그리고 그와 동시에 거침없이 손을 뻗어 하녀의 가녀린 목을 한 손에 움켜쥐고 들어 올렸다. 눈 깜짝할 사이에 벌어진 일이었다. 그녀는 순간 자신에게 무슨 일이 일어났는지도 몰랐다. 눈을 깜박이는 사이 숨이 막혀 왔다. 어디서 그런 힘이 나는지 파엔의 손아귀가 목이 끊어질 듯 강인한 힘으로 그녀의 목구멍을 조여 왔다. 하녀가 본능적으로 양손을 들어 제 목을 쥐고 있는 파엔의 손을 긁으며 버둥거렸으나 그는 꼼짝도 하지 않았다.

결국 하녀의 몸이 힘을 잃고 축 늘어졌다. 파엔은 몹시도 즐거운 기색을 띠며 웃었다. 그는 그대로 그녀의 목을 잡은 손을 놓았다. 그러자 가녀린 그녀의 몸이 속절없이 바닥에 추락하듯 떨어졌다. 쿠다당. 창백하게 변해 버린 그녀는 복도 바닥에 엎어져 쓰러졌다. 파엔은 그녀를 힐긋 내려다보더니 빙긋이 웃으며 말했다.

"거봐. 조용하고 고요한 침묵이 흐르고 있잖아."

바로 나의 시간, 나의 공간이야! 그가 진득하니 웃으며 소리쳤다. 그와 동시에 그 주변에 붉은 마나가 크게 일렁거리며 커다란 불꽃을 만들어 냈다. 거대한 마나의 불꽃은 금세 그의 훤칠한 키를 넘어서 훨훨 타올랐다. 붉은 불꽃의 마나는 점차 짙은 핏빛으로 물들어 그 복도를 점령하듯 집어삼켰다.

마른 가지에 불이 붙은 것마냥 빠른 속도로 그의 마나는 저택을 집어삼켰다. 평온한 저택이 순식간에 불길한 붉은색 기운에 물들었다. 본래의 세상과 단절된 이면의 세계를 만들어 내었다. 정신을 잃은 하녀의 손가락이 힘없이 꿈틀거리다 멈췄다.

"아."

그 시각 파이는 자신이 가지고 놀던 유리병을 실수로 바닥에 떨어트렸다. 일순간이지만 이상한 기분이 들었다. 말로 표현할 수 없는 몹시도 이상하고 기묘한 느낌이었다. 파이는 그 느낌이 얼마 전에 보았던 적발의 사내를 마주했을 때 느꼈던 것과 비슷하다고 생각했다.

보드라운 곰 털 카펫 위에 그녀의 몸이 힘없이 나뒹굴었다. 그 안에 별사탕이 반짝반짝 빛을 발하며 찰랑거렸다. 파이는 서서 그것을 멍하니, 하염없이 내려다보았다. 한동안 움직이지 않던 파이는 천천히 그 카펫 위에 주저앉아 손을 뻗었다.

6살이 되었어도 그녀의 작은 손에 유리병은 여전히 컸다. 파이는 유리병을 양손으로 들어 올바르게 세웠다. 그리고 유리병 입구를 막고 있는 코르크 마개를 익숙하게 잡아당겼다. 곧 뽕 하는 소리와 함께 마개가 빠졌다. 입구가 개방되자 달콤한 향이 은은하게 났다. 유리병 안에 있던 별사탕의 달콤한 향이 아이가 있는 방에 그 향을 은은하게 채웠다.

파이는 제 손이 들어가고도 남을 정도로 큰 병의 입구에 손을 넣었다. 투명한 유리병 안에 아이의 손이 쑥 들어간 것이 비쳐 보였다. 파이가 별사탕 하나를 집어서 병에서 손을 온전히 빼내고 있을 때 누군가 그녀의 방문을 두드렸다. 파이는 별사탕을 쥔 상태에서 고개를 돌려 닫혀 있는 문을 쳐다봤다.

"누구?"

파이가 물었다. 그러자 문 너머에서 목소리가 들렸다.

"파이, 오빠야."

익숙한 목소리. 파이는 주저앉았던 몸을 일으키며 그 문 쪽으로 다가갔다. 아이가 발꿈치를 들고 손을 뻗어야만 겨우 닿는 손잡이를 잡아당겼다. 그러자 문이 살짝 열렸다. 그 사이로 파이는 그를 보았다.

나타난 것은 파엔이었다.

파이는 한 손에 별사탕을 쥔 채 문을 열어 그를 맞이했다. 파이가 방긋이 웃으며 오빠야, 하고 불렀다. 파엔은 아이의 말간 미소를 따라 웃었다. 그러나 이상하게도 파엔은 아이의 방에 섣불리 들어가지 못하고 바깥 복도에 서서 말했다.

"파이 뭐하고 있었니?"

"응~ 파이, 별사탕 갖고 놀았어."

"아, 그렇구나~ 우리 파이 혼자서도 잘 노네? 이제 오빠랑 같이 놀까?"

파이는 자신의 방에 들어오지 않고 복도에 우두커니 서서 말하는 파엔을 올려다보며 고개를 갸웃 기울였다. 언제나 만나면 당연한 듯 안아 주던 그가 오늘따라 가만히 자신을 내려다보기만 한다.

고개를 들어 올려다본 파엔이 어쩐지 평소와 다른 모습을 하고 있었다. 평소와 같은데 뭔가 다른 느낌은 몹시도 기이한 경험이었다. 파이는 파엔의 제의에 눈만 깜박이며 그를 올려다볼 뿐이었다. 그는 파이의 말간 시선에 빙긋이 웃으며 고개를 가볍게 기울이며 말했다.

"오빠랑 같이 놀까?"

파이는 그를 뚫어져라 올려다보더니 이내 한 걸음 물러나며 말했다.

"싫어."

지금 오빠 이상하니까 같이 안 놀래. 나중에 놀아. 파이는 그렇게 거절의 말을 내뱉고 다시 한 걸음 물러났다. 그러자 파엔의 웃는 얼굴에 균열이 가면서 기묘하게 일그러졌다.

파엔은 파이의 방문 앞에 서서 그 안으로 들어가지 않았다. 아니 못했다. 그 안으로 들어가면 아리스타는 어쩐지 숨이 막힐 것 같았다. 코끝을 찌르는 달콤한 냄새가 그의 신경을 건드렸다. 짜증이 일어날 것 같았다. 억지로 깊은 수면의 밑바닥으로 밀어 넣은 파엔의 정신이 꿈틀거림을 느꼈다.

저 방에 아리스타를 방해하는 무언가가 있다. 자신의 행보를, 계획을 저지하는 무언가가. 초조함을 느낀 그는 팔을 뻗어 자신에게서 두 걸음이나 물러난 파이의 팔을 덥석 잡았다. 별사탕을 쥔 손이 아닌 반대 손이었다. 그리고는 우악스러운 힘으로 아이의 작은 몸을 복도로 끌어냈다. 파이가 앗 하는 순간에 일어난 일이었다. 눈 한 번 깜박인 찰나에 파이는 자신의 방이 아닌 복도로 끌려나와 그와 함께 서 있었다. 파엔은 눈을 동그랗게 뜨고 자신을 쳐다보는 파이를 마주 보며 기묘하게 일그러진 얼굴에 다시 미소를 뒤집어씌웠다.

"오빠랑 놀자."

"……싫……어."

그의 우악스러운 손아귀에 잡힌 손목이 아프다. 파이는 찌릿찌릿한 통증을 느꼈다. 이런 걸 저리다고 표현한다는 것을 그 후에 알았다.

파이가 그에게 잡힌 손을 뿌리치기 위해 별사탕이 든 손을 들었다. 무의식적으로 뻗다 보니 손아귀에 벅차게 들려 있던 유리병이 바닥에 떨어졌다. 파이는 빈손이 되어 버린 손으로 자신의 손목을 잡고 있는 파엔의 손가락을 잡아당겼다. 파엔은 코끝에 희미하게 나는 단내에 인상을 쓰며 아이의 손을 놓았다. 갑작스럽게 손을 놓아 버리자 파이가 뒤로 밀려났다.

파엔은 자신에게 붙잡혔던 손목을 감싸며 인상을 쓰는 파이를 내려다보다 그 주변에 나뒹구는 별사탕을 쳐다봤다. 선명하고 진한 붉은색이었다. 그는 그것을 빤히 보더니 이내 미간을 찌푸리며 발을 들어 진홍색의 별사탕을 무참히 밟아 버렸다. 작은 별사탕은 파엔의 발바닥에 밟혀 처참히 부서져 가루가 되었다. 파이는 그것을 목격하고는 눈을 동그랗게 떴다. 내 별사탕. 파이의 얼굴이 점차 일그러졌다.

"흐……흐히잉……."

파이의 눈이 잔뜩 찡그려지며 그 작은 입술이 우물거리더니 이내 희미한 울음소리를 토해 내기 시작했다. 파엔은 몹시도 상냥한 표정으로 웃으며 파이에게 다가갔다.

"이런, 우리 파이 놀랐구나."

오빠가 안아 줄까? 하고 묻는 어조가 몹시도 무미건조했다. 너무나도 낯선 그의 모습에 파이는 울음이 가득 밴 얼굴로 고개를 크게 절레절레 저었다.

"시러어!"

파이는 여전히 욱신거리는 손목을 부여잡으며 고개를 격렬하게 흔들었다. 그에 파엔의 얼굴이 일그러졌다. 그는 이제까지 지었던 미소를 지우며 몹시도 화가 난 표정으로 말했다.

"파이, 자꾸 오빠 말 안 들으면 혼낼 거야!"

언제나 상냥하고 다정한 셋째 오빠였다. 파이는 이제까지 보지 못했던 이상한 표정과 이상한 말투, 이상한 분위기를 내뿜는 파엔이 이질적으로 보였다. 또한 몹시도 두려워졌다. 오빠 아닌 것 같아. 오빠무서워, 하고 파이가 울음 가득한 목소리로 말했다. 그에 파엔이 움찔 몸을 떨더니 불같이 화를 내던 표정을 지우고 억지로 눈꼬리와 입꼬리를 움직이며 인위적으로 일그러진 미소를 지으며 말했다.

"오빠는 파이 오빤데. 왜 무서워? 괜찮아. 오빠랑 같이 놀자."

"흐흑, 으힝……."

파이가 다시 고개를 절레절레 저었다. 싫어. 안 놀 거야. 파이는 그렇게 강렬하게 거절하며 그에게서 멀어지고자 몸을 돌려 냅다 뛰었다. 아빠한테 갈래! 모모한테 갈래! 파이는 속으로 소리치며 그에게서 도망쳤다. 하지만 몇 걸음 떼기도 전에 파엔의 팔에 붙잡히고 말았다. 그는 파이의 팔을 우악스럽게 붙잡으며 상처받은 소년처럼 가련하게 말했다.

"왜 자꾸 도망가. 오빠 슬퍼지려 하잖아."

"흐흑흑."

파이는 끝내 울음을 토해 내며 정신없이 고개를 저었다. 싫어, 싫어, 하고 끊임없이 거절의 말을 내뱉었다. 파엔은 아이의 울음이 가득 묻어나는 거절의 말에 첨차 얼굴을 일그러트렸다. 그때였다. 핏빛으로 물든 그의 적색 눈동자가 순간 크게 흔들렸다. 아리스타에게 점령당했던 파엔의 본래 정신이 파이의 울음소리에 반응했다.

파이, 파이, 내 동생이 울고 있어.

그가 말했다. 진짜 파엔이.

그의 정신이 크게 요동쳤다. 깨어나려 하고 있다. 자신이 점령하고 있던 이 몸의 주인이. 그것을 느낀 아리스타가 초조함과 불안을 느끼며 왈칵 일그러진 얼굴로 신경질적으로 소리쳤다.

"시끄러워!"

그의 목소리가 복도 내에 쩌렁쩌렁 울렸다. 엉엉 울음을 토해 내던 파이가 일순간 놀라 눈을 동그랗게 뜨고 그를 쳐다봤다. 아이의 파란 눈동자에 맺힌 눈물이 벌게진 뺨을 타고 떨어져 바닥을 적셨다. 새파란 아이의 눈동자에 비친 파엔의 모습은 악에 받친 새까만 악령과도 같은 괴기한 모습이었다.

그는 온통 새까만 색에 물들어 있었다. 그 주변에 일렁이는 불꽃같은 마나가 한 올 한 올 춤을 췄다. 진짜 불꽃이 아님에도 일렁거리는 마나는 허공에 떠도는 순수한 마나와 부딪쳐 반발하듯 타닥거리는 소리를 내뱉었다. 파이의 파란 눈에 선명히 그것이 비쳤다. 파엔 안에 있는 다른 누군가. 파엔은 몹시도 놀란 듯 커진 파이의 눈에 비친 자신을 보고 아차 싶은 표정을 지으며 다시 살살 웃었다.

눈가가 파르르 떨리고 입가가 비실 올라갔다. 어색하기 짝이 없는 미소를 지으며 그는 파이의 팔을 잡고 있던 손을 놓고 그 작은 양어깨를 잡아 아이가 도망가지 못하게 결박하며 말했다.

"오빠랑 재밌는 놀이 하며 놀자. 응?"

파이가 대답 없이 그를 물끄러미 바라만 보자 어색하게 웃던 그의 얼굴에 조금씩 균열이 생겨나기 시작했다.

결국 인내심이 바닥난 파엔이 다시 불같이 화를 내며 말했다.

"왜 대답을 안 해!"

그가 거친 손놀림으로 파이의 어깨를 흔들었다. 파이의 작은 몸이 속절없이 흔들렸다. 파엔의 핏빛 눈동자가 혼란과 분노로 뒤섞여 일렁거렸다. 뜻대로 되지 않는 아이 때문에 점점 초조해졌다.

한시라도 빨리 아이의 심장을 파서 비아를 되살려야 했다. 아리스타는 파이를 점점 몰아세워 가기 시작했다. 파이는 그에 의해 이리저리 흔들려도 침묵했다. 우리 오빠 아냐. 우리 오빠 아냐! 다른 사람이 오빠 안에 있어!

파엔의 탈을 쓴 그가 성난 목소리로 파이를 다시 불렀다. 파이는 눈을 질끈 감고 침묵했다. 오빠가 아닌 사람이 자신을 부른다. 그는 곧 주체할 수 없는 분노에 파이의 가녀린 목을 움켜쥐려 했다.

"뭐하는 거야!"

그때 기적적인 타이밍으로 파샤가 나타나 파엔을 저지해 밀쳐 내며 소리쳤다. 파이의 몸이 기우뚱거리며 뒤로 넘어지려는 것을 파샤가 놀라운 반사 신경으로 잡아 품에 안았다. 눈을 꼭 감고 있던 파이는 자신을 안는 누군가의 품에 깜짝 놀라 버둥거렸다.

"괜찮아. 파이야. 오빠야."

놀라 버둥거리는 아이의 귓가로 파샤의 목소리가 들렸다. 언제나 듣던 거칠지만 다정하고 한없이 따뜻한 그 목소리다. 파이는 감았던 눈을 뜨고 자신을 안고 있는 그를 올려다봤다. 아이의 파란 눈동자가 물기로 가득 일렁거려 반짝였다. 파샤는 투박한 자신의 손가락으로 아이의 눈가를 닦아 내며 토닥였다.

"괜찮아. 괜찮아."

"으흑……."

오빠다! 파샤 오빠야! 파이는 언제나 한결같이 다정하고 강인한 둘째 오빠의 모습에 크게 안도했다. 긴장이 서서히 풀린 파이가 작은 울음소리를 토해 내며 그의 옷깃을 잡고 얼굴을 묻었다. 파샤는 달달 떨리는 아이의 작은 몸을 품에 안아 그 등을 토닥이며 떨어져 나간 파엔을 노려보며 말했다.

"파엔, 뭐하는 짓이야."

지극히 낮고 날이 선 어조였다. 그의 강압적인 힘에 의해 뒤로 나가떨어진 파엔이 비비적거리며 일어섰다. 파엔은 몸을 추스르며 한 손으로 앞 머리카락을 쓸어 올렸다.

"깜짝 놀랐잖아. 이 무식한 형아."

난감하다는 듯 평상시와 같이 웃으며 말하는 막내의 모습에 파샤의 한쪽 눈꼬리가 움찔 떨렸다. 분명 평상시 파엔의 모습이고 그 목소리다. 그런데 어째서일까.

왜 이다지도 위화감이 느껴지는 것일까.

파샤는 잔뜩 굳은 표정으로 빤히 파엔을 노려보듯 쳐다보다 천천히 입을 열었다.

"너 누구야."

잠시의 뜸을 들이며 묻는 그의 말에 파엔이 멈칫하더니 이내 고개를 갸웃 기울이다 방긋이 웃으며 답했다.

"아하하, 형 갑자기 무슨 소리야? 나야 파엔. 막내 동생."

파엔의 대답에 파샤가 미간을 찌푸렸다. 그래, 알아. 내 동생 파엔. 분명 겉모습은 네가 맞는데, 그런데 말이야. 왜일까? 왜 그런 느낌이 들까? 파샤는 조금 혼란스러운 눈빛으로 그를 쳐다보며 말했다.

"너 같은데, 너 아닌 것 같아."

파샤의 말에 파엔의 한쪽 눈가가 움찔 크게 떨리더니 멈췄다. 그러나 찰나였다. 파엔은 언제 그랬냐는 듯 입꼬리를 말아 올리며 해사하게 웃었다. 평상시 지어 왔던 익숙한 미소였지만 위화감이 더욱 짙어졌다. 파샤는 본능적으로 파이가 느꼈던 괴기함을 똑같이 느낀 것이다. 파엔은 파샤에게 다가가며 순진무구한 표정을 지었다.

"그게 무슨 말이야? 형 꿈꿔?"

파샤는 꼬리에 꼬리를 무는 의문을 느끼며 그에게서 시선을 떼지 않고 그 모습을 좇았다. 파엔은 날카롭게 파고드는 파샤의 시선에 아랑곳하지 않고 가까이 다가왔다. 그러고는 그의 품에 안겨 있는 파이에게 시선을 옮겨 빙긋이 웃으며 말했다.

"파이야, 오빠랑 놀자니까? 오빠랑 놀기 싫어?"

파엔의 말에 파이가 파샤의 어깨에 묻던 고개를 천천히 들어 그를 마주 봤다. 아이의 얼굴에는 두려움이 짙게 묻어났다. 그 얼굴은 아리스타에겐 희열을, 파엔에겐 혼란을 주었다.

버둥거리던 파엔의 정신이 다시 깊고 어두운 수면의 바다로 가라앉기 시작했다. 점차 자신이 장악할 영역이 넓혀지고 지속되는 시간이 길어진다. 그는 그것을 느끼며 입술이 찢어지게 웃었다. 파샤는 그 미소를 본 순간 얼굴을 굳혔다. 그 순간 자신의 옷깃을 잡는 파이의 손길이 느껴졌다.

"우리 오빠…… 우리 오빠 아냐. 다른, 다른 거 있어. 우리 오빠 아냐. 파엔 오빠 아냐."

몹시도 작은 목소리로 중얼거리듯 말하는 파이에 파샤가 인상을 썼
다.

말로 표현할 수 없는 께름칙한 느낌에 그의 온몸의 세포들이 바짝
곤두서서 끊임없이 경고했다. 파샤는 절로 목이 타서 마른침을 삼켰
다.

"갑자기 왜 이렇게 조용해? 무섭게."

파샤가 입을 다물자 파엔이 고개를 갸웃 기울이며 의아한 기색으로
물었다. 영락없는 파엔의 모습이었다. 짧은 침묵 끝에 파샤가 나지막
이 한숨을 내쉬고 고개를 주억거리며 말했다.

"그래, 좋아. 뭐가 어떻게 돌아가는지 모르겠지만, 일단 장단은 맞
춰 주도록 하지."

"응? 형, 아까부터 자꾸 이상한 헛소리만 내뱉는데 괜찮은 거야?"

빈정거리는 어투마저 파엔스러워서 파샤는 헛웃음을 내뱉었다. 괴
기한 느낌에 파샤는 한쪽 입을 비틀어 올려 웃었다. 파엔의 붉은 눈이
살짝 흔들렸다. 파샤는 그에게서 시선을 떼고 파이를 내려다보며 말
했다.

"파이, 이제부터 오빠랑 저기 파엔 오빠랑 셋이서 숨바꼭질하고 놀
자."

"……숨바꼭질?"

"그래. 우리 파이가 제일 좋아하는 놀이."

파샤의 말에 파엔의 얼굴이 잠시 일그러지다 펴졌다. 예상치 못한
방해물에 예상치 못한 상황이다. 파이는 눈을 동그랗게 뜨고 그와 파
엔을 번갈아 보았다. 파엔은 파이의 시선에 금세 빙긋 웃으면서 마지
못해 답하는 것이 역력한 어조로 말했다.

"그래, 숨바꼭질하자."

"술래는 파엔, 너야. 파이랑 오빠는 숨는 거야."

"……흐음, 좋아."

순간 파엔의 눈가가 다시 파르르 떨렸으나 다시 안정을 찾으며 더욱더 내키지 않은 어조로 답했다. 파샤는 그를 곁눈으로 쳐다보았다. 파엔, 아니 그 안에 아리스타는 지금 속이 뒤집힐 정도로 짜증이 났다. 갑작스럽게 방해물이 튀어나온 것도 짜증나 죽겠는데, 사사건건 훼방을 놓는 파샤가 죽이고 싶을 정도로 미워졌다.

처음부터, 파이를 만나러 가기 전에 죽여 놨어야 했는데…….

그는 속으로 중얼거리며 눈을 가늘게 뜨고 그를 쳐다보았다. 순간 눈이 마주치자 그가 웃어 보였다. 파엔은 그의 경계와 적의가 서린 시선을 느끼며 혀로 입술을 훔쳤다. 차라리 잘됐다. 파이가 숨는 동안에 저치를 죽여야겠다. 그는 방해물인 파샤를 단숨에 집어삼키는 상상을 하며 속으로 비릿하게 웃었다. 천천히 몸을 돌리고 손가락을 깍지 끼던 그가 고개를 살짝 돌려 파샤와 파이에게 시선을 주며 말했다.

"그럼, 이제부터 100번을 세면 되지?"

"……그래."

"좋아. 내가 파이를 찾으면 파이는 나랑 둘이서 놀아야 해."

내가 원하는 놀이를. 붉은 혓바닥으로 윗입술을 핥으며 파엔이 말했다. 파이는 자신을 꿰뚫을 듯 쏟아지는 그의 날카롭고 탐욕스러운 시선에 가볍게 몸을 떨며 파샤의 목을 더욱 강하게 껴안았다. 파샤는 파이의 몸을 고쳐 안으며 굶주린 맹수 같은 파엔의 시선을 피하지 않고 마주하며 씩 웃었다. 그의 전신에서 뿜어져 나오는 살의는 명백히 자신에게로 꽂혔다.

"그러면, 어, 파이가 이기면 파이 소원 들어줘."

파엔과 파샤가 서로를 노려보며 아슬아슬하고 위태로운 분위기를 자아내고 있는데 대뜸 파이가 말했다. 몹시도 의외의 말이라 파엔은 파샤에게서 자연스럽게 시선을 옮겨 아이의 말간 얼굴을 빤히 쳐다봤다. 파이는 분명히 자신에게 겁을 먹고 두려워하고 있는데도, 그의 시선을 피하지 않고 마주 봤다. 불안하게 떨리는 파란 눈동자는 마치 잔잔한 호수의 표면에 파동이 일어나듯 쉬지 않고 떨려왔다. 파엔은 빙긋이 웃었다.

"그래, 우리 파이가 이기면 오빠가 무슨 소원이든 들어줄게."

분명 널 찾는 것은 나일 테고, 승리자 역시 나일 테지만. 그는 뒷말을 삼키며 여상하게 웃었다. 파이는 그의 대답에 고개를 끄덕이고 다시 고개를 돌려 파샤의 어깨에 얼굴을 묻었다. 파샤는 파이의 뒤통수를 쓰다듬으며 아이의 작은 몸을 고쳐 앉고 파엔을 보았다.

이미 파엔은 그 둘에게서 시선을 떼고 고개를 돌린 상태였다. 파샤는 그 등을 빤히 쳐다보며 영락없이 제 동생과 칼부림을 나눠야 한다는 것에 조금 기분이 무거워졌다. 사실 그는 아직도 이 상황이 이해되지 않아 혼란스러웠다. 그러나 그것도 잠시, 그는 자신 앞에 주어진 상황에 대처하기로 했다. 수많은 의문들의 답은 그 후의 문제이다.

파엔이 등을 돌린 채 숫자를 세기 시작했다. 하나, 둘, 셋. 천천히, 적당한 간격을 주면서. 파샤는 그가 입을 열자마자 잽싸게 몸을 돌려 무작정 뛰어갔다. 일단은 그에게서 멀어져야 했다. 최대한 파이를 그에게서 멀리 두는 것이 중요했다. 파샤는 전광석화처럼 빠르게 쏘아 나가듯 그에게서 멀어졌다. 파이는 파샤의 품에 안겨서 파엔의 등이 점차 멀어지는 것을 눈에 담았다.

그렇게 달리던 파샤는 복도의 갈림길이 나오자 품에 안은 파이를 내려놓으며 그녀와 시선을 맞추기 위해 몸을 숙였다.

"우리 파이, 술래잡기 천재지? 지금부터 꼭꼭 숨는 거야. 아무도 못 찾게. 파엔이 널 불러도 나가면 안 돼. 파엔은 술래니까, 술래한테 잡히면……."

"지는 거야!"

파샤의 말이 끝나기 무섭게 파이가 소리쳤다. 복도에 파이의 목소리가 작게 울렸다. 파이는 놀라 양손으로 입을 막으며 눈동자만 데굴데굴 굴려 그를 쳐다봤다. 술래 몰래 숨어야 하는데 자신이 내뱉은 소리가 너무도 커서 들킬 것만 같았기 때문이다. 파샤는 파이의 노란 정수리를 투박한 제 손으로 쓰다듬으며 웃었다.

"그래. 맞아. 지는 거야. 그러니까 꼭꼭 숨어."

그의 말에 파이가 불안한 듯 눈을 굴리며 입을 가리던 양손을 내리고 아주 작은 소리로 소곤거리듯 말했다.

"꼭꼭 숨을게. 근데 언제까지? 언제까지 숨어 있어?"

"내가 널 찾을 때까지."

"오빠도 숨어야지. 오빠는 술래 아니잖아. 파엔 오빠가 술래잖아."

파이가 의문을 표했다. 그에 파샤가 씩 웃으며 말했다.

"이건 오빠가 개발한 색다른 숨바꼭질이거든. 이제까지 파이가 했던 거랑 좀 다른 거."

"달라?"

"응, 달라. 이건 술래가 아닌 오빠가 파이를 찾아야 끝나는 숨바꼭질이야."

"그게 머야! 이상한 숨바꼭질이잖아."

"그럼 파엔한테 잡히는 게 좋아? 파이, 지고 싶구나?"

지면 파이 소원 안 들어줄 텐데…… 하고 덧붙여 말하는 파샤에 파이가 얼른 고개를 절레절레 저으며 부정했다.

"아, 아냐! 파이 이길 거야. 이겨서 파엔 오빠 돌려 달라고 할 거야."

지금 오빠, 이상한 거한테 잡혀 있으니까. 파이가 이겨서 파엔 오빠 돌려 달라고 할래, 하고 호기롭게 외치며 말하는 파이에 파샤의 얼굴이 일순간 굳었다. 파이도 느끼고 있던 것이다. 지금의 파엔이 이제까지 함께했던 그와 다르다는 것을. 그는 쓰게 웃으며 고개를 끄덕였다.

"그래. 이겨서 파엔 오빠 돌려 달라고 하자."

파이가 이기면 분명 들어줄 거야. 그는 그렇게 말하며 파이의 머리통을 다시 쓰다듬고 일어섰다. 파이는 몸을 일으키는 그를 올려다보며 희게 웃었다. 그러다 문득 의문이 생겼다. 파이는 그의 바짓가랑이를 잡아당기며 다급하게 물었다.

"근데, 근데 오빠가 파이를 못 찾으면?"

"응?"

"파샤 오빠가 파이를 못 찾으면 어떡해?"

파이는 조금 불안한 듯 눈동자를 데굴데굴 굴리며 말했다. 그에 파샤가 눈을 느리게 깜박이며 아이를 내려다봤다. 그러고는 이내 가볍게 웃음을 터트리며 상체를 숙여 파이의 정수리를 조금 거칠게 쓰다듬으며 말했다.

"찾을 수 있어. 오빠는 파이가 어디 있는지 금세 아는걸?"

확신 어린 어조에 파이가 천천히 미소를 지으며 크게 고개를 끄덕였다. 응. 오빠가 파이 찾아 줄 거야! 파샤는 따라 웃으며 말했다.

"자, 이제 숨는 거야. 어서 가."

그는 그렇게 말하며 파이에게서 한 걸음 물러났다. 파이는 고개를 크게 끄덕이며 몸을 빙글 돌려 앞으로 뛰어갔다. 도도도 뛰어가는 파이의 작은 등을 파샤는 하염없이 쳐다봤다. 파이는 자신의 등 뒤로 느껴지는 파샤의 시선을 느끼고 고개를 돌려 쳐다봤다.

그 순간 파이는 보았다. 자신을 보고 있는 파샤와 그 너머로 스물스물 다가오는 새까만 어둠을. 새까만 그것은 짙은 회색 구름보다도 묵직하고 칙칙해 보였다. 꾸역꾸역 밀려오는 어둠은 언제라도 파샤를 집어삼킬 듯 아가리를 벌리고 가까이 다가왔다. 파이는 뛰던 발을 멈췄다. 그리고 몸을 돌려 그를 쳐다봤다.

파샤는 잘 뛰어가다 돌연 걸음을 멈추고 자신을 쳐다보는 파이에 의아한 표정을 지었다. 고개를 갸웃 기울이다 그는 빙긋이 웃으며 한 손을 높이 들어 올려 휙휙 저으며 말했다.

"꼭꼭 숨어라, 머리카락 보일라!"

굵직하고 낮은 저음의 파샤의 목소리가 복도에 쩌렁쩌렁 울렸다. 그로 인해 파엔이 그를 더욱 쉽게 찾을 터이지만 파샤는 아랑곳하지 않았다. 어차피 그는 자신에게로 올 테니까. 그는 안심하라는 의미로 자신을 빤히 쳐다보는 파이에게 웃어 보였다.

파이는 새까만 어둠이 기어코 그를 삼키는 것을 목격하고 흡 하고 숨을 멈추고 말았다. 양손의 손가락 끝이 바르르 떨렸다. 곧 파샤의 상체가 새까맣게 물들었다. 파이의 얼굴이 희게 질렸다. 놀라 그에게 다가가기 위해 발걸음을 옮기려 했다. 그 순간 정수리부터 상체까지 새까맣게 물든 파샤의 진홍색 붉은 눈동자 끝이 눈부신 금색으로 물들더니 순식간에 금의 색으로 뒤덮였다.

찬란하고 아름다운 진귀한 자의, 신의 눈동자.

위대한 힘의 증표인 황금색 눈동자를 담은 눈이 가늘게 접혀 호선을 그리며 웃었다. 파이는 그 눈동자에 그제야 멈췄던 숨을 몰아쉬었다. 어쩐지 이제까지 불안했던 마음이 거짓말처럼 사라졌다. 안정을 되찾은 파이가 파샤를 따라 웃으며 양손을 세워 입가에 대고 그가 내뱉은 말을 따라 소리쳤다.

"꼭꼭 숨어라, 머리카락 보일라!"

그러고는 지체 없이 몸을 돌려 다시 뛰어갔다. 파샤는 점차 작아져서 보이지 않게 될 때까지 파이의 등에서 시선을 떼지 않았다. 아이가 시야에서 완전히 사라지자 파샤는 그제야 고개를 돌려 등 뒤를 돌아봤다. 아직 저녁이 되지 않았는데도 그가 복도는 음침하고 스산했다. 빛이 찬란해야 할 시간대에 유독 어두운 저택 내부, 그 복도를 빤히 쳐다보던 파샤는 쓰게 웃었다.

그 어둠 속에서 붉은 안광이 그를 꿰뚫을 듯 쏘아보고 있는 것을 발견했기 때문이다.

그새 100번 다 센 건가. 파샤는 그 괴기스럽고 흉흉한 시선을 피하지 않고 마주하며 중얼거렸다. 아무래도, 힘든 싸움이 될 것 같다. 고요한 침묵과 흉흉하고 묵직한 기운이 그를 억압하듯 몰려왔으나 파샤는 기죽지 않고 입술을 말아 올리며 씩 웃었다. 파샤의 귓가로 언젠가 들었던 유쾌한 이의 목소리가 들렸다.

[내, 그대의 곁에 깃들지어다.]

파샤는 그 웃음기 가득한 목소리에 따라 웃으며 눈을 느리게 감았다.

파샤와 헤어지자마자 파이는 쉬지 않고 빠르게 내달렸다. 아이가 도달한 곳은 다름 아닌 가주의 서재였다. 일전에 딱 한 번 가 본 적이 있는 곳이었다. 그저 정신없이 달리다 보니 도달한 곳이었다. 파이는 닫힌 서재의 문을 올려다보며 그동안 뛰어오느라 거칠어진 숨을 몰아쉬었다. 벌게진 뺨에 열이 살짝 올랐다.

그 앞에서 몇 번 숨을 내쉬던 파이는 양손을 뻗고 까치발을 들어 서재의 문고리를 잡아당겼다. 평소라면 굳게 닫혀 있어야 할 문이 어렵지 않게 스르륵 열렸다. 파이는 열린 문 사이로 제 작은 몸을 밀어 넣어 서재로 들어섰다. 그리고 그 문을 굳게 닫았다.

달칵.

문이 닫혔다. 서재에는 어떠한 인기척도 느껴지지 않고 고요했다. 바깥의 습하고 께름칙한 침묵과 달리 잔잔하고 고요한 침묵이었다. 서재와 바깥은 완전히 판판인 세상처럼 달랐다. 파이는 한 손으로 흘러 내리는 이마의 땀을 닦아 내며 서재의 책상으로 걸어갔다. 그러고는 그 책상 밑을 내려다보았다.

책상과 의자 사이, 그 밑에 어두운 틈 사이에 짙은 고동색 나무상자가 보였다. 서재의 안 읽는 책이나 오래된 책을 담아 두는 용도로 만든 상자였다. 파이는 그 상자가 있는 곳으로 몸을 살짝 숙여 무릎걸음으로 걸어갔다.

책상 밑은 성인이 들어가기엔 몹시도 좁고 어두웠다. 허나 6살짜리 아이에겐 넉넉해서 마치 비밀의 아지트 같았다. 파이는 상자 앞에 도달하자 상자의 뚜껑을 열었다. 뚜껑은 작은 소음도 없이 열렸다.

상자 안은 운 좋게도 텅 비어 있었다. 파이는 지체하지 않고 빈 상자 안으로 들어갔다. 상자는 생각보다 큰 모양인지 파이가 들어가 옆으로 구부리고 누워도 조금 넉넉했다.

파이는 상자 안에 들어가자마자 열어 두었던 상자의 뚜껑을 잡아 조심스럽게 닫았다. 그와 함께 한 치 앞이 보이지 않을 정도로 새까만 어둠과 침묵이 찾아왔다. 어둠이 익숙하지 않은 시야는 곧 적응했는지 얼추 상자의 이음새 부분이 보였다. 나무로 이루어진 상자의 이음새 사이로 희미하게 스며들었다. 미약하게나마 공기도 통했다.

파이는 잔뜩 몸을 웅크리고 옆으로 누워 숫자를 세기 시작했다. 아직은 1에서 10까지밖에 세지 못하는 파이는 속으로 몇 번이고 1부터 10까지 반복해서 셌다.

몇 번이고, 몇 번이고……

얼마나 반복해서 셌는지 모를 정도로 끊임없이 숫자를 속으로 세던 파이가 저도 모르게 그 상자에서 까무룩 잠이 들고 말았다. 아이의 작은 숨소리가 상자 안에서 아스라이 사라질 듯 흐릿하게 들리다 흩어졌다.

상자 바깥은, 서재 안은 여전히 고요한 침묵만이 내려앉아 있을 뿐이었다. 잠시간의 침묵과 동시에 일시적인 평화가 찾아왔다. 그러나 그 일시적인 평화는 곧 깨지고 말았다. 서재 바깥에서 몹시도 날카로운 소리가 들렸기 때문이다.

부딪치고 깨지고 맞닿는 소리.

소리는 점차 커지기도 하고 작아지기도 했다. 이따금 바닥에 잔잔한 진동도 일어났다. 서로 다투기도 하고 대화를 나누기도 하는 소리가 날카로운 쇠붙이의 소음과 함께 뒤섞였다. 까무룩 잠이 든 파이가 숨어 있는 상자 속에서도 희미한 진동이 느껴질 정도로 소음과 소란은 커져 갔다. 어쩌면 가까워져 갔다고 해야 하는 게 옳을지도 모른다. 결국 그 소리에 파이가 깨고 말았다. 파이는 어둠 속에서 눈을 떴다.

온통 까맸다. 희미한 빛줄기 몇 개는 보였지만 확실히 주변은 어두컴컴했다. 까만 세상이 파이의 시야를 가득 채웠다. 파이는 몽롱해지는 기운을 떨쳐 내고자 손을 들어 눈가를 비비며 상자 안에서 바르작거렸다.

어느 정도 정신을 차린 파이가 살짝 고개를 들었다. 아이의 귓가로 희미하게 날카로운 것이 부딪치는 소리가 들렸다. 파이는 그 소리에 소스라치게 놀라며 누워 있던 상체를 일으켜 양손으로 상자의 뚜껑을 조심스레 들어 올렸다.

상자의 뚜껑을 열자 닫혀 있을 때와 확연히 다를 정도로 쾅! 하고 무언가 묵직한 것이 부딪치고 부서지는 소리가 났다. 잔울림이 느껴졌다.

파이가 깜짝 놀라 살짝 들어 올린 상자의 뚜껑을 활짝 열고 그 밖으로 나오려 몸을 움직였다. 막 상자에서 다리 하나를 빼서 서재 바닥에 내디디려는 순간, 저 멀리서 메아리치는 듯한 파샤의 목소리가 들렸다.

"꼭꼭 숨어라, 머리카락 보일라!"

파이는 그 소리에 화들짝 놀라 바깥에 내밀었던 다리를 다시 안으로 집어넣고 상자의 문을 닫았다. 뚜껑을 닫은 상자 안에서 몸을 바싹 웅크리고 숨을 삼켰다. 그와 동시에 소리는 다시 거세졌다. 쾅, 쾅, 하고 큰 괴음과 함께 창, 창, 하고 부딪치는 소리가 몇 번이고 반복되며 파이를 더욱 불안에 떨게 했다.

파이는 굳은 표정으로 옆으로 누워 숨을 죽이고 눈동자만 데굴데굴 굴렸다. 아직 파이는 숨바꼭질 중이다. 아무도 그녀를 찾지 못했다. 파샤도 파엔도. 그럼 숨바꼭질은 끝나지 않은 것이다. 아이가 몸을 살짝 비틀어 상자의 바닥에 이마를 대고 몸을 웅크리고 양손으로 귀를 막으며 중얼거렸다.

하나, 둘, 셋, 넷, 다섯…….

다시 끝나지 않은 숫자 세기가 시작되었다. 파이는 몇 번이고 숫자를 셌다. 파샤가 자신을 찾을 때까지. 술래가 패배를 선언하는 소리가 들릴 때까지 귀를 막고 숫자를 셌다.

숫자 세기에 온 정신을 집중하던 파이는 어느 순간 다시 고요한 침묵이 찾아왔음을 깨달았다. 파이는 바싹 숙이고 있던 고개를 들고 귀를 막았던 양손을 천천히 내리고 그 상태로 상자 안에 웅크리고 있었다. 순간 누군가가 걸어오는 소리가 들렸다. 뚜벅뚜벅 걸어오는 소리에 파이가 소리 없이 침을 삼켰다.

파이는 최대한 소리가 나지 않게 몸을 옆으로 뉘어 입가를 막고 눈동자만 데굴데굴 굴렸다. 상자의 이음새 사이에 난 빈틈으로 흐릿하게 빛이 보였다. 걸어오는 누군가의 걸음 소리는 파이가 있는 상자까지 도달했다.

파이는 숨을 삼켰다. 누구? 누구야? 파샤 오빠? 파엔 오빠?

굳게 닫아 놓은 뚜껑이 서서히 들어 올려지면서 어두운 상자 안으로 빛이 쏟아졌다. 그리고 그 빛 속에서 파이는 그를 보았다. 그는 잔뜩 웅크리고 양손으로 제 입가를 막고 있는 파이를 발견했는지 부드러운 시선으로 내려다보며 빙긋이 웃었다. 파이는 그 미소에 하아 하고 그동안 참았던 숨을 내쉬고 조금은 떨리는 음색으로 물었다.

"……이제 끝났어?"

그는, 파샤는 파이의 얼굴을 마주 보며 말갛게 웃으며 고개를 크게 끄덕였다. 그의 진홍색 말간 눈동자 표면이 흐릿하게 금색으로 반짝이다 사라졌다. 그의 금색 머리카락 끝이 칠흑같이 검은색을 띠며 살랑 흔들렸다.

"응. 이제 끝났어."

"파이가 이긴 거야?"

"응. 파이가 이겼어."

파샤의 말에 파이가 멍청히 눈을 깜박이더니 이내 환하게 미소 지었다. 드디어 길고 길었던 숨바꼭질이 끝을 맞이한 것이다. 파샤는 눈에 띄게 안도하는 파이의 작은 몸을 들어 올려 아이의 머리가 책상에 부딪치지 않게 조심히 상자에서 꺼냈다. 그러고는 축 늘어진 파이를 품에 안고서 좁은 책상 밑에서 빠져나왔다.

파이는 유독 길게만 느껴졌던 상자 안에서의 순간을 떠올리며 달달 떨리는 작은 손으로 그의 옷깃을 잡으며 그 어깨에 얼굴을 묻었다. 파이가 후하, 하고 안도의 숨을 내쉬며 뿜어지는 작은 숨결이 파샤의 목과 어깨를 간지럽혔다. 파샤는 가볍게 웃으며 아이의 등을 다정하게 쓸어 주었다.

책상 밑을 빠져나와 보니 파이의 얼굴 주변에 식은땀이 흐른 자국이 역력했다. 땀에 의해 금색 머리카락이 몇 가닥씩 아이의 뺨에 달라붙었다. 등 뒤도 조금 축축한 것이 말은 안 해도 아이가 그동안 홀로 불안에 떨었다는 것을 알 수 있었다. 그는 안타까운 마음에 투박한 제 손으로 파이의 이마와 뺨을 자연스럽게 쓸어 올리고 매만지며 말했다.

"이제 다 끝났어."

"응."

파이는 그의 말에 고개를 주억거렸다. 파샤의 품에 안겨 그 체향을 느꼈다. 따뜻하고 익숙한 품이다. 가녀린 양팔로 그의 목을 꼬옥 껴안으며 파이는 환하게 웃었다.

파이가 이겼으니까 파엔 오빠를 돌려 달라고 해야지.

파샤는 파이를 안고 서재를 나왔다. 서재 바깥 복도는 묵직한 침묵과 괴이함이 사라지고 평상시로 돌아와 있었다. 다만 그동안에도 시간은 꾸준히 흘렀는지 복도 창가에서 비치는 빛이 어느새 저녁노을로 물들어 있었다.

파이는 파샤의 품에 안겨 그 어깨에 나른하게 얼굴을 기대며 창가를 보았다. 비가 올 것같이 우중충했던 하늘은 거짓말처럼 맑게 개어 구름 한 점 없었다. 마냥 보고만 있자니 이제까지 있었던 괴상한 일들과 이상한 숨바꼭질이 거짓말 같고 한낱 꿈같이 느껴졌다.

몹시도 지독한 악몽 같은 꿈.

파이는 저 너머 지고 있는 노을을 빤히 쳐다보다 나른하게 눈을 깜박이며 까무룩 잠이 들고 말았다. 이제 끝났다는 안도가 긴장으로 굳은 몸을 자연스럽게 풀어 주어 저도 모르게 나른해져 버렸다. 파이는 푹 늘어져 밀려오는 수면의 파도에 그대로 몸을 맡겨 버렸다. 수면의 파도에 휩쓸려 가는 파이의 귓가로 파샤의 안정적인 숨소리와 다독이는 손길, 그가 걸음으로 인해 일어나는 자연스러운 반동을 느껴졌다.

일그러진 세상이 다시 뒤집혀 본래의 세상으로 돌아왔다. 잔잔하고 평화로운.


파샤는 자신의 품에 안겨 잠이 든 파이를 유모에게 조심스레 건네주었다. 유모는 그동안 어디 있었는지 무엇을 하고 있었는지 정오 이후의 기억을 송두리째 빼앗긴 것처럼 아무것도 기억하지 못했다. 분명 그녀는 언제나처럼 파이의 수발을 들다 물건 정리를 하며 그 주변에 있었을 것이다.

언제나 같은 일상. 그 일상 속에서 자연스럽게 눈을 깜박이는 그 찰나 동안 시간은 몹시도 빠르게 흘러갔다. 아니 어쩌면 시간이 저도 모르게 흘러간 것이 아니라 그녀의 존재에게 흐르는 시간이 멈춘 것일지도 모른다.

그녀의 정신과 육체가 그대로 멈췄다. 유모뿐만 아니라 저택의 수많은 고용인들의 시간 역시 멈췄다. 그들은 마치 정교하게 만들어진 인형처럼 한 순간, 그 자세로 굳어 버렸다.

파엔의, 아리스타의 붉은 마나가 저택을 모조리 점령했던 그때.

망령 아리스타는 힘을 크게 펼쳐 외부와의 연결을 단절시키고 이면의 세계를 만든 것이다. 평소보다 고요하고 위화감이 느껴졌던 것은 세상과의 단절로 인한 이변의 흔적이었다. 외부인이 아리스타가 점령한 저택에 침입할 수 없도록 만들어 낸 망령의 결계. 사자의 영역으로 뒤바뀌었다.

아리스타의 힘은 깃든 대상자의 정신을 붕괴하고 파멸에 이르게 하는 것에 그치지 않고 그 육신을 이용해 세상을 비틀어 놓았다. 어찌 보면 다른 차원에서 그는 이미 신과 동등했다. 그는 자신에게 달라붙은 악령을 먹어 치우는 것도 모자라 끌어들여 제 몸집과 힘을 불려 가며 천 년 이상의 시간 동안 이 땅에 존재했다.

파샤는 그런 그와 마주하고 부딪쳤다. 그를 공격하고 제지하고 그의 행보를 멈추게 해야 했다. 자신의 미래를 위해. 자신의 삶을 위해. 그리고.

자신의 누이를 위해.

파샤는 파이를 자연스럽게 건네받아 품에 안고 종종걸음으로 그에게서 멀어지는 유모의 뒷모습을 빤히 쳐다보다 드디어 참았던 한숨을 무겁게 토해 내듯 내뱉었다. 어느 때보다도 길고 버거운 하루였다. 하루도 되지 않는 몇 시간 동안 파샤는 자신이 감당하기 버거울 정도로 힘든 싸움과 광대한 무언가를 짊어져야 했다.

파샤는 한 손을 들어 손바닥을 보았다. 손끝이 바르르 떨리고 있었다. 귓가로 끊임없이 들려오는 작은 이명과 몸의 근육과 뼈 마디마디가 삐거덕거리듯 엇물리고 무겁게 내려앉아 나른했다.

"역시 버겁긴 하네."

파샤는 바르르 떨리는 손을 들어 뒷목을 감싸 쥐듯 잡아 주무르며 고개를 천천히 숙였다. 곧게 세우는 것조차 버거워지는 허리를 한쪽 손으로 지탱하다 기어코 복도 벽에 비스듬히 기대어 그는 중얼거렸다. 그의 붉은 눈동자 끝에 희미하게 남은 금색과 머리카락 끝에 살짝 남은 검정색이 아지랑이가 피었다 사라지듯 물들다 사라졌다.

흑천홍월.

무사와 무녀의 가문.

파샤는 자신의 가문의 유래에 대해 정확히는 모른다. 하지만 칼레이저가의 시작이 흑천홍월에서부터 시작되었고 그 가문의 후계자였던 이가 자신의 선조라는 것은 알고 있다. 칼레이저가의 혈족들은 그 능력과 체질, 그리고 변이된 마법적 능력도 이어받았다. 그들이 필요 이상의 마나를 운용하면 최초의 핏줄인 흑천홍월가의 특성을 고스란히 드러냈다.

검은 머리카락과 붉은 진홍색 눈동자.

마법적 능력이 전무했던 파샤는 자신의 금색 머리카락이 절대 검게 물들지 않을 거라 생각했다. 그는 절대로 마법을 사용할 수 없는 몸이니까. 그렇기에 가문 내에서 그는 미운오리새끼고 이변이고 외부인이었다.

그런데 그의 금색 머리카락이 검게 물들었다. 그와 동시에 위대한 신을 제 몸에 깃들였다. 그 어떤 독실한 신자도 성자도 고작 그 목소리를 듣는 게 고작이었을 터인데, 그 위대한 이를, 파샤는 제 육체에 잠시나마 안주시켰다.

신이 그를 통해 세상에 제 힘을 드러냈다. 악령 아리스타를 제지하기 위해. 그리고 파샤의 바람을 위해. 그날의 약속을 위해. 비극을 피하기 위해.

이 세계에서 유일무이하게 신을 받드는 무사(巫使).

파샤는 이제까지 태어난 흑천홍월가의 피를 이은 칼레이저가의 혈육 중에 가장 강한, 타고난 무사(巫使)일지도 모른다. 마법적 능력은 전무했지만 역대 무사들 중에서 가장 뛰어난 체질을 타고난 것이다.

위대한 신을 담는 그릇. 그의 대리자.

신의 잔을 받아 그의 술을 건네받았다. 꿈같은 현실에서 만난 그와의 인연은 파샤 안에 깊이 잠재되어 있던 흑천홍월가의 체질과 가능성을 끌어올리고 그를 더욱 강하게 탈바꿈시켜 주었다.

그의 육체는 일반적인 인간들에 비해 몹시도 깨끗하고 청량하여 신이 잠시 동안 안주할 수 있는 터를 만들어 냈다. 흑천홍월가의 사람들이 몸가짐을 바르게 하고 정신을 말갛게 유지하며 제 조상을 받들 수 있게 하듯. 파샤의 몸은 신이 깃들기 좋은 최적의 장소가 된 것이다.

그러나 이 세상을 창조하고 유일하게 존재하는 위대한 신을 제 육체에 깃들게 하는 것은 몹시도 버거운 것이었다. 그리 길지 않은 시간 동안 신이 점령한 파샤의 몸이 심한 근육통으로 삐거덕거렸다. 금방이라도 정신을 잃을 것만 같은 무거운 피곤과 이명이 계속 그에게 들러붙었다. 뒤늦게 휘몰아치듯 몰려오는 폭풍 같은 후유증이었다. 파샤는 점차 묵직해져가는 몸을 추스르며 한 손으로 마른세수를 하며 온전히 제 몸을 벽에 기대 중얼거렸다.

"가차 없네, 진짜."

그럼에도 파샤가 웃을 수 있는 것은 그의 미래가 바뀌었고, 그로 인해 누이를 지켜냈다는 기쁨 때문이리라. 그러나 그 밝은 미소는 오래가지 못했다. 그는 살짝 숙여진 고개를 들어 시선을 옮겨 말간 주황빛으로 쏟아져 내리는 저녁노을로 가득한 하늘을 쳐다보며 씁쓸하게 웃었다. 자신은 살아남았으나 그로 인해 파엔은, 파엔은…….

그날 밤, 카이저는 제 집무실의 책상에 앉아 몹시도 혼란스러운 표정으로 시선을 살짝 내리깔고 있었다. 기어코 그는 깍지 낀 양손에 제 이마를 얹으며 무거운 어조로 중얼거렸다.

"역시 그의 말이 사실이었군."

그는 느리게 눈을 깜박이며 모모가 칼레이저가에 방문하고 얼마 되지 않았을 때 그가 해 주었던 말을 뒤늦게 떠올렸다. 그때의 그는 몹시도 혼란스럽고 의문이 가득한 표정으로 말했다.

'카이저, 어쩌면, 어쩌면 그대의 첫째 아들은 악령에 사로잡혀 있는 것이 아닐 수도 있소.'

카이저는 모모의 말에 눈을 동그랗게 뜨고 깜박였다. 카이저는 언뜻 그의 말을 이해하기 어려웠다. 카이저는 분명히 보았다. 선조의 방에서 넘실거리는 붉은 마나를 뿜어내던 파람을. 그 광대한 양의 마나는 그 당시의 파람이 품고 있기엔 몹시도 크고 강인했다.

또한 그가 그때 했던 행동들은 몹시도 극단적이고 혼란스럽고 기묘했다. 카이저는 그 모습을 목격했기에 파람이 악령, 아리스타에게 사로잡혀 있는 것이라고 믿었고, 확신했다.

모모의 이상한 말을 듣고 나서도 카이저의 생각은 쉽사리 바뀌지 않았다.

과거의 조상들의 일화를 되돌아봐도 한 대에 한 소년, 특히 첫 번째로 태어난 아이에게만 악령은 대물려 받는 저주처럼 달라붙었다. 카이저 역시 첫째 아이로 태어났기에 아리스타에게 휘둘려 몇 년을 꼼짝없이 미쳐 지냈었다.

그런데, 그게 아니었다.

그가, 파람이 아니었다. 아리스타가 매달려 있던 이는 다름 아닌 셋째 파엔이었다. 이제까지의 방식과 몹시도 달랐다. 아리스타가 첫째 아이가 아닌 셋째 아이를 선택했다. 그뿐만 아니라 아리스타는 카이저 때와 달리 영악하게 파엔을 연기해 몇 년 동안 자신들을 속이며 몹시도 조용하고 조심스럽게 그의 내면 깊이 파고들어 가 똬리를 틀었다.

파엔 본인도 모를 정도로.

카이저는 이를 악물고 깍지 낀 양손을 꼭 마주 잡으며 미간을 찌푸렸다. 파엔인 줄도 모르고 그는 멍청하게 파람만 주시하고 그를 파이에게서 떨어뜨려 놓고자 했다. 모모에게 부탁해 오늘도 파람을 파이에게서 멀리 떨어트려 놓았다. 그리고 그 결과 내 아이가, 내 딸이 위험에 처할 뻔했다.

자칫 잘못했다간 카이저는 파이를 두 눈 뜨고 잃을 뻔했다. 카이저는 자신을 자책하고 책망하며 화를 냈다. 그의 말을 믿었어야 했다. 그때 그 말의 의중을 물었어야 했다. 카이저는 난생처음으로 자신의 감을 믿은 것을 후회했다.

가여운 파엔은 몇 년을 저도 모르는 사이 그 끔찍한 악령에 의해 유린당했다. 그는 꼭 쥐어 핏줄이 선 양손을 놓지 못하고 계속 마주 잡고 있었다. 바르르 떨리는 손아귀에서 그의 분노와 자책이 고스란히 느껴졌다.

"자책하지 말거라."

그때 그의 집무실에 여행에서 막 돌아온 아벨이 들어섰다. 그 뒤로 파샤가 굳은 표정으로 따라 들어왔다. 카이저는 아벨의 목소리에 고개를 들었다가 뒤에 서 있는 파샤의 모습에 눈을 크게 뜨고 놀란 얼굴로 벌떡 일어나 그에게 걸어갔다. 카이저는 거침없이 파샤에게 다가가 그의 양팔을 붙잡으며 말했다.

"괜찮으냐?!"

아리스타에게 홀린 파엔은 지금 어떻고, 그와 맞선 너는 괜찮으냐는 뜻이 모두 담긴 물음이었다. 파샤는 보기 드물게 몹시도 당황해하고 괴로워하는 카이저의 얼굴을 살짝 내려다보았다.

파샤는 이제 카이저보다 반 뼘 정도 커져 그를 내려다보는 입장이 되었다. 그게 때때론 생소하고 묘한 느낌을 가져다준다고 생각한 파샤는 느리게 눈을 깜박이며 흐릿하게 웃었다.

"저는 괜찮습니다. 아버지. ……하지만 파엔은, 파엔은 겨우 기절시켜서 구속구를 채워 지하에 가둬 놨습니다."

그는 나지막이 탄식을 내뱉으며 고개를 푹 숙였다. 그는 잘게 떨리는 목소리로 다 내 잘못이다. 내 잘못이야, 하고 중얼거렸다. 이 모든

171

것이 자신의 잘못 같았다.

그의 목소리에 위급할 때에 함께 있어 주지 못한 미안함, 안타까움, 괴로움과 서글픔 같은 것이 뒤섞였다. 그 모습이 어찌나 애잔하고 서글펐다. 아벨은 카이저에게 다가가 그 등을 토닥이며 위로했다. 아벨의 토닥임에 카이저는 느리게 고개를 들어 올리며 물기 가득한 눈으로 말했다.

"이제 어떻게 해야 합니까. 아버지……."

제 아들의 서글픈 물음에 아벨은 차마 어떠한 대답도 해 주지 못했다. 여아가 있는 대에는 언제나 끔찍한 결말만이 남았다. 여아가 죽든, 아리스타가 깃든 남아가 죽든, 둘 중 하나였다. 당대의 가주들은 언제나 그 괴로운 선택의 갈래에서 하나를 선택해야 했다.

그대로 뒀다간 둘 중 하나가 죽고 다른 하나가 미쳐, 온전치 못하게 되리.

카이저에게는 누이가 없었기 때문에 시간이 모든 걸 해결해 주었다. 그렇기에 카이저는 혼란스럽고 절망적이었다. 이번 대에는 그 전까지 방식이 통하지 않음을 이번 기회로 인해 몸소 깨달았다.

여아가 있는 이상, 비극적인 참극만이 그들을 기다릴 것이다. 과거에도 그랬고 이제까지 그래 왔던 선례를 되짚어 보면 이 절박한 상황에서 카이저는 결국 부모로서 해서는 안 되는 몹시도 괴로운 선택을 해야 하는 것이다. 대체 어느 누구를 선택하느냐 말인가. 다 나의 사랑스러운 자식들인 것을. 어느 누구도 포기할 수 없는 카이저는 절망만을 느꼈다.

그렇기에 물었다.

제 손으로 제 아들을 죽여야 하는 거냐고, 제 딸아이를 제물로 내 줘야 하냐고 물었다. 그에게 그토록 끔찍하고 처참한 선택을 하라는 것이냐고 물었다. 그는 아리스타의 제물이 된 아들이 파람이라고 알았던 그때도 똑같은 고민을 하며 오늘날 이때까지 버거워하고 힘들어

했다.

아벨이 침묵하자 카이저는 파샤를 놓아주고 덜덜 떨리는 손으로 제 얼굴을 감싸 쥐며 그 자리에 힘없이 무릎을 꿇고 주저앉아 오열했다. 결국 그는 선택을 해야 했다.

파이인지, 파엔인지.

자식을 둔 부모의 가슴에 잔혹한 못을 박게 하는 몹시도 고약하고 절망적인 선택의 기로 앞에 카이저는 무너져 내리듯 주저앉고 말았다. 그의 집무실에 그의 오열이 서글프게 울려 퍼졌다.

그의 집무실 문 바깥에서 파람은 망부석처럼 서서 희미하게 들려오는 카이저의 오열 소리를 들었다. 그는 그대로 굳은 것처럼 그 자리에 못 박혀 서 있었다. 그 뒤로 모모가 다가왔다.

"후회하는 건가."

그가 물었다. 파람은 눈꺼풀을 깜박이는 것조차 잊은 사람처럼 멍청히 문을 주시하다 천천히 고개를 돌려 모모를 쳐다보았다.

"……아니요."

그는 답하는 것이 버거운 듯 조금 느린 어조로 답했다. 그의 얼굴은 몹시도 창백하고 낯빛이 그다지 좋지 못했다. 무의식적으로 쥐고 있던 손아귀에 힘이 들어갔다. 바르르 떨리는 그의 주먹을 내려다본 모모가 나지막이 한숨을 내쉬었다. 파람은 여전히 문틈으로 새어 나오는 아버지의 울음소리를 듣던 파람이 굳게 닫았던 입술을 움직였다.

"사실, 후회합니다."

그래도, 그래도 제가 어떻게 해 줄 수 있는 문제가 아니니까요. 그는 흐리게 웃었다. 그러나 눈물을 참는 그의 눈의 흰자에 핏발이 섰다. 모모는 그를 빤히 쳐다보며 중얼거렸다.

"인간의 인과율이란 참, 잔혹하기 그지없구나."

절망적인 순간 끝에 희망이 아닌 더 큰 절망이 보였다. 파람은 손끝이 바르르 떨리는 손을 들어 눈가를 거칠게 비비며 언제까지고 그 자리에 박혀 있을 것 같은 발을 움직여 뒤로 물러났다. 그리고 몸을 돌려 모모를 지나쳐 복도를 걸어갔다. 모모는 파람의 등을 보며 나지막이 물었다.

"그는 어떻게 되는 거지?"

"……글쎄요. 죽을까요?"

그의 물음에 걸어가던 파람의 걸음이 일순간 멈췄다. 그는 그 자리에 서서 확신 없는 어조로 중얼거리듯 말했다. 그의 대답에 모모가 그렇군, 하고 탄식했다. 파람은 멈췄던 걸음을 다시 옮겨 걸어갔다.

무미건조한 파람의 얼굴빛은 몹시도 좋지 않았다. 당장이라도 쓰러질 것같이 위태롭고 창백했다. 그럼에도 파람은 꿋꿋하게 걸음을 옮겨 복도를 걸었다. 복도의 커다란 창에 은은한 밤하늘의 달빛이 내려앉았다. 파람은 한참 동안 말없이 복도를 걷다 고개를 돌려 창밖을 보았다.

말간 밤하늘에 은빛 둥근 달이 자애로운 빛을 뿜어내고 있었다. 그 주변에 별이 아기자기하게 반짝거렸다. 파람은 밤하늘의 별을 보며 유리병 속에 담긴 파이의 별사탕을 떠올렸다. 그는 희미하게 웃으며 창가 가까이로 걸어갔다. 창가에 기대 마냥 밤의 세계를 눈에 담듯 쳐다봤다. 파람은 고요히 흐르는 적막 속에서 속으로 중얼거렸다.

이제 와 후회한다 한들, 무슨 소용 있겠습니까.

이미 지나가 버린 것을, 이미 선택해 버린 것을.

밤하늘을 올려다보는 파람의 적색 눈동자에 아슬아슬 맺힌 눈물이 기어코 떨어져 뺨을 타고 아래로, 아래로 추락했다.


그 시각 파이는 자신의 방에 작은 숨소리를 내며 깊은 잠에 빠졌다. 그녀의 곁에 언제나 그러하듯 유모가 있었다. 그녀는 아이가 잠이 든 침대 가까이에 의자를 가져다 놓고 그 위에 앉아 색색 숨을 내쉬는 사랑스러운 어린 공녀를 내려다보며 웃었다. 파이는 그녀의 따스한 보호 아래 어떠한 방해도 없이 깊고 깊은 꿈의 세계로 빠져들었다.

꿈의 세계, 깊은 곳에 자리한 미지의 세계에 도달한 파이는 새까만 바닥에 발을 내딛었다. 고요하고 잔잔한 침묵이 오가는 세계에는 오로지 파이만이 존재했다.

파이는 물끄러미 자신의 발밑을 내려다보았다. 새까만 세상에 유독 하얀 자신의 발이 보였다. 파이는 양발의 엄지를 꼬물거렸다. 꼼지락거리는 제 발가락이 신기한지 그 자리에서 쭈그려 앉아 발을 만지작거렸다. 어깻죽지까지 자라난 파이의 금발이 은은한 빛을 발하며 사락사락 흘러내렸다.

그때였다.

그녀의 머리 위로 꽃잎이 떨어져 내렸다. 작고 가냘픈, 이름 모를 연한 분홍빛이 도는 꽃잎이었다. 파이는 자신의 머리카락을 타고 떨어지는 꽃잎이 기어코 까만 바닥에 유려한 곡선을 그리며 추락하는 모양새를 따라 보았다. 발밑에 떨어진 꽃잎을 주웠다. 그에 이어 한 잎, 한 잎, 꽃잎이 위에서 떨어져 내렸다. 파이는 떨어져 내리는 꽃잎의 비를 보며 쭈그렸던 몸을 일으켰다. 그러고는 고개를 들어 까마득한 세상을 올려다봤다.

저 멀리, 끝을 알 수 없는 까만 세상에서 이름 모를 꽃이 떨어졌다. 연한 분홍색 꽃잎이 가련한 듯 애달프고 힘없이, 바스러져 버릴 것처럼.

파이는 하염없이 내리는 꽃잎을 보며 마치 누군가의 눈물 같다고 생각했다.

[약속, 이야.]

새까만 세상에서 꽃잎의 비가 소리 없이 내리는데 그 사이로 누군가의 목소리가 들렸다. 금방이라도 꺼져 버릴 것 같은 몹시 작은 촛불처럼, 속삭이듯 들려왔다. 파이는 느리게 눈을 깜박였다. 누군가의 그 목소리. 들어 본 적 있는 목소리다. 파이는 멍청히 눈을 깜박였다. 느리게 깜박이는 시야에 까만 세상과 꽃비가 가득 비쳤다.

[네가…… 말해 주겠니? 비아는 여기 있다고, 네 꿈속에 있다고…….]

흐릿한 기억 사이를 비집고 환청 같은 가녀린 목소리가 연달아 들려왔다. 파이의 눈가가 파르르 떨렸다.

무언가, 아주 중요한 것을 잊은 느낌이었다. 그리고 지금, 방금 그 중요한 것을 깨달았다. 파이가 눈을 크게 뜨고 입을 자그맣게 벌렸다. 고개를 오래도록 들고 있었지만 전혀 아프지 않았다. 파이의 하얀 얼굴 위로 꽃잎이 춤추듯 떨어져 내렸다.

"비아, 여기 있어?"

입을 벌린 파이가 나지막이 물었다. 그와 동시에 거센 바람이 휘몰아치듯 불어왔다. 찬란한 빛이 쏟아져 내렸다. 파이는 거센 바람에 차마 고개를 제대로 들지 못하고 비스듬히 고개를 세우며 어디론가 시선을 옮겼다. 바람결에 금발이 휘날리고 꽃잎 사이로 파이의 파란 눈이 말갛게 빛을 발했다. 꽃잎과 바람의 빈틈 사이로 비단결 같은 칠흑의 색이 보였다. 동그란 아이의 눈이 조금 커지더니 이내 가늘게 접고 웃었다.

여기 있구나.

파이는 거세게 불어오는 바람의 중심에서 해사하게 웃으며 눈을 감았다. 자, 이제 꿈에서 깰 시간이야. 누군가 속삭였다. 파이는 그 목소리에 동조하며 감았던 눈을 다시 떴다.

눈을 뜨자 익숙한 천장이 보였다. 파이의 방이었다. 파이는 나른하게 눈을 깜박였다. 흐릿한 시야가 점차 선명해지자 파이는 한 손을 들어 버릇처럼 눈가를 비비며 상체를 일으켰다. 조금은 흐트러진 금색 머리카락이 어깨를 타고 흘러내렸다.

파이는 멍한 눈동자로 주변을 둘러보았다. 침대 가까이에 놓인 의자에 앉은 자세로 선잠이 든 유모가 보였다. 파이가 다시 시선을 옮겼다. 자신의 침대 발치에 언제 왔는지 리파가 똬리를 틀듯 몸을 둥글게 말고 세상모르게 자고 있었다.

파이는 리파를 빤히 쳐다보더니 이내 침대에서 비비적거리면서 빠져나왔다. 연한 아이보리색 롱 원피스 형태의 잠옷을 입은 파이가 침대에서 빠져나오자 깊은 수면에 빠져 있는 줄 알았던 리파가 둥근 귀를 파닥거리며 눈을 가늘게 떴다.

[파이?]

그가 졸음기 가득한 목소리로 아이를 불렀다. 파이는 대답 없이 유모에게 다가갔다. 그녀의 무릎에 손을 얹고 숙여진 얼굴을 올려다보았다. 꽤나 피곤했는지 파이가 다가왔는데도 유모는 쉬사리 깨지 못했다.

파이는 불편한 자세에서도 평온하게 눈을 감은 그녀를 빤히 쳐다보더니 이내 몸을 돌려 침대로 돌아갔다. 리파는 파이가 다시 몸을 돌려 침대로 다가오자 다시 자려나 보다 하고 가늘게 떴던 눈을 다시 감았다. 하지만 리파의 예상과 달리 파이는 헝클어진 이불을 쭉 잡아당기는 것이 아닌가.

그 덕에 이불 끄트머리에 누워 있던 리파의 작은 몸이 흔들려 이내 데굴데굴 굴렀다. 6살 여자아이치곤 손아귀 힘이 꽤 셌다. 파이가 이불을 가차 없이 잡아당겨 끌었다.

[앗, 파이?!]

데굴데굴 굴러가 결국에는 침대 밑바닥에 떨어진 리파가 얼떨떨한 어조로 파이를 다시 불렀다. 파이는 여전히 대답이 없었다. 그녀는 열심히 끙끙거리면서 잡아당긴 이불을 유모가 앉아 있는 의자 가까이로 가져갔다. 그러고는 힘겹게 잡아당긴 이불을 그녀의 무릎 위에 덮어 주고 그 위로 토옥토옥 두드렸다. 마치 잘 자라고 토닥여 주는 모양새였다. 리파는 잠이 덜 깬 눈을 깜박이며 말했다.

[유모한테 이불 덮어 주면 넌 어쩌려고?]

"파이는 안 잘 거야. 파이는 숨바꼭질해야 하거든."

세 번의 대화 시도 끝에 얻은 파이의 대답은 몹시도 아리송했다. 리파가 응? 하고 반문하며 파이의 발치로 다가왔다. 파이는 자신의 발밑으로 어슬렁어슬렁 다가오는 리파에게서 시선도 주지 않고 어디론가 향했다.

아장아장 걸어서 간 곳은 침대에서 그리 멀지 않은 곳이었다. 바로 파이의 별사탕이 들어 있는 투명한 유리병이 올려진 서랍. 리파는 파이의 행동을 말없이 지켜보았다. 파이가 유리병을 품에 안고 몸을 빙글 돌려 걸어갔다. 리파는 파이의 곁에 나란히 걸으며 물었다.

[숨바꼭질을 지금 해야 돼?]

파이가 고개를 저으며 말했다.

"지금 해야 돼."

기다리고 있으니까. 파이가 덧붙여 말했다. 리파가 고개를 갸웃 기울이며 물었다. 누가? 리파의 질문에 파이는 한 손으로 유리병을 감싸 안고 방을 나갔다. 분명히 기다리고 있을 것이다. 까마득한 어둠 속에서. 파이는 그를 만나야 했다. 그를 찾아야 했다.

파엔의 몸속에 있는 이와 했던 내기는 분명 파이가 승리했다. 그는 파이의 소원을 들어줘야 했다. 파이의 소원은 파엔을 되찾는 것. 원래의 오빠를 돌려받는 것이었다. 그 소원을 빌기 위해 파엔이 있는, 그가 있는 곳을 찾아야 했다.

그새 저택은 평온한 밤의 영향으로 고요한 침묵이 흘렀다. 파이는 양손으로 유리병을 감싸 쥐며 어둠이 내려앉은 밤의 복도를 거닐었다. 그녀의 곁에 리파가 나란히 걸었다.

때늦은 시간이라 중간중간 걸려 있는 촛대의 촛불이 꺼져 있었다. 아이가 서 있는 복도는 깜깜하고 어두웠다. 그럼에도 길을 헤매거나 어디에 부딪치지 않은 것은 파이의 품에 들려 있는 유리병 때문이리라.

유리병에 담긴 별사탕이 까만 밤의 복도에서 은은한 빛을 발하며 파이와 리파의 시야를 흐릿하게나마 밝혀 주었다. 덕분에 아이와 새끼 짐승은 길을 잃지 않고 반듯이 걸어갈 수 있었다.

[술래는 누구야?]

그 고요한 침묵 속에서 리파가 입을 열었다. 파이는 그의 질문에 정면을 주시하던 고개를 내려 그를 보며 말했다.

"파이."

[헤에, 우리 파이가 술래를 다 하네?]

이제까지 숨는 것만 고집하던 아이가 웬일인가 싶었다. 그의 말에 파이가 배시시 웃었다. 파이는 술래를 하기 싫어했다. 숨는 것이 좋았지 찾는 것엔 영 재주가 없었기 때문이었다. 하지만 지금은 파이가 찾아야 했다.

오후에 했던 숨바꼭질에서와 달리 야밤에 홀로 하는 숨바꼭질의 참가자는 3명이다. 술래인 파이와, 파엔, 그리고 그. 오빠를 되찾기 위해 파이는 밤의 복도를 걷는다. 한시라도 빨리 그를 만나기 위해. 아이의 말간 미소에 리파도 눈을 가늘게 접고 웃었다.

[그럼 숨는 사람은 누구야?]

그가 다시 물었다. 파이는 방긋이 웃으며 말했다.

"파엔 오빠랑, 비아의 오빠."

[……비아?]

그건 또 뭐지? 하고 궁금함이 어린 어조로 리파가 반문했다. 파이는 리파의 궁금증을 딱히 해소해 주지 않고 그저 웃을 뿐이었다. 그것을 끝으로 다시 침묵이 흘렀다. 고요한 정적 속에서 파이는 지치지도 않은지 쉬지 않고 걸어갔다. 리파가 고개를 돌려 까마득한 뒤를 돌아보다 파이를 올려다보며 말했다.

[지금 찾으러 가는 거니?]

"응."

[어디 있는지 알겠어?]

설마 이 저택 전부를 뒤질 생각은 아니겠지? 하고 묻는다. 그에 파이가 방싯 웃었다.

"알아. 저기."

파이가 유리병을 들고 있는 한 손을 뻗어 정면 어딘가를 가리켰다. 그녀의 검지가 가리키는 방향을 따라 리파의 시선도 움직였다. 유리병이 기울어지며 차랑 소리가 났다.

리파는 별사탕이 부딪치는 소리를 들으며 정면 어딘가를 빤히 쳐다봤다. 그러자 새까만 복도 끝에 흐릿하게나마 문 같은 것이 보였다. 파이와 리파는 문을 발견하자마자 지체 없이 걸어갔다. 문 가까이로 다가가자 리파는 고개를 갸웃 기울였다. 이 주변에 이런 문이 있었던가? 이제까지는 없었던 문이다. 리파가 의아한 듯 파이를 올려다보며 물었다.

[여기니?]

"응. 이 아래."

파이는 확신하듯 말했다. 그녀는 망설임 없이 한 손을 뻗고 까치발까지 들어 문의 손잡이를 잡았다. 그리고 손잡이를 돌려 잡아당겼다. 문이 열렸다. 끼익 하고 조금 새된 비명을 내뱉었다. 문의 이음새 부분이 조금 녹이 슨 모양이다.

섬세한 청력을 가진 리파가 털을 곤두세우며 뒤로 한발자국 물러났다. 파이는 그를 힐끗 보더니 까르르 웃음을 터트렸다. 그는 기분 나쁘다는 듯 귀를 파다닥 흔들었다. 파이는 그의 행동을 보며 한참을 웃더니 이내 시선을 옮겨 자신이 연 문의 안쪽을 보았다.

문 안쪽은 새까만 어둠으로 가득 찼다. 마치 누군가의 입속같이 앞이 한 치도 보이지 않을 정도로 새까맸다.

그렇지만 이 아래 있을 것이다. 자신이 찾는 사람. 파이가 고민하듯 고개를 갸웃 기울였다. 그때였다. 몹시도 작은 검은색 새끼 용이 둘에게 날아왔다. 리파는 그를 발견하고 미간을 찌푸리며 말했다.

[이보게, 자네……?]

검은 새끼 용의 눈이 가늘게 접히며 미소 지었다. 그의 미소에는 무 언의 침묵을 요구하는 뜻이 담겨져 있었다. 그 의중을 눈치챈 리파가 입을 열다 말고 다물며 미간을 찌푸렸다.

오랜만에 본 친우는 참 별의별 짓을 다 하는구나 싶었다. 조금은 타 박의 뜻이 담긴 리파의 시선을 애써 외면하며 그는 제 박쥐의 날개 같 은 날개를 빠르게 휘저으며 파이 주변을 돌며 말했다.

[안녕, 꼬마 아가씨.]

리파와 같이 머릿속으로 울리는 목소리는 몹시도 정중하고 낮은 음 색이었다. 어디선가 들어 본 목소린데…… 하고 파이가 속으로 중얼 거리며 말했다.

"안녕, 아가용아."

[아, 아가용…… 그래, 나, 난 아가용이란다.]

새끼 용이 마지못해 응답하듯 말했다. 파이의 파란 눈에 호기심이 가득했다. 새끼 용은 쓰게 웃으며 그 주위를 빙빙 돌며 아이의 시선을 끌었다.

[여긴 어쩐 일이니?]

용이 물었다. 그에 파이가 그의 작은 몸체에 정신이 팔린 것을 깨달 았다. 눈을 빠르게 깜박이며 신기한 아가용을 봤다는 흥분을 가라앉 히며 파이가 말했다.

"응, 파이는, 어, 숨바꼭질 중이야."

[이 밤에?]

용이 호기심 가득한 어조로 물었다. 파이는 그 물음에 고개를 끄덕 이며 답했다.

"저 아래, 파이가 찾는 사람이 있어. 파이는 술래라서, 그 사람을 찾 아야 해."

파이는 조금 어눌한 어투로도 똑 부러지게 자신의 의견을 내뱉으며 말했다. 용이 파이의 주변에 빙빙 돌며 말했다.

[하지만 저 아래는 몹시도 새까맣구나. 위험하겠는걸.]

"음…… 그렇긴 한데, 그래도 파이는 내려갈 거야."

용이 걱정 어린 어조로 물었다. 그러나 파이는 쉽게 포기하지 않고 고개를 저으며 답했다. 파이는 반드시 그를 찾아야 했다. 파이가 그를 찾지 않은 이상 이 숨바꼭질을 끝나지 않을 것이라는 걸 알기 때문에 포기할 수가 없었다.

파이는 제 품 안의 유리병을 꼭 껴안았다. 파이의 의지에 반응하듯 유리병 안의 별사탕들이 반짝반짝 영롱하게 빛을 발했다. 리파와 이름 모를 용은 서로를 마주 보더니 사이좋게 한숨을 토옥 내뱉으며 말했다.

[그렇다면.]

[함께 가 줄게.]

둘은 사이좋게 말을 나누며 파이를 쳐다봤다. 파이가 기쁘다는 듯 방긋이 웃었다.

"고마워."

해사하게 웃는 아이의 감사에 둘의 찬란한 금색 눈도 따라 웃었다. 새끼 용은 파이가 보다 먼저 내려가고자 그 속으로 쏙 날아갔다. 파이는 그가 쏙 날아간 문 너머의 새까만 세상을 보며 마른침을 삼켰다.

빛 한 점 없는 어둠의 세계는 파이에게 몹시도 큰 두려움을 선사했다. 하지만 그럼에도 파이는 도망치지 않고 한 발을 내디뎠다. 어렵사리 내디딘 발은 다행히도 안전하게 착지했다. 파이의 옆에 리파가 나란히 따라 내려갔다. 계단이 있었다. 희미한 별사탕의 빛에 의지해 파이는 조심스럽게 내려갔다.

얼마쯤 내려갔을까? 까마득한 어둠이 밀려오는 끝을 알 수 없는 밑에서 붉은 불꽃이 보였다. 위태롭게 계단의 벽 쪽을 한 손으로 짚으며 내려가던 파이는 멀지 않은 곳에서 붉은 불꽃을 발견했다.

불꽃은 그리 크지도 작지도 않았으나 파이의 앞길을 환히 밝혀 주고도 남을 정도로 밝았다. 파이가 화색을 띠며 조심스럽게 내려갔다. 그 주변에 먼저 내려간 새끼 용이 빙글빙글 크게 배회했다. 파이는 벽 쪽에 달린 촛대의 양초를 올려다보았다.

"아가용아, 네가 했니?"

[그래. 불을 키지 않으면 위험하잖니?]

"정말 고마워."

[별말씀을.]

파이는 진심으로 고마워하며 그를 올려다보고 웃었다. 용은 빙그레 웃으며 파이의 머리 위를 크게 돌더니 또 저 혼자 먼저 아래로 내려갔다. 그리고 곧 저만치서 또 붉은 촛불이 보였다. 아마도 용이 내려가면서 앞이 보이지 않아 위태롭게 내려가는 파이를 배려해 불을 켜 주고 있는 모양이다.

파이는 그에게 고마움을 느꼈다. 어디서 온 아가용인지 모르겠지만 이 숨바꼭질이 끝나면 상으로 자신의 디저트 반쪽을 나눠 줘야겠다고 생각했다.

"착한 아가용이다. 그치, 리파야."

[풋, 그러게, 아주 착한 용이구나.]

파이가 그를 보며 아가용, 아가용 하고 부르자 리파는 웃음이 터져 나올 것만 같았다. 그는 저 새끼 용의 정체를 너무나도 잘 안다. 그는 사실 리파만큼은 아니어도 오래된 존재였다. 그런 그에게 아가용이라는 호칭은 어울리지 않았다.

리파는 빙글빙글 웃으며 파이가 넘어지지 않게 그 옆을 나란히 걸어 내려갔다. 파이는 용의 배려로 생각보다 어렵지 않게 계단을 한 칸 한 칸 내려갔다.

꽤 오래도록 걸었다. 리파는 문득 걱정이 되어 파이를 올려다봤다. 자기가 봐도 아이는 몹시도 지쳐 보였다. 그럼에도 어떠한 불만 없이 계단을 내려갔다. 이 계단 끝에 무엇이 있을까. 그는 궁금함을 참아가며 파이의 곁을 따랐다. 그 후, 다행히도 끝이 보이지 않을 것 같던 계단의 끝이 보였다. 마지막 초에 불을 밝힌 용이 그 주변을 크게 빙빙 돌며 말했다.

[어서 와! 여기가 끝이란다.]

그의 말에 파이가 화색을 띠며 내려왔다. 조금은 조급해 보이는 걸음걸이에 리파가 아이의 치맛단을 물며 천천히, 천천히 하고 말했다. 파이는 리파의 말에 다시 조심스럽게 내려갔다. 드디어 길고 길었던 계단의 끝이다. 파이는 잔뜩 상기된 얼굴로 마지막 계단에서 내려와 어디론가 걸어갔다.

리파와 용이 파이를 따라갔다. 한 명의 아이와 두 명의 짐승이 도달한 곳은 다름 아닌 허름한 철문 앞이었다. 건드리기만 해도 몹시도 카랑카랑한 소음이 날 것만 같은 볼품없고 두꺼운 철문. 파이는 그 문에 제 작은 손을 대고 슥슥 비볐다.

[이 문을 열어야 하니?]

용이 물었다. 파이는 고개를 끄덕이며 응 하고 답했다. 리파는 아이의 대답을 듣고 그 철문을 향해 가차 없이 머리를 쿵 부딪쳤다. 그에 파이가 깜짝 놀라 리파야! 하고 소리치며 다가갔다. 용이 파이 주변을 빙빙 돌아 날며 말했다.

[괜찮단다. 저치는 이 세상 어떤 것보다도 단단해질 수 있는 이거든.]

그는 이 대지의 주인이자 이 땅의 왕. 그가 마음만 먹는다면 어떤 무엇보다도 단단해질 수 있다. 그의 박치기에 볼품없으나 견고한 철문이 쿠웅 하고 울리며 잔잔하게 떨었다. 리파가 부딪친 자국이 크게 움푹 파였다. 파이는 그것을 보며 눈을 동그랗게 떴다.

"우와, 리파야 대단하다."

순수하게 감탄하는 아이의 목소리에 리파가 가볍게 웃으며 다시 제 머리통을 부딪쳤다. 그의 두 번째 박치기에 의해 두꺼운 철문이 기어코 뒤로 넘어가 버렸다.

철문은 무게만큼이나 큰 소음을 토해 내는 것도 모자라 가라앉아 있던 매캐한 먼지까지 크게 일으켰다. 용이 혀를 차며 날개를 빠르게 펄럭여 파이 주변으로 뿜어져 오는 먼지들을 멀리 날려 버렸다.

어지럽게 올라오는 매캐한 흙먼지는 길지 않은 시간 동안 허공을 맴돌다 천천히 가라앉았다. 그제야 열린 문 너머가 보였다. 문이 열린 안쪽은 역시 몹시도 어두웠다.

파이는 미간을 찌푸리며 그 안을 들여다보려 애썼다. 용과 리파가 파이를 따라 문 너머를 보았다. 그때 둘의 금색 눈동자가 희미하게 찡그려졌다. 이제야 느낀 것이 멍청할 정도였다. 리파가 파이에게 다가가 말했다.

[네가 찾는 이가, 저 인간이니?]

저 까만 안쪽에서 무엇을 보고 무엇을 느꼈는지 리파의 음색이 몹시도 낮고 묵직했다. 파이는 그의 질문에 고개를 끄덕였다. 그에 리파가 맙소사 하고 허탈한 외마디를 내뱉었다. 용 역시 당혹스럽긴 마찬가지였다.

파이는 고개를 끄덕이며 멈췄던 걸음을 다시 옮겼다. 리파가 다급하게 그 치맛자락을 물며 말했다.

[안 돼, 파이. 저 인간은 위험한 인간이란다. 숨바꼭질은 포기하도록 하자.]

"안 돼. 리파야. 파이는 꼭 찾아야 해."

파이는 리파의 머리를 밀어내며 걸었다. 용이 파이의 앞을 막으며 말했다.

[정말 위험하단다. 다시 생각해 보렴.]

파이가 한 손을 뻗어 휙휙 흔들며 제 앞을 가리는 용을 쫓아냈다. 이미 파이는 마음을 굳게 먹었다. 저 안에 있는 이는 분명 리파와 용이 말하듯 몹시도 무서운 사람일 것이다. 사실 파이는 이미 그를 알고 있고, 그의 모습에 두려움을 느꼈다. 하지만 그럼에도, 그럼에도 파이는 포기할 수가 없었다.

숨바꼭질은 아직 끝나지 않았다.

이번엔 파이가 찾아야 할 사람이다. 파이가 찾아 줘야 할 사람.

파이가 새까만 문 너머로 발을 디뎠다. 그와 동시에 어깨를 짓누를 것 같은 무거운 침묵이 떨어져 내렸다. 파이는 파르르 떨리는 제 몸을 감싸 안았다.

품에 안긴 유리병 안의 별사탕이 가볍게 흔들리며 차랑차랑 소리를 냈다. 그 소리는 어쩐지 파이에게 힘내, 용기를 가져 하고 말해 주는 것 같았다. 파이는 다시 한 걸음을 내디디며 말했다.

"파이가 찾았으니까, 아까 말했던, 소원 들어줘."

파이의 말이 끝나기 무섭게 맞은편에서 붉은 안광이 뿜어져 나왔다. 저 멀리서 누군가가 몸을 일으키는지 쇠붙이가 부딪치는 소리가 났다. 이어 터벅터벅 걸어오는 소리가 났으나 몇 발자국 못 가 무언가에 가로막혔는지 더 이상 걸음 소리가 나지 않았다.

파이는 자신에게로 오는 이가 걸음을 멈추자 마른침을 삼켰다. 이번엔 자신이 갈 차례. 파이가 아장아장 걸어갔다. 여전히 그녀의 치맛단을 리파가 물고 있었으나 아이의 고집에 어쩔 수 없이 끌려가기 시작했다. 마음만 먹는다면 금세 몸을 불려 파이의 뒷덜미를 잡고 이 방을 나갈 것이지만 아이의 얼굴이 몹시도 진지하고 절실해서 차마 그렇게 하지 못했다.

결국 용이 한숨을 내쉬고는 입을 벌려 카악 하고 커다란 불길을 뿜어냈다. 순식간에 방은 환해졌고 뜨거운 열기가 어렸다. 그 불은 벽에 붙어 있는 촛대의 작은 양초에 붙었다.

그로 인해 사방이 어둡지 않고 적당히 밝혀졌다. 그리고 새까만 어둠 속에 있던 붉은 안광의 주인의 모습 역시 드러났다.

파엔이었다.

파엔은 입술을 비틀어 올리며 자신에게서 멀리 떨어져 한 발, 한 발 내딛는 파이를 쳐다봤다. 파이는 방이 밝아지자 모습을 드러낸 파엔, 아니 아리스타의 시선에 움찔 몸을 떨었으나 멈추지 않고 걸어갔다.

"아까, 아까 파이랑 한 숨바꼭질, 파이가 이겼으니까."

소원 들어줘. 파이는 한 발 한 발 그에게 다가가며 말했다. 그에 아리스타가 핏빛 안광을 찡그리듯 가늘게 접으며 말했다.

"글쎄, 그게 무슨 말일까나?"

그는 이미 파엔을 흉내 내기를 포기했는지 본색을 드러내며 비릿하게 웃었다. 혀를 내밀어 윗입술을 핥으며 말했다.

"있잖니, 아가야. 나는 도무지 네가 무슨 말을 하는지 잘 모르겠구나."

"아까, 아까, 야, 약속했잖아."

파이가 바르르 떨면서도 그의 서슬 퍼런 시선을 피하지 않고 마주하며 말했다. 덜덜 떨리는 목소리에 희미하게 두려움이 묻어났으나 아이는 도망치지 않았다. 그 모습에 아리스타의 한쪽 눈썹이 움찔하고 치켜 올라갔다. 파이는 식은땀이 절로 나는 상황임에도 그에게서 시선을 떼지 않고 소리쳤다.

"우, 우리 오빠, 어디 있어요! 우리 오빠! 파엔 오빠! 우리 오빠 돌려줘!"

파이의 말이 끝나기 무섭게 아리스타가 등지고 있는 벽 너머에서 두꺼운 쇠고랑 줄이 큰 소리를 내며 팽팽해졌다.

아리스타의 목과 양 손목, 양쪽 허벅지와 다리를 구속하는 구속구를 연결하는 줄이 팽팽해져서 날카로운 소리를 토해 냈다. 아리스타가 파이에게 달려들었으나 줄의 길이가 아이에게 닿기엔 터무니없이 짧았다.

"네 오빠 없어! 이미 내가 다 먹어 치웠다고!"

"아냐! 아냐, 있어! 오빠는 아직 거기 있단 말이야!"

파이가 지지 않고 소리쳤다. 리파가 파이의 치맛단을 물던 것을 멈추고 그 앞을 가로막으며 이를 드러내 으르렁거렸다. 새끼 용 역시 언제라도 공격하기 쉽게 몸속의 광대한 마나를 운용하며 그를 노려보았다. 아리스타는 용과 리파의 매섭고 거대한 위엄에도 아랑곳하지 않고 말했다.

"네가! 네 심장이 난 필요해!"

내 누이를 살리려면 네 심장이 필요하단 말이야! 악령이 악에 받쳐 소리쳤다. 그의 목소리는 몹시도 큰 광기와 분노가 담겨 있었지만 그만큼 큰 슬픔과 절망도 담겨 있었다.

파이는 그의 말에 그새 그렁그렁 눈물이 맺힌 눈으로 아리스타를 올려다보았다. 아리스타는 차분하고 짙게 내려앉은 아이의 파란 눈을 마주 보았다. 한참을 마주 보던 그가 이내 인자하게 웃으며 말했다.

"네가 심장을 주면, 네 오빠를 돌려주마."

어떠니? 하고 묻는 그의 말에 파이는 눈물이 그렁그렁 맺힌 눈을 깜박이며 고개를 절레절레 저었다. 사실 파이는 심장이 무엇인지 정확하게는 모르지만 그가 가리키는 대로 왼쪽 가슴에 손을 올렸다. 파이는 한 손으로 제 가슴을 감싸 쥐며 말했다.

"이걸 주면, 이걸 주면…… 파이가 죽잖아요…….”

파이가 죽으면 아빠도, 파람 오빠도, 파샤 오빠도, 파엔 오빠도 슬퍼할 거예요. 파이는 그렇게 말하며 눈물을 뚝뚝 흘렸다. 악령이 아이의 눈물이 가득한 하얀 얼굴을 멍청히 내려다봤다. 파이는 흑흑 울음을 토해 내며 말했다.

"파이는 모두랑 행복하게 살고 싶어. 근데 파이가 죽으면, 모두가 슬퍼지잖아. 그럼, 안 행복한 거잖아."

그건 파이가 바라는 게 아니야. 파이는 울음이 짙게 배어 있는 목소리로, 달달 떨리는 그 목소리로 애써 침착하게 말했다. 아이는 가슴을 감싸 쥔 손을 들어 제 눈가를 손등으로 닦아 냈다.

아리스타는 저렇게까지 자신에게 반발하는 아이는 처음 접했다. 이제까지 아이들은 자신의 괴이한 모습에 두려워하고 공포에 떨었다. 그 모습을 그는 즐기며 그 가녀리고 작은 가슴에 숨겨져 있는 심장을 꺼내 누이를 부활시키고자 했다. 많지 않은 기회 속에서 몇 번이고 도전했으나 무슨 이유에서인지 번번이 실패했다.

아리스타는 점차 지쳐 갔다.

도대체 뭐가 문제인 거야! 왜 안 되는 거야! 어째서! 어째서! 그에게 절망은 또 다른 절망을 낳을 뿐이었다. 아리스타는 번번이 실패하는 절망 속에서 또 절망을 느끼며 지옥 속에서 나뒹굴었다.

대체 얼마나 더, 더 많은 심장을 바쳐야 널 볼 수 있을까. 아리스타는 이제 존재하지 않는 육신의 심장이 있는 것처럼 몹시도 괴롭고 힘들고 허무해졌다.

아리스타는 울고 있는 여자아이를 내려다봤다. 작은 양초의 불꽃으로 흐릿하게 보이는 아이의 둥근 정수리는 금색일 것이 분명했다. 자신이 한때 사랑했던 여인의 머리카락 색이었다.

아이가 꼬물거리면서 제 작은 손등으로 양쪽 눈가를 번갈아 가며 닦아 냈다. 훌쩍이며 어깨를 들썩이는 것이 안타까울 정도로 애잔했다. 고개를 푹 숙이고 눈물을 닦아 내며 울음을 진정시키기 바쁜 여자아이는 고작해야 6살밖에 되지 않는 몹시도 작고 어린 아이다. 아리스타는 큭 하고 이를 악물었다.

왜, 갑자기 이런 마음이 드는 거지?

이제까지 저만한 아이들을 학살하듯 죽여 온 살인자면서, 어째서 이렇게 마음이 아픈 것이냐. 아리스타는 자신에게 자문했다. 그러나 명확한 답은 없었다. 그에게 이런 감정은 이미 오래전에 사라진 것이라고 믿었는데…….

어째서 슬픈 것이냐.

아리스타가 한풀 꺾인 상태로 거친 지하 바닥에 무릎을 꿇었다. 그는 아이에게서 시선을 떼고 고개를 숙이며 자조적인 어조로 중얼거렸다.

"난…… 비아를 살려야 해……. 내 가여운 동생을……."

내 동생이 기다리고 있을 거야……. 그는 그렇게 중얼거렸다. 그의 중얼거림에 파이가 울음기 가득한 어조로 천천히 입을 열었다.

"아저씨가…… 비아의 오빠죠?"

아이의 물음에 자조적으로 중얼거리던 아리스타가 천천히 고개를 들었다. 파이는 그 순간 흐릿하게나마 새까맣게 물들어 있던 망령에게서 검은 흑발에 구릿빛 피부를 가진 남자를 발견했다. 파이는 그에게 다급히 다가가며 말했다. 양손을 뻗어 그에게 달려갔다.

"비아가 그랬어. 아저씨를 만나면, 비아가 여기 있다고 전해 달랬어!"

비아는, 파이의 꿈속에 있어! 파이는 크게 소리치며 그를 향해 손을 뻗었다. 그와 동시에 파이의 유리병 속 별사탕이 각기 자신의 빛을 크게 내뿜었다. 유리병이 크게 흔들렸다. 안의 별사탕들이 바깥으로 빠져나가고 싶어 야단법석을 부렸다.

그들은 유리병 안에서 통통 튀기를 몇 번을 반복하더니 이내 굳게 막혀 있던 코르크 마개를 밀어내고 말았다. 입구가 개방되자 안에 소란스럽게 펄쩍펄쩍 뛰던 별사탕들이 기다렸다는 듯 바깥으로 튀어나왔다. 그것은 눈 깜짝할 새에 일어난 일이었다.

파이가 아리스타를 향해 그를 안기 위해 달려가는 그 순간.

유리병 속 별사탕이 눈이 부실 정도로 찬란한 빛을 폭발하듯 내뿜으며 세상을 하얗게 집어삼켰다. 리파와 용은 그 믿을 수 없는 광경에 눈을 깜박이며 다급하게 아이를 찾아 시선을 옮겼을 땐 이미 찬란한 빛 속으로 스며든 상태였다.

끔찍한 칼레이저가의 악령, 아리스타와 함께.

❊❊❊

파엔의 어머니는 몹시도 다정하고 상냥하며 아름답고 찬란한 사람이었다.

그의 어머니는 파엔 위로 두 형을 낳고도 제 아래로 누이를 낳아 주시고 세상을 떠나셨다. 솔직히 말해 당시 파엔은 제 아래로 태어날 동생을 그다지 좋아하지 않았다. 정확히는 아무 감흥이 없었다. 그러나 나날이 부풀어 오르는 어머니의 배를 보며 파엔은 점차 기묘한 기분이 들었다.

늘 늘씬했던 어머니의 배가 이렇게 크게 부푼 것을 보며 파엔은 그제야 저 안에 새 생명이 자라나고 있다는 것을 깨달았다.

어머니의 손길을 따라 처음으로 만져 본 만삭의 배에서 따뜻한 체온이 느껴졌다. 산부용 원피스의 부드러운 감촉도 함께 느끼며 파엔은 홀린 듯 매만졌다.

그의 어색하기 짝이 없는 손길을 배 속의 동생이 느끼기라도 한 것일까. 가볍게 퉁퉁 하고 안쪽에서 쳐 왔다. 파엔이 소스라치게 놀라며 손을 뗐다. 그러자 어머니가 청아한 소리로 웃음을 터트리며 그의 손을 잡아 다시 배 위에 얹어 주며 말했다.

'누이가 오라버니를 좋아하는구나.'

어머니는 아직 태어나지도 않은 동생을 누이라 칭했다. 그럴 때마다 파엔은 묻고 싶었다. 어머니, 동생은 아직 태어나지도 않았는데 어떻게 여자아이라고 생각하세요, 라고. 하지만 그렇게 묻는 대신 파엔은 어머니의 손길에 의해 다시 그 배에 얹어진 자신의 손등을 내려다봤다.

희미하게 느껴지는 태동에 파엔은 몹시도 이상한 기분이 들었다. 가슴 한쪽이 뭉클하고 먹먹해졌다. 이런 기분, 이런 느낌은 처음 겪는다. 그는 어머니의 배를 만지작거리다 말고 입술을 깨물었다. 무언가 계속해서 울컥하고 올라오는 이 감정은 말로 표현할 수 없는 기묘하고 생소한 것이었다.

저도 모르게 눈물이 나오려 하자 파엔이 당황하며 배를 만지지 않은 반대 손을 들어 다급히 눈가를 훔쳤다. 어머니는 그런 파엔을 보며 인자하게 웃었다. 그녀가 손을 들어 파엔이 닦지 못한 반대쪽 눈가를 훔쳐 주었다. 파엔은 당황한 얼굴로 물었다.

'왜 눈물이 나는지 모르겠어요. 슬픈 것도 아닌데…….'

파엔의 물음에 어머니는 자애로운 미소를 지으며 그의 뺨을 쓰다듬어 주며 말했다. 기뻐서 그런 거란다. 네게 동생이 생긴 게 기뻐서. 파엔은 어머니의 말에 그제야 자신이 기쁨의 눈물을 흘렸다는 것을 깨달았다.

파엔은 시큰거리는 콧등을 찡그리며 희게 웃었다. 여전히 떼지 않은 손바닥 아래로 배 속의 동생이 통통 하고 태동을 일으켰다. 마치 울지 말라고 위로하듯. 동생의 활발한 태동에 파엔은 눈을 가늘게 접으며 웃었다.

정말로 내게 동생이 생기는구나. 그는 이제야 체감했다. 파엔은 하루빨리 동생이 건강하게 세상 밖으로 나와 주길 고대하며 그 배를 쓰다듬었다.

어서 빨리 나와서 날 보고 웃어 줬으면 좋겠다.

파엔은 깊은 수면 속에 가라앉아 옆으로 웅크리고 누워 눈을 감고 있었다. 깊은 내면의 바다는 몹시도 어둡고 침침하고 무거웠다. 파엔은 저 위의 수면 위에서 쏟아지는 빛이 닿지 않을 정도로 깊이 가라앉아 있었다. 이따금 그 주변에 공기 방울이 보글보글 올라왔으나 조금 지나자 그마저도 나오지 못했다. 고요한 정적이 흐르는 내면의 깊은 바닥에 파엔 홀로 외로이 잠들었다.

그런 파엔의 곁에 작은 소녀가 내려왔다. 소녀의 옷은 제국에서 쉽게 볼 수 없는 독특한 형태를 지닌, 저 머나먼 섬나라 백하의 의복이었다. 그녀는 하얗고 작은 발을 파엔이 누워 있는 바닥에 디뎠다.

깊은 바다 속에서 그녀의 기다란 비단결 같은 칠흑의 머리카락이 아름다운 선을 그리며 흔들렸다. 소녀는 가볍게 움직여 그에게 다가갔다. 그녀의 긴 머리카락이 어지럽게 휘날렸다. 언뜻 그 틈새로 보이는 그녀의 눈동자는 몹시도 선명한 진홍색이었다.

그녀가 그 가까이 다가가 폴싹 주저앉았다. 그녀가 앉자마자 주변에 가볍게 기포가 보글보글 일어났다. 그럼에도 파엔은 깨지 않고 다음 꿈을 꾸고 있었다.

깊은 내면의 바다에서 꾸는 꿈은 파엔의 가작 소중하고 가장 행복했던 기억을 토대로 만들어졌다. 흑발의 소녀는 꿈을 꾸는 파엔을 내려다보며 침묵했다. 바다는 다시 고요한 정적이 찾아왔다.

그날은 파이가 태어나고 건강을 되찾은 지 얼마 안 된 날이었다.

파엔은 아무도 없는 파이의 방을 찾았다. 동생의 방은 아기자기한 물건들이 가득하고 풋풋하고 아기 특유의 우유향이 희미하게 났다. 방 중간에 떡하니 자리한 아가의 작은 나무 침대를 보자 그는 한걸음에 다가갔다.

동생은 그 안에서 새근새근 잠들어 있었다. 천사처럼 사랑스러운 모습에 파엔은 배시시 웃었다. 모두가 자리를 비우고 고요한 침묵 아래 파엔과 동생만 남았다. 파엔이 손을 뻗어 둥근 동생의 배를 토옥토옥 두들겼다. 동생이 잠결에 미소를 지었다. 파엔은 침대 지지대에 기대어 하염없이 동생의 배를 다독이며 그 자리를 떠나지 못했다.

사랑스러운 내 동생, 내 누이.

그의 토닥임과 쏟아지는 애정을 느껴서일까, 아니면 인기척을 느낀 것일까 새근새근 잠 든 동생이 미간을 찌푸리더니 이내 감았던 눈을 서서히 뜨기 시작했다.

파엔이 놀라 토닥이는 손길을 멈추고 그대로 굳었다. 느리게 눈을 깜박이는 동생은 눈동자를 데굴데굴 굴려 주변을 인지하려는 듯 보였다. 아가의 파란 눈동자가 자신에게 향하자 파엔이 어색하게 웃으며 그 앞에 손을 흔들었다.

'안녕.'

파엔의 인사를 들었는지 아가가 방싯 웃었다. 파엔을 알아본 것이다. 며칠 전 처음으로 제대로 대면했던 것이 떠올랐다. 자신을 보며 해맑게 웃어 주던 그 파란 눈동자가 파엔은 몹시도 좋았다.

파엔이 아가의 얼굴 가까이로 손을 팔랑팔랑 흔들었다. 동생이 가녀린 팔을 들어 휘적거리다 기어코 파엔의 검지를 잡았다. 맞닿는 손길에 따스한 체온과 조그맣게 들리는 심장 박동 소리가 파엔에게 느껴졌다.

동생은 살아 있고, 이렇게 나를 보며 웃어 줬다.

내 사랑스러운 동생. 내가 지켜 줘야 할 내 누이.

소중히 간직해 온 그 당시의 추억과 기억 끝에 시간은 빠르게 흘러갔다. 흐르는 시간 속에서 작고 작았던 동생은 점차 자라났다. 제 몸을 못 가눌 정도로 힘없고 작은 아가는 점차 머리를 들어 올리고 기어 다니고 어설프게나마 두 다리로 서더니 이내 아장아장 걷기 시작했다.

짧은 금색 머리카락은 그에 따라 점차 자라나서 그 둥근 정수리를 덮었다. 목 언저리를 간질이던 동생의 머리카락이 어깨를 넘어 찰랑거렸다. 그 조그맣던 아가가 6살 난 어여쁜 아이가 되었다.

어머니를 닮아 사랑스럽고 찬란하리만치 해사한 미소를 짓는 여자아이가 되었다.

파엔이 그녀에게 손을 뻗었다. 아이의 파란 눈동자가 파엔에게로 향했다. 아이가 자신을 보며 눈을 가늘게 접고 말갛게 웃었다. 파엔은 동생의 미소에 따라 웃으며 그녀를 향해 양손을 뻗었다.

그리고 그와 동시에 세상이 새까맣게 변했다.

몸이 천근만근 무거워졌다. 자꾸만 아래로, 아래로 꼬부라져 추락해 갔다. 파엔은 멍하니 깊고 깊은, 끝이 보이지 않는 아래로 떨어져 내리는 자신을 느끼며 눈을 깜박거리다 이내 눈을 감았다.

까만 암흑으로 가득 찬 파엔의 시야에 동생의 울음소리가 들렸다. 울고 있는 누이의 목소리가 들렸다. 무언가 두려움에 떨며 울고 있었다. 파엔은 눈을 감은 상태에서 중얼거렸다.

아, 안 돼. 달래 줘야 하는데…….

그는 멍청히 중얼거리면서 감은 눈을 뜨기 위해 미간을 찌푸렸다. 그러나 어째서인지 눈을 뜨기가 버거웠다. 파엔이 무의식적으로 팔을 위로 뻗으며 허우적거렸다. 앞이 보이지 않지만 그렇게라도 버둥거려야 했다.

누이를 달래 줘야 해. 파이를, 내 동생을.

그러나 그것도 잠시, 그의 귓가를 찌를 듯한 음성이 들려왔다. 몹시도 겁에 질려 있는 목소리로 누이가 말했다. 싫어! 끊임없이 외치는 목소리가 가련하기 그지없었다. 누군가 그녀를 윽박지르는 것 같았다.

누구지? 누가 내 누이에게 겁을 주는 것인가. 크게 분노한 파엔이 천근만근 무거운 눈꺼풀을 힘들게 들어 올렸다. 그리고 그의 눈앞에 파이가 있었다.

파이, 내 동생이 몹시도 두려운 얼굴로 자신을 올려다보고 있었다. 파엔은 그제야 깨달았다. 자신이 그녀를 겁에 질리게 만들고 윽박지르고 몰아세운 것임을.

그 상황은 파엔에게 엄청난 충격을 주었다. 대체 내가 왜 이런 걸까. 그는 아이의 양어깨를 우악스럽게 움켜잡으며 흔들고 있었다. 파엔의 의지가 아니었다. 파엔은 그러고 싶지 않았다. 아니라고 부정하고자 입을 열었으나 이상한 목소리로 괴상한 말을 내뱉었다. 파엔은 점점 자신의 몸이 자신의 것이 아님을 깨달았다. 뭔가 자신이 아닌 것이 제 육체를 점령했다.

파엔의 정신은 다시 까마득한 내면의 바다에 가라앉았다. 깊고 깊은 그 바다에. 아무도 존재하지 않는 고요한 침묵과 사무치는 외로움이 가라앉은 곳에. 그는 그렇게 잠들었다.

눈을 감고 있는 파엔의 닫힌 눈꺼풀 사이로 투명한 눈물이 맺혔다. 그 눈물은 곧 얼굴선을 따라 아래로, 아래로 떨어져 내려 그 바닥을 적셨다.

파엔은 몹시도 괴로웠다. 자신이 아닌 무언가에 사로잡혀 지켜 주리라 다짐했던 누이를 위협하고 윽박지르고 몰아세웠다. 자신의 뜻이 아니라 하여도 그 육체는 분명 자신의 것이었다.

그의 뇌리에 자신을 두렵게 쳐다보는 아이의 물기 가득한 파란 눈동자가 박혀 지워지지 않았다. 그 파란 눈동자에 비친 이는 다름 아닌 자신. 새까만 어둠에 물든 자신이었다.

파엔은 이대로 사라져 버리고 싶다고 생각했다. 점차 형태를 이루고 있는 그의 모습이 흐릿하게 바스라지려 했다.

그 곁에 주저앉은 소녀가 파엔에게서 여전히 시선을 떼지 않고 내려다보고 있었다. 그녀는 곧 균열이 가서 깨질 것 같은 파엔의 얼굴에 손을 가져다 댔다. 주르륵 흐르는 눈물을 닦아 주며 이제까지 침묵했던 소녀가 드디어 입을 열었다.

[사라지면 안 돼.]

파이 9.

파이가 당신을 못 찾잖아. 그녀가 속삭이듯 말했다. 눈을 감고 있던 파엔이 그 소리에 천천히 눈꺼풀을 들어 올렸다. 그와 동시에 그렁그 렁 맺힌 눈물이 속절없이 쏟아져 내렸다. 눈물로 인해 시야가 뿌옇게 변했다. 파엔이 반사적으로 눈을 깜박이며 뿌연 시야를 선명하게 하 기 위해 노력했다. 곧 자신을 올려다보는 소녀의 윤곽이 보였다.

새까만 흑발을 가진 하얀 얼굴의 소녀가 자신을 내려다보고 있었 다. 언젠가 본 소녀였다. 파엔이 멍청히 그녀를 올려다보았다. 소녀가 다소곳이 웃으며 말했다.

[당신도 파이처럼 잠이 많은 것 같아.]

왜 이렇게 깨는 데 오래 걸렸어? 소녀가 조금은 나무라는 어조로 말 했다. 파엔은 아무 말도 할 수 없었다. 입을 뻐끔거렸으나 어떠한 말 도 나오지 못했다. 바다 깊숙한 바닥에 연한 분홍색의 꽃잎이 하나둘 씩 떨어졌다. 바다 속에서 내리는 꽃잎의 비는 몹시도 몽롱한 분위기 를 자아냈다. 곧 어둡고 침침했던 밑바닥까지 보드라운 빛줄기가 쏟 아져 내려 주변을 밝혔다. 파엔은 어쩐지 이 순간이 너무나도 따뜻하고 포근하다고 생각했다. 파엔의 진홍색 눈동자에 비친 소녀가 그를 보며 단아하게 웃었다.

파엔은 그제야 그녀가 기억나지 않던 꿈속에 등장한 소녀라는 것을 알았다. 금발의 아름다운 여인 옆에 서 있던 작은 소녀. 꿈속에서 '그'가 되는 파엔의 누이였던 그녀. 그녀가 자애롭게 웃으며 말했다.

[위를 봐. 뭐가 보여?]

그녀의 말에 파엔이 눈동자를 굴려 위를 쳐다봤다. 분홍색 꽃잎의 비가 내리는 것이 보였다. 하늘하늘 춤추며 내려오는 것이 몹시도 아름다웠다. 그러나 그것도 잠시, 하늘하늘 내리는 분홍색 꽃잎의 형태는 사라지고 몽글몽글, 동그랗고 투명한 물방울이 보였다. 파엔은 그것을 멍청히 쳐다보았다.

아, 꽃잎이 아니라 물방울이었다.

물방울이 아니라 누군가의 눈물이었다.

그것이 파엔의 얼굴에 떨어졌다. 한 방울, 두 방울. 눈물은 파엔의 볼을 타고, 뺨을 타고 떨어져 내렸다. 마치 파엔이 다시 눈물을 흘리는 것 같았다. 파엔은 멍청히 위를 올려다봤다. 느리게 눈을 깜박이는 사이 그의 곁에 앉아 있던 소녀가 몸을 일으켜 세우며 말했다.

[이제 그만 울려. 당신 때문에 파이가 계속 울고 있잖아.]

그만 달래 줘. 그녀는 몹시도 상냥하고 보드라운 어조로 속삭이며 말했다. 파엔이 멍청히 눈을 깜박였다. 위에서 떨어지는 누군가의 눈물은 파이의 눈물이었다.

그의 귓가로 소녀의 목소리가 들렸다. 파이에게 고맙다고 전해 줘. 오빠에게 말을 전해 줘서. 비아도 힘낼게. 힘내서 오빠를 데리고 갈게. 파엔은 그 속삭임을 들으며 눈을 감았다. 눈을 감았음에도 토옥토옥 눈물이 떨어지는 것이 느껴졌다. 몹시도 따뜻하고, 다정하고, 사랑스러운 한 아이의 눈물이.

파엔이 다시 눈을 떴을 때 보인 것은 파이의 얼굴이었다. 아이는 역시 울고 있었다. 물기가득한 아이의 얼굴을 보며 파엔이 희미하게 웃었다. 파이는 자신을 올려다보는 파엔을 향해 손을 뻗었다. 아이의 양손이 그의 뺨에 닿았다. 파엔은 그제야 자신이 바닥에 누워 있다는 것을 깨달았다. 자신의 머리맡에 주저앉아 하염없이 눈물을 흘리며 제얼굴을 감싸 쥔 파이가 울음기 가득한 어조로 말했다.

"찾았다. 오빠."

파이가 오빠를 찾았으니까 숨바꼭질은 이제 끝난 거야. 파이는 그렇게 말했다. 얼마나 울었는지 눈가가 붓고 흰자가 붉었다. 그럼에도 파이의 눈에서는 쉬지 않고 눈물이 쏟아져 내렸다. 파엔은 어쩐지 축 늘어져 나른한 몸을 움직였다. 손을 들어 아이의 눈가를 어렵사리 닦아 내고 방긋이 웃으며 말했다.

"그러게. 파이가 오빠 찾았네."

그의 대답에 파이가 벌게지고 물기 가득한 얼굴로 해사하게 웃었다. 눈꼬리를 가늘게 접고 웃는 아이는 곧 그의 얼굴을 와락 껴안고 그의 이마에 제 이마를 비비며 응 하고 답했다.

드디어, 길고 길었던 암흑의 터널을 빠져나와 빛의 세계에 도달했다. 파엔은 이제야 비로소 저주에서 풀려났다. 오랜 세월 동안 대를 이어 강력해졌던 저주가 드디어 풀린 것이다. 파엔이 힘없는 손을 들어 아이의 둥근 정수리를 쓰다듬으며 웃었다.

파엔을 뒤로하고 사라진 소녀는 어디론가 향하고 있었다. 그녀는 도드라지게 하얀 발을 부지런히 움직였다. 새까만 세상에 짙은 회색 안개가 몽글몽글 피어나 퍼져 주변을 덮었다.

소녀는 짙은 안개들을 가로질러 걸어갔다. 하염없이 걸어가던 소녀의 걸음이 멈췄다. 그곳에는 몹시도 새까만 무언가가 있었다. 커다란 그것은 뭐라 말할 수 없는 괴기한 형태의 짐승이었다. 온갖 짐승의 뿔이란 뿔은 다 달고 있는 그는 소녀의 등장에 고개를 천천히 들었다. 소녀는 자신을 향해 떨어지는 그의 핏빛 안광에도 위축되지 않고 한 손을 뻗었다. 그에게 손바닥이 보일 정도로 팔을 뻗은 소녀가 말했다.

[이제, 돌아가자.]

그러자 검은 짐승이 새빨간 이를 드러내며 으르렁거렸다. 콧등에 주름이 질 정도로 얼굴을 왈칵 일그러트리며 그는 사나운 눈빛으로 소녀를 노려보았다. 그럼에도 소녀는 굴하지 않고 말했다.

[이제 됐어. 비아는 살아나지 않아도 돼.]

소녀, 비아의 말에 그의 눈가가 파르르 떨렸다. 그럼에도 그는 다시 이를 드러내며 으르렁거렸다. 그의 길고 칙칙한 갈기 사이로 타락한 비아가 비집고 나와 귓가에 속삭였다. 오라버니, 비아는 살고 싶어요. 비아를 살려 주세요. 그에 아리스타의 눈빛이 흔들렸다. 그가 크르렁거리며 울었다. 그의 핏빛 눈동자가 일그러지며 고통을 호소하는 것 같았다. 그를 마주 보고 선 비아가 안타까움에 서글피 웃었다. 그녀는 여전히 손을 뻗은 상태였다.

[고집부리지 말고. 응? 오빠……. 비아랑 가자.]

그녀가 가련한 목소리로 말했다. 속삭이는 목소리가 바르르 떨려 왔다. 얼굴의 반쪽을 가린 그녀의 긴 머리카락이 살랑 휘날렸다. 머리카락 사이로 가려져 있던 비아의 반쪽 얼굴이 어렴풋이 보였다. 유리 인형이 깨진 것처럼 많은 균열이 일어나 있었다. 당장이라도 부서져 내릴 것 같은 위태로운 모양새였다. 비아는 그를 향해 선명한 진홍색 눈을 밝히며 말했다.

[가자. 모두, 함께.]

그녀의 말이 끝나기 무섭게 그의 긴 털 사이로 작은 아이들이 비집고 나왔다. 칼레이저가의 아이들이었다. 아리스타에 의해 희생당한 아이들. 몹시도 작고 가녀린 아이들이 그의 속에서 빠져나와 그녀에게 다가갔다. 비아는 자신에게로 다가오는 아이들을 향해 손을 뻗었다. 그녀는 자기보다 조금 작은 아이들의 머리통을 쓰다듬으며 말했다.

[자, 이제 가자. 저 길을 따라.]

그녀가 한 손을 들어 자신의 왼쪽을 가리켰다. 하얀 얼굴에 표정을 잃은 무미건조한 아이들이 그녀의 손끝을 따라 고개를 돌렸다. 그녀의 손끝, 저만치서 빛이 보였다. 아이들이 그 빛 속에서 무엇을 보았는지 알 수 없었으나 정교한 인형처럼 표정이 없던 그 얼굴에 점차 미소가 번졌다. 천진난만한 아이들의 미소가 되돌아왔다. 아이들은 그 빛을 향해 종종 걸음으로 걸어갔다. 비아는 아이들의 뒷모습을 빤히 쳐다보다 고개를 돌렸다.

어쩐지 그의 커다란 육신이 조금 왜소해진 것 같았다. 비아는 그를 향해 다시 손을 뻗었다.

[가자, 오빠.]

사랑스럽고 상냥하게 웃는 비아의 미소에 그가 크르릉 하고 작은 신음을 내뱉더니 점차 제 형태를 변이시켰다. 그는 몹시도 괴로워 보여 버둥거리는 것만 같았다. 그의 버둥거림에 짐승의 형태가 점차 작아지고 녹아내렸다. 그의 발밑에 진득한 오물 같은 허물이 바닥에 투둑, 투둑 묵직한 소리를 내며 떨어져 내렸다. 그 끝에 그는 한 인간의 형태를 갖췄다.

비아는 그에게 다가갔다. 점점 가까워지는 비아의 모습에 그가 움찔 하고 몸을 굳혔다. 비아가 그 앞에 도달해 그의 손을 조심스레 마주 잡았다. 비아의 손길에 그가 눈에 띄게 파르르 떨었다. 비아는 그의 손을 잡아당겼다. 그러자 그가 자연스럽게 상체를 숙였다.

비아 손을 뻗어 그의 얼굴을 매만졌다. 새까만 머리카락이 덥수룩하게 자라나 그의 얼굴을 가리고 있었다. 비아는 한 손으로 그 머리카락을 넘겨 치우며 오빠의 얼굴을 찾았다.

비아는 거칠어지고 검버섯이 생겨난 그의 얼굴을 매만졌다.

머나먼 타지에 있어 사무치는 그리움만 안겨 주던 자신의 혈육을 이제야 겨우 만난 것이다. 수많은 시간, 수많은 감정들 속에서 그렇게 멀리 돌고 돌아 이제야 만났다.

비아가 눈물이 그렁그렁 맺힌 눈을 가늘게 접고 웃으며 말했다. 고집부리지 말고, 이제 그만 가자. 응? 아이의 진홍색 눈동자에서 떨어진 눈물이 볼을 타고 떨어져 내렸다. 그는 그 메마른 눈으로 아이를 바라보며 오래도록 침묵했다. 비아는 그럼에도 재촉하지 않고 기다렸다. 그가 눈을 느리게 감았다 느리게 떴다. 영원히 닫혀 있을 것 같던 그의 입술이 천천히 열렸다.

[그래.]

그가 나지막이 대답했다. 그는, 아리스타는 그렇게 비아의 손을 잡고 발길을 옮겼다.

저 너머 모두가 있는 곳으로.

발걸음을 옮기는 남매의 머리 위로 반짝반짝 영롱한 빛의 별들이 그 둘의 길을 밝혀 주었다.

길을 잃지 않게. 그토록 원하던 곳에 반드시 도달하길 바라며.

[오, 맙소사!]

눈이 시릴 정도로 새하얀 빛에 의해 시력을 일시적으로 잃었던 용과 리파는 잠시 후 보이는 광경에 놀람을 금치 못했다. 새끼 용이 날개를 크게 펼쳤다. 그와 동시에 그의 작은 몸뚱이에 찬란한 금빛이 감돌더니 점차 균열이 가듯 금이 가기 시작했다. 새끼 용의 육체가 순식간에 작은 마름모꼴로 깨져 순식간에 아래로 떨어져 내렸다. 금빛이 감도는 그의 파편은 반짝거리며 그림을 그리듯 빠른 속도로 움직여 하나의 마법진을 생성해 냈다. 놀라운 신기루처럼 생겨난 마법진 위로 한 사내가 서서히 윤곽을 드러냈다.

그 사내는 모모였다.

모모는 새끼 용의 모습을 버리고 인간의 형태로 바꾸었다. 평소 모모가 고개를 들어 위를 쳐다보았다. 그가 올려다본 천장은 구름 한 점 없는 말간 밤하늘의 색으로 가득했다. 방금 전까지만 해도 칙칙하고 어둡고 낡은 지하 방의 천장이 순식간에 말간 밤하늘로 변한 것이다. 모모는 놀라 고개를 이리저리 돌려 주변을 둘러보았다. 위뿐만 아니라 온 사방이 밤하늘의 색으로 가득 찼다. 그러고 있자니 왠지 허공에 떠 있는 몹시도 생소하고 신기한 기분이 들었다.

[뭔가 반짝 거리는데?]

모모 곁으로 리파가 느릿느릿 걸어오며 말했다. 그의 말에 모모가 고개를 끄덕이며 동조했다. 밤하늘의 세상에 작은 빛들이 반짝거렸다. 작은 빛들은 각각 여러 가지 색을 담고서 제 색깔을 뽐내는 것 같았다.

노란색, 분홍색, 파란색, 초록색……

알록달록한 작은 별들은 조화롭게 밤하늘색의 세상에 자리했다. 모모는 이 신비한 광경을 둘러보며 나지막이 참았던 숨을 토해 냈다. 마법 같은 인위적인 힘이 적용된 것이 아니다. 신이 아니고서야 만들어 낼 수 없는 자연스러운 공간이었다. 어째서 찬란한 빛의 끝에 이런 공간이 생성되었는지 도무지 알 수 없는 모모는 차마 어떠한 말도 섭사리 내뱉을 수 없었다. 그에 비해 조금은 안정을 찾은 리파가 주변을 크게 둘러보며 나지막이 중얼거리듯 말했다.

[마치 파이의 별사탕 같군.]

그의 말이 끝나기 무섭게 밤하늘의 작은 빛들이 별처럼 크게 반짝이더니 크게 호선을 그리며 떨어져 내렸다. 마치 별동별이 떨어져 내리듯. 무수히 많은 작은 빛의 별들이 쉬지 않고 떨어졌다.

모모와 리파는 순간 할 말을 잃고 넋을 놓은 표정으로 그 광경을 쳐다봤다. 몇 백 년에 한 번, 밤하늘에 떠 있는 헤아릴 수 없이 많은 별들이 일제히 떨어지는 시기가 있다. 별이 떨어지는 시기가 몹시도 불규칙하고 지속되는 시간도 짧아서 운이 좋아야 목격할 수 있는 신비하고 기묘한 환상의 광경이었다. 세계가 생기고부터 이제까지 존재해 온 리파조차 손에 꼽을 정도로 섭사리 보지 못했던 별동별의 향연이 눈앞에 펼쳐지자 그들은 경악을 금치 못했다.

[세상에······!]

"······이게 어떻게 된 건지?"

리파가 나지막이 탄성을 내뱉었다. 모모 역시 놀라기는 마찬가지인지 생소한 이 광경에 진정되지 않은 얼떨떨한 어조로 의문을 토해냈다. 그러나 그 어떤 누구도 그의 의문에 답해 주지 않았다. 아니 못했다고 해야 하는 게 옳을 것이다. 짧지 않은 시간 동안 별똥별의 향연은 계속해서 이어졌다. 밤하늘의 반짝이는 각인각색의 별들이 호선을 그리며 떨어져 아스라이 사라졌다. 놀라움을 금치 못할 광경 속에 모모와 리파는 파이를 찾는 것조차 잠시 동안 잊을 정도로 그들을 둘러싼 기묘한 세상은 몹시도 아름답고 신비했다. 모모가 놀라운 그 광경에서 가까스로 시선을 옮겼다. 뒤늦게 아이를 찾아야 한다는 것을 깨달은 것이다. 그가 황급히 별똥별이 떨어져 내리는 환상 같은 세상을 둘러보았다. 이미 리파는 시선을 돌려 주변을 둘러보기 바빴다. 그때였다. 그토록 찾아 헤매던 아이의 모습이 리파의 시야에 포착되었다. 리파가 몹시도 날렵한 걸음걸이로 껑충껑충 뛰면서 그리로 튀어갔다. 모모가 뒤늦게 그가 뛰어간 방향으로 시선을 옮겼다. 그곳에, 무수히 많은 별들이 떨어지는 그림 같은, 환상 같은 광경 속에 파엔과 파이가 있었다.

파엔과 파이는 마치 잠이 든 것처럼 눈을 감고 그 밤하늘에 누워 있었다. 파이는 파엔의 머리통을 제 가녀린 팔로 감싸 안고 그의 정수리에 눈을 감고 얼굴을 묻었다. 파엔은 아이의 작은 가슴에 얼굴을 묻고 평온한 표정으로 잠이 든 듯했다. 그의 양팔과 양 발목에 차여진 구속구만 아니었다면 방금 전까지 성난 짐승처럼, 정신 나간 미친 사람처럼 행동하던 파엔이라 생각할 수 없을 정도로 몹시도 평화로운 표정으로.

모모가 다급히 그 둘에게 다가가 한쪽 무릎을 세우고 쭈그려 앉아 아이의 심장 부분에 귓가를 댔다. 희미하게 박동하는 심장소리가 들렸다. 안정적으로 가슴이 작게 들썩이는 것도 느껴졌다. 모모는 안도하며 시선을 옮겨 파엔에게도 아이에게 했던 것처럼 심장소리와 숨소리를 확인했다. 파엔 역시 안정적인 심장소리와 숨을 내뱉었다. 둘은 서로를 바싹 껴안고 기대어 평온한 표정으로 잠이 든 것 같았다. 모모는 아이와 파엔에게서 느껴지는 안정적인 기운에 안도의 숨을 내쉬었다. 리파는 모모의 안도의 표정을 보며 희게 웃으며 말했다.

[둘 다 무사하군.]

"그런 것 같아. 그런데……."

파엔 안에 있는 망령은 어떻게 된 거지? 그가 중얼거리듯 말했다. 그에 리파가 미간을 찌푸리며 파엔에게 시선을 옮겼다. 그의 금색 눈동자가 가늘게 접혔다. 찬란한 황금의 눈은 파엔 안의 무언가를 꿰뚫어 볼 듯 노려보았다. 진실을 꿰뚫어 보는 대지의 주인의 눈에 비치는 파엔 안에는 말간 기운이 피어오르고 있었다. 방금 전까지만 해도 빨갛다 못해 새까맣던 불길한 피의 기운이 거짓말처럼 사라진 것이다.

[사라졌어.]

"사라졌다고? 왜 갑자기……?"

[모르겠어. 하지만 이것 하나만은 확신할 수 있어. 파엔이 그에게서 벗어났다는 것을.]

"어떻게 그런 일이……?"

천 년 동안 이어졌던 지독한 저주가 순식간에 풀려나 사라졌다. 거짓말처럼. 모모가 놀람을 금치 못하고 파엔과 리파를 번갈아 보았다. 그에 리파 역시 아리송한 표정을 지었다. 그러던 중 문득 그는 파엔의 얼굴을 껴안고 잠이 든 것처럼 정신을 잃은 자신의 소중한 소녀를 내려다보며 불현듯 어떤 생각이 들었다.

설마……?

그때였다. 그의 귓가로 달그락거리는 소리가 들렸다. 리파가 귀를 쫑긋거리더니 고개를 돌려 소리가 나는 쪽으로 시선을 돌렸다. 그의 시선 끝에 텅 비어 버린 유리병이 보였다. 리파는 그 유리병이 있는 곳으로 천천히 다가갔다.

반짝이는 별사탕이 가득 있어야 할 유리병은 텅 비어 있었다.

마치 처음부터 아무것도 담겨 있지 않았던 것처럼 말끔히 비어 있었다. 리파는 텅 비어서 작게 흔들리는 유리병을 내려다보았다.

그의 금색 눈동자가 고요하게 가라앉았다. 그는 코끝으로 유리병의 입구 부분을 가볍게 밀었다. 유리병은 힘없이 뒤로 밀려났다. 리파는 희미하게 남은 유리병 속의 단내를 감지하며 눈을 깜박였다. 그의 금색 눈동자가 기묘한 빛을 내뿜으며 차분히 가라앉았다. 어쩌면……. 그는 고개를 들며 속으로 중얼거렸다. 리파는 발길을 돌려 모모와 파이, 파엔에게 다가갔다.

"왜 그러나?"

[……파이의 별사탕이 사라졌어.]

"파이의 별사탕이?"

[그래. 처음부터 없었던 것마냥. 하나도 남김없이 사라졌어.]

"……?"

[모모, 기억하는가? 방금 전에 눈이 부실 정도로 빛이 쏟아질 때, 분명 유리병 속에서 별사탕이 요동치듯 크게 움직였지.]

리파는 기억을 더듬으며 말했다. 찬란한 빛이 쏟아지기 직전에 유리병은 저 혼자 크게 들썩일 정도로 움직였다. 당장이라도 폭발할 것 같이. 유리병이 홀로 그렇게 요란스럽게 흔들린 것은 분명 그 안에 별사탕들이 밖으로 빠져나가고 싶어서 안달 난 것처럼 그 안쪽에서 통통 튀었기 때문이다. 두 존재가 알 수 없는 현상에 고심하고 있을 때 바깥에서 무슨 소리가 났다. 몹시도 어수선하고 시끄러운 소리에 모모와 리파가 동시에 소리가 나는 쪽으로 고개를 돌렸다. 그러자 거짓말처럼 밤하늘의 세계가 균열이 가듯 쩍쩍 갈라지더니 순식간에 유리가 깨지는 것처럼 조각나 부서져 떨어져 내렸다. 밤하늘의 공간이 깨지자 그들이 있는 공간은 본래의 지하방의 모습으로 돌아왔다.

"오! 세상에! 이게 무슨 일이오!"

본래의 풍경으로 돌아오자마자 시끌벅적한 소리와 함께 카이저와 아벨이 뛰어 들어왔다. 그 뒤로 라반이 뒤따라왔다. 창백한 낯빛의 카이저가 금방이라도 울 것 같은 얼굴로 파이와 파엔에게 달려왔다. 리파가 자리를 슬그머니 옮겨 모모의 곁으로 갔다. 카이저는 평온히 잠이 든 것 같은 제 자식들을 양팔 가득 안았다.

"세상에! 세상에!"

카이저가 혼란스러운 듯 침음을 내뱉으며 아이들의 머리통을 쓰다듬었다. 그에 모모가 입을 열었다.

"진정하……십시오. 카이저. 파엔과 파이는 무사합니다."

그는 평소처럼 말을 놓으려다 아벨과 라반을 보고 어설프게 존댓말로 바꿔 말했다. 그들은 아직 모모의 정체를 모르고 있었기 때문이다. 카이저가 고개를 숙여 정신없이 잠들어 있는 파엔과 파이를 이리저리 쳐다보다 뒤늦게 그를 올려다보며 말했다.

"오! 모모, 세상에! 이, 이게 어떻게 된 겁니까? 왜 파이가 여기에, 파, 파엔은 왜 이렇게……?"

그는 몹시도 혼란스러운 듯 횡설수설하며 여러 말을 뒤섞어 정신없이 내뱉었다. 너무나도 놀라고 당황한 듯했다. 그는 혹여 파엔이 파이를 끌어들여 해를 끼친 것은 아닌지, 그로 인해 어떤 문제가 생긴 것이 아닌지 수많은 걱정과 불안이 물밀 듯 몰려왔다. 그에 모모가 손바닥을 내밀며 진정하라는 듯 제스처를 취하며 말했다.

"진정, 진정하십시오. 둘은 무사합니다. 또한 저주 역시 풀린 것 같습니다."

"……오! 아이가 다친 것은 아닙니까? 파엔은, 악령은…… 네, 넷?"

"그게 무슨 말인가?"

여전히 혼란 상태인지 카이저는 모모의 말을 제대로 귀담아 듣지
못하고 제 말만 내뱉다 뒤늦게 그 말을 이해했는지 멍청히 반문했다.
조용히 상황을 지켜보던 아벨 역시 모모의 말에 눈을 휘둥그레 뜨고
되물었다. 그에 모모가 빙그레 웃으며 말했다.

"악령이 사라졌습니다."

저주가 풀린 겁니다. 그가 덧붙여 말했다. 카이저가 멍청히 입을 벌
려 뻐끔거렸다. 그 곁으로 다급히 다가온 아벨이 모모의 양어깨를 잡
아 거칠게 흔들며 몹시도 놀란 어조로 물었다.

"사실인가?"

모모의 정체를 모르나 은연중 풍겨 오는 기운이 범상치 않기에 그
를 내심 의심하고 있었던 아벨이 의심쩍은 표정으로 노려보았다. 그
럼에도 모모는 움츠러들지 않고 빙그레 웃으며 확신 어린 어조로 말
했다.

"사실입니다. 파엔에게서 사악한 기운이 느껴지지 않습니다."

모모의 말에 아벨이 뒤에 서 있는 라반에게 시선을 주었다. 라반은
진중한 표정으로 고개를 조그맣게 끄덕이고 조심스럽게 파엔에게 다
가갔다. 라반은 파엔의 앞 머리카락을 가볍게 쓸어 올려 이마에 손바
닥을 대고 지그시 눈을 감으며 그 안의 기운을 느꼈다.

라반이 잠시 동안 침묵하자 카이저와 아벨이 몹시도 조마조마하고
긴장 어린 눈빛으로 지켜봤다. 잠시의 침묵이 영겁의 시간처럼 느리
게 흐르는 것 같았다. 길지 않은 침묵 끝에 라반이 감았던 눈을 천천
히 뜨며 몹시도 놀랍다는 듯 말했다.

"그의 말이 사실입니다. 파엔 안에 어떠한 사악한 기도 느껴지지 않
습니다."

"오! 맙소사! 세상에!"

아벨이 놀랍다는 듯 탄성을 내뱉었다. 그는 라반에게 다가가 그의
양어깨를 흔들며 말했다. 정말? 진짜인가? 사실이야? 그가 호들갑을

떨며 몇 번이고 되묻자 라반이 쓰게 웃으며 고개를 크게 끄덕였다. 카이저가 두 아이의 머리통을 다시 감싸 안으며 기어코 울음을 터트렸다. 그는 오열했다. 어찌하여 그 존재가 사라졌는지 알 수 없으나, 카이저는 아무래도 상관없다는 기분이 들었다. 제 아이들만 무사하다면 그것으로 된 것이다. 그거면 된다.

"으흐흑……! 신이시여! 오! 신이시여! 감사합니다. 오오……!"

입구 가까이에 서서 이 모습을 지켜보고 있던 파람도 크게 요동치는 가슴을 손으로 움켜쥐며 진심을 담아 중얼거렸다.

"신이시여, 감사합니다."

"감사할 것 없어. 내가 한 게 아니니."

지하로 내려오는 계단에서부터 목소리와 함께 터벅터벅 발소리가 들려왔다. 파람은 숙였던 고개를 천천히 들어 그쪽을 돌아보았다. 계단에서 내려오는 이는 그 아래 벽에 붙어 있는 촛대의 작은 촛불에 의해 언뜻 윤곽만 드러날 정도로 보였다. 그가 점차 아래로 내려왔다. 그가 온전히 빛이 닿는 영역에 도달했을 때 얼굴을 가린 새까만 머리카락이 걷는 반동에 의해 조금씩 흔들렸다. 입구 가까이에 서 있던 파람은 점차 윤곽을 드러내는 그의 모습에 몹시도 놀란 듯 쳐다봤다. 그가 입꼬리를 말아 올리며 미소 지었다.

"……파샤?"

그는 다름 아닌 파샤였다. 칠흑의 색으로 물든, 평소와 사뭇 다른 분위기를 띠는 파샤. 파람이 느릿느릿 눈을 깜박이며 나지막이 물었다. 그에 검은 머리카락의 파샤가 빙긋이 웃었다. 선명한 진홍색이어야 할 눈동자가 찬란한 금색으로 반짝거렸다.

"지금은 신이지."

신이 파샤의 육체에 다시금 강림했다. 그에 파람이 눈을 동그랗게 뜨더니 느리게 깜박였다. 파샤는 분명 누이의 방으로 향하고 있었다. 그런 그가 전혀 다른 모습으로 나타나자 어리둥절해졌다.

"내가 한 일은 이 사내의 죽음을 비껴 가게 한 것뿐. 그 외에는 없어."

저건 내가 한 게 아냐. 그가 말했다. 그에 파람이 의문어린 눈빛으로 보자 신은 어깨를 으쓱하며 말했다.

"정말이야. 내가 한 건 없어. 이건 저 아이의 선택에 의해 이루어진 결말이야."

무수히 많은 선택의 갈래에서 그녀가 선택한 길로 이어진 결말. 그의 말에 파람의 눈빛이 흔들렸다. 파람이 멍청히 반문했다.

"파이가, 파이가 선택했다고요?"

"그래. 그녀는 선택했고, 그 선택 끝에 예정된 미래가 바뀌었지."

절망적인 결말이 아닌 아이가 바라 마지않던 결말로 바뀐 거야. 신은 빙그레 웃으며 말했다. 그에 파람이 말없이 눈을 깜박였다. 신이 다시 입을 열었다.

"인간은 어리든, 어리지 않든, 작든, 작지 않든, 상관없이 무수히 많은 선택이 주어진단다. 예외는 없단다. 모두가 동일하며 평등하지. 그렇기에 세상에 살아가는 모든 생명체의 미래가 자신이 택한 선택에 의해 수시로 바뀐단다. 파이는, 그녀는 파엔을 구하고 싶어 했고 그렇기에 선택했단다."

자신의 별사탕을 사용하기로. 물론 무의식적으로 사용한 것이지만. 신의 말에 파람이 의문을 표했다.

"별……사탕?"

"그래, 별사탕. 그건 말이란다. 그 아이가 아주 어릴 때부터 담아온 소중한 추억의 결정체란다. 처음으로 기어 다니고, 앉고, 서고, 걸으면서 느꼈던 감정, 무어가를 보고 느끼고 깨달은 감정, 순수한 아이의 이제까지 느껴왔던 감정이 담긴 것. 이걸 인간들은 추억이라고 하고 또는 기억이라고 하지."

"추억…… 기억……?"

"파이의 별사탕은 언젠가 지워질 그 순간들을 담은 추억과 기억의 결정체란다. 그리고 그 추억과 기억 속에서 자연스럽게 느꼈던 때 타지 않은 순수한 감정들."

아이의 순수한 감정만큼 찬란한 건 없기에 그녀의 별사탕이 그토록 반짝거렸던 거야. 신은 그리 중얼거리듯 말하고는 가볍게 한숨을 내쉬며 양팔로 팔짱을 끼며 난감한 듯 웃었다.

"하지만, 그걸 지금 사용할 줄은 몰랐다. 그만큼 파엔을 구하고 싶었던 모양이야. 그게 그 아이답긴 하지만……."

덕분에 '널' 기억할 유일한 선택이 사라져 버렸지. 신이 몹시도 안타까운 듯 말했다. 그에 파람의 눈빛이 흔들렸다. 그러나 그것도 잠시 파람은 고개를 절레절레 저으며 단호한 어조로 말했다.

"기억하지 못해도 됩니다. 아뇨. 안 하는 게 좋아요. 끔찍한 기억입니다. 그 아이에게."

아이가 기억하지 못해도, 그래도 괜찮습니다. 제가 기억하니까요. 파람의 말에 신이 희게 웃었다. 마치 그렇게 대답할 줄 알았다는 미소였다. 파람은 괜찮다는 듯 웃었다. 그러나 신은 파람이 사실 전혀 괜찮지 않다는 것을 알 수 있었다. 그는 그 사실에 몹시도 괴롭고 슬퍼하고 있었다. 그럼에도 신은 모른 척 웃었다. 파람은 그가 서 있는 계단 바로 아래 단으로 걸어가 확고한 의지로 말했다.

"누이가 행복할 수만 있다면 전 아무래도 괜찮습니다."

신은 그의 말에 눈을 감으며 고개를 끄덕였다. 파람은 신의 대답에 빙그레 웃으며 그를 지나쳐 위로 올라갔다. 터벅터벅 올라가는 파람의 걸음 소리에 신은 감았던 눈꺼풀을 천천히 들어 올렸다. 신의 어깨에 아름다운 빛을 발하는 빛의 구가 내려앉았다. 그 안에서 분홍색 물결을 일으키는 탐스러운 머리카락을 가진 페어리 여왕이 모습을 드러냈다. 여왕은 신의 어깨에 사뿐히 내려앉아 말했다.

[정말로 괜찮을까?]

"……괜찮을 리 없지."

신이 속삭이듯 중얼거렸다. 그에 여왕이 흐리게 웃으며 고개를 돌려 위로 올라가는 파람의 등을 올려다보았다.

그는 500년을 기다렸다. 누이를 다시 만나기 위해, 다시 남매의 연을 잇기 위해 그 긴 시간을 기다려 왔었다. 당장이라도 쓰러질 것 같은 위태로운 모습에 여왕은 절로 가슴이 먹먹해지고 서글퍼졌다. 신은 차마 고개를 돌려 파람을 돌아보지 못하고 중얼거리듯 말했다.

"다시 태어날 때, 분명 나는 그녀의 '마지막 부탁'으로 이 둘에게 망각의 샘물을 먹이지 않았어. 그럼에도 둘은 전생을 기억하지 못했다. 허나 시간이 지남에 따라 하나는 기억을 되찾고, 하나는 기억을 묻어 버렸다."

아이가 묻은 기억은 곧 그녀의 별사탕에 깃들었다. 그녀의 전생이 별사탕에 깃든 것은 다행이었으나, 곧 그것이 그를 기억하지 못하는 결말로 이어졌다. 거기다 파엔을 되찾고 아리스타와 비아를 이어 주기 위해서는 많은 양의 별사탕이 필요했다.

그렇기에 파이는 선택했다. 전부 다 써도 좋으니까 파엔을 되찾아 달라고. 그녀의 간절한 바람에 유리병 가득 담겨 있던 수많은 별사탕들이 크게 동조했다. 별사탕들은 그녀의 소망을 들어주기 위해 사라졌다. 그리고 그녀의 전생의 기억도 함께 사라졌다. 그것이 그녀가 선택한 결말. 여왕이 점점 멀어져 가는 파람의 등에서 시선을 옮겨 그를 올려다보며 안타까운 듯 물었다.

[정말 방법이 없어?]

여왕의 물음에 신이 말했다.

"없진 않아. 하지만……."

그 또한 아이의 선택에 의해 이루어질 일, 그 끝이 어떻게 될지는 아무도 모른다. 그에 여왕이 손을 들어 신의 뺨을 매만지며 말했다.

[나쁘게 끝나진 않을 거야. 그렇지? 당신이 그랬잖아. 더 이상의 비

212

극은 없을 거라고.]

"그래……."

그 아이에겐 나쁜 결말은 아니야. 하지만 너희에겐 몹시도 슬픈 결말일지도 몰라. 신은 뒷말을 삼키며 흐릿하게 웃었다. 지하 계단을 밝혀 주는 촛대의 촛불이 살랑 흔들리며 다시 빛의 영역을 흔들어놓았다. 그 속에서 신이 금색 눈을 내리깔며 안타깝게 웃었다. 여왕은 신의 미소를 옆에서 지켜보더니 그 뺨에 얼굴을 기대며 눈을 감았다. 이미 그녀는 어느 정도 예감하고 있는 듯했다. 여왕의 날개가 반짝이는 빛을 머금고 흔들렸다.

그럼에도, 운명은 너의 선택에 의해 바뀌고, 바뀐단다. 아이야, 네 선택에는 그만한 책임이 따라. 그럼에도 네가 선택한다면, 나는 기꺼이 그 선택을 존중하련다.


기절한 듯 잠이 든 파엔과 파이는 곧 각자의 방으로 옮겨졌다. 파이는 다음 날 말끔한 상태로 자리를 털고 일어섰지만 파엔은 그러지 못했다. 그는 지속적으로 아리스타에게 빙의되어 7년 가까이 몸의 자유를 야금야금 갈취당한 대가로 펄펄 끓는 고열에 시달려 일주일가량을 침대에 꼼짝없이 누워 있어야 했다.

파이는 고열에 시달리는 파엔에게 매일같이 찾아가 그 곁을 지켰다. 처음에는 그렁그렁한 눈동자로 파엔의 이마를 토닥이며 아파? 아파? 하고 쉴 새 없이 묻더니 점차 다소 안도하는 모습을 보였다.

그럼에도 파이는 쉽사리 안심이 되지 않는지 이따금 파엔이 고열에 시달리면 깊은 잠에 빠지는 것을 지켜보다 그 위로 엉금엉금 기어 올라가 작게 숨을 내쉬는 그 가슴에 귀를 맞대고 가만히 누워 있었다. 그러고 있자면 안정적인 그의 숨소리와 심장 소리를 들을 수 있었다. 파이는 그로 인해 파엔이 살아 있다는 것을 몸소 느끼며 다시금 안도했다.

파이는 파엔이 살아 숨 쉰다는 것을 몇 번이고 확인한 후에야 그의 곁에 바싹 붙어 그의 목을 껴안고 그 어깨에 얼굴을 묻으며 잠을 청했다. 그녀는 파엔이 나을 때까지 그의 방에서 낮잠을 청했다. 그 모양새가 마치 잠시 한눈이라도 팔면 파엔이 또 어디론가 숨을까 봐 불안해하는 것 같았다.

파엔은 고열에 시달려 정신이 없는 상황에도 파이의 불안한 마음을 눈치챘는지 언제나 밝게 웃으며 그녀를 반겼다. 그는 이따금 아이에게 안정과 믿음을 주고자 힘없는 한 손을 들어 그 노란 머리통을 쓰다듬으며 속삭이듯 말했다.

"오빠 이제 안 숨어. 파이."

숨바꼭질 끝났으니까. 이제 안 숨을게. 파엔은 그 말을 몇 번이고 반복했다. 파이는 그의 말에 언제나 해사하게 웃으며 고개를 끄덕였다.

아이의 작은 손이 그의 뺨에 닿았다. 파엔이 눈을 가늘게 접고 웃으며 눈을 감았다. 몸이 나른하고 끊임없이 잠이 왔지만 예전처럼 기억에도 나지 않는 가슴 먹먹하고 슬픈 꿈이나 핏빛 불길한 악몽을 꿀 것 같진 않았다. 어쩐지 귓가로 청아한 소녀의 웃음소리와 낮고 잔잔한 남자의 웃음소리가 들리는 것 같았다.

몹시도 행복하고 기쁜 두 남매의 웃음소리가.

✳✳✳

황궁의 어딘가, 비어 있는 별궁에 며칠 전부터 주인이 들어섰다. 임시 주인인 그는 다름 아닌 타국의, 그것도 적국의 고귀한 혈통의 황태자, 아칼리템의 제1 황위 계승자 스플린프로츠도비쉐 아칼리템이었다. 그는 자신에게 주어진 별궁을 마치 제집인 양 자유롭게 사용했다.

별궁에 가장 넓고 화려한 방에서 그는 고풍스러운 의자에 다리를 꼬고 앉아 옆 테이블에 올려진 짙은 적포도주가 담긴 와인 잔을 향해 손을 뻗었다. 그는 유려한 손놀림으로 와인 잔을 가져와 입가에 대고 그 안에서 넘실거리는 적포도주를 한 모금 마시며 음미하듯 눈을 내리깔았다. 그의 전신에서 흐르는 황족 특유, 고귀한 혈통의 도도함과 기품이 넘쳐 나 넘실거렸다.

"굉장히 여유롭군요."

그런 그를 비난하듯 누군가가 퍽이나 날카로운 어조로 나무랐다. 그에 눈을 살짝 내리깔고 있던 그가 시선을 비스듬히 들어 올려 자신에게 말을 거는 이를 쳐다보았다. 서늘한 은의 눈동자가 예사롭지 않은 빛을 발했다.

별궁의 가장 넓고 고급스러운 방임에도 어쩐지 주변이 울적하고 서늘한 기운으로 가득했다. 햇빛이 내려앉아 환해야 할 방의 커다란 창가마다 두꺼운 커튼이 갑갑하게 쳐져 더욱 음울한 분위기를 조성했다. 그는 이 새까만 어둠과 무거운 침묵이 몹시도 마음에 들었다. 그의 눈동자는 어두운 방에서 유독 도드라지게 보이는 서늘한 은의 색. 눈을 가늘게 휘어 접으며 요사스러운 밤하늘의 창백한 달처럼 아름답게 웃었다.

"급할 것 없지."

그는 와인 잔을 가볍게 빙글빙글 돌려 가며 적색 포도주의 찰랑거리는 표면을 지그시 내려 보다, 소리 없이 테이블 바닥에 내려놓았다. 그러고는 의자 팔걸이에 올린 손으로 턱을 괴고 비스듬히 등을 세우며 속삭이듯 말했다. 지극히 낮고 서늘하며 거만한 어조였다.

그의 시선을 받은 이가 쯧, 하고 혀를 차며 뚜벅뚜벅 걸어왔다. 그는 몹시도 어둡고 무거운 진회색의 머리카락을 가진 이였다. 어두운 방 안에서 그의 짙은 회색은 더욱 어둡게 내려앉았다. 몹시도 어두운 회색의 머리칼을 가진 그는 햇빛 한 번 받아 보지 못한 사람처럼 몹시도 창백한 낯빛을 가졌으며 눈에 띄게 아름다운 이목구비를 가진 이였다.

물론 눈앞의 찬란할 정도로 아름다운 황태자에 비할 바는 못 되지만.

그는 제 짙은 남색 눈동자가 내리깔며 나른하게 비스듬히 앉아 있는 자국의 황태자를 힐난하듯 쳐다보고 있었다. 그럼에도 불구하고 그는 몹시도 유유자적한 태도를 보였다.

"스플린, 지금 자국에서의 당신의 입지가 얼마나 위태로운지 모르겠습니까? 그녀가 당장에라도 그대의 목을 조여 올 정도로 지척까지 다가와 황태자인 당신의 입지를 야금야금 갉어먹고 있단 말입니다."

그가 다소 짜증이 뒤섞인 어조로 말했다. 황태자의 몸을 '가진' 그는 조만간 아칼리템의 황제가 될 것이다. 짙은 회색 머리카락의 사내의 가문은 그의, 황제의 권력을 방패로 삼아 어떠한 숙원의 연구를 위해, 또는 그의 욕망을 위해 이제까지 존재했다. 가문의 숙원을 이루기 위해 황태자가 반드시 황위에 올라 황제가 되어야만 했다. 그런데 눈앞의 황태자를 보자니 어쩐지 미덥지가 않았다. 황제가 될 마음이 있는 건가 싶지만 그는 분명 1000년 전부터 아칼리템의 황제였던 이다. 그는 반드시 황위를 물려받을 것이다. 그리고 자신의 가문의 숙원과 그가 그토록 바라 온 염원을 이룰 것이다.

사내의 가문이 대대로 연구해 온 것은 불사, 영생에 관한 것.

사내의 가문은 대체로 연금술사들로 이루어진 학구열이 넘쳐나는 학자의 가문이었다. 그들은 몹시도 학구열이 넘쳐 났다. 그렇기에 건드려서는 안 될 금단의 구역에마저 서슴없이 손을 뻗은 것이다.

그들은 과거 존재했던 신화적 존재들의 영생의 이유를 알고 싶었다. 그 존재가 궁금했다. 자신을 창조한 신은 어째서 그들에게만 영생을 허락한 것일까. 연금술사들은 오랜 연구에도 의문을 풀지 못해 몹시도 성이 나 있었다.

그들을 탐구하고 싶다. 그 존재의, 영생의 핵심이 되는 무언가를 알고 싶었다. 신이 그들을 선택한 이유를 두 눈으로, 이 뇌로 찾아내고 싶었다. 그러기 위해서는 '진귀한 자'라 불리는 그들이 필요했다. 그러나 그들은 인간들 눈에 띄지 않았고, 보인다 한들 한낱 인간의 손아귀에 휘둘려질 만만한 존재들이 아니었다. 그들은 결국 대체품을 찾아야 했다.

그것이 바로 영생을 얻은 인간.

결국 그들은 인간으로서 할 수 없는 비윤리적인 행동을 감행해서 인위적으로 영생을 얻은 인간을 탄생시켰다. 그 탄생의 결과물이 바로 사내의 앞에 오만하게 앉아 있는 아름다운 적발의 사내다. 정확히는 그 안에 자리하고 있는 심장을 먹는 괴물, 탐욕과 이기심, 잔혹성을 모두 갖추고 태어난 실체 없는 악마.

그게 바로 스플린의 정체였다.

스플린, 그의 시초는 까마득히 먼 천 년 전으로 거슬러 올라가야 했다.

아주 오랜 옛날, 그는 아칼리템의 황제였다. 드넓은 땅의 주인인 그는 여타 어느 인간들과도 같이 만족할 줄 모르며 남의 것을 당연한 듯 탐내고 빼앗고 약탈하는 천하에 둘도 없을 악인이었다. 모든 대륙의 땅이 자신의 것이어야 했다. 전신 가득 넘쳐흐르는 탐욕이 그를 부추겼다. 그는 부지런히 타국을 집어삼켰다.

제 나라를 크게 넓혀 갔다. 잔혹성이 하늘을 뚫을 기세였다. 그러나 그의 오만함도 끝을 맞이할 순간이 도래했다. 그가 나이를 먹기 시작한 것이다. 영원할 것 같던 젊음은 모래알처럼 점차 그의 손아귀를 빠져나가 영영 돌아오지 않았다. 그는 점차 두려워졌다. 자신이 이대로 늙어 나약한 노인이 되어 버린다면 원치 않아도 손에 쥐고 있는 황권을 제 자식에게 내줘야 했다. 그는 그 사실이 몹시도 싫었다.

이대론 안 된다. 안 돼! 이 자린 나의 자리야. 내 것!

뼛속부터 탐욕스러운 황제는 손아귀에 쥔 황권과 황위를 영원히 자신의 것으로 두고 싶었다. 황제는 곧 제국에 기거하는 세상의 모든 지식을 품은 위대한 현자를 포함한 마법사와 학자들을 불러들였다. 그러고는 그들에게 명했다.

영생의 약을 만들어라. 불로불사의 약을!

드넓은 땅의 주인이자 그들의 황제인 그의 명을 받아 명석한 두뇌를 가진 인재들이 머리를 맞대고 연구했다. 그러나 안타깝게도 이 세상 어느 누구보다도 현명하고 명석한 두뇌를 가진 현자조차도 영생의 약을 만들어 내지 못했다. 황제는 분노해 길길이 날뛰며 현자의 목을 가차 없이 베어 버렸다.

쓸모없는 것!

황제의 잔인무도한 손속에 영생을 연구하는 이들이 하나같이 벌벌 떨었다. 그들은 더욱 열심히 연구했다. 그러던 중 신화 속 종족인 용족의 후손이 있으며 용족의 피를 이용하면 영생을 얻을 수 있을지도 모른다고 아뢰었다. 그 즉시 황제는 누비아 공국을 단숨에 짓밟았다. 용족의 후손이라는 공국의 왕을 절단해 그의 피를 얻었다.

그러나 그럼에도 영생의 약은 완성되지 못했다.

용족의 피로 만든 약은 황제의 육체를 조금 윤택하게 만들어 주었을 뿐 완전한 젊음과 영생을 선사해 주지 못했다. 황제는 크게 노했다. 그에 학자들이 벌벌 떨며 용족의 피가 부족하여 그러하다 변명했다. 황제는 변명임을 알면서도 일전에 그의 시선을 따돌리고 도망친 멸망한 공국의 공자가 떠올랐다. 피가 모자라다면 그놈을 마저 잡아야겠구나!

그 질긴 생명력이라면 필히 내게 영생을 가져다 줄 것이다.

그러나 공국의 공자가 쥐새끼마냥 먼 섬나라 백하로 숨어들어 갔다. 그 조그마한 섬나라에 아칼리템의 황군에 겁도 없이 서슬 퍼런 검을 휘두른 이가 있었다. 그가 바로, 흑천홍월의 후계자였다.

그로 인해 아칼리템의 황제는 원하는 바를 얻지 못했고, 분노한 황제는 작은 섬나라의 왕에게 경고의 서신을 보내 주제도 모르고 자신의 군대에 검을 든 이를 단단히 처분할 것을 명했다. 그로 인해 흑천홍월가의 후계자가 쫓겨났다.

황제는 하루라도 빨리 공자가 그 나라를 나와 대륙에 발을 내딛길 기다렸다. 그러나 아이러니하게도 파문당한 흑천홍월가의 후계자가 그들과 함께했다. 황제는 화가 났다. 저 미천한 것이 끝끝내 자신의 앞을 가로막는구나! 그는 이를 갈며 그 뒤를 바싹 쫓아 그들을 무섭게 위협했다. 반드시 죽이고, 용족의 피를 얻으리라! 그의 질긴 집착에도 그들은 필사적으로 발버둥 쳤다.

그렇게 짓밟아 놓았는데도, 그렇게 처참하게 몰아붙였는데도!

끝내 그들은 위태로운 그 상황 속에서 지독하리만지 독한 인내심과 지구력, 단결력으로 작은 나라를 세우고 말았다. 그 작은 나라의 이름은 아이다. 비참히 무너져 멸망한 누비아공국의 생존자가 세운 나라. 작은 나라 아이다는 놀라운 속도로 빠르게 변화하고 발달하며 조금씩 제 영역을 넓혀 아칼리템의 빈틈을 노렸다. 아이다의 시초이자 초대였던 왕과 그 휘하의 5명의 충신들은 이를 악물고, 죽을 만큼 매달렸다. 그 끝에 아이다는 결국 아칼리템과 어깨를 나란히 설 제국으로 거듭난 것이다. 아칼리템의 황제는 몹시도 분노했으나 지치지도 않고 달려드는 그들에 희미하게 두려움도 느꼈다.

당시 황제의 나이 49세.

황제는 점차 초조해져 갔다. 이대로 있다가는 꼼짝없이 제 자식에게 황위를 넘겨야 했다. 그것은 싫었다. 너무나도!

이것은 나의 것이다. 그 누구 아닌 나의 것!

그러던 어느 날, 이름 모를 연금술사가 그에게 속삭였다. 저 너머 백하의 흑천홍월가의 어린 무녀의 심장을 먹으면 영생을 얻게 될 것이라고. 황제는 주저하지 않고 그 나라의 어린 계집 무녀를 훔쳐 와 그 심장을 단숨에 집어삼켰다. 연금술사의 말대로 무녀의 심장은 실로 진귀한 힘을 가지고 있었다. 아칼리템의 황제는 진실로 무녀의 심장을 집어삼켜 영생을 얻었다.

비록 반쪽짜리지만.

그는 그 덕에 오랜 세월 동안 죽지 않고 오늘날 이때까지 살아온 것이다. 제 혈육의 육신을 집어삼키고, 그 속을 점령하며. 무녀의 심장은 실로 대단한 것이었다. 죽어서도 사후로 넘어가지 않고 현세에 남아 타인의 몸을 멋대로 강탈할 수 있는 능력을 주었다. 그것은 흑천홍월가의 특성이 변질되어 일어난 결과였다.

타인의 육체를 강탈할 수 있는 능력을 얻은 그는 칼레이저가의 악령 아리스타보다도 더 사악했다. 그는 말 그대로 육신과 정신을 집어삼키고 제 것으로 만들었다. 영혼 잃은 육체는 온전히 그의 것이었다. 그의 괴기함은 거기서 끝나지 않았다. 그는 주기적으로 아주 어린 계집의 심장을 섭취했다. 더없는 절망과 공포를 느낀 어린 계집의 심장은 그에게 타인의 정신을 송두리째 집어삼키는 능력을 선사해 주었다.

그는 이렇게 바라 마지않던 아칼리템의 '영원한 황제'가 되었다.

스플린은 비틀어진 미소를 지으며 눈꺼풀을 반쯤 내렸다.

이 육신 역시 그렇게 얻은 것이었다. 이 육신은 현 아칼리템의 황제의 두 번째 자식이자 당대 유일무이한 남아로서 당당히 황태자의 위치에 앉은 이의 것이었다. 그러나 과거 스플린은 몹시도 몸이 나약했다. 당장에라도 숨을 거둘 만큼.

과거 스플린에게 몹시도 자애롭고 다정하고 상냥한 누님이 하나 있었다. 현 아칼리템의 제1 황녀이자, 지금 자신에게 칼날을 겨냥하고 있는 앙큼한 계집.

"그 여자, 이제 와서 이 몸을 저지할 셈인가?"

우습군. 그가 몹시도 우습다는 듯 말했다. 그녀의 바람대로 이렇게 살려 줬더니 이제 와 자신에게 이를 드러냈다. 배은망덕하기 그지없다. 아마 그 계집은 뒤늦게 깨달은 것일 거다. 그의 아비가 동생을 정말로 살려낸 것이 아니라 악마에게 내어준 것이며, 믿어 의심치 않던 그 아비마저 사실 악마에게 먹힌 제물이었다는 것을.

애초에 그녀는 그와 상성이 맞지 않았다. 그녀는 아칼리템의 황족답지 않게 너무나도 마음씨가 곱고 다정했다.

이기적이고 자기중심적이며 저 잘난 맛에 살았던 아칼리템의 혈족 중에서 어찌 그런 계집이 태어났을까. 이따금 스플린은 의문을 느끼곤 한다. 혹여 신이라는 작자가 저에게 엿 먹으라고 그따위 계집을 보낸 것이 아닐까 하는 얼토당토 하지 않은 생각을 하기도 했다. 백색 찬란한 선의의 황녀. 거짓과 탐욕, 약탈과 파괴를 일삼았던 추악한 아칼리템의 황가의 혈족으로선 있을 수 없는 일이었다.

그에 짙은 회색 머리카락의 남자가 한 손을 들어 이마를 짚으며 중얼거리듯 말했다.

"쉽게 보지 말아야 할 상대입니다. 그녀는 아칼리템의 제1 황녀. 여인의 몸이긴 하나 마음만 먹는다면 얼마든지 황권을 계승할 수도 있단 말입니다."

"하하하, 엔트. 농담도 적당히 해. 한낱 계집 따위가 황권을 계승해? 이 내가 있는데? 황제가 될 황태자의 몸은 1000년 전부터 이제까지 쭉 내 그릇이며 내 터이고 내 몸이었다! 황제가 되기 위해 태어난 이의 몸은 모두 다! 이 내가 점령하지 않은 천한 몸뚱이가 황권을 계승할 수 없어!"

스플린이 오히려 진회색 머리칼의 남자, 엔트를 힐난하듯 말했다. 그에 엔트가 인상을 찡그렸다. 그 넘쳐 나는 자신감에 예전부터 두 손 두 발 다 들었다. 눈앞에 있는 이는 이미 연금술사의 가문인 엔트의 통제를 벗어난 지 오래다. 그는 이미 아칼리템이 만들어낸 끔찍하고 잔인한 괴물일 뿐이었다. 스플린은 기이하게 발하는 은색 눈에 눈꺼풀을 반쯤 내리며 나른한 어조로 말했다.

"그래 봤자 황녀인 그녀의 편에 선 이가 몇이나 되겠어? 다 거기서 거기인 썩어 빠진 귀족 나부랭이들일 것이 분명한데."

아칼리템의 귀족들은 뼛속 깊이 계급사회에 물들어 있었다. 그들은 약한 자에겐 한없이 잔혹하고 자신보다 강한 자에게 한없이 복종하는 종족이었다.

그러나 엔트의 생각을 달랐다. 황녀는 그 어떤 황족들보다 찬란했다. 그녀는 황제가 되기 위해 태어난 듯 고귀한 여인이었다. 남자로 태어나지 못했음에도 스플린의 자리를 위태롭게 할 만큼. 그녀를 따르는 귀족이 얼마나 많은지 스플린은 모르고 있는 것일까? 아니면 모르는 척하는 것일까.

황태자인 그를 따르는 이보다 고작 황녀인 그녀를 따르는 자가 월등히 많았다.

그녀는 썩어 빠진 귀족들마저 사로잡아, 바로잡을 정도로 매력적인 카리스마를 가진 여자였다. 엔트가 짜증 서린 눈으로 그를 마주 보며 입술을 깨물었다.

뭔가 이번 대에는 과거의 아칼리템과 사뭇 달랐다. 엔트는 본능적으로 어딘가 잘못됐음을 느꼈다. 잘못되어도 터무니없을 정도로 크게 잘못 되었다. 엔트는 한 손을 들어 살짝 숙인 얼굴의 이마를 매만지며 속으로 중얼거렸다.

어쩌면, 자신의 선조가 내뱉었던 흑천홍월의 무녀의 심장이 영생과 관련이 있다는 말부터가 잘못이었는지도 모른다. 그는 이따금 자괴감을 느꼈다. 제 눈앞에서 어린 계집이 몇 번이고 유린당하고 그 작은 심장을 갈취당하는 것을 목격할 때마다 점차 무미건조해지는 자신이 끔찍이 두려워졌다. 자신 역시 악마가 되어 가고 있다.

어쩐지 지쳐 보이는 엔트를 보며 스플린은 재미있다는 듯 웃으며 말했다.

"이봐, 엔트. 내가 왜 자처해서 사절단의 신분으로 이 아이다에 온

줄 알아?"

한 제국의 황태자가 한낱 사절단의 신분으로, 그것도 한창 계승전
쟁으로 어수선한 자국을 빠져나와 타국에 입성했다. 몇 년 전에 색다
른 것이 먹고 싶다며 몰래 숨어 들어갔던 것을 제외하곤 처음이었다.
그제야 엔트가 눈을 가늘게 뜨고 그를 내려다보며 의심스러운 어조로
말했다.

"그러고 보니, 당신치곤 몹시 얌전히 그 영감탱이들의 말을 따랐군
요."

엔트는 자국의 고귀한 신분인 황태자 스플린을 마치 아무것도 아닌
것처럼 대했다. 엔트에게 있어서 그는 실패한 망작일 뿐이었다. 가문
의 과오가 고스란히 담긴 저속하고 탐욕스러운 욕심만 가득 찬 악마.

엔트의 물음에 그가 비실거리며 웃었다. 그의 붉은 입술 사이로 혀
가 날름 빠져나와 윗입술을 요사스럽게 핥았다. 그의 은색 눈동자가
보기 드물게 열기를 띠었다. 탐욕스러운 욕심이 가득 넘실거렸다.

"그걸 찾았거든."

"그거라니, 무슨? ……설마?"

그가 말하는 것이 자신이 먹을 여자아이의 심장에 대한 이야기라는
것을 눈치챘다. 자국에서라면 가문의 이름으로 어떻게든 수습이 가능
했다. 하지만 타국인 아이다에서 그런 몰상식하고 비윤리적인 일을
행했다간 골치가 아파진다. 자칫 잘못했다간 제국 간의 전쟁이 일어
날 수도 있는 상황이 만들어진다. 2년 전에만 해도, 스플린이 제 입맛
에 맞는 어린 계집의 심장이 없다며 제멋대로 아이다에 숨어들어 얼
마나 고생했던가. 엔트는 다시 그 기억을 떠올리며 얼굴을 왈칵 구겼
다.

스플린은 적나라하게 얼굴을 구기며 짜증을 내는 그의 표정에 실실
입술을 쪼개며 말했다.

"엔트, 엔트. 이번엔 아주 중요한 거야. 아주!"

네 일족이 오래도록 연구해 왔던 영생의 행방을 다시 찾을 수 있을지도 몰라. 그가 몹시도 의외의 말을 내뱉었다. 그에 엔트가 기막힌 듯 코웃음을 쳤다. 분명 자신의 가문의 숙원을 이루기 위해 영생의 실마리를 찾는 것은 몹시도 중요했다.

"드디어 발견했다. 영생의 제물을."

엔트의 시선이 곱지 못하게 그에게 꽂혔다. 그러나 스플린은 몹시도 황홀한 듯 웃으며 테이블에 올려놓은 와인 잔을 우아한 손짓으로 들어 올렸다. 그러고는 엔트가 뭐라 하기도 전에 유려한 손짓으로 와인 잔을 기울였다. 스플린의 발아래로 적포도주가 마치 피처럼 쏟아져 내려 그 바닥을 적셨다. 그는 제 발밑의 붉게 물든 자국을 내려다보며 서늘하게 웃었다.

마치 그의 발밑이 피로 물든 느낌이었다.

벌써 입안 가득 군침이 고인 느낌이었다. 한시라도 빨리 그 작은 아이의 심장을 움켜쥐고 싶었다. 손아귀에서 느껴질 아이의 심장 박동을 감상하듯 들으며 집어삼키고 싶었다. 분명 그 아이의 심장은 따뜻하고 달콤하리라.

스플린의 미간이 일순간 찌푸려졌다. 그토록 찾아 헤매던 제물의 푸른 눈을 떠올리자니 자연스럽게 오백 년 전 처형대에 오른 쓸모없이 가여운 제물이 생각난 탓이다. 잔뜩 기대하고 먹은 그 계집의 심장은 몹시도 차갑고 아무 맛도 느껴지지 않는 최악의 심장이었다.

되돌아보면 이상하게도 그때의 그 심장은 스플린의 입맛에 지독히도 맞지 않았다. 끝없는 공포와 절망으로 물든 심장은 달콤했다. 그래서 처형대에서 생을 마감한 그 계집의 심장의 맛을 그토록 기대했었다. 그러나 막상 맛을 본 심장에서는 아무 맛도 나지 않았다. 분명 깊은 절망을 느끼며 죽었을 텐데, 그런데 왜 그다지도 맛이 없었을까.

마치 그 심장 안이 텅 비어 버린 것처럼.

스플린은 불현듯 한 계집이 떠오르자 의문이 들었다. 저도 모르게 검지로 제 뺨을 톡톡 건드리며 침묵하던 중 그의 내리깐 은색 눈동자에 이채가 띠었다.

설마, 그 계집……?

스플린과 엔트가 새로운 제물에 대해 각자의 생각을 하고 있던 그 시각, 모모는 제게 배정되어 있는 방을 빠져나와 복도를 거닐고 있었다. 그는 거침없이 성큼성큼 어디론가 향하고 있었다. 500년 전이나 달라진 데가 없어 익숙한 곳을 누비듯 그가 발길을 옮기며 저택 가장 안쪽으로 향했다. 그곳에 배치되어 있는 계단을 올라가자 보이는 복도 역시 익숙했다. 인기척 하나 없이 조용한 복도를 아련한 듯 쳐다보며 걸어가던 그는 곧 목적지에 도착했다.

복도 맨 끝, 눈에 띄지 않는 안쪽의 문 앞이었다.

고용인들이 매일같이 청결을 위해 말끔히 청소하는지, 인적이 드문 곳임에도 복도와 문 쪽에 먼지 하나 쌓이지 않고 깨끗했다. 그는 문의 손잡이를 잡고 한숨을 가볍게 내쉬었다. 그러고는 잡고 있는 손잡이를 크게 빙글 돌리며 열었다. 문 너머로 그토록 그리워하던 이의 흔적이 고스란히 남은 방의 모습이 보였다. 모모는 방 안을 둘러보며 눈을 가늘게 접고 웃었다. 비록 가구들이 하얀 천들에 의해 모습을 가린 상태지만 말이다. 그의 새까만 눈동자가 선명한 금빛으로 찬란히 빛나며 미소 지었다.

'오랜만이야. 아즈라엘.'

그가 찾은 방은 아즈라엘이 성인이 되기 전, 공녀 시절에 몰래 사용하던 방이었다. 몹시도 사랑하고 소중했던 자신의 소녀가 이따금 신출귀몰하게 나타나는 그와 만나 담소를 나누던 비밀의 방. 그의 귓가로 그녀의 목소리가 속삭이듯 들리는 것 같았다.

"부탁, 하나만 들어줄래?"

오래간만에 만난 친우는 그사이에 훌쩍 커서 어엿한 숙녀가 되어 있었다. 마주하고 앉아 예쁜 미소를 지으며 저를 쳐다보는 친우를 보고 있자니 처음 보았던 때가 절로 떠올랐다. 당시 그녀는 작고 동그란 금색의 머리통이 제 허리에 겨우 닿을 정도로 몹시 작고 왜소했다.

그녀는 그 나이 대의 아이들과는 무언가 확연히 다른 시선으로 세상을 보고 있는 듯했다. 그 찬란하리만치 영롱한 루비색 눈동자는 아이답지 않게 말로 표현하기 어려운 묘하고 신비한 분위기를 은연중 내비쳤다. 물론 천진난만함과 순수함도 간직하고 있었지만. 그와 상반되는 몹시도 우울하고 가여운 분위기가 아이다운 매력과 뒤엉켜 그녀의 존재 자체에 오묘한 느낌을 줬던 것 같다.

남들이 보지 못하는 시각으로 세상을 바라보며 어떤 것을 받아들이고 있었다. 때로는 거절하다 끝내 꾸역꾸역 받아 억지로 집어삼키는 듯했다. 말이라도 해 줬으면 좋으련만, 하다못해 짧게 귀띔이라도. 안타깝게도 그녀는 '그날'이 오기 전까지 단 한 번도 그에게 어떠한 언급도 하지 않았고 도움도 청하지 않았다.

미련하게도 말이다.

그런 그녀가 드디어 그에게 어떠한 '부탁'을 했다. 그는 완연한 숙녀의 모습을 한 친우를 감회가 새롭다는 듯 물끄러미 쳐다보았다. 그녀가 방긋이 웃으며 가늘어진 눈 안에 도드라지게 빛나는 말간 루비색 눈동자가 사랑스럽다. 그러는 한편 아쉬웠다.

인간의 시간은 정말로 눈 깜짝할 새에 지나가 버리는구나.

그가 후에 다시 그녀를 찾게 되는 날에는 아마도 쭈그렁 할머니가 되어 있을지도 모른다. 어째서 자신과 그녀의 시간은 이다지도 확연히 다르게 흐를까. 그는 안타까운 마음을 담아 금색 눈을 느리게 깜박이며 되물었다. 분명 그녀의 시간으로는 오래 고민한 부탁일 것이다. 되도록 들어주고 싶었다.

"무슨 부탁?"

친우의 화사한 금발이 오전 햇살에 부서지듯 반짝였다. 하얀 얼굴에 투명하게 붉은빛을 내뿜는 말간 적색 눈동자가 가늘게 호선을 그리며 미소 지었다.

"언젠가, 내 후손을 만나면, '그녀'를 만나면, 그녀를 지켜 줄래?"

"뭐?"

의중을 알 수 없는 그녀의 부탁에 절로 고개를 갸웃 기울이며 되묻자 그녀가 풋풋하게 웃으며 다시 입을 열었다.

"평생을 부탁하는 게 아냐. 8살, 딱 8살까지만 그녀를 지켜 줘. 응?"

들어줄 거지? 아리송한 말을 내뱉는 친우의 말에 의문이 절로 났다. 그녀는 언제나 그랬다. 무언가, 이 세계의 어떠한 비밀을 알고 있는 것처럼 이렇게 의문투성이인 말을 툭하니 내뱉었다. 덕분에 그는 그녀를 만날 때마다 본의 아니게 늘 골머리를 앓아야 했다. 그녀는 넘쳐나는 지식의 샘을 품고 있는 위대한 종족인 자신보다도 더 많은 세상의 비밀을 알고 있었다.

영생에 가까운 기나 긴 세월을 살아온 그의 삶의 몇 %도 살지 않은 인간 주제에.

너는 언제쯤이 되어야만 네 안에 숨겨져 있는 의문의 답을 내게 줄 수 있니?

그는 속으로 나지막이 중얼거리며 그녀를 쳐다보았다. 그녀의 말, 그것은 부탁이라기 보단 계약과도 같은 말이었다. 자신의 종족을 익히 알고 있는 그녀라면 절대로 내뱉지 않을 부탁, 아니 요구였다. 그렇기에 그는 다시 의문이 들었다. 너라면, 나의 사랑하는, 소중한 나의 소녀라면 절대로 내게 그런 부탁을 요구할 리 없다. 그가 아름다운 얼굴의 미간을 가볍게 찌푸리며 모른 척 되물었다.

"무슨 말이야?"

나지막한 그의 물음에 그녀가 그럴 줄 알았다며 해사하게 웃었다.

그토록 찬란하게 미소 짓는데, 그토록 좋아했던 그녀의 미소인데도 어쩐지 풍겨 오는 분위기가 평소 느꼈던 것과 사뭇 달랐다. 마주한 그녀의 미소는 깊은 수면의 바다 속처럼 지극히 가라앉았다. 서글프며 처연한 분위기가 감돌았다. 그녀가 제 무릎을 덮고 있는 순백의 하얀 드레스 자락을 하얀색 고급 실크 장갑을 낀 손으로 만지작거리며 말했다.

"옛날이야기, 하나 해 줄까? 아, 네 입장에선 그리 옛날은 아닐 거야."

옛날이라고 해봤자 20년 조금 넘은 이야기거든. 당신에겐 찰나의 시간일 테지. 그녀가 꽤 울적한 어투로 속삭이듯 중얼거렸다. 그녀의 목소리는 애틋하다 못해 처연했으나 그 속의 깊은 슬픔을 차마 내뱉지 못하고 속에서 앓고 있는 것 같았다. 그는 가슴 한구석이 조금 답답해졌다. 그녀는 언제나 그랬던 것 같았다. 언제나 그 속에 알 수 없는 깊은 슬픔을 참아 내고 내비치지 않았다.

그는 어쩌면 그녀가 자신 안에 자리한 깊은 슬픔을 표출하지 못하는 것이 아닐까 생각했다. 그녀는 마치 아슬아슬한 외줄을 타는 것처럼 보는 사람마저 시선을 뗄 수 없게 조마조마하게끔 만드는 분위기를 풍겼었다.

잠깐이라도 시선을 돌리면 순식간에 이 아래로 추락해 바스러져 깨져 버릴 것 같이.

그래서 그녀가 다른 어떤 이보다, 아름답고 찬란한 걸지도 모른다. 그런 그녀가 쉽사리 떨어지지 않는 입술을 어렵사리 움직이며 속삭이듯 중얼거렸다.

"멀지 않은 과거의 이야기야. 한 제국의 공작가에 실로 오랜만에 남매가 태어났다고 해. 기이하게도 남매는 한날한시에 태어난 쌍둥이였어. 모두의 축복 속에서 태어난 쌍둥이에겐 찬란한 미래만이 기다릴 거라 그들의 부모는 생각했어. 하지만 그 생각은 곧 산산조각 나 깨져 버리고 말았지."

왜냐면, 태어나자마자 죽어야 했거든. 쌍둥이 중 하나가.

그녀가 저도 모르게 살짝 숙였던 고개를 들어 울 것 같은 얼굴을 일그러트리며 어렵사리 웃었다. 붉은 그녀의 입술을 앞니로 깨물며 속에서 끓어오르는 울음을 억지로 참아 내려 했다.

친우를 마주하고 앉은 그는 그제야 지금 내뱉고 있는 옛날이야기라는 것이 그녀의 이야기라는 것을 깨달았다. 그녀가 그토록 숨겨 놓았던 그녀의 진실 된 이야기. 그렇지 않고서야 이렇게 힘들어하고, 괴로워하고, 슬퍼할 리 없을 테니까.

그는 절로 안타까운 마음이 일어났다. 그렇게 깨물지 마. 가엽게도 여린 네 입술에 상처가 생기잖아. 그가 깊은 슬픔과 절망에 의해 혹사당하는 가여운 그녀의 입술을 향해 손을 뻗어 엄지로 애틋하게 매만지며 물었다.

"왜?"

"저주 때문에, 몹시도 고약하고 몹시도 지독한 저주 때문에……."

그녀가 서글프게 말했다. 파르르 떨리는 눈꼬리가, 입가가 안쓰러울 지경임에도 그녀는 애써 지은 미소를 지우지 않았다. 그녀의 붉은 눈동자가 물기로 그렁그렁해 반짝거렸다.

그녀가 어딘가 울분이 깃든 것 같은 목소리로 그녀의 가문에 이어지고 있는 저주에 대해 설명해 주었다.

"혹시 쌍둥이 중 누군가 저주에 걸린 거니?"

그가 물었다. 그에 그녀는 빙긋이 웃으며 고개를 저었다.

"그 대의 태어난 쌍둥이는 저주에 걸리지 않았어."

"다행이구나."

그가 실로 진실 된 마음으로 안도한 듯 말했다. 그의 말에 그녀가 답지 않게 냉소적으로 웃었다. 그는 저도 모르게 몸을 흠칫 떨었다. 그녀답지 않은 모습이었다. 그녀의 붉은 눈이 이글이글 타오르는 붉은 태양 같았다.

"과연 다행이었을까? 정말 그렇게 생각하니? 그 대에 저주가 내려오지 않은 것은, 무언가를 희생했기 때문이야. 알겠니? 저주는 계속해서 내려오고 있었어. 가문의 저주는 단 한 번도 멈춘 적이 없어!"

그녀가 저도 모르게 한 손을 들어 주먹 쥔 채 고급스러운 하얀 테이블을 탕 쳤다. 그녀답지 않은 거친 행동에 그가 눈을 동그랗게 떴다. 그녀는 진정으로 분노하고 있는 것이다. 그는 테이블과 그녀를 번갈아 보았다. 아직도 진정이 되지 않는지 테이블 위에 올려놓은 그녀의 주먹 쥔 손이 바르르 떨려 왔다. 창백해진 얼굴을 왈칵 일그러트리며 그녀가 평소보다 가라앉은 목소리로 으르렁거리듯 말했다.

"그 대의 저주를 막기 위해선, 단 하나의 선택을 해야 했어! 완전한 제지가 아닌 일시적인 제지를 위해. 그럼에도 그들은 선택을 해야만 했던 거야."

"선택……이라니?"

그녀가 지독하리만치 냉소적인 미소를 지으며 이글거리는 붉은 눈으로 그를 마주 봤다. 그는 그녀의 붉은 눈동자 속에 자리한 깊고 깊은 슬픔과 허무함을 볼 수 있었다. 그녀가 느리게 눈을 감았다가 떴다. 다시 눈꺼풀을 들어 올린 그 순간 그녀의 이글거리는 눈동자는 거짓말처럼 차분하게 가라앉아 있었다.

"……이야기를 다시 시작할게. 쌍둥이가 태어난 대의 가주가 불현듯 가문의 저주를 떠올리면서 시작돼. 그는 자신 역시 유년시절 겪었던 저주를 떠올리며 제 쌍둥이 자식 중 하나인 남아가 그 고통을 이어받을 것이라 생각했어. 그때까지만 해도 그는 단순히 지독한 열병을 오랜 시간 동안 겪을 뿐이라고만 생각했거든. 안일한 생각이었지. 곧 그 생각마저도 달라졌어. 그들의 아버지는 오래전부터 전해 오는 저주의 기록이 빼곡히 적혀 있는 책을 다 읽고 나서야 뒤늦게 깨달았어. 그가 드디어 가문의 진실을 알게 된 거야. 이 저주의 목적이 무엇이었는지, 기원의 시작이 무엇이었는지, 그리고 남매가 태어난 대에는 그 어떤 결말보다도 절망적인 결말이 기다리고 있다는 것을."

그녀는 긴 이야기를 내뱉고 숨을 골랐다. 그러고는 앞에 놓인 찻잔을 들어 마셨다. 그새 식은 미지근한 차를 한 모금 마신 그녀는 찻잔을 내려놓으며 다시 이야기를 시작했다.

"이 끔찍한 저주의 기원은, 다름 아닌 누군가를 되살리기 위한 것이었어. 소생술, 그 금기의 마법을 행하고자 했던 사람의 강력한 집착과 슬픔, 증오, 분노를 머금고 일그러져 지독하리만치 강력한 저주로 재탄생한 거야."

"……그런."

그의 얼굴빛이 흐려졌다. 신이 허락하지 않은 세계의 균형을 무너트리는 최악의 마법이었다. 자연의 법칙을 거스르기 위해선 되살리고자 하는 생명보다 더 큰 대가를 치러야 했다.

"저주를 건 자는 다름 아닌 그 가문의 창시자. 그가 되살리고자 하는 이는 그의 누이. 누이를 되살리기 위해 필요한 대가는 자신의 피를 이어받은 어린 여자아이의 심장. 그리고 주술을 완성시킬 이는 자신의 피를 이어받은 남자아이."

자, 여기서 문제. 쌍둥이 중 한명이 왜 죽임을 당했을까요? 그녀가 흰자가 붉어지고 눈동자가 물기로 반질반질해진 채로 그를 마주 보며 물었다.

"쌍둥이가, 남매……였기 때문에?"

"딩동댕, 맞았습니다. 쌍둥이가 남매로 태어났기 때문이야. 형제로 태어났더라면 그 저주는 그저 앓다 끝날 몹시도 지독하고 괴이한 열병에 지나지 않았을 터이지만, 그중 하나라도 여자아이가 태어난다면 저주는 강력하게 꿈틀거리며 그 대의 자제들을 집어삼켰어. 여자아이의 심장을 얻기 위해."

그녀는 그리 말하며 찻잔을 내려놓은 손을 들어 심장이 있는 가슴

부분을 가볍게 감싸며 중얼거렸다. 바로 이 심장이. 서슬 퍼런 그녀의 목소리가 그의 귓가에 맴돌았다. 그래, 너를 그토록 괴롭혀 왔던 것이 이것이었구나. 반쪽을 희생해서 살아남은 자신을 뼛속 깊이 그녀는 혐오하고 증오하고 있었다. 그녀는 자신을 사랑할 수 없었다. 그렇게 까지 해서 살아가고 있는 것이 너무나도 싫었던 것이다.

"계집아이는 심장이 파헤쳐지고, 사내아이는 결국 미쳐서 자결하지. 남매가 태어나는 대의 처참한 결말이야. 결국 쌍둥이의 부모는 결단을 내렸어야 했어. 둘 중 하나를 포기해야 했지. 부모로서는 해서는 안 될 생각이었지만 가슴이 찢어질 만큼 괴롭고 괴로운 선택의 갈래에서 그들은 결국 선택하고 만 거야. 그 덕분에 그들의 대에서는 어떠한 저주도 발생하지 않았지. 하지만, 하지만 말이야."

그녀는 울 것 같은 얼굴을 일그러트리며 괴로운 듯 웃었다.

"자신의 반쪽을 죽이면서까지 살아남은 한쪽은, 어떻게 살아야 하는 거지?"

그녀가 대답을 바라지 않는 질문을 내뱉으며 왈칵 얼굴을 일그러트렸다. 기어코 그녀는 속에 있는 곪은 것을 게워 내기 시작했다. 더 이상 참을 수가 없어. 그녀가 가련하게 웃다 일그러진 얼굴로 그리 말했다.

"아버지는 날 위해, 가문을 위해 내 오빠를 죽였어."

그녀의 눈가에 맺힌 눈물이 유려한 호선을 그리며 떨어졌다. 애달프게 우는 그녀를 보며 그는 가슴이 찢어질 것같이 아팠다.

그는 그녀의 울음소리를 들으며 눈을 느리게 깜박이며 한숨처럼 말을 내뱉었다.

"내가…… 어떻게 해 줬으면 좋겠니?"

그녀가 이 이야기를 꺼냄과 동시에 그는 어렴풋이 직감했다. 자신은 반드시 그녀의 요구를 들어줄 수밖에 없을 것이라고. 그녀는 얼굴을 가리고 있던 양손을 내리고 천천히 얼굴을 들었다. 물기로 가득한 얼굴을 보자니 절로 애잔한 마음이 들었다. 그가 엉덩이를 들고 상체를 앞으로 내밀어 손을 뻗었다. 그가 그녀의 눈가에 남은 눈물을 손끝으로 닦아 내듯 매만졌다. 그녀는 그의 손길을 받아들이며 느리게 눈을 감았다 떴다.

"언젠가, 파란 눈의 여자아이가 태어날 거야. 몹시도 사랑스럽고, 천진난만하고, 어여쁜 아이지. 그 아이가 부디 누군가의 제물이 되지 않게 보호해 줬으면 좋겠어."

"가문의 저주로부터……?"

그의 물음에 그녀가 나지막이 웃었다. 울다 웃으면 내가 네 엉덩이에 뿔을 달아 줄 거야. 그가 장난기 다분한 어조로 중얼거리듯 말했다. 그녀는 그의 장난스러운 말에 다시금 웃음을 터트렸다.

"오래된 저주는, 더 큰 저주를 불러들이지."

그녀가 눈을 가늘게 접고 웃으며 의미심장한 말을 내뱉었다. 그에 그가 졌다는 고개를 절레절레 저었다. 네 의미심장한 말은 아무리 생각해도 도저히 의중을 알 수가 없어.

"언젠가, 그때가 되면 알게 될 거야. 아이가 그 저주의 제물이 되지 않게 보호해 줘."

"왜 하필 8살까지만이야?"

"저주의 원인이 되었던 그녀의 나이가 8살이었거든."

그녀가 말했다. 하지만 그의 궁금증을 풀어 줄 만한 대답은 아니었다. 그는 결국 그녀를 이해하는 것을 포기하며 말했다.

"내가 그 아이를 8살까지 보호해 주면, 그 저주는 끝을 맞이하니?"

지금은 어떻게 할 수 없니? 그의 물음에 그녀가 느리게 눈을 깜박이며 그를 올곧게 바라봤다. 물기를 가득 머금었던 루비색 눈동자는 빛에 의해 더욱 찬란하게 빛을 발했다. 영롱하고 찬란한 말간 홍옥. 그 속에 자리한 그녀의 영혼의 색이 지금 막, 일순간 비친 것 같았다.

찬란하리만치 아름다운 금의 향연이.

그가 무심코 그녀를 마주한 순간, 그 자리에 있었던 금발의 아름다운 제 친우는 새까만 어둠의 머리카락을 살랑살랑 흔들며 웃고 있었다. 자신과 같은 황금의 눈을 한 채.

그가 멍청히 그녀를 보다 반사적으로 손을 들어 눈가를 비비며 깜박였다. 금색의 눈이라니. 설마 눈 뜬 채 꿈이라도 꾸는 것일까. 그가 온몸을 바르르 떨자 귓가로 그녀의 영롱한 웃음소리가 들려왔다. 놀란 마음을 진정시키며 고개를 다시 들자 평소의 친우의 모습이 시야에 들어왔다.

예쁜 루비색 눈동자. 황금의 실로 짠 듯 눈부실 만큼 아름다운 금발.

평상시 그녀의 모습이었다. 그녀는 해사하게 웃었다. 마치 우중충한 날씨에 폭우를 쏟아 내던 하늘이 금세 맑게 개어 청명해진 것처럼. 어쩌면 그녀는 이 이야기를 내뱉은 순간 자신의 무거운 짐의 일부분을 내려놓은 것이 아닐까?

"그 아이가 포기하지 않고 나아가 준다면, 분명 끝을 맞이할 거야."

수많은 절망과, 슬픔, 증오, 허무함을 낳은 이 저주가. 그녀가 나지막이 중얼거리듯 말했다. 그녀의 말이 끝나기 무섭게 단둘만 있었던 정원의 야외 테라스로 익숙한 낯을 가진 중년의 하녀가 소리 없이 다가왔다. 그러고는 그녀에게 가볍게 고개를 조아리며 말했다.

"아가씨, 이제 슬슬 준비를 마무리하셔야 할 것 같습니…… 에구머니!"

그녀는 말을 끝내지 못하고 조아린 고개를 들어 그녀를 조심스럽게 올려다보다 화들짝 놀랐다. 그에 그녀가 어깨를 으쓱했다.

"미안해, 유모. 좀 울었어. 화장, 다시 해야 할까?"

"당연한 말씀을! 이 경사스러운 날에 눈물 자국이 적나라하게 난 신부가 등장하면 뒤에서 수군거릴 것입니다! 하물며 배우자가 '그런' 분이시잖아요. 아가씨가 선택하신 분이니 이 유모는 반대하지 않사오나, 다른 이들의 시선이 걱정이 됩니다. 이런, 이런! 다시 화장하려면 시간이 더 빠듯합니다. 아가씨, 어서 일어나세요!"

유모라 불린 이가 다급하게 그녀를 재촉했다. 그에 그녀가 미안함이 담긴 미소를 짓고 고개를 끄덕이며 앉았던 몸을 천천히 일으켰다. 그녀를 따라 그도 일어섰다.

순간 서슬 퍼런 유모의 시선이 날아왔다. 유모의 눈빛은 마치 '당신이 우리 아가씨를 울리신 겁니까?' 하고 나무라는 것 같았다. 그는 마치 죄인처럼 가볍게 어깨를 움츠리며 그녀를 따라 미안한 낯빛을 내보였다. 그녀가 한 손을 들어 입가를 가리며 소리 없이 웃었다.

"자자, 아가씨. 어서 빨리 대기실로 가셔야 합니다."

유모는 마음이 급해져 발을 동동 굴렀다. 그녀는 빙긋이 웃으며 몸을 천천히 돌렸다. 그는 자신에게서 등을 돌리는 그녀를 말없이 쳐다보다 가장 묻고 싶은 말을 내뱉었다.

"아즈, 나는 때때로 네가 궁금하단다. 네가 보는 세상, 네가 알고 있는 진실. 그 모든 것을 너는 어찌 꿰뚫어 보고, 당연한 듯 알고 있니?"

아즈라엘이 뒤를 돌다 멈칫했다. 아즈라엘은 잠시 침묵하더니 이내 유모에게 곧 갈 테니 먼저 가 있으라며 손짓하여 그녀를 내보냈다. 유모는 묵직한 한숨을 내뱉으며 빨리 돌아오셔야 한다는 신신당부를 하며 그 자리를 떠났다. 그녀가 저만치 사라지자 아즈라엘이 고개를 살짝 돌려 그를 쳐다봤다.

"······처음부터 알았던 것은 아니야. 있지, 모루스. 인간은 말이지, 때때로 간절히 갈망하다 그것을 위해 무언가를 희생하면 그 끝에 도달할 때가 있어."

모클루모로스가 말없이 그녀를 빤히 쳐다봤다. 그녀는 어깨를 으쓱거릴 뿐이었다.

"모루스, 나는 사실 처음부터 내가 쌍둥이라는 것을 몰랐어. 나는 당신을 만나기 전까지 내 자신이 외동인 줄 알았어. 그런데 말이야.

참 이상하게, 종종 내 옆에, 내 곁에 누군가 있었던 것 같은 느낌이 들었어. 나는 분명 외동인데, 칼레이저가의 유일무이한 자제인데 어쩐지 한 명이 더 있었던 느낌 말이야. 처음에는 망상이나 착각이라고 생각했어. 하지만 그 느낌은 내가 자라나면서 사라지지 않고 오히려 더 강렬하게 와 닿았다 아스라이 사라졌어."

그 순간 나는 깨달은 거야. 내가 사실은 쌍둥이였다는 것을. 그제야 알았던 거야. 아! 누군가 내 반쪽을 죽였구나! 그녀는 서글피 웃었다. 심연의 바다에 가라앉은 듯 몹시도 짙게 내려앉은 그녀의 붉은 눈동자에는 사무치는 슬픔이 가득 차 있었다.

진실을 꿰뚫어 보는 눈.

흑천홍월가의 무녀들 중에서도 선택받은 자만이 가진다는 신비의 능력이자 재능. 아즈라엘은 아이러니하게도 그 능력을 물려받은 것이다. 성장하면서 완전히 각성한 그녀의 붉은 눈에 잔혹한 진실을 숨기기 위해 덮어 놓았던 묵직한 거짓의 장막이 서서히 벗겨지기 시작했다. 그녀를 위해 뒤덮은 상냥하고, 그렇기에 더욱 잔혹한 거짓의 장막이.

그로 인해 그녀는 얼마나 크게 절망하고, 좌절하고, 슬퍼하며, 허무를 느꼈는가.

당시 그녀 나이, 당시 고작 7살밖에 되지 않은 가련한 소녀였다. 모든 사실을 알게 된 그녀는 또래 아이로서는 느껴볼 수도 없는 절망적인 감정들을 모조리 겪었다. 그녀는 더 이상 이런 아픔이 일어나지 않길 기도했다. 그녀의 간곡하고 절절한 바람은 기어코 신에게 닿았다.

몇 개월 전, 그에게 청혼하기 전날 밤이 떠올랐다.

그때 꾼 꿈이 아직도 아련히 남아 그녀의 시야에 아른거리는 것 같았다. 분명 그 꿈은 머나먼 미래를 보여 주는 것 같았다. 아름다운 칼레이저가의 저택은 현재의 저택보다 조금 더 많이 낡았으나 여전히 고풍스럽고 고고했다. 그 저택에 언제나 웃음소리가 끊이질 않고 들렸다. 행복한 기운이 넘실넘실 피어올랐다. 그녀가 그토록 바라 왔던 절망도 슬픔도 허무도 없는 행복한 미래의 그림.

그녀가 문득 시선을 돌리자 파란 눈의 금발을 가진 소녀가 자신을 보며 웃고 있었다. 그 소녀가 사뿐사뿐 다가와 몹시도 해사하게 웃으며 자신의 손을 마주 잡아 주며 말했다. 이제 끝났다고. 걱정하지 말라고. 당신의 바람대로 비극은 이제 없을 것이라고. 그 누구도 절망하지 않고 좌절하지 않고 '모두가' 행복할 것이라고. 그녀가 꿈에서 깰 때까지 꿈속의 소녀는 몇 번이고 속삭여 주었다. 그 사랑스러운 목소리가 환청처럼 그녀의 귓가에 남아 아스라이 사라졌다.

그녀는 그 작은 소녀를 떠올리며 말갛게 웃었다. 분명 그녀가 이 지독한 저주를 풀어 줄 것이다. 그녀가 모두를 행복한 미래로 인도해 줄 것이다. 그 어떤 슬픔도 증오도 괴로움도, 허무도 없는 세계로. 그러기 위해선 반드시 '그'와 혼인해야 한다는 막연한 생각이 들었다.

그 작은 소녀와 유일하게 연결되어 있던 그와.

분명 머나먼 미래에서 그 소녀가 그를 기다릴 것이다, 생각하며 웃었다. 그녀의 미소에 그가 나지막이 입을 열었다. 그녀를 놓아주는 그의 마지막 질문이었다.

"혹시, 혹시 말이야……. '그'와 혼인하기로 한 것도, 그 때문이니?"

그의 물음에 그녀는 아무 말도 하지 않고 고개를 살짝 숙였다. 어떠한 답도 없었지만 그는 알 수 있었다.

"……저주를 조금이라도 약하게 만들기 위해서?"

"아니라고 말할 수는 없어. 하지만, 저주보다도 더 중요한 이유가 있어. 꼭 그여야만 하는 이유가."

말갛게 웃으며 그를 쳐다보던 그녀가 드디어 고개를 완전히 돌렸다. 멈췄던 걸음을 옮기는 그녀의 뒷모습을 빤히 바라보던 그는 나지막이 입술을 깨물며 속으로 중얼거렸다. 네가 그토록 바란다면, 이루어 줄 수밖에 없구나. 반드시 너의 바람, 너의 부탁 이루어 줄게. 그는 그리 말하며 눈을 감았다.

　그날, 찬란한 햇빛이 쏟아져 내리던 정오에 그가 그 누구보다도 사랑하고 소중히 여기던 소녀가 아름다운 백의의 신부가 되어 짙은 갈색 머리카락과 메마른 적색 눈동자를 가진 사내와 혼인했다. 모두의 축복과 비난, 냉대 그리고 안타까움을 받으며 그녀는 그 어떤 신부보다도 아름답게, 찬란하게 웃었다.

　그 어떤 신부보다도, 찬란히.

파이 10.

아침부터 칼레이저가의 한 곳이 유독 소란스러웠다. 그곳은 다름 아닌 칼레이저가의 유일한 공녀의 방이었다. 그 방에 반짝이는 황금의 머리카락을 양옆으로 보기 좋게 꼬아 하나로 묶어 핑크색 실크 리본으로 장식한 8살 난 여자아이가 보드라운 하얀 털 카펫 위에 주저앉아 양손을 꼭 쥐고 긴장 어린 표정을 짓고 있었다.

아이의 도톰하고 붉은 입술 사이로 제법 두꺼운 하얀색 실이 삐져 나와 바깥으로 길게 늘어져 마주 보는 위치에 반쯤 열린 문의 손잡이에 매여 있었다. 그리고 그 문손잡이를 누군가 잡고 있었다. 그는 단단히 긴장한 표정이 역력한 소녀를 내려다보며 한숨 같은 말을 내뱉었다.

"파이, 정말 할 거야?"

그의 물음에 소녀, 파이는 크게 고개를 끄덕이며 실을 물고 있는 바람에 조금 어눌해진 말투로 웅, 할 거야, 하고 답했다. 그에 문손잡이를 잡고 있는 화사한 은발의 청년이 반대 손으로 이마를 짚으며 작은 목소리로 속삭이듯 저 고집불통, 하고 중얼거렸다. 파이는 고개를 살짝 숙이고 난감한 표정을 짓고 있는 그에게 재촉하듯 말했다.

"라나! 빨리, 빨리!"

파이의 재촉에 은발의 청년, 아이다의 4황자 클라나우스가 마지못해서 그래그래, 하고 고개를 끄덕이며 답했다. 그러고는 에라 모르겠다, 하는 심정으로 자신이 잡고 있던 문을 가차 없이 쾅 하고 닫아 버렸다. 주저했다간 오히려 역효과라는 것을 알기에 그는 있는 힘껏 문을 닫은 것이다.

그 덕분에 파이는 목표한 바를 이룰 수 있었다. 문이 순식간에 닫힘과 동시에 파이의 입에 물고 있던 실이 빠르게 팽팽히 당겨졌다. 그실 끝이 문손잡이에 매여 있으니 당연했다. 당겨지는 실에 따라 파이가 앞으로 쭉 당겨져 꼴사납게 정면으로 엎어지고 말았다.

"꺅!"

파이가 저도 모르게 외마디를 외쳤다. 클라나우스는 아이의 비명에 황급히 다가가 앞으로 엎어진 아이의 상체를 일으켜 세우며 말했다.

"괜찮아?"

"아으어으……."

파이는 쉽사리 정신을 차리지 못하고 그에게 양어깨를 붙들린 채고개를 숙인 상태로 가볍게 절레절레 흔들며 눈을 깜박였다. 아이가 끙끙 앓는 소리를 내뱉자 클라나우스가 혀를 차며 말했다.

"그러길래 젖니는 의사에게 가서……."

"싫어!"

곧 죽어도 의사는 싫다며 떼를 쓰는 아이에 클라나우스가 난감한 표정을 지었다. 의사를 무서워하는 심정은 이해가 가지만 굳이 달랑달랑거리는 유치를 이런 방식으로 뽑아야 하냐는 것이다. 그사이 얼추 정신을 차린 파이가 한 손을 들어 콩 부딪친 이마를 매만지고 조금 물기가 맺힌 파란 눈으로 그를 올려다보며 말했다

"라나, 나 이 빠진 것 같아."

"뭐? 정말? 이 해 봐, 이."

파이의 말에 클라나우스가 눈을 동그랗게 뜨고 말했다. 그의 말에 파이가 윗니와 아랫니를 마주 대고 오므려 핑크색 잇몸이 보일 정도로 입술을 양쪽으로 벌렸다.

"이-"

아이가 입술을 벌리자마자 맨 앞에 앞니 하나가 있어야 하는 자리가 떡하니 비어 있는 것이 보였다. 파이의 말대로 이가 빠진 것이다. 클라나우스가 세상에, 하고 탄성을 내뱉으며 다급히 일어서서 어지럽게 문 쪽으로 쏠려 뒤엉켜 떨어진 실 주위로 향했다. 파이 역시 주저앉은 몸을 일으켜 그 뒤를 쪼르르 뒤따랐다.

클라나우스는 파이가 물고 있던 실 끝을 찾기 위해 고개를 푹 숙이고 바닥을 내려다보았다. 곧 그의 시야에서 선명하게 하얗고 작은 파이의 젖니가 포착되었다. 그는 바지주머니에서 손수건을 꺼내 쭈그려 앉아 널브러진 작은 젖니를 집어 들었다. 파이는 클라나우스 옆에 착 달라붙어 그의 팔을 양손으로 붙잡으며 말했다.

"보여 줘, 보여 줘!"

"재촉하지 마. 안 그래도 보여 줄 생각이었어."

파이가 그의 팔에 매달리며 흔들었다. 클라나우스는 난감한 듯 웃으며 손수건을 들지 않은 반대쪽 손의 검지로 매달린 파이의 이마를 꾹꾹 누르며 말했다. 파이는 그럼에도 멈추지 않고 그의 팔을 흔들며 재촉했다.

"어서, 어서!"

"그래, 그래. 자!"

클라나우스가 못 말리겠다는 듯 웃으며 아이의 눈앞에 손수건을 내밀어 주었다. 파이는 눈을 동그랗게 뜨고 그의 고급 손수건 위에 다소곳이 놓여 있는 새하얀 젖니를 보았다.

자신의 입안에서 빠진 이를 가까이에서 보는 것은 솔직히 말해 이

번이 처음이었다. 파이의 젖니는 늘 카이저나 모모가 알아서 아프지
않게 뽑아 그녀가 보기도 전에 가져가 버리기 때문이었다. 대체적으
로 그렇게 수거한 파이의 젖니는 카이저의 집무실 한쪽에 떡하니 자
리를 잡고 있는 '파이의 성장기록 상자'에 소중하게 모셔진다. 그것은
딸 바보 카이저의 나름의 취미생활이라고 할 수 있었다.

덕분에 파이는 제 젖니를 이제야 처음 보게 된 것이다. 그녀가 신기
한 듯 시선을 떼지 않고 마냥 보고만 있자 클라나우스가 가볍게 웃음
을 터트리며 자신의 팔을 잡고 있는 파이의 양손을 떼서 그 위에 손수
건을 내주었다. 파이가 눈을 동그랗게 뜨고 그와 손수건을 번갈아 보
았다. 그러고는 이내 배시시 웃었다.

"이제 이걸 어떻게 할 거야?"

클라나우스가 궁금한 어조로 물었다.

"어, 책에서 봤는데, 이걸 잘 감싸서 베개 밑에다 놓으면 이빨요정
이 가져간대!"

그리고 대신 선물을 준대! 굉장하지! 하고 파이가 파란 눈동자를 빛
내며 굉장한 이야기를 알고 있다는 듯, 으스댔다. 그에 클라나우스가
가볍게 웃음을 터트리며 한 손을 들어 샛노란 아이의 정수리를 톡톡
쓰다듬으며 말했다.

"그러게, 정말 굉장하구나."

"응! 그치? 그치?"

기분이 좋아졌는지 파이가 이를 드러내며 웃었다. 그러자 떡하니
텅 비어 버린 앞니의 빈틈이 보였다. 클라나우스는 유독 그 부분만 비
어 있는 게 우스워서 참을 수가 없었다. 그것도 모르고 파이는 기분
좋게 잇몸미소를 내보였다. 그가 기어코 참지 못하고 한 손으로 입가
를 가리고 어깨를 들썩이며 소리 없이 웃었다. 파이는 그런 클라나우
스를 보다가 몸을 빙글 돌려 터진 웃음을 참으려 하는 그를 뒤로하고
자신의 침대 가까이에 있는 서랍으로 도도도 뛰어갔다.

그 서랍 위에는 텅 비어 있는 유리병이 놓여 있었다.

아무것도 담겨 있지 않는 빈 유리병.

파이는 그것을 빤히 보고 있자면 어쩐지 묘한 기분이 들곤 했다. 언젠가 저 안에 반짝이는 작은 별들이 가득 찼었던 꿈을 꾼 적이 있다. 몹시도 찬란한, 색색의 별들이 가득 담겨 있었다. 실제로는 비어 있는 유리병일 뿐이다. 그럼에도 파이는 이상하게 그 주변에 무언가 있는 것만 같은 느낌을 종종 받았다.

대체 왜일까?

뒤돌아보면 2년 전부터 그랬던 것 같았다. 2년 전 파엔은 무언가에 시달려 지하에 갇혀 있었다. 파이는 그가 왜 지하에 갇혀 있었는지 정확히 기억나진 않지만 그가 몹시도 힘들어 했다는 것을 알고 있었다. 그녀는 그를 그 괴로움에서 벗어나게 해 주고 싶었다.

그래서…… 그래서…… 어라? 그 다음에 어떻게 했더라?

그때의 기억이 명확히 생각나질 않는다. 마치 벌레가 좀먹은 책의 낱장처럼. 그 후 기억나는 것은 그가 몹시도 지독한 열병을 앓았다는 것과 그를 '드디어 찾았다' 는 기억뿐이었다. 그때부터였던 것 같다. 제 곁에 무언가 있었던 것 같은데 아무리 봐도 아무것도 없었고, 무언가 잊은 것 같은데 아무리 생각해 봐도 그게 무엇인지 도무지 기억이 나질 않았다. 무언가 반짝이고 아름다우며 보드랍고 상냥한 것이 있었던 것 같은데 말이다.

이상하게도 6살 이전의 기억도 흐릿해져 제대로 기억이 나는 것이 얼마 없었다. 파이는 그에 언제나 이상함을 느꼈지만 금세 관심을 돌려버렸다. 어차피 머리를 계속 굴려봐야 기억나지 않을 것이 훤하기 때문이다. 잊은 것을 찾는 걸 포기했으면서도 무의식적으로 서랍 위의 빈 유리병을 바라보고 있었다. 분명 부질없는 짓인데도 파이는 미련스럽게 하루에 한 번 정도는 빈 유리병을 쳐다보고 또 쳐다봤다. 오늘도 유리병을 보는 파이의 등 뒤로 클라나우스의 목소리가 들렸다.

"저거, 계속 비워 둘 거야?"

뭐라도 채워 넣는 건 어떠니? 아니면 버리거나 치워 놓는 건 어때? 하고 뒤에서 웃음을 집어삼키느라 정신없었던 클라나우스가 제법 진정된 얼굴을 하며 다가와 물었다. 그에 파이는 다가온 클라나우스를 올려다보다 다시 유리병을 쳐다봤다. 빤히 빈 유리병을 쳐다본 아이는 곧 고개를 절레절레 저으며 말했다.

"아냐. 그냥 저대로 내버려 둘래."

왠지 그래야 할 것만 같아. 파이는 나지막이 중얼거리듯 말했다. 저걸 버리거나 한곳에 치워 두면 왠지 슬퍼질 것 같았다. 마음 한구석이 쓸쓸하고 안타까운 느낌. 파이는 이따금 느껴지는 그 안타까운 감정에 차마 빈 유리병을 치우지 못한 것이다. 클라나우스가 수긍하자 파이는 미련 없이 몸을 돌려 클라나우스의 손수건을 두 손에 꼭 쥐며 말했다.

"라나, 오빠한테 가서 자랑하자!"

"에…… 오빠라면 누구?"

"파람 오빠, 파샤 오빠, 파엔 오빠!"

아빠는 황궁 가서 안 왔잖아. 휴랑 렘한테도 자랑할래. 어 그리고, 유모랑 라반 할아버지한테도. 아 집사도! 하고 끊임없이 재잘거리며 즐거워하는 파이에 비해 클라나우스의 낯빛이 점차 흐려지다 창백해졌다. 이대로 파이와 같이 방을 나와 사이좋게 그들을 만나러 간다면 백이면 백, 서슬 퍼런 독설과 비난을 왕창 듣는 것은 물론이요, 대련이라는 명목하에 두들겨 맞을지도 모른다. 그가 낮은 침음을 내뱉으며 말했다.

"파이, 혼자 갔다 오는 건 어때?"

"그럼 라나는 뭐하려고?"

"난 그만 가 봐야지."

"어딜?"

"······황궁에."

"누구 마음대로?"

"······."

난 허락한 적 없는데, 하고 말갛게 빛나는 파란 눈동자로 그를 올려다봤다. 그 안에 희미하게 비치는 자신을 보며 클라나우스는 어색하게 웃었다. 파이의 순진무구한 시선에 결국 클라나우스가 고개를 푹숙이고 무거운 한숨을 내쉬더니 한 손으로 얼굴을 가리며 졌다는 듯 말했다.

"그래, 가자."

"응!"

그가 익숙하게 한 손을 내밀어 파이의 손을 잡았다. 파이는 오늘 빠진 젖니를 잃지 않기 위해 그와 잡지 않은 다른 손으로 손수건을 가득 움켜쥐었다. 그 둘은 사이좋게 손을 잡고 파이의 방을 나섰다. 파이의 방은 주인과 손님이 자리를 비우자 곧 고요해졌다.

그 방에는 아무도 없었다.

오직 서랍 위에 놓인 빈 유리병의 입구를 막고 있는 코르크 마개 위에 희미하게 반짝이는 빛의 가루가 떨어져 내려 아스라이 사라질 뿐이었다.


파이는 클라나우스의 손을 잡고 한창 수련 중일 파샤와 파엔을 찾아 연무장에 들어섰다. 그러자 기다렸다는 듯 클라나우스에게 서슬 퍼런 시선이 쏘아졌다. 파샤와 파엔은 말할 것도 없었고, 가문의 기사들 역시 날 선 시선으로 그를 쏘아봤다. 클라나우스는 그들의 시선이 화살이나 검이었다면 진즉에 제 몸이 온전히 남아나지 않을 것이라고 생각했다.

그들의 등장으로 열정적으로 임하던 수련이 일제히 멈췄다. 파샤는 파엔과의 살벌한 대련을 중지하고 한걸음에 달려가 클라나우스의 손을 잡고 있던 파이의 작은 몸을 달랑 들어 올려 품에 안으며 말했다. 그 바람에 클라나우스가 잡고 있던 파이의 손이 떨어졌다. 파샤가 바라던 바였다.

"우리, 파이. 오빠 보러 왔니?"

"응! 오빠랑 파엔 오빠랑 휴랑 렘이랑 기사 아저씨들이랑!"

파이가 사실 자랑할 게 있거든, 오빠가 보면 아마 깜짝 놀랄 거다? 파이는 땀내 나고 습할 텐데도 오빠의 품이 썩 나쁘지 않은지 얼굴 하나 찌푸리지 않고 오히려 까르르 웃으며 재잘거렸다. 파엔 역시 순식간에 그 곁으로 다가와 방긋 웃으며 아이를 바라보았다.

한창 수련 중이던 기사들 역시 슬금슬금 다가와 아이를 중심으로 삼삼오오 모여들었다. 휴와 렘은 이미 달려와 그 곁에 붙어 있은 지 오래였다. 그로 인해 클라나우스가 자연스럽게 뒤로 밀려났다. 그는 이따금 자신에게 꽂히는 서슬 퍼런 시선에 어색하게 웃으며 뒤통수를 긁적일 뿐이었다.

그들의 틈에서 한참 재잘거리며 놀던 파이는 더 이상 지체하지 않고 다음 장소로 향했다. 함께 왔던 클라나우스는 당연한 듯 파샤와 파엔에게 덜미를 잡혀 원치 않은 대련을 하게 되었다.

파이는 다시금 수련에 임하는 그들을 뒤로하고 다음 장소인 파람의 방으로 향했다. 8살 난 파이는 이제 홀로 돌아다녀도 길을 잃지 않을 만큼 저택 내부에 익숙해졌다. 낯익은 복도를 가로질러 도도도 뛰어 도착한 첫째 오빠의 방문은 언제나처럼 굳게 닫혀 있었다. 하지만 파이가 열어 달라고 문만 두드리면 쉽게 열릴 것이다.

파이는 문 앞에 서서 조금 거칠어진 숨을 내몰아쉬며 노크했다. 똑똑똑. 곧 파람이 파이의 노크 소리를 듣고 누구냐 물을 것을 기대하며 파이가 어깨를 들썩였다. 그러나 그녀의 예상과는 달리 문 너머에선 아무 답도 없었다. 파이가 의아한 마음에 다시 노크를 했다. 하지만 역시 되돌아오는 것은 침묵이었다. 그녀는 곧 살짝 까치발을 들어 문의 손잡이를 잡아 빙글 돌려 밀어냈다. 달칵 하는 소리와 함께 문이 열렸다. 파이는 열린 문틈 사이로 쏙 들어갔다.

"오빠."

파이가 오빠를 찾아 불렀다. 이맘때에는 대체적으로 방에 있는 사람인데 오늘따라 자리를 비웠는지 보이지 않았다. 의아한 마음에 고개를 갸웃 기울였다. 오빠가 없네, 하고 속으로 중얼거린 파이는 제손에 쥐여진 손수건을 만지작거렸다. 방금 전에 파샤와 파엔에게도 그토록 자랑한 젖니를 한시라도 빨리 그에게 보여 주며 자랑하고 싶었다. 고개를 이리저리 돌려 주변을 휙휙 둘러보았다.

"혹시 숨바꼭질 중인가?"

파이가 순진하게 중얼거렸다. 그러나 주인 없는 방은 여전히 대답 없이 침묵할 뿐이었다. 파람이 방에 없다는 것을 확실히 인지한 파이의 들썩이는 어깨가 축 늘어졌다.

하지만 곧 실망한 빛이 역력했던 얼굴이 활짝 펴졌다. 오빠가 없으면, 뭐 올 때까지 기다리지 뭐! 하고 긍정적인 생각을 한 파이가 그를 기다릴 겸 파람의 방 안을 둘러보기 시작했다.

그가 자리를 비운 덕에 여유롭게 파람의 방을 탐색하기 시작한 파이. 그의 방은 파이의 방에 비해 몹시도 검소했다. 필요한 가구들만 딱딱 깔끔하게 배치되어 있었다. 파이의 방보다 훨씬 넓은 방은 깔끔한 가구 배치로 인해 더 넓어 보였다.

파이는 그 주변을 천천히 돌아다니며 이리저리 기웃거렸다. 그때였다. 유독 파이의 눈에 띄는 것이 있었다. 그것은 바로 한쪽 구석 책장의 한 선반을 떡하니 꿰차고 앉은 굉장히 볼품없고 오래된 곰돌이 인형이었다. 평소에도 파람의 방을 방문하면 이따금 눈에 띄었던 그것에 오늘따라 유독 눈길이 갔다.

고동색 곰돌이 인형은 빛이 바랬고 파란색 동그란 눈을 달고 있었다. 인형은 굉장히 오랜 세월을 간직한 물건인지 여기저기 성한 곳이 없었다. 귀 한 모퉁이도 뜯어져 나가 수선한 자국이 여실히 남아 있었다. 팔이나 다리, 배나 옆구리, 뒤통수마저 꿰매거나 덧댄 자국이 선명히 보였다.

파이는 그것을 빤히 올려다보았다. 파람이 이런 곰돌이 인형을 가지고 있는 것이 신기하기도 했지만, 왜 이렇게 오래된 인형을 버리지 않고 아직까지 간직하고 있는지 의문이 들었다.

그러나 그 의문은 곧 자신의 시야에 비치는 빛바랜 곰돌이의 파란 눈을 빤히 마주 보면서 사라졌다. 빛이 바래고 여기저기 세월의 흔적이 남은 곰돌이의 파란 눈동자를 계속 보고 있자니 어쩐지 뭉클하고 그리운 마음이 들었다. 또한 자신의 방에 비어 있는 유리병이 절로 떠올랐다. 어쩌면 파람 역시 파이처럼 비슷한 마음이 들어 저 오래된 인형을 차마 버리지 못하는 것이 아닐까 하고 생각했다.

파이가 그 인형이 있는 쪽으로 좀 더 가까이 다가갔다. 오래된 인형은 생각보다 컸다. 파이가 아주 아가였을 때 덩치 큰 곰 같은 사내 소올이 선물해 준 곰이 떠올랐다. 그건 지금 8살이 된 파이에게도 여전히 컸다. 너무 커서 침대 한쪽을 떡하니 내주고 웬만해선 옮기지도 않은 대형 곰돌이였다. 그에 비해 파람의 곰돌이는 파이가 들고 다닐 만한 크기인 셈이다.

한 번 만져 볼까?

빤히 파람의 곰돌이를 올려다보다, 문득 안아 보고 싶다는 생각이 들었다. 파이는 곧 의자를 질질 끌고 와 책장 앞에 배치시켰다. 그러고는 익숙하게 그 위로 올라갔다. 제법 위치가 높아져 눈앞의 곰돌이도 이제 양손을 높이 뻗으면 닿을 것 같았다.

파이가 한 손을 높이 뻗어 곰돌이의 닳아 버린 검은색 코를 톡톡 건드렸다. 곰 인형이 파이의 손짓에 살짝 흔들리더니 이내 기우뚱하고 앞으로 기울여졌다. 파이가 놀라 눈을 동그랗게 뜨고 깜박이다 다급히 자신에게로 떨어지는 인형을 향해 반사적으로 양팔을 뻗었다. 순

248

식간에 곰돌이의 얼굴이 파이의 얼굴을 향해 떨어져 내렸다.

파이의 파란 눈동자 가득 곰돌이의 볼품없이 낡은 얼굴이 비쳤다. 그와 동시에 곰돌이 뒤로 하늘하늘 춤추는 이름 모를 들꽃이 떨어져 내리는 것도 보았다. 이름 모를 파스텔 톤의 들꽃들이 곰돌이 뒤로 솜털처럼 살랑살랑 춤을 추며 떨어졌다. 파이는 곧 곰돌이와 그 뒤로 내리는 꽃비를 멍하니 보다 기어코 제 얼굴을 덮어 버린 인형 때문에 의자 위에 서 있던 몸이 균형을 잃고 바닥으로 떨어졌다.

파이는 곰돌이를 반사적으로 와락 껴안으며 눈을 질끈 감았다. 떨어진다는 사실에 잔뜩 긴장했지만 생각보다 아프진 않았기에 파이는 속으로 안도했다. 소란스럽게 떨어질 거란 예상과는 달리 사뿐히 내려앉듯 떨어졌기 때문이다.

마치 누군가 파이를 일시적으로 공중에 띄웠다 내려놓은 것처럼.

파람의 방 역시 적당히 도톰한 카펫이 깔려 있어 어느 정도 충격을 완화해 준 모양이었다. 충격을 거의 느끼지 못할 정도로 안전하게 바닥에 떨어져 누운 파이가 슬그머니 감았던 눈을 떴다. 그러자 보이는 곰돌이의 커다란 얼굴과 빛바랜 파란 단추 눈과 마주치고 파이는 저도 모르게 키득거리며 웃었다. 얼굴을 가리고 있는 곰돌이를 한 손으로 잡고 옆으로 밀었다.

순간 그녀의 시야에 영롱한 색깔의 반짝이는 빛의 가루를 가득 묻힌 반투명한 12장의 날개가 파드닥거리면서 비쳤다가 사라졌다. 파이의 눈이 휘둥그레졌다.

방금 뭐였지?

의문을 표하며 반사적으로 눈을 빠르게 깜박였다. 그 위에서 잔해처럼 남아 떨어지는 빛의 가루를 발견하고 눈을 다시 깜박였다. 깜박이는 파란 눈동자가 일순간 흔들리더니 순식간에 그렁그렁 눈물이 맺혔다. 파이가 곰을 잡고 있지 않은 다른 손을 들어 눈물이 맺힌 눈가를 비볐다.

왜인지 몰라도 지금 이 순간, 파이는 괜스레 슬퍼졌다. 그것도 아주 많이. 눈시울이 뜨거워짐을 느끼며 파이가 눈을 감았다.

[파이가 여왕만 기억을 못해.]

리파가 모모의 방에 방문했다. 그는 익숙하게 그의 방에 배치되어 있는 침대 위로 올라가 제 침대마냥 철퍼덕 엎어져 누웠다. 모모는 침대에서 멀지 않은 곳에 위치한 책상 앞에 앉아 고리타분한 인간의 역사가 집필되어 있는 책을 읽고 있었다.

리파의 말에 모모가 책에서 시선을 옮겨 그를 쳐다봤다. 용족의 신체는 폴리모드를 해도 대체적으로 인간보다 월등히 뛰어난 능력을 보이지만 모모는 유독 한쪽 눈의 시력이 좋지 못했다. 덕분에 그는 책을 읽을 때면, 시력이 현저히 낮은 눈 쪽에 외알 안경을 쓰곤 했다. 그가 한 손을 들어 외알 안경을 벗겨 내며 의문스러운 듯 중얼거리며 동조했다.

"나 역시 그걸 이해하기 어렵더군. 너를 기억하고 하물며 네 형제들마저 기억해."

자연계 아이들도 여전히 잘 보이는 것 같은데 어째서 여왕과 그 일족들만 보이지 않고 또 그녀만 기억하지 못하는 것일까? 마치 그녀의 기억 속에서 여왕의 존재만 쏙 뺀 것처럼. 모모의 말에 리파가 앞으로 쭉 뻗은 도톰한 양 앞발에 턱을 얹으며 황금색 눈알을 데굴데굴 굴렸다. 그 역시 짚이는 바가 없기 때문에 마땅히 대답할 수 없었다. 그 둘이 머리를 싸매며 답을 찾으려 했지만 별다른 수확 없이 근심만 짙어질 뿐이었다.

리파는 여왕의 슬픈 표정을 볼 때마다 가슴이 아려 왔다. 파이가 여왕을 지나쳐 갈 때마다 그녀의 금색 눈은 깊은 슬픔에 잠겨 가라앉았다. 그럼에도 파이 주변을 떠나지 않는 여왕을 볼 때마다 리파는 한시라도 빨리 파이가 그녀를 발견하길, 다시 볼 수 있길, 기억하길 바랐다.

그러나 2년이 지난 지금까지도 파이는 그녀를 보지도, 기억하지도 못했다. 왜 어째서 그녀를 기억하지 못하는 거니, 파이? 그가 묻지만 오히려 파이가 되물었다. 그녀가 누구야? 그럴 때마다 곁에 있는 여왕은 절망에 빠지는 것 같았다. 그것을 목격한 리파는 그 후로, 그녀에 대한 질문을 하지 못했다.

그것은 비어 있는 유리병과 관련이 있었다.

파엔을 위해 쓰여진 별사탕들, 그 속에 담긴 기억.

파이가 여왕을 기억하지 못하고 그녀를 보지 못한 것은 그 때문이었다.

그녀는 파이가 자신의 전생을 기억하던 그 당시에, 버거운 기억을 묻어 버리고자 본능적으로 내면의 바다 속으로 밀어 넣었을 때 곁에 있었다. 그뿐만 아니라 그녀의 내면과 직접적으로 연결 되어 있었다. 파이에겐 그때의 기억과 여왕의 첫 만남이 단단히도 얽매여 고스란히 간직된 셈이었다.

여왕을 만난 그날, 파이는 전생을 물었고, 별사탕을 받은 그 순간 깊은 기억의 바다 속에 가라앉은 전생의 조각이 그리로 옮겨졌다.

그녀를 처음으로 만나고 '인지' 했던 기억도 함께!

아이러니하게도 파이의 전생은 여왕과 단단히 얽매여 별사탕에 깃들었다. 별사탕과 함께 그 속에 담긴 기억을 잃었으니 여왕을 기억하지 못하는 것이었다. 여왕을 알지 못하니, 그녀의 존재 역시 볼 수 없었다.

이제는 인지하고 있는 리파의 형제들도 집중하지 않으면 보이지 않을 정도로 시야는 점차 닫혀져 위대한 존재들이 흐려지기 시작했다. 이따금 여왕의 빛의 가루를 캐치하곤 하지만 그걸로는 그녀를 온전히 볼 수 없었다.

결국, 이대로 파이는 여왕을, 전생을 영원히 잃은 채 어른이 될지도 모른다.

파이는 품에 인형을 껴안고 낡아서 거칠어진 곰돌이의 목덜미에 얼굴을 묻으며 눈을 감았다. 눈앞에 아른거리는 반짝이는 빛의 가루가 자꾸만 지워지지 않았다. 파이는 눈을 감은 채 중얼거렸다.

어째서 기억나지 않는 걸까? 이렇게 마음이 아프고, 이렇게 허전하고, 슬픈데…….

오래된 물건 특유의 고리타분한 냄새와 그리움을 불러일으킬 것 같은 향수가 코끝을 간지럽혔다. 파이는 곰돌이를 품 안 가득 껴안고 옆으로 몸을 세우고 누워 그대로 잠을 청했다. 이대로 잠이 들면 어쩐지 그녀가 자신을 만나러 와 줄 것만 같았다.

……그녀가?

파이가 감았던 눈꺼풀을 천천히 들어 올리며 멍청히 중얼거렸다.

"'그녀' 는 누구?"

아이의 작은 목소리가 부질없이 내뱉어져 아스라이 흩어져 내렸다. 파이의 주변에 그녀가 보지 못한 반짝이는 요정의 빛 가루가 쉴 새 없이 떨어져 내렸다. 은은한 빛 가루가 파람의 방을 밝혀 주는 정오의 햇살에 반사되어 찬란히 빛을 발했다.

잠시 자리를 비운 사이 누이가 찾아왔다는 것을 감지한 파람이 방에 들어섰는데도 아이는 잠에서 깰 줄 몰랐다. 파람은 발소리를 줄여 가며 옆으로 누워 오래된 곰돌이 인형을 껴안고 새근거리는 숨소리를 내뱉으며 한창 꿈나라 여행 중인 파이에게 다가갔다. 아이에게 다가가자 그녀가 품에 안고 있는 것이 그가 책장에 얹어 놓은 곰돌이라는 것을 깨달았다.

파람은 아이의 머리맡에 조심스럽게 한쪽 무릎을 세우고 쭈그려 앉아 품 안 가득 곰돌이를 안고 평온하게 잠이 든 누이를 내려다보았다. 그는 아이의 이목구비를 찬찬히 관찰하듯 쳐다봤다. 그러고는 손을 뻗어 아이의 둥근 이마를 가리는 앞 머리카락을 조심스럽게 쓸어 올리며 속삭이듯 말했다.

"드디어, 주인을 만났구나."

그의 시선은 어느새 아이의 품에 얼굴만 빼꼼히 내민 곰돌이에게 향했다. 그의 말간 적색 눈동자가 담긴 눈이 가늘게 접히며 미소 지었다. 파이의 품에 안긴 곰돌이의 빛바랜 파란 단추만 한 눈동자가 일순간 동조하듯 반짝 하고 빛을 반사하다 아스라이 사라졌다. 파람은 소리 없이 웃으며 조심스럽게 위치를 옮겨 파이의 옆으로 가서 누이의 작은 몸과 곰돌이를 한꺼번에 품에 안았다.

잠결에 누군가 저를 들어 올리는 것을 감지했음에도 파이는 쉽사리 깨지 않고 양팔 가득 껴안은 곰돌이를 더욱 바싹 껴안고 반사적으로 파람의 품에 얼굴을 비비며 잠꼬대를 했다. 파람이 가볍게 웃음을 내뱉었다. 그의 웃음소리를 잠결에 들었는지 파이가 배시시 웃었다.


"아, 이거…… 웬……?"

별사탕이에요? 하고 의아한 기색이 역력한 제국의 고귀한 황태자 시드니가 물었다. 그의 집무실에서 눈썹이 휘날리게 서명을 하며 틈틈이 아들에게 황제의 업무를 가르치고 있던 그가 빠르게 움직이는 깃펜을 쥐고 있는 오른손을 멈추었다.

황제는 시드니의 목소리가 들리는 쪽으로 고개를 살짝 돌려 집무실 한쪽 책장을 쳐다봤다. 시드니는 책장 가장 안쪽에 작은 유리병 안에 담긴 샛노란 것을 가리키고 있었다. 그가 가리킨 것은 다름 아닌 별사탕이었다.

아주 작은 유리병 안에 딱 하나 담긴 별사탕.

황제는 쥐고 있던 깃펜을 내려놓고 폭신한 고급 의자의 등받이에 등을 나른하게 기대고 왼손 엄지와 검지로 미간 아래, 눈과 눈 사이의 콧등을 마사지하듯 매만졌다. 그는 매일같이 서류와 씨름을 해야 했다. 그렇기 때문에 그는 언제나 피곤하고 나른한 상태였고, 틈만 있으면 쉬고 싶어 안달이 난 사람이었다. 시드니의 물음은 그에게 쉴 틈을 만들어 준 셈이었다.

"아아…… 그거."

공녀가 준 거란다. 그는 아무렇지 않게 중얼거렸다. 그의 입에서 공녀라 지칭하는 단어가 툭 튀어나오자 시드니가 별사탕에게서 눈길을 떼고 그를 쳐다봤다. 아이다에서 공녀라 칭해질 이는 오직 칼레저가의 파이뿐이었다. 락샤의 딸과 유리안의 딸은 얼마 전 혼인하였기 때문이다.

황제는 저를 쳐다보는 시드니의 휘둥그레진 금색 눈동자를 보자니 그렇게 유쾌하지 않을 수가 없었다. 그는 콧등을 매만지는 손을 내려 깍지를 끼고 나른하게 늘어진 상체의 가슴 아래에 얹으며 느리게 눈을 깜박였다.

"파이가 막 2살 때였나. 겨우 아장아장 걷기 시작할 무렵이었던 것 같은데……."

달콤한 디저트 하나와 맞바꿨지. 그는 굉장히 득의한 표정으로 지으며 시드니를 비스듬히 올려다봤다.

순간 시드니의 아름다운 얼굴이 왈칵 찡그려졌다. 그가 황제를 빤히 보다 힐끗 시선을 옮겨 책장 한 구석에 유독 반짝이는 별사탕이 든 유리병을 내려 보았다.

'내가 준 걸, 다른 누구도 아닌 아버지한테만 줬다 이거지?'

앙큼한 아가 같으니라고. 그가 속으로 중얼거렸다. 올해 8살이 되었음에도 시드니에게 파이는 여전히 몹시도 작고 조그마한 아기 같았다. 시드니가 손을 뻗어 조그마한 유리병을 들었다. 20대 초반쯤 되는 시드니의 커다란 손 안에 작은 유리병은 순식간에 모습을 감췄다.

"이건 제가 줬던 것이니, 제가 가져가겠습니다."

"뭐라? 시드니, 이 애비 말 못 들었느냐? 공녀가 직.접. 내게 주었느니라. 그것은 짐의 것이다."

황제가 나른하게 기대고 있던 몸을 벌떡 일으켜 세우며 말했다. 그러고는 성큼성큼 다가가 유리병을 쥐고 있는 시드니의 손목을 왈칵 감싸 쥐어 당겼다. 시드니가 흠칫 몸을 떨며 주먹 쥐고 있던 손을 펴는 바람에 유리병이 아래로 떨어져 내렸다. 황제는 놀라운 반사 신경으로 시드니가 손을 펴자마자 떨어져 내리는 유리병을 낚아채듯 잡았다. 시드니는 잡혔던 손목이 자유를 되찾자 뒤로 한,두 걸음 물러나 기어코 책장에 등을 부딪쳤다. 그는 몹시도 불쾌하고 메스꺼운 표정으로 고개를 숙였다. 한 손으로 얼굴을 감싸 가리며 신경질적인 어조로 중얼거리듯 말했다.

"터치, 하는 거 있습니까?"

시드니는 여전히 타인과의 접촉이 힘들었다. 그에겐 여전히 은빛가지의 특성이, 그 저주가 남아 있었다. 잠깐, 아주 찰나만 닿아도 타인의 감정과 기억에 동화되는 몹쓸 저주가. 시드니가 굉장히 괴롭다는 듯 짜증스럽게 욕지거리를 내뱉었다. 찬란한 금의 황제이자 아이다의 주인인 그 앞에서 신랄하게 욕을 내뱉는 시드니에 그는 썩 유쾌한 미소를 지었다. 자신도 저런 때가 있었다.

그러나 현재의 자신은 자유를 되찾았다. 그에게 걸려 있는 저주가 제 아들에게 전이된 것이 못내 미안하고 안타까운 마음이 컸으나 지금은 자신이 선물 받은 별사탕을 되찾았다는 기쁨과 멋대로 가져가려던 아들에게 괘씸함을 느끼는 감정이 조금 더 컸다. 그가 저는 잘못한 것 없는 양 삐죽 입을 내밀고 툴툴거리며 말했다.

"그러기에, 어찌 짐의 물건을 탐하느냐?"

"아, 진짜…… 치사합니다. 아버지!"

"원래 남자는 나이를 먹으면 먹을수록 치사해지느니라."

"뭔 말을 못하겠네."

울렁거리고 메스꺼운 느낌이 얼추 가라앉자 숙였던 고개를 천천히 들고 얼굴을 가렸던 손으로 머리카락을 위로 쓸어 올렸다. 조금 창백해진 제 아들의 얼굴빛에 황제는 좀 심했나 싶은 생각이 뒤늦게 찾아왔다.

그가 에헴 하고 헛기침을 내뱉으며 자신을 바라보는 아들의 시선을 자연스럽게 비껴 냈다. 그리고 그 부자간의 유치한 다툼의 원인이 된 작은 유리병 속의 샛노란 별사탕만이 영롱하게 반짝거릴 뿐이었다.

❋❋❋

파이는 여느 때와 마찬가지로 아빠인 카이저를 따라 황궁 나들이를 가고 있었다. 그날따라 유독 하얀 드레스를 입은 파이의 양팔에 생전 처음 보는 커다란 곰돌이가 축 늘어져 안겨 있었다.

아이의 외출에는 늘 리파가 그 뒤를 따랐기에 오늘도 여지없이 그 곁에 리파가 있었다. 세월에 따라, 파이의 성장에 따라 체구를 키운 그는 네 발로 선 자세가 파이의 어깨만큼 커져 있었다. 리파는 파이의 옆에 착 달라붙어 애교 부리듯 하얀 드레스를 입은 둥근 어깨에 콧등을 가볍게 비비며 말했다.

[파이야, 그 인형은 무엇이니?]

굉장히 오래되어 보이는구나. 여기저기 덧댄 자국이며 꿰맨 자국이 여실히 남아 있는 파이의 상체만 한 곰돌이를 궁금한 시선으로 쳐다봤다. 그에 파이가 배시시 웃으며 말했다.

"이건 오빠가 파이한테 준 곰돌이야!"

한 달 전쯤, 주인 없는 방에 허락도 없이 침입한 파이는 오래된 곰돌이를 품에 안고 바닥에 엎어져 쿨쿨 잠을 잔 적이 있었다.

그 후 잠에서 깼을 때, 파이는 파람의 침대의 중앙을 떡하니 차지하고 있었다. 그녀의 옆에 오래된 곰돌이도 함께. 파이는 자신이 깰 때까지 곁에 앉아서 책을 읽고 있던 파람에게 엉금엉금 기어갔다. 물론 한 손에는 오래된 곰돌이의 팔 하나를 잡고 질질 끌면서.

'오빠, 오빠!'

파이가 삐악삐악거리듯 그를 불렀다. 파람이 펼치고 있던 책을 덮으며 희미하게 웃는 얼굴로 아이를 내려다봤다. 파이는 질질 끌고 오던 곰돌이를 양손으로 끌어 가까이 가져와 품에 안고 그의 옆에 착 달라붙어 파람의 옆구리에 머리를 비비며 말했다.

'이 곰돌이, 파이 주면 안 돼?'

'굉장히 오래 된 것이라, 얼마 가지고 놀지도 못하고 버려야 할지도 모르는데 괜찮겠니?'

그가 몹시도 상냥한 어조로 물었다. 아이를 내려다보는 시선이 한없이 상냥하고 부드러웠다. 파이는 제 품에 안겨, 엉덩이가 그녀의 무릎에 얹어진 곰돌이의 양팔을 손으로 잡아 흔들었다. 그 모양새는 마치 곰돌이가 팔을 허우적거리는 것 같기도 했다.

'괜찮아, 파이가 소중히 할게.'

곰돌이도 괜찮지? 파이는 그리 말하며 제 품에 얌전히 안겨 있는 곰돌이를 내려다보며 의중을 묻듯 말했다. 파람이 가볍게 웃음을 터트리며 한 손을 들어 아이의 금색 정수리를 톡톡 쓰다듬으며 말했다.

'네가 원한다면.'

그것은 너의 것이란다. 그가 허락하자 파이가 기다렸다는 듯 까르르 웃으며 있는 힘껏 곰돌이를 껴안았다. 그리고 사선으로 터져 꿰맨 자국이 역력한 곰돌이의 뒤통수에 얼굴을 비볐다. 아이의 입에서 쉴 새 없이 웃음이 쏟아졌다. 헤헤헤 하고 웃는 파이의 얼굴에 한가득 미소가 피었다.

파이는 품에 가득 안은 곰돌이의 풍만함을 느끼며 어딘가 멀리 떠났던 그리운 감정 하나가 희미하게 그녀의 뺨을 간질이는 것 같았다.

어디서 시작된 그리움인지 알 수 없으나, 그것은 분명 몹시도 소중하고 소중했던 어딘가의 추억에서 생겨난 감정일 것이 분명했다.

그래서 파이는 그 인형을 달라고 했다. 오빠에게 그 인형을 소중히 할 것을 약속하면서.

파이는 그때 일을 떠올리며 자신의 어깨만큼 자라난 리파를 마주 봤다. 리파가 그르릉 하고 고양이과 맹수 특유 울음을 가볍게 내뱉었다. 그래, 그렇구나, 하고 동조하는 모양새에 파이는 빙긋이 웃으며 곰돌이를 한 팔로 비스듬히 안고 남은 팔로 리파의 유려한 등을 쓸어내리며 말했다.

"얼른 가자! 라나가 기다릴 거야!"

황궁의 복도를 거침없이 달려 클라나우스가 기다리고 있을 정원으로 향했다. 2년 전부터 틈틈이 황궁에 놀러 온 덕택인지 아이의 걸음에는 망설임이 없이 목적지로 올바르게 향하고 있었다.

그러던 중 복도에서 실로 오랜만에 반가운 이를 만났다. 빛에 부서질 듯 반짝이는 은발을 가진 몹시도 아름다운 외모를 가진 아이다의 황태자, 시드니였다.

파이는 멀찍이 떨어진 곳에 서 있음에도 유독 눈에 띄게 찬란한 그의 모습에 눈을 휘둥그레 뜨고 깜박였다. 그로 인해 걸음이 잠시 멈췄으나, 다시 움직인 아이의 발걸음은 몹시도 재빠르고 경쾌했다. 도도도 뛰어서 그에게 한걸음에 달려갔다. 파이가 시드니의 곁으로 도달하자마자 그는 유려한 미소를 지으며 아이의 작은 몸을 양손으로 달랑 들어 품에 안았다.

파이가 아기였을 때부터 만났던 시드니는 약 8년의 세월이 흘러 출중한 외모를 가진 제국 제일의 미남으로 자라났다. 그전에도 몹시 아름답고 찬란한 이였지만, 그는 점차 눈이 부신 은의 황태자로 거듭 성장했다.

올해 22세인 신마저 감탄할 정도로 아름답다 칭송받는 제국의 황태자가 여전히 제 짝을 찾지 못한 것은 안타까운 일이나, 그와 동시에 이름 있는 귀족 자녀들에게 덧없는 희망을 안겨 주기도 했다.

그런 그의 마력적인 매력이 통하지 않는 이가 있었으니, 바로 8살 짜리 파이였다. 파이는 저를 몹시도 익숙하게 제 품에 달랑 안은 시드니를 보며 반사적으로 곰돌이를 안고 있던 팔 하나를 빼서 그의 어깨를 밀어내며 말했다.

"뭐야, 시니!"

시니는 파이가 부르는 시드니의 애칭이었다. 파이가 새초롬하게 그를 쳐다보며 시드니의 한쪽 어깨를 밀어 대다 이내 팡팡 쳤다. 그럼에도 시드니는 아이를 놓아주지 않고, 오히려 좀 더 편히 안기 위해 그녀의 작은 몸을 가볍게 퉁 튕겨 고쳐 안았다. 덕분에 몸이 작게 붕 뜨자 파이가 반사적으로 양팔을 허우적거리며 시드니의 목을 덜컥 껴안았다.

평소라면 넉넉한 거리일터지만 파이와 그 사이에 곰돌이가 끼니 제법 목이 꽉 막혀 오는 것이 느껴진 시드니가 한쪽 눈썹을 치켜세웠다. 그에 파이가 입맛을 다시며 껴안은 팔을 풀고 어깨에 한쪽 팔만 얹은 채 그 위에 얼굴을 기대며 시드니를 올려다봤다. 시드니가 파이의 파란 눈동자의 시선을 느끼며 빙긋 웃었다. 그가 아이의 시선에 맞추며 말했다.

"파이, 이 앙큼한 녀석아! 너 나한테 뭐 할 말 없니?"

그의 뜬금없는 질문에 파이가 눈을 동그랗게 뜨고 깜박였다. 뭐야, 갑자기? 파이가 입술을 삐쭉 내밀며 투덜거렸다. 그에 시드니가 파이의 동글동글한 코를 집게손으로 꼬집었다. 그에 파이가 놀라 꼬집는 시드니의 손등을 팡팡 치며 아야야, 하고 소리쳤다.

시드니의 발밑에서 리파가 그 소리에 기다란 그의 다리를 양 앞다리로 감싸 껴안고 상체를 들어 올려 그의 상의 재킷을 물고 늘어지며 으르렁거렸다.

졸지에 시드니는 아이 하나와 그 아이의 상체만 한 곰돌이 하나, 그리고 성체에 가까운 약간 작은 야수 하나를 달고 있는 셈이 되었다. 시드니는 아이가 버둥거리며 제 코를 꼬집는 그의 손등을 치며 칭얼거리자 뚱한 표정을 지으며 놓아주었다.

"너, 왜 내가 선물해 준 거, 내 허락도 없이 아무한테나 주고 그러냐?"

심술이 덕지덕지 묻어나는 어조로 그가 묻자 파이가 겨우 자유를 되찾은 코를 한 손으로 감싸 쥐며 울상을 짓다 눈을 깜박였다. 이내 그의 말을 이해하지 못했는지 미간을 찌푸리고 고개를 갸웃 기울이며 억울한 듯 말했다.

"무슨 말이야! 바보 시니."

그에 시드니가 가볍게 웃음을 터트리며 파이의 둥근 이마에 제 이마를 가차 없이 돌진해 콩 하고 작게 부딪쳤다. 그다지 아픈 것은 아니나 어쩐지 억울한 마음이 든 파이가 미간을 찌푸리며 코앞에 당도한 시드니를 노려보았다. 시드니는 아이의 앙큼한 째림에도 지지 않고 마주 보며 말했다.

"별사탕 말이야. 별사탕."

"……에?"

파이가 다시 제 동그란 눈을 깜박이며 의문을 표했다. 아이는 정말로 모르는 것 같았다. 그에 시드니가 미간을 찌푸렸다. 별사탕의 존재 자체를 잊은 것마냥 행동하는 파이에게서 묘한 이질감이 느껴졌다. 뭐지 이 위화감은? 그는 속으로 중얼거리며 다시 입을 열었다.

"네 1살 생일 때 내가 선물해 준 거 있잖아. 그거, 별사탕이었잖아. 그땐 그렇게 좋다고 안고 끼고 뒹굴더니, 그새 까먹은 거야? 2년 전만해도 여전히 좋아했다더니만……."

그는 어쩐지 몹시도 서운한 어조였다. 그가 그렇게까지 말하자 이번엔 파이 쪽에서 이상함을 느꼈는지 얼굴을 굳히며 눈만 데굴데굴 굴렸다. 하지만 아무리 제 머릿속의 기억을 더듬고 더듬어 올라가 보아도, 그가 말한 별사탕이라는 것에 대한 기억이 없었다.

별사탕, 별사탕…… 별사탕…….

"그런 거, 있었어?"

파이가 답답하다는 듯 물었다. 아무리 기억을 뒤집고 뒤집어 봐도 제 방에 별사탕 형태의 물건은 없었다. 텅 비어 버린 큰 유리병은 있을지 몰라도.

아! 유리병! 텅 비어 있는 유리병! 파이는 그것이 불현듯 떠올랐다.

그러고 보니 그 유리병은 언제부터 파이의 방에 있었을까. 파이는 점차 깊어지는 의문이 꼬리에 꼬리를 물고 길어지자 무언가 더 알 수 없게 되는 것을 느꼈다. 아 머리 아파! 뭐가 뭔지 하나도 모르겠다! 시드니는 파이의 파란 눈이 빙글빙글 돌며 혼란스러워하는 것 같아 나지막이 웃음을 터트리며 제 재킷 주머니에서 무언가를 꺼내 그 앞에 흔들었다.

차랑.

작은 것이 무언가에 부딪쳐 들리는 소리 같았다. 파이가 그 소리에 일순간 눈을 깜박였다. 깜박이는 시야로 보이는 시드니의 집게손에 들려진 투명하고 유리병이 보였다.

유리병의 입구는 코르크 마개에 단단히 막혀 있고 그 안에 영롱하리만치 선명한 노란색의 별사탕이 덩그러니 담겨 있었다. 잘게 떨며 데굴데굴 구르는 샛노란 별사탕이 새파란 파이의 두 눈에 들어왔다.

"이런 거였는데, 정말 모르겠니?"

시드니가 제법 유쾌한 어조로 물었다. 파이는 그의 말에 멍청히 눈을 깜박이다 시드니를 올려다보고 다시 유리병을 보며 몇 번 번갈아 보더니 한 손을 주먹 쥐고 흔들며 신기하다는 듯 소리쳤다.

"시니! 정말 별사탕, 별사탕이네!"

"……그러니까, 파이 이런 거 네 방에 없냐니까?"

파이는 몹시도 흥분한 듯 까르르 웃으며 고개를 크게 끄덕이며 없어! 하고 냉큼 답했다. 그러고는 손을 뻗어 시드니가 들고 있는 작은 유리병을 잡으려 했다. 그의 손에 들린 별사탕이 예뻐서 가지고 싶다는 생각이 물씬 들었다.

그에 시드니가 얄밉게 픽 웃으며 유리병을 흔들며 파이의 손길을 피했다. 얍삽하게 피하는 그의 손길이 못내 얄미워 파이가 양 볼을 부풀리며 포기하지 않고 좀 더 빨리 유리병을 향해 손을 흔들었다.

시드니는 아이의 손끝이 닿을 듯 말 듯 요리조리 유리병을 흔들어 피했다. 기어코 파이가 성이 나서 그의 어깨에 얹은 팔을 휘둘러 가지런히 잘 묶인 시드니의 은색 머리카락을 잡아당겼다. 그의 귀가 파이에게 가까워졌다. 시드니가 아야야 하고 엄살을 부리며 고개를 옆으로 기울였다. 그와 동시에 파이가 빽 소리쳤다.

"시니 이 바보야!!!"

앙칼진 8살 소녀의 목소리가 여지없이 시드니의 귓가에 꽂혔다. 시드니는 목청껏 소리 지르는 파이 덕에 윙윙 하고 울리는 이명을 듣고 말았다. 그가 어깨를 잔뜩 움츠리며 반사적으로 바르르 떨었다.

귓구멍이 아프고 뒤에 오는 여파로 찡하고 뇌가 울리는 것 같았다. 파이는 잔뜩 자신을 골리던 그가 왈칵 인상을 찡그리며 어쩔 줄 몰라 하자 까르르 웃음을 터트렸다. 퍽이나 고소해하는 모양새라 시드니는 금세 뚱한 표정을 지었다. 그럼에도 파이는 지지 않고 의기양양한 표정을 지으며 말했다.

"시니가 심술부리니까, 파이는 보복한 것뿐이야."

"······보복, 너 어디서 그런 단어를······."

"파샤 오빠랑 파엔 오빠가 알려 줬어! 이럴 때 쓰는 거 아냐?"

아이의 입에서 나올 만한 단어는 아닌 것 같다 생각했더니 역시 파샤와 파엔의 영향이었다. 시드니가 못 말린다는 듯 한숨을 내쉬며 고개를 가볍게 저었다.

그사이 허공에 멈춰 있던 시드니의 손안의 유리병을 보며 파이가
잽싸게 상체를 내밀었다. 꽤 날렵한 움직임이었으나 시드니가 또다시
얄밉게 피해 버렸다. 파이가 히잉 하고 우는 소리를 내뱉었다. 시드니
는 그 빈틈을 잘도 이용해서 유리병을 빼앗으려는 파이의 모습에 기
막힌다는 듯 웃었다. 이 꼬맹이, 커서 기사 시켜도 될 법한 날렵함을
가졌다.

그가 가볍게 웃음을 터트리다 양 볼을 터질 만큼 부풀리며 뚱한 표
정을 짓는 파이에게 슬그머니 유리병을 내밀어 흔들었다.

"이제 장난 안 칠게."

시드니가 꽤 유쾌한 어조로 말했다. 파이가 가자미눈으로 유리병과
그를 번갈아 보더니 또 저만치 피할까 봐 재빨리 손을 뻗어 유리병을
쥐었다. 그에 시드니가 웃는 낯으로 안 그래도 주려고 했어, 하고 말
했다.

파이는 그 순간 묘한 기시감을 느꼈다. 이와 같은 상황을 언젠가 겪
어 본 느낌. 묘한 느낌이었다. 말로 표현할 수 없는 오묘한 느낌에 파
이는 반사적으로 손에 잡힌 작은 유리병을 만지작거리며 내려 보았
다. 그녀의 손에 딱 맞게 적당히 작은 유리병 안의 샛노란 별사탕이
영롱하게 반짝거렸다. 파이는 그것을 물끄러미 쳐다보더니 속으로 중
얼거렸다.

어쩐지 그리운 느낌이야.

파이가 별사탕을 쥔 채 시드니의 어깨에 몸을 기댔다. 시드니는 장
난을 치느라 살짝 옆으로 비틀어진 파이의 몸을 고쳐 안으며 말했다.

"라나한테, 갈까?"

"응."

리파는 그의 곁을 나란히 따르다 고개를 살짝 비틀어 들어 시드니
의 품에 안겨 손아귀에 쥔 별사탕이 든 유리병을 이리저리 돌려 가며
보는 파이를 올려다보았다. 아이의 시선은 샛노란 별사탕에서 떨어질

기미가 없어 보였다. 그것을 얌전히 올려다본 그가 소리 없이 웃었다. 그의 눈이 가늘게 접히며 호박색 눈동자가 선명한 금색으로 발하며 반짝거렸다.

아직, 하나 남아 있었구나.

그가 절로 우러나오는 안도의 마음을 담아 중얼거렸다. 전부 다 잃었다 생각했던 별사탕이 의외의 장소에서 발견될 줄 몰랐다. 리파는 파이에게 고작 하나뿐이지만 별사탕이 돌아온 것에 묘하게 안도감을 느끼며 고개를 자연스럽게 돌려 앞을 바라봤다.

최근까지도 모모와 머리를 맞대고 파이가 여왕을 기억하지 못하는 것에 대한 의문을 풀기 위해 토론을 한 것이 떠올랐다. 명확한 답은 찾을 수 없었지만, 그들은 어느 정도 추측은 할 수 있었다.

파이가 여왕을 기억하지 못한 시기는 그녀가 별사탕을 모조리 잃은 다음 날부터였다. 별사탕이 어디로 사라졌는지 알 수 없었으나 커다란 유리병 안을 가득 채웠던 것이 눈 깜짝할 새에 사라졌고 당연하다는 듯 여왕에 대한 기억도 사라졌다.

파이의 별사탕이 어쩌면 그녀가 잃은 기억과 큰 연관이 있지 않을까? 모모와 리파는 조심스럽게 추측하며 최근에는 확신에 들어서기까지 했다. 그렇다면 그녀가, 파이가 별사탕을 되찾게 된다면 여왕에 대한 기억도 돌아오지 않을까? 리파는 저 한 알의 별사탕에 긍정적인 희망을 걸어 보았다.

조만간 너와의 기억도 추억도 되찾았으면 좋으련만. 그는 속으로 중얼거리며 시드니의 옆을 지키며 햇빛이 잘 쏟아지는 황궁의 복도를 거닐었다.


클라나우스는 정원의 입구에서 서성거리고 있었다. 보통 이맘때쯤에 파이가 찾아온다는 것을 알고 미리 마중 나온 것이다.

그가 파이의 놀이 상대가 된 지도 어언 2년을 훌쩍 넘었다. 그쯤 되자 파이가 황궁에 오면 그녀의 보호자는 자연적으로 클라나우스가 되었다. 카이저는 재상의 업무로 몹시도 바쁘니까.

이따금 모모가 그녀의 곁을 지키지만 대체적으로 그 역할은 클라나우스의 것이었다. 처음에는 껄끄럽고 불편했던 이 역할도 이제는 꽤나 소소한 즐거움을 준다고 그는 생각하며 엷게 웃었다. 곧 그의 시야에 금발 여자아이의 모습이 포착되었다. 클라나우스는 익숙한 금발 여자아이의 모습이 점자 가까워지자 반색하다 이내 그녀를 품에 안고 있는 이가 시드니라는 것을 깨닫고 교묘하게 얼굴을 일그러트려 어색하게 웃었다.

시드니는 제 긴 다리를 이용해 성큼성큼 걸어가 정원 입구 쪽에 서 있는 클라나우스에게 다가갔다. 가까이 다가갈수록 클라나우스의 얼굴빛이 좋지 않다는 것을 본 시드니가 속으로 웃음을 삼키며 겉으로 시니컬하게 미소 지으며 말했다.

"우리 막내 라나. 표정이 왜 이렇게 썩었을까?"

이 형님 얼굴 보기가 그렇게도 싫더냐, 하고 배알 꼬인 어조로 중얼거렸다. 파이가 그를 라나라고 부르자 시드니도 따라 그를 라나라 불렀다.

처음에는 그마저 왜 그러냐고 당혹스러워하더니 나중에는 제발 그러지 말라고 애원했다. 검을 휘두르는 것 하나에만 관심을 쏟으며 형제 중 유일하게 과묵한 클라나우스였다. 유달리 제 감정을 표현하는 것에 서툴러서 더더욱 시드니의 눈에 밟혔던 막내.

그런 막내가 과격한 반응을 보이는 것에 시드니는 솔직히 말해 놀랍기도 하고 기쁘기도 했다. 안도했다. 그래서인지 시드니는 더더욱 그를 라나라 부르는 것을 관둘 수가 없었다.

결국 항복한 것은 클라나우스였다. 현재에 이르러 그는 암묵적으로 저 둘에게 라나라는 애칭을 허락하기에 이르렀다. 또다시 개구진 생각을 하며 살살 약 올리듯 말하는 시드니에 클라나우스가 얼른 얼굴의 표정을 지우며 고개를 절레절레 저었다.

"아닙니다, 형님. 제가 어찌 형님 얼굴이 보기 싫겠습니까?"

매우 환영합니다! 하고 어색하게 양팔을 벌려 환영 포즈를 취했다. 그에 시드니가 흐응 하고 코웃음을 내뱉으며 그를 찬찬히 훑어봤다. 클라나우스는 속으로 마른침을 삼키며 겉으로는 하하하 하고 웃음을 터트리며 한손으로 뒤통수를 긁적였다. 멋쩍은지 저도 모르게 절로 나온 반사적 행동이었다.

사실 클라나우스는 제 형님들 중 시드니를 제일 좋아하고, 존경했다. 그가 사실은 몹시도 다정하고 따뜻한 사람이라는 것을 잘 알기 때문이었다. 그렇다고 다른 형님들을 싫어하는 것은 아니다. 방금 인상을 썼던 것은 단지, 예상외의 순간에 나타난 사람이라 저도 모르게 놀란 것뿐이었다.

클라나우스의 멋쩍은 행동에 시드니가 가볍게 웃음을 터트렸다. 파이는 여전히 시드니 품에 안겨 그와 클라나우스를 번갈아 보다 까르르 웃었다. 클라나우스가 어색함을 숨기고자 팔짝 펼쳤던 양팔 중 하나를 들어 올려 가볍게 주먹 쥐고 입가에 대며 마른기침을 했다. 그러고는 시선을 옮겨 파이에게 다시 양팔을 내밀며 말했다.

"이리 와, 파이."

이제 파이는 클라나우스가 돌보기로 했으니 그에게 가는 것이 맞았다. 파이는 자신을 향해 손을 뻗은 클라나우스를 빤히 쳐다보며 눈을 깜박이다 이내 배시시 웃으며 시드니에게 시선을 옮겼다. 파이는 시드니를 올려다보며 쾌활하게 말했다.

"시니, 나 내려 줘."

아이의 말에 클라나우스의 얼굴이 굳었다. 당연히 자신의 품에 안길 줄 알았는데, 그를 거부한 것이다. 클라나우스가 눈에 띄게 실망한 표정을 지으며 저도 모르게 우울한 분위기를 뿜어냈다.

그가 뻗었던 양팔을 힘없이 내리고 고개를 푹 숙였다. 2년 동안 많이 친해진 줄 알았는데 아니었던 모양이다. 여자아이의 심리란 애매모호한 것이다. 하루 종일 붙어서 놀다가도 뭐가 마음에 들지 않으면 팽하고 고개를 돌려 외면하기도 하고 뭐가 그리 마음에 드는지 방실방실 웃으면서 곁에서 떨어지지 않기도 했다.

방금 전만 해도 평상시라면 냉큼 클라나우스에게 안겼을 텐데 갑자기 그게 부끄러워졌는지 냉큼 그를 외면한 것이다. 이따금 없던 낯을 가리며 내숭을 떠는 것을 종종 목격했던 시드니는 그저 어깨를 으쓱하며 그를 쳐다볼 뿐이다.

깊은 절망에 빠진 클라나우스를 보던 시드니는 터져 나올 것 같은 웃음을 가까스로 삼키며 품에 안은 파이를 복도 바닥에 사뿐히 내려주었다.

파이는 그에게서 빠져나가자 경쾌한 걸음걸이로 깡충깡충 뛰어 클라나우스 옆으로 갔다. 그러고는 축 처져 살짝 흔들리는 그의 손을 잡으려 했다.

하지만 곧 파이는 제 손에 별사탕이 든 유리병이 쥐어져 있다는 것을 깨달았다. 파이는 하얀 드레스 자락 사이의 주머니에 유리병을 쏙 집어넣고 빈손이 된 손을 들어 클라나우스의 손을 덥석 잡았다.

"라나, 놀자. 오늘은 소꿉놀이해."

파이가 그의 손을 잡아당기며 말했다. 그에 충격을 받고 절망에 빠져 있던 클라나우스가 정신을 차렸다. 그가 슬그머니 숙였던 고개를 살짝 비틀어 시선을 옮겼다.

그가 파이를 내려다보았다. 클라나우스의 말간 청록색 눈동자에 파이가 희미하게 비쳤다. 파이는 그를 올려다보고 해사하게 웃으며 다시 클라나우스의 팔을 잡아당겼다. 바닥을 치던 우울한 마음이 거짓말처럼 사라졌다. 클라나우스가 희미하게 웃었다.

"가자!"

"그래, 파이."

파이가 그의 팔을 잡아당겨 정원으로 끌었다. 아이의 힘은 약한 것이었지만 클라나우스는 언제 침울했냐는 듯 만면에 미소를 지으며 끌려가 주었다. 둘은 곧 정원의 입구를 통해 바깥으로 나갔다.

시드니는 그 둘의 뒤를 느긋하게 따르다 바깥으로 나가지 않고 입구의 경계선에 멈춰 섰다. 그는 정원 안쪽에 배치되어 있는 야외 테라스로 향하는 파이와 클라나우스의 뒷모습을 말없이 지켜보다 문득 제 곁에 서 있는 리파에게로 시선을 옮겼다. 웬일로 이 녀석이 파이의 뒤를 쫓지 않고 얌전히 시드니 옆에 서 있다.

시드니가 의아한 기색을 담아 그를 내려다보았다. 시드니의 시선을 느끼지 못했는지 리파의 시선은 저만치 가 버린 파이의 뒷모습에 꽂혀 있었다. 시드니는 리파의 고동색 짧은 털로 덮인 정수리와 둥근 양쪽 귀가 이따금 파닥거리는 것을 빤히 지켜보다 시선을 슬그머니 옮기며 중얼거렸다.

"2년 전만 해도 그토록 애지중지하던 별사탕을 까먹다니, 그럴 수 있나?"

아이의 기억력이 그렇게 짧았던가 하고 속으로 중얼거리던 그는 곧 아차 싶었다. 생각해 보니 파이에게 내준 별사탕은 아버지 칼리모스엔의 허락도 없이 훔쳐 온 것이나 다름없는 것이었다. 그가 잠시 자리를 비운 틈을 타 집무실에 침범해 몰래 빼 왔다는 것을 이제야 떠올리다니, 어리석은 시드니! 별생각 없이 파이에게 내주었지만, 요즘 들어 별거 아닌 일에도 잘 삐치시는 소심한 제국의 황제 폐하 덕분에 시드니는 멈췄던 걸음을 황급히 옮겨야 했다.

파이한테 미안하지만 일단 그 별사탕은 돌려받아야 할 것 같았다. 시드니가 다급히 정원으로 향하고자 걸음을 떼자 얌전히 그의 옆에 대기하고 있던 리파가 일순간 움직여 그의 앞을 가로막았다. 리파는 시드니의 앞을 가로막고 고개를 절레절레 저었다. 시드니는 갑작스럽게 툭 튀어나와 자신의 앞을 막고 고개를 젓는 그를 보며 눈을 동그랗게 뜨고 쳐다보다 빠르게 깜박였다.

"뭐, 뭐야……! 지금 가지 말라는 거야?"

시드니가 얼떨떨한 어조로 묻자 리파가 고개를 끄덕였다. 사람의 말은 참으로 기똥차게 알아듣는 기묘한 짐승이 아닐 수 없다. 시드니가 멍청히 눈을 깜박이며 그를 보다 문득 선조의 방에서 보았던 기묘한 짐승이 절로 떠올랐다. 그때는 방이 어두워 자세히 볼 수 없었으나 분명 이러한 빛깔의 털과 외형을 가진 커다란 짐승이 시드니와 파이를 보호해 줬던 것 같다.

시드니가 미심쩍은 표정으로 리파를 쳐다보자 그가 별안간 눈을 가늘게 접고 미소 지었다. 그 순간 그의 호박색 눈동자가 찬란한 황금색으로 탈바꿈 되어 야외 정원으로 쏟아지는 햇살을 받아 반짝거렸다.

시드니는 저도 모르게 헛바람을 삼켰다. 흡! 그가 숨을 멈추고 빤히 쳐다보자 리파는 자애롭게 웃으며 시드니의 시선을 마주 봤다. 잠시 동안 서로를 마주 보다 리파가 먼저 시선을 돌렸다.

그는 여전히 웃는 낯으로 그에게서 몸을 돌렸다. 몸을 비틀어 뒷모습을 보인 리파는 시드니를 등지고 멀리 떨어져 있는 야외 테라스를 향해 날렵한 몸짓으로 껑충껑충 뛰어갔다.

눈 깜짝할 새에 시드니의 시야에서 리파가 멀어졌다.

시드니는 자신의 시야에서 멀어진 리파에게서 시선을 떼지 못하고 있다가 그제야 멈췄던 숨을 내뱉으며 중얼거렸다. 대체, 네 녀석의 정체는 뭐냐.

시드니는 정원 입구에 홀로 남았다. 그는 궁금함이 잔뜩 담긴 얼굴로 멍청히 그들이 있는 테라스 쪽으로 고개를 돌려 쳐다보다 한 손을 들어 앞머리를 쓸어 올리고 나지막이 중얼거렸다.

"아, 정말……. 에라, 모르겠다!"

그의 중얼거림에는 파이에게 주었던 별사탕을 다시 되찾겠다는 의지가 완전히 꺾인 상태였다. 그가 남아 있던 미련마저 훌훌 털어 버리고 몸을 돌려 복도로 향했다.

그마저 사라져 버린 정원 입구. 푸른 나무들이 아름답게 제 뿌리를 내리고 터를 잡은 야외 정원의 앞에 반짝거리는 페어리의 빛 가루가 유려한 호선을 그리며 떨어져 내리다 아스라이 사라진다. 긴 꼬리를 그리며 떨어져 내린 흔적은 금세 사라졌으나 여운은 길게 남아 그 주변을 맴돌았다.

어디선가 페어리의 날갯짓 소리가 들리는 것 같았다.

아름다운 분홍빛으로 물결치는 긴 머리카락을 가진 사랑스러운 그녀의 날갯짓 소리가.


클라나우스와 황궁 정원 초입에 위치한 야외 테라스에서 실컷 소꿉놀이를 한 파이가 리파를 달고 정갈하게 정리되어 있는 아름드리 나무들 사이로 걸어갔다.

황궁에서의 일정은 대다수 클라나우스와 함께 있는 경우가 많지만 때때론 불가피한 상황이 발생해 그와 일찍 헤어지기도 하는데, 오늘 같은 날이 딱 그런 날이었다.

클라나우스가 황궁 내에서 급히 처리할 업무가 생겨서 먼저 자리를 비우자 파이는 작은 다기들을 정리해서 한쪽 구석에 밀어 넣고 정원 산책에 나선 것이다.

파이는 푸름이 넘쳐 나는 싱그러운 이파리들을 단 높고 곧은 나무들을 이따금 올려다보며 경쾌한 걸음으로 걸었다. 그녀의 품에 곰돌이가 안겨 아이의 몸짓에 따라 가볍게 춤을 추었다.

이따금 무거운 고개가 옆으로 기울여져 파이의 뺨과 부딪쳤다. 파이는 저와 머리통을 부딪치는 곰돌이에 까르르 웃음을 터트리며 더욱 깡충깡충 뛰어다녔다.

리파 역시 따라다니느라 펄쩍 뛰었지만 그의 기다란 가끔 너무 멀리 뛰어 먼저 저만치 앞지르고는 했다. 파이는 저보다 멀리 뛰어가는 리파를 보며 그 뒤를 바싹 쫓기 위해 도도도 뛰었다 깡충 뛰기를 반복했다.

꽤 오래도록 엎치락뒤치락 달리기에 집중하고 나니 평소 가는 방향과 다른 엉뚱한 곳까지 오고 말았다. 황궁의 정원은 모든 궁들과 연결이 되어 있는 굉장히 커다란 면적의 야외 정원이기에 어디로 든던 입구이자 출구가 존재한다. 파이는 늘 황제의 집무실과 아버지의 집무실이 있는 본궁의 출입구를 통해서 정원을 드나들었다.

이따금 다른 궁의 출입구를 통해 나가기도 하지만 그것은 대체적으로 클라나우스와 함께 있을 때였다. 하지만 지금은 클라나우스 없이 낯선 방향의 정원 영역까지 도달한 덕분에 미아가 될 위기에 처하고 말았다.

파이는 그동안 신이 나게 뛰는 바람에 잔뜩 상기된 얼굴로 이리저리 주변을 둘러봤다. 어디를 보나 아름드리 나무들이 가득 보였다. 익숙하면서도 익숙하지 않은 느낌으로 보아 평소 거닐던 길이 아닌 것은 확실했다. 아이가 진정되지 않아 조금 거친 숨을 내쉬며 무언가 깨달았다는 듯 말했다.

"아, 큰일 났다. 리파야."

[왜 그러니?]

리파가 옆에 나란히 걸으며 고개를 갸웃 기울였다. 그에 파이가 사뭇 진지한 표정을 지었다. 이제까지 황궁에서 길을 잃은 적이 없었던 파이로선 꽤 당황스러운 상황이었다.

넓고 복잡한 황궁 내에서 파이가 이제까지 길을 잃지 않은 것은 언제나 곁에 있던 클라나우스와 이따금 마중을 나오는 모모 덕분이었다. 그러나 지금 곁엔 클라나우스도 없고, 모모도 하필이면 오늘 황궁에 오지 않았다. 결국 파이와 리파 둘이서 이제까지 걸어왔던 길을 되돌아가야 했다. 그런데 문제 하나가 생겼다.

"나 길 잃은 것 같아."

[……어?]

"있잖아. 우리, 어디서 왔더라?"

[음……. 글쎄.]

너무 들뜬 나머지 파이는 자신이 뛰어온 길의 방향을 기억할 수 없었다. 어디서 왔더라. 파이가 눈동자를 데굴데굴 굴렸다. 리파가 그녀를 빤히 보다 눈을 깜박였다. 그러고는 그르릉 하고 조금 유쾌한 울음소리를 토해 내며 말했다.

[괜찮아, 파이. 그래도 길을 찾을 수 있을 거야.]

리파가 몹시도 자신만만한 표정을 지으며 눈을 가늘게 접고 웃었다. 그는 대지의 주인이자 왕. 그가 찾고자 하는 장소는 눈만 깜박여도 알 수 있다.

왔던 길이나, 방향을 모른다 하더라도 리파에겐 파이가 가고자 하는 카이저의 집무실로 돌아가는 길이 보였다. 리파의 말에 파이가 눈을 휘둥그레 뜨고 그 앞에 얼굴을 쑥 내밀었다.

"정말? 정말, 정말?"

[그래! 그러니 걱정하지 말렴.]

"헤에, 리파 참 대단하구나!"

리파는 역시 똑똑해! 하고 파이가 방싯 웃었다. 그에 리파가 가볍게 웃으며 혀를 날름 내밀어 제 눈앞까지 얼굴을 쑥 내민 말간 아이의 뺨을 핥았다. 파이가 간지럽다는 듯 어깨를 움츠리며 까르르 웃음을 터트렸다.

파이는 그에게 내민 얼굴을 뒤로 물리며 리파가 핥았던 뺨을 손등으로 가볍게 비비고 주변을 둘러보았다. 리파가 있으니 길을 잃을 염려는 하지 않아도 될 것 같았다. 그럼 맘 놓고 주변을 둘러보기로 할까 생각한 파이는 어쩐지 주변이 뿌옇다고 느꼈다. 이제 보니 주변에 짙은 안개가 꼈다.

언제? 어느새?

방금 전까지만 해도 맑았던 주변의 모습이 조금 스산해지고 서늘해졌다. 파이가 저도 모르게 몸을 바르르 가볍게 떨었다. 리파가 파이의 등을 콧등으로 비비며 걱정 어린 어조로 말했다.

[그만 돌아갈까?]

그가 보기에도 갑작스럽게 나타난 안개가 불길하고 괴기했다. 그만 돌아가는 게 아이에게 좋을 것 같다. 그의 말에 파이가 냉큼 고개를 끄덕이며 응, 하고 답했다.

리파가 몸을 돌려 앞장섰다. 파이는 그 뒤를 따라 몸을 돌려 도마뱀 꼬리 같은 형태를 가진 리파의 꼬리를 잡았다. 그런 경우가 종종 있어 꼬리가 민감한 짐승임에도 리파는 아무렇지 않게 그녀에게 꼬리를 내줬다. 자잘하고 큰 돌이 오돌토돌 박힌 리파의 꼬리가 파이의 손에 느껴졌다. 갑자기 스산해져 놀란 심정이 금세 안정을 되찾은 느낌이었다.

그때였다.

알 수 없는 괴이한 소리가 파이의 귓가에 들려온 것은. 그 소리가 귀에 닿고 뇌까지 순식간에 전해지자 파이는 꼭 잡고 있던 리파의 꼬리를 놓아 버렸다. 괴이한 소리가 파이의 육체를 점령했다. 어쩐지 정신이 혼미해지는 느낌이었다. 말로 표현할 수 없는 괴이하고 이상한 느낌.

저도 모르게 정신과 육체가 분리되어 붕붕 뜨는 느낌을 받으며 파이가 리파의 꼬리를 놓고 그대로 몸을 돌렸다. 아이의 파란 눈동자에 초점이 흐려졌다. 파이는 멍한 상태로 리파에게 등을 돌린 채 그와 반대되는 방향으로 걸어갔다.

어디로 향하는지 알 수 없으나, 파이는 앞으로, 앞으로 걸어갔다. 곧 그녀는 짙게 내려앉은 안개들 사이로 먹히듯 사라졌다.

그녀가 걸어가는 길에 짙은 안개 너머로 한 건물이 희미하게 보였다. 어렴풋이 보이는 그 건물은 황궁의 궁 중 하나인 모양이다. 그러나 본궁과 달리 나지막하고 작은 것이 별궁 같아 보였다.

파이는 별궁을 향해 걸어갔다. 터벅터벅 걸어가는 아이의 걸음걸이는 몹시 위태로워 보였으나 넘어지지 않고 정원을 지나쳐 곧 별궁의 입구에 닿았다. 그와 동시에 몽롱하게 둥둥 떠다니던 파이의 정신이 팟! 하고 돌아왔다.

파이는 저도 모르게 아주 짧은 순간, 무언가에 조종당하듯 정신을 빼앗긴 느낌이었다. 파이가 반사적으로 고개를 가볍게 흔들며 눈을 깜박였다.

귓가로 괴이한 이명이 떠나지 않고 잘게 울렸다. 그 소리를 겨우겨우 떨쳐 내고 나자 그녀는 제 눈앞에 이질적이고 낯선 궁의 입구가 보였다.

빤히 올려 보고 있자니 본궁과 별다를 것이 없어 보이는데 어찌 된 것인지 몹시도 낯설고 이질적인 느낌이 났다. 묘하게 스산하고 음울한 분위기가 점점 짙어져서 절로 몸이 움츠려졌다.

고개를 천천히 내린 파이는 곰돌이를 껴안은 양팔에 더욱 힘을 주며 바싹 껴안았다. 갑작스럽게 몰려오는 한기에 몸이 오슬오슬 추워졌다. 파르르 떨며 주변을 천천히 둘러보던 파이가 몸을 돌려 입구를 등지고 서서 저만치 짙은 안개로 흐리게 보이는 정원 쪽을 향해 더듬더듬 입술을 벌려 리파를 불렀다.

"리……리파아!"

우물거리면서 터져 나오는 목소리는 몹시도 떨렸고 작았다. 입술이 건조해지는 것 같아 저도 모르게 혀로 위와 아랫입술을 핥으며 꿀꺽 마른침을 삼키고 다시 그를 불렀다. 이번엔 좀 더 큰 목소리가 터져 나왔다.

"리파아!"

그러나 여전히 아이의 목소리는 안개 사이로 퍼지지 않고 서늘한 잠적만 남았다. 파이는 좀 더 큰 목소리를 내며 그를 다시 불렀다. 여전히 그의 대답이 돌아오지 않았다.

리파의 답이 없었지만 기다리다 보면 오겠지 싶어 근처를 살피며 그 주변을 서성거렸다. 그러나 몇 번의 서성임 끝에도 그는 끝내 안개가 짙은 정원 너머에서 모습을 드러내지 않았다.

결국 아이는 그를 기다리다 못해 내키지 않는 발걸음을 옮겨 궁의 입구로 향했다. 어쨌든 안에 들어가면 누구라도 있겠지 싶은 안일한 생각이 들었기에. 본궁에서도 종종 마주치는 하녀들이나 하인들을 떠올리면서 그네들을 마주치면 카이저의 집무실로 안내해 달라고 부탁할 생각으로 파이는 기어코 낯선 별궁 안으로 들어가 버렸다.

그녀가 별궁 안으로 들어서자 입구는 마치 굶주린 짐승의 아가리처럼 탐욕스럽게 입을 벌렸다 황급히 닫아 버린 느낌이었다.

파이가 별궁에 들어갈 즈음 리파는 제 꼬리를 잡은 아이의 손길이 사라졌음을 느꼈다. 묘하게 온몸의 털이 곤두서면서 오싹한 느낌이 든 그가 고개를 돌렸을 땐 이미 파이의 모습은 온데간데없이 사라져 있었다.

그가 황급히 몸을 돌려 그 주변을 뛰어다니며 파이를 찾았다. 그러나 아무리 둘러봐도 파이는 보이지 않았다. 그쯤 되자 리파는 불안함이 급증하기 시작했다.

안 그래도 주변이 묘하게 인기척 없고 스산할 정도로 조용한데, 타이밍 좋게 아이마저 홀연히 사라졌다. 리파는 정신이 번쩍 들 정도로 등골이 서늘해짐을 느꼈다.

뭔가, 안 좋은 일이 일어날 예감.

짐승의 감이 그리 말하고 있다. 리파가 앞발 하나를 들었다 쿵 소리가 날 정도로 땅을 밟았다. 땅에 닿은 그의 앞발 주변으로 잔잔한 파동이 일어나 순식간에 퍼져 나갔다. 아이가 이 주변의 땅을, 대지를 밟고 있다면 리파는 그녀의 위치를 알 수 있을 것이다. 그는 잔잔히 울려 멀어져 가는 땅의 울림을 느끼며 아이를 찾았다.

부디 가까운 곳에 있었으면 좋겠는데…….

곧 그는 파이의 행방을 찾을 수 있었다. 그가 반사적으로 고개를 돌리자 저만치 먼 곳에 위치한 별궁이 눈에 들어왔다. 음산하기 짝이 없는 괴기스러운 기운도 함께.

리파가 저도 모르게 미간을 찌푸렸다. 저 기운은 언젠가 느껴 본 적이 있는 몹시도 불길하고 불쾌한 기운이었다. 코끝에 사기(死氣) 특유의 썩은 내가 나는 것 같았다.

불현듯 언젠가 파이를 위협했던 칙칙한 망토를 뒤집어쓴 정체불명의 사내가 떠올랐다. 리파의 호박색 눈동자가 예사롭지 않게 서슬 퍼런 빛을 발하며 찬란한 금색으로 변했다.

그는 양어깨를 웅크리며 몸을 최대한 움츠리다 순식간에 앞으로 쏘아 나갔다. 그의 몸체가 순식간에 금색 마나에 감싸이더니 큰 짐승의 형태로 변해 반투명해졌다. 실체를 풀고 자연체로 돌아간 것이다.

평상시 모습보다도 3배, 4배 이상 커진 그는 지체 없이 별궁으로 전광석화와 같은 속도로 들어갔다. 그의 심장이 울렁거리며 불길한 기운이 엄습했다. 파이에게, 그 아이에게 안 좋은 일이 생길 것만 같은 기분이 전신을 훑고 지나가 망설일 순간조차 없었다.

그마저 괴기하고 음산한 기운을 내뿜는 별궁으로 쏘아 나가듯 들어가 버리자 그 주변이 크게 일렁거리며 정체불명의 무엇이 음산한 웃음을 무겁게 실어 보냈다. 스산한 바람이 파릇한 나무의 이파리들을 스쳐 지나갔다. 나무의 가지들은 기겁하며 파르르 크게 몸을 떨었다.

파람은 평상시처럼 카이저가 자리를 비운 저택 내의 업무를 도맡으며 가주의 집무실에 자리하고 있었다. 처음에는 어색했던 집무실의 책상도 1년쯤 되니 제법 익숙해졌다. 파람은 책상 위에 올려진 오늘분의 서류를 꼼꼼히 훑어본 뒤 맨 아래 서명 란에 공작 대리라고 적고 유려한 곡선을 그리며 사인을 휘갈겨 썼다.

276

간단히 점심을 먹고 그 후로 지금까지 결재 사인을 한 지 2시간 조금 넘었을까. 집중해서 읽다 보니 뒷목과 등이 뻐근해졌다.

파람은 한숨 돌리고자 앉아 있는 의자의 등받이에 등을 바싹 기대고 누워 고개를 뒤로 젖혔다. 뼈마디가 부딪치는 소리가 들렸다. 그는 눈이 침침해지는 기분에 깃펜을 들고 있던 손에서 펜을 내려놓고 엄지와 검지로 눈과 눈 사이의 콧등을 주물렀다. 절로 한숨이 숨이 나왔다.

검만 휘둘러 봤던 그가 한 자리에 오래 앉아 서류를 내려다보고 있는 것은 정말 익숙해지기 힘든 일이었다.

목구멍이 턱턱 막힐 정도로 정제된 시간 속에서 그나마 숨통을 틀 수 있었던 것은 순전히 '그녀' 덕분이었다. 한계 지점에 도달할 때쯤에는 어찌 알았는지 그녀가 때마침 집무실에 찾아와 한숨 돌릴 만한 티타임을 청해 오곤 했다. 본래는 그녀가 했던 업무를 그가 이어받은 것이니 당연히 그녀에게 많은 도움과 배려를 받아 요령껏 결재서류를 처리하는 편법도 터득했다.

파람은 이따금 생각나는 그 당시를 떠올리며 가벼운 웃음을 내뱉었다. 잠깐의 틈을 가지고 쉬기로 했다. 방금 떠올렸던 그녀가 아른거렸다.

상상 속의 그녀는 언제나처럼 일정 시간 대에 집무실로 찾아와 티타임을 청했고, 곧 낯익은 하녀가 티세트를 포함한 간단한 요깃거리를 담은 트레이를 끌고 왔다. 코끝에 익숙한 다즐링 향이 은은하게 감돈다. 절로 굳었던 안면이 풀리는 기분이었다. 굳은 몸을 일으켜 그녀에게 다가가 손을 내밀었다.

언제나처럼 그녀가 내미는 찻잔을 받기 위해서였다.

그런데, 평소와 달리 그녀가 그에게 아무것도 내밀지 않았다. 마치 그 자리, 그 자세로 정지되어 있는 것마냥, 생생하게 그려진 초상화마냥. 어쩐지 평소와 사뭇 다른 느낌이라 그가 고개를 기울이며 입을 뻐

금거렸으나 말은 나오지 않았다. 그녀는 말간 홍안으로 그를 빤히 쳐다보다 느리게 눈을 깜박였다. 굳게 닫혀 있던 그녀의 붉은 입술이 열렸다.

[또, 잃을 셈인가요?]

그녀의 말이 끝나기 무섭게 휴식을 취하고 있던 파람의 잔잔한 내면에 큰 파동이 일어났다. 이따금 떠올리듯 과거를 회상하던 것이 와장창 깨졌다. 차분하게 뛰는 가슴이 갑자기 성난 야생마처럼 무섭게 뛰었다.

그와 동시에 파람이 헛바람을 내뱉으며 감았던 눈을 번쩍 뜨고 상체를 들어 앞으로 숙였다. 그는 마치 오래도록 물속에 잠겨 있다 빠져나온 것처럼 컥컥거리며 숨을 거칠게 몰아쉬고 한 손으로 얼굴을 가렸다.

머릿속이 지잉 하더니 속이 울렁거렸다. 좋지 않은 기분이었다. 평온했던 그의 컨디션이 급속도로 하락하며 최저를 달렸다. 파람은 고개를 숙이고 눈가를 가리며 거친 숨을 몇 번이고 몰아쉬었다. 어깨가 심하게 들썩였다. 손끝이 파르르 떨렸다.

왜, 갑자기 이렇게 불안하지.

그가 쿵쾅쿵쾅 뛰는 가슴을 진정시키며 숙였던 고개를 천천히 들었다. 집무실엔 파람 외엔 아무도 없었다. 아련한 추억 속, 전생의 기억 속에 존재하던 그녀도, 몽글몽글 김이 나는 따끈한 다즐링이 담긴 찻잔도, 간단한 요깃거리가 담긴 트레이도 없었다.

갑자기 쿵 하고 심장이 떨어지는 느낌이었다. 까마득한 추락의 느낌과 함께 뼛속까지 시릴 정도로 차가운 한기가 몰려왔다. 저도 모르게 양팔로 몸을 껴안았다. 그럼에도 이루 말할 수 없는 한기는 사라지지 않고 전신을 훑었다. 그가 바르르 떨리는 몸을 껴안고 진정시키려 하는데 불현듯 그녀의 말이 떠올랐다.

또, 잃을 셈인가요.

또, 잃을…….

또…….

파람이 잔뜩 움츠렸던 몸을 풀고 벌떡 일어났다. 그 바람에 의자가 뒤로 픽 밀려나 기어코 넘어지고 말았다. 의자가 넘어지는 소리에도 파람은 놀라지 않았다. 아니 놀랄 틈이 없었다.

정신이 멍했다. 그가 보는 세상이 크게 일그러져 회오리치는 것 같았다. 불이 나갔다 들어온 것처럼 시야가 밝아졌다 새까맣게 변하기를 몇 번 반복하다 일순간 뚝! 끊어졌다.

귓속이, 머리가 울릴 정도로 날카로운 이명이 사라졌다.

그와 동시에 집무실을 박차고 나온 파람의 얼굴빛은 좋지 못했다. 몹시 창백해서 금방이라도 쓰러져 버릴 것 같았다. 정신을 차릴 수가 없었다. 지금 당장 아이를 봐야 할 것만 같았다. 그 아이가 언제나처럼 안전하게 있는 모습을 확인해야 했다.

"헉!"

집무실을 빠져나와 복도를 뛰어가던 그의 발걸음이 자연스럽게 멈췄다. 파람은 그 자리에 서서 소리치지도 못하고 입만 뻐끔거릴 뿐이었다. 누군가 뒤에서 그의 심장을 향해 가차 없이 검을 꽂아넣은 느낌이었다. 그제야 파람은 깨달았다.

그 아이가, 또다시 '그'에게, 그 '괴물'에게 붙잡힐 것이란 것을.

파람의 발밑의 복도가 어쩐지 새까맣게 변한 것 같았다. 그의 발밑에 까마득한 나락이 보였다. 끝이 보이지 않는 나락에서 무언가 꾸역꾸역 올라와 조롱했다.

넌 또 그녀를 구하지 못할 거야. 또다시 절망적인 순간이 되풀이되겠지!

그의 영혼이 울부짖는 소리가 들렸다. 파람이, 애쉬가 다시 절망에 빠져 끝없는 나락으로 떨어져 내렸다. 결국 또 이렇게, 잃게 되는 것인가. 그가 힘없이 털썩 바닥에 무릎을 꿇고 상체를 숙였다. 양팔의 주먹으로 바닥을 치며 절망했다.

그토록 염원했던 아이를 다시 만났고 다시 남매의 연을 이었으나, 운명은 그를 조롱하듯 아이를 사지로 몰아간다. 그에게서 다시 빼앗아 절망을 주기 위해. 아! 잔혹한 운명이여!

"파람? 괜찮습니까?"

그때였다. 끝없는 절망 속의 파람에게 한줄기 빛과 같은 목소리가 들려온 것이. 파람이 천천히 고개를 들었다. 새까만 흑색 머리카락의 미청년이 상체를 살짝 숙여 내려다보고 있었다. 모모였다. 그녀가 가장 사랑하는, 신뢰하는 친우이자 위대한 용족인 '모클루모로스'가 그의 앞에 있었다.

파람은 괴로움에 일그러진 얼굴로 그를 쳐다봤다. 그의 붉은 눈동자에 자그마한 희망이 보였다. 아직, 아직 늦지 않았다. 아직 늦지 않았을 거야! 그가 간절한 마음을 담아 덜덜 떨리는 양팔을 모모에게 뻗었다. 모모가 저를 향해 뻗어 오는 파람의 손을, 그의 팔을 잡았다.

"왜 그러십니까? 어디가 아프십니까? 라반을 불러 드…….."

"모모! 아니 모클루모로스……! 제발, 제발 도와주세요."

모모가 보기에도 불안정한 모습을 보이는 파람에 그가 다급히 양팔을 내밀며 말했다. 그러자 기다렸다는 듯 파람이 억센 힘으로 그의 양팔을 붙잡았다.

눈앞의 파람은 마치 금방이라도 무너져 내릴 것 같았다. 평소 차분하고 과묵했던 그의 모습과 너무나도 달라서 완전 다른 사람이라 느껴질 정도였다.

그런 그가 절망적인 목소리로 애걸복걸하며 말했다. 파람의 간절한 말에 모모가 의아한 듯 눈을 깜박이다 뒤늦게 자신의 풀 네임을 알고 있다는 것에 놀라 눈을 크게 떴다.

"……어떻게 내 풀 네임을!"

"모클루모로스! 그녀가 말해 줬습니다. 당신이 도와줄 것이라고! 제가, 제가 그때의 그 애씁니다. 당신도 어느 정도 짐작하셨겠죠! 부탁입니다. 모클루모로스! 그 아이를, 파이를 도와주세요. 아이가 위험해요!"

파람의 적색 눈동자 크게 일렁거렸다. 그의 시야에 사악하고 탐욕 많은 새까만 괴물이 아이의 심장을 향해 손을, 큰 아가리를 벌리는 것이 보였다. 그가 모모의 팔을 잡은 손의 손가락을 세웠다. 절로 힘이 들어가는 손아귀로 모모의 팔을 단단히 잡아당기며 도와 달라고 호소했다.

모모는 절박하게 말하는 파람에 정신이 없었다. 역시 눈앞의 사내가 그때 그 사내였다. 어찌 된 영문인지 그에게는 전생의 기억이 고스란히 남아 있었다. 묻고 싶은 것이 너무나도 많았다.

하지만 묻기도 전에 폭포수처럼 쏟아져 나오는 그의 횡설수설한 말에 오히려 머리가 복잡해질 뿐이었다. 그가 다 이해하기도 전에 제 양팔에 알싸한 아픔이 느껴졌다. 파람이 그의 팔을 거칠게 잡고 늘어진 것이다.

"아……!"

그는 파람의 눈을 마주 보며 생각했다. 적색의 선명한 눈동자. 그녀와 같은 색, 그와 같은 색. 똑같은 적색 눈동자가 동시에 떠올랐다. 그녀가 했던 말이 오래도록 잊혀졌다 이 순간 불현듯 생각났다. 아주 기가 막힌 이 순간에.

'오래 된 저주는, 더 큰 저주를 불러들이지.'

이상하게 묘한 어조로 차분하게 내뱉은 그녀의 한마디가 그의 귓가에 맴돌았다. 모모는 파람을 강제적으로 일으켜 세웠다. 그녀는 이 상황을 예견한 것이구나. 그는 뒤늦게 깨달았다. 모모는 여전히 혼란스럽고 불안해하고 초조해하는 그의 양어깨를 붙잡아 사뭇 진지한 어조로 말했다.

"어디로 가야 합니까."

그의 새까만 눈동자가 선명한 금색으로 변해 일렁거렸다. 그녀의 부탁을 들어줄 순간이 드디어 온 것이다. 모모는 직감적으로 느낄 수 있었다. 지금이 그녀가 말했던 저주로부터 아이를 지켜야 하는 순간임을.

"리파!"

파이는 별궁 안으로 들어갔다. 별궁 안도 괴이하게 짙은 안개가 무겁게 내려앉아 앞이 명확하게 보이지 않았다.

파이는 더듬더듬 복도를 걸어가며 리파를 불렀다. 그러나 아이의 외침은 저 너머로 닿기도 전에 아스라이 퍼져 사라졌다. 쓸데없는 외침에 불과했다. 그럼에도 파이는 포기하지 않고 끊임없이 그를 불렀다.

하지만 아이의 체력이 급격히 내려가자 뻐끔뻐끔 열리는 입술도 천천히 닫혔다. 결국 입을 다물자 무겁고 스산한 침묵이 그녀의 작은 어깨에 내려앉았다.

파이는 몸을 크게 움츠리며 품에 안은 곰돌이를 바싹 껴안았다. 오래된 곰돌이의 까끌한 질감이 느껴졌다. 이따금 꿰맨 부분의 올록볼록한 부분도 느껴졌다. 그 촉감 때문인지 미친 듯이 무섭거나 불안하진 하진 않았다.

하지만 그 불안감은 점차 커졌다. 무거운 침묵과 인기척 하나 없는 스산한 복도가 아이에게 더없는 공포를 안겨 주었다. 입을 꾹 다문 파이는 밀려오는 공포를 애써 외면하며 마른침을 삼키고 조심조심 앞으로 나아갔다.

"저기, 아무도 없어요?"

아이의 질문과도 같은 말이 바깥으로 터져 나갔지만 그것도 묵직하고 짙은 안개에 먹혀 버렸다. 잘게 울리던 울림마저 금세 사라졌다. 파이의 얼굴에 실망감이 내비쳐졌다. 정말 주변에 아무도 없는 모양이었다.

아이의 걸음걸이가 실망감에 의해 한층 더 느려지고 힘이 없었다. 얼마쯤 걸었을까. 앞조차 보이지 않는 복도를 꽤 오래도록 걸은 파이가 다리가 아픈지 잠시 멈춰 서 주먹을 쥐고 무릎 부분을 통통 두들겼다.

"아, 힘들어."

파이가 한숨처럼 중얼거렸다. 당최 이 복도는 끝이 존재하기는 한지 의구심이 들기까지 했다. 얼마나 걸어가야 사람을 만날 수 있을까? 얼마나 걸어야 끝이 보이는 걸까? 점차 걱정에 걱정을 달며 잠시 멈췄던 걸음을 다시 옮기기 시작했다.

체력이 많이 떨어짐에도 곰돌이를 소중히 품에 안은 파이가 앞으로 가다 문득 반짝이는 것을 보았다. 무언가 빛에 반사된 것 같았다.

파이는 안개 너머로 이따금 반짝거리는 것을 목격하자 힘없이 걷던 걸음을 다시 부지런히 옮겨 그 앞으로 다가갔다. 혹시 바깥의 빛이 안으로 새어 들어온 것이 아닐까 하는 일말의 희망을 가지고.

그 앞에 당도하자 굉장히 크고 높은 거울이 벽에 걸려 있었다. 짙은 안개에 싸여 무척 신비로운 느낌을 주는 거울이었다. 거울의 테두리는 섬세히 조각되어 있었다. 유려한 곡선과 절제된 라인들이 어우러져 고풍스럽고 우아했다.

파이는 거울을 마주한 순간 여기가 자신이 걸어왔던 복도의 끝임을 깨달았다. 그렇게 열심히 걷고 걸었는데 알고 보니 막다른 길이었던 셈이다. 이따금 반짝이는 빛은 저 위의 벽에 난 작은 창문에서 들어온 빛이었다.

갑자기 기운이 쭉 빠졌다. 지나온 길로 다시 돌아갈 생각을 하니 한숨부터 절로 나왔다. 이제까지 걸어온 만큼 걸어야 한다는 생각에 잔뜩 실망한 파이가 눈을 내리깔았다.

그때였다. 거울에 희미하게 비치는 제 모습에 파이가 눈을 데굴데굴 굴렸다. 그 모습마저도 명확히 비치지 않자 파이는 심술이 나기 시작했다.

평소라면 그런 거친 행동은 하지 않을 터이지만 지금의 파이는 몹시 지친 상태였고 또 짜증이 났다. 그녀는 안고 있던 곰돌이의 한쪽 팔을 손으로 잡아 휘둘러 비치는 거울의 표면을 팡팡 쳤다.

홧김에 휘두른 것이지만 조금은 후련해진 느낌이었다. 거울 표면을 몇 번 팡팡 치자 그 주변이 잘게 떨렸다. 마치 아프다고 호소하는 것 같았다. 그쯤 되자 파이도 썩 때릴 맛이 생기지 않아 휘두르던 곰돌이의 팔을 내려놓고 몸을 돌렸다.

어차피 여기 있어 봤자 아무도 못 만날 테니, 힘들어도 돌아가자.

파이는 그렇게 생각하며 거울을 등지고 멈췄던 걸음을 내디뎠다. 그러나 잔잔한 울림을 토해 내던 거울은 멈추지 않고 더 크게 달달 떨었다. 아이의 바로 등 뒤로 둥근 파동이 두 개가 동시에 일어났다.

작은 원을 그려 가던 것은 점차 커졌고, 그 안에서 끊임없이 일어났다. 셀 수 없을 정도로 많은 파동이 일어나는 원 속에서 새까만 손 두 개가 슥 모습을 드러냈다.

파이가 등을 돌리며 막 두 번째 걸음을 내디뎠을 때였다. 거울 너머에서 슥 빠져나온 괴기하기 짝이 없는 검은 손은 순식간에 파이를 덮쳤다.

눈 깜짝할 새였다.

파이는 검은 손에 잡혀 거울 안으로 집어삼켜졌다. 단단한 표면인 것이 분명했던 거울의 표면이 울렁이더니 파이를 집어삼켰다. 파이는 소리를 지르기도 전에 거울에 갇혀 버렸다. 끌려가며 버둥거리는 바람에 파이의 신발 한 짝이 벗겨져 복도에 툭 하고 떨궈졌다.

그녀가 온전히 거울에 먹히고 나자 그곳은 마치 아무도 존재하지 않았다는 듯 텅 빈 복도가 되었다. 애초부터 아무도 없었다는 듯이.

그 괴이한 침묵 속, 짙은 안개 너머에서 누군가가 튀어나왔다. 그는 다름 아닌 리파였다. 그녀가 그토록 부르고 찾았던 이. 그는 빠르게 달려 거울 앞에 당도했으나 이미 한발 늦은 상태였다. 리파는 주변을 크게 둘러보며 콧김을 거칠게 내쉬었다.

[이런, 늦은 건가.]

그가 낭패스럽다는 듯 중얼거렸다. 방금 전까지만 해도 이 자리에서 파이의 기척을 느꼈는데 눈 깜짝할 새에 사라졌다. 다시 주변을 탐색해 봤지만 하늘로 솟았는지 그녀의 기척은 느껴지지 않았다.

그가 인상을 왈칵 구겼다. 더 빨리 움직였어야 했다. 그러다 반사적으로 제 앞에 선 커다란 거울을 올려다봤다.

거울 주변으로 지독한 사기가 뿜어져 나왔다. 리파는 그것이 못내 불쾌했다. 괴기스러운 이의 기운이 거울에서 느껴졌다. 몹시 강하게.

그가 신경질적으로 앞발을 들고 날카로운 발톱을 세워 가차 없이 거울을 향해 휘둘렀다. 거울이 무섭도록 오싹한 비명을 내지르며 쩍쩍 갈라졌다.

리파는 균열이 가기 전 거울 속에서 무언가 번쩍한 것을 목격했다. 그는 거울이 저 너머 어딘가로 이어진 통로임을 깨달았다. 감히 내 앞에서 잔재주를 부리다니. 그는 속으로 분하다는 듯 중얼거렸다.

쩍쩍 금이 간 균열 사이로 까만색 전류가 찌직 흐르다 사라졌다. 리파는 그것을 빤히 노려보다 그 밑에 떨어져 있던 아이의 작은 신발을 발견했다. 그가 고개를 숙여 입으로 아이의 신발을 물었다. 이 상황에 이르자 이것만은 확신할 수 있었다.

아이의 신변에 크나큰 문제가 생겼다.

어떤 괴기한 것이 분명 아이를 데려갔다.

그는 파이의 신발을 문 채 몸을 돌려 뛰어 들어왔던 길을 되돌아갔다. 지금 당장 모모에게 돌아가야 한다. 파이의 기척이 느껴지지 않지만 분명 아이는 이 주변 어딘가에 있다.

그가 다시 정신을 집중했다. 이 세계에 구축되어 있는 대지의 어딘가에 아이가 발을 딛고 있다면 분명 리파는 그녀를 찾을 수 있을 것이다. 잠시 끊겼던 아이의 기척이 잡힐 듯 말 듯 흐릿하게 느껴졌다. 겨우 그녀의 기척을 캐치한 그는 더 이상 지체하지 않고 날렵하게 쏘아 나가 사라졌다.

그마저 사라지자 볼썽사납게 금이 간 거울만이 그 복도 끝에 처량하게 걸려 있을 뿐이었다.


복도와 별궁 전체, 나아가 야외 정원의 일부분을 감싸던 기이하고 스산한 안개가 천천히 개기 시작했다. 안개가 사라지자 세상은 다시 찬란한 빛으로 가득했다.

그러나 그 속에 파이는 없었다.

거울 속에서 튀어나온 괴이한 검은 두 손에 의해 눈 깜짝할 새에 그 안으로 집어삼켜지듯 빨려 들어간 파이는 잠깐의 틈도 없이 또다시 바깥으로 내팽개쳐졌다. 정말로 눈 깜짝할 새에 일어난 일이었다.

아차! 하는 찰나의 순간, 거친 손길에 의해 파이의 작은 몸이 가엾게도 바닥에 떨어져 나뒹굴었다. 파이는 갑작스럽게 잡혔던 양어깨가 아파 끙끙 신음을 내뱉으며 손을 들어 어깨를 부여잡고 바닥에 엎어진 채로 바르작거렸다. 분명 멍이 들었을 것이다.

그나마 다행인 것은 바닥에 떨어져 뒹굴 때 아이의 품에 안겨 있던 곰돌이가 쿠션 역할을 해서 큰 충격은 받지 않았다. 그럼에도 아이가 견디기엔 좀 큰 충격에 몸을 바르작거리다 한 팔을 들어 힘겹게 상체를 들어 올렸다. 그런 그녀의 위로 짙은 그림자가 내려앉았다.

파이는 주변이 어두워지자 반사적으로 고개를 들었다. 누군가 그녀 위에 서 있었다. 상체를 들기 위해 바닥을 짚고 있던 손끝이 잘게 떨렸다.

대체 지금 내게 무슨 일이 일어난 것일까? 그녀는 현재 자신의 상황을 제대로 파악조차 못했다. 이 상황은 아무리 생각해도 아이의 머리로는 도저히 이해할 수가 없었기 때문이다.

해답을 얻지 못한 아이가 얼이 빠진 얼굴로 제 앞에 서 있는 이를 올려다보았다. 자신의 위로 어두운 그림자를 늘어뜨리고 서 있는 남자와 어두운 내부가 보였다. 그는 상체를 가볍게 숙이고 자신을 내려다보고 있었다.

남자는 어두운 내부에서 그나마 빛이 새어 나오는 곳을 등지고 있어 더욱 어둡게 보였다. 그 어둠에 물들어 짙은 핏빛으로 보일 정도로 붉은 머리카락이 살아 있는 것처럼 가볍게 넘실거렸다.

음영 진 그의 얼굴에서 유독 도드라지게 보이는 은색 눈동자의 시선이 그녀를 얽매기라도 할 것처럼 서늘하게 내려졌다. 낯설지 않은 저 시선, 저 눈빛. 파이는 그 눈을 마주하자 전신에 번개를 맞은 것마냥 온몸이 주체할 수 없이 크게 부르르 떨렸다. 그에게서 느끼는 알 수 없는, 커다란 공포 때문이었다.

그녀 앞에 서 있는 이는 다름 아닌 아칼리템의 서열 1위 황태자, 영원한 아칼리템의 군주이자 영원한 탐욕의 황제, 천년괴물 스플린이었다. 그는 크게 몸을 떠는 파이를 내려다보며 몹시 만족스럽다는 듯 웃었다. 어둠 속에서도 창백한 인상을 주는 그의 얼굴에 비례해 몹시도 붉은 입술이 요사스럽게 올라가 오물거렸다.

"드디어, 손에 넣었다."

그의 입술 사이로 내뱉어진 목소리가 뼛속까지 시릴 정도로 서늘했다. 세상에 이렇게 차가운 목소리가 존재할까 싶을 정도로 차갑게 내려앉은 음성.

그의 목소리가 귓가로 닿자마자 파이의 몸은 얼음마법에 걸린 것처럼 그대로 얼어붙는 것 같았다. 그녀의 머리 위로 조롱하듯 소름 끼치는 괴이한 웃음소리가 환청처럼 쏟아져 내렸다.

악마가, 기어코 그녀를 '다시' 찾아온 것이다.

아니, 스플린이 그녀를 찾아 강제적으로 제 앞으로 끌어들인 것이다. 그 알 수 없는 괴기한 힘을 이용해서. 숨이 턱 막혀 왔다.

자신을 내려다보는 그의 은색 시선은 마치 초식동물을 바라보는 육식동물의 식탐 어린 시선과도 같았다. 언제라도 그 가녀린 초식동물의 목덜미를 물어뜯을 준비가 되어 있는 잔혹하고 탐욕적인 절대강자의 시선처럼.

파이는 그 시선을 피하고 싶었다. 그의 시야에 벗어나고 싶었다. 당장이라도 일어나서 그로부터 멀찍이 떨어지고 싶었다. 그러나 몸은 그녀의 통제를 벗어난 상태였다. 고작해야 바르르 떨릴 뿐, 말을 듣지 않았다.

아이의 푸른 눈이 잘게 떨린다. 공포로 창백해진 그녀의 낯빛을 보고 있자니 그는 더없는 만족과 쾌락, 충만함을 느낄 수 있었다.

그래, 더욱 무서워하고 두려워해.

네가 더없을 절망과 공포를 느끼는 그 순간, 나는 기다렸다는 듯 네 심장을 집어삼키리라!

그가 희열에 찬 표정을 지으며 천천히 아이의 곁으로 앉았다. 한쪽 무릎을 세우고 상체를 살짝 구부려 그녀의 얼굴 가까이 고개를 내밀었다. 그는 손을 들어 앞으로 내밀어 검지로 그녀의 도톰한 뺨을 위에서 아래로 쓸었다.

파이는 뺨에 닿는 서늘한 체온에 크게 흠칫 떨었다. 당장이라도 이 소름 끼치는 손을 쳐 내고 싶었으나 여전히 그녀의 몸은 말을 듣질 않았다. 결국 그대로 굳은 상태에서 눈동자만 데굴데굴 굴려 제 뺨을 쓰다듬는 그 손가락의 끝을 좇을 뿐이었다.

손가락은 그녀의 뺨, 그녀의 턱, 그녀의 목선까지 떨어져 내렸다. 그의 검지는 아이의 심장 부근까지 내려가고 싶었으나 그녀의 가슴에 안긴 오래된 곰돌이가 그 행보를 방해했다.

결국 그의 검지가 뒤로 물러났다. 파이는 자신에게서 떨어지는 그의 손길에 속으로 안도의 숨을 내뱉었다. 파이의 얼굴에서 희미한 안도감을 포착한 그가 시선을 옮겨 그것을 내려다보며 몹시도 마음에 들지 않는다는 듯 말했다.

"별 골동품 같은 것을 갖고 다니는구나?"

쓰레기 같은 걸. 반짝거리고 사치스러우며 귀금속을 좋아하는 그가 서늘한 시선으로 그녀의 품에 안긴 곰돌이를 내려다봤다. 파이는 자신에게서 곰돌이에게로 시선이 옮겨지자 저도 모르게 마른침을 삼켰다. 절로 곰돌이를 껴안고 있는 양팔에 힘이 들어갔다.

그는 곰돌이의 정수리를 빤히 내려다보다 아이의 뺨을 쓰다듬던 손가락을 쫙 펴 쇠로 만든 갈고리처럼 순식간에 곰돌이의 면상을 왈칵 움켜쥐었다. 파이가 화들짝 놀라 헛바람을 삼켰다. 그는 아이의 놀란 숨소리를 들으며 비릿하게 웃었다.

오호라, 이 쓰레기 같은 오래 된 인형이 너에게 무척 중요한 것인가 보구나.

곰돌이를 감싸 안은 아이의 모습에 그는 인형의 얼굴을 잡은 손아귀에 힘을 주어 찬찬히 들어 올렸다. 그에 따라 곰돌이의 머리가 위로 올라갔다.

인형을 안고 있던 파이는 곰돌이의 머리와 몸이 분리될 것만 같아 어쩔 줄 몰라 했다. 그가 조금만 더 힘을 주면 곰돌이의 머리통이 단숨에 자신이 안고 있는 몸체와 분리될 것 같았다.

오빠한테 소중히 간직하겠다고 약속했는데…….

이대로 있다간 곰돌이가 두 동강이 날 것 같았다. 결국 파이는 울 것 같은 표정을 지으며 꼭 안고 있던 곰돌이의 몸체를 놔주었다. 그렇게라도 하지 않으면 정말로 뜯어질 것 같았기 때문이다. 아이가 양팔을 풀자 곰돌이는 스플린의 손아귀에 온전히 들어왔다.

스플린은 아이의 허무함과 절망으로 뒤섞인 얼굴을 내려다보며 희열에 빠진 진득한 미소를 지었다. 그가 곰돌이의 머리통을 잡고 가볍게 흔들었다. 곰돌이의 몸체가 커다란 벽시계의 시계추처럼 달랑달랑 흔들렸다. 파이는 흔들리는 곰돌이의 몸체를 따라 눈을 데굴데굴 굴렸다.

"갖고 싶니? 돌려줄까?"

악마의 속삭임처럼 그가 속삭였다. 파이가 눈앞에서 흔들리는 곰돌이의 몸에서 시선을 떼지 않고 침묵했다. 그는 그런 아이를 빤히 내려다보더니 곰돌이를 냉큼 위로 크게 던졌다.

파이가 놀라 위로 내던져진 곰돌이를 쫓아 저도 모르게 몸을 일으켰다. 그 순간, 스플린은 주저 없이 아이의 가녀린 목을 향해 손을 뻗었다. 순식간에 일어난 일이었다.

그의 커다란 손아귀에 파이의 가녀린 목이 잡혔다.

그는 아이의 목을 잡고 달랑 들어 올리며 쭈그렸던 몸을 일으켰다. 그와 동시에 파이의 몸도 달랑 떠올랐다. 파이는 갑작스럽게 숨이 턱 막혔다. 그의 손아귀에 우악스럽게 잡혀 숨통이 막혀 버린 것이다.

그가 아이의 목을 잡고, 가녀리고 작은 몸을 허공에 띄웠다. 파이가 양팔을 들어 제 목을 움켜쥐고 있는 스플린의 손등을 손톱으로 날카롭게 긁으며 거칠게 버둥거렸다. 그와 동시에 그가 높이 띄워 올려 내던진 곰돌이가 마른 맨바닥에 떨어지는 소리가 났다.

오래된 곰돌이는 바닥에 꼴사납게 나뒹굴었다. 곰돌이의 빛바랜 푸른 눈동자에 희미한 빛이 안타까움으로 흐리게 일렁거리다 아스라이 사라졌다.

쾅!

스플린이 바닥을 나뒹구는 곰돌이를 향해 주저 없이 발을 들어 올려 내리찍듯 밟았다. 그의 발힘이 얼마나 센지 바닥에 금이 가고 깨지는 소리가 났다. 그리고 그의 발길질 하나에 곰돌이는 잔인하게 짓눌리고 찢겨져 처연하게 나뒹굴었다.

유리가 깨지는 소리가 났다. 아마도 곰돌이의 눈인 유리구슬이 깨진 것 같았다. 파이는 절망했다. 그토록 소중히 하겠다고 했던 곰돌이가 이런 식으로 짓밟혀질 줄은 몰랐다. 마치 자신이 그렇게 짓밟힌 것 같아 너무나도 슬펐다.

스플린은 아이의 할큄에도 눈 하나 깜짝하지 않고 괴로움과 공포, 그리고 슬픔과 허무로 일그러진 아이의 창백해져 가는 얼굴을 감상하듯 서늘한 눈빛으로 내려다보고 있었다.

그는 저보다 한참이나 어린 아이를 손쉽게 농락하고 위협하고 억압하는 그 순간을 즐겼다. 그에겐 이미 많은 여자아이를 집어삼킨 전력이 있었으며 죄책감이라는 감정은 애초에 존재하지 않았다.

잔혹하기 그지없는 괴물 같은 놈.

그가 아이를 내려다보며 입술을 핥았다. 그는 잠시 동안의 침묵 속에서 아이의 버둥거림을 감상하더니 이내 말이 많은 수다쟁이처럼 재잘거렸다. 넌 참 맛있는 냄새가 나. 군침이 돌아서 더 이상 못 참겠어. 왜 이렇게 맛있는 냄새가 날까.

파이는 숨구멍이 막혀 컥컥 마른기침을 내뱉으며 혼미해지는 정신을 붙잡으려 했다. 하지만 성인 남성의 무자비한 손아귀 힘에 막혀 버린 숨통은 뇌에 신선한 공기를 공급해 줄 수 없었다.

파이는 혼란스러워졌다. 지금 눈앞의 사내는 인간으로 보이지 않았다. 아이의 눈에 그는 거대하고 검붉은 형상의 잔혹한 악마이자 괴물이었다. 그가 입을 쫙 벌려 파이를 단숨에 집어삼킬 것 같았다.

파이는 점차 흐려지는 시야 속에서도 버둥거림을 멈추지 않았다. 그의 손등을 필사적으로 긁어도 그는 손가락 하나 꼼짝하지 않고 아이를 허공에 계속 띄웠다. 아이의 몸부림을 감상하며 점점 잦아드는 버둥거림을 즐기고 있었다.

"자, 내게 영생을 다오!"

네 심장을 내게 바치는 거야!

그가 광기 어린 어조로 크게 소리쳤다. 드디어 완전한 영생의 삶을 얻는다. 그의 은색 눈동자가 확신 어린 눈빛으로 크게 일렁거렸다. 광기와 희열, 쾌락으로 가득 찬 그의 음성이 파이의 귓속으로 무자비하게 파고 들어갔다.

파이의 파란 눈에 그렁그렁 눈물이 맺혔다. 커다란 공포와 두려움, 혼란, 목을 조여 오는 괴로움이 뒤섞였다. 아무리 발버둥 쳐도 자신에게 닥친 현실은 변하지 않았다. 그게 그녀는 몹시도 슬프고 무서웠다. 두려웠다.

이대로 '또' 죽을까 봐.

그게 두려웠다. 언젠가 타인에 의해, 타인의 결정에 의해 죽음을 맞이한 적이 있었다. 그래. 그런 적이 있었다. 파이는 점점 시야가 흐려지고 회색 점들이 시야를 채우는 가운데 생각했다.

떠올렸다.

첫 장이 찢겨져 나간 책처럼 최초의 기억은 어느 순간 사라져 있었다. 그뿐만 아니었다. 드문드문 남은 과거의 기억은 책벌레에게 먹혀 커다랗게 구멍 난 페이지의 장면마냥 끊어져 있었다.

이따금 기억에도 없는 상황과 비슷한 순간을 맞이하면 무의식적으로 낯설지 않다 생각했다. 하지만 그뿐. 아무리 생각해도 없어진 기억은 떠올릴 수 없었다. 아무리 더듬어 봐도 맨 앞장은 없었고, 아무리 뒤져 봐도 구멍이 송송 난 기억의 중간중간을 되찾을 수 없었다.

아무리 찾아봐도 그녀는 그 순간들이, 또는 이 순간이 낯설지 않은 이유를 알지 못했다.

불이 꺼져 버린 것처럼 시야가 까맣게 변해 갔다. 파이의 입술이 바삭바삭 메말라 갔다. 컥컥거리는 마른기침도 점차 잦아들기 시작했다.

파이는 절망했다. 절망하는 아이의 시야로 천천히 스플린의 손이 날카로운 칼날이 되어 쏟아지는 게 보였다. 날카롭게 날을 세운 그의 손에 금방이라도 몸이 두 동강이 날 것 같았다. 무섭다. 두렵다. 괴롭다. 허무하다. 그 누구도 그녀를 구할 수 없었다. 그 누구도 나를 구해 주지 못한다.

그 누구도…….

나를 이 악마에게서 구해 주지…….

스플린의 손등을 마구잡이로 긁던 파이의 하얀 손가락이, 양팔이 점차 아래로 떨어져 내려가 달랑 흔들렸다. 이젠 틀렸어. 파이가 절망과 좌절을 삼키며 눈을 감았다. 그때였다.

[정신 차려, 파이야!]

혼미해진 정신 속에서 누군가 그녀를 불렀다. 몹시도 크고 선명한 목소리가 그녀의 귓속으로 파고들었다. 생기 넘치고 힘 있는, 아름다운 여인의 목소리였다. 낯설지만 그리운 목소리. 그래, 어디선가 들어 본 목소리. 또다시 데자뷰가 찾아왔다. 강렬한 기시감이 그녀의 허무로 물든 전신을 뒤흔들었다.

꺼져 가는 촛불처럼 까매진 시야 속에서 그녀는 그 목소리를 희망의 한 가닥인 것마냥 붙잡으며 입술을 꽉 깨물었다. 메마른 입술이 찢어졌는지 입안에 비릿한 피 맛이 느껴진다.

가련하게 흔들리던 아이의 손끝이 바르르 떨렸다. 그와 동시에 스플린의 등 뒤로 선명한 진홍색 불꽃이 포처럼 콰르르 쏟아졌다.

콰콰콰!

갑작스럽게 쏟아져 나온 불꽃 포를 등 뒤에서 직격으로 맞은 스플린이 앞으로 쭈욱 밀려났다. 그와 동시에 카아악, 비명을 내뱉으며 크게 몸부림쳤다.

잔혹하기 그지없는 냉혈한 자라 할지라도 일단 인간의 육체를 가진 이상 '진짜' 불꽃을 맞았으니 전신이 타들어 금방이라도 정신을 잃을 것 같았지만 필사적으로 버텼다. 파이의 코끝에 무언가 타들어 가는 냄새가 났다.

스플린이 고통에 겨워 거칠게 몸부림치자 파이도 따라 크게 요동치
듯 흔들렸다. 파이는 그가 고통에 몸부림치며 거세게 떠는 것을 제 목
을 움켜쥐고 있는 손아귀를 통해 느꼈다.

몸 목구멍이 더욱 메여 와 아팠다. 그는 전신을 뒤흔들 정도로 커다
란 통증을 느낌에도 아이의 목을 놓지 않았다. 대단한 집념이 아닐 수
없었다. 하지만 곧 그의 등 뒤로 커다란 세모꼴 귀를 쫑긋 세운 발 6개
달린 기묘한 짐승이 달려들자 아이의 목을 잡고 있던 손을 놓을 수밖
에 없었다.

[카아아악!!]

선명한 진홍색과 이따금 주황색과 노란색이 뒤섞여 일렁이는 불꽃
같은 갈기를 가진 기묘한 짐승이 거대한 포효를 내뱉으며 쏜살같이
달려들었다. 짐승은 순식간에 10개의 도톰하고 기다란 꼬리를 사납게
흔들며 스플린의 녹아내린 어깨를 무자비하게 콱 물었다.

"아아아악!!"

스플린이 다시 고통스러운 비명을 내지르며 몸을 크게 흔들었다.
그와 동시에 파이의 몸도 크게 반동하듯 흔들렸다. 숨통을 죄던 잔인
무도한 스플린의 손가락이 커다란 고통에 못 이겨 하나둘씩 떨어져
나갔다.

그녀의 목이 온전히 자유를 되찾자 파이의 작은 몸이 줄이 끊긴 인
형처럼 허공으로 뜨며 느리게 빙글 돌았다. 제정신도 차리기 전에 그
녀의 시야는 어지럽게 뒤섞여 흔들렸다. 토기가 절로 올라올 정도로
흔들리는 시야 속에서 파이는 몸이 잠시 허공에 뜨는 기분 나쁜 느낌
을 느끼다 뒤이어 추락하기 시작하는 것을 느꼈다.

눈꺼풀이 느리게 열리고 닫히는 가운데 알록달록한 빛 번짐이 들어
왔다. 육각형 모양의 파스텔 톤 빛이 알록달록 파이의 시야에 가득 피
어났다. 분명 스플린과 파이가 있는 방은 몹시도 어두운 곳이었는데
어째서 이렇게 아름다운 빛이 보일까.

넋을 놓고 보고 싶었으나 아래로 추락하는 소름 끼치는 느낌 때문에 눈을 다시 감았다. 그와 동시에 누군가 그녀의 뒷덜미를 주둥이로 물어 낚아챘다. 몹시도 빠른 속도로 그녀의 목덜미를 문 그는 파이의 몸을 빙글 돌려 제 넓고 긴 등에 태웠다. 파이가 반사적으로 올라탄 그의 등을 양팔로 잡아 껴안았다.

[파이야, 괜찮니?]

귀가 멍멍해지고 토기가 올라올 것 같은 현기증을 느꼈다. 그 가운데 몹시도 익숙한 목소리가 흐릿하게 들려왔다. 분명 그 목소리는 리파였다. 파이가 그의 등에 얼굴을 비비며 느리게 고개를 끄덕였다. 그는 아이의 작은 몸짓을 느끼며 크게 껑충 뛰어 스플린에게서 멀어졌다.

파이는 크게 들썩이는 리파의 등에 착 달라붙어 뒤늦게 컥컥 하고 마른기침을 내뱉었다. 갑작스럽게 숨통이 쥐어졌다 다시 풀려나니 목구멍이 따끔거려 눈물이 찔끔찔끔 났다.

[괜찮니? 괜찮아? 날 놓으면 안 된다, 파이야. 꼭 잡아야 해.]

리파가 걱정이 되는지 껑충껑충 뛰면서 몇 번이고 물었다. 파이는 그의 물음에 느릿느릿 고개를 끄덕이며 유려한 리파의 등에 얼굴을 묻었다. 짧은 고동색 털이 적당히 부드러워 얼굴을 간지럽혔다.

코끝에 리파 특유의 체향이 희미하게 나자 저도 모르게 안심이 됐다. 그리 길지 않은 시간이었으나 파이에겐 영겁의 시간과도 같이 긴 끔찍한 순간이었다. 죽을지도 모른다는 잔혹한 현실을 벗어날 수 없어 그녀를 더욱 비참하고 두렵게 만들었다.

그 순간, 허무와 절망으로 가득했던 아이에게 기적처럼 리파가 나타나 그녀를 구해 줬다. 파이를 구해 줬어……! 파이는 왈칵 눈물을 흘리며 그의 등에 얼굴을 마구잡이로 비볐다.

[이제 괜찮아. 파이야. 집으로 돌아가자. 응?]

울지 말렴. 그가 언제나처럼 다정하고 부드러운 어조로 위로하듯 속삭였다. 차마 대답하지 못하고 그저 고개만 주억거렸다. 파이는 문득 눈꺼풀이 무거워지는 것 같았다.

자꾸만 내려가려는 눈꺼풀과 까무룩 수면 속으로 빠져들 것 같은 정신을 겨우겨우 붙잡으려 노력했지만 얼마 가지 않아 파이는 정신을 완전히 잃고 말았다. 그럼에도 리파의 어깨의 털을 움켜쥐는 손아귀에는 힘을 빼지 않았다.

그렇게 완전히 닫힌 새까만 시야와 깊은 수면 속으로 빠져드는 파이는 꼬르륵 마지막 숨을 내뱉으며 깊은 내면의 바닷속에 까무룩 가라앉는다고 느꼈다.

❀❀❀

깊은 수면 속에서, 까마득한 잠의 세계에 빠져든 파이는 그 속에서 갈색 머리카락을 가진 저만 한 여자아이를 만났다. 그녀와 알록달록한 꽃밭을 노닐며 사이좋게 손을 잡고 놀았다.

이따금 꽃을 따서 어설프게 왕관을 만들어 서로의 머리에 얹어 주며 뭐가 그리 좋은지, 뭐가 그리 기쁜지 까르르 청량한 웃음을 내뱉으며 얼굴 가득 미소를 지었다. 마주 웃는 갈색 머리카락을 가진 소녀의 홍옥 같은 눈이 해사하게 반짝거렸다.

마치 오빠의 눈처럼.

이따금 짓는 파람의 말간 미소처럼. 가슴이 뭉클해질 것 같은 미소에 파이는 어쩐지 눈물이 날 것 같다고 생각했다. 시야가 흐려졌다. 아마도 눈물을 흘리고 있는 모양이다.

파이가 황급히 손을 들어 눈가를 훔쳤다. 마주 앉은 갈색 머리카락의 소녀는 여전히 웃는 얼굴로 파이를 마주 보더니 손을 들어 열심히 눈물을 훔치는 그녀의 머리통을 톡톡 쓰다듬었다. 그러고는 입을 빼끔거렸다.

그런데, 이상하게도 그녀의 입에서 어떤 소리도 나지 않았다.

몇 번이고 뻐끔거리는 아이의 입 모양을 보며 파이는 그제야 깨달 았다. 갈색 머리카락의 소녀는 처음 만난 그 순간부터 이제까지, 어떠 한 말도 하지 않았다는 사실을.

그것은 파이 역시 마찬가지였다. 우리 둘은 처음부터 이제까지 어 떠한 말도 나누지 않았어. 뒤늦게 파이가 의문을 느끼며 입을 뻐끔거 렸다. 그러나 그녀 역시 어떠한 소리도 낼 수 없었다.

둘은 서로 거울을 마주 보고 있는 것마냥 양손으로 목을 감싸 쥐며 뻐끔거렸다. 목이 아픈 것도 아닌데 어떤 소리도 입 밖으로 나오지 않 았다. 파이가 울상을 짓자, 눈앞의 그녀 역시 울상을 지었다. 둘은 마 치 쌍둥이처럼 얼굴을 찌푸리고 같은 포즈를 취하고 있었다.

아니 그것보다는 눈앞의 그녀가 파이 자신이고, 파이가 그녀인 것 같았다. 파이는 마치 그녀가 거울에 비친 자신 같다 생각했다. 그러자 둘의 위치가 순식간에 뒤바뀌었다.

서로를 마주 보고 있던 방향이 순식간에 엎어져 파이가 아래를 내 다보고 있었고, 그녀가 위를 올려다보고 있었다. 파이는 아래를 향해 양 손바닥을 짚고 무릎을 꿇고 엎드려 있었다. 그녀는 파이의 양손바 닥과 맞춰 손을 짚고 그녀와 마찬가지인 포즈로 엎드려 있었다.

그녀들 사이에 경계가 있었다. 파이는 그녀가 투명한 물속에 갇힌 것처럼 보였다.

그녀의 눈에도 파이가 그렇게 보일까?

깊은 수면에 갇힌 그녀를 붙잡고자 경계선에 얹은 양 손바닥에 힘 을 주었지만 그 안으로 들어갈 순 없었다. 파이가 울상을 지었다. 눈 가에 맺힌 눈물이 아래로 뚝뚝 떨어졌다. 눈물은 수면 아래로 떨어져 작은 파동을 일으키며 그 안으로 스며들었다.

수면 속에 갇힌 그녀가 잔잔한 파동을 일으키며 스며든 파이의 눈 물을 맞기라도 했는지 느리게 눈을 깜박였다. 그녀가 입을 우물거렸다. 뻐끔거리는 입술 사이로 기포가 보글보글 떠올라 아스라이 사라졌다.

그녀는 무언가를 말하고 있었다.

파이는 그녀가 말하는 그 무언가를 듣고 싶었지만 그녀의 목소리는 수면 속에 삼켜져 들리지 않았다. 결국 그녀는 말하는 것을 포기했는지 안타까운 듯 웃으며 파이의 손을 마주한 손을 떼기 시작했다. 그러자 저 수면 아래로, 점차 가라앉기 시작했다.

갈색 머리카락의 소녀가 점점 깊은 수면 아래로 가라앉았다. 파이가 수면에 디딘 양 손바닥에 힘을 주어 그녀를 잡으려 해도 잡을 수 없었다. 그녀는 그렇게 점점 멀어졌다. 새까만 어둠 속으로, 깊은 바닷속으로. 파이는 그저 눈물만 뚝뚝 흘리며 눈을 감았다.

그런데 제 몸이 절로 일으켜짐을 느꼈다. 파이는 이 기이한 느낌에 감았던 눈을 떴다. 세상은 새까맣고 어두웠다. 반사적으로 한 손을 앞으로 뻗으며 더듬더듬 앞으로 걸어갔다. 저 멀리 빛이 보였다. 파이는 그 빛을 따라 걸어갔다.

찬란한 빛이 쏟아지는 곳에 도달하자 그곳은 파람의 방이었다. 그 방에 파람이 서 있었다. 그는 오래된 곰돌이를 들고 있었다. 파이는 반가운 마음에 한걸음에 그에게 달려갔다. 언제나처럼 그의 다리를 껴안고 바짓단을 잡아당기고 저 좀 봐 달라며 고개를 들고 바라봤다.

그러나 파람은 제 다리에 달라붙은 파이를 보지 못한 것인지 무시하기로 한 것인지 어떠한 반응도 하지 않았다. 파이는 의아한 마음이 들었다. 곰돌이를 양손으로 들고 바라보는 그의 다리를 흔들었으나 파람의 다리는 흔들리지 않았다.

문득 고개가 들려진 파이의 뺨에 물방울이 떨어졌다.

툭 떨어진 물방울은 그 뒤로 몇 번 더 떨어졌다. 파이의 시선에는 곰돌이의 발바닥과 엉덩이가 보였다. 그리고 그것을 마주 보고 있는 파람의 턱과 목선이 보였다. 파이는 저도 모르게 눈을 느리게 깜박였다. 깜박이는 시야 속에서 파람의 턱 라인을 타고 떨어지는 투명한 물방울이 보였다.

파이는 그것을 멍청히 바라봤다. 그때 아슬아슬 달려 있던 물방울이 기어코 턱선 끝에서 떨어져 파이의 입술에 톡 떨어졌다. 파이의 입술을 타고 살짝 열린 틈으로 들어간 물방울은 파이의 혀에 닿았다. 희미한 짠맛이 났다.

파이는 그제야 이것이 파람의 눈물이라는 것을 깨달았다.

고개를 높이 들어 올려다본 파람과 곰돌이의 뒷모습이 일순간 까마득해졌다. 그 위로 새까만 어둠의 구름이 내려앉았다. 파이는 새까만 구름에 가려진 파람의 목 언저리로부터, 그의 얼굴로부터, 그의 눈으로부터 떨어져 내리는 눈물을 맞았다.

눈물은 비처럼 파이의 얼굴을 적셨다.

얼굴 가득 파람의 눈물이 떨어졌다. 아련하고 서글픈 빗방울처럼 톡톡, 톡 하고 떨어져 내렸다. 파이의 눈가를 따라 파람의 눈물이 떨어져 마치 파이의 눈물처럼 보였다. 파이는 쉴 새 없이 떨어지는 눈물을 맞으며 점차 차오르는 물을 느꼈다.

물은 계속해서 차올랐다. 발등을 감쌀 정도였던 것이 점차 발목, 종아리, 무릎, 허벅지, 끊임없이 차올라 결국 파이의 정수리까지 차올랐다. 파이는 파람의 눈물의 바다 속에 까무룩 잠겨 서서히 가라앉았다.

파이는 파람의 눈물에 깊숙이 잠기면서 그동안 애써 무시했던 일들을 떠올렸다. 때때로 파람이 자신을 보며 울 것 같은 미소를 짓는 것. 이따금 가슴 먹먹한 저린 미소를 지으며 제 이마며 뺨을 아련히 쓰다듬는 것.

토닥여 오는 다독임에서 알 수 없는 그리움들이 가득했다. 오래도록 헤어졌다 만난 사람도 아니고, 헤어질 사람들도 아닌데 왜 그렇게 슬프게 웃고 안타까운 듯 웃는지 알 수가 없었다. 파이는 묻고 싶었다.

오빠는 어째서 파이를 볼 때마다 그렇게 슬픈 표정을 지어?

그는 말로 표현하기 어려울 정도로 깊은 슬픔을 간직하고 있는 것 같았다.

왜 아무 말도 해 주지 않는 걸까? 파이에게 조금이라도 이야기해 주면 좋을 텐데. 파이는 서글픔에 까무룩 가라앉는 제 몸과 제 입에서 내뱉어지는 기포들을 멍하니, 넋 놓고 쳐다보다 눈을 감았다.

그는 언제나 아무 말이 없었다.

행복하지 않으면서도 행복한 척 웃고 슬프면서도 슬프지 않은 척, 허무해도 허무하지 않은 척했다. 그는 자신을 사랑하지 않았다. 파이는 자기 자신을 사랑하지 못하는 그가 너무 가엽다고 생각했다. 그만큼 파이가 그를 사랑해 줘야겠다고 생각했다.

하지만 그는 영원히 자신을 사랑하지 못하고 영원히 홀로 서 있을 것만 같았다. 파이는 그가 조금이라도 행복했으면 좋겠다고 생각했다. 조금이라도 자신을 사랑했으면 좋겠다고 생각했다.

내가 그를 조금이라도 행복하게 할 수 있다면 좋을 텐데.

이 깊은 눈물의 바다가 조금이라도 얕아질 수 있다면 좋을 텐데.

깊은 눈물의 바다는 어둡고 습한 감정들로 가득 차 있었다. 이 모든 감정이 모두 파람의 것이었다. 파람이 말하지 못한 것, 내색하지 못한 것. 파이는 숨이 막힐 것만 같았다.

저도 모르게 양손으로 입가를 막으며 몸을 최대한 둥글게 말았다. 조금이라도 숨을 참기 위해, 조금이라도 더 숨을 쉬기 위해.

조금만 더 이 슬픈 바다에 가라앉아 있기 위해.

그러나 그녀의 바람은 순식간에 깨졌다. 귀에 멍한 이명이 들려왔다. 꼭 감은 눈꺼풀 너머로 선명한 빛이 새어 들어왔다. 파이는 직감적으로 깨달았다.

아, 이제 깨야 할 시간이구나.

깊은 잠의 나락, 내면의 세계에 가라앉은 몸이 서서히 바깥으로 떠올랐다. 이제까지 파이는 기나긴 꿈을 꾸고 있었던 것이다. 얼마나 오래도록 잠이 들었는지는 알 수 없었지만 서서히 깨어나려는 제 몸은 물을 잔뜩 먹은 솜처럼 무거웠다.

너무 오래 자면 현실과 꿈의 경계가 모호해진다던데 그만큼은 잔 것 같은 느낌이었다. 잠에 잠겨 있던 제 몸이 크게 출렁거리듯 흔들렸다. 그와 동시에 이명이 들리던 멍한 귓속에 낯익은 목소리가 들려왔다.

❈❈❈

스플린은 처음 파이를 놓친 그날부터 이를 갈며 그 주변을 이 잡듯 찾아다녔다. 애초에 저의 신성한 의식을 방해한, 어디서 나타났는지도 모르는 기묘한 붉은 여우가 문제였다.

제 등을 홀라당 태워 버린 것도 모자라 어깨까지 탈골시킨 짐승의 행태에 그는 몹시도 노했다. 그는 더 이상 참을 것도 없이 제 속에 품어 왔던 새까만 마나를 순식간에 내뿜으며 붉은 여우를 떨쳐 냈다. 붉은 여우는 처량한 비명을 내뱉으며 저만치 떨어져 나갔다.

스플린은 탈골된 어깨와 녹아내린 등이 몹시도 아팠다. 너무나도 아프고 아파서, 제 몸을 이 꼴로 훼손시킨 그 짐승 새끼를 처참히 죽여 살부터 뼈까지 모조리 씹어 먹어도 시원치 않을 것 같았다.

죽여 버리리라!

그는 이글이글 타오르는 분노로 가득 찬 서슬 퍼런 은색 눈으로 제가 날려 버린 짐승이 떨어진 방향을 노려보았다. 탈골되어 축 처진 어깨 한쪽을 가까스로 끼워 맞춘 그는 붉은 여우가 꼴사납게 나뒹굴고 있을 곳으로 걸어갔다.

하지만 막상 추락 지점이라고 예상했던 곳에는 붉은 털 한 올도 보이지 않았다.

기묘한 짐승은 갑작스럽게 나타나 공격했을 때와 마찬가지로 홀연히 사라져 버린 것이다. 결국 스플린은 분풀이를 할 목표물을 두 눈 멀쩡히 뜬 상태에서 놓치고 만 것이다. 허무하기 짝이 없었다.

허무함은 곧 커다란 분노로 탈바꿈되었다. 길을 잃은 그의 분노는 점차 거칠게 날뛰었다. 그는 절제도 인내도 없었다. 스플린의 아름다운 얼굴이 꿈틀거리며 이마의 혈관들이 투둑 튀어 올랐다.

아아, 되는 일이 하나 없구나!

그가 멀쩡한 팔을 들어 올려 신경질적으로 헝클어진 앞 머리카락을 쓸어 올렸다. 빌어먹을, 젠장할! 쉴 새 없이 그의 붉은 입술 사이로 거친 욕설이 쏟아져 나왔다. 그러나 그것도 잠시, 그는 곧 화를 삭였다. 그는 거칠어진 숨을 훅훅 내뱉으며 주체할 수 없는 화를 제어하고자 눈동자를 데굴데굴 굴렸다.

순간 너무 화가 나서 잊을 뻔했다. 그에겐 이보다 더 중요한 일이, 찾아야 할 것이 있다는 것을. 그것은 다름 아닌 그에게 영생을 안겨 줄 제물의 행방.

그가 찢어 죽여도 시원치 않을 괘씸한 여우새끼에 한눈을 판 사이에 가장 중요한 제물이, 그 계집아이가 사라져 버린 것이다. 일순간 어두운 색을 뒤집어쓴 재규어 같은 짐승이 물고 갔던 것을 떠올리며 그가 입술을 비쭉 말아 올려 냉소를 지었다.

별다른 재능도, 능력도 없어 보이는 평범한 8살짜리 계집아이인 줄 알았더니 앙큼한 재주가 있구나 싶었다. 조련에 기질이 있는지 어디서 듣도 보도 못한 기이한 짐승을 다룬다 생각한 스플린이 비릿하게 웃으며 서슬 퍼런 눈으로 어두운 주변을 천천히 둘러보았다.

여기는 아칼리템의 콜로세움. 그가 처음 황위에 올랐을 때 만들도록 지시한 건물이었다. 그렇기에 건물의 구조가 어떻게 되어 있는지 누구보다도 잘 알고 있었다.

그는 자신만만했다. 기묘한 짐승새끼가 재주도 좋게 제 등을 태워 먹고, 한쪽 어깨도 덜컥 물어 탈골되게 했지만 애초에 이 몸은 쓰다 버릴 소모품과도 같은 것이었다.

더 이상 손쓸 수 없을 만큼 망가졌다면 다시 새 몸을 얻으면 그만이다. 아니, 어쩌면 영생을 얻는 순간 이렇게 훼손되었던 육체가 순식간에 나을지도 모른다. 영생이라는 것은 그에게 그 무엇도 가능하게 만들 미지의 가능성을 안겨주는 거대한 힘 같은 것이었다.

신에 근접할 수 있는.

뭐, 만일 육체가 복구되지 않는다면 엔트에게 훼손된 육체를 되살리는 약을 만들라 명하면 된다. 그는 뛰어난 연금술사이고 자신의 수하이니까.

그러기 위해선 반드시 그 계집아이가 필요했다. 그 계집아이를 찾아야 했다. 제 손바닥 안 같은 콜로세움에 숨어 봤자 독 안에 든 쥐였다. 그렇기에 스플린은 가벼운 마음으로 콜로세움 내부를 유유자적 여유로운 마음으로 뒤졌다.

하지만 곧, 얼마 지나지 않아 이상함을 느꼈다. 아무리 둘러봐도 그 계집아이의 눈에 띄는 빛나는 금발 한 올도 보이지 않았던 것이다. 처음에는 잘도 꽁꽁 숨었다 생각하며 좀 더 유심히 내부를 뒤졌다. 하지만 그것이 하루, 이틀, 사흘이 지나자 점차 여유로웠던 마음은 사그라지고 인내심이 순식간에 바닥나기 시작했다.

그는 이따금 뒷목을 타고 올라오는 둔통에 미간을 찌푸렸다. 탈골되었던 어깨를 끼워 점차 회복되었지만 심하게 타 버린 등에서 끊임없이 진물이 나왔다. 결국 엔트가 제조한 약으로 응급처치를 했으나 너무나도 심하게 손상된 등의 상처는 나날이 악화되어 가고 있었다.

엔트는 그의 등을 녹여 버린 불꽃이 예사롭지 않은 것이라 말했다. 그뿐만 아니라 기이하게도 식지 않고 남아 있는 열기가 녹아내리듯 타 버린 그의 등으로 스며들어 더욱 상처를 악화시키고 있다고 했다.

스플린은 점차 모든 것이 짜증나고 화가 나기 시작했고 그럴수록 상황은 빠르게 나빠졌다. 쉽게만 생각했던 계집아이 찾기는 예상보다 오래 걸렸고, 제가 두르고 있는 육체의 상태는 최악을 달렸다. 그에게 이만큼이나 짜증스러운 일은 이제까지 살아온 세월을 통틀어 다섯 손가락에 들 정도였다.

등이 녹아내릴 만큼 타들어 가 진물은 끊임없이 나오고 통증은 점점 심해졌다. 진물 때문에 꽉 동여맬 수 없어 헐렁하게 맨 붕대와 살 사이가 스치기만 해도 아팠다.

붕대만 스쳐도 따끔거리는 통에 무게를 짓누르는 화려한 장식을 단상의는 꿈도 꿀 수 없었다. 언제나 즐겨 입던 화려한 황태자의 정복을 입는 것조차 버거웠다.

그것은 겉모습의 완벽을 추구하는 스플린의 심기를 거슬리게 하고 있었다. 스플린은 점차 신경질적으로 변하며 날카로워졌다.

찾고, 찾고, 찾았는데도 아이는 보이지 않았다.

땅으로 꺼졌는지, 하늘로 솟았는지 보이지 않았다. 스플린은 끓어오르는 화를 다스리려 노력했다. 노력했음에도 스플린은 자신의 화를 억누를 수 없었다. 결국에 그는 콜로세움을 파손시키기 시작했다.

엔트가 기겁하며 말리는데도 그는 이미 이성이 완전히 날아간 상태였다. 부수고, 부수고 부수다 보면 못 이겨서 나오겠지, 하는 심보였다.

그러나 그의 예상과 달리 아이는 쉽사리 나타나지 않았다. 스플린은 점차 초조해서 미칠 것 같았다. 화가 나서 돌아 버릴 것 같았다. 이미 미칠 대로 미쳐서 그는 더 사납게 날뛰었다.

그가 날뛰고 들쑤시고 다니는 통에 콜로세움의 내부는 순식간에 처참할 정도로 부서져 갔다. 바깥으로도 건물이 부서지고 무너지는 소리가 마치 앓는 소리처럼 퍼졌다.

그리고 그가 계집 하나를 찾기 위해 열을 내고 있을 때, 황궁에서는 황녀의 파벌들이 재빠르게 움직이고 있었다.

콜로세움이 무너질 것처럼 사나운 소음이 끊임없이 나자 그들은 너나 할 것 없이 황녀를 부추겼다. 스플린의 이상한 행동에 딴지를 걸었다. 결국 황녀는 내키지 않은 마음으로 제 동생에게 오찬을 요청했다. 그러나 스플린은 매몰차게 그녀의 제의를 거절했다. 아니 아예 무시했다.

그 후에도 꽁꽁 숨어 지내던 스플린이 정기회의에 오랜만에 모습을 드러냈다. 오늘내일하는 나약한 황제를 대신해 집무를 봐야 했던 황태자로서의 소임 때문이었다. 그가 좋지 않은 낯빛으로 황궁의 대회의실에 나타나자 그녀의 귀족들이 기다렸다는 듯 스플린을 비난했다.

스플린은 그것들이 눈엣가시 같았다. 짹짹거리는 것이 귓구멍이 쩡울릴 정도로 시끄러웠다. 죽이고 싶었다. 모조리 산산이 찢어발기고 싶었다. 그 안에 자리한 파괴 욕구와 성난 분노는 죽이 잘 맞는 죽마고우처럼 그를 부추겼다.

서늘하게 일렁거리는 은색 눈으로 말없이 그들을 노려보는 가운데 때마침 황녀가 그 사이에 끼어들었다. 스플린은 자신의 앞에 선 저와 같은 붉은 머리칼의 황녀를 이죽거리며 내려다봤다. 자신과 달리 따뜻한 기운이 도는 은색 눈동자를 보고 있자니 배알이 꼬이고 속이 뒤집힐 것 같았다.

이미 자신을 제 동생이라 생각하지 않으면서도 일말의 희망을 품으며 바라보는 저 가련한 시선이 아니꼽다. 그녀가 묻는다.

"요즘 콜로세움이 눈에 띄게 시끄럽더군요. 황태자는 혹여 그 상황을 알고 있나요?"

내숭 떨며 순진무구한 어조로 조곤조곤 묻는다. 가녀린 그녀의 목덜미를 당장이라도 분질러 버리고 싶었다. 평소라면 그저 이죽거리며 넘어갔을 법한 그녀와의 대화도 어쩐지 무시하기 싫었다.

스플린은 더 이상 참지 않기로 했다.

"그래, 잘 알고 있다. 나는 그 사실을 누구보다도 잘 알아."

그의 자신만만하고 오만한 대답에 황녀가 눈가를 찌푸렸다.

그는 마치 잔혹한 악마, 사신의 미소처럼 웃었다.

"그렇다면 이 소동을 벌이고 있는 괴인이 누구인지 아나요."

우아하고 보드라운 어조는 여전했다. 한 마리 고고한 백조처럼 순결해 보이는 황녀의 모습이 스플린은 끔찍이도 싫었다. 그는 더 이상 이 구역질 나는 대화를 이어 가고 싶지 않았다. 그래서 그는 그녀를 공격했다.

그의 무자비한 손속에 황녀는 속수무책으로 가냘픈 제 목을 내주고 말았다. 컥 메마른 숨을 내뱉었다. 스플린은 그 비명이 그 어떤 소리보다도 좋았다. 마치 청아한 종달새가 노래를 부르듯 귀에 착 감겨 왔다.

황녀는 놀라고 괴로웠다. 숨통이 막혀 저도 모르게 양손을 들어 그녀의 목을 조여 오는 그의 손목을 감싸 잡았다. 그러나 꽉 조여 오는 그의 악력에 한낱 나약한 여인의 몸부림은 부질없는 것이었다. 그가 그녀의 목을 한 번 더 조이며 속삭였다.

"그것이 나다. 내가 그랬다. 이 망할 계집아."

그의 말이 끝나기 무섭게 황녀의 목을 조이던 무자비한 손이 풀렸다. 목의 자유를 되찾은 황녀는 그대로 덜덜 떨며 바닥에 풀썩 주저앉았다.

그녀는 본능적으로 느끼는 공포라는 감정을 제대로 수습하지도 못한 채 망연한 시선으로 그를 올려다보았다. 황녀는 겨우 잡고 있던 희망마저 놓고 말았다. 눈앞의 아름다운 사내는 그녀가 알고 있던 사랑스러운 동생이 아니다.

찰나에 일어난 일이었다. 대회장에 있는 모든 귀족들이 경악했다. 황태자가 제1 황녀에게 보란 듯 손찌검을 했다. 비록 황위 최강의 계승권을 가졌다 하나 그의 행동은 도를 지나쳤다. 황녀는 덜덜 떨리는 손으로 제 목을 감싸 쥐며 그를 올려다봤다.

선명히 발하는 은색 눈동자가 이글이글 타올랐다. 황녀는 제 앞에 선, 사랑하는 동생의 탈을 쓴 악마를 노려봤다. 스플린은 그녀의 날카로운 시선에도 코웃음을 칠 뿐이었다.

그는 황제다. 1000년 전 아칼리템의 황제. 가장 부영했던 시절의 찬란한 황위의 주인.

죽지 않고 영원히 살아갈 수 있는 삶을 얻는다면 그는 영원한 황제로 남아 있을 수 있다. 이 아칼리템은 영원히 그의 손아귀에 쥐어지게 될 것이다. 그렇기에 그는 영생이 너무나도 탐이 났다. 영생은 그에게 몹시도 커다란 매력으로 다가왔다. 마치 지독한 마약처럼. 중독성 강한 독약처럼.

그것이 시발점이 되어 기다렸다는 듯 황위 다툼이 일어났다. 엔트는 스플린을 비난했지만 그는 신경도 쓰지 않았다.

그의 신경은 오로지 금발의 계집이 줄 영생에 쏠려 있었다. 영생을 얻고 난 다음에 황위는 다시 찾으면 된다! 더 이상 타인의 몸속에서 그인 척 흉내 내고 싶지 않았다. 그는 영생을 반드시 얻어야 했다.

무슨 일이 있어도, 무슨 희생을 치르더라도.

그사이 상황은 몹시도 빠르게 악화되었다. 황녀는 이미 그를 적으로 간주하고 매몰차게 몰아세웠다. 그는 더 이상 동생이 아니다. 동생이 아닌 사람에게 황위를 넘겨줄 순 없다.

황녀의 굳은 의지까지 더해지자 황태자의 파벌은 눈 깜짝할 새에 전멸하다시피 패배를 선언하고 승자 앞에 무릎을 꿇었다. 개중에는 엔트의 가문도 있었다.

엔트는 더 이상 스플린의 뒷바라지를 할 수 없었다. 하기 싫었다. 질렸고, 지쳤다. 이미 그는 수도 없이 많은 제물들을 바쳤고 그의 가문은 인간으로서 많은 것을 잃었다. 엔트의 가문은 금기의 지식을 얻고자 비윤리적 악행도 정당화시켜 왔다.

엔트는 그 이상, 자신을 타락시킬 수 없었다. 숭고한 학자로서의 긍지를 더 이상 더럽힐 수 없었다. 그는 이 질긴 악행의 고리를 끊어 버리고 싶었다. 엔트는 이미 몹시도 많이 지쳐 있었다.

그러기에 엔트는 누구보다도 빠르게 패배를 선언하고 숭고하고 고고한 아칼리템의 최초의 여황 앞에 충성을 맹세했다.

그것이 고작 일주일 사이에 일어난 일이었다.

그사이에도 스플린은 정신 놓은 인간처럼 콜로세움을 뒤졌다. 뒤지고 뒤졌고, 부수고 부쉈다. 벽이란 벽은 성한 곳이 없었고, 기둥이 무너져 내렸다.

아아, 어디 있는 것이냐. 영생의 심장아!

그는 더 이상 인간의 목소리가 아닌 괴성을 내질렀다. 그의 등은 이미 진물과 땀, 새어 나오는 붉은 피로 축축하게 젖어 있었다. 거칠게 내뱉는 숨결은 마치 독기처럼 진득하게 뿜어져 나와 무겁게 가라앉았다. 그가 그나마 성한 벽을 주먹으로 치며 중얼거렸다.

"나와, 나와라. 계집아. 영생의 심장아……!"

안 그러면 네 가족을 비롯한 모든 네 혈족의 씨를 말려 버리리라! 걸걸해진 목소리로 협박을 내지른 그가 벽을 내려쳤다. 그의 주먹에 벽은 짓눌리듯 무너져내렸다.

그 순간 뚫린 벽 너머로 진저리가 쳐질 정도로 청아한 향이 났다. 깨끗한 내음. 그와는 상성 자체가 완전히 다른, 깨끗하고 순진무구한 무언가의 향이었다. 스플린은 토기가 올라올 정도로 청아한 향에 얼굴을 왈칵 찡그리다 비쭉 웃었다.

드디어 찾았다. 그래 거기 있구나.

본능적으로 알 수 있었다. 그가 그토록 찾고 있던 계집이 제가 허물어 버린 벽 너머에 있다는 것을. 그가 커다란 구멍이 뚫린 벽을 넘어갔다.

벽 너머로 들어가자 청아한 숲 내음이 더욱 짙어졌다. 머리가 띵하다 못해 뇌가 터져 버릴 정도로 깨끗하고 청량한 향이었다.

그는 오만상을 찡그리면서도 입술만은 소름 끼치도록 끌어 올리며 웃었다. 냄새가 짙어질수록 확신은 깊어졌다. 본능이 끊임없이 말하고 있다.

계집이 여기 있다고, 영생의 심장이 여기 있다고.

사방이 막힌 공간임에도 밝았다. 천장에서 끊임없이 떨어져 내리는 빛의 가루 때문이었다. 스플린은 그 가루가 제 몸에 떨어질 때마다 타들어 가는 고통을 느꼈다. 고통뿐만 아니라 실제로 빛의 가루는 그의 몸을 태우고 있었다.

넘실거리는 붉은 머리카락이 타고, 살갗이 타들어 갔다. 그럼에도 그는 멈추지 않고 걸어갔다.

드디어 발견한 것이다. 드디어!

서늘하기 짝이 없는 바닥에 반짝이는 빛의 가루를 실처럼 엮은 듯 찬란한 로브를 깔고 그 위에 잠들어 있는 금발의 계집아이를. 그의 서슬 퍼런 은색 눈동자가 탐욕과 희열이 뒤섞여 소름 끼치게 반짝였다.

그가 지체 없이 걸어가 계집아이를 향해 빠르게 손을 뻗었다. 그래. 드디어 나의 오랜 숙원이 이루어지는구나. 나는 진실로 영생의 왕이, 영원한 황제가 되는 것이다. 가장 신에 가까운 존재가 되어 비천한 인간들을 위에 설 것이다. 끓어오르는 희열로 온몸이 들끓었다.

아이를 향해 뻗는 양손 끝이 넘쳐흐르는 광기와 희열에 의해 바들바들 떨렸다. 입 속에선 끊임없이 군침이 샘솟았다. 몹시도 배고프고, 허기졌다. 당장 저 나약한 몸속에 숨겨진 심장을 파먹자. 어서, 어서!

그가 군침을 삼키며 탐욕스럽게 그녀를 내려다봤다.

그때였다.

그토록 찾아 헤매던 끝에 손에 얻은 금색의 가련한 아기 새를 바로 앞에 두고 스플린의 전신이 순식간에 새까만 불꽃에 휩싸였다.

그가 기겁하며 뒤로 물러났다. 한 발자국, 두 발자국. 순식간에 아이에게서 멀어졌다. 그만큼 그의 몸을 뒤덮은 새까만 불꽃의 공격력은 상당했다. 저절로 물러나게 될 정도로.

"그토록 노력한 것은 가상하나, 그대는 이미 넘어선 안 될 선을 넘었어."

그의 귓가로 서늘하기 짝이 없는 서슬 퍼런 목소리가 들렸다. 스플린은 이 목소리를 아주 잘 알고 있었다. 잊으려야 잊을 수 없는 목소리다.

이 목소리는! 이따금 그가 눈앞의 계집에 눈독을 들일 때면 귀신같은 타이밍으로 나타나 저를 방해하던 그 목소리였다. 무미건조하면서도 날이 바짝 선 지독히도 낮은 저음의 목소리. 스플린이 괴성을 지르며 양팔을 들어 제 정수리를 쥐어짜듯 움켜쥐었다.

"또!! 또!! 네놈이!!"

그가 제 몸을 태우는 새까만 불꽃처럼 활활 타오르는 분노를 드러내며 으르렁거렸다. 그토록 아름답던 적색의 머리카락이 눈 깜짝할 새에 타들어 가 아스라이 사라졌다. 그가 입고 있던 고급스런 상의도, 하의도, 상처를 동여매고 있던 붕대도, 응당 있어야 할 메마른 살갗도 지방도 순식간에 타들어 갔다.

앙상한 해골의 모습이 된 그가 분하다는 듯 괴성을 내질렀다. 소리 없이 나타나 그의 앞을 가로막고 있는 검은 머리카락의 사내를 증오했다.

그를 향해 손을 뻗었으나 그러면 그럴수록 불꽃은 더욱 강렬하게 피어올라 그를 짓누르고 억압했다. 새까만 불꽃은 그, 모모의 권능에 의해 피어오르는 지옥의 불꽃.

새까만, 검은 용족의 특성을 띤 새까만 불꽃.

모든 것을 태워 버리는, 영혼마저도 태워 버리는 사계의, 파멸의 불꽃이었다.

그가 고통에 몸부림치며 은색 눈동자마저 모두 타 버리는 그 순간 모모의 등 뒤로 금발의 청년이 제가 그토록 찾아 헤매던 조그마한 계집아이에게 다가갔다.

그가 아이 옆에 쭈그려 앉아 상체를 숙이고 죽은 듯이 잠들어 있는 말간 얼굴 가까이로 고개를 숙였다. 그러자 영원히 잠들어 있을 것 같던 계집아이의 감겨져 있던 눈꺼풀이 서서히 올라가 잊혀지지 않던 푸른 하늘과도 같은 청렴한 파란 눈을 내보였다.

그토록 원하고 원했던 영생의 심장을 가진 아이의 푸른 눈이 새까맣게 타 버리는 스플린의 비어 버린 두 눈에 박히듯 보였다. 두 눈마저도 타 버려 사라졌음에도 그녀의 모습이 선명히 보였다. 그는 비통에 찬 괴음을 내질렀다.

계집아, 계집아! 내게 영생을 다오!

미련을 버리지 못하고 계집을 향해 손을 뻗는데도 그마저도 허락하지 않는다. 검은 불꽃의 주인이 그를 향해 냉혈한 시선을 내비치며 자비 없이 짓눌렀다.

"카아아아아!! 빌어먹을!! 빌어먹을!!"

그의 몸이 고통에 못 이겨 크게 버둥거리며 기어코 바닥을 굴렀다. 지독하리만치 새까만 파멸의 불꽃은 그럼에도 수그러지지 않고 집요하게 그의 몸을 타고 일렁거렸다.

방 전체에 그의 괴성이 쩌렁쩌렁 울렸다. 금발의 사내의 품에 안긴 아이가 바르작거리며 두려움을 내비쳤다. 그 모습에 조그맣게 희열을 느끼면서도 그는 허무함과 절망감을 느꼈다.

조금만 더, 조금만 더 빨랐더라면!

✳✳✳

파람은 파이의 작은 몸을 안으며 그녀를 불렀다. 창백한 얼굴이며 서늘한 체온이 그의 심장을 철렁 내려앉혔다.

"파이야!"

그의 간절한 목소리가 닿은 것일까. 굳게 닫힌 파이의 눈꺼풀이 작게 움직이기 시작했다. 아, 눈물로 깊은 슬픔의 바다를 만든 그녀의 사랑하는 오빠다. 파람의 목소리를 들으며 파이는 서서히 눈을 떴다. 역시 오래도록 감고 있었던 모양인지 시야가 제대로 잡히지 않아 세상이 흐려 보였다. 빠르게 깜박이는 눈꺼풀 사이로 흐릿한 형체들이 점차 선명해졌다.

눈이 부신 금발을 가진 남자가 자신을 내려다보고 있었다. 파이는 그 얼굴을 알고 있다. 몹시도 낯익은 얼굴이었다. 파이가 어쩐지 힘이 다 빠져나가 축 늘어지는 팔을 어렵사리 들어 자신을 내려다보는 그를 향해 뻗었다.

손끝이 파르르 떨렸다. 그의 얼굴에 닿고 싶은 열망이 담긴 하얀 손에 파람의 얼굴이 점차 가까워졌다. 그가 상체를 바짝 숙여 아이에게 가까이 다가간 것이다. 기어코 닿은 손끝에 느껴지는 조금 거칠고 메마른 그의 뺨에 아이가 희게 웃었다. 자세히 보니 턱 주변과 코밑에 듬성듬성 수염이 짧게 났다.

아침 식사 때는 말끔했던 그의 턱 부분에 수염이 나 있다.

그의 밋밋한 얼굴에 수염이 자랄 정도로 시간이 생각보다 많이 흐른 것이다. 무의식적으로 파이는 오늘이 그녀가 알고 있던 '오늘'이 아니라는 것을 깨달았다. 분명 오늘은 그녀가 그에게서 강제로 끌려오다시피 한 그날로부터 며칠이 지났을 것이다.

까끌까끌하고 짧은 털의 촉감에 파이가 배시시 웃으며 입을 오물거렸다. 목구멍이 따끔하고 아팠다. 내뱉어지는 목소리는 가련할 정도로 쉬어 버려 희미한 새소리 같았다.

"오빠……."

그럼에도 파이는 그를 불렀고, 그는 응답하듯 고개를 끄덕이며 바닥에 누워 있는 파이의 몸을 조심스럽게 안아 들었다. 파이는 서늘하고 메마른 바닥 구석에 누워 있었다.

바닥에 닿은 그녀의 몸 아래에 고급스러운 소재의 로브가 깔려 있었다. 그것은 여왕의 로브였다. 빛의 결정으로 한 땀 한 땀 짜여진 페어리의 찬란한 로브는 파람이 파이를 들어 올리는 동시에 바닥에 스며들 듯 아스라이 사라졌다.

마치 새벽에 피어나 아침이 되면 사라지는 몽글몽글한 안개처럼 자잘한 빛의 조각을 터트리며 자취를 감췄다.

그에게 들려 그 넓은 가슴에 안기자 코끝에 훅 하고 낯익은 파람의 체향이 났다. 이것은 틀림없는 그의 체취였다. 파이는 그제야 현실로 돌아왔다는 것을 깨달았다.

이상할 정도로 먹먹하고 신기한 꿈의 세계에서 드디어 돌아온 것이다. 파이가 실낱같은 한숨을 내뱉으며 느리게 눈을 깜박였다. 그래, 여기가 내가 있어야 할 곳이지. 이곳이 내 자리야. 파이는 속으로 저에게 속삭이듯 중얼거렸다.

여전히 현실과 꿈의 애매모호한 경계에서 둥둥 떠다니는 정신을 바로잡아야 했다. 파이는 저도 모르게 자신을 안고 있는 파람의 앞섶을 잡아당기며 좀 더 가까이 얼굴과 몸을 기대며 바르작거렸다.

파람은 마치 둥지에 덩그러니 남겨져 있던 가여운 새끼 새 한 마리가 땅거미 질 무렵 먹이를 잔뜩 물고 온 부모 새에게 뒤뚱뒤뚱 기어가 한껏 어리광을 부리듯 비벼 대는 파이의 작은 몸을 단단히 안아 주며 그 단아한 이마에 쪽 하고 키스해 주었다.

그의 키스는 평상시와 달리 거칠고 메마른 느낌이 났다. 그의 입술이 메말라 갈라져 있었던 모양이다. 이제까지 물 한 모금 제대로 마시지 못하고 드넓은 황금 모래로 뒤덮인 사막을 횡단한 사람처럼 말이다.

점차 눈에 띄는 주변의 어수선한 분위기로 파이는 점차 체감할 수 있었다. 자신은 생각보다 오래도록 잠들어 있었고, 그동안 용케 그에게서 벗어나 있었다는 것을.

안도한 동시에 귓가로 불길하기 짝이 없는 께름칙한 괴음이 꿰뚫듯 들려왔다. 생소한 목소리임에도 익숙하게 느껴지는 괴성의 목소리. 끔찍한 그 소리를 듣자니 절로 파이의 몸이 돌처럼 굳어졌다.

그의 앞섶을 잡고 있는 파이의 고사리손 끝이 바르르 떨려 왔다. 푸른 눈동자가 잘게 떨리며 공포와 두려움으로 물들었다.

아이는 이 목소리를 너무나도 잘 알고 있다. 잔인하게 그녀를 낭떠러지 끝까지 몰아세운 이의 목소리였다. 그녀의 자잘한 상처로 가득한 가련한 발끝이 바르르 떨려 왔다.

서늘한 공포가 아이의 얇은 발목을 움켜잡았다. 헉 하고 헛바람을 삼키며 파이가 파람의 가슴에 얼굴을 묻었다. 그에 파람이 아이의 몸을 바싹 껴안으며 속삭이듯 말했다.

"이제 다 끝났어. 다 끝났다."

조금 굳은 목소리로 그는 그리 말했다. 파이가 잠든 사이, 그녀가 오래도록 잠든 사이 모든 것이 끝난 것이다. 과연 끝난 것일까?

정말?

진실로?

불안하게 바르작거리는 아이를 고쳐 안아 뒤를 보지 못하게 꼭 껴안은 파람의 붉은 눈에 괴기한 형상의 악마가, 괴물이 비쳤다. 그는 소름 끼치도록 무미건조하면서도 걸걸한 웃음소리를 조롱하듯 내뱉었다.

온몸이 새까만 불꽃에 휩싸인 그의 몸은 이미 응당 붙어 있어야 할

살이라고는 모조리 다 타 버려 뼈만 앙상한 모습이었다. 새까만 불꽃을 온몸에 짊어진 해골이 턱관절을 달칵달칵 움직이며 소름 끼치게 웃었다.

"거짓말이다. 거짓이다. 내가 이렇게 죽을 리 없어. 이게 끝일 리 없어!"

그는 현실을 부정했지만 현실이었다. 해골의 형상을 한 악마가 가래 끓는 소리를 내며 버럭 소리쳤다.

"제길, 제길!! 조금만 빨리 찾았어도 심장을 먹을 수 있었는데! 영생을 얻을 수 있었는데!"

그의 말이 끝나기도 전에 그 앞을 막아선 모모가 한 손을 주저 없이 휘저었다. 그 어떤 용족보다 적에게 자비가 없는 냉혹한 검은 용의 손짓에 그의 몸을 짓누르는 불꽃이 더욱 거세졌다. 새까만 불꽃이 너풀너풀 춤추듯 치솟으며 타닥타닥 불꽃이 부딪치는 소리를 토해 냈다.

죽음의 사자가 내뿜는 불꽃. 자비 없는 새까만 나락, 지옥에서 끌어온 불꽃이 그의 앙상한 몸을 짓밟아 버릴 듯 무겁게 짓눌렀다. 할 수만 있다면 끝없는 지옥까지 밀어낼 정도로 무거운 압력이 느껴졌다. 뇌가 터져 버릴 정도로 소용돌이치듯 까마득한 고통이 몰려왔다.

그가 참지 못하고 기어코 괴성을 내질렀다. 그의 목소리는 몹시 크고 날카롭고 괴기했다. 인간의 성대에서는 나올 수 없을 정도의 바닥을 긁는 께름칙한 목소리였다.

그는 분하고 분해서 참을 수가 없었다.

"몇 날 며칠을 찾았어! 계속 찾았는데 보이지 않았어! 왜지? 어째서야?! 여긴 내 영역인데, 왜 보이지 않았냐고! 겨우 찾아냈더니 기다렸다는 듯 기습하다니! 겨우 손에 넣었다 생각했는데! 으으으! 망할! 비열하기 짝이 없는 자식들! 감히 이 위대한 황제에게 칼을 겨냥해?! 망할 황녀 계집! 망할 엔트! 나를 배신하다니! 나를 배신했어!"

"더 이상, 네게 누이를 빼앗기지 않을 것이다."

누이의 심장은 줄 수 없어. 그의 머리통 위로 딱딱하게 굳은 음성이 떨어져 내렸다. 생소한 목소리였다. 그런데도 그는 그 목소리가 그다지 낯설지 않다는 것을 느꼈다.

언젠가 들어본 적이 있던 것 같았다. 아니, 아니다. 목소리가 아니라 그에게서 느껴지는 영혼의 기운이 낯설지 않았던 것이다. 그리고 그 안에 자리한 새까만 어둠 역시도 말이다.

스플린이 얼굴 가죽조차 남아 있지 않은 해골의 얼굴로 소리 없이 이죽거렸다. 새까만 어둠. 나의 힘. 나의 원천. 그것이 저 사내에게서 진득하게 느껴졌다. 코마저 녹아내려 구멍만 남은 콧구멍 속으로 그가 황홀해 마지않는 달콤한 냄새가 났다.

그에게 끝없는 절망과 허무, 슬픔으로 가득 찬 부정한 감정들이 일렁인다.

스플린에게 금발의 사내, 파람은 또 다른 기회 같은 것이었다. 그가 조금이라도 가까이 다가온다면 그는 주저 없이 그 몸을 집어삼키리라. 그가 새까만 속내를 숨기며 킬킬 웃었다. 그것을 전혀 눈치채지 못한 가여운 파람은 바닥을 나뒹구는 괴이한 괴물에게 천천히 다가갔다.

그 앞에 선 모모에게 제 품에 안긴 파이를 넘겨주었다. 파이가 앞섶을 움켜쥔 손을 풀지 않고 그를 멍청히 올려다보았다. 파람은 희게 질린 아이의 도톰한 뺨을 매만지며 속삭이듯 말했다.

"괜찮아, 파이. 그는 더 이상 너를 해치지 못해."

"아!"

그게 아냐. 파이는 본능적으로 파람이 그에게 다가가지 않길 바랐다. 꺼려졌다. 알 수 없는 불안감을 느끼며 그를 차마 놓을 수가 없었다. 아이의 감은 예민하고 정확했다.

그녀는 본능적으로 스플린의 까만 속내를 감지했다. 사무치는 불안감에 그의 옷깃을 잡고 있던 아이의 손이 덜덜덜 떨렸다. 하얗게 될 정도로 힘을 주는 통에 파람이 오히려 당황해했다. 파이가 벌벌 떨면서 말했다.

"안 돼. 오빠. 가지 마. 파이랑 여기 있어. 가지 말고 파이 다시 안아 줘."

제발.

"괜찮아. 파이. 응? 이제 무서운 거 다 끝났어. 오빠가 다 처리할게. 그가 무서우면 눈이라도 감고 있을래? 응?"

"아냐, 아냐. 그런 거 아냐. 오빠. 오빠가 가면 안 돼."

그는 여전히 파이에게 몹시도 두렵고 무서운 존재였다. 현재 해골만 덩그러니 남은 그의 끔찍한 몰골 때문이 아니라 그에게서 풍겨 오는 어둡고 사악한 기운이 그녀를 그렇게 두렵게 했다. 그의 존재만으로도 공포와 두려움을 안겨 주었다. 그러나 그것보다도 더 두려운 것은, 그가 파람을 노리고 있다는 것이다.

무슨 속내인지 정확히 알 수 없었지만 그는 분명 파람을 노리고 있었다. 아이가 벌벌 떨며 한사코 그의 앞섶을 놓지 못하고 울먹였다.

그가 바닥을 기면서 까드득까드득거렸다. 턱관절이 움직이며 깔깔깔 웃는 모양새는 소름 끼치도록 기이했다. 그의 벌려진 입 사이로 새까만 불꽃이 뿜어져 나왔다.

"계집아이가 눈치는 빠르구나."

그가 걸걸한 목소리로 방금 전 미친 듯 소리치던 어조와는 다르게 지극히 무미건조한 어조로 중얼거렸다. 하지만 이미 늦었어. 그는 이미 만발의 준비를 모두 마친 상태였다.

영혼 자체가 자유로운 그에게 거리는 아무 소용이 없었다. 그가 마음만 먹는다면 말이다. 그에게 이 상황은 절체절명의 위기였고, 기회였다. 그는 그동안 뒤집어쓰고 있던 아칼리템의 황태자의 몸을 미련

없이 버리기로 했다.

그와 동시에 뼈만 남은 그의 몸이 거짓말처럼 실이 뚝 끊긴 인형처럼 축 늘어졌다. 새까만 불꽃은 기력을 잃은 뼈를 핥는 것마냥 용솟음쳤다.

"끝난 건가?"

파이를 안고 있던 모모가 나지막이 중얼거리듯 말했다. 그에 파이는 반발하듯 크게 고개를 저었다. 아냐, 아니야. 그는 아직 여기 있어. 일순간 목덜미에 소름이 돋았다. 얼어붙을 것 같은 한기가 느껴졌다.

파이는 저도 모르게 흔들던 고개를 멈추고 돌려 파람을 바라봤다. 고개를 천천히 들어 그의 얼굴을 보자 아이는 저도 모르게 숨을 삼켰다.

"계집아이야, 내게 영생을 주지 않으련?"

파이 11.


파람의 붉은 눈동자는 탁하게 가라앉아 있었고, 그의 흰자는 새까
맣게 물들었다. 그의 얼굴은 창백한 시체 같았으며 피부는 혈관이 울
긋불긋 피어올라 투둑투둑 튀어나와 있었다. 찬란한 금발은 새까만
어둠의 색깔로 물들어 갔다.

강제적인 빙의로 인해 잠들어 있던 흑천홍월가의 피가 활성화되었
다. 빌어먹게도 그 가문의 특성은 악령이든 무엇이든 영혼을 제 육체
에 내릴 수 있는 것.

아리스타가 파엔의 몸을 점령하였듯 스플린 역시 파람의 몸을 점령
할 수 있다는 것이었다. 육체의 주인이 바라든, 바라지 않든 말이다.
빠른 속도로 새까맣게 물든 그의 머리카락이 어디서 불어오는지 알
수 없는 스산한 바람에 크게 흔들렸다.

악마는 지치지도 않고, 또 다른 몸을 노려 영생을 탐했다.

어디선가 비명 소리가 들려오는 것 같았다. 파이는 그 비명 소리가
파람의 목소리 같았다. 악마에게 짓밟히듯 밑바닥으로 추락한 가여운
그의 절망에 찬 비명.

그가 손을 뻗었다. 파이는 여전히 파람의 앞섶을 놓지 못하고 있었다. 그와 파이의 거리는 가까웠다. 모모가 황급히 손을 휘저었으나 그가 더 빨랐다. 그는 단숨에 파이의 작은 몸을 움켜쥐고 모모를 밀쳐냈다. 무자비한 힘에 모모가 뒤로 밀려났다. 그리고 파이는 또다시 그에게 목을 잡혔다.

밀려난 모모가 다급히 달려들려 했지만 곧 멈춰 서야 했다. 그의 손아귀에서 아이의 몸이 달랑 가볍게 흔들렸다. 그는 아이의 등 뒤로 굳은 듯 몸을 움츠리고 있는 모모를 조롱하듯 쳐다보며 혀로 윗입술을 핥았다.

네놈이 달려드는 그 순간 이 계집의 목은 눈 깜짝할 새에 잘릴 것이다. 그의 몸에서 아지랑이같이 피어오르는 붉은 마나와 검은 마나가 충돌하듯 용솟음쳤다. 타닥타닥 커다란 비명을 내지르며 서로 다른 특성의 마나가 부딪쳤다.

"이 몸은 몹시도 적합하지 않아. 안 맞는 옷이란 이런 느낌인가?"

파람의 입에서 두 사람분의 목소리가 뒤섞여 들려왔다. 그는 굉장히 불편해하는 것 같았지만 곧 아무렴 어떠냐는 듯 행동했다. 파이는 제 목을 잡고 있는 파람의 손등을 손톱을 세워 긁으며 버둥거렸다.

"이번엔 놓치지 않아."

그 기묘한 짐승 새끼들도 이젠 부를 수 없을 거야. 왜인지 알지? 그가 비열하게 웃었다. 날 공격하면 네 오라비만 죽을 뿐이야. 그가 이죽거리며 아이에게 협박했다.

파이는 얼굴을 왈칵 찡그렸다. 애초에 그들을 부른 것은 자신이 아니었다. 그들은 파이의 친구이기 때문에, 친구인 그녀가 위험했기 때문에 나서서 안 되는 상황임에도 나선 것이다.

그러나 그것은 한 번뿐이었다. 세계는 그들에게 더 이상의 개입을 용납하지 않았다. 세계는 그들을 억압하듯 얽매었다. 처음 스플린을 공격했던 붉은 여우가 손쉽게 떨어져 나간 것도 세계의 간섭 때문이었다.

그의 힘은 그렇게 약하지 않았다. 스플린의 등을 좀먹었던 열기로도 알 수 있지 않은가. 그는 불의 주인이자 모든 불의 왕이다. 그가 그렇게 쉽사리 뿌리쳐질 리 없었다. 세계가 그들의 권능에 간섭했기에 불의 주인이 떨쳐져 나간 것이다.

신이 인간사에 관여할 수 없듯이 그들 역시 관여할 수 없다. 어디선가 이 상황을 지켜보고 있을 그녀의 친우들은 얼마나 비통할까. 얼마나 갑갑하고 괴로울까.

그리고 제 손으로 제 사랑하는 누이의 목을 조이는 이 가여운 이의 심정은 또 얼마나 비참하고 참혹할까.

'아아, 이 상황은 왜 이다지도 황홀하고 달콤할까.'

스플린은 새까맣게 변해 버린 흰자 중앙에 자리한 탁하게 변해 버린 붉은 눈을 서늘하게 빛내며 웃었다. 절망과 허무, 분노와 증오, 슬픔과 비탄. 그것이야말로 그의 힘의 원천이다.

황홀경에 빠진 것처럼 파람의 모습으로 웃는 그를 힘겹게 올려다보며 파이가 그의 손등을 바득바득 긁다 그의 단단한 손목을 양손으로 잡아 지탱하며 꾸역꾸역 숨을 조금씩 토해 냈다.

그 모습에 그의 눈초리가 빛났다. 처음에는 그토록 두려워하고 무서워하더니. 공포로 흔들리던 아이의 파란 눈동자가 어쩐지 불안할 정도로 차분하게 가라앉았다. 파이는 그를 바라보며 달달달 떨리는 입술을 빼꼼거렸다.

"오, 오빠, 거기 있지? 응?"

가느다란 실타래처럼 얇은 새소리로 속삭이듯 물었다. 그에 파람의 미간이 움찔 찡그려졌다. 제가 점령한 몸의 주인이 크게 일렁거리는 것 같았다. 맞지 않은 옷은 거부반응도 남다르게 강렬하게 와 닿았다. 파이는 컥컥 기침을 토해 냈다.

"오, 빠는 파이를, 무척, 사랑하니까, 그러니까 분명 파이를 해치지 않을 거야. 그렇지?"

바들바들 떨리는 아이의 목소리가 가련하기 짝이 없었다. 그의 얼굴이 왈칵 찡그려졌다. 몸속 그의 영혼이 크게 일렁거렸다. 파람의 전신에 피어오르는 붉은 마나가 새까만 마나를 밀어내듯 강렬히 뒤흔들리며 그를 밀어붙였다.

"오, 빠는 파이는 많이, 많이 사랑하면서, 자기를, 왜, 그렇게 미워해……?"

그가 오빠의 몸을 점령했다면 필히 그 안에 잠든 어둠을 눈치채고 그 틈을 파고든 거야. 그렇지? 파이는 속으로 중얼거렸다. 깊은 슬픔의 바다를 채운 오빠의 비밀일 거야.

드러내지도 못하고 깊은 바닷속으로 밀어 넣듯 숨겨 놓은 그 슬픔, 그 비밀.

괴물은 잔혹하게도 그 틈을 놓치지 않고 비집고 들어가 파람을 유린하듯 내쫓았다. 비통에 찬 파람의 목소리가 귓가에 아른아른거렸다. 그는 늘 불안해하고, 늘 괴로워하고, 늘 힘들어했다. 그럼에도 겉으론 내색하지 않았다. 남매들을 보듬어 주고 듬직한 첫째로서 맡은 바 소임을 충실히 해냈다.

파이는 그를 몹시도 사랑하고 좋아하고, 믿고, 존경하지만 한편으론 안타까웠다. 그가 그렇게까지 제 속을 내비치지 않은 것이 마치 자기 자신을 사랑할 수 없어서, 좋아할 수 없어서 스스로에게 동정의 여지도 위로의 여지도 주지 못하게 하려는 것 같았다.

"오, 빠…… 들려? 파이는 오빠를 사랑해. 너무너무 사랑해."

그러니까 오빠도 자신을 사랑해 줬으면 좋겠어. 파이는 그 말을 끝으로 느리게 눈을 감았다. 파이의 눈이 감기자 허리까지 내려오는 반짝이는 금발이 춤추듯 살랑살랑 흔들렸다. 그와 동시에 등 뒤, 가장 안쪽 머리카락부터 새까맣게 물들기 시작했다.

파이가 다시 눈을 떴을 때쯤에는 그녀의 파란 눈동자 끝이 노을 진

하늘처럼 붉게 물들었다. 점차 붉은 노을은 파란 하늘을 뒤덮으며 짙어졌다. 아이의 몸에 흑천홍월가의 특성이 드러나기 시작했다.

눈부신 금발이 흑색으로, 청아한 파란 눈이 정열적인 생명의 근원인 붉은 홍안으로.

아이의 색이 변함에 따라 그녀의 목을 움켜쥐고 있는 그의 손아귀를 타고 묵직한 둔통이 느껴졌다. 둔통은 점차 날카로운 통증으로 변해 갔다. 마치 전류를 맞는 것마냥 아이의 몸을 타고 찌릿찌릿하고 날카로운 송곳 같은 통증이 올라왔다.

왈칵 인상을 찡그리며 그가 입을 뻐끔거리는데 턱하고 숨이 막힌 것마냥 숨을 쉴 수가 없었다. 그가 혼란스럽게 눈동자를 굴리며 제 손목을, 아이의 목을 움켜쥐고 있는 손을 내려 보았다.

아이의 하얀 손이 그의 팔뚝을 감싸 쥐었다. 그 손을 중심으로 찬란한 황금의 마나가 떨어져 내려 파람의 팔을 감쌌다. 그녀의 전신에서 생기 넘치는 황금의 마나가 넘실거렸다. 그녀는 창백한 낯빛으로 메말라 버린 조그마한 입술을 오물거리며 말했다.

"더 이상, 자신을 미워하지 마. 내가, 전부 받아들일 테니까."

오빠가 그토록 꽁꽁 숨겨 놓은 커다란 슬픔, 그 비밀 모두를. 그녀의 말이 끝나기 무섭게 그와 파이 사이에 찬란한 빛이 팍 터져 나왔다. 눈이 부실 정도로 찬란한 황금빛의 중심엔 작은 별사탕 하나가 두둥실 떠 있었다. 그것은 파이의 단 하나 남은 별사탕이었다.

시드니가 전해 준 이 세상에 오직 하나밖에 남지 않은 그녀의 별사탕.

빛은 방 전체를 집어삼킬 듯 터져 세상을 찬란한 금색으로, 뒤이어 새하얀 빛으로 뒤바꿔 버렸다. 새하얀 빛은 제 앞에 존재하는 모든 것들을 포용하듯 감싸 안았다.

파이는 따스한 빛을 느끼며 눈을 감았다.

감았던 눈을 떴을 때 그녀는 하얀 바닥에 발을 딛고 있었다. 느리게 깜박이는 그녀의 눈꺼풀 사이로 말갛게 빛나던 홍옥의 눈동자는 어느새 선명한 푸른색으로 돌아와 있었다. 새까맣게 물들었던 그녀의 머리카락 역시 다시 찬란한 금색으로 뒤바뀌어 있었다. 흑천홍월의 특성은 환상처럼 순식간에 사라져 버린 것 같았다.

파이는 반짝이는 금발이 흔들릴 정도로 고개를 절레절레 저으며 주변을 둘러보았다. 세상은 온통 하얗다. 하얀 세상에 오직 그녀뿐이었다. 모모도, 파람도 그도 없었다. 파이는 멍청히 눈을 깜박이다 하얀 바닥을 딛고 있는 발을 움직였다.

그때부터 그녀는 하염없이 걸었다.

어디로 향하는지 알 수 없었지만 마냥 걸었다. 그러다 쉬지 않고 걸어가던 그녀의 발걸음이 멈췄다. 머뭇거리는 아이의 하얀 발이 꼼지락거렸다.

그때 누군가가 그녀의 얇은 손목을 덥석 잡았다. 헉 하고 헛바람을 내뱉기도 전에 파이의 손목을 잡은 누군가가 그녀를 끌고 앞으로 향했다.

파이는 눈앞에 파도치듯 일렁거리는 분홍색 비단 같은 머리카락을 멍청히 바라보며 그녀에게 이끌려 갔다. 그녀에게 이끌려 간 끝에 아이는 하나의 문 앞에 도달했다. 그녀를 이끌고 가던 저보다 조금 큰 분홍 머리카락의 그녀가 손을 놔 버렸다.

그녀는 여전히 파이에게 뒷모습만 보이고 있었다. 파이는 그녀에게 잡혔던 손목을 다른 손으로 감싸 쥐며 뻐끔거렸다. 여기까지 안내해 준 그녀에게 감사를 표하고 싶었다. 그리고 그녀의 정체가 궁금했다. 하지만 아이의 입에선 어떠한 소리도 나오지 않았다.

고맙다고 해 주고 싶은데…….

이름이 뭐냐고 묻고 싶은데…….

몇 번이나 뻐끔거렸으나 아이의 입에선 그 어떤 소리도 나오지 않았다. 아이는 금세 시무룩해졌다. 그러자 분홍 머리카락의 그녀가 고개를 거칠게 흔들었다. 그 바람에 파이의 얼굴 가까이로 거세게 흔들리는 그녀의 분홍 머리카락이 부딪쳤다.

파이가 부딪친 제 얼굴을 양손으로 감싸 쥐며 그녀의 뒷모습을 바라봤다. 그녀의 행동은 어쩐지 시무룩해하는 파이를 위로해 주는 것 같았다.

언젠가 이런 배려를 받았던 적이 있었다. 머리카락으로 얼굴을 맞은 건 아니었지만 시무룩해했던 그녀를 누군가, 몹시도 아름다운 누군가가 위로해 줬던 기억. 아마 비어 버린 기억의 흔적일 것이다. 파이는 그저 배시시 웃었다.

지금은 비어 있지만 언젠간, 반드시 기억할 것이다.

시무룩해진 아이가 다시 활기를 되찾자마자 굳게 닫혀 있던 문의 손잡이가 제멋대로 빙글 돌아가더니 달칵 열린 소리를 내뱉었다. 그와 동시에 문이 스륵 열렸다.

그에 흠칫했지만 저보다 앞에 서 있는 분홍 머리카락의 그녀가 옆으로 빠지며 자리를 내줬다. 마치 어서 들어가라는 듯. 파이는 그녀의 배려에 기꺼이 웃으며 멈췄던 걸음을 다시 부지런히 옮겼다. 문 안으로 들어가면서 문 가까이에 서 있는 분홍 머리카락의 그녀에게 시선을 옮겼다. 그녀는 마치 제 얼굴을 보일 수 없다는 듯 고개를 푹 숙이고 있었다.

파이는 조금 실망했다. 그렇게까지 내게 얼굴을 보이기 싫었어? 속으로 섭섭했지만 금세 시선을 돌렸다. 그리고 앞으로 나아갔다.

문 너머는 무척 깜깜했다. 그녀가 문의 경계를 넘어서자 저도 모르게 고개를 돌렸다. 문 바깥쪽에 분홍 머리카락의 여자아이가 여전히 서 있었다. 그녀는 고개를 숙인 상태에서 손을 휙휙 흔들고 있었다. 파이는 그녀를 향해 손을 마주 흔들었다.

그녀가 손을 크게 흔드는 바람에 숙였던 고개도 흔들렸다. 분홍 머리카락이 그에 따라 파도치듯 흔들렸고 파이는 그 속에서 희미하게 반짝이는 황금색 빛을 보았다.

그녀가 넘어온 문이 닫히고, 파이는 다시 앞을 바라보며 걸었다. 문 너머의 세상은 신기하게도 앞과 뒤, 왼쪽과 오른쪽, 위와 아래의 경계가 없는 곳이었다.

새까맣다고 생각했던 세상은 이따금 반짝거리는 빛들이 존재해 마치 밤하늘 같았다. 그 밤하늘의 세계에는 수십, 수백, 수만의 문들이 가득했다. 문들은 단단히 닫힌 채 서로 어느 정도의 거리를 두고 둥둥 떠 있었다.

신기한 세상이었다. 온통 문으로 가득한 세상이라니.

파이는 그 문이 넘쳐 나는 세상을 걸었다. 그녀는 무의식중에 알 수 있었다. 이 수만 개의 문은 언젠가, 누군가에 의해 선택되어 열리게 될 문이라는 것을. 그리고 파이 역시도 그 누군가 중에 하나라는 것을. 그녀는 본능적으로 자신이 열어야 하는 문이 있다는 것을 깨닫고 천천히 그 길을 걸어갔다.

걷고, 걷고, 걸어서, 끝내 도달했다. 몹시도 오래된 빛바랜 고동색 낡은 문을.

파이는 일말의 망설임을 느꼈다. 하지만 곧 그녀의 망설임은 거짓말처럼 사라졌다. 덜덜 떨리는 손으로 문손잡이를 잡았다. 손바닥에 서늘한 감촉이 느껴졌다.

파이는 한숨 같은 숨을 몇 번 내쉬고는 빙글 돌려 문을 잡아당겼다. 그러자 문 너머에서 찬란한 빛이 쏟아져 내렸다. 눈부신 찬란한 빛에 시력을 잃을 것 같았다.

눈이 시릴 정도로 선명한 빛 너머로 파이는 천천히 걸음을 옮겼다. 코끝을 스치는 그리운 향에 어쩐지 눈물이 날 것만 같았다.

저 너머에 그토록 찾고 있던 사랑하는 저의 '오빠'가 있을까요? 파이는 물었다. 그가 그토록 숨겨 놓았던 깊은 슬픔과 비밀이 그 너머에 있을까요? 또다시 묻는 아이의 질문에 답은 여전히 없었다. 그럼에도 파이는 빛 속으로 걸어갔다.

✻✻✻

그에게 꿈이라는 것은 늘, 그 끝이 애매모호한 부질없고 허무한 것이었다. 매일같이 쉬지 않고 쳇바퀴 굴러가듯 되풀이되는 꿈을 꾸며 애쉬는 막연히 중얼거렸다.

제발, 사라지라고.

그러나 그가 꾸는 꿈은 언제나 주인인 그의 바람을 들어주지 않았다. 매일같이 제 몸을 삐걱거릴 정도로 혹사해 꿈이라는 것을 꾸지 못할 정도로 몰아세워도 결국은 꾸게 되었다. 결국은 그리운 것이다. 그때 그 시절. 그렇기에 이렇게 힘들게 하루하루를 버티며 위태롭게 살아가는 와중에도 꿈을 꾸는 것일 테다.

꿈속의 그는 몹시 작은 소년이었다. 고작 11살짜리 소년.

그 당시 그는 어디론가 향하고 있었다. 숨이 턱까지 차올라도 쉬지 않고 내달렸다. 나는 어디로 향하고 있는 것일까? 시야에 정원의 키 작은 나무의 가지들이 들어왔다. 그곳은 저택에 딸려 있는 작은 별관의 정원이었다. 정원을 가로질러 내달린 끝에 그는 도달했다.

자신의 누이가 있는 곳으로.

누이는 그가 8살 때 태어났다. 갓 태어나 폭신하고 질 좋은 포대기에 감싸여 있던 작은 생명체가 어렴풋이 떠올랐다.

태어난 지 얼마 되지 않았기에 쉽사리 만질 수 없었던 몹시도 작았던 누이를 가슴에 품듯 안고 누운 어머니의 침대에서 멀찍이 떨어져 바라봤다. 붉은 기가 감돌고 쭈글쭈글해 보이는 작은 생명체였다. 이상한 모습인데도 어쩐지 시선을 뗄 수가 없었다.

며칠이 지나자 괴상하게 생겼다 생각했던 누이의 얼굴이 둥근 달처럼 동그랗게 변해 있었다. 붉은 기도 빠져서 그토록 못나 보인다 생각했던 누이의 얼굴에서 광이 나는 것 같았다. 유독 반짝이는 붉은 눈동자를 보자니 절로 웃음이 나왔다.

나와 같은 색 눈동자를 가진 하나뿐인 내 누이.

그는 누이가 몹시도 사랑스럽고 소중해졌다. 그는 매일같이 어머니와 누이를 만나러 갔다. 그가 어머니의 방에 방문할 때면, 루시 이모와 아버지가 언제나 그렇듯 그 자리에 계셨다. 그들은 만면에 활짝 핀 미소 꽃을 피웠다. 모두가 하나같이 찬란히 빛나는 것 같았다. 애쉬는 몹시도 행복했다. 그 어떤 날들보다도. 지금 되돌아봐도 그때가 가장 행복했던 것 같다.

그러나 그 행복은 오래도록 지속되지 못했다. 어머니가 아팠다. 원래부터도 몸이 약하셨는데 무리해서 임신을 해 누이를 낳은 결과였다.

나날이 수척해져 가며 힘들어하는 어머니를 위해 아버지는 그녀를 요양 보내기로 했다. 그녀와 헤어지는 것이 애쉬는 너무나도 슬펐다. 그녀가 떠남과 동시에 자연스레 누이와도 헤어지게 되게 될 거라는 사실이 그를 더욱 슬프게 했다. 결국 어머니와 누이가 떠났다.

그리고 얼마 지나지 않아, 그는 어머니를 잃었다. 영원히.

애쉬는 절망에 빠졌다. 그토록 아름답고 찬란한 자신의 어머니가 싸늘한 주검이 되어 돌아왔다. 아버지는 그 주검을 끌어안고 오열했다. 너무나도 사랑했던 아내를 잃은 사내의 울음소리가 저택 내에 서글프게 울려 퍼졌다. 애쉬는 그의 곁에서 그 슬픔에 동조하며 크게 절망했다. 부자는 사랑하는 아내이자 어머니를 잃은 슬픔을 채 추스르기도 전에 딸이자 누이를 잃은 것에 또다시 절망해야 했다.

파르네세가의 주인은 모든 수단을 써서 사라진 딸을 찾았다. 그러나 애쉬의 누이는 땅으로 숨었는지 하늘로 솟았는지 당최 그 행방을 찾을 수 없었다.

3년이 지났다. 애쉬는 3년 사이에 몰라볼 정도로 듬직해졌다. 나무로 만들어진 투박한 검은 단 한 순간도 애쉬의 손아귀를 떠난 적이 없었다. 그는 이를 악물고 몇 번이고 검을 휘두르며 자신을 몰아세워 가며 단련했다. 누이를 잃은 것이 자신의 나약함 때문 같았다.

3년의 긴 노력 끝에 그의 아버지가 누이를 찾아냈다. 그토록 그리워하던 그녀를 찾았다는 소식에 소년의 작은 심장은 세차게 뛰었다. 아이가 저택에 당도했다는 소리에 그는 쥐고 있던 목검을 내던졌다.

드디어 만나는구나!

그가 쉴 새 없이 내달려 도달한 야외 테라스에 마련된 테이블에 딸린 의자에 앉아 있었다. 3년 사이 누이는 몰라볼 정도로 자랐다. 포대기에 감싸여 있던 갓난쟁이가 조그마한 아이가 되어 의자에 앉아 달랑달랑한 짧은 두 다리를 사랑스럽게 흔들고 있었다. 애쉬는 단번에 알아볼 수 있었다.

누이구나. 누이야!

그가 기뻐 날뛰는 마음을 움켜잡으며 다가갔다. 아니 다가가려 했다. 마냥 들떴던 걸음이 절로 멈췄다. 그녀가 당연한 듯 루시에게 달라붙어 있었다. 그녀가 마치 동아줄이라도 되는 양 철썩 붙어 있었다.

잔뜩 겁에 질린 아이의 붉은 눈동자는 잠시 테이블 위에 올려진 먹음직스러운 디저트로 향하다 루시에게로 돌아갔다. 반짝이는 루비의 눈동자가 오로지 루시에게만 향해 있었다.

그리고 그 시선에는 무한한 신뢰와 애정을 갈구하는 천진난만한 아이의 마음이 고스란히 드러나 있었다.

마치 그녀를 엄마처럼 따르는 듯한 눈빛에 애쉬는 화가 났다. 그녀는 이모일 뿐이야! 네가 그렇게 봐야 할 사람은 우리의 어머니라고! 참지 못하고 달려가 그렇게 외치려는 그를 누군가 잡았다. 놀라서 돌아본 곳에는 아버지가 있었다. 그의 얼굴이 많이 어두웠다.

"당분간 누이를 이대로 두어 다오. 애쉬."

아이에겐 적응할 시간이 필요하단다. 과묵하지만 언제나 자신들을 사랑하고 아낌없이 애정을 쏟아부어 주시는 아버지가 괴로운 듯 얼굴을 일그러트리며 웃었다.

서늘한 인상과 달리 여리고 정이 많은 분이라고 어머니가 말씀하셨다. 애쉬는 느릿느릿 고개를 끄덕였다. 그걸 본 아버지는 팔을 벌려 아들을 끌어안았다. 애쉬는 넓은 아버지의 가슴에 얼굴을 묻고 눈을 감았다.

아버지의 심장 소리가 몹시도 서글프게 둥둥 울렸다. 애쉬는 그 심장 소리를 들으며 나지막이 중얼거렸다.

'역시 이건 무언가 잘못되었다.'

소리 없이 숨죽이며 서로를 껴안고 달래고 위로하는 부자 뒤로 흐린 인영이 서 있었다. 봄의 보드라운 바람이 그들 사이로 지나갔다. 그들을 말없이 지켜보는 유령같이 흐린 인상을 가진 그녀의 금발로 따라 하늘하늘 나부꼈다.

물결치듯 하늘하늘 춤추는 금색의 머리카락과 푸른 가을 하늘마냥 청명한 그녀의 파란 눈동자가 쏟아지는 정오의 햇살에 부서지듯 반짝이더니 이내 아스라이 사라졌다.

그녀는 처음부터 그들 뒤에 있었던 것이 아닌 것처럼 그렇게 사라졌다.

시간이 흘렀다. 누이가 저택의 별관에서 생활한 지 1년이 지날 무렵이었다. 그녀는 여전히 루시를 제 어머니로 알고 있는 듯했다. 애쉬는 그것은 거짓이라며 진실을 알려 주려 했지만 번번이 아버지에 의해 제지당했다. 아버지는 아이가 상처받길 원치 않으셨다. 애쉬는 그럴 때마다 성난 어조로 물었다.

"네이첼과 저의 어머니는 같은 분이에요! 그런데 지금 네이첼에겐 루시 이모가 어머니라니! 그건 인정할 수가 없어요! 네이첼은 제 동생이란 말이에요. 어머니와 아버지의 하나뿐인 딸이자 유일한 내 동생!"

루시, 그녀가 내게서 네이첼을 빼앗아 갔어요. 그걸 두 눈뜨고 지켜보란 말이에요? 애쉬는 1년 사이 많이 지쳐 있었다. 고작 10대 초반의 소년이 내보일 수 있는 인내심을 모조리 내보였단 말이다.

애쉬가 으르렁거리듯 성난 어조로 그의 아버지에게 대들더니 활활 타오르는 분노를 더 이상 참지 못하고 그 자리를 박차고 나갔다. 등 뒤로 들려오는 아버지의 안타까운 목소리에 그는 눈을 질끈 감았다. 애쉬가 이렇게도 힘들어하는데 그는 오죽할까.

아마 애쉬 본인보다 더 새까맣게 속이 타들어 갈 것이다.

누이는 행방불명 된 3년 사이에 친어미를 완벽히 잊고 루시를 제 어머니로 인식했다. 그녀의 세상은 오직 루시를 중심으로 돌아갔다. 그녀는 다정한 아버지도, 혈기왕성하지만 활발한 오라버니가 있다는 사실을 받아들이지 못했다.

오히려 그들을 낯선 이로 취급하고 두려워하며 무서워했다. 달달 떨리는 시선으로 훔쳐보듯 쳐다보다 이내 시선을 거두며 한시라도 빨리 애쉬와 아버지에게 벗어나길 바라는 것 같았다.

애쉬는 그 사실이 너무나도 싫었다.

애쉬는 눈을 질끈 감고 미친 듯이 뛰었다. 뛰고 또 뛰어서 그는 결국 누이에게 도달했다. 꼭 감았던 눈을 뜨고 거친 숨을 몰아쉬는데 그의 시야에 누이가 있었다. 그녀는 여전히 루시의 곁에 달라붙어 있었다. 애쉬는 더 이상 참을 수가 없었다. 애쉬는 누이를 향해 몹시도 성난 어조로 몰아세우듯 소리쳤다.

"야! 너, 왜 자꾸 루시 이모 옆에 계속 붙어 있는 거야!"

그러자 아이가 놀라 눈을 동그랗게 뜨더니 이내 잔뜩 겁에 질린 표정으로 자신을 바라봤다. 그리고 다시 루시를 부여잡았다. 루시가 그에게 다그치듯 말하며 부탁했다. 제발 자신과 아이에게 신경을 끊어 달라며. 그녀는 몹시 당당히 요구하며 누이와 그 사이를 갈라놓았다.

그토록 여리고 상냥했던 그녀인데, 너무나도 다른 모습이었다. 애쉬는 혼란스러웠다. 곧 그의 가슴에 타오르는 큰 분노는 당황으로, 그리고 다시 허무함으로 뒤바뀌었다. 애쉬는 자신을 두렵다는 듯 바라보며 울음을 터트리는 누이의 시선에 도망치듯 그 자리를 박차고 나왔다.

그가 순식간에 도망치듯 사라져 버리자 그 자리에 작은 여자아이와 루시만 남았다. 그리고 그녀들 뒤에서 멀찍이 떨어져 상황을 지켜보는 금발의 소녀가 있었다. 흐린 형체를 가진 그녀의 푸른 눈동자가 슬픔으로 가득 차 마치 수심 깊은 바다색처럼 짙어졌다. 그녀는 그 슬픈 시선을 옮겨 애쉬가 사라져간 방향을 바라보며 천천히 눈을 감았다.

내 그토록 너를 그리워했건만 너는 나를 그토록 무서워하는구나.

루시가 어미라 철석같이 믿는 누이에게 그것은 거짓이라 부정하며 너는 내 동생이라 진실을 알려 주었는데 되려 아이는 크게 울음을 터트리며 애쉬를 더더욱 두려워했다. 애쉬는 그제야 깨달았다. 누이는 3년의 공백 사이에 자신과 아버지를 깔끔하게 잊은 것이라고.

누이가 아기였던 시절부터 함께해 온 루시를 엄마라 철석같이 믿은 것은 분명 당연한 이치이며 당연한 결과였다.

그러나 애쉬가 그 사실을 받아들이기엔 몹시도 어렸다.

그의 나이 8살에 괴한에 의해 어미를 잃고 누이마저 행방불명되었다. 3년이 지나 우여곡절 끝에 누이를 되찾은 소년의 나이는 고작 11살에 불과했다. 그녀에게 적응의 시간이 필요하다며 다시 1년을 눈앞에서 기다렸다. 그의 나이 12살. 애쉬는 여전히 어렸다. 결국 그는 점차 자신을 기억하지 못하는 것이 당연한 누이를 탓하기 시작했다.

다른 이를 엄마라 생각하는 그녀가 미워졌다. 루시가 미웠다. 어머니의 자리를 꿰차고 앉은 것 같았다. 그녀가 어머니의 흔적을 지운 것 같았다. 갈 길을 잃은 분노와 방황으로 그토록 그리워하며 애타게 찾았던 누이에게서 그는 점차 시선을 돌리기 시작했다.

네가 나를 오라버니라 생각하지 않으니, 나 역시 너를 누이라 생각하지 않겠다.

그렇게 다짐했다. 하지만 혈연이라는 관계가 그리 쉽사리 끊어질 것이었으면 가족이라는 울타리도 없었을 것이다. 세상 그 어떤 인연보다도, 그 어떤 관계보다도 강렬하고 질긴 것이 혈연이었다. 그녀를 외면하면 외면할수록 애쉬는 괴로웠다.

특히 누이가 나날이 자라나는 모습을 보자니 가슴이 먹먹해져 참을 수가 없었다. 돌아가신 어머니를 닮아 가는 그녀의 모습이 그를 괴롭혔다. 그녀를 누이라 생각하지 않겠다, 다짐했던 것은 금세 물거품이 되어 사라졌다.

자신이 보낸 곰돌이 인형을 끌어안고 해사하게 웃는 누이를 몰래 훔쳐보고 있자니 울컥하고 가슴속 어떠한 감정이 뭉클뭉클 피어올랐다. 애쉬는 끝내 그녀의 존재를 부정하지 못할 것이라는 것을 깨닫는 데 4년이나 걸렸다.

누이의 나이 8세, 그의 나이 16세.

4년 사이 그는 또래 아이들처럼 훤칠하게 자라났다. 제국을 빛낼, 제국의 검이 될 준비된 인재였다. 그는 자신을 수련하면서 자신을 기억하지 않는 누이라도, 자신을 두려워하는 누이라도 그녀를 지키기 위해 노력했다. 훗날 그가 가문의 가주가 되어서도 누이를 제 울타리 안에서 안전히 지키기 위해.

그러나 그의 바람은 결국 이루어지지 않았다.

반란이 일어났다. 제국의 황위에 위해를 가하는 위협적인 반란이. 그 반란의 시점이 믿을 수 없게도 애쉬의 가문으로 지목되었다.

아버지가 반란을 일으켰다는 모함. 제국을 위해 모든 것을 바쳐 헌신한 드높은 파르네세 공작가가 동전의 앞뒷면이 뒤바뀌듯 세상에 둘도 없을 악랄한 반역자가 되었다.

반역을 꾀한 가문은 멸문당해 마땅했다.

그의 아버지는 물론이요, 그의 혈족, 그의 친척, 저택에 고용된 고용인 전부 다. 아칼리템은 자비가 없었다. 잔혹한 황제는 자신에게 칼날을 겨냥한 반역자의 작은 흔적조차 가차 없이 이 세상에서 지워 내고자 했다. 그들은 잔인무도한 황제에 의해 사지로 몰려 처참하게 사형당했다.

누이 역시, 그렇게 죽임을 당했다.

애쉬는 그 모습을 자신의 눈으로 똑똑히 담았다. 앞니를 세워 입술을 깨물며 어떠한 비명도, 통탄도 내뱉을 수 없었다. 그는 도망자 신분이었고, 치욕적인 죄를 뒤집어 쓴, 역모의 반역자의 혈족이기 때문이다. 자신을 희생하면서까지 도주의 길을 터준 가문의 수하 덕택에 그는 홀로 지옥의 불구덩이에서 살아남았다. 그는 온갖 오물을 뒤집어쓰면서 더럽고 치욕스러운 도주 끝에 홀로 살아남은 것이다.

할 수만 있다면 누이를, 그녀의 손을 잡고 도주했을 것이다. 그러나 그는 여전히 나약하고 무기력한 소년에 불과했다. 그동안 갈고닦았던 검술이 뭔 소용이 있단 말인가. 그는 절망하며 자신을 자책하고, 스스로를 증오했다. 저도 모르게 주먹을 꽉 쥐었다. 애쉬의 양 주먹이 치밀어 오르는 분노와 억울함 허무함으로 부들부들 흔들렸다.

그가 손톱자국이 깊게 파인 한 손을 들어 자신의 머리통을 가리고 있는 후드 끝을 잡아당기며 어디론가 시선을 옮겼다. 그곳은 고귀한 신분만이 앉을 수 있는 콜로세움의 테라스였다.

찬란한 황금의 의자에 나른한 자세로 앉은 젊은 사내가 무미건조하게 처형대를 보고 있었다. 그는 머리를 잃은 작은 몸통이 쓰러져 내리자 괴기하게 입꼬리를 말아 올리며 미소 지었다.

그 모습을 목격한 애쉬는 순간 전신에 소름이 돋았다.

반란의 틈을 타 자연스럽게 황위를 물려받은 황태자였던 그. 이제는 아칼리템의 새로운 황제가 제 누이의 식은 몸을 탐욕스럽게 쳐다보고 있었다. 애쉬는 저도 모르게 몸을 바르르 떨었다. 그러고는 쉽사리 떨어지지 않은 발걸음을 옮겨 콜로세움 안을 가득 채운 인파들 사이로 사라졌다.

그의 옆에 그림자처럼 붙어 있던 여자아이가 저를 지나쳐 가는 애쉬의 소매 자락을 잡았다. 하지만 흐린 형체를 가진 그녀의 손가락은 그대로 통과되어 버렸다.

그가 이미 저만치 가 버렸다. 수많은 인파들 사이로 순식간에 사라져 버린 그의 뒷모습을 좇던 어린 소녀가 천천히 고개를 돌렸다. 살랑불어오는 피바람에 더욱 창백해진 얼굴로 아이가 처형대를 넋 놓고 쳐다보더니 이내 양손을 들어 얼굴을 가리고 소리 없이 눈물을 떨구며 형장의 새벽이슬처럼 아스라이 사라졌다.


깊은 밤이 찾아왔다.

성난 짐승과도 같이 뜨겁게 날뛰던 인간들의 함성과 비난이 뒤섞인 목소리가 사그라지고 고요한 침묵이 찾아왔다. 애쉬는 한시라도 빨리 제국을 떠나야 할 도망자 신분임에도 불구하고 누이의 시체만은 되찾고 싶은 마음에 위험한 행동을 감행했다.

그의 도주를 돕기로 약속되었던 아버지의 오랜 지인인 상인 어른과의 약속 시간까진 아직 여유가 있었다. 그사이 일을 벌일 생각을 한 그는 지체 없이 발걸음을 옮겼다.

그는 그동안의 수련이 헛된 것이 아니라는 것을 증명하듯 날렵한 몸놀림을 보이며 처형대가 세워진 콜로세움 안으로 숨어들어 갔다. 이 어딘가 처형당한 죄수들의 시체를 모으는 곳이 있을 것이다.

거기서 누이의 시체만이라도 되찾아서 따로 묻어 주고 싶었다.

그녀의 안식에 조금이라도 평온이 깃들길 바랐다. 그는 소리 없이, 숨을 죽이고 콜로세움 주변을 조심스럽게 돌아다니며 시체 보관소를 찾았다. 얼마나 지났을까. 등 뒤로 식은땀이 났다. 입고 있던 볼품없는 평민의 상의는 착 달라붙어 있었다. 점차 피로가 쌓이는 느낌에도 애쉬는 포기하지 않고 주변을 탐색했다.

그때였다.

그의 귓가에 희미한 소리가 포착되었다. 무언가 묵직한 것이 내던져지는 소리 같았다. 애쉬는 조심스럽게 걸음을 옮겼다. 소리가 나는 쪽에 도달하자 수많은 시체들이 산을 이루고 있는 곳이었다. 애쉬는 안도했다.

드디어 누이를 찾을 수 있겠구나.

그러나 그 생각은 금세 지워졌다. 애쉬는 최대한 벽에 등을 맞댄 채 소리가 나는 쪽을 쳐다보다 그대로 굳어 버렸다. 그 시체의 산에서 애쉬는 두 눈으로도 보고도 믿을 수 없는 광경을 목격하고 만 것이다.

아칼리템의 새 황제가 그 시체의 산더미 위에 서 있었다.

그는 시체의 산을 한 팔로 헤집어 내고 있었다. 한 팔을 이용해 가벼운 것을 내던지듯 시체들을 유린하고 이리저리 던지며 무언가를 찾고 있었다. 애쉬는 저도 모르게 흡 하고 터져 나올 것 같은 숨소리를 한 손으로 막으며 벽에 더욱 바싹 붙었다.

뒤적이는 팔을 시체의 피로 붉게 물들이고 나서야 황제가 기어이 원하던 것을 찾은 모양이었다. 그는 시체 더미에서 몹시 작은 아이의 시체를 꺼냈다. 애쉬의 붉은 눈동자가 속절없이 흔들렸다. 그의 눈이 잘못 된 것이 아니라면, 저것은 분명 누이의 시체다.

그가 괴기스럽게 웃으며 일말의 망설임도 없이 손가락을 모아 아이의 심장이 있는 왼쪽 가슴을 찔렀다. 애쉬는 남은 손으로 입을 막고 있는 손등을 감싸 쥐었다. 그러지 않고서는 비명이 터져 나올 것 같았기 때문이다. 그의 두 다리가 주인의 의지와 상관없이 바르르 떨렸다. 공포와 끝없는 의문, 그리고 깊은 분노가 한데 뒤섞였다.

그는 그대로 아이의 가슴을 꿰뚫더니 정확하게 누이의 작은 심장을 파냈다. 도저히 인간의 악력으로는 불가능할 것 같은 행위가 그에게 는 쉽게 이루어졌다. 괴물, 그야말로 그는 괴물이었다. 악마였다. 그 는 제 손아귀에 착 들어오는 누이의 작은 심장을 움켜쥐고 코끝에 갖 다 대며 노래하듯 중얼거렸다.

"역시, 이맘때 아이의 심장이 가장 맛있지."

네 절망과 분노와 허무가 내 힘의 근원이 된단다. 그가 즐겁다는 듯 웃으며 말했다. 그가 한껏 죽은 이의 심장의 냄새를 맡더니 이내 입가 로 가져갔다.

애쉬는 그 순간을 도저히 참을 수가 없었다. 가련한 누이는 죽어서 도 능욕당했다. 그는 더 이상 그 자리에 있을 수 없었다. 그는 떨어지 지 않는 다리를 억지로 옮겨 천천히 그곳에서 멀어졌다. 심장이 으깨 지는 소리가 들릴 것만 같아 걸음이 점차 빨라졌다.

그는 뛰고 또 뛰었다. 시야는 몇 번이고 뒤바뀌고 뒤엉켰다. 열심히 내달린 그는 아칼리템 수도 변두리에 다다라 이제 익숙해진 나무집으 로 들어갔다. 그는 주저앉아 그 바닥에 닿을 정도로 깊이 고개를 숙여 구토했다. 도주를 한 뒤부턴 제대로 먹은 것이 없어 맑은 위액만 흘러 나왔다.

애쉬는 바닥에 얼굴을 묻으며 울음을 토해 냈다.

나는 결국 누이를 지켜 내지 못했고, 죽어서도 능욕당하는 누이를 구해 내지 못했다.

그 사실이 그를 너무나도 괴롭게 만들었다. 그를 괴롭히는 죄책감 과 절망이, 허무함이 애쉬의 전신을 얽매었다. 숨이 턱턱 막힐 것만 같았다. 차라리 도주하지 말고 누이와 함께 최후를 맞이하는 것이 나 을 뻔했다.

서럽게, 울음소리조차 내뱉지 못하고 온몸으로 울음을 토해 내는 그의 머리맡에 흐린 여자아이가 환상처럼 나타났다. 유령 같은 형태 를 가진 그녀가 한 팔을 뻗어 그의 머리를 쓰다듬었다. 창백한 여자아이의 얼굴이 슬픔으로 가득 찼다. 파란 눈동자가 안타까움과 슬픔으로 뒤섞여 일렁였다.

기어코 그녀의 눈가에 투명한 눈물이 맺혔다. 파르르 떨리는 눈가에 힘을 주었으나 반사적으로 눈을 감자 아슬아슬하게 맺혀 있던 눈물이 아이의 볼을 타고 떨어졌다. 아이의 눈물은 애쉬의 뒤통수로 떨어져 그의 갈색 머리카락 사이로 자취를 감췄다.

그녀의 눈물이 떨어져 흩어지듯 그녀도 곧 사라졌다. 그 자리엔 애쉬 홀로만 남아, 감당하기 버거운 슬픔과 분노와 허무를 온몸으로 느낄 뿐이었다.

절망과 허무, 끝없는 분노와 증오로 하루하루를 버티며 애쉬는 살아갔다. 그는 모든 것을 잃었다. 분노와 증오로 가득 찬 그는 어떠한 목적도, 삶의 이유도 잃은 채 쳇바퀴 돌아가는 똑같은 일상을 마지못해서 살아갈 뿐이었다.

그는 다짐했다. 그 어떤 삶보다도 비참하게 살아가다 죽으리. 그것이야 말로 그들에게 속죄할 수 있는 길이리라.

그는 그렇게 방랑 용병이 되어 온 나라를 떠돌았다. 찬란했던 소년 시절 꿈꿔 왔던 기사를 목표로 휘둘렀던 검은 이제 빛바랜, 피에 녹슨 보잘것없는 철검이 되었고, 그의 빛나는 긍지는 바스러져 형체조차 남지 않았다.

그는 수많은 위험에 노출되었다. 그럼에도 그는 신의 가호를 받은 것인지, 아니면 저주를 받은 것인지 절체절명의 위기에도 악착같이 살아남았다. 홀로 버려져도 살아남고, 단체로 행동해도 홀로 살아남았다. 마치 끔찍한 저주에 걸린 기적처럼. 그것이 거듭되어 8년이 지나자 그는 최상급 용병이 되었고 괴이한 별명도 얻었다.

'죽지 않는 붉은 눈의 용병', 혹은 '불사의 붉은 용병'.

애쉬의 명성은 나날이 높아져 갔다. 그가 26세가 되었다. 그가 또 죽음의 고비를 한 번 넘김으로 인해 그 명성을 굳혀 갈 무렵이었다.

용병 동료들과 주점에서 한잔하고 있었다. 진탕 마신 애쉬는 주점의 소음을 견디다 못해 바깥으로 나가 버렸다.

밖으로 나오자마자 서늘한 밤기운이 술에 의해 잔뜩 불타오른 그의 전신을 훑고 지나갔다. 그가 절로 몸을 바르르 떨었다. 흐느적거리는 몸을 추켜세워 주점 건물 벽에 등을 기대고 서 있었다.

"가을, 인가."

그가 술기운에 가라앉은 목소리로 무미건조하게 중얼거렸다. 그의 중얼거림에 어디선가 응답하듯 툭 하니 낯선 이의 목소리가 내뱉어졌다.

"날짜 개념이 부족하신 건가요? 아니면 계절을 잘못 알고 계신 건가요? 가을이 오려면 아직 한참이나 멀었답니다. 지금은 늦봄이에요."

어째 제법 조롱하는 어조였다. 애쉬는 자꾸만 흐느적거리는 몸을 추켜세우며 등을 온전히 기대고 있던 주점 벽의 왼쪽으로 고개를 천천히 돌려 소리가 나는 쪽을 바라봤다.

그러자 저만치에서 희미하게 반짝거리는 것이 보였다. 무언가 금색처럼 반짝거렸는데…… . 그는 속으로 중얼거리며 거기서 시선을 떼고 고개를 절레절레 흔들었다.

술을 너무 많이 마셨나.

술김에 환상이라도 본 것인가, 환청이라도 들은 것인가. 그는 속으로 중얼거리다 겨우겨우 추켜세운 몸을 주르륵 내려앉았다. 그는 쭈그려 앉아 세운 무릎 위로 양팔을 얹고 고개를 푹 숙였다.

"뭐어, 늦봄이면 어떻고, 가을이면 어떤가."

죽지 못해 사는 이 쓰레기 같은 놈한테 계절이 뭔 소용이야, 하고 저를 비난했다. 푹 숙이는 고개가 안쓰러울 정도로 처연했다.

"제길, 이번엔 죽을 수 있었는데…… . 제기이일…… 죽을 수 있었는데……."

왜 이렇게 죽기 힘드냐아. 그는 답답해 죽겠다는 듯 말했다. 그의 귓가로 바닥에 부딪치는 구두 굽 소리가 들렸다. 또각또각 들려오는 소리가 굉장히 정갈하다.

애쉬는 제 푸념을 내뱉다가 엉뚱한 생각을 했다. 거참, 걸음 소리 한번 나풀나풀 춤추듯 가볍구먼. 그 소리는 점점 커졌다. 애쉬는 고개를 푹 숙인 상태에서 천천히 머리를 흔들며 주억거렸다.

"어이구야······. 언 아가씨가 이 비천한 소인의 꿈에 드셨나이까아."

애쉬는 여전히 술에 취해 있어서인지 현실과 꿈을 구분하지 못했다. 그는 자신이 짧게 꿈이라도 꾸는 모양이다 생각하며 킬킬 웃음을 쪼갰다.

그때였다. 그 가까이 다가온 걸음 소리가 뚝 끊긴 것은. 그와 동시에 주점 특유 술과 안주 냄새, 그리고 땀에 찌든 사내들의 땀내로 뒤섞여 있던 쾌쾌한 냄새가 아닌 향기로운 이름 모를 꽃향기가 훅 하고 끼쳤다.

"당신이 '죽지 않는 붉은 눈의 용병' 애쉬인가요?"

방금 전 늦봄이라 저에게 조롱하듯 말하던 꾀꼬리 같은 여성의 음성이 머리 위로 들려왔다. 푹 숙여진 애쉬의 고개가 천천히 들어 올려졌다. 여전히 술기운이 진득하게 남아 흐린 초점이지만 처음보다는 선명해져 시선이 절로 올라갔다. 그가 고개를 들어 제 위에 서 있는 이를 올려다보았다.

새까만 밤의 어둠을 머금었음에도 여전히 빛나고 있는 금발이 먼저 눈에 들어왔다. 밤하늘에 떠 있는 창백한 은의 달빛을 받아 그녀의 머리카락이 아련하게 부서질 듯 반짝거렸다.

음영이 져서 얼굴은 제대로 보이지 않았지만 티끌 하나 없는 깨끗한 피부와 갸름한 얼굴선은 확실히 보였다. 덧붙여 아름다운 이목구비까지. 살짝 내려가 선해 보이는 눈매와 높은 콧대, 붉은 입술이 조화롭게 이루어져 아름다운 외모를 만들어 냈다.

아름다운 금발의 미녀가 고급스러운 드레스를 입고 그를 내려다보고 있었다. 그녀의 붉은 눈동자가 잔잔한 심연처럼 가라앉아 고요하게 빛을 발하고 있었다.

애쉬는 그녀를 멍청히 올려다보았다. 그녀는 몹시 아름다웠지만 그 찬란한 외모 때문에 넋을 놓은 것은 아니었다. 그녀의 말갛게 빛나는 붉은 눈 때문이었다. 어둠이 내려앉은 골목 너머에서도 선명히 보이는 그녀의 붉은 눈이 너무나도 맑고 투명한 진홍색이라서.

그동안 잊으려 애쓰고 애썼던 이가 절로 떠오를 정도로 투명한 진홍색이라서.

그가 절로 미간을 찌푸리며 시선을 돌려 고개를 거칠게 저었다. 마치 꿈이라면 지금 당장 깼으면 좋겠다는 듯. 그러나 그녀는 신기루나 환각처럼 사라지지 않았다. 그가 저도 모르게 한 손으로 제 머리통을 부여잡으며 끙끙거리며 신음을 내뱉었다. 그의 머리 위로 청아한 여인의 웃음소리가 들렸다.

"설마 꿈이라 착각하시는 건 아니겠죠? 애쉬 안단테 울 파르네세?"

웃음기 다분한 그녀의 말이 떨어지기 무섭게 애쉬는 몽롱한 정신이 확 깨는 것을 느꼈다. 애쉬가 눈을 크게 뜨고 그녀를 다시 올려다봤다. 그는 저도 모르게 쭈그려 앉았던 몸을 벌떡 일으키며 더듬더듬 허리춤에 매단 칼자루를 향해 손을 뻗었다. 그러면서 그의 시선은 그녀에게 꽂히듯 향해졌다.

술에 절여져 초점이 흐린 멍한 눈동자가 아닌 날카로운 매의 눈동자가 이글거렸다. 그 강렬한 눈빛을 받고 있던 그녀가 어깨를 가볍게 으쓱하더니 한손으로 뺨을 매만지듯 감싸 쥐며 수줍다는 듯 말했다.

"그렇게 뜨거운 시선으로 봐 주시면 소녀, 몸 둘 바를 모르겠답니다."

"……아칼리템에서 왔나? 8년이나 지난 지금, 파르네세의 혈족이 살아 있다는 것을 어찌 알고? 황제가 나를 찾아 죽이라 하더냐?"

칼자루를 쥔 애쉬의 손끝이 바르르 떨렸다. 그는 마른침을 삼키며 거칠어진 어조로 그녀를 위협하듯 말했다. 그에 그녀는 제 뺨을 감싸 쥐고 있던 손을 내리며 그를 똑바로 마주 보았다.

말없이 빤히 바라보는 금발 미녀의 홍안에 애쉬의 두 눈이 속절없이 흔들렸다. 곧 그는 자신이 쥐고 있던 칼자루에서 손을 떼고 헛웃음을 내뱉었다.

"그래. 까짓것, 비참하게 살아남은 쓰레기만도 못한 목숨. 가져가거라."

그는 이미 모든 것을 포기한 모습이었다. 애초에 삶에 애착도, 이유도, 목적도 없었던 그였으니 당연했다. 오히려 왜 이제야 왔느냐 성을 내고 싶어 하는 것 같았다.

"안타깝게도, 당신의 목숨을 빼앗으러 온 사신은 아니랍니다."

그가 어깨를 축 내리고 얼른 목을 베라며 바닥에 무릎까지 꿇었다. 그녀 앞에 무릎 꿇고 고개를 푹 숙여 뒷목을 내보인 것도 모자라 눈까지 감았는데 밝은 목소리가 들렸다.

"난 당신에게 청혼하러 온 거예요. 애쉬."

"……뭐?"

눈을 감고 목이 잘릴 순간만을 기다리고 있는데, 청천벽력과도 같은 말이 나왔다. 애쉬가 저도 모르게 헛바람을 삼키며 그녀를 올려다보았다. 그녀는 그를 보며 빙긋이 웃으며 말했다.

"당신이 그렇게 제 앞에 무릎 꿇고 있으니까, 오히려 제가 청혼하는 것이 아니라 그대가 저에게 하는 것 같군요."

장난기가 담긴 그녀의 어조에도 애쉬는 상황파악이 되지 않는지 눈만 깜박일 뿐이었다. 넋을 놓고 자신을 올려다보는 애쉬에 웃음이 터졌는지 그녀가 한 손을 들어 입가를 가리며 가볍게 웃었다. 애쉬가 그에 발끈해 무릎 꿇고 있던 한쪽 다리를 들어 올려 세우며 신경질적으로 소리쳤다.

"방금, 뭐라 한……!"

"청혼하러 왔다고요."

"허? 이 아가씨가, 지금 무슨 말을?!"

제정신인가? 그가 당혹과 혼란으로 뒤섞인 표정으로 그녀를 올려다봤다. 그녀는 그를 향해 예쁘게 미소 지으며 입을 가리고 있던 손을 내려 드레스 자락을 살짝 들어 올리고 우아하게 인사했다.

"처음 뵙겠습니다. 애쉬 안단테 올 파르네세. 소녀, 칼레이저가의 공녀, 아즈라엘이라 합니다."

"허?"

말도 안 돼. 애쉬가 넋 나간 어조로 중얼거렸다. 칼레이저가라니. 현재 애쉬가 머무는 제국의 5대 공작가 중 하나이지 않은가. 그 가문의 공녀라면 필히 유일한 공녀인 철의 공녀밖에 없을 것이다.

20대가 되었음에도 쏟아지는 청혼들을 모조리 거절하고 홀로 공작가를 지키고 있는 아름다운 여인. 그게 바로 눈앞에 있는 그녀란 말인가? 지나가는 말로 들었던 공녀의 이름이 저 이름이 맞기는 한 것 같은데, 애쉬는 쉽사리 믿을 수가 없었다. 그런 그를 향해 그녀가 우아하게 인사하던 몸짓을 단정히 수습하며 말했다.

"지금 못 믿겠다는 표정이네요."

"지금 그걸 말이라고……?"

"어떻게 하면 믿으실 건가요? 애쉬."

상냥하게 말하는 그녀의 어조와 몸짓은 고위귀족의 자제다운 우아함과 고고함이 있었다. 높낮이가 일정한 음성은 청아하였으나 그 속에 귀족으로서의 도도함도 담겨 있었다. 그녀에겐 아이다 제국 특유 귀족의 느낌이 물씬 났다.

믿지 않으려고 해도 그녀의 말을 부정할 수는 없었다.

그는 의문이 생겼다. 그래서 물었다.

"왜, 어째서……."

그의 혼란으로 가득한 눈을, 그 얼굴을 내려다보며 아름다운 칼레이저가의 강철의 공녀 아즈라엘이 빙그레 웃으며 상체를 숙였다. 그의 얼굴 가까이 상체를 숙인 그녀가 속삭이듯 말했다.

"네이첼을 만나고 싶지 않으신가요. 애쉬."

"……!!"

8년 동안 가장 잊고 싶었던 이름이었다. 네이첼. 그 이름은 애쉬의 누이 이름이었다. 가엾게도 형장의 이슬이 되어 사라지고, 죽어서도 능욕당했던 가여운 나의 누이. 애쉬의 두 눈이 속절없이 흔들렸다. 그의 손끝이 바르르 떨렸다. 애쉬는 흔들리는 제 손끝을 가리기 위해 양손을 꽉 쥐고 그녀를 노려보았다.

"네이, 네이첼을 어떻게 아십니까!"

그 이름은 나와서는 안 되는 이름이었다. 애쉬가 의문과 흥분이 짙게 묻어난 어조로 소리쳤다. 그에 그녀가 숙였던 상체를 들어 올리며 말했다.

"나는 다 알 수 있어요. 애쉬. 당신의 가문이 억울하게 반역죄를 뒤집어쓴 것도 알고, 당신의 누이가 처형을 당한 것도 알아요. 그리고 죽은 그녀의 심장을 파먹은 괴물이 있다는 것도 알죠."

애쉬의 가문이 반역죄를 뒤집어쓴 것과 누이의 처형은 아칼리템뿐만 아니라 대륙 온 나라에도 소문이 퍼져 알 수 있는 사실이었다. 하지만 마지막 말은 애쉬만 알고 있던 사실이었다. 애쉬가 눈을 부릅뜨고 그대로 얼어붙었다. 어찌 그 사실을 알고 있느냐는 눈빛이 역력했다. 부릅뜬 애쉬의 시선에 그녀는 안타까운 듯 웃었다.

"모든 일에는 원인이 있어요."

"……?"

"나는 그 원인을 뿌리부터 뽑아내고 싶어요. 우리는 공통점이 있어요. 애쉬. 같은 원인으로부터 피해를 입었죠. 그건 슬프고 괴롭고 힘든 경험이었어요. 죽고 싶을 만큼."

그녀는 그리 말하며 차분한 분노와 슬픔을 적나라하게 드러냈다. 붉은 입술을 살짝 깨물며 말하는 그녀의 모습이 순간 위태로워 보였다. 애쉬는 멍청히 눈을 깜박였다. 대제국의 공녀가 자신과 같은 이유로 슬프다고 한다. 같은 원인으로부터 피해를 입었다 한다. 애쉬는 이해할 수 없는 말을 내뱉는 그녀를 오묘한 시선으로 올려다보았다.

"애쉬, 나는 당신이 얼마나 힘들게 살아왔는지 알아요. 얼마나 괴롭게 살아왔는지 알아요. 우리는 서로 소중한 것을 잃었어요. 허무한 인생이죠. 애쉬, 당신은 외톨이죠. 저 역시 그래요. 전 영원히 외톨이일 거예요. 나를 도와줘요, 애쉬."

그녀가 상체를 숙여 애쉬의 어깨에 양손을 얹으며 애원하듯 말했다. 가련한 그녀의 말에 애쉬는 마른침을 삼키며 그녀를 마주 봤다.

"저는 일개 용병 나부랭이일 뿐입니다. 공녀. 하물며 반역죄를 저지른 죄인이고요. 이런 제가 당신에게 무슨 도움을 준단 말입니까?"

"당신에게 많은 걸 바라지 않아요. 그냥 나와 혼인해 주면 돼요."

"혼인이요? 공녀, 이런 하잘것없는 용병과 혼인이라니요. 공녀의 가문에 누를 끼칠 것입니다. 오히려 이것은 폐입니다."

"그렇지 않아요. 애쉬. 나는, 나는…… 당신의 피가 필요해요. 당신의 피를 이은 아이가 필요해요."

기어코 그녀가 마지막 말을 내뱉자 애쉬는 숨을 쉴 수가 없었다. 공녀는 미친 것이 분명하다. 반역자의 피를 이은 아이가 필요하다 말한 것인가? 그는 차마 말을 내뱉지도 못하고 입을 뻐끔거릴 뿐이었다.

그의 반응에 공녀 아즈라엘이 털썩 주저앉아 애쉬와 시선을 마주했다. 그녀는 애쉬의 주먹 쥔 손을 하나 잡아 양손으로 감싸 쥐며 절절한 시선으로 말했다.

"우리 가문은 큰 저주에 걸렸어요. 애쉬. 아주 크고 지독한 저주

죠. 저는 그 저주를 풀고 싶어요. 그러기 위해선 타인의 피가 필요해
요. 당신이 필요해요. 알아요, 애쉬. 그렇다면 다른 귀족가의 자제들
과 혼인해도 상관없을 테죠. 하지만, 하지만요. 나는 붉은 눈이 필요
해요. 내 피가 붉은 눈을 가진 이가 아니면 안 된다고 말하고 있어
요."

가문의 핏줄은 붉은 눈에 집착했다. 그렇기에 아즈라엘은 그것을
피하기 위해 애썼다. 그러던 중 그녀는 꿈을 꿨다. 눈부신 금발의 여
자아이가 푸른 눈을 가늘게 접어 웃으며 제 손을 잡아 주었다. 그를
찾아 달라고.

"그게 무슨……!"

"애쉬, 믿어 주세요. 저는 매일 밤 꿈을 꿔요. 당신의 누이를 만난답
니다. 그녀가 말갛게 웃으며 그대를 찾고 있다고 했어요. 그래서 저는
당신을 찾아온 것이에요."

누이가, 누이가 저를 찾고 있다고요? 애쉬가 차마 말을 온전히 다
내뱉지 못하고 휘둥그레진 눈을 깜박였다. 그러나 이내 자조적인 미
소를 지으며 중얼거리듯 말했다.

"누이가 저를 많이 원망하고 있나 봅니다. 관련도 없는 공녀의 꿈에
나타날 정도면."

언뜻 그녀의 말을 온전히 믿지 못해 조롱하는 뜻이 담긴 어조이기
도 했다. 아즈라엘은 고개를 저었다.

"그녀는 당신을 원망하지 않고 있어요. 당신이 보고 싶댔어요. 당신
을 만나고 싶어서 찾아왔다고 했어요. 오! 애쉬, 믿어 주세요. 그녀는
분명 당신을 기다리고 있어요."

아즈라엘의 말에 애쉬가 입을 벌리고 멍한 표정으로 눈을 깜박였
다. 반란이 있기 전까지도 누이는 저를 두려워했었다. 그런 아이가 자
기를 찾고 있다니……. 애쉬는 제 손을 양손으로 꼭 감싸 쥐는 공녀의
손을 뿌리치지 못하고 멍청히 눈을 깜박였다.

이내 그의 눈시울이 붉어졌다. 그는 시야가 흐려짐을 느꼈다. 그의 눈가가 축축해졌다. 그가 더듬더듬 입을 열어 물었다.

"정말, 정말로…… 그리 말했습니까? 정말로요? 절 원망 안 한다고 했나요? 절 증오하지 않는다고 했습니까?"

울음이 뒤섞인 애쉬의 물음에 그녀가 자애롭게 웃으며 고개를 크게 끄덕였다. 그녀는 애쉬의 손을 잡고 있던 손 하나를 들어 그의 눈가를 한손으로 문질러 눈물을 훔쳐 주며 말했다.

"당신을 찾고 있다고 했어요. 당신을 만나고 싶다 했어요. 기다린다고 했어. 그러니까 제가 반드시 만나게 해 줄게요. 꼭 다시."

애쉬는 눈물을 훔쳐 주는 그녀의 손길을 받아들이며 느리게 눈을 깜박이며 덜덜 떨리는 어조로 다시 물었다.

"내가, 내가…… 당신과 혼인하면, 정말로, 진실로…… 네이첼을 다시 만날 수 있습니까?"

"맹세해요. 당신은 훗날 반드시 그녀와 다시 만나게 될 거예요. 내가 그렇게 해 줄 거예요."

무슨 대가를 치르게 되더라도. 그녀의 진지한 대답에 애쉬가 천천히 고개를 끄덕였다. 애쉬는 그녀를 믿기로 했다. 난생처음 보는 여인의 말인데도 어째서 이렇게 신뢰가 되는지 모르겠다. 그는 속으로 의문을 표하면서도 자신의 손을 감싸 잡는 그녀의 손을 뿌리치지 못했다.

실로, 오랜만에 느껴 보는 따뜻함에 애쉬는 어쩐지 눈물이 날 것만 같았다.

그는 그날, 주점이 늘어선 평민의 거리에 자리한 협소하고 볼품없는 주점 건물 앞에서 고귀하고 아름다운 칼레이저가의 강철 꽃이자 유일무이한 공녀, 아즈라엘의 청혼을 받았고, 그것을 받아들였다.

이것이, 그가 아이다의 영웅으로서 일어서는 시초이자, 머나 먼 훗날 자신의 사랑하는 누이를 만나기 위한 머나먼, 기나 긴 길의 시작이었다.

그 둘의 인연이 이어진 그 순간, 금발의 여자아이가 멀지 않은 곳에 서서 말없이 지켜보고 있었다.

금발의 여자아이 파이는 서로의 손을 마주 잡고 있는 두 사람을 보며 빙그레 웃었다. 아즈라엘은 자신의 부탁대로 그를 찾아 주었다. 그리고 약속해 주었다. 반드시 자신과 만나게 해 주겠다고. 그 어떤 대가를 치르게 되더라도. 반드시.

파이는 그녀의 배려에 감사하며 해사하게 웃으며 그 자리에서 아스라이 사라졌다. 자, 다음으로 넘어가자.

그녀의 마지막 날 밤으로.


타닥타닥 장작불에서 터져 나와 치솟는 불꽃들이 서로 부딪쳐 소리를 냈다. 저택 바깥은 싸늘한 겨울여왕의 영향을 받아 몹시도 차가운 바람이 휘몰아쳤다.

이따금 복도의 창가를 사납게 두드리는 바람의 아이들의 소리도 들렸다. 그럼에도 저택 안은 몹시도 조용하고 고요했다. 저택은 평온에 감싸여 고요한 침묵을 안겨 주었다.

그 저택의 안주인 방에 고급스러운 소재로 만들어졌으나 보통 고위 귀족의 그것에 비해 검소하기 짝이 없는 침대와 심플한 가구들이 정갈하게 배치되어 있었다.

침대의 중앙에 단아하게 늙은 백금발의 여인이 눈을 감고 가느다랗게 숨을 내쉬고 있었다. 그 가까이에 늙은 남자가 의자에 앉아 그녀의 잠이 든 것 같은 평온한 표정을 지켜봤다.

하얗게 발했지만 이따금 남은 갈색 머리카락이 뒤섞인 머리를 말끔히 쓸어 올려 하나로 묶은 노년의 남자의 붉은 눈이 깊은 수심에 빠져 가라앉아 있었다.

"이제 곧, 죽어?"

그가 멍하니 그녀의 평온한 얼굴에서 시선을 떼지 않고 있는데 누군가 물었다. 몹시도 어리고 가녀린 목소리였다. 마치 바람 소리처럼, 환청처럼 희미하게 들려오는 소리.

그에 노년의 남자가 화들짝 놀라 어깨를 가볍게 들썩이며 눈을 깜박였다. 그가 드디어 그녀에게서 시선을 떼고 주변을 빙글 둘러보았다. 주변엔 역시 그와 그녀를 제외하고는 아무도 없었다.

잘못 들었나…….

그가 멍청히 그렇게 중얼거리는데 다시 어린아이의 목소리가 들렸다.

"그녀는 곧, 죽는 거야?"

처음보다 몹시도 또렷한 목소리에 그가 나이 먹고 드디어 귀까지 먹었나 싶어 허허 웃었다. 그가 눈을 감고 고개를 절레절레 흔들었다. 제국 제일의 검사라 하여도 역시 세월은 못 이기나 보다. 그가 자조하듯 가볍게 웃음을 터트렸다. 그때였다. 잔주름이 생기고 온통 굳은살이 박인 투박한 그의 손등을 몹시도 보드라운 아이의 손이 덮었다.

보송보송하고 작은 아이의 손이었다. 그가 고개를 숙여 제 손등을 보니 하얀 고사리 손이 보였다. 그 손을 따라 시선을 옮기니 하얀 드레스를 입은 금발의 여자아이가 서 있었다.

대략 8살 정도 되었을까. 여자아이는 그가 저를 쳐다보자 배시시 웃었다. 하얀 얼굴에 미소 짓는 파란 눈동자가 몹시도 인상 깊었다. 아이의 미소에 그가 저도 모르게 따라 웃다가 의아한 듯 고개를 갸웃 기울였다.

저택 내에 이렇게 어린 여자아이가 있었던가…….

하지만 정말로 이상한 것은 눈앞에 나타난 여자아이의 정체를 알 수 없음에도 이 소녀가 그렇게 의심스럽지 않다는 것이다. 낯설지 않은 느낌이 들었다.

"애야, 어떻게 여기 들어왔니?"

그의 물음에 아이는 말없이 웃을 뿐이었다. 아이의 말간 미소를 빤히 쳐다보던 그가 결국 그 미소를 따라 지었다.

아무리 봐도 처음 보는 아이인데 왜 이다지도 낯설지 않을까. 왜 이렇게 가슴이 두근두근 거리며 설렐까. 아이는 그를 빤히 바라보며 미소를 지우지 않았다. 그의 질문에 아이가 입을 오물거렸다.

"이름이, 뭐예요?"

"나 말이니? 나는…… 나는 애쉬라고 한단다."

"애쉬……."

아이가 그를, 아련한 듯 불렀다. 애쉬는 저도 모르게 가슴이 뭉클해짐을 느꼈다. 왜 어째서 이런 기분이 들까. 의문이 들었지만 깊게 생각할 순 없었다.

곧이어 해사하게 웃는 아이의 미소 때문에 그 어떤 생각도 할 수 없었다. 아이는 그를 양팔을 벌려 껴안았다. 살짝 까치발을 들어 의자에 앉은 애쉬를 와락 껴안은 소녀가 기쁘다는 듯 그를 불렀다.

"애쉬."

그는 갑작스럽게 어린 소녀에게 안긴 꼴이 되었다. 그가 눈을 휘둥그렇게 뜨고 깜박였다. 갑자기 이게 무슨 일일까 하는 의문이 들었지만 작은 아이가 저를 않은 손을 놓지 않고 있자 이러지도 저러지도 못하고 눈동자만 데굴데굴 굴릴 뿐이었다.

아이가 잠시 동안 그를 안고 있던 양팔을 풀며 한 걸음 물러났다. 아이가 물러나자마자 이번엔 애쉬가 물었다.

"너는 이름이 무엇이니?"

"……."

아이는 다시 침묵했다. 침묵하는 아이의 얼굴빛이 몹시도 서글퍼 보였다. 결국 그는 아이에게서 어떠한 답도 받을 수 없었다. 그가 안타까움에 아이에게 손을 뻗었다. 아이는 물러나지 않고 자신에게로 향하는 애쉬의 손길을 받았다.

투박한 그의 손이 아이의 도톰한 뺨에 닿았다. 거친 손길임에도 아이는 말갛게 웃으며 그의 손길을 거부하지 않았다. 애쉬는 손가락에 닿는 말랑말랑하고 보드라운 아이의 뺨을 멍청히 쓰다듬었다.

아이가 양손을 들어 제 뺨을 쓰다듬는 애쉬의 손등을 덮어 감싸 잡았다. 그러자 그의 손등도 보드라운 아이의 손에 감싸였다.

"이런, 아가야. 어디서 이렇게 다친 것이니?"

애쉬는 제 손등을 덮는 아이의 손을 쳐다보다 상처투성이임을 알게 되었다. 그는 몹시도 놀라 아이의 뺨을 매만지던 손을 떼고 그 작은 손을 조심히 잡으며 물었다.

그의 질문에 아이는 역시 대답이 없었다. 그는 낮은 탄식과도 같은 한숨을 내쉬면서 제 재킷 주머니에서 하얀 손수건을 꺼내 상처투성이인 아이의 손에 붕대처럼 휘감아 묶어 주었다.

아이는 그가 제 손에 손수건을 묶어 주는 것을 말없이 지켜보았다. 파란 아이의 눈동자에 그의 모습이 가득 비쳤다. 그는 아이의 손에 손수건을 단단히 매듭져 주고는 그 손으로 동그란 그녀의 정수리를 톡톡 쓰다듬어 주었다.

"혹시 배고프진 않니? 뭐라도 갖다줄까?"

"……응, 배고파."

몇 번의 질문 끝에 드디어 듣게 되는 대답이었다. 애쉬는 아이의 대답에 얼굴을 활짝 펴며 앉아 있던 몸을 일으키며 말했다.

"조금만 기다려 주겠니? 간단한 요깃거리를 챙겨 오마."

그의 말에 아이가 말간 미소를 지은 채 고개를 크게 끄덕였다. 아이의 대답을 듣자마자 그는 지체 없이 성큼성큼 걸어가 방을 나섰다. 그가 안주인의 방에서 온전히 사라질 때까지 그 등만 쳐다보던 아이가 고개를 돌려 침대로 시선을 옮겼다. 침대에는 여전히 평온한 숨소리를 내뱉으며 잠에 나락에 빠져 있는 단아한 인상의 부인이 누워 있었다.

소녀는 그녀에게 조심스럽게 다가갔다. 침대 가까이로 다가간 그녀는 그 위로 올라갔다. 그러고는 조심스럽게 무릎걸음으로 걸어가 그녀 바로 앞에서 멈춰 조심스럽게 옆으로 앉아 상체를 숙였다.

그녀가 깨지 않게 조심스럽게 손을 뻗은 소녀는 그 손으로 주름졌으나 여전히 단아하고 아름다운 인상이 남은 노부인의 얼굴을 쓰다듬었다. 그러고는 속삭이듯 말했다.

"아즈라엘, 당신은 분명 어떤 대가를 내주었겠죠? 그 대가는 당신이 내서는 안 되는 거였어요. 그러니까 다시 돌려줄게요."

아이는 몹시도 의미심장한 말을 내뱉었다. 그녀의 손길을 잠결에라도 느낀 것일까? 아니면 그녀가 잃었던 대가를 돌려주겠다는 말을 들어서일까 노부인, 아즈라엘이 희미하게 웃었다. 그에 금발의 여자아이가 기쁘다는 듯 따라 웃었다.

"그러니까, 부디 부탁할게요. 나중에 애쉬가 다시 태어나게 되면 그때도 내 오빠의 곁에 있어 줄래요?'

그는 분명 외로운 사람이라서, 당신 같은 찬란히 빛나고 상냥하고 다정한 사람이 아니면 안 될 것 같아요. 제 욕심일까요? 여자아이는 재잘거리듯 속삭이고는 이내 고개를 좀 더 숙여서 잠든 그녀의 뺨에 가볍게 키스하고는 일어서 엉금엉금 뒤로 기어가 침대에서 빠져나왔다.

그러고는 여전히 잠이 든 그녀를 향해 살포시 무릎을 접고 지저분한 치맛자락 양쪽을 가볍게 들어 올리며 예를 갖춘 인사를 했다. 인사를 마친 소녀는 미련 없이 그녀에게서 돌아서 애쉬가 나갔던 문을 향해 걸어갔다.

소녀는 닫혀 있던 문의 손잡이를 돌려 문을 열었다. 문 너머는 불이 꺼져 있는지 몹시도 어두워 보였다. 금발의 여자아이는 어두운 문밖을 쳐다보고 다시 고개를 돌려 침대에 누워 있는 노부인을 향해 말했다.

"잘 자요. 아즈라엘."

꼭 다시 봐요. 그녀가 마지막 인사를 하고 문 너머로 걸어갔다. 작은 소녀가 그 너머로 사라지자 문이 저절로 닫혔다. 덜컹. 완전히 닫힌 소리가 남과 동시에 깊은 수면의 나락에 빠져 있을 노부인의 눈가에 이슬 같은 눈물이 맺혀 옆얼굴을 타고 떨어졌다.

그리고 다시 안주인의 방은 고요한 침묵이 내려앉았다. 이따금 부딪치는 불꽃 소리를 빼고는 평온하고 고요한 밤의 시간이었다.

수만 개의 문이 존재하는 이면의 세계에 곰의 머리를 한 신이 낡아빠진 문 앞에 가부좌를 틀고 앉아 있었다. 하얀 옷을 입은 그는 그 존재 자체만으로도 은은히 빛을 발하는 몹시도 고귀하고 신성한 존재였다. 그의 어깨에 분홍색 머리카락의 여왕이 몹시도 가라앉은 분위기를 뿜어내며 앉아 있었다.

신은 그녀를 배려해 따라 침묵했다. 그때였다. 그가 등지고 있던 문의 손잡이가 빙그르 돌려졌다. 그와 동시에 달칵 열리며 신의 등을 쳤다. 신이 놀라 왁 하고 가볍게 비명을 내지르자 덩달아 여왕도 놀라 꺅 비명을 질렀다. 그리고 살짝 열린 문 너머에서도 앳된 여자아이의 짧은 비명이 흘러나왔다.

비명이 연달아 세 번 튀어나왔다. 신은 문에 맞은 등을 한 손으로 매만지며 어기적거리며 몸을 일으켰다. 그 반동으로 어깨에 매달린 여왕이 균형을 잃고 휘청 흔들렸다.

신은 몸을 일으키고 돌려 살짝 열린 문의 손잡이를 잡아당겼다. 문 너머가 보였다. 문 너머는 신기하게도 텅 비어 있었다. 아니 정확히는 이면의 세계가 투영된 것처럼 새까만 밤의 세계였다. 그리고 그 문 바로 앞에 이마를 잡고 주저앉은 금발의 여자아이가 있었다. 그 모습에 신이 화들짝 놀라 말했다.

"맙소사! 파이."

"힝……. 아파, 신."

파이는 신의 목소리에 한껏 엄살을 부렸다. 양손으로 문에 부딪친 이마를 부여잡으며 고개를 살짝 들어 그를 올려다봤다. 새파란 아이의 눈동자가 찔끔 난 눈물로 반질거렸다.

신이 부랴부랴 엉덩방아를 찧고 주저앉은 아이에게 손을 뻗었다. 그가 파이의 작은 몸을 들어 일으키자 아이가 일어나 바닥에 발을 내딛는다.

"신이 문 앞에 막고 있었어?"

"미안, 난 그냥…… 네가 걱정돼서…….."

"걱정해 주는 건 고마워. 하지만 문을 막고 있으면 어떡해? 있는 힘 껏 밀었단 말이야."

파이가 저를 일으키는 손을 가볍게 밀어내며 한 걸음 물러나 제법 조곤조곤한 어조로 말했다. 그러고는 입을 삐쭉 내밀고 조금 붉어진 이마를 한 손으로 가리켰다. 봐봐. 빨개졌지? 아이의 타박에 신이 어색하게 웃었다.

그가 손을 뻗어 파이가 가리킨 이마를 덮고 있는 앞 머리카락을 들 춰 냈다. 그녀의 말대로 하얗고 단아한 이마는 빨갛게 변해 있었다. 제대로 문에 이마를 부딪쳤는지 곧 멍이 들 낌새였다. 그가 쩝 하고 입맛을 다시며 말했다.

"정말 미안."

그의 사과가 끝남과 동시에 파이의 이마를 만지는 신의 손바닥에서 따뜻한 빛이 서서히 나타났다. 그 빛은 언젠가 받아 본 적이 있던 치유의 빛이었다.

그녀가 종종 조심성 없게 넘어지거나 다치거나 아프거나 할 때 받 았던 라반의 신력에서 발생하는 빛과 같았다. 아니 라반의 신력으로 이루어진 빛보다도 더 신성하고 따뜻한 빛이었다.

그의 청량한 향이 나는 빛을 받으며 파이는 눈을 살며시 감았다가 떴다. 절로 정신이 개운해지고 맑아지는 기분이었다. 물론 이마에 느껴지는 통증 또한 거짓말처럼 사라졌다.

"어때? 이젠 안 아파?"

"응. 안 아파. 신, 고마워."

파이는 통증이 가신 제 이마를 신기한 듯 만지작거리며 배시시 웃었다. 신은 아이의 시선에 맞춰 한쪽 무릎을 구부리고 앉아 파이의 말간 얼굴을 빤히 바라봤다. 티끌 하나 없이 하얀 얼굴에 불그스름한 홍조가 졌고 눈가가 붉게 달아올라 있었다.

이제 보니 아이의 눈도 조금 붉게 충혈되어 있어 누가 봐도 울고 난 후의 눈이었다. 눈물을 흘린 자국마저 역력하게 남아 있었다. 그것을 빤히 지켜보던 신이 나지막이 한숨을 내쉬고 아이의 눈가를 제 엄지로 문지르면서 말했다.

"울었니?"

"응."

파이는 생각보다 침울하지도, 우울하지도, 슬프지도 않은 지극히 잔잔한 어조로 솔직하게 답했다. 그러고는 방긋이 웃었다. 그녀의 그 미소가 안타까운데도 어쩐지 조금 개운해 보이기도 했다. 착각일 수도 있겠지만. 많이 운 만큼 아이는 한층 더 성숙해진 것 같았다. 고작 8살짜리 아이가 말이다.

굉장히 밝고 쾌활한 아이가 갑자기 조숙해진 것 같아 조금은 가여운 동시에 대견하고 자랑스럽다 생각한 신은 맑갛게 웃는 그녀의 미소에 따라 웃었다. 신은 분명 그녀가 어떤 선택을 하든 간에 존중해 주기로 했다. 그러기로 마음을 먹었다.

그로 인해 아이가 몹시도 슬퍼하고 괴로워하겠지만 그래도, 그럼에도 그녀라면 파이라면 잘 이겨 낼 거라 믿었기 때문이다. 그녀를 믿은 그의 마음에 보답하듯 아이의 새파란 눈동자를 언제나처럼 영롱하게 반짝거렸다.

햇살이 기분 좋게 떨어지는 평온한 정오의 잔잔한 호수처럼.

곰의 얼굴을 한 신이 단춧구멍만 한 금색 눈을 가늘게 접으며 웃었다. 그에 파이 역시 눈꼬리를 가늘게 접고 해사하게 웃으며 재잘거리듯 입을 뻐끔거렸다. 그러나 아이의 청아한 목소리는 잘게 떨렸다.

마치 터져 나올 것 같은 슬픔을 필사적으로 참듯.

"많이 울었어. 울지 않을 수가 없었는걸. 너무너무 슬퍼서 자꾸만 눈물이 났어. 파이는 너무 모르고 있었어. 오빠가 그렇게 괴롭고 힘들어하는 줄 모르고 있었어. 네이첼은 바보야. 그리고 파이도 바보야. 오빠의 마음을 전혀 헤아려 주지도 못했잖아. 한 번도 오빠에게 다가가지 못했어. 밀어내고 멀리할 뿐, 네이첼은 오빠에게 상처만 줬던 거야."

"파이, 그것은 네이의 잘못도 너의 잘못도 아니란다. 그것은 어쩔수 없는 본능이었어. 네이첼은 어렸고, 그 어린 나이에 무서운 경험을 했어. 그녀에겐 그게 최선이었단다. 파이, 오! 세상에. 아가야. 널 자책하지 말아 주렴."

"하지만 신, 나는, 나는……."

아무리 생각해도 그녀를 용서할 수 없을 것 같아. 파이가 차마 마지막 말을 내뱉지 못하고 왈칵 울음을 터트렸다. 꿋꿋하게 참고 있었던 아이의 말간 얼굴이 순식간에 일그러졌다. 신이 다급히 아이의 작은 몸을 껴안으며 그 등을 토닥였다. 파이는 신을 거부하지 않고 그의 품에 안겨 엉엉 울며 말했다.

"얼마나 괴로웠을까! 얼마나 슬펐을까! 우리 불쌍한 오빠! 가여운 내 오빠!"

그 여리고 상냥하고 다정한 사람이 제 누이의 최후를 목격했다. 저 홀로 살아남은 것에 평생을 죄책감에 시달려 살았다. 죽지 못해 살고, 살지 못해 죽은 것마냥 이리저리 휘둘려 살아갔다.

가여운 사람, 가여운 나의 오빠. 그녀는 과거에도 현재에도 가엽게도 홀로 넘쳐나는 슬픔을 끌어안고 있는 파람을 떠올렸다. 아이가 신의 앞섶을 잡아 흔들며 말했다.

"네이첼은 나쁜 아이야! 그런 아이가 뭐가 예쁘다고 500년을 기다려!"

파람은 분명 차마 어떠한 말도 못하고 홀로 끙끙거리며 버티고 버텼을 것이다. 눈앞에 자신이 있는데도, 끝내 파이에게 어떠한 말도 하지 못했다. 제 큰 슬픔 또한 나누려 하지 않고 홀로 묵묵히 감싸 안았다. 파이는 신의 품에 얼굴을 비비며 눈물을 쉴 새 없이 떨궈 냈다.

드디어 태어난 그녀를 제 품에 안았을 때 파람은 과연 어떤 기분이었을까?

드디어 오빠라 부르며 안기는 그녀를 마주 보며 파람은 과연 어떤 마음이었을까?

과거의 누이가 하지 않았던 행동을 하는 현재의 그녀를 보며 그는 얼마나 말하고 싶었을까. 자신이 과거에도 현재에도 너의 오빠라고. 얼마나 말하고 싶었을까…….

얼마나…….

파이는 끊임없이 흘러나오는 절절한 슬픔을 내보이며 파람을 애틋하게 불렀다. 얼마나 힘들었을까, 얼마나 괴로웠을까, 얼마나 외로웠을까. 신은 하염없이 눈물과 울음을 쏟아 내고 토해 내는 파이의 작은 머리통을 투박한 제 손으로 쓰다듬으며 다독였다.

그의 어깨에 앉아 조용히 상황을 지켜보던 여왕은 결국 슬픔을 참지 못해 신의 밝은 갈색 곰 털로 이루어진 굵직한 목에 얼굴을 묻었다. 가여운 나의 파이, 나의 소녀가 저토록 괴로워하는데 아무것도 해 줄 수 없는 것이 여왕을 더욱더 비참하게, 슬프게 만들었다.

2년 전이라면 그녀의 슬픔을 함께 나누며 다독였을 터지만 이제는 그것마저 불가능해졌다. 파이가 그녀를 기억하지 않은 이상, 그녀가 자신을 보지 않는 이상 여왕은 아이에게 절대로 다가갈 수 없을 것이다.

다가간다 하여도 손바닥 위에 얹어진 한 줌의 모래알처럼 손 틈 사이로 빠져나가겠지.

여왕이 신의 목덜미를 덮고 있는 털을 적셨다. 신은 이 가여운 아이들의 울음소리를 듣고 있자니 마음이 묵직해져서 제대로 숨을 쉴 수가 없었다. 가슴이 턱 하니 막혀서 답답해진 느낌이었다. 무언가 먹었다면 단단히 체했으리라.

"신, 나는 지금도 이렇게 잘못하고 있어."

나는 정말 구제불능이야. 아이가 그의 가슴에 얼굴을 묻고 비비며 한참 울음을 토해 내느라 조금 갈라진 목소리로 중얼거리듯 말했다. 그에 신이 아이의 금빛 머리카락을 쓰다듬으며 말했다.

"그것은 너의 잘못이 아니란다. 운명은 어쩔 수 없는 것이야. 피치 못할 상황이 그렇게 만든 거란다."

제발 자책하지 말아 줘. 신이 속삭이듯 말하며 고개를 숙여 아이의 반짝이는 금색 정수리에 가볍게 키스를 내려 주었다. 파이는 훌쩍이며 고개를 가볍게 저었다.

"하지만 난 또 보지 못했어."

어쩜 나란 아이는 다시 태어나도 이다지도 이기적일까? 자신만 행복하고 즐거웠던 지난날들이 너무나도 부끄러웠다. 자신을 위해 희생한 이가 있었음에도 알지도 못하고, 알려 하지도 않았다.

오! 어리석은 파이야, 너는 또 전생과 같이 잘못을 되풀이할 셈이니?

"무엇을?"

아이의 부정에 신이 고개를 갸웃 기울였다. 저 문 너머로 모든 것을 보았을 터인데도 아이는 또 보지 못했다 했다. 의미심장한 파이의 말에 신은 설마 하는 일말의 희망을 가졌다.

어쩌면 파이는 지금, 그녀를 기억해 내려는 걸지도 모른다.

아주아주 어렸을 때의 기억, 그 속에 항상 함께했던 페어리들의 여왕의 존재를. 자신을 잊어버린 파이를 여전히 사랑하며 한결같은 마음으로 곁을 지키던 그녀를.

일말의 희망을 품으며 묻는 그에게 파이가 잠시 숙였던 고개를 천천히 들어 올리며 말했다.

"나는 또 소중한 누군가를 잊은 거잖아."

보지 못한 거잖아. 그렇지? 벌겋게 열이 오른 아이의 얼굴, 그녀의 파란 눈동자가 영롱하게 반짝거렸다. 그는 그녀의 파란 눈을 내려다본 순간 숨이 멎는다는 느낌을 받았다. 그의 잔잔한 내면에 작은 파동이 일기 시작했다.

맙소사! 아가, 파이야, 설마 너⋯⋯.

놀란 눈빛의 시선을 받으며 고개를 살짝 돌려 파이가 시선을 옮겼다. 아이의 시선이 향한 곳은 다름 아닌 페어리의 여왕이 있는 그의 어깨 위였다. 아이는 눈을 가늘게 접으며 말했다.

"그래도 이번엔 늦지 않았지?"

하도 울어서 갈라진 아이의 음색, 그녀의 말이 여왕의 심금을 울렸다. 신의 목에 얼굴을 묻고 숨죽여 눈물을 흘리며 아이의 슬픔에 기꺼이 함께 슬퍼했던 여왕의 작은 몸은 굳어 있었다.

그녀가 의미심장한 말을 내뱉은 순간부터, 신이 그녀에게 반문했을 때부터 여왕의 가냘픈 몸이 잘게 떨렸다.

여왕이 천천히 고개를 돌렸다. 물기 가득한 그녀의 아름다운 얼굴이, 찬란한 금색 눈동자가 잘게 떨렸다. 가련한 그녀의 눈가에 새벽이슬처럼 투명한 눈물이 아슬아슬 위태롭게 맺혀 있었다.

설마, 설마⋯⋯.

여왕은 속으로 몇 번이고 되새기듯 중얼거리며 자신의 사랑스러운 소녀를 내려다봤다. 아이가 자신을 오롯이 바라보고 있었다.

분명 그녀의 눈에 자신은 비치지 않을 터인데도 어쩜 그리도 정확히 자신을 보고 있는 것처럼 보일까. 착각일까? 너무 바라 왔던 나머지 환각이라도 보는 것일까? 여왕은 일말의 희망을 가지고 파르르 떨리는 입술을 움직여 중얼거리듯 그녀를 불렀다.

[……파이.]

잘게 떨려 오는 그녀의 목소리는 마치 살랑 불어오는 작은 바람 같았다. 가련하고 조그마한 중얼거림. 파이는 신의 앞섶을 쥐고 있던 손을 뻗어 그녀의 작은 얼굴을 향해 내밀었다. 아이의 손바닥보다 작은 여왕의 하얀 얼굴. 아이의 엄지가 조심스레 그녀의 뺨을 쓰다듬듯 매만졌다. 아이는 눈을 가늘게 접고 해사하게 웃었다.

"응, 여왕."

드디어 그토록 바라 왔던 아이의 대답이다. 2년 동안 단 한 번도 듣지 못했던 나의 사랑스럽고 소중한 소녀의 대답. 볼을 타고 투명한 눈물이 주르륵 떨어져 내렸다. 여왕이 아이의 엄지를 제 하얀 손을 들어 마주 잡았다. 자신을 바라보는 해사한 아이의 미소에 여왕 역시 따라 웃었다.

[파이, 내 사랑스러운 아가, 내 소중한 친우여.]

착각이 아닌 거지? 환청이 아닌 거지? 꿈이 아닌 거지? 여왕은 금색 눈으로 쉴 새 없이 아이에게 그렇게 묻는 것 같았다. 파이는 자신을 오롯이 담는 그녀의 눈빛을 마주하며 어여쁘게 웃었다.

"응, 여왕. 늦어서 미안해."

드디어 보게 됐네, 드디어 만나게 됐네, 드디어 기억하게 됐네.

아이는 속으로 중얼거리며 방긋이 웃었다. 그와 동시에 파이의 흙먼지로 지저분해진 드레스의 주머니에서 찬란한 광채가 폭발할 것 같이 터져 나왔다.

파이는 주머니가 있는 부분이 뜨거울 정도로 따뜻하다고 느꼈다. 주머니 안에 있는 그것은 마치 어서 빨리 자신을 바깥으로 꺼내 달라고 아우성치는 것 같았다. 주머니 안에 손을 넣고 꼼지락거리던 그녀는 곧 매끄러운 표면이 손끝에 닿음을 깨달았다. 그녀가 주저 없이 그것을 주머니 밖으로 빼냈다.

"아, 이건……."

주머니에서 꺼낸 것은 다름 아닌 작은 유리병이었다. 그 안에 단 하나의 별사탕이 찬란한 빛을 발하고 있었다. 막상 꺼내고 보니 정말로 작은 태양처럼 쉬지 않고 빛을 발하고 있었다.

작은 태양처럼, 또는 커다란 황금색 별처럼.

파이가 그것을 가만히 내려다보았다. 그것은 마치 작은 새의 심장처럼 작게 두근거렸다. 마치 살아 숨 쉬는 생물처럼 잔잔히 떨려 오는 별사탕을 담은 유리병 표면에 따뜻한 열기가 느껴졌다.

두 손으로 그 온기를 느끼듯 감싸 쥐었다. 신은 아이의 손바닥 위에 올려진 유리병과 별사탕을 보며 조금은 허탈한 듯, 혹은 안도한 듯 작은 웃음소리를 내뱉었다.

"이거 정말, 대단한 우연이구나."

신의 말에 파이가 시선을 돌려 그를 바라봤다.

"우연?"

"그래, 예상치 못한 상황이잖니? 이런 걸 우연이라고 해야 할 것 같구나. 이야, 설마하니, 별사탕이 하나가 남아 있었을 줄이야……!"

신조차 예상치 못한 우연에 마냥 웃음이 나올 것 같았다. 너털웃음을 내뱉은 그가 제 어깨 위에 어린아이처럼 쉴 새 없이 눈물을 뚝뚝 흘리는 여왕과 마찬가지로 동그랗게 눈을 뜨고 올려다보는 파이를 번갈아 보았다.

여왕과 파이는 분명 이대로 영영 만나지도 못하고 헤어질 뻔했던 운명이었다.

그런 운명에 이렇게 아무도 몰랐던 절묘한 우연이 비집고 들어왔다. 곧 이 우연은 둘의 운명을 작게, 천천히 흔들더니 이내 커다랗게 뒤집었다. 이것 또한 아이의 운명의 수많은 갈래 중 하나일 것이다. 가장 찬란한 미래로 이어지는 갈래의 길이다. 선택의 길이다.

그녀가 진정 바랐기 때문에 이곳에 도달했다. 그녀가 진실로 바라는 것은 무엇일까. 그는 아이의 양 손바닥 위에 얹어진 유리병을 그녀의 손과 함께 감싸며 물었다.

"파이, 네게 이루고 싶은 소원이 있지?"

"……어?"

"네가 바라는 것, 그것은 무엇이니?"

무엇을 위해 여기까지 온 것이니? 신의 물음에 파이가 눈을 동그랗게 뜨고 그를 바라봤다. 그리고 그녀의 손과 함께 유리병도 감싸 쥔 그의 커다란 손을 내려다봤다. 그의 투박하고 커다란 손 틈 사이로 찬란한 금색의 빛이 새어 나왔다. 파이는 그것을 멍하니 내려다보았다.

나는 왜 여기까지 온 것일까.

나는 왜 저 문을 연 것일까.

나는, 진정 무엇을 바라는가.

파이의 파란 눈동자가 새어 나오는 금색 빛에 반사되어 크게 일렁거렸다. 짧은 침묵과 함께 잠시 동안 새어 나오는 금색 빛을 내려다본 파이가 고개를 들어 여왕에게로 시선을 옮겼다.

여왕은 아이의 시선을 따라 그녀의 손을 감싸고 있는 신의 손을 내려다보고 있었다. 여왕이 곧 아이의 시선을 느끼고 눈동자를 굴려 그녀를 보자 파이가 눈을 가늘게 접고 웃었다. 응, 이제 알겠어. 내가 진정 원하는 것을. 그것은…….

"내가 바라는 건, 모두가 행복해지는 거야."

나만 행복한 것이 아니라. 내 주변 모두가 행복했으면 좋겠어. 아무도 불행해지지 않았으면 해. 파이의 중얼거림에 여왕이 따라 웃으며 고개를 주억거렸다. 그래, 그게 파이지. 가장 파이다운 생각이라며 여왕이 방긋이 웃었다.

여왕이 제 아름다운 12장의 날개를 펄럭였다. 그러자 빛의 가루들이 하늘하늘 춤추듯 사방으로 퍼져나가 아스라이 떨어졌다. 빛의 가루가 떨어지는 것을 바라보며 파이는 배시시 웃었다. 여왕이 곧 그녀의 동그랗고 좁은 어깨로 날아와 사뿐히 걸터앉았다.

언제나 그래 왔듯이.

신은 다시금 만난 둘을 축복하며 인자하게 웃었다. 그는 아이의 양손을 힘을 주어 꼭 감싸 쥐며 확신에 찬 어조로 말했다.

"네가 바란다면 분명 이루어질 거야."

네게는 그럴 수 있는 강인하고 다정한 마음도, 기적을 일으킬 힘도 있단다. 넌 분명 굉장한 아이야. 그의 말에 파이는 자신감을 얻은 듯 더욱 화사하게 웃으며 고개를 끄덕였다. 여왕 역시 응원하듯 아이의 도톰한 뺨에 키스하며 얼굴을 비볐다. 파이가 어깨를 가볍게 움츠리며 청아한 웃음을 내뱉었다. 신은 아이의 정수리를 쓰다듬고 그 아래로 축복의 키스를 내려 주며 말했다.

"자, 파이 어서 돌아가거라! 더 늦기 전에."

그가 기다리고 있단다. 그의 속삭이는 말에 파이가 몹시도 사랑스럽게 웃으며 고개를 크게 끄덕였다. 파이는 저와 시선을 마주하고자 한쪽 무릎을 세우고 쭈그려 앉은 신의 커다랗고 넓은 가슴을 양팔 가득 끌어안았다. 와락 끌어안은 아이의 작은 몸에서 청아한 숲의 내음이 나는 것 같았다.

신은 그녀의 등을 가볍게 토닥여 주었다. 파이는 그의 넓은 가슴에 얼굴을 가볍게 비비고는 금세 떨어져 뒤로 물러났다. 그러고는 곧 고개를 살짝 돌려 제 어깨에 우아하게 걸터앉은 여왕을 내려다보았다. 파이는 그녀를 향해 찡긋 웃으며 말했다.

"길 안내를 해 줘, 여왕! 날 여기로 데려와 줬듯이."

파이의 말에 여왕이 눈을 동그랗게 뜨고 깜박이다 이내 방긋이 웃으며 고개를 크게 끄덕였다. 이 아이는 드디어 그것마저 알아차린 것이다. 이 내면의 세계로 오기 전 헤매던 하얀 세상에서 제 손목을 잡아끌고 안내를 해 줬던 분홍색 머리카락의 저만 한 소녀의 정체를.

그녀는 다름 아닌 여왕이었다.

자연체로는 그녀에게 보일 수 없었기에 실체화했던 그녀였다. 여왕은 기쁜 마음에 12장의 날개를 팔랑팔랑 흔들었다. 그녀가 허공에 뜨면서 파이의 하얗고 고사리 같은 손가락을 양손으로 잡으며 말했다.

[나만 믿으렴, 나의 사랑스러운 파이!]

자신감에 차 호기롭게 답하는 아름다운 여왕을 보며 파이는 콧등을 찡그리면서 익살스럽게 웃었다.

신은 아이와 여왕이 떠나는 길을 배웅해 주었다. 그는 여전히 낡아빠진 고동색 문 앞에 서 있었다. 이미 저만치 멀어져 가는 아이의 금색 머리카락과 여왕의 빛의 날개의 흔적에서 신은 오래도록 시선을 떼지 못했다.

오래도록.

[눈 빠지겠다.]

청아한 아이의 음성이 그의 귓가로 닿지 않았더라면, 그는 그 자리에 영원히 망부석이 된 것마냥 그렇게 서 있었을 것이다. 신이 드디어 떨어지지 않을 것 같았던 시선을 옮기기 시작했다. 그의 하늘거리는 하얀색 치렁치렁한 의복 사이로 어렴풋이 하얀 실타래가 파도치듯 흔들렸다.

곧 희미한 윤곽을 드러내는 하얀 실타래는 누군가의 동그란 정수리가 되고 기다란 머리카락으로 변해 갔다. 그리고 그 머리 주인의 몸도 순식간에 제 모습을 내보이듯 나타났다.

온통 하얀색을 뒤집어쓴 조그마한 소녀가 그의 다리 사이에 바싹 달라붙어 얽매이듯 매달렸다. 신은 제 다리 사이를 어지럽히는 하얀 아이를 향해 시선을 내리고 그녀를 바라봤다.

하얀 소녀는 그의 다리를 휘감는 몇 겹의 하얀 천 자락들을 살랑살랑 흔들어 놓을 정도로 정신없이 주변을 빙빙 돌았다. 신이 나지막이 한숨을 내뱉으며 투박하고 커다란 제 손을 들어 촐랑거릴 정도로 매달리는 아이의 둥근 정수리 위로 거침없이 얹었다. 툭 얹어진 그의 커다란 손은 아이의 조그마한 정수리를 순식간에 뒤덮었다.

[아얏!]

지금 심술부리는 거야? 조그마한 하얀 소녀가 양팔을 버둥거리듯 휘두르며 투덜거렸다. 그에 신이 슬그머니 시선을 비껴 내리깔며 말했다.

"정신 사나워서 그런 거란다."

[거짓말하지 마! 신이 거짓말쟁이라니 피조물들이 얼마나 허탈할까!]

아이의 짓궂은 조롱에 신이 그 정수리를 좀 더 힘 있게 눌렀다. 그러자 하얀 아이가 다시금 엄살을 피우며 버둥거렸다. 하지만 곧 그의 투박하고 묵직하게 짓누르는 손아귀 힘은 약해지지 않고 여전했다.

결국, 그의 손바닥에 눌리고 있던 아이의 하얀 정수리도 작은 몸도 아지랑이처럼 사라져 버렸다. 갑작스럽게 사라져 버리는 바람에 신이 살짝 기우뚱 기울어졌다. 하지만 금세 균형을 잡고 바로 섰다.

순식간에 사라진 하얀 소녀가 그에게서 멀리 떨어지지 않은 곳에 신기루처럼 나타나 팔짝 뛰었다. 하얀 머리카락이 바람결에 흔들리듯 살랑거렸다. 바람은커녕 공기조차 없을 것 같은 밤의 세계에서 말이다. 아이가 입은 하얀 원피스가 가볍게 파도치듯 흔들렸다. 신은 제게서 저만치 멀어진 소녀를 바라봤다.

"웬일로 모습을 드러내는구나."

바쁘다며 코빼기도 비치지 않더니만. 물끄러미 아이를 쳐다보던 신이 나지막이 중얼거리듯 입을 열었다. 그에 하얀 소녀가 고개를 돌려 그를 바라봤다.

하얀 소녀는 그 얼굴도 피부도 몹시도 하얗다. 눈의 아이처럼, 순백의 아이처럼 머리부터 발끝까지 하얗다. 그중 유일하게 색이 있는 것은 그녀의 눈동자뿐이다. 선명히 빛나는 신과 같은 황금빛 찬란한 눈동자.

신은 자신에게로 고개를 돌린 아이를 보며 곰의 미간을 찌푸리며 다시 입을 열었다. 온통 하얀색으로만 이루어져서 몰랐는데 인제 보니 낯익은 모습이다.

방금 전까지도 눈에 담고 있던 모습.

"왜 그런 어린아이 모습으로 나타났나 했더니, 너……."

[헤헤!]

그의 말에 끝나기도 전에 하얀 소녀가 익살스럽게 웃었다. 그녀는 곧 촐랑맞게 뛰어다니던 걸음을 멈추고 제자리에 서서 종아리까지 내려오는 하얀 드레스의 양쪽 자락을 양팔로 살짝 들어 올렸다. 그러고는 가볍게 무릎을 구부리며 귀족 영애다운 제법 우아한 인사 자세를 취했다.

신이 기가 차다는 듯 허탈하게 헛웃음을 내뱉고는 고개를 살짝 숙여 제 손으로 이마와 눈 주변을 가렸다.

하얀 소녀의 모습은 파이의 모습과 판박이일 정도로 닮아 있었다.

아니 똑같았다. 그녀가 눈동자를 뺀 전신이 온통 하얗다는 것만 빼면 말이다.

분명 그녀는 일부러 저런 모습으로 나타난 것일 거다. 파이의 모습을 따 놓은 것처럼, 그녀의 쌍둥이처럼 똑 닮은 하얀 소녀가 구부렸던 무릎을 세우고 바로 서서 양쪽 드레스 자락을 잡고 있던 손을 마주 잡아 깍지를 끼었다. 그러고는 어깨를 가볍게 위로 들썩이며 이를 드러내고 짓궂게 웃었다.

[이 아이의 모습이 좋은걸?]

이렇게 신을 골려 줄 수도 있고 말이야. 아이는 몹시도 짓궂고 말괄량이처럼 명랑했다. 그녀는 그렇게 말하고는 다시 신기루처럼 그 자리에서 사라졌다. 신이 잠시 숙이고 있던 고개를 들어 가볍게 절레절레 흔들었다. 그녀는 분명 저에게 화를 내고 있는 것이다. 심술을 부리고 있는 것이다.

신은 속으로 자업자득이라며 자신을 탓했다. 그의 쓸데없는 오지랖 때문에 그녀가 실로 오랜만에 심술을 내보였으니 얼마나 화가 났는지 대강이라도 알 것 같았다.

속으로 자신의 행동을 탓하는 그의 머리 위로 아이의 청아한 웃음소리가 들렸다. 마치 이제 와서 후회한들 소용없어, 하고 말하는 것 같았다. 신이 몸을 돌려 고개를 들었다. 아이는 어느새 그가 등지고 있던 낡아빠진 나무 문 위에 걸터앉아 하얀 양다리를 팔랑팔랑 흔들고 있었다.

"얘야, 세계야."

[말하지 않아도 알아, 신.]

사과하려고 한다는 것을. 하얀 소녀, 신이 '세계'라 부른 그녀가 어깨를 가볍게 으쓱하며 중얼거리듯 말했다. 상냥한 그는 분명 약속을 어기고야 만 자신의 잘못을 사과하려는 게 분명하다. 그는 사실 몹시도 솔직하고 상냥하고 다정한 이니까.

그녀의 말에 신이 난감한 듯 미안한 듯 웃으며 상냥하고 다정한 어조로 정말 미안하구나, 내가 잘못했다. 하고 진심으로 사과했다. 그의 사과에 아이가 앙큼하게 웃으며 모른 척 고개를 픽 돌렸다.

[글쎄, 방금 뭐라고 한 걸까나?]

새침한 아가씨처럼 도도하게 고개를 치켜세우고 픽 돌리는 모습이 제법 익숙해 보인다. 신의 미소에 점점 미안함이 짙어졌다. 아이는 예의 없게 저보다 높은 이를, 저를 창조해 낸 아버지를 무시하듯 시선을 회피했다.

신은 그녀를 물끄러미 쳐다보다 이내 가볍게 웃음을 터트렸다. 자세히 보니 생각만큼 크게 화가 나 있진 않은 것 같았다. 그는 시침 뚝 떼며 새침한 아가씨 흉내를 내는 아이를 향해 고개를 치켜들어 올리며 양팔을 제 허리에 얹고 장난치듯, 그러나 사뭇 진지한 어조로 말했다.

"버릇없게, 아버지한테 자꾸 튕길래?"

진실로 사과했잖니. 내가 잘못했다고. 웬만하면 받아 주면 안 되겠니? 신의 말끝이 조금 투덜거렸다. 그에 세계가 캬악 하고 털을 바짝 세운 앙칼진 고양이처럼 어깨를 크게 들썩이며 입을 삐쭉 내밀었다.

[베~ 아버지라고 이제 와서 유세 떠는 거?]

내 나이가 몇인데 애 취급이야?! 그녀가 자칫 자존심이 상한 듯 토라진 표정을 지었다. 그녀의 말대로 세계는 신이 가장 먼저 창조해 낸 창조물이었다.

그녀는 그가 이 세계를 만들면서 태어난 정령이자 이념에 가까웠다. 신과는 조금 다른 진귀한 존재이자 그의 가장 첫 번째 딸. 신의 그어떤 창조물, 피조물보다도 먼저 태어난 가장 오래된 자식이란 말이다. 그럼에도 그가 여전히 그녀를 아이 취급하자 조금 가라앉은 심통이 다시 올라오는 것 같았다.

아이는 뒤늦게 파이의 모습으로 나타난 것을 후회했다. 분명 아이의 모습으로 나타나서 더 그런 걸 테지! 아이가 삐쭉 입을 내밀며 제가 걸터앉은 나무문 위에서 홀연히 사라졌다.

그녀의 모습이 사라지자마자 신은 그럴 줄 알았다는 듯 고개를 숙여 제 밑을 내려다봤다. 그의 고개가 시선이 내려가자마자 기다렸다는 듯이 신의 다리를 누군가 와락 껴안았다.

그 누군가는 다름 아닌 세계라는 소녀였다.

신이 상체를 숙여 양팔로 그녀를 달랑 안아 들었다. 아이가 고개를 살짝 비스듬히 돌렸다. 딱 보아도 나 삐쳤소! 하는 몹시도 새침한 모습에 신이 기어코 웃음을 터트렸다.

그의 웃음소리에 아이가 얼굴을 잔뜩 찌푸리고 고개를 신에게로 돌려 앙칼지게 노려보며 핀잔을 주었다.

[아버지라는 사람이 말이야! 나랑 그렇게 꼭꼭 약속해 놓고 정해진 운명 사이에 끼어들어?]

너무하잖아! 내가 얼마나 고심 끝에 조율해 놓은 건데! 질타하는 아이의 말에 신이 못내 미안한 표정을 지었다. 그가 변명하듯 말했다.

"하지만 말이야, 너무 가혹하잖니, 가련하잖니. 겨우 행복해진 삶인데……."

[에에잇! 바보 같은 아버지! 세상엔 그보다 더 가엽고 비참한 운명을 가진 이가 수도 없이 많단 말이야. 멋대로 운명을 바꾸지 마!]

덕분에 내 쪽에서 수습하기 얼마나 힘들었는데! 그녀는 지지 않고 달려들 듯 잔소리를 퍼부었다. 그에 신이 몹시도 서글픈 표정을 지었다. 곰의 탈을 쓴 그의 얼굴에 안타까움과 가여움이 짙게 묻어났다. 평소답지 않게 의기소침한 그의 모습에 세계가 주춤했다. 실로 영악한 신은 그 틈을 놓치지 않고 파고들었다.

"하지만 아가, 나는 그 둘이 남 같지 않구나. 특히 그 작은 여자아이는 마치 너처럼 그렇게 느껴져서, 네가 갓 태어난 그때처럼 느껴져서……."

말끝을 흐리는 신의 말에 앙칼지게 얼굴을 일그러트리던 아이의 얼굴이 움찔 들썩였다. 아련한 듯 눈망울이 그렁그렁해진 느낌이었다. 눈가는 분명 물기 없이 메말라 보임에도 신의 금색 눈은 언제라도 눈물을 떨어트릴 것같이 촉촉해 보였다. 빤히 그것을 마주한 소녀가 양손을 들어 제 머리통을 거칠게 헤집으며 괴성을 내질렀다.

[으아아, 정말!]

그런 식으로 말하고 그런 식으로 보면 어쩔 수 없잖아! 하얀 아이가 속으로 투덜거리듯 중얼거렸다. 신은 제 사랑스러운 아이가 발광하듯 소리를 내지르자 쓰게 웃었다.

콧등을 찡그리며 기묘하게 웃는 곰의 모습에 세계는 배알이 꼬이는 지 제 머리통을 헤집던 양손을 냉큼 뻗어 제 아버지라 칭하는 신의 머리통을 사정없이 잡아 뜯듯 헝클었다. 아이의 거친 투정에도 신은 그 저 자애롭게 허허허 웃을 뿐이었다.

[정말 나빴어!]

나랑 그렇게 약속해 놓고선! 신은 세계와 약속했다. 피조물의 운명 에 그 어떤 영향도 끼치지 않겠다고. 그들의 과거에도 현재에도 미래 에도 신은 관전할 뿐 별다른 방해도 하지 않고 도움도 주지 않겠다고 말이다.

그들에게 선택의 자유를 주겠다고 말이다. 제 삶을 스스로 개척할 자유를! 그러기에 세계는 모든 살아 있는 이들에게 공평히, 평등하게 기회를 나눠줄 수 있는 것이다. 그들에게 자유를 줄 수 있는 것이다. 그로 인해 그들이 절망스러울 정도로 괴로운 삶을 살아가기도 하고 행복할 정도로 따뜻한 삶을 살아갈 수 있는 것이다.

그들에게 제 삶을 선택할 수 있는 자유와 기회를 주었다. 그들의 운 명은 언제나 때가 있고, 이유가 있었다. 그들이 불행한 삶을 살게 되 었다면 그것은 필히 이유가 있었고 그렇기에 다음 생에는 행복한 삶 을 살 수도 있고 그렇지 않을 수도 있다. 그것은 순전히, 오로지 그들 의 선택에 달렸던 것이다. 그들이 어떤 선택을 하느냐에 따라 제 삶도 하물며 타인의 삶마저도 바뀐다.

인과율.

살아 있는 모든 존재는 제 삶을 살아가면서 수많은 인과율에 엮이 고 묶이기도 하고 얽매이기도 하고 끊기기도 하며 또다시 연결되기도 했다.

이 세계에 살아가고 있는 모든 이들에게 서로가 연결되어 있다. 본 인이 인지하지 못하고, 모르고 있는 사이에도 말이다. 서로가 서로를 모르는 사이에 서로의 삶을 돕기도 하고 또는 망치기도 한다.

그것이 그들의 선택이며 자유이다.

세계는 그런 세계를 만들고 있었던 것이다. 그런데 그것을, 그 룰을 제 아버지인 신이 어기고 말았다. 그의 드넓은 오지랖과 넘쳐나는 자애심으로 인해. 그 결과 그녀가 얼마나 생고생을 했는지 모른다.

알게 모르게 그들과 생판 모르는 타인과 연결되어 있는 인과율과 연결선을 교묘하게 끊어 내고 연결했다. 다른 타인이 최대한 영향을 받지 않게 하기 위해. 예상치 못한 변수들로 인해 머리가 지끈거릴 지경이다. 세계는 심통 난 아이처럼 그의 머리통을 꾹꾹 누르며 말했다.

[정말이지, 약속도 어기고 거짓말도 막 하고! 당신은 신으로서 자격이 없어!]

"그렇구나, 그럼 이제 이 자리를 다른 누군가에게 물려줘야겠구나."

누구 추천해 줄 만한 이 없니? 신이 모른 척 시침 뚝 떼며 서글피 말했다. 그에 아이가 더욱 버둥거리며 성을 냈다. 그걸 농담이라고 내뱉는 거야! 결국 신이 너털웃음을 내뱉으며 버둥거리는 아이의 몸을 가까이 끌어안았다. 아이는 잠시 버둥거리더니 이내 그를 마주 껴안듯 굵직한 목을 양팔로 껴안았다.

[진짜! 이번만 봐줄 거야!]

아이가 드디어 완벽히 패배선언을 내뱉었다. 신이 껄껄거리며 웃음을 내뱉었다. 아이는 그의 넓은 어깨에 얼굴을 나른하게 기대며 속으로 중얼거렸다. 애초에 말이야, 신이 개입하지 않아도 그 아이는 충분히 행복해질 수 있었단 말이야.

물론 좀 돌아가긴 하겠지만. 그녀는 과거의 삶에서 희생당한 가여운 영혼이니까, 이번 생은 반드시 행복할 것이라고, 세계는 약속했었다. 그런데 그새 참지 못하고 끼어들어? 이 망할 아버지?! 여전히 그가 괘씸한지 아이가 다물었던 입을 다시 열었다.

[이번엔 눈감아 주지만, 그래도 대가는 받을 수밖에 없어!]

아이의 말에 신이 멈칫하지만 이내 가볍게 한숨을 내뱉으며 여유 있는 손을 들어 세계의 하얀 정수리를 부드럽게 쓰다듬었다. 신이 나지막이 그래, 하고 답하자 아이가 꼭 끌어안은 그의 목에서 멀어지듯 그의 어깨를 밀어내며 말했다.

[정말 어쩔 수 없었어! 아즈라엘의 대가를 돌려줬단 말이야!]

그에 상응하는 대가를 그녀는 내야 해! 하고 정말 억울한 어조로 말했다. 그녀의 말에 신이 가볍게 웃으며 고개를 끄덕였다. 그래 알고 있단다. 그러고는 저를 밀어내듯 상체를 뒤로 쭉 젖힌 하얀 아이의 단아한 이마를 향해 머리를 내밀었다.

곧 그녀의 이마와 닿은 곰의 이마. 적당히 두꺼운 털과 간지럽힐 듯 보드라운 감촉이 느껴졌다. 아이가 울상을 짓는 표정을 슬그머니 풀었다.

"아즈라엘의 대가는 뭐였니?"

[그녀가 내민 대가는, '다시 태어날 기회'.]

그것은 애쉬와 네이첼을 다시 남매의 연으로 이어 주기 위한 대가였다. 아즈라엘은 자신의 기회를 그들을 위해 대가로 내놓은 것이다. 그렇게 해서라도 그 둘을 반드시 만나게 해 주고 싶었기에.

"그럼 파이가 지불한 대가는……?"

[8년간의 침묵.]

아이는 분명 제자리로 돌아가면, 제가 원하는 바를 얻는 순간 입을 다물게 될 것이다. 침묵하게 될 것이다. 그것이 자신과 그녀의 약속이이었다. 아즈라엘의 대가를 돌려주는 대신 파이는 8년간 목소리를 잃게 될 것이다.

"……수지가 맞는 대가니?"

[뭐, 조금 낮춰 준 것도 있지.]

그녀가 가여우니까, 나 또한 그녀가 행복하길 바라니까.

"상냥한 아가, 나의 세계야."

정말 고맙구나. 신이 인자하게 웃으며 가볍게 웃음소리를 냈다. 아이는 이마에서 웃음 때문에 반동이 이는 것을 느끼며 기쁜 듯 웃었다.

[근데! 진짜 이번만이야!]

"그래."

[정말, 정말!]

"그래, 그래."

세계는 몇 번이고 확답을 받고 나서야 그의 목을 다시 세차게 끌어안았다. 오랜만에 느껴 보는 아버지의 품이다. 그동안 바삐 그의 세계를 돌보느라 신을 만날 틈이 없었다. 자신을 창조해 냈지만, 얼굴을 맞댄 적이 손에 꼽을 정도로 적었다.

신은 제 피조물들을 끊임없이 만들고 때로는 복구하느라 바빴고, 세계는 그들을 돌보는 데 바빴다. 그리고 그와 함께 공평하고 평등한, 때로는 불공평하고 불평등한 운명의 순례를 조율하느라 바빴다.

하얀 아이는 그리운 체향이 나는 제 아비의 품에 마음껏 안겨 오랜만에 눈을 감았다.

'자, 어서 돌아가서 네가 원하는 결말을 짓도록 해.'

하얀 아이는, 신의 세계는 진정 그 작은 소녀가 원하는 바를, 바라던 미래를 손에 쥐길 간절히 바랐다.

그것은 응당 네가 받아야 할 값이자 권리이니.


여왕의 안내를 받아 파이는 길을 헤매지 않고 내면의 세계를 걸어갔다. 곧이어 그녀의 시야에 처음 이 세계로 들어서기 전에 열었던 문이 보이기 시작했다. 아이는 부지런히 걷고 걸어 드디어 문 앞에 당도한 것이다.

손을 들어 문고리를 잡았다. 우연인지 그녀가 내민 손은 마지막 애쉬의 노년 시절에 만났던 그가 손수 손수건을 매어 준 손이었다.

아이는 물끄러미 하얀 손등을 내려다보았다. 그의 기억과 삶이 고스란히 담겨 있는 그 세계의 끝을 걸을 때만 해도 분명 단단히 동여매져 있었는데 어느새 사라졌었다.

분명 그것은 그의 기억의 파편일 것이다. 몹시도 작은 모래알 한 알 정도로 작은.

파이는 그것을 멍청히 내려다보더니 이내 입을 굳게 닫고 결의를 새롭게 다졌다. 반드시 오빠를 구하고 말겠다는, 그 깊고 깊은 슬픔의 구렁텅이에서 꺼내 오고 말겠다는 의지. 아이는 느리게 눈을 감았다가 떴다. 그러고는 잡고 있던 손잡이를 힘차게 돌려 잡아당겼다.

열린 문 사이로 기다렸다는 듯 몹시도 찬란한 빛이 쏟아져 내렸다. 파이는 눈을 감았다. 눈이 시릴 정도로 순백의 하얀 빛이 그녀를 감싸 안았다. 이대로 눈을 감았다 다시 뜨면 분명 그 지하일 테지.

제 오빠 파람과 모모가 있는 그 장소, 그 자리.

어서 빨리 오빠를 만나고 싶다. 어서 빨리 말해 주고 싶다.

오빠는 혼자가 아니라고, 더는 외로워하지 말라고.

파이가, 네이첼이 기어코 당신을 기억했노라고. 그러니 부디 당신의 깊고 드넓은 슬픔을 조금이라도 저에게 덜어 주길, 공유해 주길, 그로 인해 조금이라도 그의 어깨가 가벼워지길 바란다. 간절히 바란다.

그대가 행복해지길.

❊❊❊

아이가 눈을 다시 떴을 땐, 그녀의 예상대로 어두운 지하였다. 그녀가 숨어 있었던 비밀스러운 공간 한쪽, 결국 그에게 발각되어 버린 지하 어딘가의 장소. 그녀는 누군가 위에 엎어져 있었다. 파이는 오래도록 눈을 감고 있었던 것마냥 눈이 뻑뻑하다는 것을 느꼈다.

아이가 느리지 않게 눈을 깜박였다. 시야는 여전히 어둡고 흐렸다. 아이는 본능적으로 양손을 허우적거리며 제 아래에 깔린 누군가의 몸을 더듬거렸다. 손끝에 익숙한 옷감의 재질이 느껴졌다.

아이는 힘없이 바르작거리던 상체를 어렵사리 들어 올렸다. 그녀의 흐린 시야에 어쩐지 낯익은 턱이 보였다. 그녀는 저를 감싼 듯 안은 사내의 얼굴이 궁금해졌다. 그녀가 자꾸만 나른하게 늘어지려는 힘없는 몸을 억지로 일으키고자 양팔을 허우적거렸다.

그 바람에 그의 위에 올라타듯 엎어져 있던 파이의 몸이 차디찬 맨바닥으로 주룩 미끄러졌다. 서늘한 바닥에 오스스 소름이 돋았다. 그때였다. 어쩐지 머릿속이 윙윙 울리고 현기증이 날 것같이 어지러운 아이의 귓가로 익숙한 음성이 들려온 것은.

"파이!"

그 음성은 뒤쪽 멀찍이서 들렸다. 파이는 제가 깔고 있는 이에게서 옆으로 비켜 느리게 상체를 일으켰다. 바닥을 짚은 양팔이 가련하게 바르르 떨렸다. 희미한 현기증을 느끼며 아이가 가볍게 고개를 저었다. 무의식적인 행동이지만 그로 인해 더 어지러웠다. 결국, 고개를 푹 숙이고 숨을 느리게 몰아쉴 뿐이었다.

그런 그녀의 뒤로 누군가가 빠른 속도로 걸어왔다. 파이가 걸음 소리가 나는 쪽으로 뒤늦게 고개를 돌렸을 땐 이미 그가 바로 지척까지 와 있었다.

"……모모?"

아이가 반 박자 느리게 그를 불렀다. 파이의 메마른 입술 사이로 나온 목소리가 조금 갈라졌다. 아이가 버릇처럼 목을 감싸며 그를 올려다봤다. 그래, 그는 다름 아닌 모모였다.

새까만 머리칼과 새까만 흑요석과도 같은 검은 눈동자를 가진 아름다운 남자. 그녀의 보모이자 스승. 그가 조금 안도한 표정을 지으며 아이를 향해 몸을 숙였다. 한쪽 무릎을 세우고 앉았음에도 여전히 작은 아이를 위해 고개를 살짝 숙였다.

"괜찮습니까?"

"……어."

파이가 느리게 그의 물음에 답했다. 모모가 손을 뻗어 잔뜩 헝클어진 아이의 앞 머리카락을 쓸어 올려 주었다. 파이가 느리게 눈을 깜박였다. 아이의 시야에 모모의 모습이 비쳤다가 사라졌다.

흐릿한 시야는 점차 어둠에 익숙해져 선명해져 갔다. 몰아쉬는 느린 숨소리도 점차 안정적으로 내뱉어졌다.

"정말 괜찮습니까?"

모모가 재차 물었다. 파이는 몹시도 피곤하고 초췌해 보였다. 잠깐 사이에 아이는 굉장히 지쳐 보였다.

아까 강렬한 빛이 터져 나오고 사라진 순간 아이와 파람은 이미 차디찬 바닥에 쓰러져 있었다. 파이가 눈을 뜨기까지 그 시간이 그에겐 고작 1분도 안 될 정도로 몹시도 짧은 순간이었다.

그러나 몇 날 며칠을 숨어 지냈던 것을 생각하면 지칠 만도 했다. 그 어린 나이에 겪기 힘든 두려운 순간들이었을 것이다. 파이는 그 순간을 견디며 자신을 숨겨 왔다. 물론 그녀 친우들의 도움이 컸다. 그들의 배려가 있기에 파이가 이제까지 온전히 제 몸을 지킨 것이다.

아이는 생각보다 몹시도 길고 긴 시간 동안 쉽사리 제정신을 차리지 못했다. 여전히 현실과 내면의 세계 경계에 서서 흔들리는 것 같았다. 혼란스러워하던 파이는 제정신을 차리고자 노력했다. 그의 물음에 뒤늦게 아이가 고개를 끄덕이다 순간 멈춰 버렸다.

"모모, 오빠는?"

우리 오빠는? 아이가 뒤늦게 파람을 찾는다. 이제야 그녀의 정신이 제자리를 찾기 시작한 모양이다. 파이가 다급히 그를 찾았다. 그에 모모가 시선을 옮겼다. 파이는 시선을 옮기는 모모를 쫓아 고개를 돌렸다.

그의 시선이 향한 곳은 다름 아닌 그녀의 바로 옆이었다. 그녀가 다급히 찾던 제 오라버니는 파이 바로 옆에 쓰러져 있었다. 그녀는 조금 전까지만 해도 그 위에 엎어져 있었고 말이다. 파이의 시선이 천천히 그에게로 옮겨졌다.

"오빠!"

파이가 비명처럼 소리치며 그에게 바싹 다가갔다. 아이가 오빠의 얼굴 가까이 다가가 손을 뻗었다. 유난히 창백한 그의 얼굴을 양손으로 매만졌다. 끊어질 듯 작은 숨소리가 그의 입술 틈새로 흩어지듯 흘러나왔다.

어쩐지 매만지는 그의 뺨도 차게 식어 가는 느낌이었다. 파이는 순간 덜컹 심장이 내려앉는 기분이었다. 손끝이 바르르 떨렸다. 그녀의 작은 몸이 불안과 초조에 휩싸여 잘게 흔들렸다. 아이가 쉴 새 없이 그를 애타게 불렀다.

"오빠, 오빠, 파람 오빠."

울먹이는 아이의 목소리에도 그는 답이 없었다. 평상시라면 얼른 눈을 떠서 왜 그리 우느냐며 달래 주던 다정한 오빠의 목소리가 없었다. 창백한 인상의 파람은 그저 죽은 듯 눈을 감고 있었다. 파이가 그의 초췌한 뺨에 얼굴을 비비며 울음을 토해 냈다.

제발 눈을 떠 줘, 오빠!

파이가 기억했어, 네이첼이 돌아왔어! 이렇게 오빠를 만나기 위해 돌아왔단 말이야. 아이의 울음소리 섞인 목소리가 공간을 아련하게 울렸다. 모모는 그 자리에서 안절부절못하며 이 가련한 남매를 안타까운 시선으로 바라봤다. 아이의 눈물이 쉴 새 없이 흘러 파람의 얼굴로 뚝뚝 떨어져 내렸다.

제발 눈을 떠 줘.

그녀가 짧게 수염 난 파람의 초췌한 뺨에 이마를 맞대며 간절히 빌

었다. 제발 깨어나서, 제발 눈을 떠서, 파이를 봐 달라고. 그녀를 불러
달라고. 파이의 간절한 마음에 동조해 그녀의 별사탕이 별안간 찬란
한 빛을 발하며 모습을 드러냈다.

파이는 눈물을 뚝뚝 흘리며 제 위에 나타난 별사탕을 올려다보았
다. 일렁거리는 아이의 파란 눈동자가 눈앞에 떠 있는 찬란한 황금색
별의 빛이 반사되어 반짝였다. 아이가 제 앞의 별사탕을 쳐다보다 이
내 눈을 감으며 그의 뺨에 눈가에 제 도톰한 뺨을 비볐다.

오빠를 살려 줘, 오빠를 구해 줘!

별사탕은 곧 그녀의 마음을 담아 작게 빙글빙글 돌며 서서히 부서
져 내리기 시작했다. 허물어지듯 부서져 내리는 별사탕의 금색 가루
가 파람의 머리 위로 떨어져 내렸다. 그것은 황금빛 찬란한 가루가 되
어 아름답게 빛을 발하고 있었다.

그의 머리 위로 떨어져 내린 금의 가루는 마치 생기 넘치는 황금빛
오라같이 내려앉아 흡수되듯 스며들었다. 곧 오라는 그의 얼굴과 전
신을 은은한 금색으로 둘러싸다 아스라이 사라졌다.

"음."

죽은 듯이 어떠한 대답도 하지 못하고 침묵하고 있던 그가 희미하
게 신음을 내뱉었다. 파이는 그에게 철썩 달라붙어 있었기에 그의 희
미한 신음을 들을 수 있었다. 아이가 감은 눈이 번쩍 떠 다급히 그를
불렀다.

"오빠!"

"……파이?"

아이의 음성을 들었는지 그가 힘겹게 눈을 뜨고 심하게 갈라진 목
소리로 그녀의 이름을 불렀다. 금방이라도 흩어져 버릴 것처럼 힘없
는 목소리임에도 파이는 기뻤다. 아이가 말간 얼굴을 왈칵 일그러트
리며 웃었다. 더듬더듬 입을 여는 입술이 파르르 떨렸다.

"으, 흑…… 파이야, 파이예요. 파람 오빠 동생 파이…….'"

"아, 파이야……. 내 사랑스러운 동생. 괜찮니? 어디 다치진 않았니? 오빠가 미안해."

파람은 자신의 몸이 온전치 못하면서도 파이의 안부를 먼저 물었다. 파람은 그런 사람이다. 자신보다 자신의 동생이 더 소중하고 귀히 여겼다. 자신의 잘못이 아님에도 사과하고 아파했다. 파이는 그런 그가 너무나도 가엽고 안쓰러웠다.

"으……. 오빠, 오빠……."

내 사랑하는 오빠. 파이가 양팔을 벌려 그의 얼굴과 목을 바싹 껴안으며 얼굴을 비볐다. 물기 가득한 아이의 도톰한 뺨이 그의 메마른 뺨에 닿았다. 축축한 아이의 눈물이 왜 이다지도 따뜻하고 사랑스럽게 느껴질까. 파람은 왈칵 눈물이 날 것 같다고 생각했다.

파람은 희미하게 웃으며 제 사랑하는 누이의 금색 머리를 힘겹게 손을 들어 매만졌다. 투박하고 거친 제 손끝에 누이의 보드라운 금색 머리카락의 감촉이 느껴졌다. 흙먼지 가득한 이 답답하고 메마른 지하에서도 누이의 머리카락은 생각보다 거칠지도 않고 비단결처럼 부드러웠다.

"아, 내 동생."

사랑스러운 내 동생.

아련한 듯 애틋한 듯 가련한 듯 그가 제 누이를 불렀다. 파이는 그에게 결코 떨어지지 않겠다는 듯 달라붙어 파람의 옆얼굴에 이마를 갖다 대고 비볐다. 마치 고목에 매달린 매미처럼, 엄마 코알라의 상체에 매달린 새끼 코알라처럼. 절대로, 절대로 그와 다시는 헤어지지 않겠다는 듯 말이다.

그는 누구를 찾는 것인가, 누구를 부르는 것인가.

파이? 아니면 네이첼? 그것도 아니면 둘 다일까.

파이는 투명한 눈물이 그렁그렁 맺힌 눈을 가늘게 접고 방긋이 웃으며 말했다. 아무래도 상관없다.

파이는 네이첼이고 네이첼이 파이니까.

오빠가 그토록 기다렸던 네이첼이 여기 있어.

"응, 네이첼, 여기 있어."

여기 있어.

파람이 아이의 대답에 느리게 눈을 깜박였다. 이 아이가 대체 무슨 말을, 하고 멍청히, 망연히 그녀의 파란 눈을 마주하자 그는 무의식적으로 메마른 제 눈동자에 투명한 눈물이 맺힘을 느낄 수 있었다. 뒤늦게야 그는 아이의 말을 이해했다.

'그래, 그렇구나! 누이가 결국 나를······!'

말갛게 흘러내리는 눈물은 곧 그의 옆얼굴을 타고 떨어져 내렸다. 느리게 깜박이는 그의 눈꺼풀 사이로 붉은 눈동자가 잘게 흔들렸다.

'믿을 수 없어. 오! 세상에 누이야. 내 사랑스러운 동생아! 꿈은 아니겠지!'

파람은 막연한 생각을 하며 그녀에게 시선을 떼지 못했다. 파이는 덜덜 떨리는 그의 홍안을 마주하며 방긋이 웃었다. 물기로 엉망진창이지만 여느 때와 마찬가지로 해사하고 찬란한 미소였다. 파람의 붉은 눈에 파이가 비쳤다. 갈색 머리카락의 하얗고 말간 미소를 짓는 사랑스러운 네이첼이 보였다.

"오! 네이첼!"

네이첼, 내 사랑하는 동생아, 내 사랑하는 파이야!

그가 복받쳐 오르는 기쁨에 몸 둘 바를 모르고 아이를 와락 끌어안았다. 어디서 그런 힘이 나오는지, 조금 전까지만 해도 축 늘어져 힘없던 몸에 생기가 넘쳐나는 것 같았다.

그는 아이를 끌어안으며 흘러넘치는 기쁨을 그대로 내비치며 울음을 터트렸다. 그러면서 그는 웃기도 했다. 그는 차마 어떠한 말도 잇지 못하고 말끝을 몇 번이고 흐리며 아이를 제 품에서 놓지 못했다.

이대로 놓아 버리면 새벽안개처럼 아스라이 사라져 버릴까 봐. 환각처럼 사라져 버릴까 봐.

파이는 숨이 막힐 정도로 꽉 끌어안는 파람에 기꺼이 마주 껴안으며 대답했다.

"응, 애쉬 오빠!"

파람은 이 기쁨을, 가슴 가득 차오르는 먹먹함과 뭉클함을, 그 감동을 온몸으로 느끼며 울면서 웃었다. 사람이 너무나도 기쁘면, 너무나도 행복하면 눈물을 흘리면서 웃을 수 있다 하더니 정말 그런 것 같았다.

그의 메마른 눈동자는 쉴 새 없이 눈물이 쏟아지고 그의 굳은 입매는 아름다운 호선을 그리며 미소 지었다. 그토록 기다렸던, 바라 왔던, 꿈꿔 왔던 소망이 이제야 이루어졌다.

이제야 겨우!

"아아악! 악! 아악!! 이럴 수, 이럴 순 없어!"

그러나 감동적인 남매의 재회를 괴기한 음성으로 방해하는 이가 있었다. 귀가 찢어질 듯 계름칙한 음성이 지하 내에 가득 울려 퍼졌다. 파람은 모모의 부축을 받아 상체를 일으켰다.

그의 품에는 여전히 파이가 안겨 있었다. 서로를 껴안은 끈끈한 우애로 엮인 남매를 누군가가 탐욕과 증오가 어린 시선으로 노려봤다. 그였다. 괴기한 음성을 쉴 새 없이 내지르고 성을 내며 끝없는 집착을 내보이는 그. 소리가 나는 쪽을 볼품없이 뼈밖에 남지 않은 괴기한 스플린이 바닥을 기면서 괴성을 내질렀다.

그는 진실로 이럴 순 없다는 듯, 믿을 수 없다는 듯이 현실을 부정하고 있었다.

그가 바닥을 기어 버둥거리면서 파람에게 파이에게 다가갔다. 그의 영생을 향한 탐욕과 집착은 과히 놀라울 정도였다. 기이하게 움직이는 관절이 소름 돋을 정도로 기괴했다. 그는 삐거덕거리는 관절을 움직이며 앞으로 꾸역꾸역 나아갔다.

"그토록 원했던 영생이다! 그토록 기다려 왔던 제물이란 말이야!"

귓속을 긁는 께름칙한 음성이 쉴 새 없이 터져 나왔다. 스플린은 진실로 1000년 전 연금술사의 말을 철석같이 믿었다.

그 근거가 무엇이었는지 이제 기억조차 나지 않았다. 그는 그저 그의 말대로 무녀의 심장을 먹으면 진실로 영생을 얻으리라 믿을 뿐이었다.

그리고 1000년의 세월이 흐름으로 인해 그의 기억은 점차 부식되고 새까맣게 변질되어 버렸다. 애초에 인간의 육체는, 영혼은 영생이라는 영원한 삶을 버티기 위해 만들어진 것이 아니었다. 오랜 세월을 억지로 버티며 한계까지 도달한 그의 영혼이 머나먼 기억마저 온전히 보존할 수 없었다. 결국, 이유도 과정도 이상하게 비틀리고 변질되어 버렸다. 그는 그저 고장 난 기계처럼 같은 잘못과 죄를 반복할 뿐이었다.

조금만 닿으면 얻을 수 있었다. 조금만 더 시간이 있었더라면!

그는 지쳐 버렸다. 손에 넣을 것 같은데 손을 뻗으면 저만치 날아가 버리는 환상의 파랑새처럼 저를 약 올리는 영생이라는 것이 너무나도 가지고 싶은 동시에 끔찍이도 증오스러웠다.

이건 불공평해, 불합리하다고! 그가 말도 안 되는 투정을 부렸다. 모두들 지독히 혐오스러운 것을 보듯 그를 보았다. 그러나 파이는 그들 중 유일하게 그를 불쌍하게 생각하며 바라보고 있었다.

빼앗고 약탈하고 짓밟고 파괴하는 것밖에 할 줄 모르는 어리석고 고독하고 사악한 괴물.

그를 동정하는 아이의 시선이 텅 비어 버린 그의 눈동자에 비치지 않은 것을 다행으로 여겨야 할지도 모른다.

그는 원하는 바는 모든 다 얻고, 빼앗고, 쟁취하며 모자랄 것 없이, 부러울 것이 없이 평생을 살아온 남자였다. 그런 그에게 동정은 그야

말로 드높은 자존심을 건드리는 것이었다.

그가 뼈밖에 남지 않은 손톱으로 바닥을 긁으며 기어 왔다. 저만치서 꾸역꾸역 기어 오는 그의 텅 빈 두 눈과 비루한 육체는 여전히 아이의 심장을 노렸다. 모모가 팔을 앞으로 뻗어 들었다.

도저히 두 눈 뜨고 볼 수 없는 모습이었다. 께름칙하고 소름 끼쳤다. 저것이야말로 끝없는 탐욕으로 죄를 반복하여 밑바닥까지 타락한 인간의 말로란 말인가. 새까만 악으로 물들어 추락하고 추락한 망령이란 말인가. 모모는 마음 한쪽 구석이 씁쓸해지고 묵직해졌다.

신은 어찌하여 이다지도 삐뚤어진 인간의 영혼을 창조하였나. 어째서 이다지도 끝없는 욕망과 탐욕을 그에게 안겨 주었나. 이토록 비참하고 추악한 결말만을 남을 뿐인데……!

모모는 마음 한쪽이 불편해지고 눈살이 절로 찡그려졌다. 그는 한시라도 이 불편하고 추악한 상황을 벗어나고 싶었다. 그것은 파람의 품에 안긴 가여운 소녀에게도 자신에게도 가장 이로운 것이다. 그가 한 손의 손가락을 움찔 크게 떨었다.

그때였다. 모모가 어떤 수를 쓰기 전에 낯선 이가 그 상황에 끼어들었다.

"안됐지만 그 바람은 절대로 이룰 수 없을 것 같습니다."

몹시도 단호하고 강건한 목소리가 저 너머 어둠 속에서 들려왔다. 묵직하지만 묘하게 무미건조한 목소리였다. 파이는 이 목소리가 낯익다고 생각했다.

그래, 파이는 이 목소리를 잘 알고 있다. 그 어린 시절, 공포로 몰아세웠던 그 목소리였다. 파이가 저도 모르게 몸을 잔뜩 움츠리며 파람의 목을 끌어안은 팔에 힘을 줬다. 파람은 가여운 제 누이를 바짝 끌어안으며 날을 세웠다. 누군가가 까마득한 어둠 속에서 뚜벅뚜벅 걸어온다.

어둠 속에서 등장한 그는 어리석은 자의 후손이었다.

이 세상에서 가장 잔혹하고 가작 악독하고 가장 탐욕스러운 괴물을 창조한 이기적인 연금술사의 후손 엔트, 그였다. 그는 새까만 옷을 입고 있었다. 하물며 몸에 두른 망토마저도 새까만 칠흑의 색이었다.

그의 등장에 눈에 띄게 화색을 내비치는 건 당연히 스플린이었다. 새까만 뼈밖에 남지 않은 괴물이 몹시도 반가워하며 그를 부른다. 괴기한 그의 턱이 달칵달칵 움직였다. 소름이 돋을 정도로 괴기한 모습. 그 자리에 있는 그 누구도 얼굴을 찌푸리지 않을 수 없었다.

"오오! 엔트! 엔트! 나의 연금술사여!"

자 어서 빨리 저 건방진 자식들을 죽이고 어린 무녀를 내게로 데려와! 그가 당연한 듯 명령한다. 그러나 그는 단호했던 목소리가 무엇을 말했는지 의미를 이해하지 못했다.

스플린은 그를 믿었다. 그는 이 세상에 오직 하니뿐인 조력자이다. 그는 절대 자신을 배신할 리 없다. 배신할 수 없다!

엔트는 당최 알 수 없는 기묘한 빛을 담은 시선으로 바닥을 기어가는 스플린을 내려다보았다.

구역질 날 정도로 일그러진 욕망 덩어리. 그를 탄생시킨 것은 다름 아닌 자신의 선조였다.

선조가 이어 온 죄악은 그를 얽매이고 조였다. 죄책감으로 가득 찬 그가 스플린을 향해 걸어간다. 언제나처럼, 그가 부르면 다가가듯. 허나 그의 오른손에 몹시도 선명한 은색의 검이 쥐어져 있었다. 스멀스멀 피어오르는 은의 오라는 몹시도 찬란한 동시에 성스러웠다.

그것은 성검이었다.

그가 가지고 있는 검은 이 세계에서 가장 성스러운 기운을 담은 검. 검은 무엇이든 정화하는 성질을 가졌다. 악령을 만들어 낸 죄악의 후손인 엔트의 손목이 검게 그을렸다. 그의 존재마저 검은 정화하려 했다. 새까맣게 태우려 했다.

검을 쥔 것만으로도 비명을 내지를 만큼 고통스러울 것이 분명한데도 그는 무서울 정도로 강인한 인내심을 보였다. 새까맣게 타들어 가는 그 손을 끝까지 놓지 않았다.

그가 그 성검을 쥐고 스플린에게 다가갔다. 천천히. 그리고 그 곁에 도달했을 때 그 위로 주저 없이 검을 들어 올렸다. 스플린이 뭐라 말을 꺼내기도 전에, 그 어떤 제지도, 방어도, 반항하기 전에 그가 가차없이 그 검을 내리꽂았다.

"카아아악!!!"

그가 고통에 몸부림치며 버둥거렸다. 귀가 찢어질 정도로 날카로운 비명이 공간 가득 울려 퍼졌다. 앙상한 팔과 다리를 사납게 흔들고 버둥거리며 바닥을 긁었다.

그럼에도 불구하고 엔트는 눈 하나 깜짝하지 않고 검의 자루에 체중을 더 실어 눌렀다. 엔트의 눈동자에 연민의 빛이 서렸다.

선조가 만들어 낸 괴물. 선조의 과오, 그리고 지워지지 않는 나의 죄악, 나의 죄책감.

"너무 오랫동안 우린 악몽을 꾼 겁니다."

엔트가 연민 어린, 그리고 회의감 가득한 어조로 중얼거렸다.

"부질없는 황량몽이었습니다."

불로불사라니. 그런 게 가능할리 없잖습니까? 그의 메마른 눈의 흰자가 붉게 충혈되었다. 끝없는 죄책감과 회의감이 그를 오래도록 괴롭혔다. 눈만 감으면 그 어리고 죄 없는 여자아이들이 피에 절은 모습으로 그의 발목을 잡았다.

원통하고 원통해서 쉽게 눈을 감을 수 없었으리라, 그것은 인간으로서 최악의 죄악이었다. 그럼에도 엔트는 가문의 명예와 사명을 위해 인간으로서의 도리를 저버린 것이다.

단지 그 허망한 꿈과 이상향을 위해!

그러나 그는 인간으로서 도리를, 마지막 의지를 지키려고 한다. 그래, 이제는 끝낼 때가 되었다. 이제는 결말을 지어야 했다.

이것은 그가 반드시 해야만 하는 일이었다.

성검은 거룩한 신력을 찬란한 태양처럼 내뿜었다. 빛은 점차 커져 어두운 지하를 환하게 밝혔다. 신검에 꽂힌 괴기한 검은색 뼈다귀는 하얀빛에 먹히듯 부서져 내렸다. 그럼에도 그는 끈질기게 살아남기 위해 버둥거리며 기괴한 각도로 관절을 꺾고 바닥을 긁었다.

하지만 그의 끈질긴 반항에도 신성한 성검은 더욱 깊숙이 찔러 나갔다. 곧 검은 지하의 바닥까지 꿰뚫듯 파고 들어갔고 그가 마지막 처절한 반항의 괴성을 내질렀다.

"카아아아!!!"

귀를 찢을 듯 몹시도 날카롭고 새된 소리가 공터를 쩌렁쩌렁 울렸다. 그가 집어삼켰던 비루한 육체는 새까만 먼지바람이 되어 부서져 내려 무겁게 바닥에 떨어졌다. 황녀의 굳은 의지와 바람, 신성하고 거룩한 성검의 활약으로 1000년 동안 아칼리템을 지배했던 사악한 탐욕의 황제가 드디어 파멸을 맞이했다.

결국, 그는 그토록 염원했던 영생을 기어코 얻지 못했다.

그가 완전히 사라지고 맨 바닥에 성스러운 성검만이 꽂혀 의연히 빛을 발하고 있었다. 그의 일부였던 뼛가루가 살랑살랑 가벼운 춤을 추며 허공을 맴돌다 무겁게 떨어졌다. 엔트는 바닥에 꽂힌 검의 끝을 멍청히 내려다보며 망연하면서도 어쩐지 가벼운 목소리로 중얼거렸다.

"이제 된 거야. 이제…… 이제."

그토록 오랫동안 이어졌던 악몽과도 같았던 날들과 이별이다.

파이는 멍청히 고개를 숙이고 검 끝을 하염없이 내려다보는 엔트를 보았다. 그의 몸을 감싸고 있던 몹시도 어둡고 사악한 기운이 아스라이 사라져 간다.

새까맣게 타들어 가는 엔트의 오른손이 부식하듯 부서져 내렸다.

끔찍한 고통이 몰려왔음에도 엔트는 창백한 인상으로 터져 나오는 비명을 삼켰다. 파이는 코끝에 나는 끔찍한 타는 냄새에도 얼굴하나 찡그리지 않고 그를 바라봤다.

파이는 그의 몸체에서 점차 새어 나오는 군청색 오라를 보며 느리게 눈을 깜박였다. 군청색 오라는 마치 구름 한 점 없는 말간 밤하늘 색처럼 아름답다고 파이는 생각했다.

파이의 시선을 느낀 것인지 그가 천천히 숙였던 고개를 들어 그녀를 바라봤다. 그와 파이의 시선이 부딪쳤다. 그가 몹시도 창백해진 얼굴로 희게 웃었다.

창백한 인상의 그는 공포를 주었던 기억 속에 자리했던 무감각하고 냉혈한의 얼굴을 하고 있지 않았다. 병색이 완연한 환자처럼 보였지만 몹시도 평온하고 따뜻한 온기가 느껴졌다.

파르르 떨리는 입꼬리를 힘겹게 움직이며 소리 없이 말을 건넨다.

'미안합니다.'

당신에게 끔찍한 경험을 안겨 주게 되어서.

그의 진심 어린 사죄에 파이가 고개를 절레절레 저었다. 사실 그 순간이 무섭고 두려웠지만 그래도 괜찮다. 이렇게 제 곁에 자신의 사랑하는 가족을 되찾은 것으로 만족한다. 그를 되찾은 것만으로도 충분했다. 파이의 솔직한 대답에 안도했는지 그가 눈을 가늘게 접고 말갛게 미소 지었다.

어리석을 정도로 순진하고 상냥한 아가씨, 사죄를 받아 주어 감사합니다.

부디 그대의 앞날이 그 새파랗고 영롱한 눈동자처럼 청염하길!

그가 그렇게 말하는 것 같았다. 그는 그 미소를 끝으로 오른손에서부터 타고 올라오는 열기에 의해 새까맣게 변질되고 부식되어 가다 순식간에 바스러졌다.

마치 한 여름에 피어오르는 아지랑이처럼.

사막 한가운데 나타났다 사라지는 신기루처럼. 아지랑이처럼.

✻✻✻

칼레이저 본가가 위치한 영지.

언제나처럼 평화롭고 평온한 저택의 어둠에 둘러싸인 선조의 방에 외부인이 들어섰다.

소리 없이, 신기루처럼, 환각처럼, 유령처럼.

새까만 선조의 방에 흐릿한 인상의 어린 소년이 고개를 살짝 숙이고 서 있었다. 희미하게 하얀빛을 발하는 소년은 마치 유령처럼 발밑이 흐렸다. 소년의 갈색 머리카락이 살랑살랑 흔들렸다.

살짝 입을 연 입술 사이로 희미한 입김 같은 것이 내뱉어져 아스라이 사라졌다. 바깥은 포근한 봄의 계절이며 선조의 방은 춥지도 않았지만 이 기묘하고 신비한 소년은 겨울의 한복판에 있는 것마냥 하얀 서리 같은 입김을 내뱉었다. 소년은 숙였던 고개를 천천히 들어 올렸다.

그의 앞에 초상화 하나가 걸려 있었다. 그 초상화는 다름 아닌 애쉬의 초상화였다. 소년은 그 초상화에서 시선을 떼지 못했다. 허무함과 절망, 슬픔, 그리고 후회가 뒤섞인 소년의 붉은 눈동자는 여전히 애쉬의 초상화에서 시선을 떼지 못했다.

그때였다.

[오빠, 가자.]

오직 그만 존재하는 아무도 없는 공간에 누군가가 몹시도 청아한 목소리로 그를 불렀다. 소년의 붉은 눈동자가 크게 떨렸다. 절대로 다시는 들을 수 없으리라 생각했던 이의 목소리였다. 기어코 소년이 놀란 듯 외마디를 내뱉었다.

"아!"

고독하고 외로운 상처투성이 소년의 굳은살 천지인 손을 누군가 잡은 것이다. 몹시도 보드랍고 조그마한 아이의 손이 느껴졌다. 그가 천천히 고개를 돌리고 살짝 숙였다. 붉은 그의 눈동자에 조그마한 갈색 머리카락의 여자아이가 비쳤다.

그 조그마한 여자아이는 다름 아닌 네이첼이었다.

그녀가 어느새 나타나 홀로 서 있는 소년의 한 손을 잡은 것이다. 그와 똑같은 색의 머리칼을 가진 여린 소녀가 그를 올려다보며 해사하게 웃고 있었다. 그가 꿈에도 바라던 누이의 찬란한 미소였다.

언제나 자신에게 지어 주길 바랐던 간절히 원했던 그 말간 미소.

그가 멍청히 제 누이를 내려다보았다. 살짝 벌려진 입술이 바르르 떨렸다. 믿을 수 없는 상황에 그는 마치 어안이 벙벙한 것 같았다. 그에 누이가 청명한 소리로 까르르 웃음을 터트렸다. 아이가 그의 손을 깍지 끼며 가볍게 흔들었다.

[가자! 엄마도, 아빠도 기다려.]

아이의 말에 멍청히 넋 놓고 그녀를 내려다보던 소년의 가련하고 애처로운 얼굴에, 창백한 낯빛에 점차 미소가 번지기 시작했다. 그가 누이를 따라 말갛게 웃었다. 저를 멀리하고 두려워하던 누이가 저를 피하지 않고 마주 보며 해사하게 웃고 있다.

소년은 어쩐지 눈물이 날 것 같았다.

그가 드디어 고개를 끄덕였다. 네이첼이 기쁜 듯 눈꼬리를 가늘게 접고 웃었다. 곧 소년과 어린 소녀는 한 줌의 작은 빛이 되어 허공에 떠올랐다. 두 개의 붉은 생명과도 같은 영롱한 빛의 구가 허공에 둥둥 뜨더니 위로 떠올라 갔다.

곧 두 개의 빛은 아스라이 빛 가루를 남기며 사라져 갔다.

애쉬의 초상화 앞에 서 있던 유령 같은 작은 소년은 그가 세상에 남기고 간 사념의 파편이었다. 외롭고, 슬프고, 괴로웠던 그의 감정이 만들어 낸 가련하고 가엽고 애처로운 기억의 조그마한 파편. 파이가 애쉬를 기억한 순간, 그를 되찾은 순간 저택을 떠돌던 조그마한 그의 사념이 하늘 위로, 아스라이 사라졌다.

꿈에도 그리던 제 소중한 누이의 사념과 함께 조그마한 고사리 손을 마주 잡고.

어린 남매가 빛이 되어 사라지자 선조의 방은 고요한 침묵이 내려 앉았다. 언제나처럼 평온하고 잔잔한 정적이 흘렀다. 그 어떤 외부인도, 침입자도 없었다는 듯. 그 방에 걸려 있는 초상화에 그려진 애쉬가 어쩐지 잔잔한 미소를 짓고 있는 것 같았다.

❅❅❅

"아, 이런……!"

시드니는 안 그래도 예민한 상황에서 황제의 집무실을 안절부절 서성이다 조심성 없게 책상에 높게 쌓여 있던 서류의 산을 넘어트리고 말았다. 그가 나지막이 한숨을 내쉬며 한 손을 들어 제 뒷머리를 긁적였다.

요즘 수도 내에는 그뿐만 아니라 몇몇 고위귀족들이 날카롭고 예민한 상태를 보이고 있다. 그 이유는 다름 아닌 몇 주 전부터 행방불명되어 버린 칼레이저가의 공녀 파이 때문이다.

언뜻 듣기로는 파람이 그녀의 행방을 찾았다며 황급히 길을 떠났다 하던데, 함께 따르지 못한 가족들이 발을 동동 구르며 조마조마한 심정으로 그의 연락을 기다리고 있다고 했다. 시드니도 그들 못지않게 파이가 몹시도 걱정되었다.

그 조그마한 여자아이가 얼마나 두려움에 떨고 있을까.

대체 어떤 놈이 무슨 이유로 납치한 것인지 알 수 없으나 참으로 간도 큰 자가 아닐 수 없다고 생각했다. 대제국의 5대 공작가의 공녀를 겁도 없이 납치하다니.

그를 잡아 사지를 절단하고 찢어 들짐승의 먹잇감으로 내던져 줘도 시원치 않을 것 같았다. 시드니는 뒤늦게 억지를 부려서라도 파람의 뒤를 쫓을걸, 후회하며 나지막이 한숨을 내쉬었다.

발을 동동 구르며 서성여 봤자 상황은 변하지 않을 터이니 떨어진 서류나 정리해야겠다, 마음먹은 그가 쭈그려 앉아 부지런히 손을 놀려 종이들을 집었다. 빠르게 서류들을 회수해 가던 중 그는 곧 이상한 느낌을 받았다.

뭐라 말할 수는 없지만 몹시도 그립고, 그리운 그 감정.

시드니가 느릿느릿 숙였던 고개를 들고 천천히 몸을 일으켰다. 그 바람에 애써 집었던 서류들이 허망하게 바닥으로 떨어져 내렸다. 그러나 시드니는 어쩐지 그것은 아무래도 상관없다는 느낌이 들었다. 그가 무의식적으로 집무실의 유일하게 있는 커다란 창으로 시선을 옮겼다.

새파란 하늘이 보이는 커다란 창가 가까이에 누군가가 서 있었다. 정오라 그런지 햇빛이 강렬하게 떨어져 내렸다. 빛을 등지고 있는 그는 그 속에 녹아든 것 같아 형체가 흐려 보였다.

시드니가 미간을 찌푸리며 그를 쳐다보았다. 흐릿한 인상의 그가 입꼬리를 말아 올리며 웃고 있는 것 같았다. 그는 곧 빛에 의해 가려진 흐린 입술을 오물거렸다.

[이제 그만, 자책감을 내려놓게.]

잔잔하고 낮은 저음이 그의 머릿속에 울렸다. 시드니는 이 목소리가 몹시도 익숙하다고 생각했다. 그리운 목소리라고 생각했다. 시드니는 어쩐지 눈물이 날 것만 같았다.

미안하고 미안해서.

그토록 소중하고 소중했던 그에게 못할 짓을 저질러 평생 가슴에, 어깨에 죄책감이라는 짐을 짊어지기로 다짐하게 된 계기를 준 그다. 오랜 옛날 그토록 우애가 깊었던 저의 둘도 없는 친우인 그가 왔다.

무의식적으로 그의 존재를 감지한 시드니가 놀람을 금치 못한 얼굴로 입을 뻐끔거렸다. 그의 금색 눈동자가 잘게 떨려 촉촉하게 일렁거렸다.

"……아, 리스타."

[자, 이제 그만 그대의 후손을 놔주게.]

그가 부드러운 어조로 타이르듯 말했다. 빛에 먹히듯 하얗게 보이는 인영의 유독 붉은 눈동자가 가늘게 호선을 그리며 접혔다. 몹시도 자애롭고 다정한 미소.

그토록 보고 싶었던 친우의 미소였다.

'나를 용서해 주는 건가, 이 우매하고 어리석은 악우를……?'

[날 위한 행동이었다는 것을 아네, 이제 그만 짐을 내려놓고 함께 돌아가세.]

그대의 아이들을 위해서, 나의 아이들을 위해서. 그가 천천히 손을 뻗어 내밀었다. 시드니는 멍청한 얼굴로 그에게 손을 뻗었다. 그의 손을 마주 잡기 위해서. 시드니가 그의 손을 잡는 그 순간 하얀 인영의 모습이 동그란 반딧불처럼 피어올라 사방으로 퍼져 나갔다. 동글동글하고 하얀 빛들이 위로 피어올라 아스라이 사라졌다.

시드니는 그것을 멍하니 올려다보았다. 그의 손을 잡았던 시드니의 손바닥은 허공에 멈춰 있었다. 그는 천천히 그 손을 내려다보았다. 그가 느리게 뻗은 손을 회수해 느릿느릿 오므렸다가 폈다.

시드니는 몇 번이고 그의 손을 잡았던 손을 오므렸다가 펴더니 이내 꽈악 주먹 쥐고는 다른 손으로 그 주먹을 감싸 가슴에 품었다. 고개를 폭 숙이는 시드니가 천천히 눈을 감았다. 감은 그의 눈가에 투명한 눈물이 맺혀 곧 유려한 그의 볼을 타고 떨어져 내렸다.

시드니는 어깨가 가벼워진 느낌이었다. 어쩐지 가슴이 먹먹해지고 따뜻해지는 느낌에 그는 그 자리에서 한참을 서 있었다. 제 가슴을 가득 채운 말로 표현할 수 없는 먹먹하고 뭉클한 감정을 좀 더 오래도록 품고자.

드디어 선조의 죄책감이, 자괴감이 그에게서 떨어져 나갔다.

세 개의 나라를 둘러싼 질기고 짙었던 저주가 드디어 끝을 맞이했다. 새파란 하늘은 청염하게, 구름 한 점 없이 드넓게 펼쳐졌다. 활짝 열린 창문 너머로 따스하고 보드라운 바람이 불어왔다.

시드니의 발밑에 나뒹구는 하얀 종이들이 팔랑팔랑 얇게 춤을 쳤다.

파이 12.

　새까만 세상에 파이는 홀로 서 있었다. 불빛 한 점 없이 짙은 어둠
만 내려앉은 그곳은 굉장히 조용했고 또한 평온했다. 그렇기 때문에
파이는 홀로 그 자리에 서 있었음에도 한 톨의 두려움도 나지 않았던
것 같다.

　[그녀의 대가를 돌려줄 수는 있어.]

　그러기 위해서는 그에 상응하는 대가가 필요하단다. 몹시도 다정하
고 차분한 목소리가 들렸다. 파이는 양 손바닥을 포갠 상태에서 입술
을 질끈 깨물었다. 그 목소리가 말하는 '그녀'가 누군지, '대가'가 무
엇인지 파이는 금방 알아차렸다. 그녀는 짧은 망설임 끝에 입을 열었
다.

　"대가? 대가를 주면 아즈라엘에게 돌려줄 거야?"

　그녀가 다시 살아날 기회를. 파이의 물음에 목소리가 답했다. 그래.
돌려주마. 파이는 포갠 양손에 힘을 꽉 주었다. 작은 두 손에는 딱 하
나 남은 별사탕이 담겨 있었다. 언제부터 손안에 있었는지 알 수 없으
나 문득 정신을 차리고 보니 샛노란 별사탕을 쥐고 있었다.

희미한 온기를 느끼며 파이는 일말의 망설임을 버렸다.

"내가 줄 수 있는 건 모든 줄게."

그러니 그녀를 다시 이 세계에 돌려줘. 간절한 마음을 담아 말했다. 그에겐 그녀가 필요해. 그러자 어둠 속에서 목소리가 청아한 웃음소리를 내뱉었다. 얼마 전 신과 대화하던 여자아이의 목소리. 그것은 '세계'였다.

[뭐든? 뭐든 줄 거니?]

"응, 뭐든!"

그녀의 대답은 굳건하고 놀라울 정도로 순종적이었다.

[오, 애야, 사랑스러운 파이야. 그런 말은 함부로 하는 게 아니란다.]

그러자 세계는 오히려 꾸짖었다. 뜻밖의 꾸짖음에 파이가 놀라 어깨를 움츠렸다. 어둠 속에서 혀 차는 소리가 잔잔히 울려 퍼졌다. 곧 어둠의 공간이 크게 일렁거렸다. 어둠이 어둠을 낳았다. 기묘한 광경이 아닐 수 없었다. 그녀 앞에 거대한 덩어리가 빠져나와 하나의 형태를 만들었다. 어둠이 낳은 어둠 덩어리는 눈부시게 아름다운 사람으로 탈바꿈해 있었다.

파이는 눈 깜짝할 새에 사람이 나타난 것 같아 놀랐다. 하지만 그것보다도 더 놀랐던 것은 그 사람이 자신에게 몹시도 익숙한 사람이라는 것이다.

그는 어둠 속을 환하게 밝힐 정도로 반짝이는 은발과 몹시도 아름다운 외모를 가진 사내였다. 티 하나 없이 하얀 피부에 선명한 황금색 눈동자. 아, 나는 이 사람을 너무나도 잘 알고 있어. 파이는 속으로 중얼거리며 멍한 표정으로 그를 올려다봤다.

시드니!

파이가 비명 같은 외마디를 집어삼켰다. 그가 유려한 미소를 지으며 한쪽 무릎을 꿇고 앉아 파이와 시선을 마주했다. 바람 한 점 없는

데도 그의 탐스러운 은발이 살랑살랑 흔들렸다. 마치 환상처럼. 꿈결처럼. 그의 찬란한 금색 눈동자가 호의의 빛을 띤다. 그가 언제나 다정하고 상냥한 모습으로 입을 열었다.

[네 자신을 소중히 대해야 하지 않겠니?]

안 그러면 네가 소중히 대하는 사람들이 슬퍼할 거란다. 그와 같은 목소리로 말한다. 파이가 몸을 크게 움츠렸다. 잔뜩 움츠려진 어깨가 처량할 정도로 가여웠다.

그건 잘 알고 있는 사실이다. 자신을 내던지면 내던질수록 그녀가 사랑하는 이들이 걱정하고 슬퍼하며 괴로워할 것이다. 그러나 파이는 자신을 포기하려는 것이 아니다. 단지 다신이 할 수 있는 최선에서 대가를 지불하고 그녀를 되찾고 싶었을 뿐.

파이가 굳게 다문 입술을 깨물었다. 그는 손을 들어 창백한 파이의 뺨을 쓰다듬었다. 조심스럽게 매만지는 손길이 그와 같아서 파이는 눈물이 날 것만 같았다.

심술쟁이 시드니, 하지만 그보다 더 많이 다정한 시드니.

파이는 어쩔 줄 몰라 울상을 지었다. 세계는 망설임을 보이는 파이를 보며 가벼운 웃음소리를 내뱉었다. 그럼에도 너는 그 입으로 내뱉은 말을 부정하지 않는다.

상냥하고 다정한 아이. 정 많고 남을 배려할 줄 아는 순수한 아이.

그게 바로 너란다 파이.

그는 파이의 뺨을 매만지던 손으로 구불구불 크게 웨이브 진 그녀의 금색 머리카락 끝을 매만지며 말했다.

[네가 원한다면 돌려주마. 하지만 대가로 너에게서 목소리를 앗아갈 거야.]

그래도 되겠니?

배려 가득한 물음에 파이가 시선을 내리깔았다. 답은 정해져 있다. 하지만 아이는 고작 8살. 그녀는 끊임없이 망설였다. 파이가 포갠 양

손을 꼬물거리며 물었다.

"영원히?"

영원히 파이는 말을 못 하는 거야? 앞으로 사랑하는 아빠에게, 또 오빠들에게, 할머니 할아버지한테도 사랑한다는 말도 못 하는 거야? 시선을 내리깔던 파이가 물기 가득한 파란 눈으로 그를 올려다봤다.

그가 픽 웃고는 파이의 머리카락 끝을 매만지는 손을 들어 그녀의 이마를 쓸어 올렸다. 둥글고 어여쁜 이마가 드러나자 그는 쪽 하고 키스하며 말했다.

[영원하진 않을 거야. 언젠간 풀려나는 저주와도 같아.]

저주라는 단어에 파이의 창백한 얼굴이 굳어졌다. 지레 겁을 먹는 모습에 그가 유쾌하게 웃으며 이마를 맞대고 말했다.

[두려워하지 말거라. 세계는 너를 해치지 않는단다.]

때가 되면 네가 네 목소리를 되찾을 거야. 상냥한 어조로 속삭이는 그의 목소리에 파이가 안도한 듯 한숨을 폭 내쉬며 느리게 눈을 감았다 떴다.

"그렇다면 줄게. 내 목소리. 하지만 그걸로 대가가 될까?"

[충분하단다. 이것은 너와 나의 약속이자 계약이란다.]

"약속? 계약?"

[그래. 너는 내가 원하는 대가를 지불해야 하지. 그것은 순전히 너의 의지에 달렸어.]

"무슨 말인지 모르겠어."

대가는 그가 가져가면 끝이 아닌가? 파이는 고개를 갸웃 기울였다. 세계는 파이의 머리카락을 가볍게 헝클어트릴 정도로 쓰다듬으며 후후 웃었다.

[이것은 강제적인 것이 아니야. 나는 너에게 어떠한 것도 강제적으로 요구할 수도 빼앗아 갈 수도 없어.]

그렇게 되면 다른 누군가가 몹시도 슬퍼하거든. 그가 내리깐 시선으로 서글피 말했다. 파이는 그를 빤히 보더니 포갠 양손 중 하나를 들어 세계의 하얀 뺨을 매만졌다. 조그맣고 하얀 아이의 손이 그의 뺨을 쓰다듬는다. 내리깐 그의 시선이 다시 아이로 향했다. 새파란 호수의 눈동자가 찬란하리만치 반짝거렸다.

"내가 어떻게 하면 돼?"

영특한 아이는 그가 말하는 의도를 눈치 채고 묻는다. 말해 줘. 내가 어떻게 해야 당신에게 대가를 줄 수 있어? 내 바람을 이룰 수 있어? 파이의 물음에 그가 자애롭게 웃으며 말한다.

[8년간 너의 의지로 침묵해야 해.]

해 줄 수 있니? 그의 물음에 파이는 일말의 망설임 없이 고개를 끄덕였다. 분명 어려울 수도 있다. 입을 닫는다는 것은 생각보다 몹시도 답답한 것이다.

새로 태어나 이제까지 스스로 입을 다문 적이 없는 파이로서는 그게 얼마큼 답답할지 감이 오지 않았다. 그럼에도 파이는 그러하겠다고 답했다. 파이의 대답에 그는 유려하게 웃으며 달콤한 목소리로 속삭였다.

[네가 입을 다문 순간 우리의 계약은 이루어지는 거야.]

어쩐지 잠이 오는 것 같다. 분명 이 어둠 속은 꿈속이거늘 어째서 또 잠이 오는 걸까? 파이는 순간 의문이 들었다. 의문은 새로운 의문을 낳았다.

그러고 보니, 나는 왜 이게 꿈이라고 생각한 걸까?

몽롱해지는 정신을 붙잡지 못하고 속수무책으로 꿈속의 꿈에 빠지기 시작했다.

흐릿한 시야에 아름다운 은의 황태자는 온데간데없이 사라지고 자신을 쏙 빼닮은 소녀가 손을 흔들고 있었다. 자신과 똑같은 얼굴을 한 어린 소녀의 찬란한 황금안이 눈이 부시다. 파이는 결국 눈을 감아 버렸다.

새파란 잎사귀가 쨍쨍한 햇빛에 반사되어 도드라지는 청염의 여름이 찾아왔다. 해가 길어짐에 따라 하루의 시작도 그 어떤 계절보다도 빨리 찾아오는 시기. 잠꾸러기 아가씨 파이는 제 방으로 쏟아질 아침의 햇살을 단단히 막아 주는 무거운 커튼들 덕에 아직 꿈을 꾸고 있었다.

그러나 그것도 잠시.

그녀의 방에 낯익은 인물이 침입하여 파이는 달콤한 꿈에서 깨어날 수밖에 없었다. 매끄러운 문을 조용히 열고 들어온 유모는 주저 없이 그녀의 방 커튼을 시원하게 쳐 냈다. 촤악, 촤악! 경쾌한 소리가 방 전체에 울려 퍼진다.

파이의 발밑에 둥글게 몸을 말고 달게 잠이 들어 있던 리파가 파르르 놀란 기색을 내비치며 몸을 일으켰다. 파이의 작은 몸을 월등히 넘는 커다란 몸체의 그가 몹시도 날렵하고 조용한 움직임으로 갑자기 쏟아지는 햇살에 버둥거리는 잠꾸러기를 깨운다.

늘 있는 일이라 그런지 익숙하게 이불 속으로 꽁꽁 숨어 버린 소녀를 향해 얼굴을 들이민다. 파이가 잠결에 투정 부리듯 신음을 내뱉었다. 그녀의 하얀 얼굴에 코끝을 비빈 그가 가르릉 울음을 내뱉었다. 파이가 그 소리를 듣고 무의식적으로 배시시 웃는다.

"이런, 우리 잠꾸러기 아가씨! 어서 일어나셔야죠? 네?"

웃음기 가득한 유모의 목소리가 방을 울렸다. 유모가 얼굴의 반만 내밀고 눈도 제대로 뜨지 못한 파이를 보고 유쾌하게 웃으며 그녀의 금색 머리카락을 다정하게 쓰다듬었다.

꿈에서 깨어날 시간이에요. 상냥한 유모의 목소리에 파이의 꼭 감긴 눈꼬리가 파르르 떨렸다. 파이가 느릿느릿 눈꺼풀을 들어 올렸다. 흐릿한 시야에 선명한 빛이 새어 들어왔다. 그리고 익숙한 유모의 모습도.

파이가 배시시 웃으며 그녀를 향해 양팔을 뻗었다. 유모는 익숙하게 그녀의 양팔을 잡고 상체를 들어 올렸다. 그녀에 의해 딸려 올라가듯 파이의 상체가 올려졌다. 반도 뜨지 못한 눈을 꿈벅이며 쉽사리 정신을 차리지 못하는 파이에 유모는 그 둥근 이마에 콩 하고 제 이마를 부딪쳤다.

"자아, 자아! 어서 정신 차리세요!"

몇 번이고 말을 거는 유모 덕분에 파이의 혼미한 정신이 점차 선명해지기 시작했다. 파이는 그녀에 의해 살짝 부딪힌 부분에서 희미한 통증을 느끼며 고개를 끄덕였다.

유모는 깔깔 웃으며 여전히 왜소한 파이의 몸을 천천히 들어 올렸다. 파이는 익숙하게 그녀의 목에 팔을 둘러 어깨에 고개를 얹었다. 하암 하고 하품을 한다. 유모는 사랑스러운 공녀의 엉덩이를 톡톡 두드렸다.

"자, 세안하러 갑니다?"

그녀의 말에 파이가 고개를 주억거렸다. 어깨에 느껴지는 그녀의 고갯짓에 유모는 빙긋 웃으며 파이를 카펫 위에 사뿐히 내려 주었다. 파이가 한 손으로 눈가를 비비며 다시금 하품을 크게 한다. 그녀의 곁으로 리파가 다가가 얼굴을 비볐다. 파이가 리파의 정수리를 쓱쓱 쓸어 주었다. 리파가 가르릉 기분 좋은 소리를 내뱉었다.

자, 언제나처럼 버거운 아침잠에서 깨고 새 하루가 시작되었다.

언제나 평온한 파이의 새 하루가.

"파이, 오늘은 아빠 따라 황궁 가겠느냐?"

말끔히 세안을 하고 유모에 의해 사랑스럽게 꾸며진 파이는 식당으로 내려가 가족들과 단란한 아침 식사를 했다. 식사 도중 카이저가 언제나처럼 다정하게 아이에게 말을 걸었다. 파이는 그의 물음에 냉큼 고개를 끄덕이며 방긋이 웃었다. 카이저는 제 사랑스러운 딸아이의 미소에 다정한 눈빛으로 그 모습을 담는다.

올해 나이 13살의 어린 소녀 파이.

떠들썩했던 파이 납치 사건이 있고 5년이 흐른 것이다. 그 5년 사이 파이는 많이 자라고 달라졌지만 새파란 눈동자만큼은 하나도 변하지 않았다. 영롱한 호수와도 같은 파란 눈동자는 변함없이 맑게 빛났다. 제법 소녀 티가 나는 사랑스러운 칼레이저가의 금지옥엽 공녀 파이.

그녀는 제국 제일 경국지색은 아니었으나 절로 웃음 짓게 할 만큼 사랑스러움과 활기가 가득 넘쳤다.

파이는 단란한 아침 식사를 마치고 카이저의 손을 잡고 마차에 올랐다. 그와 함께 황궁에 입궁하기 위해서였다. 칼레이저가의 가주직을 물려받고, 황궁 기사단의 기사단장으로 임명된 파람도 함께 따랐다. 파이는 카이저의 부축을 받아 마차에 사뿐히 올라 폭신한 의자에 앉았다. 그녀와 마주 앉은 카이저는 아이의 머리를 가볍게 쓰다듬었다.

곧 마차가 움직이기 시작했다. 달그락거리는 말굽 소리와 마차 바퀴 소리가 들렸다. 마차의 창으로 비치는 풍경이 점차 빠르게 지나쳤다. 파이는 제가 쓰고 있는 보닛 끝을 매만지며 창문 너머의 풍경에 시선을 두었다.

카이저는 바깥 풍경에 시선을 금세 빼앗긴 제 딸아이를 쳐다보고는 들고 온 서류 몇 장에 시선을 돌렸다. 일은 해도 해도 줄지 않고 늘어만 갔다. 그가 나지막이 한숨을 내뱉었다. 그의 한숨 소리가 들리자 파이는 저도 모르게 배시시 웃었다.

입궁하자마자 카이저에게 득달같이 달려드는 부하들 덕분에 파이는 눈 깜짝할 새에 외톨이가 되었다. 파이는 방금 전까지 잡고 있던 아빠의 체온을 되새기려는 듯 양손을 포개어 꾸물거렸다.

아빠가 바쁜 건 어쩔 수 없지. 아빠는 이 나라에서 가장 중요한 사람인걸. 속으로 자신을 다독이만 섬세한 13살 소녀인 파이가 섭섭한 감정을 갖는 것은 당연한 일이었다. 파이는 못내 섭섭한 마음을 다 털어 내지 못한 걸음으로 터벅터벅 황궁의 복도를 걸어갔다.

그녀의 곁으로 아지랑이처럼 피어올라 환영처럼 다가온 리파가 위로하듯 얼굴을 허리춤에 비볐다. 파이는 자신에게 한껏 애교를 피우는 리파의 몸짓에 반사적으로 손을 들어 보들보들한 그의 정수리를 툭툭 쓰다듬었다. 손끝에 느껴지는 털 감촉이 까끌까끌하면서도 보드랍다. 침울해진 기분이 조금 나아지는 것 같았으나 푹 숙여진 파이의 고개는 올라갈 기미가 없었다.

[파이, 파이. 네가 원한다면 카이저를 데려올 수도 있단다.]

평소보다 더 울적해 보이는 파이의 모습에 여왕이 소리 없이 나타나 말했다. 팔랑팔랑 날갯짓이 우아했다. 그녀가 파이의 주변에 어른거리다 사뿐히 어깨에 앉았다.

'아니. 그럼 안 돼. 여왕. 아빠는 우리 가족을 위해서 열심히 일하고 있단 말이야. 방해하면 못써.'

여왕의 말에 파이는 소리 없이 입만 뻐끔거렸다. 여왕이 입을 삐쭉 내밀었다. 파이와 마음이 연결되어 있는 여왕과 리파는 그녀가 소리를 내어 말하지 않아도 무슨 말을 하려는지 금세 알 수가 있다.

여왕은 파이가 아빠를 위해 외로움을 참는다는 것이 신경 쓰였으나 그녀가 그 어떤 것도 바라지 않기에 따라 참기로 했다. 파이는 그것을 곁눈질로 보더니 소리 없이 웃음을 터트렸다.

'그러지 말고 우리 정원 산책하지 않을래?'

파이의 제안에 여왕과 리파가 고개를 끄덕였다. 파이는 그들을 달고서 익숙한 황궁 복도를 걸어갔다. 그녀의 침울한 걸음이 조금은 가벼워진 것 같았다.

전날 밤 꿨던 꿈이 파이를 침울하게 했지만 소녀는 금세 생기발랄해졌다. 그러나 머릿속에서는 맹렬히 꿈의 내용이 반복되고 있었다. 그녀는 그럴 때마다 되새긴다. 나는 분명히 약속을 잘 지키고 있어.

걸음을 옮길 때마다 어둠 속을 걸었던 것이 떠올랐다. 그러나 꿈속처럼 무섭지도 두렵지도 않았다.

언제나 익숙한 길인걸.

파이는 복도를 지나치는 도중에 만나는 낯익은 시녀들에게 가볍게 인사를 하기도 했다. 그녀들을 매일같이 보다 보니 저택의 하녀들만큼이나 반가웠다. 파이의 인사를 받는 시녀들은 감히 황송하여 고개를 차마 들지도 못했으나 눈빛에는 호의가 어려 부드러운 기색이 띠었다.

그녀들을 등지고 황궁의 정원에 도착한 파이는 익숙하게 안으로 파고 들어갔다. 우거진 나무가 우뚝 솟은 황궁의 정원은 언제 봐도 웅장하고 아름답기 그지없었다. 언제 봐도 질리지 않고 언제 봐도 새롭다.

금세 기분이 띌 듯 좋아진 파이는 가벼운 총총걸음으로 폴짝폴짝 뛰며 정원을 거닐었다. 자연의 기가 충만한 정원이 썩 나쁘지 않은지 리파와 여왕의 얼굴색도 눈에 띄게 화색이 돌았다.

총총 뛰는 파이의 모습은 흡사 생기발랄한 금색 토끼 같았다. 더블 포니테일로 묶은 헤어 때문만 아니라 복숭앗빛으로 물든 뺨이나 가벼운 발걸음의 영향이 컸다.

'오늘은 예쁜 꽃반지랑 꽃목걸이, 화관도 만들어야지!'

금세 꽃밭에 정신이 팔린 파이는 소리 없는 콧노래를 불렀다. 흥얼거리듯 입을 우물거림에도 소리는 일절 나지 않는 것이 신기할 정도였다. 경쾌한 발걸음 끝에 도착한 정원 한쪽을 차지한 아기자기하고 다양한 꽃이 피어있는 꽃밭은 정오의 햇살을 받아 살랑살랑 춤을 추고 있었다.

꽃들 사이로 작은 종달새들이 이리저리 날아다니다 사라졌다. 파이는 그것을 보며 방긋이 웃으면 꽃밭 한쪽에 풀썩 주저앉았다.

공녀답지 않은 자유로운 그녀의 행동을 보면 예절담당인 안젤라 부인이 질색하며 잔소리를 퍼부을 것이다. 하지만 그건 그녀가 이 모습을 보았을 때의 일이다. 지금은 나랑 리파랑 여왕뿐인걸 뭐.

"어이, 못난이. 오늘도 출석체크 하는 건가?"

부지런하기도 하지. 파이의 머리 위로 낮익은 목소리와 함께 커다란 그림자가 졌다. 파이가 고개를 들자 정오의 햇살을 받아 눈부시게 반짝이는 은발이 눈에 들어왔다. 파이의 파란 눈동자가 가자미눈이 되어 그를 보더니 픽 소리가 날 정도로 고개를 돌려 버렸다. 그에 은발의 아름다운 사내가 눈을 찡긋거리며 웃는다.

그는 자신에게서 고개를 돌려 버린 앙큼한 파이의 시선에 맞추기 위해 선뜻 꽃밭에 주저앉았다. 그가 익숙하게 가부좌를 틀고 파이에게 상체를 쑥 내밀며 말했다.

"이봐, 새침한 아가씨. 볼 때마다 한결같은 반응 너무 고마운데 가끔은 연기라도 반가워해 줘. 응?"

아무리 나라도 매번 이렇게 새침한 반응 보이면 상처받는다고. 시드니가 조금은 서운한 기색을 담아 말했다. 그에 파이의 어깨가 움찔 떨렸다.

파이가 슬쩍 그를 훔쳐보듯 곁눈질로 쳐다보니 그는 실제로 상처받은 섬세한 소년처럼 고개를 숙이고 있었다. 내리깐 눈동자가 우수에 차고 그에게서 느껴지는 분위기마저 침울했다.

그 모습에 파이가 눈을 휘둥그레 뜨고 안절부절못했다. 파이가 깔고 앉았던 엉덩이를 들썩이며 그에게 가까이 다가가 뻐끔거렸다. 아니, 나는 그러려고 한 게 아니라, 자꾸, 자꾸 못난이라고 하니…… 소리 없는 변명이 입 밖으로 나왔으나 부질없었다.

시드니가 처량하게 어깨까지 축 늘어트리고 파이에게서 시선을 돌렸다. 숙여진 고개로 인해 그의 표정은 한층 더 침울해보였다. 파이가 울상을 지으며 어쩔 줄을 몰라 했다.

그때.

"풋!"

고개를 푹 숙이고 한창 침울한 모습을 보이던 시드니가 돌연 유쾌한 웃음을 터트렸다. 첫 웃음을 기점으로 그는 연달아 웃음을 내뱉으며 방정맞게 킬킬 웃었다. 파이는 그가 웃음을 터트린 순간 그대로 굳어 버렸다. 금세 상황 파악한 파이는 또 속았다는 배신감에 몸을 부들부들 떨었다.

기어이 파이가 소리 없는 아우성을 질렀다. 양 손을 주먹 쥐고 바들바들 떠는 것이 화가 단단히 난 것 같았다. 시드니는 그것을 뻔히 알면서도 모른 척 시치미를 뗐다. 그는 곧 파이의 작은 얼굴 가까이에 제 얼굴을 쑥 내밀며 짙게 웃었다.

"못난이가 인상 쓰면 더 못나진다고 했지?"

약 올리는 데 이만한 재능이 없을 것이다. 파이의 하얀 얼굴이 금세 시뻘게졌다. 잘 익은 사과 같아 먹음직스럽게 보이기도 했다. 시드니가 파이의 콧등과 자신의 콧등을 부딪쳤다.

가볍게 콧등을 비비던 그가 콩 소리가 날 정도로 이마를 부딪쳤다. 파이가 주먹 쥔 손을 휘둘렀으나 그는 눈 깜짝 할 새에 뒤로 물러났다.

"어허, 어디 레이디가 주먹질일까?"

우리 파이, 그렇게 안 봤는데 참 거친 아이구나? 시드니는 끝까지 파이를 약 올렸다. 파이의 고운 얼굴이 잔뜩 일그러졌다.

소리만 낼 수 있다면 당장에 시드니 미워! 나쁜 놈! 하고 소리쳐 줄 텐데!

그럴 수 없는 것이 천추의 한이다. 시드니는 더 이상 파이를 놀리면 안 될 것 같은 느낌에 찡긋거리는 미소를 지으며 폭 주저앉았던 몸을 일으켰다. 그러나 그가 제대로 일어서기도 전에 파이가 놀라운 속도로 시드니의 멱살을 야무지게 잡아당겼다. 시드니는 어어 하고 밑으로 끌려가 파이의 얼굴 가까이 몸을 숙였다.

파이는 자신의 가까이 다가온 시드니를 보고 벌게진 얼굴로 방긋이 웃었다. 그리고는 도톰한 입술을 벌려 그의 높이 솟은 콧등을 주저 없이 콱 물어 버렸다.

"큭."

시드니가 놀람과 아픔에 가벼운 외마디를 내뱉었다. 파이는 그의 신음에 만족했는지 금세 시드니의 콧등과 멱살을 놔주었다. 파이의 손에서 풀려난 그는 반사적으로 콧등을 매만지며 미간을 찡그렸다.

"어휴, 어쩜 여자애가 무는 힘도 이렇게 무식하게 셀까!"

시드니가 투덜거렸다. 그러나 그의 말이 끝나기도 전에 파이가 반듯이 서 있는 시드니의 종아리를 걷어찼다. 어쩜 시드니는 어른이 돼도 이렇게 얄미운 말만 할까! 파이는 속으로 분통 터진다는 듯 중얼거렸다.

시드니가 파이에게 맞은 종아리를 양손으로 감싸 쥐며 주저앉았다. 고작 13살 소녀의 발길질이 아파 봤자 얼마나 아프겠냐며 파이는 괜한 엄살을 부리는 시드니를 고개만 살짝 숙여서 내려다봤다. 그리고는 정확하게 입술을 오물거리며 한 자 한 자 소리 없이 읊었다.

'이 바보야!'

파이의 소리 없는 말을 이해했는지 시드니의 표정이 미묘하게 일그러졌다. 이 말괄량이! 시드니가 지지 않고 쳐 낸다. 그에 파이는 코웃음을 치며 팔짱을 꼈다. 새치름하게 고개까지 돌려 버렸다.

더 이상 그와 얘기하지 않겠다는 모습에 시드니가 그녀를 따라 코웃음을 치며 고개를 휙 돌렸다. 둘의 행태에 리파와 여왕은 둘 다 똑같은 어린애라고 생각했다. 물론 파이는 실제 어린아이지만 말이다.

"아, 정말이지 심심할까 봐 찾아와 줬더니!"

시드니가 한껏 섭섭한 마음을 담아 투덜거리고는 한 손으로 제 뒤통수를 긁으며 걸음을 옮긴다. 파이는 점차 멀어지는 시드니를 곁눈질로 슥 쳐다보더니 그가 저만치 멀어지는 것을 확인하자마자 꽃밭에 털썩 주저앉았다.

리파가 다가가 파이의 둥근 이마를 콧등으로 밀고 비볐다. 파이는 뚱한 표정을 슬슬 풀었다. 그녀는 리파의 둥근 머리통을 양팔로 껴안으며 뺨을 비볐다. 붉어진 얼굴은 나아질 기색 없었다. 파이는 나지막이 한숨을 내뱉었다.

'얄미운 시드니, 정말정말 싫은데.'

정말정말 좋아하기도 해. 파이는 속으로 중얼거리며 눈을 감았다. 감긴 눈꺼풀 너머로 어둠 속 그가 유려한 미소를 짓는다. 꿈을 꿨던 것이 다시 되살아나 머릿속에 맴돌았다.

앞으로 3년.

파이는 그 약속을 반드시 지킬 것이다. 그녀를 다시 만나기 위해서. 파람의 행복과 그녀의 행복을 위해서. 그녀는 그럴 것이다.


"효과 없을 거라고 했잖습니까?"

시드니가 정원을 나오자마자 카이저가 기다렸다는 듯 말을 건넸다. 입궁하자마자 부하들에게 끌려갔던 카이저가 거짓말처럼 그 자리에 나타나 한심하다는 듯 쳐다본다. 그에 시드니가 파이에게 물린 콧등을 매만지며 인상을 썼다.

"독종도 저런 독종이 없어!"

이렇게 집요할 정도로 약 올리는데도 어쩜 말 한마디 속 시원하게 내뱉지 못하지? 시드니가 이해할 수 없다는 듯 말했다. 카이저는 그저 어깨를 으쓱거릴 뿐이었다. 그걸 알면 저도 덜 답답하겠네요. 카이저의 대답에 시드니가 짜증 어린 표정으로 그를 노려봤다.

"공은 걱정도 안 돼요? 저 꼬맹이가 벙어리가 된 지 벌써 5년째라고!"

병이라도 걸렸나 의사며 신관이며 학자며 모조리 다 불러들여 진찰해 보았으나 아이는 놀라울 정도로 건강하다는 진단만 나왔다. 결국 의문을 알 수 없는 병에 걸린 것도 아니라는 것이다.

그녀가 말문을 닫기 시작한 것은 지난 5년 전 납치되었던 파이가 파람과 함께 돌아왔을 때였다. 분명 성대에 이상이 없는 것이 확실한데 그녀는 답답할 정도로 말을 하지 않았다. 흔한 숨소리마저 조심스러울 정도로 그녀는 자신에게서 생겨나는 모든 '소리'를 단절시켰다.

건강한 8살 난 여자아이가 졸지에 벙어리가 되어 버린 것이다.

시드니는 그것을 이해할 수가 없었다. 그렇기 때문에 그는 틈 날 때마다 파이를 약 올리려 애썼다. 자신을 그토록 질색하는 아이니 혹시 귀찮게 하거나 괴롭히면 화가 머리끝까지 나서 홧김에 소리라도 치지 않을까 하는 희망 때문이었다.

그러나 그것은 번번이 실패하고 말았다.

대체 왜 너는 침묵하는 것이니? 시드니는 나날이 답답해져 갔다.

"진짜 내가 다 답답하다고!"

시드니가 짜증스럽게 한쪽 발로 바닥을 치며 성을 내는 것이 조금 과해 보였다. 카이저는 난감한 듯 웃을 뿐이었다. 그로서도 이 상황이 썩 좋지 않았다. 그날 그녀가 돌아온 순간 솔직히 말해 그는 직감했다.

파이는가 어딘가 조금 달라졌다는 것을.

언제나 사랑스러움이 넘쳐 나고 변함없이 소중한 그녀지만 이따금 이유 없이 버거워할 때가 있다. 그것을 그녀는 늘 꽁꽁 싸매고 홀로 버렸다. 카이저는 그것을 직감적으로 알 수 있었다. 그래서 알고 싶었다. 하지만 그녀는 그저 배시시 웃으며 침묵할 뿐이었다.

그녀를 찾아 떠났던 파람과 모모에게 물어도 답은 없었다. 그들 역시 모르기 때문이다. 파람이 무언가 짚이는 것이 있는 듯 했으나 그녀를 배려해서인지 쉽사리 입을 열지 못했다.

결국 그녀의 사정은 미궁 속으로 빠지고 남은 이들은 근심만 남을 뿐이었다.

"내 언젠간 저 녀석 목소리 반드시 듣고 만다!"

시드니가 불굴의 의지를 활활 태웠다. 카이저는 가볍게 웃으며 고개를 주억거렸다.

"그나저나, 그 코는 왜 붙잡고 있습니까?"

"아, 이거! 파이가 물어서……."

"물어요?"

시드니의 말이 채 끝나기도. 전에 카이저가 코앞까지 다가와 다급히 묻는다. 굳은 얼굴이 무섭다. 시드니가 주춤 뒤로 물러나 조심스럽게 고개를 끄덕였다. 그에 창백한 인상을 한 카이저가 다급히 몸을 돌렸다. 시드니가 놀라 그를 붙잡으며 물었다.

"갑자기 왜 그럽니까?!"

"당장 소독해야죠!"

"……네에?"

"파이의 깨끗한 이가 분명 새까맣게 변색되었을 겁니다!"

한시가 급합니다! 어서 놔주세요. 전염성 강한 은발이 균이 득실득실 할 것입니다! 카이저가 퍽이나 다급한 목소리로 답했다. 그에 시드니가 기막히다는 듯 코웃음을 쳤다.

"공은 내가 세균이나 악의 근원으로 보입니까?"

"제겐 세상 모든 남자들이 악의 근원입니다!"

특히 파이에게 필요 이상으로 다가가는 사내놈들은!

카이저가 눈에 불을 켜고 말했다. 그에 시드니가 기운 빠진 웃음을 내뱉으며 잡고 있던 카이저의 팔을 놔주었다. 정말 저놈의 팔불출은! 저 정도면 병 아냐? 시드니가 속으로 중얼거리는 사이 그는 이미 저만치 멀어져 있었다.

결국 정원 입구에 홀로 남은 시드니가 벽에 등을 기대고 섰다. 한숨이 절로 나왔다.

"대체 이유가 뭐냐고."

누가 여자아이 아니랄까 봐 비밀이 많아. 속 시원하게 나한테만이라도 답해 주지. 속으로 중얼거리던 시드니는 한 손을 들어 방금 전 파이가 물었던 콧등을 매만졌다.

이럴 땐 타인의 내면을 들여다보는 능력이 유용할 법도 한데, 유독 파이의 속은 알 수가 없었다. 그것이 그를 더욱 답답하게 만들었다. 그와 동시에 안도하기도 했다. 그에게 파이는 여전히 안식처이자 도피처였다. 그녀와 있으면 평온하고 안정된다.

투덜거리면서도 시드니의 얼굴에 보드라운 미소가 번졌다. 그래, 말은 못해도 여전히 생기 넘치고 변함없다. 그거면 되지 않겠어? 건강하고 언제나 그 미소만 가득했으면 좋겠다.

그 아이는 웃는 게 제일 잘 어울리니까. 그 미소가 제일 예쁘니까.

그가 조금은 허탈한 미소를 지었다. 벽에 등을 기대고 있던 몸을 일으키며 걸음을 옮긴다. 잠시 미뤘던 업무를 볼 시간이다. 시드니가 터덜터덜 느린 걸음으로 정원에서 멀어졌다. 여전히 황궁에는 보드라운 정오의 햇살이 쏟아져 내렸다.

세상은 평온하고 아름다웠다.

❉❉❉

평소와 같은 평온한 어느 날.

파이는 언제나처럼 카이저를 따라 황궁에 입궁했다. 그녀는 마치 자신의 자리인 것처럼 황궁의 정원으로 향했다. 궁의 복도를 지나치는 사람들 마다 살갑게 그녀에게 인사를 건넸다. 파이는 기쁜 마음으로 그들의 인사를 받았다. 총총 걸어가는 걸음은 굉장히 경쾌하기 그지없었다.

"이런, 파이! 오늘도 정원에 가니?"

가는 길에 뜻밖의 인물을 만났다. 그는 유리안이었다. 유리안이 눈

을 가늘게 접고 굉장히 반갑다는 듯 웃었다. 파이는 그를 보고 도도
도 뛰어가 폭 안겼다. 유리안은 익숙하게 아이를 품에 안아 들었다.
파이는 유리안의 시선을 마주하고 빙긋이 웃으며 크게 고개를 끄덕
였다.

"파이는 황궁의 정원을 굉장히 좋아하는구나!"

유리안이 다정하게 말을 건넸다. 파이는 부정하지 않겠다는 듯 빙
그레 웃을 뿐이었다.

"이러다 정말 황궁에 시집가면 카이저가 몸져누울지도 모르겠구나."

그가 제법 익살스럽게 웃으며 농을 쳤다. 파이는 그의 농에 눈만 동
그랗게 뜰 뿐이었다. 아이가 입을 뻐끔거리다 다물었다. 그녀의 작은
입에서는 작은 소리 하나 나오지 않았다. 유리안은 쓰게 웃으며 한 손
을 들어 그녀의 금색 정수리를 쓰다듬어 주었다.

"오늘도 즐겁게 지내렴."

그는 아이의 둥근 이마에 친애의 키스를 남기고 바닥 위에 조심히
내려 주었다. 파이는 바닥에 내려오자마자 예의 바르게 양 스커트 자
락을 살짝 들어 올리며 제법 우아하게 몸을 숙였다. 그는 아이의 조금
은 어색한 인사에 익살스러운 미소를 지우지 않고 유려한 자태로 마
주 인사했다.

파이는 인사를 마치고 그를 지나쳐 걸어갔다. 유리안은 총총걸음으
로 지나쳐 가는 아이에게 흘러가듯 중얼거렸다.

"그러고 보니, 오늘은 황태자 전하께서 몸져누우셨다는데, 괜찮을
지 모르겠구나."

그의 중얼거림을 들은 파이의 발걸음이 멈췄다. 아이가 고개를 돌
려 그를 올려다봤다. 유리안은 아이의 시선에 눈을 찡긋거리더니 뒤
늦게 모른 척 시선을 회피했다. 파이는 빤히 그를 쳐다보더니 다시 고
개를 휙 돌리고 총총걸음으로 걸어갔다.

아이가 점차 멀어지자 유리안은 쓰게 웃으며 어깨를 으쓱거렸다.

"제발, 그렇게 노려보지 말아 줘."

유리안 앞으로 어느새 나타났는지 야차 같은 얼굴을 한 카이저가 있었다.

"쓸데없는 말을 하니까 그렇지."

"음…… 글쎄, 과연 그럴까?"

"너 때문에 정말 파이가 황궁에 코 꿰이면 그날은 네 제삿날이다."

카이저가 유려한 미소를 지으며 조용하고 무거운 어조로 경고했다. 그의 기세에 유리안은 난감한 듯 웃으며 뒤로 한 걸음 물러났다. 어째 정말로 제삿날이 될 것 같은 느낌이다.

"하하하…… 진짜 그럴 것 같아 무섭네. 그날이 오면 나 무슨 일이 있어서 타국으로 파병 갈 거야."

"내가 허락할 것 같아?"

"하하하! 농도 참 짓궂어라! 아 바쁘다 바빠! 난 어서 일이나 하러 가야겠다."

유리안이 뒤늦게 발뺌을 하며 물러났다. 카이저는 혀를 차며 촐랑거리면서 사라진 친우의 뒷모습을 쳐다보다 저만치 멀어진 딸아이에게로 시선을 옮겼다. 카이저는 햇살에 반짝이는 금발을 살랑살랑 흔들며 점차 멀어지는 파이의 뒷모습을 아련한 눈빛으로 쳐다보며 중얼거렸다.

"결국, 언젠간 그런 날이 오겠지."

너를 내 손에서 떠나보내야 할 날이.

❋ ❋ ❋

[파이, 파이 어딜 가니?]

파이의 어깨에 앉은 여왕이 의아한 듯 묻는다. 파이는 양손 가득 꽃을 안아 들고 총총 복도를 지나가고 있었다. 이따금 그녀의 품에서 빠져나오는 작은 꽃송이들이 복도에 떨어졌다. 마치 그녀가 발자국을 남기는 것 같았다.

'음~'

파이가 여왕의 질문을 회피한다. 여왕의 아름다운 얼굴이 찡그려졌다. 네가 말하지 않아도 알고 있어. 너는 지금 그에게 가고 있잖니. 여왕이 입을 삐쭉 내밀며 투덜거렸다.

[그가 어디가 좋다고 네가 찾아가니?]

때가 되면 오지 말래도 올 텐데. 귀찮은 은발 자식. 그녀의 투덜거림에 파이가 소리 없는 웃음을 터트렸다. 파이는 한 아름 안은 꽃을 떨어트리지 않게 조심히 대하며 힘겹게 한 손을 움직여 여왕의 작은 머리통을 톡톡 쓰다듬었다. 그러지 마 여왕. 그래도 시드니는 좋은 사람이야. 파이의 말에 여왕이 뿌루퉁한 표정을 지우지 못하고 마지못해 고개를 끄덕였다.

[그래. 영혼은 강인하고 아름답긴 하더구나.]

그래도 난 싫어. 널 맨날 울리기만 하잖니. 여왕의 말에 동조하는지 리파도 조용히 고개를 끄덕여 수긍했다. 파이는 난감한 듯 웃으며 어깨를 으쓱거릴 뿐이었다. 파이가 지금 향하는 곳은 다름 아닌 시드니가 기거하고 있는 황태자궁이었다.

어제만 해도 파이를 약 올리는 데 목숨 걸었던 그가 오늘 몸져누웠다는 말을 듣자 도저히 가만히 있을 수가 없었다. 아마도 그에게 말 못할 사정이 있는 것이 분명했다.

그는 오늘뿐만 아니라 이따금 아무 이유 없이 몸져누워 있곤 했다. 처음 그 소식을 접했을 때 너무 놀랐으나 다음 날이면 그는 아무 일 없었다는 듯 나타나 파이를 놀리곤 했다. 그러나 파이는 그의 비밀을 어렴풋이 짐작하고 있었다. 그 짐작은 여왕의 언질이 있었기 때문에 더욱 확신할 수 있었다.

그는 분명 타인의 속을 내다보는 능력을 전이 받았을 것이다.

그로 인해 타인의 접촉을 극도로 꺼려했을 것이고, 조심했을 것이다. 그게 알게 모르게 스트레스였을 것이다. 매사 조심스럽게 행동했던 그인데 갑자기 졸도했다면 분명 어떤 사고가 있었을 것이다. 영특한 파이는 거기까지 짐작하고 한숨을 폭 내쉬었다.

정말이지, 얄미운 시드니는 알게 모르게 신경 쓰인다니까.

자신을 집요할 정도로 약 올리던 것은 새까맣게 잊었는지 그의 걱정으로 가득했다. 얼마나 힘들면 졸도를 할까? 오빠들만큼 건장한 어른인데. 창백해졌을 그의 얼굴을 떠올리자니 걱정이 돼서 도저히 가만히 있을 수 없었다.

그 사람은 워낙 특별한 사람이라서.

자신의 짐을 남과 나누려 하지 않은 독불장군 같은 고집불통이라서.

파이는 곧 그의 궁에 당도했다. 익숙한 시녀들의 모습이 보였다. 이따금 그의 초대로 황태자궁에 입궁하기도 하지만 이렇게 느닷없이 들이닥친 것은 처음이었다. 파이의 등장에 우왕좌왕한 시녀들이 황급히 고개를 조아렸다.

"공녀님, 황송하오나 지금은 황태자 전하께서 만나 볼 여건이 되지 못합니다."

황태자궁의 시녀장이 조곤조곤한 어조로 어르듯 말했다. 파이는 그저 눈만 동그랗게 뜨고 깜박였다. 아이가 쉽사리 걸음을 옮기지 않자 시녀장이 난감한 미소를 지었다.

"공녀님……."

난감한 기색을 담아 그녀를 부르는데도 파이는 시선을 돌려 그가 누워 있을 침실 문을 바라봤다.

파이는 황궁 내에서도 소문이 자자할 정도로 사랑스러운 소녀다. 일반 귀족들과 달리 활발하고 생기 넘치며 상냥하고 따뜻한 아이. 이유 없이 스스로 입을 다물었으나 티 하나 없이 깨끗하고 순수한 소녀.

그녀는 겉으로도 그 찬란함이 돋보여서 황궁 내에서 알게 모르게 인기도 많았다.

매사에 고집을 쉽사리 부리지 않은 아이임에도 오늘따라 답지 않게 고집을 부린다. 시녀장은 잠깐의 고민 끝에 난감한 미소를 지으며 그녀의 앞을 막아서던 제 몸을 슬쩍 옮기며 말했다.

"그럼 공녀님, 이것만 약속해 주시겠어요? 전하께서 숙면을 취하고 계시는 중이시니 부디 그분이 깨지 않게 조용히 지켜만 봐 주시겠다고요."

그녀의 말에 파이가 냉큼 고개를 끄덕였다. 파이는 양팔에 가득 안고 있던 꽃 중 하나를 집어 그녀에게 내밀었다. 허락을 해 준 그녀에 대한 감사의 표시였다. 시녀장은 거절하지 않고 받아 들었다. 감사합니다. 호의 가득한 어조로 답해 온다. 파이는 눈꼬리를 가늘게 접고 빙긋 웃었다.

시녀장의 허락 하에 파이는 드디어 시드니를 만날 수 있었다. 그는 커다란 침대 중앙에 누워 끙끙거리고 있었다. 이마에서 눈까지 가린 물수건 위로 희미하게 열기가 느껴지는 것 같았다. 아마도 뜨거운 물수건인 것 같았다.

언뜻 보이는 창백한 피부는 서늘해 보였기에 파이의 걱정은 더욱 커져 버렸다. 그가 잠결에 끙끙거리는 신음 소리를 들으며 인상을 썼다.

그녀는 그가 깨지 않게 조용조용 걸어갔다. 그녀의 품에서 작은 꽃들이 톡톡 떨어져 발자국을 만들었다. 발자국은 시드니가 누워 있는 침대까지 이어졌다.

파이는 양팔에 안긴 꽃을 시드니에게 안겨 주고 싶었으나 저도 모르게 제 발에 걸려 비틀거리며 그만 그의 위로 던지듯 놓치고 말았다. 앙증맞은 꽃들이 유려한 호선을 그리며 시드니의 위로 떨어져 내렸다.

마치 꽃비가 내리는 것 같았다.

파이는 아차 싶은 표정으로 그것을 마냥 쳐다보다 넋을 놓았다. 침대에 누워 있는 은발의 아름다운 남자와 그 위로 떨어지는 화사한 꽃비의 조화는 이루 말할 수 없을 정도로 아름답고 신비스러웠다. 결국 어렵사리 끌어안고 온 꽃들은 시드니의 주변에 뿌려졌다.

'아……!'

파이는 신음을 속으로 삼키고 한숨을 폭 내쉬었다. 따라 들어온 리파가 그녀를 위로하듯 톡톡 머리를 비볐다. 파이의 어깨에 앉은 여왕이 깔깔 웃으며 그녀의 목을 끌어안았다.

[뭐니, 뭐니! 잠자는 숲속의 왕자님?]

여왕이 놀리듯 말했다. 파이는 부 하고 양 볼에 바람을 넣고 뿌루퉁한 표정을 지었다. 여왕은 그럼에도 웃음을 멈추지 않았다. 침대에 올라간 파이가 시드니 옆으로 기어가 엎어져 누워 양팔에 얼굴을 파묻었다.

엇갈리게 껴안은 양팔 사이에 얼굴을 파묻은 파이는 곁눈질로 창백하게 변해 버린 그의 얼굴을 봤다. 수건 때문에 이마에서 눈, 콧등의 반까지 가려졌으나 그 수려함은 감춰지지 않았다. 파이는 아쉬운 한숨을 내뱉었다.

파이는 팔을 뻗어 하얗게 질린 그의 뺨을 톡톡 건드리더니 조심스럽게 쓰다듬었다. 창백하게 질린 피부에서 서늘함이 느껴졌다. 세상에, 얼음장 같기도 해라. 파이는 몸을 일으켜 무릎걸음으로 더욱 가까이 다가갔다.

주저앉은 엉덩이에 폭신한 침대의 질감이 느껴졌다. 파이는 누워 있는 그를 내려다보았다. 그녀가 고개를 살짝 기울이며 물수건에 가려진 그의 얼굴을 훔쳐봤다. 지그시 감긴 눈은 떠질 기미가 보이지 않았다.

파이는 양손으로 그의 창백하게 질린 뺨을 감쌌다. 아이 특유의 따

416

뜻한 체온이 가득한 손바닥으로 그의 서늘한 체온이 느껴져 부르르 떨었다. 그럼에도 파이는 손을 놓지 않았다. 그녀는 자신의 따뜻한 손이 미지근해질 때까지 그의 뺨을 제 온기로 데워 주었다.

그가 한시라도 빨리 회복하길 바라는 마음에.

"……으."

시드니는 생각보다 깊게 정신을 놓았다. 오랜만에 타인과 한 접촉은 그를 이토록 혼란스럽게 만들었다. 그는 끔찍한 타인의 기억의 파편을 쫓아내고자 누운 상태로 고개를 저었다. 덕분에 눈가를 가리듯 덮여 있던 물수건이 옆으로 떨어져 내렸다.

시드니는 반사적으로 손을 들어 눈가를 매만졌다. 꽤나 오래도록 눈을 감고 있었기에 빛에 민감할 터인데도 전혀 시리지 않은 걸 보니 방안이 꽤나 어두운 모양이다.

'조심하고 있었는데, 한순간 방심하면 이런다니까.'

시드니는 속으로 중얼거리며 자신의 조심성을 탓했다. 그러던 중 문득 가슴 부분이 답답하다는 느낌이 들었다. 고개를 숙이니 흐린 어둠 속에 선명한 노란색 정수리가 보였다. 그는 그것을 보고 피식 웃으며 숙였던 고개를 들었다.

그의 가슴을 답답하게 한 원인은 다름 아닌 파이였다.

그녀는 어느샌가 들어와 조용한 숨소리를 내며 잠들어 있었다. 바로 그의 가슴 위에 머리를 기대고서 말이다. 시드니는 어쩐지 마음이 평온해지는 것 같았다. 그는 반사적으로 파이의 머리를 쓰다듬었다. 손끝에 보들보들한 아이의 머리카락이 느껴졌다. 그는 메스꺼울 정도로 혼란스러운 속이 놀랍게도 쉽게 가라앉는 것을 느끼며 희미하게 웃었다.

어둠은 점점 짙어져 무겁게 내려앉았지만 시드니의 마음은 평온하고 따뜻해졌다. 그는 곧 눈을 감았다. 그의 가슴이 안정된 숨소리를 내뱉으며 오르락내리락했다. 그에 따라 파이의 머리와 상체도 작게 흔들렸다.

코끝에 감도는 희미한 꽃향기와 아이의 따뜻한 체온, 그리고 조그마한 숨소리. 그 모든 것이 시드니를 진정시킨다. 아이의 모든 것이 그에게 안식을 준다.

아아, 어둠이 내려앉는다. 몹시도 평온하고 나른한 어둠이.

시드니의 창백한 낯빛이 혈색 좋게 돌아왔다. 희미하게 상기된 뺨과 만족스럽게 미소를 머금은 그는 지금 그 어떤 혼란도 악몽도 아닌 다디단 꿈에 빠져들었다.

그의 품에 작은 천사가 언제까지고 안겨 있다면 그에게 그 어떤 혼란도 고통도 없으리라. 그가 무의식적으로 아이의 작은 몸을 끌어안았다. 파이는 깰 기미 없이 넓은 그 가슴에 안겨 색색 작은 숨소리로 자신의 존재를 증명했다.

[아, 정말 싫다.]

그 둘을 조용히 지켜보던 여왕이 입을 삐쭉 내밀며 말했다. 몹시도 분에 찬 목소리임은 확실한데도 그녀의 얼굴은 썩 나쁘지 않았다. 미묘한 미소를 지은 그녀는 이내 하 하고 헛웃음을 내뱉으며 그 주변을 빙글 돌다 아스라이 사라졌다. 그녀의 12장의 날개에서 신비로운 빛가루만이 흔적처럼 남아 떨어져 내렸다. 마치 마법의 가루처럼 빛의 가루는 어둠 속에서 반짝거리며 그녀와 그에게 내려앉았다.

❋❋❋

"파이!!"

잠이 덜 깬 파이가 질주하는 물소처럼 달려오는 둘째 오빠를 온몸으로 받는다. 그녀를 와락 껴안은 파샤는 그것만으로 성에 차지 않는지 가녀린 파이의 몸을 들어 올렸다. 파이는 익숙하게 그의 어깨에 팔을 두르고 나른한 하품을 내뱉었다. 그러고는 그의 목덜미에 얼굴을 비비며 느리게 눈을 깜박였다.

파샤는 제 품에 안긴 누이의 체취에 안도의 한숨을 내쉬며 눈앞에 삐뚤어지게 서 있는 시드니를 노려봤다. 정오 즈음부터 이제까지 깊은 숙면을 취하는 바람에 바깥은 땅거미가 내려앉은 지 꽤 된 것 같았다. 생각보다 시드니는 파이를 꽤나 오래도록 데리고 있었던 모양이다. 그 때문에 결국 잠이 덜 깬 상태로 예정되지 않은 불청객을 맞이하게 되었다.

아침나절 카이저를 따라 입궁한 파이는 초저녁이 되어서도 깜깜무소식이었다. 아이가 돌아오길 기다렸던 파이의 오빠들은 홀로 돌아온 카이저에 의문을 품었다. 카이저는 난감한 듯 웃으며 파이의 행방에 대해 알려 주었고 오빠들 중 가장 성미가 급한 파샤가 이렇게 들이닥친 것이다.

고귀하신 황족의 궁에 이렇다 할 기별도 없이 들이닥친 그가 몹시도 건방지고 예의 없긴 하나 칼레이저가의 자식들과는 남다른 인연을 자랑하는지라 시드니는 그의 무례를 눈감아 줬다. 물론 그 사실을 파샤 역시 알기 때문에 일정한 선을 넘지 않고 있었다.

그러나 막상 두 눈으로 파이와 이 늦은 시간까지 함께 있는 것을 목격하니 부아가 치밀지 않을 수 없었다. 시드니는 조금 헝클어진 머리카락에 엉켜 있는 작은 꽃들을 손가락으로 빼내며 그 시선을 무시했다.

"벌받을 겁니다."

파샤가 대뜸 목적어 수식어 없이 말한다. 그에 손가락으로 머리카락을 정리하던 시드니가 움찔 멈춘다. 그러나 그것도 잠시 그는 모른 척 시치미를 떼며 파샤를 마주봤다.

"무슨 말인지 모르겠군,"

유려한 미소를 짓고 있으나 잘게 떨리는 눈꼬리에 파샤는 시니컬하게 웃었다.

"14살 차이면 엄청난 차입니다. 세간엔 그걸 도둑질이라고 합니다."

"……허? 너무 뜬금없는 거 아냐? 무슨 말인지 당최 알 수가 없네."

"호오, 시치미를 떼시겠다?"

파샤의 눈매가 더욱 날카로워졌다. 파샤는 당장이라도 그에게 득달같이 달려들어 파이에게 신경 끄라고 소리치고 싶었다. 하지만 눈앞에 유들거리는 미소를 지으며 시치미를 떼는 이는 이 제국의 고귀한 황태자이자 미래의 주군. 파샤는 답지 않게 인내심을 선보이며 삐뚤어진 미소를 지었다.

"잘하면 한 대 치겠네."

"한 대뿐이겠습니까? 열 대도 때릴 수 있습니다?"

그러니까 내 동생 넘보지 말란 말입니다. 주책이야 주책. 파샤가 파엔에게 독설을 배워 왔나 말투가 놀라울 정도로 날카롭다. 그럼에도 시드니는 지지 않고 시니컬하게 웃는다.

"자꾸 그렇게 설레발치면 정말로 넘볼 수가 있어."

"하하, 뭐요? 이 '도둑놈' 님이 정말!"

삐뚤어진 미소에는 삐뚤어진 미소로 반격한다. 서로 여상하게 웃으며 요상한 눈싸움을 펼치는 두 청년으로 인해 아래 시녀들과 하인들이 노심초사했다. 살얼음판을 걷는 느낌이 따로 없었다. 바들바들 떠는 아랫것들이 불쌍하지도 않은지 그들의 날카로운 눈싸움을 끝날 기미가 없었다.

그때였다.

파이가 나른하게 숙여진 고개를 들어 제 오빠 파샤를 본다. 그리고는 한 손으로 그의 뺨을 톡톡 쳤다. 파란 눈동자에 졸음기 가득이다. 아이는 당장이라도 제 방 침대에 눕고 싶었다. 파샤는 아이의 마음을 눈치채고 시드니에게서 눈길을 돌려 그녀를 보며 말했다.

"그래, 그래 우리 파이. 졸립구나. 어서 빨리 오빠랑 집에 가자꾸나."

다디단 꿀 같은 목소리로 상냥하게 말하며 토닥인다. 마치 대놓고 약 올리듯. 시드니의 입꼬리가 삐뚤어지게 올라갔다. 그는 팔짱을 끼고 그것을 여상한 미소를 지으며 지켜봤다.

퍽이나 다정한 남매의 모습이다. 어쩐지 배알이 꼬이는 것 같은 느낌이었다. 시드니는 개운하게 자고 일어난 상쾌한 기분이 순식간에 사그라짐을 느끼며 한 손으로 이마를 짚고 남은 손으로 성의 없이 팔랑팔랑 흔들며 말했다.

"그만 가게, 파샤 경. 기별도 없이 온 불청객 주제에 너무 오래 있는군."

'썩 꺼지게.'라고 하고 싶은 걸 번거롭게 빙 둘러 말하는 시드니에 파샤는 승자의 미소를 지으며 쉽게 물러났다. 그가 파이를 품에 안고서도 격식 있는 인사를 하고 홀가분한 모습으로 몸을 돌렸다.

시드니는 그 모습이 정말이지 얄미워서 참을 수가 없었다. 저 뒤통수를 한 대 때려 주고 싶은데 황태자 체면이 있어 참는다. 그는 미간을 찌푸리며 서서히 멀어지는 칼레이저가의 남매를 쳐다봤다. 파이는 제 오라버니의 어깨에 나른하게 얼굴을 기대고 있었다.

파이도 곧 시드니의 시선을 발견했다. 그녀는 느리게 눈을 깜박이며 그 시선을 마주하더니 눈꼬리를 가늘게 접고 말갛게 웃었다. 통통한 젖살이 복숭앗빛으로 물든 것이 몹시도 사랑스러웠다.

해사하게 웃던 그녀는 곧 혀를 날름 내밀었다. 제 딴엔 약 올리는 표정이었지만 동글동글하고 순한 인상인지라 애교를 부리는 것 같았다. 시드니는 그것을 보고 코웃음을 치며 아이를 따라 혀를 날름 내밀었다. 저 멀리 사라질 때까지 둘은 파샤 몰래 메롱메롱 혀를 날름거렸다.

그 둘이 시야에서 완전히 사라지자 시드니는 비스듬히 섰던 몸을 세우고 터덜터덜 제 방으로 들어갔다. 시녀들이 황급히 열려 있는 문을 닫고서 사라졌다. 시드니는 제 방에 그나마 빛이 들어오던 문이 닫히자마자 그곳에 기대 주룩 내려앉았다. 그는 한 손으로 제 입가를 가리며 고개를 푹 숙였다.

아, 무방비한 녀석 같으니라고.

속으로 중얼거린 시드니는 귀 끝이 뜨거워짐을 느꼈다. 얼굴에도 열이 오르는 느낌이었다. 꼬맹이가 나날이 앙큼해져 가 난감할 지경이다. 어둠이 자욱한 방 안에 어렴풋이 달빛이 어렸다. 잔뜩 붉어진 얼굴을 한 시드니가 난감한 미소를 지었다. 자꾸만 입꼬리가 올라가서 어째야 할지 모르겠다.

그는 곧 한 손으로 제 뒤통수를 박박 긁더니 세운 무릎 사이로 고개를 푹 숙였다. 가슴 한구석이 간질간질해서 도저히 참을 수가 없다. 이런 감정은 생전 처음이라 어찌 해야 할지 모르겠다. 마치 열병에 걸린 소년처럼 마음이 둥둥 뜬다. 시드니는 혼란스러운 제 머리통을 감싸 쥐었다.

"진짜 이러다 도둑놈 되면 어쩌지?"

도둑이 제 발 저린다고. 조만간 그 도둑, 진짜 될지도 모른다는 생각에 시드니는 헛웃음을 내뱉었다. 그는 속으로 계집애가 쓸데없이 애교만 넘친다며 파이 탓을 했다. 하지만 그것도 잠시. 그는 그것이 파이 매력이라며 스스로 수긍하는 자신을 발견했다.

그녀의 나이 13살, 그의 나이 27살. 무려 14차이.

이만하면 몹쓸 놈, 도둑놈이라는 칭호는 과감히 받아야 할지도 모른다. 시드니는 혹시 자신이 수를 잘못 센 것이 아닌가 싶어 다시 양손으로 수를 세어 보지만 바뀌지는 않는다. 시드니는 나지막이 한숨을 내쉬며 내가 왜 이럴까, 하고 속으로 중얼거렸다.

그는 주저앉은 몸을 일으켜 세우며 터벅터벅 걸어갔다. 열기를 식히고 싶은 그는 주저 없이 테라스가 달린 창가의 문을 열었다. 커다란 창이 소음 없이 열렸다. 밤바람이 불어와 그의 뺨을 스쳐 지나갔다. 뜨겁게 달아오른 열기가 조금 내려간 느낌이었다. 묘하게 상쾌하고 시원한 느낌이었다. 시드니는 고개를 들어 밤하늘을 봤다.

언제나 봐 왔던 밤하늘이거늘 어쩐지 유독 선명하게 빛나는 것 같은 무수히 많은 별들.

그 별들이 시드니의 금색 눈동자에 가득 담겨 반짝거렸다. 수많은 별들이 수놓인 밤하늘은 이제까지 보았던 그 어떤 밤하늘보다도 인상 깊었다. 시드니는 상기된 얼굴로 유려하게 웃었다.

어쩐지 마음 전체가 꽉 찬 느낌이었다.

❊❊❊

"안녕, 못난아?"

시드니는 황궁 정원을 제 놀이터처럼 생각하는 파이를 반갑게 맞았다. 파이는 전날 그의 침대에 뿌렸던 것과 같은 앙증맞은 꽃들이 가득한 꽃밭에 앉아 있었다. 오늘 파이는 평소와 달리 머리카락을 뒤로 땋아 말아 올리고 핑크색 레이스 리본으로 묶었다.

리본 끝이 바람결에 살랑 흔들렸다. 드러난 목덜미가 하얗고 가냘팠다. 여성스러운 머리스타일에 맞춰 드레스도 꽤나 어른스럽고 차분해 보였다. 시드니는 자신의 감정을 받아들이고 나서 보는 파이의 모습에 쓰게 웃었다.

이제 보니 이 꼬마 아가씨, 제법 레이디 티가 난다.

그는 파이 앞에 풀썩 앉았다. 파이는 눈을 동그랗게 뜨고 그를 빤히 쳐다보더니 이내 시선을 내리깔고 양손에 꽃을 엮어 하나의 화관을 만들기 시작했다.

시드니는 그런 파이를 빤히 쳐다봤다. 그는 가부좌를 튼 허벅지에 제 팔꿈치를 올려놓고 그 손 위에 턱을 괴어 조금은 불편하게 허리를 굽혔다.

파이는 부담스러울 정도로 자신을 쳐다보는 그의 시선에 멈칫하더니 한숨을 폭 내쉬었다. 갑자기 왜 이렇게 부담스럽게 쳐다보지? 그녀가 눈을 치켜 올리며 그를 올려다봤다. 마치 무슨 할 말 있냐고 묻는 눈빛이었다. 시드니는 파이의 눈빛을 읽고 말없이 웃을 뿐이었다.

파이의 미간이 찡그려졌다, 그녀는 입을 뻐끔거리더니 이내 닫아 버렸다. 그의 시선이 조금 불편하지만 그럭저럭 무시할 수 있을 것 같았다. 파이는 오늘따라 왜 이렇게 얌전히 쳐다만 볼까 의문을 느꼈지만 곧 손에 쥐고 있는 꽃을 엮는 데 정신을 집중했다.

아이의 작은 손은 꽤나 야무지고 익숙하게 작은 꽃들을 엮어 가고 있었다. 시드니는 그것을 호기심 가득한 눈빛으로 지켜보더니 말했다.

"생각보다 야무지구나, 너."

손재주가 있는 줄 몰랐네 그의 말에 파이가 다시 고개를 들었다. 눈꼬리를 치켜 올리며 그래서 불만이야? 하고 묻는다. 그에 시드니는 고개를 절레절레 저었다. 파이는 그의 답에 다시 고개를 숙였다.

"파이야, 너 말이야. 사실은 나 별로 싫어하지 않지? 응?"

시드니는 파이가 화관을 만드는 것을 빤히 쳐다보다 대뜸 다시 입을 열었다. 그에 파이는 웬 뜬금없는 말인가 싶어 그를 올려다봤다. 시드니는 씩 웃으면서 아이의 코앞까지 얼굴을 갖다 대며 말했다.

"어제도 내가 걱정돼서 온 거잖아. 그렇지?"

그에 파이가 파란 눈을 동그랗게 떴다. 깜박이는 눈꺼풀 사이로 아이의 파란 눈동자가 말갛게 빛났다. 시드니는 그 눈동자마저 사랑스럽다고 생각했다.

평소에는 지나쳤을 사소한 모습조차 놀랍고 새롭다. 사랑에 빠지면 평소 보던 세상이 다르다는 말을 듣긴 했지만 설마 정말 이렇게 다를

줄 몰랐다. 그의 시야에 비친 세상은 가슴 벅찰 정도로 눈부시고 아름
다웠다.

그리고 그의 시야에 있는 그녀 역시.

파이는 화관을 만들다 말고 엉덩이를 들어 올렸다. 정말 이상하다.
평소와 달리 넋이 나간 것 같은 그의 모습이 낯설었다. 왜 그래? 아직
도 아파? 걱정이 앞선 그녀가 상체를 세워 그의 가까이 다가가 손을
뻗었다.

아이가 가까이 오는 것을 말없이 지켜본 그는 곧 그녀의 다음 행동
에 웃음이 났다. 파이는 그의 미려한 이마에 손을 얹었다. 그리고 나
머지 한 손은 제 이마에 얹는다. 몹시도 조심스러운 손길이었다.

꼬맹이가 생사람 잡기는.

시드니는 속으로 중얼거리며 열을 재는 파이의 가냘픈 손목을 조심
스레 감싸 쥐며 말했다.

"아픈 거 아니거든?"

파이가 고개를 갸웃 기울였다. 그럼 왜 갑자기 생전 안 하는 행동을
해? 의문과 호기심으로 뒤섞인 아이의 눈빛에 그는 싱글벙글 웃을 뿐
이었다. 파이는 실없이 웃기만 하는 그가 이상하다고 생각했다. 평소
에도 호감 가득했던 그의 금색 눈동자는 다디단 벌꿀처럼 달콤함이
가득해 보였다.

내 눈이 이상한 걸까? 파이의 고개가 자꾸만 옆으로 기운다. 조만간
옆으로 엎어질 기세다. 계속 애먼 것으로 짐작하는 아이가 귀엽다. 시
드니는 가벼운 웃음을 토해 내며 아이의 둥근 정수리를 톡톡 쓰다듬
었다.

"너 커서 오빠랑 결혼할래?"

"!"

이 사람이 미쳐도 단단히 미쳤나 보다. 만나면 서로 메롱거리며 약
올리던 그가 갑자기 이상한 말을 한다. 파이는 혹시 소꿉놀이를 말하

425

는가 싶어서 그에게 잡히지 않은 한 손으로 저 옆에 떨어진 장난감 그릇들을 가리켰다. 시드니는 아이의 시선에 따라 보더니 이내 픽 웃는다.

"네가 어리긴 참 어린가 보다."

이 오빠의 말도 잘 이해 못하고. 실없이 웃는 그가 갑자기 얄미워졌다. 파이는 잡힌 손목을 틀었다. 시드니는 쉽게 아이의 손목을 놔줬다. 파이는 풀썩 주저앉아 고개를 픽 돌렸다.

그럼 그렇지. 시드니는 언제나 얄미운 사람이다. 평소와 다른 모습에 놀라 괜한 걱정을 했다. 시드니는 다시 새치름하게 고개를 돌리고 화관을 만드는 파이를 보며 뒷머리를 긁적였다. 그는 다시 파이를 향해 고개를 숙이고는 톡톡 그 정수리를 건드리며 말했다.

"야야, 너 삐쳤어? 갑자기 왜 그래?"

시드니의 물음에도 파이는 묵묵부답이다. 그저 화관 만드는 데 여념이 없다. 시드니는 그녀를 따라 뿌루퉁한 표정을 지었다.

"아니 갑자기 왜 또 이런데?"

쪼그만 게 저도 여자아이라고 당최 그 속을 알 수가 없네!

그가 답답하다는 듯 투덜거렸다. 그의 투덜에 파이의 눈꼬리가 치켜 올라갔다. 그녀가 제법 앙칼진 곁눈질로 그를 노려봤다. 시드니가 슬쩍 시선을 회피하며 휘파람을 불었다. 파이는 한숨을 폭 내쉬고는 멈췄던 손을 다시 부지런히 움직였다. 결국 둘 사이에 침묵이 흘렀다. 시드니는 그녀에게서 반쯤 돌아서서 시선을 돌렸다.

어느 정도 시간이 흘렀을까. 파이가 묵묵히 화관을 완성할 때쯤이었다. 시드니는 반쯤 나른하게 상체를 뒤로 기울이고 앉아 있었다. 정오의 햇살이 따뜻해서 그런가 슬금슬금 잠이 올 무렵 그의 머리 위에 툭 하고 무언가 떨어졌다.

시드니가 놀라 고개를 들자 시야에 언뜻 어여쁜 분홍 꽃잎이 보였다. 그가 손을 들어 더듬더듬 정수리 부분을 매만지자 제 머리 위에 떨어진 것이 화관임을 알았다. 그의 시선은 위로 향했다. 그곳에 파이가 서 있었다. 그녀는 수미한 미소를 짓고 있었다. 햇살이 그녀 주변으로만 떨어지는 것 같았다.

파이의 작은 몸체에서 빛이 나 눈이 시릴 지경이었다. 그럼에도 시드니는 시선을 돌릴 수가 없었다. 아이는 제가 야무지게 만든 화관을 기어코 그의 머리 위에 얹어 주자 만족스러운지 소리 없이 웃었다.

그러고는 허리에 양팔을 얹으며 가슴을 쓱 내밀었다. 마치 칭찬해 줘, 하고 애교 부리는 것 같아 웃음이 났다. 그가 기어코 웃음을 터트리자 파이도 따라 웃으며 풀썩 주저앉았다. 꽃잎이 파이의 치마폭이 일으킨 바람에 허공에 떠서 살랑살랑 춤을 췄다.

"뭐야 이건?"

그가 머리 위에 씌워진 화관을 가리키며 물었다. 파이는 자신에게 다시 돌아선 시드니를 마주보며 입을 뻐끔거렸다.

'왕관이야.'

"왕관?"

'응, 왕의 왕관. 시드니는 이제 이 세상에서 가장 위대한 왕이 될 거잖아.'

시드니에게 자신이 만든 왕관을 씌워 주고 싶었다. 눈부시게 아름다운 사람. 너무나도 찬란한 오라를 가진, 이 세상을 다스릴 위대한 사람. 파이는 그가 너무나도 좋았다. 너무나도 좋아서 매일같이 그를 생각해도 시간이 모자랄 지경이었다.

아침에 눈을 뜨면 쏟아지는 햇살을 보면 그의 은발이 떠오르고, 노을 지기 시작한 찬란한 금색 하늘을 보면 그의 눈동자가 떠올랐다.

그는 점차 파이의 손에 닿지 않은 높은 곳으로 간다. 파이는 그것이 안타까우면서도 속상했다. 나날이 커지는 이 감정은 언젠가 사그라질지도 모른다. 하지만 지금은 나날이 커져 가고 있다. 파이는 터져 나올 것 같은 한숨을 삼키며 말갛게 웃었다.

'내가 좀 더 빨리 태어났다면 좋았을 텐데.'

"내가 좀 더 어렸다면 좋았을 텐데."

시드니가 파이를 보며 난감한 듯 웃었다. 파이는 그의 말에 놀라 눈을 동그랗게 떴다. 마치 자신의 생각을 읽은 것처럼 자신과 같은 생각을 말한다. 시드니는 손을 뻗어 아이의 뺨을 쓰다듬었다. 파이는 느리게 눈을 감았다 떴다. 서서히 감기는 눈꺼풀 사이로 다정한 그의 손길이 느껴졌다. 배시시 미소가 번졌다.

내 착각이 아니라면 당신도 나와 같은 마음일까?

그녀는 곧 입을 정확하게 오물거리며 한 자 한 자 말하고는 제 작은 손을 내밀었다.

'왕관을 만들어 줬으니, 시드니는 반지를 만들어 줘.'

만들어 주면 결혼해 줄게. 아이가 익살스럽게 웃었다. 복숭앗빛으로 물든 얼굴이 사랑스럽기 그지없다. 시드니는 눈을 동그랗게 뜨고 깜박였다. 이내 웃음을 터트리며 고개를 끄덕였다. 그가 제 옆자리를 톡톡 치며 말했다.

"미리 말하지만 그럴싸한 걸 바라면 안 돼. 나 손재주 없으니까."

그의 자신감 없는 말에 파이가 픽 웃으며 옆에 풀썩 앉았다. 작은 꽃잎이 날린다. 코끝에 달콤한 향이 났다. 묘하게 들뜨는 기분을 다잡으며 시드니는 눈에 들어오는 꽃들 중에 가장 예쁜 것을 조심스럽게 뽑았다.

그의 말대로 꽤나 어설픈 꽃반지가 완성되었다. 조심하지 않으면 금방이라도 끊어질 것만 같았다. 시드니는 그것을 멋쩍은 표정으로 내밀었다. 파이는 웃음 가득한 얼굴로 왼손을 내밀었다.

시드니는 자신의 손바닥의 반 정도 찰 정도로 작은 파이의 손을 조심스럽게 잡고 약지에 꽃반지를 끼웠다. 파이는 자신의 약지에 낀 꽃반지를 빤히 쳐다보았다.

그녀의 작고 하얀 손에 어설픈 꽃반지가 언젠가 끊어지지 않는 영원한 사랑의 맹세의 증표가 되길 바라며 파이는 그것을 가슴에 품었다.

그와 그녀의 나이 차이 14년.

언젠가 그 차이를 넘어서 서로의 손을 잡고 입술을 맞출 달콤한 날을 조심스레 기대해 본다. 햇살은 따뜻하고, 꽃밭은 달콤한 향이 잔잔히 났다.

그리고 한 사내와 한 소녀의 얼굴이 보기 좋게 상기되어 서로를 담았다.

*—fin*

## 작가 후기

영원히 안 올 것 같은 후기 쓸 시간이 드디어 왔네요.

기쁩니다. 정말로 기쁩니다……! 처음에는 책을 낼 수 있다는 생각에 기뻤으나 제가 너무 몰랐던 것 같습니다. 교정이라는 것이 이렇게 힘들 줄이야. 생각지 못한 변수가 너무 많아서 눈이 핑핑 돌 지경입니다.

하지만 담당자신 주종숙 팀장님과 이은정 편집자님께서 차분하게 이끌어 주셔서 이렇게 끝이 왔네요.

이 기회를 빌어 정말 감사드립니다.

또한 연재 사이트에서 언제나 힘을 주셨던 독자님들께 감사드립니다. 몇 번이고 말하지만 이렇게 파이가 책으로 나올 수 있었던 것은 모두 독자님들과 가까이에 있는 지인들 덕분입니다. 독자님들 닉넴 다 쓰면 혼나겠죠? 자제하겠습니다. 다만 이분들만은 꼭 쓰고 싶네요.

해볼 님, 유온샤 님, 소중화 님. 슐 님, 김은하 님!

편지를 주셨던 분들이에요. 제가 답장을 보내야 하는데 아직 못 보내고 있습니다. 책이 출판됐을 무렵에는 답장을 받으시겠죠? 제게 많은 힘을 주셨어요. 편지는 늘 고이고이 모셔 둘 겁니다. 평생의 보물이에요!

이런 게으르고 약속을 매번 어기는 작가인데도 늘 기다려 주셔서 감사합니다.

그리고 정말 고맙게 생각하는 페스츄리 언니! 언니가 저에게 열심히 하라고 잘할 수 있다고 몇 번이고 말해 주고 늘 조언을 줘서 해낼 수 있었어요. 고마워요. 진짜 가까이서 제가 많이 의지했어요. 귀찮을 법도 한데 진지하게 상담해 줘서 고마워요!

그리고 내 곁에서 늘 힘이 돼 준 내 삶에 기둥 같은 사람들.

가용이, 연하, 그리고 지현 언니 혜림 언니!

또 가미(Gam), 하시와 범녀 언니, 유령이, 지혜(템이)와 사윤이, 또, 또 이현이랑 아누님이랑 첼시 님 감사합니다. 전 회사 디딤돌교육에서 모자른 저를 많이 이끌어 주신 조봉철 부장님과 이형재 대리님, 윤준우 차장님, 북팩토리 팀장님! 도움을 많이 주셔서 감사합니다.

그리고 우리 찐아! 그만두던 마지막에도 용기를 줘서 고맙다!

규진 대리님도 건강히 예쁜 아기 낳으세요!

이렇게 쓰고 보니 가까이에 참 많은 분들이 절 많이 도와줬네요.

후기를 쓰면 꼭 언급하고 싶었던 사람들이에요.

너무 고맙고 고마워서 꼭 쓰고 싶었습니다. 제 후기는 이제까지 제게 도움을 주셨던 분들께 감사를 드리고 싶은 내용뿐입니다.

제 인생에 늘 기둥 같은 친구들. 가장 사랑하는 사람들. 이 책은 여러분께 바칩니다.

# 파이

1판 1쇄 찍음 2014년 7월 30일
1판 1쇄 펴냄 2014년 8월 5일

지은이 오은정
펴낸이 정 필
펴낸곳 도서출판 **뿔미디어**

출판등록 2002년 9월 11일 (제1081-1-132호)
주소 경기도 부천시 원미구 상동로 117번길 49(상동) 503호 (우)420-861
전화 032)651-6513 팩스 032)651-6094
E-mail bbulmedia@hanmail.net
홈페이지 http://bbulmedia.com

ISBN 979-11-315-3021-4 04810
ISBN 979-11-315-3019-1 04810 (SET)